INHALTSVERZEICHNIS:

Kapitel 17:
Liebe und Tod: Fluchtpläne und Selbstzerstörungsgedanken

Kapitel 18:
Intermezzo am Wannsee und im Volkspark Friedrichshain

Kapitel 19:
Neuanfang? - Die Weltfriedenskonferenz

Kapitel 20:
Flucht ins Ungewisse

Kapitel 21:
Metamorphose

Kapitel 22:
Heli und Waldemar in Amerika

Kapitel 23:
Marions Rache

Kapitel 24:
Die Rückkehr des „Weltpräsidentenpaares" nach Nordberlin –
Deutschlands zweite Teilung.

Kapitel 25:
Der Alien hat das letzte Wort

FSC
www.fsc.org
MIX
Papier aus ver-
antwortungsvollen
Quellen
Paper from
responsible sources
FSC® C105338

Inhalt

Die „Welthauptstadt" Berlin, kurz vor der 3. Jahrtausendwende:
Die politische Gefangene Herlinde Kopter wird nach langwierigen Verhandlungen im Jahre 2999 freigelassen und von der Weltraumkolonie TERRA NOVA 1 in ihre Heimat abgeschoben.

So kehrt sie zurück auf die Erde, in die „Welthauptstadt" Berlin", und muss enttäuscht und ernüchtert feststellen, dass dort inzwischen die maschinelle Computer-Diktatur des „Gewissens" durch eine menschliche des Gewaltherrschers Gorsky abgelöst wurde.

Aller Hoffnungen beraubt, als auch noch ihre beste Freundin, die Programmiererin und Sicherheitsexpertin Annamaria Dappermann sie verrät und zur engsten Vertrauten Gorskys wird, zieht sich Herlinde völlig in sich selbst zurück.

Als sie mit ihrem Geliebten, dem Computerexperten Waldemar Koslowski, als Prestigeobjekt für Gorskys Diktatur missbraucht wird, indem beide zum „Weltpräsidentenpaar" ernannt werden, beschließt das Liebespaar, seinem Leben ein Ende zu setzen.

Doch dann kommt alles ganz anders: Heli und Waldo fliehen schließlich ins moralisch völlig verkommene Amerika, das als ehemalige Weltmacht glanzlos in völliger Bedeutungslosigkeit dahinvegetiert.

Dann folgt der finale politische Schlag: Norddeutschland wird vom imperialistisch und gleichzeitig kommunistisch regierten Kaiserreich China besetzt, und das Land wird zum zweiten Mal in seiner Geschichte in zwei politisch verfeindete Lager geteilt: Im Norden Deutschlands herrscht die Diktatur der chinesischen Oligarchen, während der freie, demokratische Süden von den allmählich wiedererstarkenden Amerikanern kontrolliert wird.
Auch die „Welthauptstadt" Berlin wird wieder geteilt: Es entsteht das kommunistische Nordberlin, und das freie Südberlin, und durch die Stadt verläuft wieder eine neue Berliner Mauer.

(HELI)OPOLIS:

DER VERHÄNGNISVOLLE PLAN DES WELTKOORDINATORS

ZWEITES BUCH:

Fatales Dilemma zwischen Mensch, Maschine und Alien
Politischer Zukunftsthriller

Vom Autor überarbeitete und völlig korrigierte Neufassung

von

Michael Häusler

2. Teil der völlig überarbeiteten Neuauflage

Herstellung und Verlag:

Books on Demand GmbH

Norderstedt

ISBN 9-783-734-749-612

Unbeteiligte Menschen gingen an ihnen vorbei, die keine Notiz von ihnen nahmen. Aber kaum einer schaute richtig fröhlich drein, ausgenommen die herumspielenden Kinder im Park. Heli seufzte tief. Ihre Augen füllten sich abermals mit Tränen, denn ihr war gerade ein neuer, trauriger Gedankengang durch den Kopf gegangen.

„Woran denkst du gerade, Heli?" fragte Koslowski mitfühlend und ergriff ihre Hand.

„An die kleine Heidrun von Reitzenstein", sagte sie trauervoll.

„Bevor wir uns umbringen, hätte ich doch wenigstens gern noch mal ihr Grab besuchen wollen ... Mich ergreift es mit wilder Wehmut, Waldemar, wenn ich daran denke, dass ich das jetzt nicht mehr schaffe, denn die Zeit ist uns davongelaufen", sagte sie traurig und wischte sich die Tränen fort.

„Ob ich neben Heidrun meine ewige Ruhe finden darf, was meinst du?" fragte Heli schluchzend.

„Ja, das wäre schön, das hätte viel symbolischen Wert", sagte Waldemar halb abwesend.

„Oh, wenn ich doch dann wenigstens noch einmal ein Bild von Heidrun sehen könnte, nur so zum Abschied", meinte sie sehnsuchtsvoll.

„Warte", sagte Waldemar und griff in seine Brusttasche.

Er holte eine ganze Bildreihe mit Aufnahmen von Heidrun von Reitzenstein hervor, die man aufblättern konnte wie einen altmodischen Taschenkinematografen. Heli stieß einen schrillen Freudenschrei aus. Hastig ging sie alle Bilder durch.

„Wahnsinn, schau doch mal, Liebling", sagte sie und hielt bei einem Foto an, „hier auf diesem Bild sieht mir Heidrun tatsächlich besonders ähnlich, aber auf diesem dort dagegen fast überhaupt nicht", sagte sie ergriffen.

Waldemar verglich die beiden Aufnahmen miteinander und sagte:
„Ja, du hast Recht damit ... Weißt du, es kommt dabei immer auf den Blickwinkel des Betrachters an, ob dir Heidrun ähnlich sieht oder nicht", sagte er.

„Damals im Volkspark Friedrichshain, als Heidrun direkt neben mir stand, da war auch ich tatsächlich einen Moment lang starr vor Staunen, weil ich glaubte, ein getreues Ebenbild von dir vor Augen zu haben, doch als sie dann den Kopf etwas gedreht hatte, und ich Heidrun im Halb-Profil sah, da stellte ich plötzlich verblüfft fest, dass die Ähnlichkeit mit dir nahezu verschwunden war", sagte Koslowski lächelnd.

„Ich war damals selbst so überrascht", gestand er.

„Aber das ist ein ganz gängiges Phänomen, sowas passiert oft", sagte er zur Erklärung.

„Ja, da hast du Recht, dasselbe Phänomen ist mir tatsächlich auch untergekommen, als mir Gorsky die Filmaufnahmen von Heidruns Tod vorgeführt hat", sagte Heli bestätigend, „einen Augenblick lang glaubte ich wirklich, ich sähe mich selbst im Bild, dann wieder wirkte Heidrun wie eine Fremde, eine ganz Andere auf mich", sagte sie.

„Was denn, dieses Monster Gorsky hat es gewagt, dich mit diesen Bildern zu quälen?" fragte Koslowski mit aufbrausendem Temperament.

Doch Heli dämpfte gleich wieder seinen Unmut und Zorn mit der sanft in ihr Gemüt gelegten Versicherung: „Aber nein, da tust du ihm Unrecht, Waldemar, ich war es selber, die ihn ausdrücklich darum gebeten hat, mir das Filmmaterial zu zeigen", gestand Heli hastig.

„Du meine Güte, wie konnte dieses Ungeheuer da zustimmen, bei deinem labilen Zustand", wetterte Koslowski böse.

„Lass ihn, bald kann er uns nichts mehr tun", sagte sie sanft, „nach unserem Tod hat er keine Macht mehr über uns", sagte sie besänftigend und griff nach seiner Hand.

„Übrigens, wusstest du, Liebling, dass eine alte orientalische Legende behauptet, dass nach dem Tod deines Doppelgängers auch dein eigenes Leben bald zuende sein wird?" fragte Heli mit widernatürlich gehobener Stimmung.

„Das sind doch alles nur unsinnige Märchen", widersprach Waldemar heftig.

„Außerdem war Heidrun von Reitzenstein mitnichten deine „Doppelgängerin", wie wir ja gerade festgestellt haben", schärfte er ihr drastisch ein.

„Glaubst du? - Wie wollen wir vorgehen bei unserem Plan?" fragte sie unvermittelt.

„Schön altmodisch mit Dolchen, vielleicht echten Stiletten?" fragte sie begeistert.

„Eine originelle Lösung", sagte Koslowski, der sich gegen seinen Willen immer tiefer in den fieberhaften, morbiden Todesrausch von Herlinde Kopter hineinziehen ließ wie in einen tödlichen Reigen aus bösen Träumen, ohne das bewusst wahrzunehmen.

„Eventuell gleich hier auf der schönen Blumenwiese, unter den Augen der entsetzten Öffentlichkeit?" fragte Heli mit hysterischem Gelächter.

Waldemar Koslowskis Augen waren tranceartig verbrämt. Fahrig verdrehte Heli ihren schlanken Körper sitzend und tastend in alle Richtungen, ließ den weizenblonden Haarstrom im leichten Wind fließen.

„Hey, hört ihr mich, Gunnar, A.D. und Co.?" rief sie unbeherrscht in alle Richtungen, mit lauter Stimme.

„Ihr sollt es alle sehen, wir selbst entscheiden über unser Leben, ob wir leben oder sterben wollen", schrie Heli in die Natur hinaus.

Koslowski blieb wie in Hypnose unbeweglich im Gras sitzen, während ein paar Spaziergänger peinlich berührt mit scheuem Seitenblick zu Herlindes Spektakel hinübersahen, aber sofort wieder ihres Weges zogen, ohne irgendwelche Bemerkungen zu machen oder gar einzugreifen.
Sie erreichte damit nur, dass sich alle Leute schleunigst aus ihrer Reichweite begaben, weil sie auf keinen Fall auffallen wollten. Im Nu waren Heli und Waldemar alleinige Beherrscher der Wiese.

Heli schien das zu gefallen, denn sie sagte befriedigt: „So, endlich sind wir allein in unserem Paradies".
Sie sah sich um in ihrem persönlichen Garten Eden.
„Das ist also das Letzte, was wir in unserem kurzen Leben zu sehen bekommen, eine Blumenwiese im ausgehenden Mai, sehr schön", kommentierte Heli trocken, aber glücklich.
„Also, her mit den Messern", sagte sie lächelnd.
„Aber wir haben hier doch gar keine Messer", bemerkte Waldemar traurig. „Die müssen wir doch erst kaufen gehen!"
Da kicherte Heli verlegen und sagte: „Ach ja, natürlich, wie dumm von mir!" Niedergeschlagen und übermüdet saß Waldemar im Gras, während Heli immer übermütiger wurde. Sie erhob sich ruckartig und zerrte an Waldemars Handgelenk.
„Dann müssen wir eben doch sofort nach Gauditania aufbrechen", bestimmte sie entschieden.
„Dort besteigen wir das Riesenrad und stürzen uns dann in die Tiefe, wenn unsere Gondel den höchsten Punkt erreicht hat", schlug sie vor, „dazu brauchen wir keine Messer", ergänzte sie einfallsreich und zog Koslowski närrisch mit sich fort, fast schon in ausgelassener Karnevalsstimmung.
Sie begann schon eifrig, vorauszulaufen, als ihr Geliebter ihr nachrief: „Warte doch auf mich, Heli! ..."
Auch er setzte sich eilig in Bewegung, so als gelte es, die Chance seines Lebens zu nutzen.

Sofort ertönte ein lautes Knacken aus dem nächsten, weit entfernten Gebüsch.
„Alarm! Alarm!" hörte man laute, gehetzte Stimmen rufen.
„Das reicht jetzt, wir haben genug gehört, setzt ihnen nach, Leute, dalli, dalli, fangt sie ein", gab Gunnar Trunkboldsson den Befehl an alle heraus.
Eine dunkel gekleidete Meute sprang aus der Deckung hervor und setzte sich in Bewegung. Aus allen Büschen strömten sie und begannen, Heli und Waldemar ringförmig einzukreisen.
„Gebt sofort über Globalfunk den Befehl, den Park hermetisch abzuriegeln", befahl Gunnar seiner Treibjagdmeute.
„Sie wollen zum Riesenrad, das muss unter allen Umständen verhindert werden, klar?" schrie Trunkboldsson während des Laufens.

„Jawohl Chef, wir werden es sofort abstellen lassen", rief einer seiner Männer.

Heli und Waldemar liefen im Zickzackkurs, um den überall auftauchenden Häschern auszuweichen. Schließlich blieben die beiden kurz stehen, weil sie sich schon umzingelt wähnten. Unbehaglich klammerte sich Heli an ihren Beschützer, und sagte, mit Blick auf die schwarze Overall-Meute: „Schnell, ich sehe da noch so etwas wie eine Lücke, Waldemar! ... Beeilen wir uns, wir müssen unbedingt nach Gauditania, das Riesenrad muss alles entscheiden; wir sind nur noch einen Katzensprung vom Eingang des Parks entfernt", rief die besessene Blonde keuchend und zog Waldemar wieder mit sich fort.
Sie liefen in Richtung des Parks und die schwarze Meute folgte ihnen wie eine Riesenspinne mit ruckartigen, abgehackten Bewegungsmustern flink nach.
„Halt, stehenbleiben, ihr habt keine Chance!" rief ihnen Annamaria giftig nach.

Im Augenblick war die Schweizerin noch an der Spitze des Verfolger-Pelotons, aber das änderte sich schon ein paar Sekunden später schlagartig, weil sie als Einzige ein weites, helles, flatterndes Sommerkleid trug, das sie arg in ihren schnellen Schritten behinderte, denn sie musste andauernd den Saum mit den Fingern hochhalten, um nicht auf die Nase zu fallen. A.D. hatte nämlich von ihrem Geliebten, Gunnar Trunkboldsson den Befehl erhalten, sich als unverfängliche Touristin unter das Volk zu mischen, um Heli und Waldemar besser bespitzeln zu können, und das rächte sich jetzt. Schon war sie die Letzte im munteren, allgemeinen Verfolgungslauf und fluchte leise darüber.
„Haltet sie doch auf, so tut doch was!" brüllte A.D., und plumps!
Im nächsten Augenblick war sie schon gestolpert und kopfüber ins Gras gefallen, worüber sie noch wesentlich lauter fluchte als zuvor.
„Du Hornochse, Gunnar!" rief sie ihm hitzig nach, „das kommt dabei heraus, dass ich auf deinen blöden Einfall gehört habe, ein Kleid anzuziehen, damit ich in der Masse nicht so leicht von Heli und Waldemar entdeckt werde; na warte, du schwedischer Eisblock, ich werde an deine Ratschläge denken, du mentales Nullwachstum! ... Was nützt es mir jetzt, dass ich Schweizer Meisterin im Kurz-Marathonlauf-Sprint bin", schrie sie unbeherrscht und bearbeitete das Gras mit ihren Fäusten.

Doch Gunnar war bereits so weit vorausgeeilt, dass er sie kaum hören konnte.

Inzwischen war es Heli und Waldemar gelungen, ihren nachsetzenden Verfolgern immer geschickter auszuweichen; sie liefen wie der Blitz. Hätten sie die Zeit gehabt, sich kurz nach A.D. umzudrehen, und gesehen, dass sie wie ein Maikäfer im Gras zappelte, dann hätten die beiden einen Lachanfall bekommen.

„Da ist schon der Eingang! ... Da! Gaudi ... tania!" rief Heli außer Atem und Waldemar staunte, wie sie laufen konnte.
„Komm schnell, wir schaffen es!" rief sie keuchend.
Ein Mann griff nach Koslowski, doch er stieß ihn geschickt weg. Schon hörten sie die Geräusche der Karussells und die typische Jahrmarktsmusik.
„Lasst sie nicht durch, und haltet mir ja das Riesenrad an", rief Gunnar besorgt, der dicht hinter dem sprintenden Pärchen rannte.
Seine Worte waren an die vier grimmigen Parkwächter gerichtet, die sofort verbissen Aufstellung vor dem Eingang des Vergnügungsparks nahmen und warnend ihre Laserknüppel kreuzten. Heli kämpfte bereits mit dem ersten Wachtposten, als Waldemar mutlos stehenblieb.

„Oh, nein, Heli, es ist zu spät --- da kommen wir nicht mehr durch, komm, wir laufen zurück", rief er ihr heiser zu.

Gunnar hatte Waldemar fast eingeholt und schleuderte seinen Laserknüppel nach ihm, doch Koslowski duckte sich, und das Geschoss flog in hohem Bogen über ihn hinweg und traf den Wachtposten, mit dem Heli rang, am Kopf. Eine elektrische Ladung entlud sich zischend und sprang auf alle anderen Wächter über. Mit einem Aufschrei stoben sie auseinander und wurden zur Seite gerissen, fielen schließlich in sich zusammen, und rissen Heli in ihrem Sturz mit sich. Sie rappelte sich auf und drehte sich sofort nach Waldemar um, der von Gunnar angegriffen und von ihm in den Schwitzkasten genommen wurde. Sie lief auf die beiden zu und bearbeitete Gunnar zähnefletschend mit ihren Stiefeln.

Der Schwede schrie laut auf und ließ von Waldemar ab.

Hastig zog sie ihren Geliebten durch das Tor und schärfte ihm, völlig zerzaust ein: „Komm jetzt, da, schau nur: Das Riesenrad dreht sich noch, noch ist es nicht zu spät, aufzuspringen! ... Los, nicht so lahm, Waldemar, komm, das entscheidende Vergnügen wartet dort oben auf uns", sagte sie und zeigte auf den rotierenden Koloss.
Gunnar war auch hingefallen und fläzte sich im Gras.
A.D. hatte sich wieder aufgerappelt und riss wütend an ihrem ungewohnten Kleid.
„So eine Schande", klagte sie laut und lief ungeschickt weiter, so schnell sie konnte.
„Die schnellste Frau von ganz Deutschland ist Letzte geworden im großen Verfolgungssprint, das muss mir passieren, ausgerechnet mir!!! ..."
Sie fluchte wieder.
„Oh, wenn das morgen im Sender „Neues Berlin" kommt, nicht auszudenken, diese Blamage! ..."

Denn Annamaria Dappermann hatte zu ihrem Schrecken zahlreiche Berliner Bürger entdeckt, die sie die ganze Zeit über gefilmt hatten!

Das Riesenrad!

Gigantisch ragte der Koloss in den Himmel: --- 70 Meter hoch!
Die Aussichtswagen waren noch munter in Bewegung, einige Passagiere kreischten vor Vergnügen.

Heli und Waldemar standen direkt davor. Plötzlich waren sie für einen Moment unschlüssig geworden. Gunnar war weitergelaufen und auch Annamaria kam langsam voran.
„Also los --- keiner sieht zu uns hin", sagte Heli entschlossen.
„Die Gelegenheit ist günstig wie nie", sagte sie schnaufend und sprang mit einem gewaltigen Satz über die Absperrung.
Waldemar folgte ihr mit einem unsichereren Sprung nach, schaffte es aber gerade noch, es ihr gleichzutun. Beide erwischten sie dieselbe rotierende Gondel, in die sie hineinsprangen. Der Mann, der den Mechanismus überwachte, protestierte heftig. Heli und Waldemar achteten nicht auf ihn und wurden steil in die Höhe gezogen. Da ertönte eine scheppernde Lautsprecherdurchsage:
„Achtung, Achtung! Hier spricht die Parkaufsicht von Gauditania! Der Mechanismus des Riesenrades ist sofort zu stoppen, der Betrieb ist umgehend einzustellen, auf Befehl der Reichsregierung! ... Alle Passagiere bitte sofort und zügig aussteigen, ich wiederhole ..."
Gunnar und Annamaria waren gerade im Inneren des Vergnügungsparks eingetroffen und stürmten japsend zum Riesenrad, das immer noch in Betrieb war.
„Lang lebe unser großer Führer Gorsky", schloss die Lautsprecherdurchsage.

Das schwedisch-schweizerische Geheimdienstpärchen gesellte sich hektisch zu seiner Polizeitruppe, die einen Belagerungsring um das Riesenrad schloss.
„Zu spät, die beiden sind schon oben, da, sehen Sie", sagte der Mechaniker des Riesenrades zu Gunnar Trunkboldsson und zeigte mit dem Finger auf die Gondel mit Heli und Waldemar, die soeben den Scheitelpunkt erreichte.
A.D. blickte starr nach oben, dann sah sie finster den glotzenden Mechaniker an, der das Rad am Leben hielt und rügte ihn scharf:
„Ja, wird´s jetzt bald, Mann, stellen Sie endlich den verdammten Kasten ab! ... Was glotzen Sie mich denn so an? Haben Sie noch nie eine Frau in Uniform gesehen?" fragte sie sarkastisch.
Der Mann war von A.D.s Kleid verwirrt, dessen Existenz die Schweizerin in der Aufregung offenbar vergessen hatte, aber noch mehr von dem Umstand, dass eine Frau, die so etwas trug, ihm Befehle zu erteilen wagte. Heli kreischte in großer Höhe und hielt sich an einer Gondelstrebe fest. Die

Laserblitze zuckten hin und her und tauchten das gesamte Riesenrad in ein bunt schimmerndes Geflecht reflektierender, sich kreuzender Farbenstrahlen. Gunnar Trunkboldsson sprang vor den Mechaniker und zückte grimmig seinen Dienstausweis.

„Geheimpolizei, haben Sie nicht gehört? Mechanismus sofort abstellen, klar, Mann?"

Der Mechaniker gehorchte.

Das bunte Laserspektakel erlosch schlagartig, alle Aussichtswagen und Gondeln blieben stehen. Heli kreischte und drohte umzufallen, da fing sie Koslowski in seinen Armen auf und schaute nach unten.

„Sieh mal, Heli, dort unten: Ist das wirklich Annamaria Dappermann? In einem Kleid?" fragte er erstaunt und lachte.

Die Gondel ruckelte leicht hin und her.

Heli schaute taumelnd nach unten.

„Wieso haben wir denn angehalten?" fragte sie erstaunt.

„Kommt sofort runter, hört ihr?" rief die Schweizerin mit einem Lautsprecher hinauf.

„Ja, denn ihr seid verhaftet!" ergänzte Gunnar.

„Ja, tatsächlich, das ist wirklich A.D.", sagte Heli lachend.

„Sieht die ulkig aus in diesem Fetzen, nicht zu glauben! Was ist denn in die gefahren? Wollte sie sich extra für uns beide hübsch machen? ..."

Koslowski schüttelte den Kopf und sagte trocken:

„Ja, da unten warten tatsächlich Bonnie und Clyde auf uns, Bonnie und ihr Kleid", sagte Waldemar juxend.

„Werdet ihr wohl gehorchen und schön artig runterkommen?" wiederholte Gunnar drohend.

„Wie denn, ihr Komiker, wir sitzen ja hier oben fest", rief Koslowski nach unten.

„Sollen wir vielleicht zu euch herunterfliegen?" fragte Waldemar grinsend.

„Ätsch, uns kriegt ihr nicht", rief Heli zu ihnen hinab, dann sagte sie entschlossen zu Waldemar: „Komm, Waldemar, Liebling, es ist Zeit für uns, jetzt abzuspringen; machen wir der Misere ein Ende und steigen aus", sagte Heli und ergriff sein Handgelenk.

Fotoapparate klickten reihenweise, aus den benachbarten Gondeln und von unten. Ebenso surrten eifrig die Videokameras von allerorten.

„Das sind ja Waldemar Koslowski und diese Frau mit dem komischen Namen, Herlinde Kopfsteinpflaster, seine Resozialisierungsgefährtin", rief jemand aus der benachbarten Gondel.

„Unser Weltpräsident, tatsächlich, das ist er", erscholl es von anderer Seite.

A.D. sah mit Entsetzen, dass Heli Anstalten machte, die Gondel springend zu verlassen.

„Nein, bleibt oben, springt nicht", flehte die Schweizerin hinauf.

„Wir lassen euch gleich runterholen, habt einen Augenblick Geduld, kein Grund zur Panik“, schrie jetzt auch Gunnar besorgt zu Heli und Waldemar hinauf.

„Ja, ihr müsst unversehrt bleiben, wir brauchen euch doch für morgen Abend bei dem internationalen Politikerempfang“, rief A.D. hinauf, „habt ihr das etwa vergessen? Das Schicksal von ganz Europa hängt von eurer Unversehrtheit ab, und von eurer Anwesenheit morgen in der Großen Halle des Volkes“, ergänzte sie.

„Los, Leute, alles aufnehmen, die Gelegenheit ist einmalig“, sagte ein Regisseur von einem hastig improvisierten Fernsehteam, und die Kameraleute machten sich fieberhaft an die Arbeit.

„Tragisch ist das, meinst du wohl“, sagte ein Mann mit einer Handkamera, „denn unser Weltpräsidentenpaar will sich umbringen!“

Gunnar war außer sich vor Wut. Entnervt fauchte er den Mechaniker an.

„Na los, Sie Armleuchter, holen Sie die beiden endlich runter, worauf warten Sie noch: Schalten Sie den Mechanismus wieder ein, dalli, dalli, wird's bald!“

Erschrocken machte sich der Gescholtene ans Werk.

„Aber dann ganz langsam ablaufen lassen, geringste Umdrehungsstufe, in Zeitlupe rotieren lassen, damit uns die beiden nicht wieder entwischen, damit wir sie sicher aus der Gondel herausholen können, wenn sie am Boden ankommen, verstanden?“, bellte Gunnar.

„Oh, ja, natürlich, Herr Inspektor, einen Augenblick! ...“

Hastig bediente er die Hebel und Knöpfe, aber - nichts!

Es klappte nicht.

„Aber warum wollen sich die beiden umbringen?“ fragte jemand entsetzt.

„Wo sie doch solch eine Vorzugsstellung bei uns haben!“

Die stetig anwachsende Meute hielt jetzt sensationsgierig von unten all die Tragik und Dramatik mit ihren Aufnahmegeräten in Wort und Bild fest.

„Da, die Blonde, das ist Hermine Kopta“, sagte jemand.

„Springt bitte nicht! Heli, ich appelliere an dich, im Namen unserer ehemaligen Freundschaft“, flehte jetzt A.D. zuckersüß nach oben, wo Heli bereits ein Bein über die Brüstung der Gondel geschwungen hatte.

„Das kannst du mir, uns und Berlin nicht antun! Bitte, steig wieder in die Gondel zurück, denkt daran, ihr habt doch auch eine Art von moralischer Verpflichtung eurem Volk gegenüber“, sagte die Schweizerin zitternd.

Außer sich vor Wut und heller Empörung, schrie Heli, die tatsächlich schon auf dem Gondelrand kauerte, nach unten:

„Das könnte dir so passen, mich mit solch einem verlogenen Sermon einzuseifen, du falsche Natter“, zischte sie indigniert, „du hast doch in deinem gesamten, verkorksten Schlangenleben noch nie an einen anderen Menschen gedacht, als an dich selbst“, schimpfte sie.

„Komm, Waldemar, wir springen jetzt, gib mir deine Hand", befahl sie.
„Nein!" rief da das verängstigte Volk wie aus einer Kehle, „springt nicht
runter, bitte nicht, liebe Heli, lieber Waldemar, wir lieben euch doch alle",
ging ein Aufschrei der kollektiven Panik durch die Menge, und eine Woge des
Mitgefühls erhob sich wie ein Sturm.
„Hoch sollen sie leben, unsere beiden Helden, Heli und Waldemar, unser
allseits geschätztes Präsidentenpaar. Es lebe hoch, hoch, hoch!" skandierte die
Menge.
„Ja, rettet unsere Helden, unser Traumpaar", schrien alle durcheinander.

„Was ist denn mit der Mechanik los, wieso kriegen Sie das Rad nicht mehr in
Bewegung, das ist ja Sabotage, was Sie da treiben, Mann", tobte Gunnar
hysterisch und packte den unglücklichen Mechaniker am Kragen.
„Sie holen jetzt die beiden sofort da runter, das ist ein Befehl, klar? Sonst
lasse ich Kleinholz aus Ihnen machen!"
„Ich tu´ ja, was ich kann, Chef, aber es geht einfach nicht, die Mechanik ist
blockiert", sagte der Mann mit jammervoller Leidensmiene.
„Nicht springen, nicht springen, nicht springen", skandierte das Volk mit
flehenden Gebärden.
„Tu´s nicht, Heli, meine beste Freundin, ich bitte dich", flehte auch A.D.
weiter hinauf.
Herlinde lachte dunkel und verächtlich auf sie hinab.

„Annamaria", hörte die Schweizerin unvermutet jemanden hinter sich ihren
Namen rufen.

Verblüfft drehte sie sich um: Es war Manfred Kalinsky, der da angelaufen
kam und sich in den Pulk der Gaffenden einreihte. Annamaria wollte ihren
Augen nicht recht trauen, aber es war wirklich der ehemalige
Hauptkoordinator von Berlin, und ihr Ex-Freund, der neben ihr stand.
„Ja, was will denn dieser Trottel hier, du fehlst uns gerade noch zu unserem
Glück", fauchte A.D. böse.
Kalinsky drängte die Wachen mühelos beiseite und umschloss die
Schweizerin mit seinen starken Armen. Indigniert versuchte sich die Agentin
freizumachen.
„Annamaria, es ist noch nicht zu spät für uns", sagte er voller zärtlicher
Naivität und erotischer Verblendung.
„Ja, sag´ mal: Bist du jetzt völlig übergeschnappt, du ... Politclown? Checkst
du denn rein gar nicht, was hier los ist?" fragte sie fassungslos und forderte
ihn auf, nach oben zu schauen.
Doch Kalinsky sah nur in ihre grünen Augen, in völliger Verkennung der
katastrophalen Tatsachen – völlig losgelöst von allen irdischen Dingen; so
sehr war er gefangen in seinem Liebeswahn.

„Wie bist du überhaupt bis hierher gekommen?" fragte sie verwundert und versuchte mit aller Kraft, ihn abzuschütteln.
„Lass mich doch los, du blöder Klammeraffe! ..."
Kalinsky lächelte.
„Ganz einfach, ich bin meinen Bewachern entwischt, sie taugen nicht viel", sagte er versonnen und närrisch verliebt.

Heli indessen zerrte oben in ihrer Gondel mit beiden Händen verbissen an der Kleidung des aufsässigen, bockigen Koslowski, der sich mit einem Arm an einer Strebe verklammert hatte.
„Sag mal, du Konterrevolutionär, sehe ich das richtig, dass du plötzlich einknicken willst vor der großen Bewährungsprobe? Wirst du dich nun endlich entscheiden, mit mir da runterzuspringen?" fragte sie verärgert.
Widerwillig lehnte er sich ganz vorsichtig etwas weiter über die Brüstung, achtete aber sorgsam darauf, die Strebe fest umklammert zu halten; er erschauderte vor der Tiefe des Todes und wich zurück.
„Nein, zu gefährlich", sagte er zähneklappernd.
„Waldemar!" rief Heli entrüstet und verständnislos aus.
„Da kann man sich ja alle Knochen brechen, oder noch schlimmer!" sagte Waldemar und wich noch weiter zurück.
„Du wirst doch jetzt nicht etwa im letzten Augenblick noch kneifen, du ... du alter ... Angsthase!" rief sie maßlos enttäuscht aus.
Immer zahlreicher wurde die Menge, die im Chor zu ihnen emporrief, sie sollten auf keinen Fall springen. Dazu führten sie hastig alle möglichen Gründe an, triftige, vernünftige, bis kuriose.

Dies war für den konsternierten Waldemar Koslowski ein überaus erfreuliches Ereignis, das ihm immer mehr Behagen einflößte. Daher sagte er nun eindringlich zu Heli: „Aber sag´ doch mal ehrlich: Wieso sollen wir uns eigentlich in den Tod stürzen, wo uns doch alle Menschen so sehr lieben und verehren? Da, du hörst es doch, wie entsetzt sie alle über unser fatales Vorhaben sind", warf er ihr empört vor.
„Aber was sagst du da nur, Wal ..."
Er schüttelte sie heftig durch, aber erst, nachdem er sie wieder behutsam in die Gondel hineingezogen hatte:
„Heli, komm zu dir, was du da vorhast, ist einfach Wahnsinn, sieh´ das doch ein! ... Du hast mich vorhin mit deinen verrückten Selbstmordplänen regelrecht verhext, aber nun sehe ich zum Glück wieder klarer!"
Sie wehrte ihn unwirsch ab.
„Nein, komm du lieber zu dir", forderte sie ihn wütend auf.
„Du wirst dich doch nicht blenden lassen von diesem billigen Zauber da unten, das ist alles ein einziges Machwerk, die Leute sind doch lediglich aufgepeitscht worden von der Propagandamaschinerie Gorskys, bestimmt haben sie Geld oder andere Vergünstigungen dafür bekommen, dass sie sich

derart hirnlos ihre Psyche weichprügeln ließen! Die dumme Masse weiß doch gar nicht, was sie tut, die Leute sind ja gar nicht mehr bei Sinnen, fall´ doch bloß nicht rein auf dieses Gaukelbild", wies sie ihn aufgebracht zurecht.
„Und die andere Hälfte der Fanatiker besteht eh´ nur aus Gorskys Agenten, Spitzeln und Provokateuren", behauptete Heli schroff.
„Ach was, du spinnst ja", sagte er aufbrausend, und zog sie zurück, als sie wieder zum Sprung nach unten ansetzte.

Das Volk bemerkte es und quittierte das Vorhaben mit schrillen Schreien.

„Außerdem will ich jetzt eigentlich doch viel lieber endlich dahinterkommen, ob dieser ganze, verdammte „Gewissens-Computer" nicht doch nur ein dreistes, gigantisches Flunkerstück ist", rief Koslowski lebhaft Heli zu, die er gut festhielt.
„Vor allem, wo ich ihn jetzt endlich zu Gesicht bekommen habe", ergänzte Waldemar schwärmerisch.
„Was hast du?", rief Heli überrascht und sah ihn an.
„Das „Gewissen" habe ich endlich gesehen, jawohl!!! Was sagst du nun, Fischmund?"
„Unmöglich, das kann nicht sein!", kreischte Heli und riss ihren Arm los.
„Du lügst!"
„Nein, es ist wahr, Heli, ich habe die riesige Computeranlage im Kellergeschoss der Allround-Corporation mit eigenen Augen gesehen!", bekräftigte er und sah Heli triumphierend an.
„Du Lügner, das ist gar nicht möglich, dazu hattest du bisher gar keine Gelegenheit, ich glaube dir nicht, das sagst du nur, weil du plötzlich nicht mehr springen willst!"
„Nein, Heli, ich war da!"
„Wann denn?"
„Als du in Gorskys Privatsuite deinen Rausch ausschliefst, nachdem der Schnauzbart dich hypnotisiert hatte", sagte Waldemar wahrheitsgemäß.
„Da hat mich Gorsky auf meine eigene Bitte hin ins Kellergeschoss zum Gewissen geführt und mir den riesigen Komplex gezeigt", insistierte er.
„Was sagst du? Gorsky soll mich hypnotisiert haben? Niemals! Was für einen Quatsch willst du mir da wieder einreden, du Weichei?", schimpfte sie ihn aus.
„Das kann er doch gar nicht!"
Koslowski seufzte.
„Du erinnerst dich nicht daran, nicht wahr? – Natürlich nicht!", sagte er schicksalsergeben.
„Wie solltest du das auch ..."
„Außerdem ist es doch völlig unerheblich, wenn da in Berlin-Mitte wirklich noch so ein Flunkerstück herumsteht, wie du das nennst", sagte Heli mit genervter Stimme.

„Bestimmt ist das auch wieder so ein Schwindelapparat, wie wir schon einen in der Eifel miterlebt haben", ergänzte sie ärgerlich.

„Darum geht es doch jetzt überhaupt nicht, Herlinde! Natürlich will ich jetzt erst recht nochmal ins Kellergeschoss der Allround-Corporation eindringen, diesmal aber heimlich, um das „Gewissen" auf seine Echtheit zu prüfen", raunte Waldemar.

„Doch es spielt im Grunde überhaupt keine Rolle mehr, ob irgendeiner dieser Apparate echt ist oder eine Attrappe, denn: Gerade jetzt müssen wir es überall glaubhaft in die Welt hinausposaunen, das „Gewissen" sei auf alle Fälle ein Schwindelkasten, und auch die anderen Apparate wie der in der Eifel! Auch, wenn das nicht stimmen sollte: Allein schon, weil sonst noch andere Diktatoren neben Gerold von Reitzenstein behaupten werden, zum Beispiel Gorsky, das „Gewissen" habe ihn als rechtmäßigen Weltpräsidenten ausgewählt. Und mit dieser Wahlfälschungs-Lüge wird er seinen Herrschaftsanspruch beim Volk zu legitimieren versuchen! - Daher müssen wir die Weltbevölkerung endlich von diesem Computerwahnsinn heilen, verstehst du das? Wir haben also noch eine Aufgabe zu erfüllen, du Selbstmord-Fischmund!! Wir müssen den Berliner Computer diskreditieren, ja mehr noch: Das nächste Mal will ich das „Gewissen" in die Luft jagen!"

„Ja, ja, ja, aber was geht uns das alles eigentlich an?", fragte Heli mit hysterischem Klageton.

„Das wird mir allmählich alles viel zu kompliziert, Waldo! ... Und was können wir zwei arme, kleine, gehetzte Menschen schon tun gegen diesen grassierenden Computerwahnsinn, und wer die Allmacht der Macht hat? Der Mensch oder die Computer? Soll das doch ein anderer herausfinden als wir, der stärkere Nerven hat als wir! Verstehst du, vor diesem Rausch der Macht und vor diesem Irrsinn unserer völligen physischen und psychischen Vereinnahmung wollten wir doch fliehen, alles hinter uns lassen, endlich Schluss machen mit unserem nutzlosen Leben!", klagte sich Heli heulend aus und sank auf den Gondelboden.

„Aber uns selber zu töten, ist auch keine Lösung, das musst du doch einsehen", sagte Waldemar mit unmittelbarer Härte auf Heli hinunter.

„Ach!! - Entweder wir suhlen uns weiterhin behaglich in Gorskys Hätschel-Kurs, oder wir werden rebellische Revolutionäre, die die Welt umkrempeln und von einem Land in das andere gejagt werden, das meinst du doch? - Nein, danke!", kreischte Heli.

„Ganz egal, was auch immer du getan hast, ich werde dich wieder auf den rechten Weg führen", sagte Kalinsky inzwischen vehement zu A.D. und küsste sie feurig, was ihm nur mit großer Gewaltanwendung gelang.

Da gelang es der Schweizerin endlich, sich von ihm loszureißen, und sie verpasste ihm viele schallende Ohrfeigen. Das endlich hatte zumindest einen wünschenswerten Effekt bei dem liebestollen Ex-Koordinator zur Folge, nämlich diesen, dass er wieder normal wurde. Verwirrt schaute er sich um und richtete endlich den Blick auf das Riesenrad.

„Ja, sag´ mal: Was für ein Volksfest veranstaltet ihr denn hier eigentlich? Und ich glaube, ich träume! Mein liebes Funkenmariechen! – Annamariechen, wollte ich sagen, hahaha!"
Er schaute wieder zu ihr hin.
Da fiel Kalinsky wieder in sein Wunschdenken zurück!
„Trägst du wirklich ein Kleid?" fragte er verwundert und rieb sich die Wange.
„Ah, ich sehe, du hast dich extra für mich schöngemacht, zu unserer Versöhnung", fantasierte sich Kalinsky die Lage schönfärberisch zurecht, indem er sich die triste, graue Wirklichkeit schönzureden versuchte.
„Lass jetzt diesen Blödsinn, du dickschädeliger Polen-Verschnitt und hilf mir lieber, die beiden Unruhestifter von da oben herunterzuholen", sagte sie indigniert und rief zu Koslowski hinauf.

„Bravo, Waldemar, so ist es gut, halten Sie sie unbedingt zurück, bis wir kommen", sagte sie, und ehe Kalinsky kapiert hatte, was los war, riss A.D. ihren Freund Gunnar aus seiner dumpfen Starrheit, indem sie sich bei ihm erkundigte, warum der Riesenrad-Mechanismus immer noch nicht funktionierte. Als er bedauernd die Achseln zuckte, gab ihm A.D. einen Stoß in die Rippen.
„Komm, Gunnar, wir nehmen die Sache selbst in die Hand", schlug sie burschikos vor.
„Wir klettern jetzt da hoch und bändigen die beiden zumindest so lange, bis der Mechanismus wieder läuft", sagte sie beherzt.
„Wir müssen Waldemar zu Hilfe eilen, damit Heli nicht doch noch allein herausspringt aus der Gondel; ewig wird er sie nicht mehr zurückhalten können, so wie sie sich gebärdet!", sagte A.D. alarmiert.

„Achtung, Achtung, liebe Parkbesucher, bitte räumen Sie umgehend das Gelände", ertönte eine Lautsprecherdurchsage.

Niemand achtete darauf.

„Was, da hochklettern sollen wir, das ist doch nicht dein Ernst?" fragte Gunnar verblüfft.
„Das ist doch nicht praktikabel ..."
A.D. schnaubte laut und verächtlich.
„Ja, hast du denn vergessen, dass wir beide mal Hochseilartisten waren und jahrelang in einem Zirkus gearbeitet haben, bevor wir Agenten bei Gorsky in der Allround-Corporation wurden?" fragte sie kopfschüttelnd.
„Wir sind doch auch einmal ausgezeichnete Kletterspezialisten gewesen, das hier ist doch für uns eine Kleinigkeit! - Also komm schon, hilf mir rauf, denn

Gorsky macht uns morgen Abend zur Sau, wenn unserem Präsidentenpaar etwas passiert; und es sieht augenblicklich leider ganz danach aus, dass diese verrückte, lebensmüde Blonde da oben doch noch herunterspringt, und dann folgt ihr dieser behämmerte Koslowski womöglich doch noch freiwillig nach; --- also dalli, hilf mir endlich", drängte sie ihn.

„Da hoch?" sagte er noch einmal, zweifelnd.

„Wohin denn sonst?" fauchte A.D.

„Oder möchtest du lieber gleich in die andere Richtung? - Im Erdboden der Schande versinken?" fragte sie bissig.

„Na schön, versuchen wir es mal", meinte Gunnar beherzt.

„Heli, mach keinen Unsinn, wir kommen jetzt zu euch rauf, wir helfen dir", brüllte A.D. noch einmal hinauf.

„Und Sie, Waldemar, halten Blondie schön fest, ja, versprochen?" fragte sie vorsichtshalber nach.

„Ich tue, was ich kann", versprach er Annamaria Dappermann.

„Endlich sind wir einmal einer Meinung!", rief Koslowski lachend zu A. D. hinunter.

„Los, Gunnar, du kletterst auf dem linken Stützpfeiler hoch, ich nehme den rechten", befahl A.D. dynamisch.

„Da oben am Scheitelpunkt, wo die Gondel mit den beiden Turteltauben festsitzt, da vereinigen sich die beiden Pfeiler wieder, siehst du das?" sagte A.D.

Gunnar nickte.

„Wer zuerst da oben ankommt, hilft dem anderen beim Raufziehen, in Ordnung?" fragte sie.

Gunnar nickte wieder.

„Dann los!"

Zum Glück hatten die Pfeiler kleine Einbuchtungen, in die man mit den Füßen treten konnte. Und sporadisch auch kleine, solide Handgriffe. Kalinsky protestierte entgeistert.

„Halt, Annamaria, das ist viel zu gefährlich, lass mich das machen", rief er warnend und preschte vor, doch A.D. war wie ein Blitz seinem Zugriff entwischt und hatte sich schon bald viele Meter an dem Stahlträger emporgewunden.

Auch Gunnar kam gut voran auf seiner Strebe; das vertrug sich außerordentlich gut mit seinem Charakter, denn er war immer schon ein großer Streber gewesen.

Da gelang es oben Heli erneut, sich von Waldemar loszureißen. Ein Aufschrei ging durch die Menge, als sie sich wieder auf die runde Brüstung der Gondel setzte.

„Na schön, du Feigling, dann mache ich es eben alleine, so!!!", sagte sie kampfeslustig, aber auch sie erstarrte, als sie den Blick nach unten riskierte.

„Heli, bleib' oben", rief A. D. ächzend und erhöhte ihr Klettertempo.

Heli rief schrill nach unten: „Ich denke nicht daran, ich kann eure Heuchelei bei der Allround-Corporation nicht mehr ertragen, Anni! Von eurem Terrorregime will ich ab heute kein Teil mehr sein, schon gar nicht morgen Abend; ich werde mich jetzt fallen lassen", kündigte sie drohend an.

„Nein, bleiben Sie oben, Heli, hören Sie auf uns", rief Kalinsky ihr zu.

„Und du komm wieder runter, Annamariechen, ich bitte dich", plärrte er zur Schweizerin hinauf.

Doch A. D. kletterte munter weiter.

Dann wandte sich Kalinsky an den Riesenradführer, der weiterhin an den Hebeln der Mechanik zerrte, und wie wild die Knöpfe drückte.

„Alles umsonst, ich verstehe das nicht, es ist alles blockiert, auch der Notbetrieb", klagte der Mann.

Mit wilder Sensationsgier filmten die Menschen das Spektakel der beiden kletternden Gestalten. Die Leute klatschten jetzt sogar dem Agentenpaar rauschenden Beifall für ihren tapferen Hochseilakt und priesen die beiden als Volkshelden.

„Hoch lebe die deutsch-schweizerisch-schwedische Freundschaft!" skandierten die Menschen.

Heli wurde es plötzlich reichlich mulmig zumute auf ihrem mehr als großzügig erhöhten Aussichtsposten.

Langsam pirschte sich Waldemar wieder an sie heran, und legte schließlich schwitzend seine zitternde Hand auf ihren Arm, ganz sachte.

„Na, wie ist das Balkonzimmer mit Aussicht auf das Affenhaus da unten?" versuchte er es mit einem Scherz, zu ihrer Beruhigung beizutragen.

Heli lächelte zitternd.

„Zwei von den Affen da unten klettern übrigens schon seit einiger Zeit an den Stahlträgern hoch, falls du es noch nicht bemerkt haben solltest, mein teurer Waldemar", sagte Heli glucksend, „die wollen in unser schmuckes Baumhaus eindringen!"

„Schau doch mal in die Tiefe!"

Koslowski stutzte und lehnte sich weiter vor, um einen besseren Ausblick nach unten zu bekommen.

„Wie, was sagst du da?" fragte er verblüfft.

„Was ist, sollen wir ihnen ein paar Bananen zuwerfen?" fragte Heli übermütig und lachte sich tot.

„Heiliges Gewissen, du hast Recht, aber ... Das sind ja Gunnar und A. D.", sagte er unruhig.

„Bonnie und Clyde sind im Anmarsch, die scheinen Sehnsucht nach uns zu haben, weil sie uns in ihre Bande zurückholen wollen", sagte er spitz.

Heli lachte ausgelassen.

„Bleibt bloß unten, für vier Mann ist die Affenschaukel zu eng, außerdem habt ihr keinen Eintritt gezahlt!" rief Waldemar warnend nach unten.
Heli schüttelte sich aus vor Lachen.
Doch das Agentenpaar kletterte unbeirrt weiter.
Schwitzend sah sich A.D. nach Gunnar um, der sich redlich auf seinem Pfeiler abmühte.
„Komm schon, nicht verzagen, Gunnarchen, gleich ist es geschafft, wir sind fast schon oben angelangt", rief sie ihm ermutigend zu.
Heli, die genug von ihrem Heldentum hatte, sagte zu Waldemar: „Du, ich glaube, mir wird ganz schwindelig von diesem ganzen Affentheater; bitte zieh´ mich doch wieder hoch, Waldemar! ..."
Hocherfreut kam er der Bitte sogleich nach.
Schon im nächsten Moment war Heli wieder in der Gondel, die Menschen unten seufzten erleichtert auf und klatschten Beifall.

Kalinsky legte sich nunmehr umso mehr ins Zeug, A.D. von da oben herunterzuholen:
„Annamaria, komm zurück, die Kletterei hat doch jetzt keinen Sinn mehr", rief er ihr energisch zu, „du siehst doch, Heli ist freiwillig in die Gondel zurückgestiegen; sie ist in Sicherheit, was willst du noch da oben? ... Komm endlich herunter, und dann warten wir gemeinsam, bis der Mechanismus wieder läuft", bat er inständig.

„Annamaria, hörst du? --- Wenn die Bilder von unserem schwermütigen und abtrünnigen „Präsidentenpaar" in ein paar Minuten um die ganze Welt gehen, dann sind Heli und Waldemar morgen Abend beim großen Staatsempfang auf der Weltkonferenz sowieso als Vorzeigepaar erledigt! - Sie sind eh´ nicht mehr präsentabel für die Weltöffentlichkeit", rief Kalinsky erregt nach oben.
„Du mühst dich umsonst ab mit deinem halsbrecherischen Klettermaxe-Akt, es gibt nichts mehr zu retten! Mit den beiden wankelmütigen Gestalten ist für Gorsky kein Staat mehr zu machen, mit so labilen Helden kann er vor den großen Weltlenkern keinen Eindruck mehr schinden! ... Damit vernichtet er eher seinen Herrschaftsanspruch, kommt also beide endlich zurück", mahnte er zum letzten Mal.
„Ja, kommt zurück", rief jetzt auch das Volk.

„Bitte, verlassen Sie geschlossen den Park, Bürger von Groß-Berlin", ertönte die Lautsprecherdurchsage.
„Letzter Aufruf an die beiden Chefagenten Dappermann und Trunkboldsson: Verlassen Sie sofort die Stahlträger, Sie haben umgehend auf den Erdboden zurückzukehren; Befehl von Hermann Gorsky, Hauptkoordinator von Berlin, ich wiederhole ..."

Waldemar Koslowski lachte.

„Ja, kehrt beide auf den Boden der Tatsachen zurück, ihr Affenmenschen! Tarzan empfängt heute nicht, und Jane ist auch nicht gerade bester Laune", rief er feixend nach unten.

Heli lachte wieder.

„Ihr könnt uns ja zur Not ein Schax ficken", sagte er hämisch.

Die Menschen auf dem Erdboden lachten fröhlich.

„Hörst du?" fragte Gunnar schnaufend.

„Das war der oberste Boss!"

A.D. bejahte, war aber gerade oben auf der Plattform angekommen und packte den Haltering von Helis und Waldemars Gondel.

„Ja, aber wir können jetzt nicht gleich zurück, wir müssen erst einen Augenblick verschnaufen, und dazu müssen wir uns in die verflixte Gondel hineinwuchten", sagte A.D. mit angespanntem Gesicht.

„Sonst stürzen wir ab ins Bodenlose", mahnte sie.

„Ja, da hast du allerdings Recht", sagte Gunnar bestätigend.

„...sofort umkehren, Trunkboldsson und Dappermann ..." mahnte der Lautsprecher knarzend.

Heli und Waldemar begutachteten mit Unbehagen die umständliche Kletterei; ängstlich zappelte Heli hin und her. Sie bekam Mitleid mit der total erschöpften A.D.

„Vorsicht, Anni, warte, ich reiche dir die Hand herunter; du hast es gleich geschafft", sagte sie voller selbstloser Güte.

„Danke, Heli, ich werde mich für dich einsetzen", versprach sie dankbar, hielt sich mit der einen Hand an dem Haltering fest, während sie die andere nach Helis Hand ausstreckte.

„Pass auf, halt dich ja gut fest, Anni; und du, Waldemar, geh´ rüber zu Gunnar, er ist auch gleich oben", sagte Heli voller Anspannung.

„Ich bin ja schon in Bereitschaft, den schwedischen Eisberg abzuschleppen", sagte Koslowski und streckte die Hände nach Gunnar aus.

Dieser kam jetzt sogar zügiger voran, ohne anzuhalten wie A.D., und wurde von Waldemar mit ziemlicher Mühe in die Gondel hineingezogen, weil er über unglaubliche Körpermassen verfügte. Kopfüber purzelte Gunnar in den engen Aussichtswagen, blickte erschöpft zu seinem Retter und sagte: „Danke, Mann, tolle Leistung, aber jetzt bitte erstmal zu A.D.!" –

„Ja, natürlich", sagte Koslowski und beide eilten zu Heli.

Doch es stellte sich heraus, dass Gunnar zu erschöpft war, um noch was zu tun, und daher ruhte er sich erst einmal in einer Ecke der Gondel aus.

„Schnell, gib´ mir deine Hand", sagte Heli und A.D. streckte sie mühevoll zentimeterweise vor.

„Ich kann nicht weiter, die Tritte enden hier und ich bekomme einen Krampf in der Hand, mit der ich mich am Ring festhalte", klagte A.D.

„Anni, lass bloß nicht los, warte, ich werde versuchen, meine Hand noch weiter vorzustrecken", sagte Heli aufgewühlt und hellwach, „wenn du meine Hand ergriffen hast, dann kannst du mit der anderen Hand langsam und kontrolliert den Ring loslassen", sagte sie entschlossen.
Koslowski drängte sich heran und sagte schnaufend: „Lass mich das machen, Heli", doch da gelang es Heli glücklicherweise schon, A.D.s Hand zu packen, und Waldemar und Gunnar fassten Herlinde bei den Hüften und an der Schulter, um sie zu stützen, damit sie Annamaria hochziehen konnte.

„Bitte, Heli, lassen Sie bloß nicht los", bat Gunnar.

„Wir müssen Annamaria irgendwie hochziehen, Gunnar", sagte Waldemar krampfhaft.
„Ja, aber wie? Sie hängt allein an Helis Hand", sagte Gunnar entsetzt, was auch stimmte, denn A.D. hatte den Haltering mit der linken Hand losgelassen, und hielt sich mit der rechten nur noch an Helis Hand fest, hatte aber wenigstens auch noch einen Fuß leidlich auf einer Haltesprosse, wobei sie aber ziemlich wackelig positioniert war. Im Augenblick verharrte die Schweizerin in Ruhestellung, wie auf einem Bergvorsprung.
„Zieh sie rauf!" befahl Koslowski.
„Ich kann nicht", sagte Heli schnaufend, „sie ist mir zu schwer!" - „Ach, du bist so gut und ich bin so schlecht", kommentierte A.D. geläutert, und lächelte zum ersten Mal seit Langem wieder fröhlich, ohne Falschheit.
„Ich habe dir großes Unrecht angetan, liebe Heli, und das bereue ich von ganzem Herzen, ich bedaure, unsere wunderbare Freundschaft so verraten zu haben, dich wie eine Kriminelle behandelt zu haben, weil ich einem Machtrausch sondergleichen verfallen war", sagte A.D. voller Trauer und schnaufte heftig.
„Das hat doch Zeit bis später, Anni", sagte Heli gerührt, „erstmal müssen wir dich hochkriegen, dich in Sicherheit bringen", sagte sie ratlos und unruhig, und vor allem war auch sie am Ende ihrer Kräfte.
Doch momentan herrschte ein totaler Stillstand, ein alpines Patt, es ging weder vorwärts, noch zurück.

„Lass", sagte A.D. schließlich ermattet, „es hat keinen Zweck mehr, liebe Heli: Ich habe zuviel Schuld auf mich geladen, und die kann ich nur durch meinen Tod wieder gutmachen", sagte sie selbstkritisch.
„Ich weiß jetzt: Hier oben erfüllt sich mein Schicksal; das hier ist meine letzte Station im Zug des Lebens, es sollte so sein, es war mir so vorausbestimmt; hier oben endet mein Leben, ich muss Sühne leisten, so heißt es doch irgendwo, nicht?"
 Sie atmete schwer.
„Und es ist gut so, dass mir das hier widerfährt", sagte A.D. mit glänzenden, verklärten Augen.

Helis Gesicht war schreckensbleich geworden, als sie das hörte.

„Anni, was redest du da? Sprich´ nicht so", sagte sie weinend.

„Doch, es ist besser so, lass´ meine Hand los, Herlinde", bat A.D. mit finaler Entschlossenheit.

„Anni, nein, niemals!", schrie Heli.

„Waldemar, hilf´ mir", rief sie stürmisch.

Koslowski zerrte an Heli, und diese umklammerte umso fester Annamarias Hand.

„Ade, liebe Heli, verzeihst du mir, ... bitte? Das ist die letzte Bitte, die ich noch an dich habe, teure Freundin", sagte A.D. schluchzend.

„Was habe ich nur getan, Heli, warum bin ich so geworden, so grausam, so gewissenlos, so hinterhältig? So war ich doch früher nicht!"

„Natürlich verzeihe ich dir, aber halt dich bloß fest", flehte Heli panikartig hinab.

„Schüttel doch nicht so, Anni, es wird alles wieder gut", schrie Heli hysterisch, „aber versprich mir, nicht loszulassen, ja? Hörst du mich?", bat sie noch einmal eindringlich.

„Anna, mach keinen Blödsinn, hör auf Heli, halt dich fest, und sprich´ nicht so viel, das kostet Kraft!!! Lass ja nicht los, ich liebe dich, hörst du? Wir ziehen dich gleich rauf!" rief Gunnar keuchend, und umklammerte krampfhaft weiterhin die bedauernswerte Heli, genauso wie Koslowski an ihr zerrte.

„Verflixt, sie hat jedweden Lebenswillen verloren! Was tun wir nur, wir kriegen sie nicht hoch", klagte Waldemar.

„Es ist aus, seht es ein, lasst mich endlich los, es ist besser so", orakelte A.D. mit einem schicksalergebenen Lächeln auf den Lippen und versuchte energisch, Helis Griff abzuschütteln.

„Lebt wohl, meine Freunde, ah!!! ... Und meine geliebten Schweizer Berge; nie werde ich sie wiedersehen, das ist wirklich bedauerlich, aber ... Ich verdiene es nicht anders", klagte A.D. elegisch und läutete tragisch ihren Abschied ein.

„Anni, so darfst du nicht reden", rief Heli noch einmal ermutigend zu ihr hinunter, „du wirst sie wiedersehen, wir beide werden zusammen durch die Schweizer Bergwelt reisen, wieder als gute Freundinnen, wie wir es früher waren, wie wir es jetzt wieder sind", versprach Heli, ohne große Hoffnung, erhört zu werden.

„Wenn du erst oben bist, dann setzen wir unsere Pläne sofort in die Tat um, Anni, hörst du, das verspreche ich dir", sagte Heli mit schmerzverzerrtem Gesicht.

Doch A.D.s Stimme war nur noch ein fernes Raunen, fast schon wie eine Geisterstimme aus der Vergangenheit.

„Es ist sinnlos, davon zu träumen: Gorsky wird es nicht zulassen, er wird uns ächten, seine Rache wird furchtbar sein", prophezeite A.D. düster.

„Das gesamte Verhängnis hat ja überhaupt erst damit angefangen, dass ich mich mit diesem Ungeheuer eingelassen habe, mich seiner Dämonie verschrieben habe", sagte A.D. bedauernd, und sie fühlte, wie tausend Kameraaugen sie beobachteten.
„Gorsky hat ein Monster aus mir gemacht, Heli, und auch aus dir, Gunnar", sagte A.D. leise.

„Anna, meine kleine Annamieze, halt durch, ich liebe dich, ich brauche dich, ohne dich bin ich nichts", gestand Gunnar erschüttert, und auch das Volk war tief gerührt, und ermunterte jetzt sogar die Agentin Annamaria zum Durchhalten. Ihr anderer Verehrer, der sonst so weltmännische, beherrschte Kalinsky, stand derweil unten, wie zu Stein erstarrt, unbeweglich und fasste es einfach nicht, was da oben geschah.

„Annamaria! ... Halt durch, ich ... liebe dich auch, ich brauche dich auch, hörst du?", rief Kalinsky zu ihr nach oben.
„Alle hier lieben dich, hörst du ihre aufmunternden Rufe? Ihren Einsatz für dein Leben? Die Menschen hier wollen alle, dass du lebst, dein Leben war also nicht sinnlos, hörst du, Annamaria...? Wirf es nicht so einfach weg!" versuchte es Kalinsky noch einmal mit einer letzten, verzweifelten Anstrengung.
„Aber zu meiner Sühne werde ich diesen günstigen Umstand dazu benutzen, euch allen noch einen letzten, wertvollen Dienst zu erweisen", richtete sich A.D. mit ihrer Ansprache nun an alle Lauschenden, unbeeindruckt von Kalinskys Flehen.
„Nehmt euch in Acht vor Gorsky: Misstraut ihm, dem hypnotischen Verführer, wo ihr nur könnt, bekämpft ihn konsequent, lasst euch nicht mehr von ihm verführen, er ist das personifizierte Böse, hört ihr? Haltet alle zusammen und hört auf Herlinde und Waldemar, euer lauteres Präsidentenpaar, und unterstützt die beiden in allen Gefahren, vor allem in ihrem Kampf gegen die satanische Tücke Gorskys, damit sie ihr nicht am Ende erliegen, versprecht ihr mir das?" deklamierte A.D. verzweifelt vor lauter emotionalem Sendungsbewusstsein.

„Nein, tu das nicht, Anna, Liebling, schweige bloß still! ... Du untergräbst unsere Autorität; mit diesen Worten zerstörst du unsere Karriere", jammerte Gunnar Trunkboldsson lauthals in die Tragik hinaus.
Sofort erntete er eine ganze Fuhre von Buhrufen dort unten von dem entrüsteten Volk. Auch Waldemar Koslowski wies ihn streng zurecht: „Also, ein wenig mehr Beherrschung bitte, Gunnar, in solch einem tragischen Moment; Sie sollten sich was schämen! --- Das ist wirklich nicht der Zeitpunkt für eine derart selbstsüchtige Schandrede, verstanden?" sagte er indigniert.

„Und halten Sie lieber Heli fest!" --- „Verzeihung! ... Ja. Ja, Sie haben ja so
Recht!" entschuldigte sich der grobe Klotz weinerlich.
Hilflos starrte Kalinsky weiterhin zu seiner privaten wie auch öffentlichen
Tragödie nach oben.

„Annamaria, du darfst dich jetzt nicht gehenlassen, halt dich fest, hör auf den
Rat deiner Freunde, wirf´ dein Leben nicht so weg, ich liebe dich, hörst du?"
wiederholte er.
„Ja, halt dich fest, Annamaria, wir lieben dich", skandierte nun auch das Volk
von Berlin immer lauter.
„Nieder mit Gorsky!" fingen einige ganz Wagemutige plötzlich sogar an, zu
schreien.
„Jawohl, weg mit dem Stalin-Verschnitt, nieder mit dem Monster Gorsky, es
lebe Annamaria, und hoch lebe Waldemar Koslowski, und ein Hoch auf
Herlinde Kopter, den Engel von Berlin", brüllte es aus den Massen heraus.
„Heli, halte Annamaria schön fest", forderten einige Berliner besorgt.
„Hörst du Anni, wie sie dich alle lieben, es gibt keinen Grund, dass du dich
aufgibst", verkündete Heli freudestrahlend.

Zufrieden lächelte A.D. über die Reaktion der Berliner und wiederholte
einfühlsam ihren hehren Appell: „Vergesst nicht, liebe Bürger von Berlin, von
Deutschland und ... in der ganzen Welt: Lasst euch nicht auf ein Bündnis mit
Gorsky ein, ächtet ihn, solidarisiert euch gegen ihn, erlaubt ihm nicht weiter,
Scheusale aus euch zu machen, euch in leere, seelenlose Hüllen zu
verwandeln, so etwas, was er aus mir gemacht hat, und aus so vielen
anderen", rief sie emphatisch, und schrie vor Schmerz auf.
„Adieu, schöne Welt", sagte sie, und nahm jetzt sogar ihren Fuß von dem
rettenden Steigeisen, sodass sie jetzt in völlig freiem Fall schwebte, nur noch
von Helis schwacher Hand festgehalten, die jetzt ein enormes Gewicht zu
tragen hatte.

Helis Rücken tat ihr noch bedrohlicher weh als je zuvor, und sie schrie auf:
„Anni, nein!"
A.D. sagte noch, todessehnsüchtiger als je zuvor: „Adieu, mein guter
Kalinsky, mein teurer Freund da unten, den ich auch so schnöde verraten
habe, und der mir trotzdem so innig die Treue hält, ich liebe dich, du sanfter
Riese, du gutmütiger Kuschelbär, hörst du? ... Pass´ mir gut auf meinen
Kalinsky auf, hörst du, Her ... lindchen, das ist ... mein ... allerletzter Wunsch
... an dich", sagte die total erschöpfte Schweizerin mit ersterbender Stimme
und weinte vor Schmerz.
„Heli, jetzt lass endlich meine Hand los, bitte ...", rief sie mit zerquälter
Miene.
„Du bringst dich selbst unnötig in ... Gefahr! ..." – „Nein, niemals, los,
Waldemar, zieh´, zieh´! Zieh´ uns doch endlich rauf!" rief die gute Heli wild

entschlossen, und mit vereinter Kraft schafften es der gedrungene Schwede und der stämmige Koslowski schließlich doch noch, A.D. ganz zur Gondel hochzuziehen und sie sogar auch noch glücklich hineinzubugsieren.
Die Berliner dort unten klatschten und beglückwünschten lautstark Helis Pioniertat.

„Willkommen an Bord, liebe Freiheitskämpferin", sagte Heli mit verheultem Gesicht und rieb sich ihre fast zerquetschte Hand.
Dann umarmte die phänomenale Kämpferin Heli Annamaria Dappermann stürmisch zur Versöhnung. Doch diese wehrte Heli heftig ab.
„Nein, nein, Heli, das darfst du nicht tun, lass´ mich, ich bin verflucht; so sollte es nicht ausgehen, es ist alles gesagt worden, ich habe mein Leben verwirkt", jammerte A.D. weinend und schüttelte den Kopf.
„Aber nein, aber nein, Anni, ich bin ja so glücklich", sagte Heli verzückt, und Gunnar stürmte begeistert auf seine Freundin los.
„Anna, Liebling!!! - Bravo, Heli, Sie haben es geschafft!!! ... Sie sind ein As, ich liebe Sie! ... Ich bereue ganz zutiefst alles", sagte Gunnar ergriffen, „was ich je an Hässlichkeiten über Sie gelästert habe, liebe Herlinde", sagte der massige Schwede dankbar und umarmte zuerst Heli stürmisch.
Das Volk von Berlin klatschte heftig Beifall, als es die gelungene Rettungsaktion mitbekam.
„Komm zu mir, du kostbares Juwel", stammelte der Schwede danach begeistert, und wollte A.D. eben in seinen starken Armen auffangen, da rumpelte es unversehens sehr heftig: Ein mächtiger Ruck ging durch die Gondel, denn der Rotationsmechanismus war plötzlich wieder angesprungen, das Riesenrad drehte sich endlich wieder, aber nicht in gemächlichem Tempo wie üblich, sondern unkontrolliert und viel zu schnell.
Derart heftig geriet der Aussichtswagen in Schwung, dass alle Insassen aufschrien und durcheinandergewirbelt wurden durch die mächtige Fliehkraft.
Dabei verlor die arme A.D. als erste das Gleichgewicht, schwankte nach vorn, und purzelte schreiend aus der Gondel, fiel unkontrolliert in die unbarmherzige Tiefe. Zweimal überschlug sich ihr Körper in der Luft und prallte an dem Stahlträger ab, auf den sie kurz zuvor hinaufgeklettert war, und wurde ins Nichts geschleudert. Die Menschen schrien auf vor Entsetzen.
„Neeeeiiiiin, Annniiii!" schrie auch Heli und fiel mit Rückwärtsdrall auf den Gondelboden.

A.D. war mit einem dumpfen Geräusch auf der Wiese aufgeschlagen und lag verkrümmt da. Fast wäre sie noch auf Kalinsky gefallen, wenn dieser nicht geistesgegenwärtig ausgewichen wäre. Entsetzt hob er die Hände wie abwehrend über den Kopf und rannte hin zu A.D. Waldemar hielt Heli auf dem Gondelboden fest, aus Angst, dass sie auch noch herausfallen könnte. Langsam drehten sich die Gondeln wieder in gemäßigtem Tempo, doch auch der arme Gunnar war Annamaria nach ihrem Fall sofort nachgestürzt mit einem schier unmenschlichen Schrei, der ihm halb in der Kehle erstarb, und er konnte seinen massigen Körper nicht mehr rechtzeitig abbremsen. Auch der Schwede stürzte unmittelbar nach seiner Freundin ins Bodenlose --- und streifte leicht Kalinsky!

Dieser taumelte und stolperte über die lang hingestreckte Annamaria, fiel auch hin.
Benommen richtete sich Kalinsky auf und rieb sich die schmerzende Schulter, beugte sich dann sogleich wieder über A.D. Im Nu bildete sich ein Kreis von Menschen über die beiden leblosen Körper. Kalinsky kniete sich zu dem leicht zuckenden Körper von Annamaria nieder, streichelte betroffen ihre schwarzen Korkenzieherlocken. Annamaria hatte die Augen erschreckend weit geöffnet und lächelte schwach, erkannte Kalinsky und rollte die Augen zu ihm hin. Ein dünnes Rinnsal von Blut quoll aus ihrem Mund.

„Achtung, Achtung, werte Besucher des Parks, wir bitten um Ihre Aufmerksamkeit", ertönte die Lautsprecheranlage.
„Die Chefagenten Herr Gunnar Trunkboldsson und die werte Genossin Annamaria Dappermann werden dringend gebeten, sich umgehend mit Hauptkoordinator Hermann Gorsky in Verbindung zu setzen, ich wiederhole noch einmal ..."
Die arme Heli bekam einen Weinkrampf, auch, weil ihre Gondel nicht schnell genug auf dem Erdboden ankam. So starrte sie zunächst von oben auf die Menschenmenge herab. Waldemar hielt sie gut fest.

„Oh, Waldemar, sieh´: Da liegt Anni, dort unten auf dem Rasen - bestimmt ist sie tot! ... Oh, ich kann gar nicht mehr hinsehen", sagte sie vibrierend. Waldemar versuchte, sie zu trösten.
„Warte, wir sind gleich unten", sagte er zitternd und hielt sie in seinen Armen fest.
Annamaria registrierte sterbend die Lautsprecherdurchsage; sachte bewegte sie den Kopf in Richtung des Klanges, lächelte. In ihrem weißen, völlig zerfetzten Sommerkleid, von dem ein halb abgerissener Streifen sachte im Winde flatterte, sah sie aus wie eine frisch vermählte Braut; und weiß strahlte auch ihr gesamter Körper, wie die Unschuld, die sie wieder zurückgewonnen hatte.

Kalinsky bettete ihren Kopf in seine Hände, heiße Tränen liefen ihm über die zitternden Wangen.
„Mel ... dung von Chefagen ... tin A ... A ... Annamaria Dapper ... mann an Gorsky: Mission ... erfolgreich aus ... ge ... führt! ... Ende der Meldung! ..."
Kalinsky schluchzte.
„Oh, Annamaria, mein kleiner Engel", sagte er ergriffen.

Noch einmal machte der gefallene Engel eine letzte Anstrengung zu sprechen: „Und du, ... mein Held, überbring der ... kleinen Heidrun ... meine besten Grüße", hauchte sie dahin.
„Gleich werde ich ... für ewig bei ihr ... sein! ..."
Sie lächelte Kalinsky noch einmal zu.
„Oh, Manfred, was hätten ... au ... wir noch ..."

Das waren ihre letzten Worte, dann bewegte sie sich nicht mehr, behielt die Augen offen, aus denen zum ersten Mal seit Langem alle Spuren des Hasses, der Bosheit und der Arroganz des unheilvollen Machtrausches getilgt waren! --- Einfach verschwunden waren durch die zauberhafte Läuterung, die sie im Tode erfahren hatte!

Annamaria verstarb also mit den gütigen Augen einer Heiligenfigur, und sah Kalinsky auch gleichzeitig mit reinen, freundlichen Kinderaugen an; um ihre Mundwinkel spielte ein sanftes, entspanntes Lächeln. Ihr Freund Gunnar lag die ganze Zeit über schon völlig reglos im Gras.
„Adieu, meine kleine, schwarze Madonna", sagte Kalinsky weinend.

So starb Annamaria, ganz ähnlich wie Heidrun von Reitzenstein, und ebenso tragisch.
Tatsächlich glich das selige Lächeln auf ihren Lippen auffallend demjenigen einer ausdrucksvollen Madonna von Raffaell. Die schwarzhaarige Madonna Annamaria war für alle Ewigkeit entschlummert.

„Oh, Annamaria, hoffentlich findest du dort, wo du jetzt bist, eine bessere, gerechtere Welt vor", sagte Kalinsky hemmungslos schluchzend, und streichelte weiterhin Annamarias Haare.
„Möge diese neue, jenseitige Welt, die du nun kennenlernen wirst, dich gnädig aufnehmen, mein kleiner Engel!" ... sagte er weinend.
Alle Anwesenden hatten ihre Taschentücher gezückt und beweinten A.D.s Tod, vor allem aber auch, weil sie Mitleid mit Kalinskys Schmerz hatten.

Als es den Rettungssanitätern gelungen war, sich einen Weg zu A.D. zu bahnen, und als sie schließlich die Tote vom Boden hochhoben, um sie auf eine Trage zu legen, da sagte einer der jungen Sanitäter erschüttert: „Heiliges Gewissen, sie macht auf mich den Eindruck einer großen, abgeknickten Blume, die von spielenden Kindern achtlos weggeworfen worden ist", sagte der junge Mann mit tiefer Betroffenheit.
Alle Menschen waren sehr ergriffen von seinen blumigen Worten, und weinten vor Rührung noch mehr.
Herlinde und Waldemar war es endlich gelungen, halbwegs gefahrlos aus ihrer Gondel von dem Riesenrad wie aus einem Paternoster zu springen, weil es ständig weiter rotierte und nicht mehr anzuhalten war. Mit einem

Riesensatz waren beide zu A.D. gehechtet und hatten noch die letzte Bemerkung des Sanitäters mitbekommen.

„Anni, nein!", schrie Heli mit unmenschlich lauter Stimme.

„Tatsächlich, Anni sieht aus wie eine riesige, zerpflückte, weiße Lilie, welcher einige unartige, rohe Straßenjungen die überhängenden Blüten abgerissen haben", bemerkte Herlinde zutiefst erschüttert.

Dann kniete auch sie hemmungslos weinend vor ihrer wiedergewonnenen Freundin A.D., die schließlich auf ihrer Trage von den Sanitätern weggebracht wurde. Vorher sagte Herlinde noch schluchzend zu ihr: „Oh, Anni, warum nur muss alles, was ich liebe, sterben? Erst Heidrun, und jetzt du!!! - Warum nur, es ist alles meine Schuld!", murmelte sie traurig.

Waldemar, der Heli von der Toten wegzog, murmelte nachdenklich: „Sie sieht aus wie ein junger Vogel, der aus dem Nest gefallen ist! ..."

Heli, die sich losriss, rannte zurück zur abtransportierten A.D. und sagte zur Toten: „Oh, gerade jetzt musste dir dieses Verhängnis passieren, wo wir uns wieder so gut verstanden hätten, liebe Annamaria ..."

Waldemar Koslowski erkundigte sich unterdessen diskret bei dem Sanitätertrupp: „Und Gunnar Trunkboldsson?"

Ein Arzt schüttelte bedauernd den Kopf.

„Auch für ihn ist alles längst vorbei".

Da rannte Waldemar zurück zu Heli. Da verlor sie das Bewusstsein und sackte in sich zusammen. Sekunden später lag auch sie im Gras.

„Heli, was hast du, Herlinde!!!" rief er in Panik.

Auch sie wurde auf einer Trage abtransportiert.

Jetzt machte sich Koslowski doch ernsthafte Sorgen, als er Heli da so ausgestreckt liegen sah; er rannte wie ein aufgescheuchtes Huhn hin und her.

„Beruhigen Sie sich, sie wird wieder, sie ist doch nur bewusstlos ... Kein Wunder bei diesem großen, emotionalen Zusammenbruch", sagte der Arzt.

Parkwächter und Geheimpolizei eilten herbei und wandten sich eindringlich an Koslowski.

„Sie sollen sofort bei Seiner Exzellenz, Hermann Gorsky vorstellig werden, Hauptkoordinator von Berlin", sprach der eine Uniformierte streng zu ihm.

„Aha, soll ich?" fragte Koslowski rotzig.

„Tut mir Leid, aber ein Herr dieses Namens ist mir nicht bekannt", sagte Koslowski so arrogant wie möglich.

„Wenn Sie mich nun bitte entschuldigen wollen", sagte er gebieterisch und ging seines Weges.

„Auch noch unverschämt werden, Sie Saboteur, das haben wir gern", sagte der andere Uniformierte mit dem großen „G"-Emblem, und hielt Koslowski auf, presste ihm seinen Knüppel an die Brust.

Er sah sich um und gewahrte die ruhende Herlinde Kopter auf ihrer Trage.
„Und was haben Sie im Übrigen mit unserer guten Genossin Herlinde Kopter
angestellt?" fragte er drohend.
„Was fällt Ihnen ein, die junge Frau derart zu verhetzen, dass sie schier den
Verstand verliert und solche Dummheiten macht, Sie Volksfeind? Sie werden
sich dafür vor dem Hohen Rat von Berlin zu verantworten haben", sagte ein
dritter Geheimpolizist.
„Auch dafür, dass Sie beide unsere beiden Agenten Dappermann und
Trunkboldsson verhext und gegen unseren Staat aufgehetzt haben, und
Volksverräter aus ihnen gemacht haben", sagte er streng.
„Ich frage mich wirklich, wie Ihnen das gelingen konnte", grummelte der
ratlose Geheimagent böse.

Koslowski lächelte wie jemand, der von völliger Gleichgültigkeit beseelt war,
und das war er auch.
„Wie eine große, weiße Lilie, der man die Blüten abgerissen hat", murmelte er
sanft.
„Was sagen Sie? Kommen Sie, jetzt markieren Sie hier gefälligst nicht den
Durchgeknallten, denn das nimmt Ihnen keiner ab", sagte der erste
Uniformierte streng.

Und zu sechst schlossen sie einen engen Kreis um Koslowski.

Da veränderte sich auch unmerklich, aber stetig die Stimmung um ihn herum,
denn seine Mitmenschen reagierten empfindlich auf die Drangsalierung
Koslowskis, und fingen ebenfalls an, ganz langsam einen Kreis des
Widerstandes um die Unterdrücker aufzubauen, indem sie schweigend Steine
und Stöcke vom Boden aufhoben, und sich drohend um die Agenten
zusammenschlossen; immer enger wurde der Ring.
Ein murmelnder Chor von Stimmen erhob sich dazu, der mit eintönigem
Singsang intonierte:

„Hände weg von Heli und Waldemar, wir beschützen unser Präsidentenpaar!"

Die Wachen trugen beunruhigte Mienen zur Schau, während sich ein zweiter
Protestchor formte und seine wütende Stimme erhob:

„Gorskys Zeit ist bald vorbei – nieder mit der Tyrannei! ..."

Die Geheimpolizisten ließen sich abschrecken und gaben Koslowski frei,
versuchten sich sogar mit gezogenen Laserwaffen unbeschädigt
zurückzuziehen.

Da trat Manfred Kalinsky mit schmerzverzerrtem Gesicht zu Koslowski, und alle Wachen und Bürger im Park machten ihm ehrfürchtig Platz. Jeder fürchtete jetzt wohl ein zweites Volkspark-Massaker.

„Meine Güte, Herr Koordinator: Sie sind ja auch verletzt worden", sagte Waldemar beunruhigt.

„Oh, nicht der Rede wert", sagte der Ex-Oberkoordinator von Berlin lächelnd, wie beiläufig.

Die Geheimpolizisten versuchten weiterhin, mit gezogenen Lasergewehren zu entkommen, aber die Menschenmassen ließen sie nicht aus dem inneren Kreis, den sie immer enger um die Geheimpolizei schlossen. Da griff Kalinsky in dieser zum Zerreißen gespannten Situation rettend ein.

„Bitte, lassen Sie sich zu keinen Gewalttätigkeiten verleiten, meine Herrschaften, glauben Sie mir, ich verstehe Ihren Zorn, aber trotzdem: Bleiben Sie zurück, die meisten von Ihnen werden mich unvermeidlicherweise erkannt haben, daher wissen Sie, wer ich bin und für was ich stehe", sagte er und hob beschwichtigend die Hände.

„Nämlich für friedliche Lösungen, daher appelliere ich an Ihre Vernunft und bitte Sie: Lassen Sie die Agenten friedlich abziehen!"

Die Massen murrten laut, auch Koslowski war nicht einverstanden mit dem Vorschlag.

„Aber nein, Herr Koordinator, was reden Sie denn da", protestierte er heftig. „Jetzt, wo wir die Saubande von Gorsky endlich in der Zange haben, und das Volk günstigerweise bereit ist, mit diesem Stalin-Verschnitt von Gorsky ein Ende zu machen, da wollen Sie alles abbremsen, das ist doch Wahnsinn", schimpfte er aufgebracht.

„Nein, im Gegenteil, das ist vernünftiges Kalkül, mein Freund", sagte Kalinsky streng und sein harter Griff schloss sich um Koslowskis Arm.

„Wir müssen es beide als unsere oberste unmittelbare moralische Pflicht betrachten, die Situation zu deseskalieren, oder wollen Sie noch einmal ein Massaker mit vielleicht Hunderten von Toten riskieren, lauter unschuldigen Opfern wie im Volkspark Friedrichshain?", mahnte er.

„Wollen Sie das auf Ihr Gewissen laden? Haben Sie denn gar nichts dazugelernt? Verzichten Sie doch zur Abwechslung bitte einfach einmal auf billige Rachsucht! Denn bedenken Sie: Gerade Sie sind doch inzwischen auch eine große Autorität in den Augen der Menschen! Ihre Stimme hat augenblicklich sogar mehr Gewicht als meine, denn Sie sind jetzt formell der Weltpräsident, also verspielen Sie verdammt noch mal nicht Ihren Vertrauensvorschuss, indem Sie das Volk zur sinnlosen Vergeltung aufstacheln, das wäre Massenmord! ...

Also erheben Sie stattdessen lieber Ihre warnende Stimme zusammen mit mir und schicken Sie das Volk friedlich nach Hause, verstanden?" befahl er eindringlich und sah Koslowski streng in die Augen.

Da löste sich endlich auch die gewaltbereite Stimmung bei Koslowski, und er sagte erleichtert: „Ja, Sie haben Recht, gut, dass Sie mir ins Gewissen geredet haben; bitte, Leute, hört auf uns, geht nach Hause, und schreitet nicht zu sinnlosen Gewalttaten", sagte jetzt auch er im Brustton der Überzeugung.
„Und ich werde jetzt als euer repräsentativer Präsident Gorsky Bericht erstatten, wie es meine Pflicht ist, alles andere ergibt sich von selber", sagte er ermattet.
Das Volk murrte zwar noch leise, doch schließlich schafften es die beiden Männer unter Aufbietung all ihrer Überredungskunst doch noch, die Menge zu zerstreuen. Einige hatten sogar vorgehabt, das Riesenrad anzuzünden, und beide Männer erkannten jetzt daher die dringende Notwendigkeit, solch zähe Beschwichtigungsarbeit geleistet zu haben; sie erkannten ebenfalls mit eisigem Schrecken, wie nahe sie an einer zweiten Volksparkkatastrophe vorbeigeschrammt waren.

„Kommen Sie, Waldemar, jetzt erstatten wir gemeinsam Gorsky Bericht", sagte Kalinsky erleichtert, und legte Koslowski seine starke Hand auf die Schulter.
„Danke für Ihre wunderbare Unterstützung", sagte Waldemar, „und lassen Sie mich Ihnen sagen: Es tut mir wirklich Leid um Ihre Annamaria, ich hätte nie geglaubt, dass ich noch einmal ein gutes Wort für sie einlegen würde", sagte er.
„Was für ein schrecklicher Tod, und das ausgerechnet so kurz nach ihrer moralischen Läuterung; tragisch!" – „Danke", meinte Kalinsky lakonisch.
„Sie kennen sie halt nicht von früher, da war sie ganz anders, so wie sie jetzt wieder auf dem besten Wege war, zu werden", bestätigte er melancholisch.
„Rein, edel, hilfsbereit und selbstlos, doch zu spät! Ihre Läuterung kam leider etwas zu spät", sagte er resigniert, „denken wir nicht mehr daran; so furchtbar Annamarias Tod mich auch getroffen hat: Wir müssen in die Zukunft schauen! --- Kommen Sie, Gorsky wird sehr wütend sein", vermutete er mit vollem Recht.

(Inzwischen war es den Mechanikern endlich gelungen, das Riesenrad anzuhalten und völlig zu blockieren gegen weitere, unkontrollierte Rotationen).

Und wirklich --- der unheimliche Herrscher hielt ein unbarmherziges Strafgericht über den armen Waldemar Koslowski in seinem Büro ab. Kalinsky war auch dabei und teilte brüderlich mit ihm die Schelte.

„Was fällt Ihnen eigentlich ein? - Meine beiden besten Agenten sind bei dem Wahnsinn, den Ihre durchgeknallte Blonde da oben auf dem Riesenrad veranstaltet hat, umgekommen, das ist ja eine Katastrophe!", schimpfte Gorsky auf Waldemar.

„Und Herlinde Kopter ist seitdem nicht mehr ganz bei Verstand, sie wird gerade von einem Psychiater betreut", sagte er böse und lief hektisch um seinen Schreibtisch herum.

„Allerdings kann ja, übrigens mal ganz nebenbei im Vertrauen gesagt, ein Mensch, der „Heli Kopter" heißt, und nicht sofort eine Namensänderung beantragt, a priori sowieso nicht ganz bei Verstand sein", schränkte Gorsky kopfschüttelnd ein, was Helis Fall betraf.

Kalinsky grinste matt.

„Aber darum geht es jetzt natürlich im eigentlichen Sinne gar nicht, was anderes ist viel wichtiger: Das ganze, wichtige Politikertreffen von morgen Abend ist zum Teufel; allen Delegationen musste ich absagen! Was für ein Affront, alle glauben an ein hinterlistiges Manöver meinerseits, aber was sollte ich denn machen: Heli ist ja nicht mehr vorzeigbar, und das ist die eigentliche, größte Katastrophe, denn die Amis und die Chinesen wollten ja vor allem sie sehen, die Stilikone der Freiheit und der Weltfreundschaft und des Friedens unter den Völkern", tobte Gorsky.

„Wie stehe ich denn jetzt da vor der Weltöffentlichkeit? Bestenfalls wie ein Trottel, ein armer Irrer, ein irrlichternder Diktator, gerade das, was ich unter allen Umständen vermeiden wollte! ... Und das ist Ihr Werk, Sie Saboteur, Sie Konterrevolutionär", sagte er geladen, kam hinter seinem Tisch hervor und zeigte mit dem Finger anklagend auf Koslowski. Dieser protestierte heftig.

„Ich wette, Sie und Heli haben diese ganze Farce im Vergnügungspark absichtlich inszeniert, um mich zu diskreditieren, geben Sie es zu: Sie waren es doch, der Heli auf das Riesenrad getrieben hat, und versuchen nun, die Schuld auf die Blonde abzuwälzen, weil sie sich im Augenblick nicht verteidigen kann! ... Und dann haben Sie beide doch sicherlich das Märchen von Ihrem gemeinsamen Selbstmordplan geschickt in Szene gesetzt, und dabei haben Sie so ganz nebenbei auch noch meine beiden Chefagenten verhext, und aus A.D. ein richtiges Weichei gemacht, eine wankelmütige Revolutionärin, und sie gegen mich aufgehetzt; ich muss schon sagen, das war schlau eingefädelt", brüllte Gorsky.

„Und dadurch erst hat diese miese Verräterin Annamaria Dappermann auch noch das gesamte Volk gegen mich aufgebracht, und alles wurde von tausend Kameras aufgezeichnet und praktischerweise gleich in die ganze Welt übertragen", schimpfte Gorsky.

„Das ist doch der Gipfel, die Amis sind nun stinksauer und verlangen pausenlos Aufklärung von mir über den Zustand von Herlinde Kopter! Aber dass die wichtigen ausländischen Politiker alle Verhandlungen wegen dieses

Vorfalls abgebrochen haben, das nehme ich Ihnen am meisten übel, das werde ich Ihnen gebührend vergelten, Koslowski! --- Jetzt ist Schluss mit lustig, Koslowski", sagte der Diktator wütend.

„Die Amis und Chinesen werden vielleicht sogar schon jetzt, wo wir hier palavern, heimlich Kriegsvorbereitungen gegen Berlin treffen, die Aufmarschpläne gegen unsere Hauptstadt liegen bestimmt schon in der Schublade irgendeines kriegslüsternen, amerikanischen Generals, der bestrebt ist, das angekratzte Image seines einst so mächtigen Riesenlandes endlich wieder aufzupolieren", donnerte Gorsky stakkatohaft.

„Mann, Sie sind ja schon wieder im höchsten Grade paranoid", wehrte sich Koslowski gegen die rüde, ungerechte Behandlung.
„Sie wagen es auch noch, mir zu widersprechen, nach dem unbeschreiblichen Chaos, das Sie mit dieser blonden Irren mit dem bekloppten Namen angerichtet haben?" tobte Gorsky wieder los.
„Ihretwegen kann es nun Wochen dauern, bis Heli wieder einsatzfähig ist als Repräsentantin auf einem neu anzuberaumenden Weltfriedensparteitag in Berlin; wobei es fraglich ist, ob sie überhaupt je wieder normal werden wird", sagte Gorsky außer sich.
„Inzwischen kann es längst wieder zu einem neuen Weltkrieg zwischen den mittlerweile völlig entfremdeten Nationen gekommen sein; alles durch Ihre Schuld! Sie elender Rebell, machen Sie sich auf was gefasst", belferte der cholerische Diktator los.

„Einen Krieg, verstehen Sie, was das bedeutet?" wiederholte Gorsky unbeherrscht.
„Seit Jahrhunderten hat es keinen Krieg mehr gegeben im Deutschen Reich", skandierte Gorsky und fuchtelte hektisch mit den Händen.
„Zum großen Glück, aber nun ...""

Kalinsky wiegelte ab, er sagte indigniert: „Beruhigen Sie sich, Euer Exzellenz; wenn Sie Helis gesundheitliche Fortschritte Tag für Tag akribisch in Wort und Bild aufzeichnen lassen, und die Ergebnisse dem Weltvolk über Globalnet zugänglich machen und selber täglich freiwillig vorführen lassen, dann sind auch die USA und China besänftigt, dann wird es keinen Krieg geben", sagte er sachlich.
„Dann können wir es in wenigen Wochen schaffen, mit einer gesunden Heli eine neue Weltfriedenskonferenz abzuhalten", schlug Kalinsky ermutigend vor.
„Ja, das ist wahr, das können wir zumindest schon mal ins Auge fassen", meinte Gorsky zerstreut.
„Aber wehe Ihnen, wenn da erneut was schiefgeht", sagte der Diktator drohend zu Koslowski.

„Kommen Sie, fassen Sie sich wieder", ermahnte ihn Kalinsky.

„Sie sind nun eine bedeutende, öffentliche Person in der ganzen Welt, aber wie wollen Sie uns Bürgern vom Deutschen Reich nur ein positives Rollenmodell vorleben mit Ihrer Rotzigkeit?" fragte er indigniert.
„Und mit Ihrem Al-Capone-haften Brutalo-Charme können Sie in Zukunft auch nicht mehr vor die Fernsehkameras treten, das kommt nicht gut an beim sentimentalen, amerikanischen Volk", rügte Kalinsky den „Kleinen Stalin".
„Ja, die Amis sind voller sentimentaler, kindischer Emotionen", bekannte Gorsky nachdenklich.
„Wenn Herlinde Kopter also für immer geistig verwirrt bleibt, oder gar stirbt, dann werden sie mir das nie verzeihen, dann machen uns die Amerikaner fertig", brachte Gorsky die Befürchtung hervor.

Und derart emotional zerrissen einigte man sich schließlich einigermaßen und ging in Frieden auseinander.
Halbwegs jedenfalls.

Wochen und Monate vergingen schließlich.

Heli hatte große gesundheitliche Fortschritte gemacht und konnte langsam wieder auf die Öffentlichkeit losgelassen werden.

Beinahe fröhlich ging sie mit Waldemar Koslowski im Grunewald spazieren - diesmal natürlich unter verschärfter Beobachtung und Bewachung. Eben schlenderten sie an der Krummen Lanke vorbei und schauten sehnsüchtig in das kleine Gewässer.
Es war mitten im Sommer und es war angenehm warm. Alles schien friedlich, doch der Radius des Formenkreises der Angst wuchs unaufhaltsam von Tag zu Tag: Die Menschen hatten nicht nur Angst vor dem neuen, unsichtbaren, menschlichen Diktator Gorsky, sondern fingen bald an, neurotisch jeden beliebigen Menschen als einen seiner potentiellen Helfershelfer zu verdächtigen, und zu fürchten.
Man fühlte sich wie in einem Land der toten Seelen, so hatte es Heli vor Kurzem einmal ausgedrückt.
Binnen weniger Monate war es dem Neo-Stalinisten Gorsky gelungen, einen nach innen und außen geschlossenen Machtblock aufzubauen: Jeder misstraute jedem.
Es würde nicht mehr lange dauern, und seinen Anhängern wäre es gelungen, auch den öffentlichen Raum nach ihrer eigenen Glaubensüberzeugung einzurichten.

Sogar im lieblichen Grunewald selbst fuhren sporadisch schwere Panzer umher, auf deren Türmen Lasergewehre montiert waren. Alles wurde auch schon draußen überwacht. Und in dieser ungesunden Atmosphäre sollte die arme Heli nun ihre Genesung absolvieren und öffentlich für das Volk zelebrieren! ... Hand in Hand bummelten Heli und Waldemar nun den Schlachtensee entlang und scheuchten die Wasservögel auf. Nur wenige Meter hinter ihnen folgten ihnen ihre Bewacher nach.

Der große Grunewald wimmelte vor Menschen. Die staatlich und parteilich organisierte Jugendaktion S.A.U.B.E.R. (Studenten Aller Universitäten Beim Ehrenamtlichen Reinemachen) war in dieser Woche gerade angelaufen, und man sah Hunderte von jungen Mädchen und jungen Männern, die emsig damit beschäftigt waren, „freiwillig" den Grunewald von Grund auf zu säubern; überall sah man sie harken, Papier aufklauben, Bäume und Hecken beschneiden. Und an allen Ecken und Enden sah man einen geisterhaft grinsenden Jugendlichen stehen, der den entgegenkommenden Passanten das neueste Parteiprogramm kostenlos zur Verfügung stellte.

Heli war festlich angezogen, denn sie war Teil der „fröhlichen" Propagandawoche, und sie wurde erwartungsgemäß auf Schritt und Tritt erkannt, und freudig bejubelt.
Koslowski nahm es gelassen hin, wenn wieder einmal ein Jugendchor der Gorsky-Partei „zufällig" vorbeikam und intonierte: „Hoch lebe unsere liebe Genossin Herlinde Kopter, verdiente Repräsentantin des Weltfriedens und der immerwährenden Völkerfreundschaft!"
Wurden die jugendlichen Jubel-Sänger zu lästig, scheuchte Waldemar sie weg. Sie quittierten es jedes Mal mit einem leichten Missfallen, Waldemar mit einem fröhlichen Lächeln.

Einer von den jungen Partei-Fanatikern wagte es schließlich doch einmal, Widerstand gegen Koslowskis Feindseligkeit zu zeigen:
„Passen Sie bloß auf, Mann, treiben Sie es nicht zu weit mit Ihrer staatsfeindlichen Hetze gegen unsere Partei; auch Sie stehen nicht völlig über den Dingen; Ihre Berühmtheit hilft Ihnen da auch nicht weiter: Merken Sie sich: Niemand ist unersetzlich, auch Sie nicht! ... Wissen Sie übrigens, was für Einträge inzwischen auf Fiesbook und über Voyeur-Phone über Sie zu lesen sind? Ganz und gar nichts Schmeichelhaftes steht da zu lesen und zu hören, mein Lieber, det kann ik Ihnen flüstern! ... Was da alles an Kommentaren über Ihre Machenschaften ins Globalnet gestellt worden ist, also: Machen Sie nur so weiter, dann sind Se bald fällig", sagte der Jugendliche hochnäsig und abfällig zu Waldemar.
„Aha", sagte Waldemar schelmisch, „immerhin: Über Ihr dummes Mitläufergesicht und Ihre dusselige Stimmviehvisage wird man bestimmt nie eine Globalnetseite anlegen; da bin ich Ihnen ja offensichtlich um Meilen voraus", sagte er hochfahrend, und ließ den Jungen stehen.
„Waldemar!!!" flüsterte Heli entsetzt.

Ab und zu liefen die jugendlichen Marschkolonnen singend ein Stück des Weges zusammen mit Heli und Koslowski mit, dann trennten sie sich wieder von ihnen. Die Trennung fiel Koslowski erwartungsgemäß jedes Mal leichter. Kalinsky durfte mit ihnen mitlaufen.
Nach einer Weile bemerkte Heli leise zu Waldemar: „Eins muss man Gorsky ja lassen: Er pokert eigentlich wirklich hoch", sagte sie spitz.
„Was willst du damit sagen?" fragte er verblüfft zurück.
„Naja, diese ganze rigide, martialische Inszenierung; ich frage mich: Wie lange wird das Ausland da noch stillhalten, wie lange wird Amerika da noch tatenlos zuschauen?"
Koslowski winkte ab.

„Pah, die Amerikaner sind wahrscheinlich noch zu schwach, militärisch am Boden; bestimmt sind die vollauf mit ihren eigenen sozialen Problemen beschäftigt", gab er flüsternd zurück.
Überall waren Kameras installiert und Mikrofone.

Und Überwachungsdrohnen schwirrten dicht über ihren Köpfen!

„Ich finde es trotzdem erstaunlich, dass Gorsky den Mut hat, Amerika und China derart zu provozieren", sagte Heli kaum hörbar.
„Wo doch in einer Woche schon die neue Weltfriedenskonferenz in Berlin stattfindet", sagte sie erstaunt.
„Dass er sich und seinen Truppen da nicht doch ein bisschen Zurückhaltung auferlegt, ist unerklärlich", ergänzte sie flüsternd.
„Alles Taktik", brummte Koslowski abgeklärt.
„Gorsky will eben Stärke und Selbstvertrauen gegenüber der ganzen Welt demonstrieren", sagte er, und die Bewacher aus den Büschen und Sträuchern beugten sich vor, um besser mitzuhören.
„Er glaubt wohl, das stärkt seine Verhandlungsposition auf der Konferenz ..."

Seit mehreren Kilometern Wegstrecke waren Heli und Waldemar nun schon zu Fuß in der freien Natur unterwegs, denn Herlinde musste ein hartes Trainingsprogramm bewältigen, das ihr von der Partei auferlegt worden war - zwecks ihrer Rekonvaleszenz; sie nannte es scherzhaft: „Mein Tränenprogramm"."

Sie marschierten jetzt geradewegs auf den Großen Wannsee zu, dem beliebtesten Ausflugsziel der Berliner; in wenigen Minuten würden sie ihn erreicht haben. Dort würde eine Abordnung auf sie warten.
Ja, wirklich, jeder Schritt von Heli und Waldemar wurde nun rücksichtslos propagandistisch ausgeschlachtet von der Regierung und galt als Vorbereitung für die baldige, große Friedenskonferenz in Berlin.
Das Sedativum, unter das man die arme Heli gesetzt hatte, begann nun, vollends abzuklingen; ernüchtert fing sie an, die graue, triste Wirklichkeit, die sie umgab, zu erfassen.
Leise sagte sie zu Waldemar: „Hach, gleich sind wir am Wannsee, doch statt bei diesem herrlichen Wetter ein erfrischendes Bad zu nehmen, wie alle anderen Ausflügler hier, werden wir von der Partei gleich vorgeführt wie zwei wertvolle Rassepferde; sogar die Natur wird von Gorskys Partei dazu missbraucht, verlogene Propaganda zu betreiben, das finde ich so grauenhaft", sagte sie arg enttäuscht.

„Freut mich, zu sehen, dass du endlich wieder normal geworden bist", sagte Koslowski sarkastisch lächelnd.

„Wir könnten ja versuchen, dem ganzen zwanghaften Getue zu entgehen, indem wir nächste Woche auf der Weltfriedenskonferenz zum Gegner überlaufen, und den amerikanischen Botschafter um Asyl in den USA bitten", schlug Waldemar leise vor.

„Waldemar, nicht so laut, bestimmt hört wieder einer mit", sagte Heli besorgt.

„Mir egal", sagte er leichthin.

„Die Gelegenheit zur Flucht ist günstig wie noch nie, wenn sich hier in Berlin in der Allround-Corporation die verschiedenartigsten Politiker aus den unterschiedlichsten Ländern alle auf einem Haufen tummeln", sagte Koslowski leise.

„So etwas ist seit Jahrhunderten der Abschottung nicht mehr vorgekommen! Da müsste es uns doch gelingen, zu dem einen oder anderen Kontakt aufzunehmen", sagte Koslowski ernst.

Heli sah sehr erschrocken drein.

„Aber Waldemar, man wird uns doch nie in die Nähe solcher Persönlichkeiten lassen", gab Heli zu bedenken.

„Die Gorskisten werden uns hermetisch von allen gefährlichen Fremden abschirmen", prophezeite sie düster.

„Gorsky wird diesmal auf jeden Fall dafür sorgen, dass wir ihm die Konferenz nicht wieder vermasseln, Waldemar, da kannst du sicher sein!"

Koslowski überlegte.

„Und wenn ich nun in einer Woche bei dem großen Ereignis ganz spontan den Wunsch äußere, eine Privataudienz beim amerikanischen Botschafter gewährt zu bekommen, was dann? Das werden sie ihrem Weltpräsidenten ja wohl schlecht abschlagen können, oder?" fragte Koslowski gewitzt.

„Sie werden dir noch sehr viel mehr abschlagen können, oder aber sie hören mit, was du dem Botschafter erzählst", sagte Heli säuerlich lächelnd.

„Sollen sie doch mithören - Hauptsache, der Botschafter willigt ein, uns im Kofferraum seines Privatraumgleiters nach Amerika zu schmuggeln, das wär doch was, na?" fragte Waldemar lächelnd.

„Wo hast du denn solch haarsträubenden Unsinn gelesen? Wahrscheinlich in einem utopischen Polit-Krimireißer, wie?" fragte Heli lachend.

„Egal wo, Hauptsache, es funktioniert!" meinte Waldemar grimmig und beschleunigte seinen Marschtritt.

„Ich wollte dich einfach nur schon einmal darauf vorbereiten, was uns alles in einer Woche an Abenteuern in der Allround-Corporation erwarten könnte", sagte Koslowski feixend.

„Vielleicht aber machen wir es ja auch ganz anders bei unserer Flucht", stellte er ihr lächelnd in Aussicht.

„Waldemar, ich möchte nicht, dass du diese ganze Fluchtsache zu leicht nimmst", mahnte Heli, „auf keinen Fall will ich, dass du den amerikanischen Botschafter oder irgendeinen anderen ausländischen Delegierten brüskierst oder mit deinen Eskapaden sogar in Gefahr bringst, denn das, was du vorhast, kann schwere, diplomatische Verwicklungen nach sich ziehen! Gerade jetzt, wo die politische Lage augenblicklich so angespannt ist", sagte Heli äußerst besorgt.

„Und wer weiß, was für eine Regierungsform in Amerika überhaupt gerade wirklich herrscht, es könnte ja auch eine Autokratie sein, die uns überhaupt nicht genehm ist, oder eine Oligarchie", sagte Heli vehement.

„Wir haben darüber doch schon mal gesprochen ..."

„Denn du selbst hast doch diese Befürchtung schon mal vor Monaten geäußert! Warum hast du plötzlich deine Meinung geändert?"

„Nein, das glaube ich eigentlich doch nicht. Amerika war in seiner gesamten Geschichte bisher immer ein Hort der Demokratie, wenn auch patriotisch und stolz, und nationalbewusst!" sagte Waldemar bestimmt.

„Aber schließlich kann es uns doch letztendlich piepegal sein, ob wir einen Skandal bei der Allround-Corporation provozieren oder nicht! Hauptsache, wir kommen weg von hier; du willst doch auch nicht hier in Berlin bleiben, wenn ich dich richtig verstanden habe, oder?" fragte er verstimmt.

„Ewig missbraucht von der Gorsky-Partei als Schauobjekt bei verlogenen Propagandaveranstaltungen, das ist es, was uns weiterhin blüht, und das Regime wird immer rigoroser und unnachgiebiger", schimpfte er.

Heli bat ihn wieder erschrocken, die Stimme zu dämpfen.

„Außerdem wird uns Gorsky sowieso bald völlig kalt stellen, uns vielleicht sogar diskret verschwinden lassen, sobald er seine heuchlerische Freundesbotschaft auf der Weltfriedenskonferenz erfolgreich durchgedrückt hat; dann sind wir für ihn nicht mehr von Nutzen, weil wir unsere Brauchbarkeit endgültig überlebt haben werden", sagte Koslowski, indem er Heli rückhaltlos einschüchtete.

„Und der Verlust seiner beiden Chefagenten nagt zudem weiterhin am großen Gorsky, das wird er uns auf jeden Fall heimzahlen, wie er ja übrigens selbst unverblümt gedroht hat, denn wir sind schuld daran", mahnte Koslowski unbarmherzig.

„Ab jetzt sind wir für Gorsky nur noch lästige Konkurrenten um die Macht, das weiß er, seit das Volk hauptsächlich für uns Partei ergreift, vor allem nach unserem aufwühlenden Selbstmordspektakel auf dem Riesenrad! ... Amerika wird uns dafür Sympathie entgegenbringen, und uns helfen; daher ist die Konferenz in Berlin für uns die geeignete Kulisse, um uns bemerkbar zu machen, und um uns dann zu verdünnisieren, das ist die letzte Rettung für uns beide, begreif' das doch endlich!" sagte Koslowski böse.

Heli seufzte resigniert.

Da waren sie am Großen Wannsee angelangt, und beide wurden zur Begrüßungskapelle geführt.
Nach allerlei rührseligem und verlogenem Brimborium marschierten die beiden Helden des Volkes unter verstärktem Begleitschutz weiter, den gesamten Wannsee entlang!
Heli stöhnte entsetzt auf und warf wieder einen sehnsüchtigen Blick auf das erfrischende Wasser, beneidete die Surfer und Bootsfahrer, und natürlich die Schwimmer, die sich fröhlich in dem erfrischenden Nass tummelten.

Immerhin bekamen Heli und Waldemar nach einer weiteren kurzen Jubelstrecke eine erneute Pause zugestanden, wo sie dann auch mit einem ausgiebigen Mittagessen und erfrischenden Getränken versorgt wurden. Alles wurde von der Partei gestiftet. Es war einfach zu paradox: Sie, die beiden Helden der Arbeit und die beliebten Volksgenossen, wurden von sozialistischen Parteimitgliedern wie feudale Fürsten bewirtet und umsorgt; eine Zeremonie so ganz und gar nicht im Sinne der Parteiideologie! ... Dazu trat auch noch die beliebte Berliner Volkssängerin Sarah Salamander auf ein kleines Podium und gab ihren neuesten Hit zu Ehren des neuen sozialistischen Superpaares zum besten: „Der Hund hat mir ein Lied gebellt".
Die große schwarzhaarige Schwedin legte sich mächtig ins Zeug und schmetterte mit ihrer gewaltigen Altstimme ihren umjubelten Sommerhit, zur Untermalung von Helis und Waldemars Mittagsmahl, wobei sie ausgiebig bejubelt wurde von den Berlinern:

Der Hund hat mir ein Lied gebellt,
Von einer Wurst unsagbar schön;
Die er zwischen seinen Zähnen hält,
Sie riecht verlockend schön --- er beißt hinein!
Auuuuutsch ... Auuuutsch! Krack!

An dieser Stelle des Liedes imitierte die muntere Kapelle, die zu dem Lied aufspielte, mit ihren Instrumenten das Jaulen des Hundegewinsels, als sich das Tier die Zähne an der harten, vertrockneten Wurst ausbiß. Die Zuschauer lachten ausgiebig, auch Heli und Waldemar klatschten vergnügt zu Ehren der großen Sarah Salamander, als die Sängerin Heli überraschend für die zweite Strophe leutselig auf die Bühne bat. Diese kam der Aufforderung zur großen Freude der Partei und zum noch größeren Missfallen Waldemars ohne zu zögern nach, unterbrach lachend ihr Essen, und zusammen sangen beide Frauen zum Entzücken der Badegäste und Sommerfrischler die zweite Strophe: Hand in Hand, Sarah mit ihrer Superstimme, Heli mit dünnem Diskant:

Am Meer ... stand er abends oft,
der Hund, und hat gehofft -

auf was? ...
Oh, Herz, hörst du wie es schmerzt,
die Zähne ausgemerzt,
oh, Graus! ...

Die Menschenmassen lachten sich kaputt und nahmen alles mit ihren Spy-Phones auf. Die Nachfrage vom Volk war so groß, dass Heli das Lied mit Sarah mehrere Male wiederholen musste; das letzte Mal sogar allein! --- Zu ihrem großen Schrecken, doch sie meisterte die Herausforderung einigermaßen gut. Denn sie sang zwar mit dünner Stimme, aber in gutem Rhythmus, und fast ohne falsche Töne.
Die Partei war zufrieden, dass Heli so gut „funktionierte". Waldemar grollte und drehte sich weg vom Geschehen.

Nach der Darbietung trat Heli unter großem Applaus von der Bühne, nicht ohne sich von Sarah Salamander herzlich verabschiedet zu haben, was zu einer innigen, freundlichen Umarmung führte.

Dann gab Sarah weiter allein ihr Sangesrepertoire zum besten, während Heli und Waldemar dazu tanzten, genau wie alle anderen Paare. Waldemars miese Laune war nun einigermaßen wiederhergestellt, als er seine Heli nun erneut über das Parkett schleifen konnte, doch die Leute lachten, denn er konnte nicht besonders gut tanzen. Aber das war ihm egal.
„Oh, Waldemar, wenn das der gute Gunnar Trunkboldsson noch hätte miterleben können", sagte Heli etwas traurig, „ich glaube, er hätte Sarahs großartiges Schauspiel in vollen Zügen genossen", sagte sie sehnsuchtsvoll.
„Oh, ich wusste, dass diese Bemerkung irgendwann fallen musste", sagte Waldemar genervt und zerrte noch härter an Heli.
„Und Annamaria, ... oh, die arme Annamaria", sagte Heli und fing an, leise zu weinen.
Die wehmütige Erinnerung kam wieder hoch, so gar nicht passend zu dem fröhlichen Tanzfest.
„Nicht, Heli", sagte er plötzlich sanft und trocknete hastig ihre Tränen mit einem Taschentuch.
„Versuche, nicht zu weinen, Liebling; verschieb deine Tränen auf später, wir müssen einen standfesten Eindruck machen", mahnte er leise.
Sie gab ihm Recht, und es gelang ihr sofort wieder, ihr Gesicht im Zaum zu halten. Nur Sekunden später strahlte sie wieder, keiner hatte was gemerkt. Fröhlich wirbelten sie über die Tanzfläche am See.

„Was meinst du, oh my Darling Waldemar: Ob wohl Sarah Salamander auch für die Partei schwärmt?" fragte Heli plötzlich ganz unerwartet während des Ententanzes.

„Wohl eher für die Partei-S p e n d e, die sie nach ihrem Auftritt einstreicht, vermute ich", sagte Waldemar sarkastisch und ließ Helis Hand verstimmt los. Heli lachte verschreckt, machte aber sofort wieder ein bedusseltes Gesicht, als sie Waldemars Antlitz so gesichtsstarr erfühlte.

„Danke für diesen wundervollen Tanz, liebe G e n o s s i n H e r l i n d e", sagte Waldemar frostig, und verbeugte sich ironisch tief vor Heli, und trat in schlechter Laune wie ein zackiger Parteisoldat von der Tanzfläche. Heli erbleichte.
„Waldemar, du kannst einem aber auch jede kleinste Freude vermiesen, du Ekel", rief sie ihm wütend nach und holte ihn ein, stellte ihn aufgebracht zur Rede.
„Was sollte eben diese Bemerkung mit der „Lieben Genossin Herlinde?" fragte sie spitz.
„Genau das, was ich sehe, und was du offensichtlich auch fühlst!" sagte er knurrig.
„Du scheinst dich ja bestens mit unseren zackigen Parteisoldaten zu verstehen, wenn man die Art betrachtet, wie du dich mit ihnen amüsierst", sagte er rotzig und pöbelnd.
„Waldemar", sagte sie verständnislos lachend, „ich versuche doch nur, den Schein zu wahren, du glaubst doch nicht wirklich, dass ich ... Oh, Waldemar, du bist doch ein solcher Dummi", sagte sie lachend und streichelte seine Wange.
Er drehte sich entrüstet weg.
„Ich konnte hier doch unmöglich meinen Gehorsam verweigern, nicht bei dem munteren Fest! ... Die Leute brauchen doch dringend ein bisschen Abwechslung bei all der täglichen, grauen Tristesse und der schlimmen, politischen Lage - willst du ihnen das auch noch vermiesen? Unmöglich! ... Das, was ich gesungen habe, hat doch gar nichts mit Politik zu tun gehabt, geschweige denn, mit Ideologie; das war doch nur ein harmloses Gesellschaftsvergnügen", ereiferte sich Heli protestierend und zerrte an Waldemars Haaren.

Er sah ihr tief in die Augen, schien einigermaßen besänftigt.

„Du hast für die Partei gesungen, gut - aber: Wenn du das Singen nennst, was du da eben dargeboten hast! ... Ich glaube, ich lasse dich lieber umgehend Gesangsunterricht bei Sarah Salamander nehmen", sagte er scherzend, „gleich morgen früh melde ich dich an! ..."
Heli lachte verdruckst und stolperte fast, er fing sie auf. Da wurde seine Miene wieder düsterer.
„Sag mal, dieses Lied von Sarah: Das ist doch wie auf mich gemünzt", sagte Koslowski scharf.
„Was meinst du?" fragte sie misstrauisch.

„Na, der Hund, der sich an der Wurst die Zähne ausbeißt, meine ich; das ist
doch in Wirklichkeit eine direkte Anspielung auf mich, eine versteckte
Warnung der Partei: Genauso werde ich mir die Zähne an Gorsky ausbeißen,
soll das heißen, wenn ich sein verdammtes Spiel nicht mitmache und nicht
kusche wie der Hund aus dem Lied, dann macht er mich fertig! --- Ich wette,
Sarah Salamander und die Partei haben den Song sogar zusammen
ausgeheckt, um mich zu gängeln, zu demütigen, das war doch alles eine
abgekartete Sache, sage ich dir; das ist nicht nur ein harmloser Partyschlager,
ein lustiger Gag ohne Bedeutung, sage ich dir“, sagte er erregt und fuchtelte
heftig mit dem Zeigefinger auf die ahnungslose Sängerin, die jetzt einen
fröhlichen Rumbasong sang, und alle in ihrem Wirbel mitriss.

Jetzt war Heli wirklich fassungslos.

„Waaas? Sag´ mal, Waldemar, ich glaube, du bist wirklich krank, ja echt
krank bist du!!! Das darf doch nicht wahr sein“, rief sie und fasste sich an den
Kopf, starrte ihn entgeistert an. - „Das ist doch ... Also, nein, nicht ich bin es,
der einen Psychiater braucht --- das heißt, ich brauchte ihn schon, nach
meinem mentalen Absturz, aber ich sehe, du benötigst noch viel dringender
einen, denn was du da für einen paranoiden Unsinn erzählst, da kräuseln sich
einem ja die Fußnägel!“ rief sie hysterisch lachend, dass die Leute sich schon
nach ihnen umschauten.

„Doch, glaube mir: Die Wurst ist eine Metapher für meine Aufsässigkeit,
meine politische Unbotmäßigkeit“, beharrte Koslowski steif und fest, doch da
lachte Heli schon wieder fröhlicher: „Oh, Waldemar, bei dir ist doch eine
Schraube locker, aber irgendwie liebe ich einfach diese Lockerheit“, sagte sie
kichernd, und küsste ihn tanzend.
„Wirklich? Dann ist ja alles in Ordnung“, sagte er lachend und tanzte linkisch
weiter mit ihr.
„Warum also machst du so ein Theater über solch ein harmloses Lied?“,
fragte er stichelnd.
Heli sah ihn belustigt an und grinste schräg.
„Sprechen wir also nicht mehr darüber“, sagte er glucksend, und leicht
betrunken.
„Genau, tanzen wir lieber darüber“, sagte Heli säuselnd und zeigte auch
deutliche Anzeichen von Beschwipstheit.

Sie ließen lässig das kleine, improvisierte Fest mit allerlei Albernheiten
ausklingen, und als es beendet war, verabschiedeten sie sich warmherzig und
unter vielem Gelächter von Sarah Salamander, dankten ihr für ihre
warmherzige Gastfreundschaft und ihren „verwüstlichen Humor“; sie war
entzückt über diese Bemerkung, und Heli und Waldemar schleppten sich

daraufhin in einen für sie bereitgehaltenen, kleinen Gästepavillon direkt am See, wo sie sich für ein paar Stunden entspannt ausschliefen.

Dann wurden sie geweckt und setzten mit brummendem Schädel ihre Siegestour um den Wannsee fort. Sarah Salamander sah ihnen mit ausdruckslosem Gesichtsausdruck nach. Doch auf einmal lächelte sie geheimnisvoll.

Viel später, als Heli und Waldemar an einer bestimmten Stelle des Wannsees angekommen waren, rückte ihnen das Peloton der Begleitpersonen plötzlich ganz nahe auf den Leib; so eng war die unerwartete physische Umschnürung, dass Heli staunend fragte: „Wieso werden wir denn auf einmal derart streng bewacht, Waldemar? Haben wir irgendetwas getan, was wir nicht sollten, oder ist das hier eine gefährliche Stelle, wo uns eine Gefahr droht?"

Waldemar lächelte überlegen.

„Die Gefahr sind wir selber --- für uns!" erklärte er martialisch.

Heli sah ihn verständnislos an.

„Weißt du denn nicht, was für eine historische Bedeutung diese Stelle hier am See hat?" fragte er und deutete auf eine ferne Gedenktafel.

„Nein", sagte Heli und schaute angestrengt in die angezeigte Richtung.

Ein Bewacher trat drohend vor sie hin.

„Das hier ist die Stelle am Wannsee, wo der berühmte Dichter Heinrich von Kleist im Jahre 1811 Selbstmord begangen hat, übrigens zusammen mit einer befreundeten Frau, Henriette Vogel", erläuterte Koslowski grinsend.

„Denn zusammen macht halt alles viel mehr Spaß", sagte er juxend.

„Na, merkst du was, Henriette, äh, ich meine, Herlinde?" fragte er säuerlich lächelnd.

Herlinde erschrak.

Sie wollte zur Tafel eilen, doch zwei Wachsoldaten mit ihren Lasergewehren hatten sie schon abgedrängt, andere versperrten ihr den Ausblick auf den See, drängten beide, weiterzugehen. Heli stutzte.

„Du meinst --- die haben Angst, dass wir es den beiden Verblichenen nachmachen?" fragte sie ungläubig und lachte bitter.

„Natürlich, was sonst?" meinte Koslowski gereizt.

„Oder glaubst du etwa, die mächtige Umschnürung erfolgt, weil unsere Bewacher fürchten, dass wir ein unerlaubtes Bad nehmen?", fragte er mit galligem Humor.

„Ach, Waldemar", sagte sie zitternd und erbleichte.

„Meine Füße tun so weh, und ich schwitze derart scheußlich in meiner schweren Paradeuniform", beklagte sie sich bitterlich, „wenn wir nicht bald eine neue Rast einlegen, dann bin ich nur zu gern bereit, mich mit dir an dieser Stelle ebenfalls in dem See zu ertränken", sagte sie müde.

„Wie denn?" fragte Waldemar mürrisch.

„Bevor es uns gelingt, überhaupt auch nur einen Zeh zu befeuchten, oder auch nur einen Schluck Wasser aus dem See zu trinken, haben uns die vielen Bewacher locker zehnmal wieder herausgezogen", sagte er grimmig.

„Also vergiss´ es; außerdem hat sich Kleist gar nicht im See ertränkt, sondern am See erschossen", berichtete Koslowski als strenger Chronist.
„Dabei ging der gute Kleist äußerst raffiniert vor, bei seinem spektakulären Selbstmord, um die Behörden, die ihn seinerzeit so schikanierten, indem sie zum Beispiel seine Berliner Abendblätter, die Kleist herausgab, einstellten, zusätzlich zu brüskieren; hör dir nur mal an, wie er es angestellt hat, mit seiner Selbsttötung", sagte Waldemar geheimnisvoll, „kennst du die berühmte Geschichte?" fragte er.
Heli verneinte, hakte sich bei Waldemar unter und lauschte interessiert.
„Nein, erzähl´ schon!" sagte sie atemlos. ---
„Nun, es war so abgelaufen: Erst erschoß Heinrich von Kleist sich selbst, dann seine Geliebte, Henriette Vogel", sagte Waldemar lächelnd.
Heli machte ein mopsiges Gesicht, dann lachte sie und trat ihn mit ihrem Stiefel auf den Fuß.

„Na warte, du Armleuchter, dir werde ich helfen, mich andauernd zu verarschen", sagte sie mit Wonne und trat noch einmal zu.
Waldemar schrie auf und stieß dabei gegen einen grimmigen Bewacher, und weiter ging der Marsch.
Überall, wo die beiden vorbeikamen, begegnete man ihnen mit Ehrfurcht, aber es war auch eine gute Portion Schrecken in den Gesichtern der Menschen, wie Heli wieder einmal beunruhigt feststellte. Wahrscheinlich Furcht vor Strafe, wenn man die beiden Ikonen nicht hinreichend bejubelte. Es war eben alles reglementiert.

Zwei Tage später erhielt Herlinde Kopter von den neuen Behörden der Allround-Corporation endlich die Erlaubnis, das Grab von Heidrun von Reitzenstein im Volkspark Friedrichshain besuchen zu dürfen.

Unter strenger Bewachung wurde sie zusammen mit Waldemar Koslowski zu dem Gedenkstein vorgelassen, und vergoss prompt wieder bittere Tränen über das erste „Opfer ihres Leichtsinns", wie sie es nannte. Eine weiße Marmorplatte war in den leicht ansteigenden, „grünen Hügel" eingelassen.
„Na, siehst du", sagte Waldemar zu ihrem Trost, „nun haben wir es doch noch geschafft, hierher zu Heidrun zu gelangen, wie du es dir so sehr gewünscht hast", sagte er und stützte Heli, die erneut vom alten Schmerz übermannt wurde, als sie die Inschrift las.

Hermann Gorsky hielt die tote Heidrun ja noch nach wie vor für eine eingeschleuste Spionin aus der Weltraumprovinz Terra Nova, und er setzte alles ins Werk, diese abstruse Behauptung zu beweisen, hatte zu diesem Thema einige Untersuchungen anstellen lassen, die noch liefen. Die Geheimpolizei hatte alle Hände voll zu tun, die neugierigen Menschen im Park davon abzuhalten, Heli und Waldemar zu nahe zu kommen.

„Da liegt sie nun, die arme, ahnungslose Heidrun, und wir stehen hier lebend so nutzlos herum", sagte Heli kummervoll, und zwei Tränen rannen ihre Wangen hinab.
„Ja, aber ich finde es doch allemal vorziehbar, dass wir beide jetzt nicht neben ihr ruhen, ehrlich gesagt; was durchaus ganz leicht hätte passieren können", sagte Koslowski mit Nachdruck.
„Ich frage mich, ob du in diesem Punkt wirklich Recht hast", sagte Heli zweifelnd, während sie einen großen Kranz mit den eingeflochtenen Großbuchstaben „HvR" auf das Grab legte, woraufhin die sie begleitenden Funktionäre Beifall klatschten und Heidrun als „Erstes Opfer der neuen, gesellschaftlichen Großen Revolution" feierten und verklärten.
Kurz darauf verließen die beiden das Grab, das zur Pilgerstädte der Berliner geworden war, unter verstärkter Bewachung wieder.

Wobei die Bewacher an sich nichts dagegen hatten, ihre beiden Volkshelden möglichst nahe an möglichst viele Berliner Menschenmassen heranzulassen, um mit dem „Weltpräsidentenpaar" anzugeben und seine „Parteitreue" zu loben, doch sie fürchteten natürlich auch zu Recht um Helis und Waldemars Sicherheit, denn die beiden könnten ja von den begeisterten Massen erdrückt werden. Oder von Neidern getötet werden. Diese Sorge schließlich war nicht unberechtigt.

Nach dem Staatsakt äußerte die neue Volksheldin Heli den Wunsch, den Märchenbrunnen besuchen zu wollen, eine am westlichen Eingang des Volksparks Friedrichshain befindliche Brunnenanlage mit Märchenfiguren auf dem Brunnenrand, die sie schon als Kind so gern besucht hatte.
„Bitte, mir ist heute so danach, wieder einmal die Steinskulpturen aus den Grimmschen Märchen zu betrachten, das habe ich immer getan, wenn ich traurig war: Danach war mir gleich wieder leichter ums Herz, und viel wohler zumute, wenn ich Schneewittchen mit den sieben Zwergen oder Dornröschen und Hans im Glück betrachtet habe", sagte Heli zu einem hohen Parteifunktionär.

Der sah sie liebevoll an.

„Außerdem hat mir das Geräusch der neun kleinen, sprudelnden Wasserfontänen immer sehr geholfen, meine überreizte Psyche zu lindern, wenn ich mal wieder völlig am Boden war; bitte, lassen Sie mich einen kurzen Abstecher zum Märchenbrunnen machen, allein schon wenn ich die sieben wasserspeienden Frösche im Wasserbecken sehe und höre, ist mir gleich wohler, Genossen, denn der Tag war sehr anstrengend“, bat Heli.

„Aber liebe Genossin, es gibt doch keinen Grund, traurig zu sein, Sie können gern morgen zu Ihrem geliebten Brunnen pilgern, wenn Sie es wünschen“, sagte der Funktionär bedauernd, „ich werde Sie gerne persönlich hinfahren, doch heute haben wir leider schon ein anderes Programm für Sie vorgesehen, wir bleiben zwar im Volkspark, aber Sie haben noch einen Termin bei den ehemaligen, gefallenen Helden unserer neuen, sozialistischen Republik Deutschlands, deren Denkmäler wir jetzt gleich aufsuchen müssen“, sagte der Funktionär sehr liebenswürdig, „und dort müssen Sie beide eine kleine Ansprache halten, keine Angst, wir helfen Ihnen nach Kräften, es wird nicht lange dauern, ich habe das Blatt mit dem Text für Sie schon vorbereitet; aber vielleicht schaffen wir danach tatsächlich sogar noch heute Ihren Märchenbrunnen“, versprach er, und Helis Gesicht hellte sich auf.

Es war natürlich klar, dass den neuen Machthabern um Gorsky eher daran gelegen war, etwas aufzusuchen, was ihre neue, sozialistische Republik mit einer neueren, angeblich gerechteren Gesellschaftsordnung repräsentierte, etwa Denkmäler ehemaliger, kommunistischer Helden oder Widerstandskämpfer aus ferner Vergangenheit, wie zum Beispiel von Karl Liebknecht oder Rosa Luxemburg.
Wobei sich Waldemar Koslowski keinerlei Illusionen machte: Die neuen Machthaber versprachen zwar die Errichtung einer neuen, gerechteren Welt, doch in Wirklichkeit trieben Gorsky und Co. nur den Aufbau einer neuen, kommunistischen Diktatur mit täglich unerbittlicherer Härte voran; ein Regime, wie es schon einmal im Deutschland des zwanzigsten Jahrhunderts existiert hatte, das die neuen Herrscher jetzt als herrlich verklärten.

Natürlich war man daher viel eher darauf erpicht, die vergessenen Heroen-Denkmäler aus der untergegangenen DDR aufzusuchen, und das tat die kleine sozialistische Abordnung jetzt auch; sie gingen dahin, wo politische Gedenkstätten im Volkspark angelegt waren: Sie besuchten an der Landsberger Allee den Friedhof der Märzgefallenen für die Opfer der Barrikadenkämpfe im revolutionären März 1848 und anschließend im Westen des Parks das Denkmal für die Spanienkämpfer für die im Spanischen Bürgerkrieg auf Seiten der Internationalen Brigaden gefallenen deutschen Antifaschisten. Man hatte die tausend Jahre alten Denkmäler entstaubt, notdürftig von der grünen Patina befreit und aufwändig restauriert, bis die „alten Helden im neuen Glanz erstrahlten".

Heli seufzte unzufrieden vor diesem neuen Mammutprogramm der aufdringlichen Parteipropaganda. Der Hohe Parteifunktionär jedoch erklärte ihr stolz: „Der ganze Volkspark Friedrichshain, wo wir uns jetzt so glücklich befinden, gehörte vor undenklich langer Zeit schon einmal zu einem friedlichen, sozialistischen Teil-Deutschland, der sogenannten „Deutschen Demokratischen Republik" wie Du ja wahrscheinlich weißt, liebe Genossin Herlinde; doch leider wurde das herrliche, deutsche sozialistische Paradies unser Vorväter durch schmählichen Verrat seines großen Brudervolkes, der ehemaligen Sowjetunion, nach nur vierzigjährigem Bestehen zerschlagen, nicht zuletzt auch durch imperialistische Umtriebe und agitatorische Störmanöver seines großen Erzfeindes, den Vereinigten Staaten von Amerika, mit denen wir bald wohl oder übel wieder hier in Berlin an einem Verhandlungstisch zu sitzen gezwungen sind", trompetete der Parteifunktionär indigniert.

„Doch heute wollen wir die ruhmreiche, sozialistische Tradition wiederaufleben lassen, indem wir daran erinnern, dass Berlin schon einmal Hauptstadt des deutschen Sozialismus war, allerdings nur der Ostteil der Stadt, wo wir uns jetzt gerade befinden; von den westdeutschen Imperialisten von damals verächtlich „Ost-Berlin" genannt ...", sagte der Funktionär und schnaubte.
Heli machte ein äußerst gelangweiltes Gesicht vor dem Denkmal und fragte Waldemar im Flüsterton: „Meine Güte, sag´ mal, Liebling: Was sind denn eigentlich „Imperialisten?"
Er gebot ihr energisch Stille und flüsterte zurück: „Nicht jetzt, Fischmündchen, das erkläre ich dir später; außerdem weiß ich es selbst nicht genau, und ich wette, unser wackerer Neo-Stalinist, der sich als neuer, sozialistischer Schönfärberredner versucht, hat in Wirklichkeit auch nicht viel Ahnung davon ...“
Heli lachte.

„Fragen wir ihn doch einfach ganz ungeniert, mal sehen, wie er dann

reagiert", schlug sie flapsig vor.

„Wirst du wohl ruhig sein", sagte Waldemar mit gespielter Strenge, und haute

ihr auf die Finger, doch dann nahm er sofort wieder Haltung an.

„Nun, diese Zeiten sind, dem „Gewissen" sei Dank, vorbei", sprach der Parteifunktionär strahlend, „seit einigen Monaten wird unser ganzes, herrliches deutsches Reich wieder einheitlich sozialistisch regiert, von Flensburg bis Garmisch, und von Aachen bis an die ehemalige schlesische und pommersche Grenze, über die wir mit unseren chinesischen Verbündeten demnächst nochmals verhandeln müssen", sagte der Funktionär etwas betreten und senkte den Kopf.

„Nanu, hört, hört, das sind ja ganz neue Töne", flüsterte Waldemar Koslowski überrascht zu Heli hin, „ich wusste gar nicht, dass wir die Chinesen schon als Verbündete haben, noch bevor die Verhandlungen auf der internationalen Friedenskonferenz überhaupt begonnen haben; wahrscheinlich gab es schon heimliche Treffen der Gorsky-Partei mit China", vermutete Koslowski.

„Ach du mein Schreck, du willst doch nicht etwa damit andeuten, dass ganz China auch schon sozialistisch ist, oder?" fragte Heli erschrocken.

„Ich weiß nicht, es war jedenfalls mal lange kommunistisch, genau wie Russland, aber das ist ja schon so viele Jahrhunderte her; vielleicht wird China aber tatsächlich schon wieder sozialistisch regiert --- aber jetzt wenigstens geben die Gorsky-Leute bei uns offen zu, dass in Deutschland wieder ein kommunistisches Regime herrscht", sagte er leise zu Heli.
„Na, wenn dir das ein Trost ist!", rief sie madig aus.

Als der Funktionär den Neuen, Deutschen Sozialismus lobte, hatten viele Zuhörer im Volkspark begeistert geklatscht, aber ebenso viele ließen ein empörtes Pfeifkonzert ertönen. Einige Zwischenrufer unterbrachen seine Lobeshymnen: „Wieso behaupten Sie eigentlich so keck, dass China unsere Verbündeten sein sollen? Keiner hat offiziell sowas verlauten lassen, weder im Fernsehen, noch auf den Parteiversammlungen", beschwerte sich ein Protestler.
Der Funktionär wand sich in verzweifelten Zuckungen.
„Ich behaupte das keineswegs, ich bin selber überrascht über diese Feststellung", sagte er verschämt und schlug die Augen nieder.

„Dass China mit uns verbündet ist, erfahre ich gerade selber erst, weil es auf meinem Manuskript steht, und dieses habe ich erst heute, vorhin in der Allround-Corporation, ausgedruckt in die Hand bekommen, von unserem Supercomputer, dem „Gewissen", liebe Volksgenossen", sagte der Mann unsicher lächelnd, „und unser lieber, unentbehrlicher Supercomputer hat schließlich auch erst vor Monaten verfügt, dass die beste Regierungsform für unsere deutsche Welthauptstadt Berlin im allgemeinen, und für unser Deutsches Weltreich im besonderen zukünftig wieder eine sozialistische sein soll, wie damals in ehemals glorreicher Vorzeit, von 1949-1989. - Was ja auch wirklich angebracht ist, nach dem schändlichen Verrat des ehemaligen Hauptkoordinators von Berlin, Manfred Kalinsky, der heimlich in die Tabuzone Terra Nova aufgebrochen ist und mit den dortigen Abtrünnigen versucht hat zu paktieren und gegen uns zu agitieren; der den aussätzigen Feind in unser Lager führte, Gerold von Reitzenstein, und zusammen mit dessen Flotte unsere Hauptstadt Berlin angriff, was von unserem glorreichen Führer, dem heutigen, neuen Hauptkoordinator Hermann Gorsky, mithilfe unseres fabelhaften „Gewissens" zum großen Glück unterbunden werden konnte, indem wir die gegnerische Flotte zerstörten ..."

Die Berliner buhten und pfiffen sich wild durch die Suada des unwürdigen Parteifunktionärs. Es war offensichtlich, dass sie sich standhaft weigerten, Kalinskys guten Namen derart beschmutzt zu sehen: Der Mann hatte für die Berliner offensichtlich noch eine große Bedeutung.
Heli staunte mit offenen Augen.

Waldemar schüttelte indigniert den Kopf. „Siehst, du, Heli", sagte er zu ihr, „es ist einfach faszinierend, immer wieder durch alle Jahrhunderte zu beobachten, dass beginnende, neue totalitäre Diktaturen stets nach dem gleichen Strickmuster gewoben werden. Hier kannst du es gerade erleben", sagte er und zeigte auf den fanatischen Parteifunktionär.

„Auch dieser Herr hier beherrscht bereits meisterhaft sein hetzerisches Vokabular: Sündenböcke werden gebraucht! --- Natürlich ist unser guter Kalinsky an allem Elend schuld! - Die eigene Ohnmacht vor dem Feind muss beschworen werden, um die Aktion umso lautstärker einfordern zu können! ... Also muss schnell ein neuer Retter des Vaterlandes her: Gorsky! - Denn Kalinsky wird als Weichei verspottet! ... Es ist immer, immer wieder dieselbe Leier", sagte er mit traurigem Lächeln.

„Pfui, das, was Sie da verzapfen, ist typisches Funktionärs-Gewäsch", rügte ein fäusteschwingender Protestler da auch schon zu Koslowskis großer Freude.

„Ja, die Propagandalügen von einst fangen wieder an, nieder mit dem kommunistischen Kauderwelsch", schrie eine junge Frau, die direkt neben Heli stand, und drohte mit der Faust.
Heli zuckte schreiend zusammen und wich von ihr zurück, weil sie im ersten Moment glaubte, die Frau wolle sie schlagen.

„Ihr könnt uns viel erzählen, Ihr Märchenerzähler, aber wir haben eure Lügen satt", schimpfte ein anderer Dissident.
Der kommunistische Funktionär ließ erschrocken sein Manuskript fallen.
Beim Stichwort „Märchen" zuckte Heli zusammen.
„Ach du Schreck, der Märchenbrunnen! ... Himmel, wenn die alle noch weiter so dämlich quatschen, dann komme ich nie zu meiner entspannenden Wassertherapie", dachte Heli ärgerlich, sagte es natürlich nicht laut, denn

dann hätte sie sich ja angesichts des Ernstes der Lage in aller Öffentlichkeit lächerlich gemacht.

Die angespannte und durch Schmährufe aufgeheizte Volksparkstimmung drohte in einen mittleren Volksaufstand umzukippen, als man auch noch offen die Existenz des „Gewissens" infrage stellte.
„Es jibt doch gar keen Jewissen, det is doch allet Humbug", rief wieder mal jemand in die Menge, „det kann mir keener weismachen, ick bin doch nich von jestern! ..."
Die Menschen lachten und klatschten dem Manne Beifall.
„Ja, das mit der Neuauflage von der sozialistischen Jesellschaft, det war doch alleen Gorskys Idee, det ist doch allein auf seinem Mist jewachsen", schimpfte ein anderer.
„Fragen wir doch dazu, zu diesem heiklen Thema, einfach mal so ganz nebenbei unsere „lieben Obergenossen" hier, davon steh´n ja praktischerweise gleich zwei von der unterbelichteten Sorte hier so herrlich unterbeschäftigt im Park herum", sagte ein vorwitziger Mann, sprang flink auf das kleine Podium zu Heli und Waldemar und griff sich die beiden.

„Die wissen doch bestimmt, wieviel „Gewissen" sich wirklich in der ollen „Allround-Knorpelstation" verkrochen hat, unser liebes „Weltpräsidentenpaar", sagte der Mann hämisch, und der ganze Volkspark brach in fröhliches Gelächter aus.
„Na los, ihr beiden Nippfiguren", drängte der Mann und knuffte Heli ordinär in die Seite, und grapschte an den Knöpfen der Uniformjacke von Waldemar herum; dieser stieß ihn weg.

Heli protestierte schrill.

Der geschasste Parteiführer suchte hastig den Boden nach seinem Skript ab; als er es nicht fand, schritt er aufgeregt mit ausgebreiteten Händen, die er wie einen Rettungsschirm vor sich hielt, vor sein Volk.
„Bitte, liebe Genoss ... äh, Bürger von Berlin! ..."
Die Leute lachten.

„Haltet doch Abstand, Heli und Waldemar sind zwar volksnahe Bürger zum Anfassen, aber doch bitte nicht so ordinär! ..."
Er stutzte, wurde mit irgendwelchen Früchten beworfen, trat etwas zurück. Die Leute lachten sich über sein linkisches Gehabe kaputt, aber gerade dadurch hatte der hohe Parteifunktionär die prekäre Situation offensichtlich unbewusst gerettet, hatte verhindert, dass die gereizte Stimmung in ein Gemetzel eskalierte - wie schon einmal vor ein paar Wochen im selben Volkspark Friedrichshain.

Aber plötzlich wurde es wieder ernst in dem beschaulichen Park: Die fröhlich um sich greifende Partystimmung kippte unversehens wieder, als einige oppositionelle Hardliner den Parteisozialisten erneut stänkernd in die Parade fuhren und offensiv gegen den kommunistischen Pulk vorgingen, der sich schützend und mit waffenstarrender Phalanx vor Heli und Waldemar gestellt hatte: „Hey, ihr Neandertaler, was für einen Steinzeit-Kommunismus wollt ihr uns hier auftischen? Das ist doch alles schon einmal so herb-fröhlich gescheitert, wie ich gerade auf meinem Historyphone in Erfahrung gebracht habe", krähte ein Mann.

Alle drehten sich zu ihm um, der Parteifunktionär erstarrte, doch das war noch nicht das Schlimmste, was er an Enthüllungen zu befürchten hatte, denn eben rief eine unbekannte Stimme ins Volk: „Und hört endlich auf, die „liebe Genossin Herlinde Kopter" als Volksheldin zu bezeichnen und wie ein Schoßhündchen zu verhätscheln; eben erfahre ich über mein Spyphone, dass sie verantwortlich ist für das Massaker hier im Park - vor einigen Monaten, liebe Leute; ja, es ist wahr, wenn ihr mir nicht glaubt, lest es meinetwegen bei Fiesbook nach, da steht alles drin! ..."

Heli schrie auf.

„Oh, nein, jetzt ist es endlich bis in die verdammten, neuen Medien durchgesickert", sagte der Parteifunktionär entsetzt.

„Jetzt ist es aus, wir sind geliefert! --- Warum hat unser großer Führer Gorsky das nicht verhindert, wieso hat er nicht diesen neuen, elektronischen Schnickschnack verbieten lassen", rief er verzweifelt.

Die Menschen tobten und pfiffen wieder, riefen: „Nieder mit Herlinde Kopter, dieser Massenmörderin!", und der Parteifunktionär gab an seine Soldaten hastig Anweisungen, die „Volksheldin" zu schützen.
Doch die Situation eskalierte, Waldemar warf sich schützend vor Herlinde, und der kleine Pulk trat hastig den Rückzug an.

„Greift euch diese blonde Hexe, verbrennt sie!" schrien einige aufgebrachte, hysterische Demonstrantinnen im Park, und es fielen die ersten Schüsse.

Nun wurde es doch noch einmal ernst, und man konnte der Partei nicht mal übermäßige Brutalität nachsagen, denn diese war keinesfalls gewollt oder beabsichtigt.
„Leute, das mit Heli ist eine Falschmeldung", rief der unglückliche Funktionär noch in die Menge, doch die Leute hörten ihm längst nicht mehr zu.

Es löste sich alles im Chaos auf.

Mit knapper Not konnte das „Präsidentenpaar" vor dem Volkszorn gerettet werden und an einen unbekannten Ort in Sicherheit gebracht werden.

Auf ihren nächsten, anstehenden Propagandatermin, den Besuch des Großen Sowjetischen Ehrenmals im Treptower Park, erbaut als zentrale Gedenkstätte für die 1945 bei den Kämpfen um Berlin gefallenen Sowjetsoldaten, mussten Heli und Waldemar natürlich „verzichten"; und den Besuch am Märchenbrunnen konnte die arme Heli nach den neuerlichen, schrecklichen Vorfällen natürlich erst recht für lange Zeit abschreiben.

Am nächsten Tag brachte das „Aktuelle Kameraauge", die offizielle Nachrichtensendung im neueingeführten zweiten Programm, dem „TV 2 Berlin", um 19.30 eine ausführliche Meldung über das „Nachfolgemassaker" im Volkspark Friedrichshain: Wieder hatte es Tote gegeben, wenn sich die Opferzahlen auch diesmal zum Glück in sehr engen Grenzen hielten.

Doch fast alle Oppositionellen und Protestler aus dem Volkspark nebst Randalierern waren diesmal aufgegriffen und verhaftet worden; alle saßen bereits in Untersuchungshaft, in Erwartung ihrer Schauprozesse.

Gorsky hatte nicht lange gefackelt: Er hatte das Modell der sozialistischen Diktatur bis in alle Einzelheiten kapiert und kopiert.

Es wurde immer ernster in seinem faulen Staate „Deutschemark", wie der Volksmund hämisch und voller Spottlust zu dichten begann.

<u>**Kapitel XIX: Neuanfang? --- Die Weltfriedenskonferenz**</u>

Schließlich war der große Tag angebrochen: Die Weltfriedenskonferenz in Berlin am 1. September 2999, abgehalten in der Allround-Corporation unter dem riesigen Glaskuppelpalast am Alexanderplatz.

Alles war festlich geschmückt, und die Präsenz von Polizei und Militär zum Schutz der Besucher war einfach gigantisch; weil man keine Sicherheitsmaßnahme auslassen wollte.
Die ganze Stadt war hell erleuchtet, und das Brandenburger Tor mit Fahnen geschmückt, auf denen das große „G" überall grün prangte, sogar die Siegesgöttin Viktoria in ihrer Quadriga auf dem Tor hielt es kitschigerweise hoch in ihrem Siegesstab; Gorskys Visage war einfach nirgendwo ausgelassen worden.
Dafür waren wenigstens die Menschen sehr ausgelassen. Aber zum Ausgleich wurden auch Helis und Waldemars Konterfei überall als Schautafeln herumgetragen, ganz so, wie es der sozialistischen Jubelfeiertradition entsprach.

Am Abend bei der großen festlichen Veranstaltung zu Ehren der Präsidenten und Botschafter aus aller Welt waren alle ausländischen Gäste und Delegierten gespannt auf das neue, glanzvolle Herrscherpaar Herlinde und Waldemar, das wie ein Ersatzkönigspaar bestaunt und allseitig begafft wurde, weil es auch noch so ausnehmend gut aussah.
„Fehlt nur noch, dass Gorsky seinen Abkupferwahnsinn so weit treibt, dass er noch schnell eine Mauer quer durch Berlin bauen lässt", sagte Waldemar Koslowski flüsternd zu Heli.
Sie sah ihn verständnislos an.
„Eine Mauer bauen? Durch Berlin? Ich verstehe nicht; warum sollte Gorsky so etwas tun?" fragte sie.
Waldemar seufzte und gab jeden Erklärungsversuch auf.

Zuerst war die festliche Gala zum Kennenlernen anberaumt worden. Am nächsten Morgen sollte auf der sich anschließenden Geheimkonferenz der Ernst der Weltlage erörtert werden und auch die eventuell notwendig gewordene „Neuordnung der Welt" besprochen werden.

Ein polyglottes Gemurmel erfüllte den großen Prunksaal der Allround-Corporation, als Herlinde Kopter und Waldemar Koslowski feierlich den Eröffnungstanz begannen, nachdem Hermann Gorsky eine kurze Begrüßungsrede gehalten hatte. Immerhin hatte sich der neue Herrscher erfreulich im Hintergrund gehalten, ohne seine Person zu sehr in den Vordergrund zu spielen. Denn Gorsky wusste ganz genau, dass seine beiden

Zugpferde Heli und Waldemar die eigentliche Attraktion in der großen Manege der Macht waren; so ließ er den beiden bewusst den Vortritt.
Alles hing für ihn davon ab, wie die beiden beim ausländischen Publikum ankommen würden. Der Tanz der beiden Stilikonen des neuen Glamours wurde ausgiebig beklatscht und fotografiert; die Voyeurphones der Reporter und Pressefotografen klickten wie besessen, ganz, wie Gorsky es sich erträumt hatte.

Heli mit ihrer kunstvoll geflochtenen Turmfrisur und dem aufregenden Satinkleid war so herausgeputzt worden, dass sie eine Augenweide für das Weltpublikum war; sogar ihr Fischmund war eigens zu diesem Zweck überschminkt worden.
„Nun schau dir dieses Theater an, Waldemar: Die Partei hat es doch tatsächlich fertiggebracht, aus uns eine Art Ersatzkaiserpaar zu machen, und genauso werden wir auch gefeiert!" sagte Heli lächelnd zu Waldemar während des Eröffnungswalzers, den sie mit viel Schwung und Verve bewältigten.

„Jawohl, alles streng genau nach politischem Kalkül inszeniert; komm, immer schön lächeln, damit Gorsky seine Supershow hat", sagte Waldemar lächelnd.
Nach dem rundum gelungenen Auftakttanz der beiden Helden des Volkes kamen die obligatorischen Interviewwünsche an das glamouröse Herrscherpaar, dann wurden die beiden feierlich den Botschaftern und Präsidenten vorgestellt: Hier im Saal fand das Aufeinanderprallen zweier Welten statt: Auf der einen Seite die selbstsichere Zurschaustellung der stolzen, glanzvollen Herrschermacht in Form der rigiden Nomenklatura der Allround-Corporation, auf der anderen Seite die unterwürfig wirkende Schar der dekadenten, glanzlosen Delegierten des deklassierten Auslandes, das über Jahrhunderte hinweg in den Zustand der völligen Bedeutungslosigkeit und des Elends hinabgestürzt war, und durchaus auch absichtlich dorthin hinabgewürdigt worden war, und jetzt wieder die Chance zu einem Neuanfang sah und wagte.

Jeder Einzelne im Saal ahnte vermutlich: Das Blatt könnte sich ganz schnell wenden, die Machtverhältnisse von einem zum anderen Augenblick ins Gegenteil umschlagen; zum Beispiel, wenn die amerikanischen Botschaftsabgesandten am nächsten Morgen den Mut aufbrächten, offen zu rebellieren gegen den arroganten, neokommunistischen Status der Allround-Corporation , und eigenes Profil und Stärke zeigen würden!

Noch jedoch herrschten allein Heli und Waldemar mit ihrem Glanz und Charme über das ganze Fest und damit den Zusammenhalt der Nationen.
Sollten sie jedoch ihre Ausstrahlung verlieren, oder sich Unsicherheit in ihr Verhalten oder ihre Züge einschleichen, eventuell sogar Angst in ihren

Handlungen und ihrer Körpersprache sichtbar werden, dann könnte die gelöste Stimmung schon am Gala-Abend kippen: Vor allem, wenn die beiden einige ungeschickte, unüberlegte Äußerungen taten. Alles kam auf den nächsten, richtigen Schritt an.

Augenblicklich saßen Heli und Waldemar an der fürstlich gedeckten Tafel und ließen es sich gut gehen, indem sie ihr Gala-Diner genossen. Erlesene Speisen wurden ihnen dazu aufgetragen.

Sie saßen am selben Tisch mit dem amerikanischen Präsidenten, **Miguel Hernandez**, der sich angeregt mit Heli unterhielt, und sich sogar ausgiebig geehrt fühlte, mit dem weltberühmten Paar an einem und demselben Tisch speisen zu dürfen. Der galante Präsident, der im Laufe des Gespräches schließlich nicht umhin konnte, den bestürzenden Unfall auf dem Riesenrad anzusprechen, der Weltgeschichte geschrieben hatte, erkundigte sich mitfühlend und besorgt über Helis gesundheitlichen Zustand.

„Oh, danke der Nachfrage, Mister President", plauderte Heli fröhlich drauflos, „mir geht es ausgezeichnet, aber ich muss mich in dieser kuriosen Angelegenheit endlich mal um eine Richtigstellung bemühen, Sir", sagte Heli bezwingend, „denn was Sie da alle in der ganzen Welt auf Ihren Bildschirmen gesehen haben, das war doch nur eine harmlose Vergnügungsshow, ja, alles war nur eine geschickte Inszenierung für das Fernsehen, und Waldemar und ich wurden gebeten, diese dramatischen Szenen auf dem Riesenrad im Volkspark für einen Actionfilm zu drehen. Glauben Sie mir, Mr. President, niemand ist in Wirklichkeit dabei zu Schaden gekommen, diese ganze Dramatik ist in Ihren Fernsehsendungen völlig verzerrt dargestellt worden, einfach völlig falsch wiedergegeben worden", log Herlinde fröhlich drauflos, dass sich die Balken bogen.

Ungläubig und verstört hielt da der Präsident der Vereinigten Staaten von Amerika im Essen inne und fragte erregt:
„Was sagen Sie da, meine liebe Herlinde, das ganze Drama auf dem Karussell soll fiktiv gewesen sein? Alles nur für einen Film inszeniert? Und die beiden toten Chefagenten von Mr. Gorsky? --- Ich habe sie selbst im amerikanischen Abendjournal in einer Aufzeichnung des Unglücks aus der Gondel stürzen sehen", sagte Miguel Hernandez mit heftigem Protest.

Heli lachte ungeniert.

„Aber Mr. President, das waren doch nur zwei geschickte Stuntmen, die da aus der Gondel gesprungen sind, das waren doch nicht unsere beiden Chefagenten; das war eine erstklassige schaustellerische Leistung! --- Haben

Sie wirklich geglaubt, das wäre ein echter Unfall gewesen, oh, ... aber, Herr
Präsident", sagte Heli schelmisch und lachte schallend.
„Und Ihr verzweifelter Selbstmordversuch, den Sie und Herr Koslowski auf
dem Riesenrad vorhatten, das alles soll auch nicht echt gewesen sein, also
ehrlich gesagt, dass kann ich unter keinen Umständen glauben", sagte der
Präsident aufgebracht und voller Zweifel.
Und er schaute erklärungsheischend auf den kauenden Waldemar Koslowski,
der sich betont lässig gab. Dieser beobachtete Heli mit bewunderndem
Seitenblick wegen ihrer schauspielerischen Begabung und bestätigte mit
nachsichtigem Tonfall:
„Ja, es ist wahr, Mr. President, wir haben uns lediglich als Laiendarsteller für
diese Filmszene zur Verfügung gestellt, weiter nichts ... Und die Welt hat das
wie blöd aufgebauscht! Aber da können wir auch nichts machen, beim besten
Willen nicht! ..."
Und er aß ungerührt weiter. Gorsky nickte zufrieden über die grandiosen
Lügenleistungen seines Traumpaares, denn beide funktionierten voll in
seinem Sinne.

„Ja, Mr. President, ich bin wirklich stolz auf die beiden, Klasse, was die alles
draufhaben, wie?" fragte er grobschlächtig.
„Das sind zwei echte Multitalente", ergänzte er mit ordinärem Gelächter.
Dabei benahm sich Gorsky, als befände er sich auf einem
Kindergeburtstagsfest in Wedding oder in Marzahn.
Miguel Hernandez erbleichte.
„Aber Mr. Gorsky! ..."
Der „kleine Stalin" wiegelte alle Proteste heiter und nonchalant ab.
„Das Drama auf dem Riesenrad hat also wirklich enorm echt gewirkt, es freut
mich, das zu konstatieren", sprach Gorsky gutgelaunt und lächelte Heli und
Waldemar fröhlich zu.
Die lachten zurück.

Der amerikanische Präsident war aufs Äußerste gereizt und irritiert, und
blickte konsterniert von einem zum anderen.
Die unsagbare Kaltblütigkeit, mit der Heli und Waldemar ihre dreiste
Lügenshow vor dem Präsidenten abzogen, täuschte allerdings darüber hinweg,
wie elend und traurig es in Wirklichkeit im tiefsten Inneren der beiden aussah.
Denn sie wussten ganz genau, dass sie sich keinen weiteren Schnitzer wie auf
dem Riesenrad mehr erlauben durften; fürs erste jedenfalls mussten sie
Gorskys noch lange nicht verrauchten Zorn besänftigen, und zwar durch
unbedingten Gehorsam.

„Also, wenn die Dinge wirklich so liegen, wie Sie behaupten, Euer
Exzellenz", sagte jetzt Miguel Hernandez mit wieder gefestigtem Charakter in
der Stimme zu Hermann Gorsky, „dann möchte ich jetzt bitte sofort mit Ihren

beiden Chefagenten Gunnar Trunkboldsson und Annamaria Dappermann sprechen, also: Wo sind sie?" fragte er scharf.

Heli und Waldemar zuckten erschrocken zusammen.

„Ich kann die beiden nirgends auf den Feierlichkeiten entdecken --- derart wichtige Personen sollten doch auf jeden Fall anwesend sein, nicht wahr?" fragte der Präsident streng in den Trubel hinein.

Dabei blickte er sich nach allen Seiten nach den vermissten Agenten um.

„Tut mir Leid, Mr. President, aber die beiden Agenten sind heute in streng geheimer Mission in der Weltraumprovinz Terra Nova unterwegs, sie sind dort unabkömmlich", log Gorsky allen Ernstes mit heiterer, gelöster Miene.

Miguel Hernandez blickte Gorsky unversöhnlich streng an.

„Wenn das so ist, dann ersuche ich Sie, Euer Exzellenz, mich augenblicklich telefonisch mit Trunkboldsson und Dappermann zu verbinden", verlangte der Präsident gebieterisch und zückte schon selbstsicher seinen Interspace-Kommunikator.

„Unmöglich, Mr. President, die beiden führen ebenfalls politische Geheimverhandlungen in Heliopolis, genau wie wir es gerade hier in Berlin tun", schaltete sich Heli bedauernd in das Gespräch ein.

„Ja, und dabei dürfen sie auf keinen Fall gestört werden", ergänzte Waldemar bedauernd.

„Daher sind alle Funkfrequenzen zwischen der Erde und Heliopolis für die Dauer der Konferenz blockiert; ich bitte um Ihr Verständnis, Mr. President", sagte Koslowski kaltblütig lächelnd.

Gorsky war hochzufrieden, anerkennend nickte er seinem intriganten Präsidentenpaar zu.

Der Präsident wurde sehr ungehalten, sein Schnurrbart bebte förmlich vor unterdrücktem Zorn.

„Gentlemen, Ihre konstante, offen erkennbare, feindselige Attitüde ist wirklich untragbar für mich geworden", sagte Miguel Hernandez, und er erhob sich feierlich mit Würde.

„Lassen Sie mich Ihnen zum Ausdruck bringen, dass ich Ihr Verhalten völlig unverständlich finde, und in höchstem Maße missbillige", sprach der Amerikaner kopfschüttelnd.

„Ich stelle mit Bedauern fest, dass die Unterhaltung mit Ihnen zu keinem befriedigenden Ergebnis führt; Gentlemen, ich verlange daher auf der Stelle, mich mit dem amerikanischen Botschafter in Heliopolis in Verbindung setzen zu dürfen, aber ich setze mal wagemutig voraus, dass ich von Ihnen dazu keinerlei Hilfe mehr zu erhoffen habe", sagte er geradeheraus enttäuscht, „erlauben Sie mir daher bitte, dass ich mich kurz mit meinen Beratern in die Lobby zurückziehe, danke", sagte er barsch, verbeugte sich vor Herlinde Kopter: „Madam", und verließ den Tisch.

Sofort drängte sich tuschelnd und murmelnd sein Beraterstab um ihn.

Wie ein aufgescheuchter Bienenschwarm brummten die Berater und Diplomaten um den davoneilenden Präsidenten herum. Gorsky wirkte konsterniert; diese Wendung hatte er offensichtlich nicht in sein machtpolitisches Kalkül eingeplant.

„Sitzen Sie hier nicht so herum, unternehmen Sie etwas", fuhr er sein Ersatzkaiserpaar herrisch an, so als ob das unangenehme Geschehen Helis und Waldemars Schuld wäre.

„Ja, aber was sollen wir denn tun?" fragte Koslowski entgeistert.

„Das überlasse ich ganz Ihrer Fantasie, gehen Sie dem Präsidenten nach", sagte Gorsky und stand abrupt auf.

„Versuchen Sie irgendwie, seine rigide Haltung zu versöhnen ... Ich warne Sie: Wenn wir einen diplomatischen Zwischenfall mit Amerika bekommen, dann könnte das ganz böse für uns enden, für uns alle in der Allround-Corporation; also ans Werk, meine beiden Chefagenten", höhnte Gorsky streng und machte sich nach der entgegengesetzten Richtung davon.

Verdonnert starrten Heli und Waldemar ihrem Boss hinterher und erhoben sich ebenfalls von ihren Sitzen.

„Hast du das gehört, was er da von uns verlangt?" fragte Heli empört.

„Als ob das Desaster unsere Schuld gewesen wäre, wo wir doch lediglich streng nach Gorskys Direktiven gehandelt haben", sprach sie stocksauer.

„Und noch dazu völlig gegen unsere Überzeugung", bestätigte Koslowski mit Ingrimm.

„Ach Waldemar, ich schäme mich so für die ekelhafte Heuchelei, die wir gegenüber dem amerikanischen Präsidenten an den Tag legen mussten; was muss dieser ausgezeichnete, korrekte und zutiefst sympathische und kultivierte Mann nun von uns denken? Wie gerne hätte ich ihn als Freund gehabt und offen und ehrlich mit ihm gesprochen", gestand Heli traurig und senkte den Kopf.

Koslowski nahm sie in seine Arme und sagte zu ihrem Trost:

„Mir geht es doch genauso, Liebling, aber komm´, ich schlage vor, jetzt ziehen wir uns erst einmal etwas zurück und sondieren die Lage, wie es bei den chinesischen Delegierten aussieht, sozusagen bei der Konkurrenz", sagte er säuerlich und zog Heli mit sich fort.

Doch dort sahen sie schon Gorsky stehen, der breitbeinig und großspurig in seiner Paradeuniform herumstolzierte, schwadronierte, konferierte und lachte. Auch die Chinesen lachten fröhlich, sie schienen sich offensichtlich glänzend mit dem Neo-Stalinisten zu amüsieren.

„Komm´ schnell, weg von hier", sagte Koslowski nervös und zog Heli wieder hastig mit sich fort.

„Sonst müssen wir eventuell auch noch den Blitzableiter für den Zorn der chinesischen Delegation spielen", sagte Waldemar und Heli nickte eifrig.

„Obwohl es nicht danach aussieht, als gäbe es mit den Fernöstlichen bald Streit wie mit dem amerikanischen Präsidenten", sagte Waldemar keuchend, „es scheint also zuzutreffen, dass die Chinesen ein ähnliches politisches System haben wie wir mit der Neuauflage des Sozialismus, also nichts für uns beide", sprach Waldemar hastig und spähte verstohlen zu der chinesischen Schar.
„Aber wo sollen wir jetzt hingehen?" fragte Heli ratlos.
„Erst mal unters Volk mischen, damit kein Verdacht aufkommt, denn wir dürfen nicht auffallen durch komisches Benehmen", sagte Waldemar hastig. „Denn in der anonymen Menge ist man immer noch am sichersten", dozierte er und zog Heli wieder in die Nähe der amerikanischen Delegation, die sich feindselig nach den beiden umdrehte.

„Also schnurstracks zur russischen Gesandtschaft", schlug er erschrocken vor, und änderte abrupt die Richtung, immer Heli behutsam nach sich ziehend. Heli seufzte.
„Aber Waldemar, was soll das jetzt bringen?" sagte sie, heftig protestierend. Doch erst einmal gerieten die beiden umtriebigen Flüchtlinge auf ihrem ruhelosen Irrweg in die Nähe der Musikkapelle, die Franz Schuberts „Forellenquintett" intonierte.
„Ah, das ist gut, ausgezeichnet", sagte Koslowski irgendwie erleichtert, „hier können wir ungestört diskutieren, was zu tun ist, ohne befürchten zu müssen, abgehört zu werden", meinte er eifrig.
„Also, was ist nun, was soll geschehen?" fragte Heli.
„Sollen wir etwa in der russischen Botschaft um politisches Asyl bitten?" fragte sie etwas erschrocken.
Er machte ein belustigtes Gesicht.
„Nein, dann vertrauen wir uns doch lieber dem amerikanischen Botschaftspersonal an", sagte er lächelnd.
„Und zwar diesmal unter rückhaltloser, aufrichtiger Darlegung unserer Ansichten und Anliegen", schlug er vor.
„Denn ich habe mich mal verbotenerweise unter heftigem Stress kurz in eine streng geheime Datenbank beim „Gewissen" hineingehackt, und da stand sinngemäß, dass die meisten politischen Flüchtlinge zu allen Zeiten immer viel lieber zu den Amerikanern überliefen, als zu anderen Nationen", sagte er atemlos.
„Es muss also doch was dran sein an den Amis", sagte er munter und schwitzend.
„Oder wir sprechen noch mal mit dem Präsidenten persönlich; aber diesmal Klartext, keine Lügen", sagte Koslowski mit ernster Miene.
„Das wäre auch mir viel lieber", erwiderte Heli.
„Allerdings darf Gorsky nicht wieder dabei sein!", sagte Waldemar.

Da schnappte Herlinde urplötzlich eine harmlose Bemerkung von einem deutschen Delegierten auf, den sie persönlich kannte, und zunächst nur an der Stimme erkannte, als diese so mächtig durch den Saal dröhnte; seine an sich völlig belanglose Bemerkung ließ die arme Heli aber gewaltig erzittern: Denn der Mann sagte soeben zu einem amerikanischen Kollegen auf Deutsch:
„Was mir aber wirklich Freude macht, verehrter Herr Kollege Carlyle, ist der Umstand, dass neuerdings in dem bei uns in Deutschland wiedereingeführten Fernsehen schöne amerikanische Filme gezeigt werden ... Gestern zum Beispiel habe ich einen spannenden, amerikanischen Kriminalfilm gesehen, der hieß: „Die Messingschatulle", der war ungemein fesselnd, das kann ich Ihnen sagen; kennen Sie den zufällig? ...“
Heli schrie ganz leise auf und fuhr herum zu Waldemar.
„Was ist denn, was hast du?" erkundigte sich Koslowski erschrocken, der besorgt feststellte, dass Heli ganz bleich wurde.
„Die Schatulle von Professor Kallimachos!" sagte Heli aufgeregt und zupfte Waldemar am Ärmel.
„In dem Trubel der Ereignisse der letzten Wochen habe ich dieses merkwürdige Kästchen ganz vergessen, du erinnerst dich doch an die Schatulle, Waldemar?" fragte Heli angespannt.
„Aber natürlich erinnere ich mich", sagte Waldemar hellwach, „was ist denn damit, wieso erwähnst du denn dieses Dings so plötzlich? Weißt du etwa mehr darüber?" fragte er interessiert.

„Nicht nur das, stell' dir vor: Die Schatulle ist ja überhaupt in meinem Besitz! Und das Verrückte an der Sache ist, dass ich nicht mal die blasseste Ahnung habe, wie ich zu diesem Kasten gekommen bin, aber das muss ich dir erzählen", sagte sie euphorisch aufgekratzt.
Automatisch zerrte Koslowski Heli in einen kleinen Seitengang, wo es zu den Toiletten ging.
„Was sagst du da, wiederhole das nochmal: Du besitzt wirklich diese Schatulle? - Aber wieso denn, und warum hast du mir nicht schon längst davon berichtet?" fragte er ärgerlich und neugierig.
„Los, erzähl' schon!"

Heli überschlug sich fast in weitschweifigen Erzählungen, als sie ansetzte:
„Ich weiß auch nicht, wieso ich das vergessen konnte, aber ... Das war so: Als ich von der Weltraumprovinz abgeschoben wurde als unerwünschte Ausländerin, vor einigen Wochen ... und aus dem Raumgleiter ausstieg, der mich, Gerold und Gudrun von Reitzenstein nach Berlin zurückbrachte, da wurde ich doch von den Berlinern frenetisch bejubelt und von der Volksmenge im Triumphzug auf die Schultern gehoben! ... Und schon da habe ich gleich gespürt, als ich aus meiner Narkose aufzuwachen begann, dass etwas Schweres in meiner Blazer-Rocktasche steckte. Und als ich dann von den Menschen in die Sänfte bugsiert worden bin, da habe ich dann die

Gelegenheit gefunden, den merkwürdigen Gegenstand in meiner Tasche zum ersten Mal diskret zu betasten ... Und noch bevor du zu mir eingestiegen bist in die Sänfte, gelang es mir sogar, den Fremdkörper kurz heimlich herauszuholen und konsterniert zu betrachten: Es war tatsächlich die Schatulle von Professor Kallimachos, ich konnte es zuerst gar nicht glauben!"

Fasziniert hatte Waldemar der Schilderung bis hierher zugehört, doch nun spürte er den unwiderstehlichen Drang, Heli zu unterbrechen:
„Wahnsinn - und du bist wirklich sicher, dass es sich um die Schatulle des Professors handelt? Aber wo ist sie jetzt?" fragte er atemlos.
„Natürlich bin ich sicher, aber warte doch, ich erzähl' dir ja alles", sagte Heli, auch ganz außer Atem.
„Du erinnerst dich doch, dass wir beide dann in der Sänfte, nach dem Eintreffen von Gorsky bei uns, von seinen Leuten nach Beenden der Ehrenrunden, zur Dreitagefeier ins Innere der Allround-Corporation geführt worden sind, die sich unmittelbar daran anschloß?" fragte Heli.
„Oh ja, und ob ich mich erinnere", sagte Waldemar lächelnd, „denn ich durfte ja nicht mit euch Abgeschobenen an der Feier teilnehmen, sondern wurde sofort von dir getrennt und in die geheimste Arrestzelle der Corporation weggesperrt, für die vollen drei Tage lang", sagte Koslowski rückblickend.
„Eben, und das Gleiche sollte auch mir blühen, gleich nach der Feier", erklärte Heli mit einem schiefen Lächeln.
„Als ich also aus der albernen Affenschaukel ausstieg, da bot mir Gorsky sofort an, eine luxuriöse Privatsuite in einem Anbau an der Allround-Corporation zu beziehen, wo ich während der drei Festtage wohnen könne, die mir zu Ehren abgehalten würden; ich bräuchte mir gar nicht erst die Mühe zu machen, extra umständlich zu mir nach Hause in meinen Wohncontainer zurückzukehren, denn in der Suite würde ich alles vorfinden, was ich bräuchte: Frische Wäsche, warme Dusche, ein großes, behagliches Himmelbett, Essen, drei Mahlzeiten am Tag mit Bedienung, undsoweiter ... Zum Schlafen nach dem Feiern und für die übrige Zeit, bis zur nächsten Feierrunde, würde ich allerdings in meiner Suite wie in einem Arrestquartier eingeschlossen werden, erklärte mir Gorsky bedauernd, denn ich sei ja politische Geheimnisträgerin nach meiner Abschiebung aus Heliopolis, und daher müsste ich bis zur Klärung meiner Situation vorerst leider als Staatsgefangene betrachtet werden", erklärte Heli.
„Da bin ich mächtig erschrocken, als ich das hörte", sagte Heli lebhaft.
„Denn vermutlich wäre ich bei der „Einlieferung ins Gefängnis", nach dem Ende der ersten Feiernacht, oder vielleicht sogar schon früher, nämlich vor der Feier, gründlich durchsucht worden, und man hätte mir alle verfänglichen Gegenstände abgenommen, also auch die Schatulle, und das wollte ich nicht riskieren, denn dann wäre der begehrte Gegenstand von Gorskys Leuten genauer unter die Lupe genommen worden, und dann hätten sie bestimmt ihr

Geheimnis entdeckt", führte Heli hastig aus und warf unruhige Blicke nach allen Seiten, ob jemand lauschte oder sie beobachtete.

„Also bat ich Gorsky ganz freundlich, ob er es mir trotz seines großzügigen Angebotes dennoch erlauben würde, kurz in meiner eigenen Wohnung vorbeizuschauen, um einige persönliche Sachen wie Kleidung, Bücher, Schminkutensilien, undsoweiter, herauszuholen, die ich doch ganz gerne in mein Arrestquartier in der Allround-Corporation mitnehmen wolle ... Da hat der große neue Parteiführer nach kurzem Zögern lächelnd Verständnis gezeigt und mich undurchsucht unter strenger Bewachung in seinem Privat-Lufttaxi nach Hause kutschieren lassen", sagte Heli erleichtert.
„Raffiniert", sagte Koslowski bewundernd.
„Und dort, vermute ich, hast du dann die Schatulle versteckt", sagte er.
Heli nickte.
„Aber sag´ mal, wo ist eigentlich dein Zuhause? Mir fällt nämlich gerade auf, dass ich dich noch nie danach gefragt habe, mein kleiner Liebling, wo in Berlin du eigentlich wohnst", sagte er lächelnd.
„Stimmt, ich war nur einmal bei d i r zu Hause, an dem Tag, als wir uns kennen lernten", überlegte Heli nachdenklich, „aber du warst ja noch nie bei m i r", sagte sie lachend, „du weißt ja gar nicht, wo ich wohne! ... Ich wohne ziemlich im Süden, in Lankwitz, ganz am Ende der langen Malteserstraße, dort habe ich dieselbe genormte Containerwohnung wie du", sagte sie.
„Als wir dann mit Gorskys Lufttaxi bei mir eintrafen, da habe ich dann sofort dafür gesorgt, dass die Schatulle schleunigst aus meiner Manteltasche herauskam, und sie in meinem kleinen Privatsafe eingeschlossen --- dort wird sie ja wohl hoffentlich noch sein", sagte Heli mit unglücklichem Gesichtsausdruck.

„Ach du liebe Zeit, das ist aber keinesfalls sicher, dass sie dort noch ist", sagte Waldemar Koslowski entsetzt, „bestimmt haben sie andere Geheimpolizisten oder Staatsspitzel bei späteren Kontrollgängen längst entdeckt, und gleich den ganzen Safe mitgenommen", sagte er, schwer atmend.
„Daher müssten wir eigentlich sofort nachschauen, ob die Schatulle noch da ist, wenn das nur nicht so gefährlich wäre, bei der ständigen Totalüberwachung! ... Bevor wir es wagen können, uns dem amerikanischen Botschafter anzuvertrauen, müssten wir vorher noch einmal heimlich nach Lankwitz gelangen, und die Schatulle abholen, aber wie?" fragte er ratlos und kopflos.

„Nein, nein, Waldemar, der Safe ist ganz in die Wand eingelassen, und die ist aus Amtraith, genau wie der Safe, den können die Schnüffler nicht mitnehmen", sagte Heli zu Waldemars Beruhigung, „und die Kombination kennt keiner außer mir", ergänzte sie triumphierend.
Doch Koslowski war alles andere als beruhigt.

„Und wenn dich nun eine versteckte Mikrokamera beim Herumdrehen am Safe gefilmt hat, was dann?" fragte er.
Ohne eine Antwort abzuwarten, wälzte Koslowski einen anderen, trüben Gedanken:
„Oh, warum aber hast du mir nicht schon eher von der Schatulle erzählt? Wir hätten sie schon längst aus dem Safe herausgeholt haben können, jetzt sind wir in einer prekären, gehetzten Situation, jetzt wird es schwierig werden, das nachzuholen! ... Wenn wir das Kästchen schon in der Hand hätten, könnten wir damit gleich zur amerikanischen Gesandtschaft eilen; was machen wir bloß ...?"
Da kam Waldemar noch ein anderer, beunruhigender Gedanke:
„Hast du übrigens daran gedacht, die Schatulle vor dem Wegschließen noch einmal aufzumachen, um zu sehen, ob was drin war?" fragte er unruhig.
„Habe ich getan, sie war total leer", sagte Heli nüchtern.
„Kein blauer Punkt, der ihr entschwebte und sich in der Luft teilte, oder so was?" fragte Waldemar atemlos.
„Nein gar nichts; kein fauler Zauber", sagte Heli lachend.
„Hm", überlegte er krampfhaft.
„Aber kannst du dich denn wirklich gar nicht daran erinnern, wie das vermaledeite Kästchen in deine Manteltasche gekommen ist?" fragte er drängend.

Heli verneinte ratlos.
Waldemar schaute ebenso bedröppelt drein. Er dachte noch einmal scharf nach.

„Nachdem Gerold von Reitzenstein es dem Professor Kallimachos in der Eifel abgenommen hatte, hatte er es immer eisern verteidigt, wie einen wertvollen Schatz ... Dann beim Angriffsflug auf die Allround-Corporation hatten wir ja den Unfall mit dem Raumgleiter, wo die Flotte von Gerold in Berlin zu Schrott verarbeitet worden ist von unseren Allroundies, und wir sind schließlich notgelandet im Volkspark Friedrichshain, und unser unfähiger Präsidentensoldat von Terra Nova wurde dabei in dem Wrack seiner Flotte böse eingeklemmt von geschmolzenen Stahlträgern und anderen Wrackteilen", rekapitulierte Waldemar.
„Hach, schade, dass es uns da nicht gelungen ist, dem Gewaltherrscher die Schatulle aus der Manteltasche zu entreißen; denn sie muss wirklich von immenser Bedeutung sein, weil er sie so heldenhaft verteidigt hat", sagte Waldemar enttäuscht im Rückblick, „denn auch Professor Kallimachos hat uns ja damals in dem Raumschiffwrack dringend dazu angehalten, unbedingt dieser Schatulle habhaft zu werden, denn er sagte ..."
Heli wurde hellhörig und vollendete seinen Satz: „Ja, er sagte sowas wie: ´Ohne sie können wir weder zurück in die Eifel, noch sicher nach Berlin hineingelangen, um schließlich bis zum „Gewissen" in die Allround-

Corporation vorzudringen´, oder so ähnlich", zitierte Heli zitternd vor innerer Spannung.

„Genau, stimmt; was der Professor wohl damit gemeint hat?" fragte Koslowski grübelnd.

„Offensichtlich doch wohl, dass man mit dieser Schatulle Ungeheures erreichen kann, wie durch Wände gehen kann, oder ... Ja, in dem Kästchen muss sich wirklich eine Art Zauberkraft verborgen halten! Mensch, Waldemar, du hast Recht: Wir müssen die Schatulle unbedingt sofort aus dem Safe holen", rief Heli begeistert.

„Mit ihrem Besitz sind wir vielleicht unschlagbar, können Gorsky eventuell die Stirn bieten, vielleicht sogar seine Gewaltherrschaft brechen, was meinst du, Liebling? ... Könnte Kallimachos etwas in der Richtung gemeint haben?" frage Heli elektrisiert und kniff Waldemar in den Arm.

„Nur unter der Voraussetzung, dass das Wunderding noch in deinem Safe ist", gab Waldemar traurig zu bedenken.

„Denn Gorskys Leute können die Schatulle längst gefunden haben, und nun Wachtposten in deiner Wohnung postiert haben, die nur darauf warten, dass wir mal vorbeischauen, um sie abzuholen; und dann ... werden sie uns auf der Stelle verhaften", sagte er zähneknirschend.

„Ja, das ist eine Möglichkeit", bestätigte sie mit furchtsamem Gesichtsausdruck.

„Und wenn Gorsky die Schatulle schon hat, dann wird er noch mächtiger und ... brutaler!" fürchtete sie.

„Wo mag er wohl im Augenblick sein, der seltsame Gelehrte Kallimachos, der genauso geheimnisvoll ist wie seine Schatulle", murmelte Heli in Gedanken versunken, „hast du eine Ahnung darüber?" fragte sie.

„Nicht die geringste", sagte Koslowski und schüttelte bedauernd den Kopf. „Ich vermute, er sitzt längst irgendwo in einer Arrestzelle, streng bewacht natürlich ... Wenn er überhaupt noch am Leben ist", ergänzte er schaurig.

Heli nickte niedergeschlagen.

„Genau das vermute ich auch", sagte sie bedrückt.

„Aber andererseits", sagte Waldemar wieder zweifelnd, „kann ich mir doch nicht vorstellen, dass diese blöde Schatulle irgendeinen Wundermechanismus in ihrem Inneren beherbergen soll; eine Art Geheimwaffe! - Das wäre ja pure Science-Fiction, und sowas kann es doch gar nicht geben", sagte er energisch zu Heli, „nicht mal bei uns im 3O. Jahrhundert! ... Ich vermute eher weiterhin, dass es sich bei dem Kästchen um einen gigantischen Bluff handelt, mit dem Professor Kallimachos einfach nur den Diktator Gerold von Reitzenstein verunsichern wollte, ihn zu gegebener Zeit in eine Falle locken wollte; daher hat er sich immer so großtuerisch mit dem angeblichen „Geist aus der wundersamen Schatulle" vor Reitzenstein aufgespielt, damit dieser es mit der

Angst zu tun bekommt und den Professor als mächtigen Gegner ernst nimmt",
vermutete Waldemar.
„Hm", machte Heli.
„Denn was hat dieser Kasten denn in Wirklichkeit bisher schon Großes
geleistet?" fragte Waldemar realistisch.
Eine harmlose Leuchtkugel hat er ausgestoßen, weiter nichts! ..."

Aber da widersprach Heli energisch.

„Nein, Waldemar: Erinnerst du dich, als du mir von diesem seltsamen
Lichtspiel mit meinem überlebensgroßen Konterfei am Himmel im Volkspark
erzählt hast, kurz vor dem Massaker, das ich versehentlich ausgelöst habe?
Diese unerklärliche Laser-Show-Gestalt mit meiner Stimme, die „Bitte, helft
mir" gesagt hat?"
Waldemar nickte.
„Das ging nicht mit rechten Dingen zu, viele Leute und die neuen
elektronischen Medien behaupten, dass das alles nur von dem Lichtpunkt
bewerkstelligt worden sein konnte, der aus der Schatulle kam, die sich damals
im Wrack des Raumgleiters befand", insistierte Heli, „denn die Leuchtkugel
ist von vielen Leuten gesehen worden, als sie aus einem Leck des
Raumschiffes entkam, dann in die Luft aufstieg und dann mein Abbild am
Himmel abzubilden begann und mich sogar sprechen ließ – mit meiner
eigenen Stimme! ..."
Da schnaubte Waldemar wütend los: „So ein Unsinn, das sind doch
Ammenmärchen, Halluzinationen, ich war doch auch dabei bei der „Heli-
Show" am Himmel im Volkspark, und auch Kalinsky und Kallimachos, und
wir drei haben keine Leuchtkugel gesehen, wie du behauptest, dass sie deine
Show abgezogen haben soll", schimpfte er los.
„Das war doch alles nur ein getürktes Laser-Verwirrspiel, das einige
Spaßvögel oder Umstürzler und Demonstranten mit ihren Spy-Phones und
Interspace-Kommunikatoren an den Himmel getrickst haben, um deine
Befreiung aus dem Raumschiff bei den lethargisch gaffenden
Menschenmassen in Gang zu setzen --- und es hat ja auch gewirkt, die
Menschen haben Gerolds Raumgleiter ja auch wirklich bald darauf gestürmt,
mit Fäusten und Eisenstangen ...", sagte Waldemar kopfschüttelnd.

„Aber Waldemar, die Tatsachen sprechen eine andere Sprache!", protestierte
Heli.
„Die Tatsachen, die Tatsachen ... Papperlapapp", sagte Waldemar überreizt,
„und ich sage dir nun: Wenn dieses angebliche Zauberwesen aus deiner
Schatulle tatsächlich so mächtig ist, wie du behauptest, warum hat es dann
nicht gleich das Massaker im Volkspark Friedrichshain verhindert?" fragte
Waldemar mit schadenfrohem Grinsen.

„Dann hätte es dich doch woanders hinfallen lassen können, statt auf die Konsole mit der Zielvorrichtung, die die verhängnisvolle Salve ausgelöst hat und Tausend Tote im Volkspark zur Folge hatte?" fragte Waldemar aggressiv. Heli fing leicht zu weinen an.
„Bitte, Waldemar!"

Er besann sich und entschuldigte sich sofort für seinen groben Patzer, nahm Heli in seine Arme und tröstete sie.
„Vielleicht verfügt dieses Zauberwesen, wie du es nennst, über diese Art von Macht eben doch nicht", mutmaßte Heli, „vielleicht kann es kein schreckliches Unglück verhindern, sondern nur versuchen, ihm vorzubeugen, durch ... Lichtspiele und Erzeugung von Illusionen - oder, ... ja, Halluzinationen", sagte sie zerstreut.
„Pah, das ist doch reiner Unfug, nein!" insistierte Waldemar weiterhin.
Aber da kam Heli eine Erleuchtung: Ihr Gesicht hellte sich auf, und sie rief ekstatisch aus:
„Waldemar, das ist die Lösung! ... Ja, es muss wohl doch ein Zauberwesen in dieser Schatulle sein! In diesem Kästchen muss sich ein außerirdisches Wesen befinden, das unerklärliche Macht hat, zwar nicht unbeschränkte, aber doch große, ungeahnte intellektuelle Fähigkeiten besitzt; - und Professor Kallimachos hat es entdeckt, irgendwo ..."
Waldemar stutzte.
„Entdeckt? Wo denn?"
Heli zuckte mit den Schultern.
„Was weiß ich? Irgendwo halt! ... Und darüber wollte er mit uns sprechen, sobald wir in Sicherheit wären, erinnerst du dich?" sagte sie errregt.
„Er hat doch irgendwann einmal solch eine Andeutung in dieser Richtung gemacht", sagte sie schwärmerisch und zitterte am ganzen Körper.

„Wann denn? Ich kann mich nicht erinnern, warte mal: --- Ja, doch, irgendwas in dieser Richtung war da einmal, ich glaube, du hast Recht", gab er nun zu.
„Aber sprich´ nicht so laut", sagte er und zog sie weiter in das schützende Versteck hinein.
„Aber diese sibyllinische Andeutung von Kallimachos kann man doch nicht einfach gleich so dramatisch außerirdisch auslegen, wie du es getan hast", sagte er nun lächelnd.
„Und warum denn eigentlich nicht?" flüsterte Heli protestierend zurück.
„Der Professor könnte das außerirdische Wesen doch auf einem seiner Raumflüge entdeckt haben, in einer anderen Weltraumprovinz, oder auf einem anderen Planeten gar?" phantasierte Heli begeistert drauflos.
„Und dann in dieser Schatulle eingefangen haben? --- Oh, Heli, du träumst, mein kleiner Fischmund", sagte er lächelnd, und streichelte ihre Haare.
„Und warum nicht? Oder vielleicht hat Kallimachos zuerst nur die Schatulle gefunden, und das Wesen war schon drin?" fragte Heli verzückt.

„Und Kallimachos hat es entdeckt, als er den Deckel aufgemacht hat, und ...
es vielleicht gezähmt?" fragte sie, ekstatisch, von dem neuen Gedankengang
beflügelt.
„Aber Herlinde, jetzt ist es wirklich genug", schimpfte Koslowski und hielt
die ekstatisch Zappelnde erschrocken an den Handgelenken fest. Sie aber riss
sich los und sagte erregt:
„Ja, das ist es --- das Wesen gehorcht nur dem Professor! Er allein kann seine
Macht kontrollieren, ein Unbefugter hätte überhaupt keinen Nutzen von dem
außerirdischen Lichtwesen! Das ist es, das muss es sein, hurrah, ich habe die
Lösung gefunden!" jubilierte Heli haltlos und freute sich ungemein.
Waldemar machte ein Gesicht, als fürchtete er, Heli könnte den Verstand
verloren haben.

„Und sag´ gefälligst nicht „Herlinde" zu mir, hörst du; nie wieder, klar?"
schimpfte Heli und piekste Waldemar den Nagel ihres Zeigefingers in die
Seite.
„Das habe ich dir schon hundertmal gesagt! ..."
Waldemar lachte.
„In Ordnung, Heli ..."
Er überlegte.
„Aber wenn das, was du da sagst, stimmt, dann ... hätten wir ja endlich den
ersten, wirklichen, seit Jahrhunderten Weltraumforschung ersehnten Kontakt
mit einem außerirdischen Wesen hergestellt, das wäre fabelhaft, das wäre ja
eine Weltsensation", schwärmte er.
„Hach, wenn wir doch nur herankämen an den Professor, dann könnte er uns
alles erklären", donnerte Koslowski finster los.
„Angeblich sind wir beide jetzt die wichtigsten und mächtigsten Personen in
ganz Europa, eventuell sogar auf der ganzen Welt, und dennoch sind wir so
verzweifelt machtlos; das ist einfach paradox", sagte Heli deprimiert und
schaute ärgerlich auf das fröhliche, bunte Treiben der internationalen
Festgesellschaft mit ihrem beispiellosen Gelage und Festschmaus.
Waldemar nickte düster und sagte:
„Lass uns noch mal rekapitulieren, was dann damals geschah: Dem Professor,
Kalinsky und mir gelang es schließlich, aus dem Raumschiffwrack zu
entkommen, du jedoch wurdest mit Gerold von Reitzenstein und seiner
Besatzung von Gudruns Rettungskapsel zurück in die Weltraumprovinz
transportiert und wurdest schließlich dort oben Egmont von Reitzensteins
Gefangene, der sich inzwischen an die Macht geputscht hatte in Heliopolis,
und seinen Bruder Gerold abgesetzt hatte.
Soweit ist also alles klar.
Und nun denk mal scharf nach: Ist es dir eventuell nicht doch gelungen, den
plötzlich machtlosen Gerold zu treffen, ihn zu übertölpeln und ihm die
Schatulle abzujagen? Denn er muss sie ja auf alle Fälle in der Rettungskapsel

mitgehabt haben und auf jeden Fall auch wieder nach Terra Nova mitgenommen haben"; sagte Waldemar.

„Aber nein, wie stellst du dir das vor?" fragte Heli entrüstet zurück.
„Ich hatte ja nie die Gelegenheit dazu, mit Gerold zusammenzukommen; ich war ja schwer verletzt und lag die ganze Zeit im Dämmerzustand im Krankenhaus von Heliopolis", erklärte Heli sachlich.
„Ich habe mich tagelang nicht rühren können; und glaube mir: Derart geistig weggetreten war ich dann auch wieder nicht, dass ich mich nicht erinnern würde, Gerold die Schatulle entwendet zu haben", sagte sie leicht pikiert.
„Schon gut, ist ja schon gut", sagte Waldemar und hob beschwichtigend die Hände, „dann wird es eben Gerold selbst gewesen sein, der dir die Schatulle in die Tasche gesteckt hat", folgerte Koslowski.
„Was? Und welchen Grund hätte er dazu?" fragte Heli verdutzt.
„Vielleicht hat er ursprünglich vermutet und gefürchtet, dass du als Einzige zur Erde abgeschoben würdest, und in dem Fall wollte Gerold nicht riskieren, dass die Schatulle in Heliopolis bleibt, und irgendwann doch noch einmal seinem machtgierigen Bruder Egmont in die Hände fällt", vermutete Koslowski richtig.
„Dann schon lieber auf die Erde mit dem gefährlichen Ding! Egal, wem sie letzten Endes schließlich in die Hände fällt!"
„Das wiederum würde zu deiner Theorie passen, dass der Schatulle eine geheimnisvolle Macht innewohnt, und Gerold hat das vielleicht sogar noch vor dir erkannt", grübelte er.
„Guter Gedanke", sagte Heli trotzig, „aber bestimmt hat doch auch Egmont seinem abgesetzten Bruder Gerold alle wertvollen Gegenstände abnehmen lassen, als er ihn vermutlich inhaftieren ließ; - wieso sollte er ihm da gerade die Schatulle lassen?" fragte Heli zweifelnd und Waldemar überlegte wieder fieberhaft.

„Ganz einfach, wahrscheinlich hat Egmont die wahre Bedeutung der Schatulle noch nicht erkannt, und so ließ er sie ahnungslos im Besitz von Gerold verbleiben ... Und Gerold hoffte dann eben, sollte auch er, eventuell etwas später als du, zur Erde abgeschoben werden, dass er dir dann dort das Kästchen beizeiten wieder abnehmen könnte", sagte Waldemar, „daher hat er es irgendwie fertiggebracht, dass du die Schatulle in deine Manteltasche hineinpraktiziert bekamst, bei eurer Abschiebung aus Heliopolis ..."

„Aber wie hätte es Gerold denn bewerkstelligen sollen, mir das Kästchen jemals unauffällig zuzustecken?" wandte Heli ein.
„Und wenn er es unbefangen vor allen Leuten getan hätte, was für eine Begründung hätte er dafür anführen können, wie hätte mir Gerold denn glaubhaft dieses Geschenk machen können, ohne Verdacht bei Egmont zu erregen, denn Egmont ließ seinen Bruder doch sicherlich, genau wie mich,

jederzeit streng überwachen und beobachten, bis zum letzten Zeitabschnitt unserer gemeinsamen Abschiebung", fragte Heli voller Zweifel über diese Theorie.

Waldemar dachte wieder scharf nach.

„Hm, ja, ich muss zugeben, du bist sehr scharfsinnig, mein blondes Engelchen", lobte er bewundernd und strich anerkennend über Helis Haarturm.
„Du hast Recht, es bleibt ein dunkles Geheimnis --- es muss eine andere Lösung geben; Rätsel über Rätsel", brummte Koslowski.
„Aber soviel steht felsenfest fest: Sowohl Kallimachos als auch Gerold von Reitzenstein wissen beide wesentlich mehr über das Geheimnis der Schatulle als wir, und keinen von beiden können wir dazu befragen, weil keiner von ihnen greifbar für uns ist, zu dumm", flüsterte er.

„Mich wundert nur, dass Gerold nicht schon bei euer Abschiebung, während des Fluges nach Berlin in dem Raumgleiter versucht hat, dir die Schatulle gleich wieder aus deiner Manteltasche zu holen, hast du da was mitbekommen?" fragte Waldemar.
„Aber Liebling, ich war doch völlig betäubt von all den Mitteln, die mich ruhigstellen sollten während unseres Fluges in dem Raumschiff, und da haben mich die Wachen bestimmt keine Minute aus den Augen gelassen. Und Gerold und Gudrun wurden sicherlich ebenso dauernd von einem anderen Wachtposten beobachtet", sagte Heli lachend, „und als wir in Berlin ankamen, da wurde ich mit einer anderen Droge aus meiner Lethargie geweckt, damit die Berliner meine Befreiung feiern konnten, und ich wurde zunächst als Einzige aus dem Schiff gelassen, da konnte Gerold keine Gelegenheit finden, mir das Ding aus der Tasche zu holen", sagte sie sachlich.
„Hm, stimmt", sagte Waldemar überzeugt.
„Aber sobald wir den abgesetzten Gerold irgendwann wiedersehen, dann wird er bestimmt sofort an dich herantreten, um die Schatulle wiederzubekommen", prophezeite Koslowski, „und auch Professor Kallimachos wird dich kontaktieren, um seine Schatulle wiederzubekommen", sagte er düster.
„Du glaubst, es wird sich noch ein Machtkampf um die Schatulle zwischen den beiden Männern entspinnen?" fragte Heli neugierig.
„Warum nicht?" meinte Waldemar lächelnd.
„Aber vorerst sitzen Gerold von Reitzenstein und Kallimachos sicherlich irgendwo als Gefangene im Hochsicherheitstrakt fest, irgendwo tief unten in den geheimen Kellern der Allround-Corporation ..."
Koslowski seufzte tief.
„Wie gruselig", bemerkte Heli schaudernd.

„Und was aus Gudrun geworden ist, wissen wir auch nicht genau, außer, dass auch sie irgendwo als Gefangene einsitzen wird", sagte Heli.

„Jedenfalls war es geistesgegenwärtig von dir, damals darauf zu bestehen, erst einmal in deine Wohnung in Lankwitz zurückkehren zu dürfen, als wenn du gleich in der Allround-Corporation zum Feiern geblieben wärst; dann wäre die Schatulle auf jeden Fall verloren für uns gewesen ... So besteht immerhin noch eine kleine Hoffnung, dass sie sich doch noch in deinem Wandsafe befindet", argumentierte Koslowski.

„Ja, das meine ich auch", sagte Heli.
„Denn als ich nach dem Verstecken des Kästchens hastig meine persönlichen Sachen in meiner Wohnung in der Malteserstraße zusammengerafft hatte, wurde ich sofort wieder mit Gorskys Lufttaxi zur Allround-Corporation zurückgeflogen, und noch vor Beginn der großen Feier ließ mich Gorsky tatsächlich sofort nach meiner Rückkehr kurz zur Untersuchung in mein Arrest-Quartier führen, wie ich es befürchtet hatte, wo er mich von seiner wackeren Chefagentin Annamaria Dappermann in einen separaten Vernehmungsraum bringen ließ, wo sie mir und Gudrun dann befahl, uns beide komplett auszuziehen, um uns zu filzen.
„Also, meine Lieben, dann lasst mal artig alle Hüllen fallen; wollen doch mal sehen, wer von euch beiden die Hübschere ist", witzelte Anni damals und untersuchte unsere gesamte Kleidung und auch Gudruns Koffer, fand natürlich nichts Verdächtiges mehr, weil die Schatulle ja zum Glück schon im Safe war", fasste Heli die damaligen Ereignisse kurz zusammen.

Waldemar Koslowski runzelte die Stirn.
„Allerdings ..."
Heli zuckte zusammen.
„Was allerdings?" fragte sie und fasste Waldemar, mit dem sie nun an die Wand gelehnt, auf dem Boden sitzend, in ihrem Versteck in dem Seitengang kauerte, am Arm und drehte ihn zu sich herum.

„Ich finde es nur reichlich merkwürdig, dass dich Gorskys Wachhunde in deiner Wohnung in Lankwitz nicht dabei beobachtet haben sollen, wie du die Schatulle im Safe eingeschlossen hast", sagte Koslowski plötzlich misstrauisch.
„Vielleicht haben sie es ja gemerkt, und haben absichtlich nicht eingegriffen, weil sie das Kästchen später heimlich wieder herausholen wollten, was sie ja wahrscheinlich sowieso schon längst getan haben", sagte Heli mit großem Unbehagen.
Waldemar nickte unglücklich.
„Oje, du hast wahrscheinlich Recht, die Schatulle wird wohl doch schon im Besitz der Geheimpolizei sein", jammerte Heli.

„Und die ist vielleicht gerade jetzt damit beschäftigt, Professor Kallimachos einem scharfen Verhör zu unterziehen, damit er den Kommunisten endlich den Mechanismus erklärt, oder das außerirdische Wesen zwingt, für Gorsky zu arbeiten", sagte Heli deprimiert.

„Vielleicht setzen diese miesen Kerle dazu sogar ihre neuesten Foltermethoden ein", vermutete Heli mit Abscheu.

„Sag mal", begann Koslowski wieder, und sah Heli weiterhin argwöhnisch ins übermüdete Gesicht, „sind die dich begleitenden Wachtposten dir eigentlich gar nicht in deine Wohnung gefolgt, damals, als du die Schatulle aus deiner Tasche herausgenommen hast und sie im Safe verschlossest?" fragte er nörglerisch.

„Doch, natürlich, zwei Mann traten mit mir ins Appartement, warteten aber vor der Tür zu meinem Schlafzimmer, die ich dann verschloss, worauf ich sofort die Schatulle hastig aus der Manteltasche nahm und sie im Safe versenkte, und sofort die Kombination verstellte", berichtete Heli.

„Aha, der Wandsafe ist also in deinem Schlafzimmer", überlegte Koslowski und machte ein Gesicht, als würde er kein einziges Wort von solch einer fadenscheinigen Story glauben.

Heli merkte es und schaute eingeschüchtert drein.

„Und trotzdem willst du bei der ganzen Hast noch die Zeit gefunden haben, um die Schatulle zu öffnen, und einen Blick hineinzuwerfen?" fragte er barsch und packte Heli unwirsch am Arm.

Sie schaute erschreckt zu ihm auf und zuckte zusammen.

„Aber Waldemar, was hast du denn, glaubst du mir etwa nicht?"

Koslowski sah sie finster an und bohrte unbarmherzig weiter.

„Und die übrigen Geheimpolizisten warteten während der Zeitspanne, wo du deine Klamotten zusammengepackt hast, vor der Haustür?" fragte er streng.

„Ja natürlich, einige schoben auch vor meiner Haustür Wache, während ich mich frisch machte und alles mitnahm", sagte Heli bitter und versuchte, ihren Arm durch Zerren und Schütteln freizubekommen, nölte und jammerte:

„Aber was ist denn plötzlich in dich gefahren, du bist ja auf einmal ganz neurotisch", sagte sie zerfahren und Panik flackerte in ihr auf.

„Vielleicht war alles ja auch ganz anders, als du erzählt hast", sagte Koslowski mit hitzigem Temperament und fing an, gewaltig zu schwitzen und zu schnaufen, ließ Heli mitnichten los, stand auf, zog sie mit sich hoch, packte sogar noch fester zu, dachte gar nicht daran, seinen Griff zu lockern.

„Au, lass mich los, du tust mir weh, was soll das alles? Das, was du da tust, ist ja schlimmer als ein Verhör durch die Geheimpolizei; man könnte ja fast meinen, du seist einer von Gorskys Bonzen", sagte Heli kreischend und krampfhaft zuckend, wobei sie heftig zappelte und auf Koslowski einschlug, um ihn zu zwingen, sie endlich loszulassen.

Weil die beiden allmählich anfingen, die Aufmerksamkeit der Gästeschar auf sich zu lenken, begann nun Koslowski, Heli unbeherrscht außer Hörweite weiter in den engen Gang hineinzuzerren, und zu ziehen, wobei er wütend protestierte:
„Was meinst du damit, ich sei einer von Gorskys Bonzen, wie kannst du es wagen ...“

Und er drückte Heli heftig gegen die Wand, unter Zuhilfenahme beider Arme schloss er sie am Ende des Ganges in einer unbarmherzigen, zangenförmigen Umklammerung ein.

„Und was ist mir dir, was ist deine Rolle in diesem Machtkalkül-Komplott, wie stehst du eigentlich zu diesem ganzen, neuen Regime? Hast wohl schon lange im Voraus gewusst, dass es ein sozialistisches werden würde, wie?“ schrie er sie garstig an.
„Bald nimmst du wohl auch noch Annamaria Dappermanns Posten ein, hä?“
Heli verbarg ihre weinerlich verkrampften Gesichtszüge.
„Waldemar – nein!!!“
Dann aber schaute sie absolut fassungslos zu ihm auf, ihre rollenden Augen verrieten vorwurfsvollen Hass und nie gekannte Verachtung für Waldemar.

„Ich ... ich ... fasse es einfach nicht! Du glaubst doch nicht etwa, dass ... auch ich eine Geheimagentin bin, ein dreckiger Lockspitzel von Gorsky, mit dem Auftrag, dich zu verführen, sodass Gorsky dann einen Grund findet, dich als Verräter aus dem Weg zu räumen, nein, das kannst du doch nicht wirklich meinen!!! ... Sag´, dass das nicht wahr ist, Waldemar, das ... Diese Schande will ich nicht überleben, wenn du sowas von mir denkst, oh ... beim heiligen „Gewissen“, wie weit ist es mit uns schon gekommen, wenn wir schon einander verdächtigen“, wehklagte Heli voller Bitternis, hemmungslos weinend, während ihre Turmfrisur sich auflöste, wilde, verklebte Strähnen hingen locker von ihrer verschwitzten Stirn.

„Du musst zugeben, dass der Gedanke gar nicht so abwegig ist“, sagte Waldemar unbarmherzig und zynisch.
„Bei all den Ungereimtheiten, die ... du ... mir aufgetischt hast“, sagte er atemlos, voller Verzweiflung und quälender Ungewissheit, klärendem Verlangen, war aber in seinen Anschuldigungen bereits wieder unsicher geworden, was sich darin kundtat, dass er langsam seinen Klammergriff löste, während Heli verachtungsvoll stöhnte:

„Nein, solch ein grausamer Verdacht von dir! ... Dass du mir diese Schmach antust, die schlimmste aller Beleidigungen, das hätte ich nie und nimmer von dir gedacht, niemals werde ich dir das verzeihen, Waldemar!!!“, schrie sie sich frei und gab ihm eine schallende Ohrfeige und zeterte weiter los:

„Und wenn ich daran denke, dass ich diese ganzen Scheußlichkeiten der letzten Monate nur zu dem Zweck durchgemacht haben soll, damit in deinem kranken Hirn der Eindruck entsteht, ich hätte den Auftrag von Gorsky erhalten, mich an dich ranzumachen um dich zu bespitzeln und auszuhorchen, dann wird mir wirklich sauschlecht von deinem miesen Charakter", schimpfte Heli.

„Das reicht mir nun endgültig, wir sind fertig miteinander", tobte sie, wurde abrupt still und ruhig, und lief langsam, wie in einem plötzlichen Trancezustand befangen, den Gang entlang, zurück zu den Feierlichkeiten des Staatsbanketts.

Sie sah beängstigend verwirrt aus.

Allmählich begann es dem neurotischen Nervenbündel Waldemar Koslowski zu dämmern, was er angerichtet hatte.

Langsam kam er zu sich, griff sich stöhnend mit beiden Händen an den Kopf, schaute Heli verdattert hinterher.

„Heli, mein Liebling! ...“

„Komm zurück! Ich – wusste nicht, was ich sagte ...“

Sie schlurfte, leise schluchzend, den Gang entlang.

Schließlich beschleunigte Waldemar seinen Schritt, holte sie ein, umfasste sie mit einer heftigen Umklammerung der Verzweiflung. Sie wehrte sich nicht mehr.

„Oh, Heli, ich meinte keinesfalls, was ich gesagt habe! ... Es tut mir so Leid, verzeih´ mir, bitte ... Ich habe es nicht so gemeint, das war das Resultat der ganzen Anspannung der furchtbaren letzten Monate, du musst verstehen ... Ich war nicht mehr ich selbst, ich hatte mich nicht mehr unter Kontrolle, ich war einen Augenblick vom Wahnsinn befallen! ... Natürlich glaube ich nicht, dass du ein Staatsspitzel bist, nie könnte ich sowas wirklich von dir denken, in meinem normalen Zustand, wie jetzt! ...“

Er drückte die Willenlose wieder an die Wand. Diesmal aber mit unendlicher Güte und Zärtlichkeit.

„Waldemar, du liebst mich nicht, du hast mich ... entehrt", murmelte sie, kaum hörbar.

„Natürlich liebe ich dich, Helilein", versicherte er hastig, und überschüttete Herlinde mit ungeschickten Liebkosungen, „mein abscheuliches Benehmen, das war alles das Endprodukt von Gorskys bösem Samen des Hasses und der Zwietracht, den er schon vor langer Zeit in uns allen gesät hat, und jetzt ist die verdorbene Frucht mit einem Male aufgeplatzt, verstehst du das, Liebling? ... Es war ein lange gärender Prozess der Aufstachelung zum gegenseitigen Hass in unserem vergifteten System des Misstrauens, der jetzt allmählich zum Abschluss kommt ... Du siehst, was diese neue, wiederaufgelegte sozialistische Gesellschaftsordnung aus uns gemacht hat, diese Wiederbelebung alter vergessener, diktatorischer Traditionen, eine Synthese aus allem Schlechten und Bösen, was sämtliche Regierungssysteme des Unrechts je auf der Erde hervorgebracht haben! ... Lass sie nicht den Sieg davontragen, diese Systeme, der darin bestünde, dass wir beide uns entfremden, uns hassen und trennen, denn dann hat der Kommunismus gesiegt, dann hätte er sein Ziel erreicht", proklamierte Waldemar vehement.

Heli sah verzweifelt zu ihm hin.

„Und du siehst: Es ist ansteckend, dieses furchtbare Gift des Misstrauens, es wandert schleichend von einem Menschen zum anderen, und es hat auch uns befallen, oh, Heli, ausgerechnet uns beide!" sagte er entsetzt und streichelte Helis Kopf.
„Das ist es, was mir am meisten bei der Sache wehtut", sagte er mit Tränen der Verzweiflung.
„Genau", bestätigte auch Heli bedrückt, „denn wenn das sogar uns beiden passiert, dass wir uns nicht mehr vertrauen können, dann hat das ganze „System Gorsky" den teuflischen Stachel des Sieges errungen, oh, Waldemar: Was können wir nur tun?" fragte sie schluchzend und warf sich endlich wieder in seine Arme.
„Endlich den Bruch mit dem System vollziehen, den endgültigen Bruch, das können wir tun", sagte er beharrlich, „wir müssen die Riesenkrake namens Allround-Corporation, die unerbittlich ihre Fangarme nach uns auswirft, und uns damit zu erdrücken droht, abschütteln, wenn wir sie schon nicht vernichten können", riet Koslowski dringend.
„Und jetzt ist es Zeit dazu, wie ich schon vorhin sagte; gerade jetzt ist die Gelegenheit, sich abzusetzen, günstig wie nie zuvor", sagte er beschwörend, „komm´, wir gehen jetzt sofort zurück zu den Amerikanern und vertrauen ihnen unsere Fluchtpläne an", schlug er dringend vor.

„Und bei der Gelegenheit erzählen wir ihnen auch gleich noch die Geschichte von deiner merkwürdigen Schatulle; vielleicht sind wir morgen schon in Amerika! Das wäre doch ein völlig neues, aufregendes schönes Abenteuer, wenn wir im amerikanischen Staatsraumgleiter mitfliegen dürften, oder in einem anderen Fahrzeug der US-Regierungsflotte; stell dir vor, Heli: Wir wären dann die ersten Menschen, die seit Jahrhunderten der Entfremdung wieder nach Amerika kommen, ist das nichts? Ich bin neugierig, wie es inzwischen dort ausssieht, was für Lebensverhältnisse dort herrschen! ... Und auf unserem Weg nach Amerika könnten wir die Delegierten dazu überreden, vor dem Abflug schnell noch einen Zwischenstopp in Lankwitz einzulegen, um die Schatulle abzuholen, sollte sie sich noch in deinem Safe befinden ... Und in Amerika könnten sie die dortigen Wissenschaftler dann einer gründlichen Untersuchung unterziehen; wer weiß, vielleicht wohnt ihr doch

eine magische Kraft inne, die wir gegen die Allround-Corporation nutzbar machen können", sprach Koslowski wie berauscht von der angeblichen, neuen Macht.
Doch Heli fühlte sich sofort veranlasst, Waldemars neuen, ungesunden Elan zu bremsen.

„Aber Waldemar --- wir können doch nicht das ganze Fest durcheinanderwirbeln, und dann durch unsere Flucht die Friedenskonferenz torpedieren! Wir haben schließlich doch noch so etwas wie eine Verantwortung für unser Land; wer weiß, was das für internationale Verwicklungen auf dem zurzeit heiklen, diplomatischen Parkett nach sich zieht, wenn gerade wir zwei überlaufen, und das in meinem Zustand, schau, wie ich aussehe", sagte sie, nahm einen Taschenspiegel aus ihrer kleinen Handtasche und begutachtete anklagend ihre wild aufgelöste Frisur und das zerknitterte Kleid, das verlaufene Make-up.
„Du siehst trotz allem umwerfend aus", versicherte er hastig und küsste sie.
„Das macht unsere Notlage nur noch glaubhafter, wenn man dich so sieht", sagte er, „jetzt komm´, Heli, die Zeit drängt! ..."
Er begann, sie hinter sich herzuziehen wie einen störrischen Hund.

„Und bitte: Nenn´ mich lieber doch nicht ´Heli´; jetzt fange ich doch tatsächlich auch noch damit an, diese blöde Abkürzung zu verabscheuen", sagte Herlinde auf einmal.
„Wie, also nun doch „Herlinde"?" fragte er erstaunt.
„Da soll nun einer daraus schlau werden, aus euch Frauen", sprach er seufzend.
„Vorher ging dir doch die Nennung deines vollständigen, unverhunzten Vornamens gewaltig auf den Keks, und nun ... Ach, ist es eigentlich nicht ein kurioses, anachronistisches Phänomen, diese komische, aktuelle gesellschaftliche Sitte, den Kindern wieder so altmodische, vorsintflutliche Vornamen zu verpassen wie „Herlinde", oder „Waldemar"? --- Ist dir das schon mal aufgefallen? Einfach lächerlich! ...", sagte er plötzlich und schüttelte sich vor Lachen.
„Und dieser Trend hält unvermindert an, schon seit drei Jahrzehnten, wo wir doch in einem technisch hochgerüsteten Zeitalter leben, wie es nie zuvor eins gegeben hat; wie passt das nur zusammen?" fragte er lachend.

„Das Phänomen mit den altmodischen Vornamen, das du da ansprichst, ist ganz und gar nicht verwunderlich, wie du behauptest", sagte Heli mit zärtlichem Einwand.
„Damit wollte unsere Elterngeneration zum Ausdruck bringen, wie sehr ihnen schon damals, in ihrer Jugend, daran gelegen war, zu einer ursprünglichen, einfachen Lebensweise zurückzukehren, fern von einer total technisierten Umwelt, mit der Rückkehr zu romantischen, stundenlangen Spaziergängen in

den dichten Wäldern von damals - und zu solch einem Leben gehören eben auch altmodische Vornamen, über deren Herkunft wir heute nur noch rätseln können", meinte Heli schwärmerisch.

„Meine Eltern wollten immer schon gerne gemütlich und beschaulich den Abend unter einer lauschigen Linde ausklingen lassen, auf einmal erinnere ich mich daran! Ja, daher haben sie mich sicherlich „Herlinde" genannt! Ich habe die Lösung um mein rätselhaftes Namensunikum gefunden! ... Aber siehst du heute vielleicht um die Allround-Corporation herum irgendwo noch eine Linde stehen?" fragte sie lächelnd.

Waldemar begann schallend zu lachen.
„Das ist doch nicht dein Ernst, hahaha! ... Aber dennoch gefällt dir der Name nicht besonders, nicht wahr? Gib´ es zu, mein kleiner Fischmund!"
Heli lachte.
„Ja, stimmt! ...“ gab sie nach einer scheuen Bedenkzeit zu.
„Aber „Herlinde" klingt dann eigentlich doch noch weniger bescheuert als „Heli", sagte sie murmelnd, „denn bei „Heli" muss ich auf einmal gleich an „Helium" denken; du weißt doch, dieses Gas, von dem man, wenn man es einatmet, so eine ulkige, hohe Stimme bekommt", sagte sie grinsend.
„Oh, du bist wirklich umwerfend, mit deinen hübschen, eiligen Vogelaugen", sagte Waldemar und lachte heiter und unbeschwert drauflos, als wären sie auf einem lustigen Volksfest. Wie in Gauditania.

Gerührt schaute ihm Herlinde da in die Augen.

„Jetzt hast du zum ersten Mal wieder richtig gelacht, unverzerrt und befreit von allen Zwängen und innerem Hohn", sprach Herlinde mit verliebtem Blick in den Augen.
„Oh, Heli, wenn du so sprichst, dann liebe ich dich wieder über alles", sagte Waldemar voller Zärtlichkeit und küsste sie ungestüm.
„Du wirst sehen --- es wird alles wieder gut; in Amerika! Aber um die Amis von unserem Nutzen für sie zu überzeugen, müssen wir ihnen schon etwas mehr bieten als nur uns beide und unsere große Liebe zueinander: Daher muss die Schatulle unbedingt mit nach Amerika!" führte er strategisch aus.
„Denn die Amerikaner waren immer schon sehr materialistisch eingestellt, und bürgerten nur Leute ein, die ihnen irgendeinen Nutzen brachten", ergänzte er.
„Oh, kannst du dieses verflixte Kästchen nicht endlich mal vergessen? Und sag´ nicht dauernd „Heli" zu mir", raunte sie schnippisch und umarmte ihn.
„Oh, verzeih´ mir, Liebling; ich verspreche dir, ich werde es nicht mehr tun", sagte er zerknirscht.
„Aber dann würde ich dich um eine Gegenleistung bitten", sagte er lachend, „denn ich habe ein gegenläufiges Anliegen: Auch ich leide, allerdings unter meinem vollausgesprochenen, altmodischen Vornamen; darum nenne mich

doch bitte ab sofort einfach „Waldo", ja? --- Das klingt weniger spießig und ist nicht so furchtbar peinlich wie „Waldemar", sagte er kleinlaut.

Heli zuckte zusammen und gluckste.

„Waldo? - Also, ich weiß nicht so recht, das klingt so nach Hund", sagte sie unter großem Gelächter.

„Ach was, da verwechselst du etwas, du meinst wahrscheinlich „Waldi", nicht wahr?" fragte Koslowski schmunzelnd.

„Das klingt schon eher nach Hund", sagte er heiter.

„Also „Waldo" soll jetzt dein neuer Deckname werden; ... so also willst du dich in Zukunft von mir anbellen lassen, du ... krummer Hund!" sagte Herlinde schäkernd und streichelte Koslowskis Haar.

„Na hör mal, ich denke, ich kann auch einen ganz guten Wachhund abgeben, wenn es sein muss, mein kleiner Fischmund", sagte Waldemar lachend, „der gut auf dich aufpassen kann, traust du mir das nicht zu?" fragte er albern.

„Oh doch, einem, der sich „Waldo" nennen lässt, ist alles zuzutrauen, mein Liebling, mein kleines, verspieltes Hündchen", sagte Herlinde kichernd und zog ihn bellend enger an sich.

„Dann muss ich dir ja bald eine Leine anlegen, mein kleiner Wauwau, wenn ich dich durch die Allround-Corporation führen will", sagte sie zärtlich.

„Haha, sehr witzig, meine kleine Heli aus Heliopolis", sprach Koslowski kalauernd, und drückte Herlinde fest an sich.

Sie lachte fröhlich über diesen Geistesblitz.

„Hey, das ist wirklich gut! ... Dieses Wortspiel gefällt mir, darauf bin ich noch gar nicht gekommen! ..."

Waldemar grinste schräg.

„Ach, das gefällt dir also, was? Na, das passt ja ausgezeichnet zu meiner nächsten Frage; dann erzähl mir doch mal: Was hast du wirklich in der Hauptstadt der Weltraumkolonie gemacht, während der paar Tage, die du dort warst?" fragte er mit verändertem, strengen Tonfall.

Herlinde erstarrte und stieß ihn abrupt von sich fort.

„Waldemar, fängst du schon wieder an mit deinen paranoiden Verdächtigungen?" fragte sie fassungslos.

Da lachte er plötzlich schallend los.

„Aber beruhige dich doch, das war jetzt doch nur ein Witz", sagte er beschwichtigend, griff nach ihren Händen.

„Heli, die Königin von Heliopolis", wiederholte er lachend, „vielleicht wirst du sogar schon bald die Königin von Amerika, mit deiner Ausstrahlung und deinem vergleichlichen Charme", sagte er lachend, „doch dazu musst du dir noch angewöhnen, den Präsidenten Miguel Hernandez noch etwas lieblicher zu bezirzen; deine Ansprache vorhin beim Galadiner war noch nicht so recht gelungen, oh, my Darling Heliline; eine Prise zuviel an kommunistischem Gedankengut war darin enthalten", sagte er heiter.

„Yes, Sir", sagte Heli müde.

„Das war ja auch eine sehr schlechte, geschmacklose Komödie, die wir zwei Laiendarsteller da aufgeführt haben, aber ganz im Sinne Gorskys", sagte Herlinde düster.

„Ihm hat sie aber sehr gefallen, seine Begeisterung jedenfalls war echt", sagte er finster.

„Ich ärgere mich jetzt noch, dass wir da so gehorsam mitgespielt haben, in diesem gefakten Schmierenstück", sagte sie zornig.

„Das ist richtig", stimmte Waldemar nachdenklich zu, „aber gleich beginnt der zweite Teil der Aufführung, und das wird dann ein Drama für Gorsky, denn wir ändern das Drehbuch: „Flucht nach Amerika" heißt der neue Akt, und er muss kurz und schmerzlos werden", insistierte Koslowski bitter lachend.

Herlinde zuckte leicht zusammen vor Schreck.

„Also du meinst, wir sollten das wirklich wagen, jetzt gleich?" fragte sie wieder zweifelnd.

„So ganz ohne vorherige Ausarbeitung eines Planes?"

Koslowski nickte ernst.

„Eine spontane Entscheidung ist manchmal wirkungsvoller als der beste, detailliert ausgetüftelte Plan, glaube mir", sagte Waldemar voller Überzeugung.

„Ja, du hast mich nun endgültig überzeugt", sagte Herlinde mit neugewonnener Zuversicht.

„Komm, wir gehen jetzt sofort zurück zur amerikanischen Delegation", schlug sie vor und Waldemar stimmte begeistert zu.

„Endlich!"

Sie liefen los und waren gerade am Ende des Ganges angekommen, und waren dabei, wieder in die ausgelassene Festtagsstimmung einzutauchen, da wurden sie von Gorsky persönlich abgefangen, der ziemlich aufgeregt gleich wieder das große Wort führte:

„Da sind Sie ja endlich; - ja, wo haben Sie beide denn die ganze Zeit über gesteckt, wir suchen Sie schon überall! ... Kommen Sie schnell, der amerikanische Präsident wünscht ein dringendes, neues Gespräch mit Ihnen beiden; Sie mögen bitte sofort seine Privatsuite aufsuchen, es scheint sehr eilig zu sein", sprach Gorsky übereilt.

„Denn Miguel Hernandez ist offensichtlich sehr verstimmt", gestand Gorsky besorgt.

„Also kommen Sie, wir können es uns auf keinen Fall leisten, die Amerikaner noch mehr zu verärgern. Unsere ganze Existenz steht eventuell auf dem Spiel, wenn Sie beide jetzt einen Fehler machen, das kann das Ende für die Allround-Corporation bedeuten", sagte er deprimiert.

Verblüfft sahen sich Heli und Waldemar an.
„Vielleicht haben wir da ja doch ein wenig übertrieben, vorhin mit unserer Arroganz und allzu kecken Nonchalance beim Galadiner", gab Gorsky kleinlaut zu.
„Also enttäuschen Sie mich bitte nicht, auch Ihre eigene Zukunft kann von Ihrem richtigen Handeln abhängen, vielleicht sogar Ihr Leben!" drohte Gorsky.

Sie durchquerten den Festsaal und kamen an einem Pianisten vorbei, der ein klassisches Stück auf einem teuren Steinway-Flügel spielte.
Heli und Waldemar erstarrten, als sie sahen, welche Diva dazu in ruhiger, lässiger Standposition sang: Sarah Salamander!
Sie blieben kurz stehen und blickten der Sängerin flüchtig ins strenge, kaltblütige Gesicht, die überhaupt keine Überraschung zeigte, als sie das präsidiale Traumpaar sah; ohne Zaudern oder Stockungen sang sie ihre Partie fehlerlos weiter und wandte den Blick wieder ins Publikum. Nicht die geringste Spur von der Herzlichkeit und menschlichen Wärme war mehr in ihrem Wesen zu entdecken, die sie Heli gegenüber auf dem Volksfest am Wannsee gezeigt hatte, nichts als kalte Professionalität...

War das alles nur ein Spiel der Partei gewesen?

Was hat die Präsenz der rätselhaften Künstlerin hier auf dem Fest zu bedeuten, fragte sich Waldemar Koslowski.
Doch was sollte der Verdacht?
War es nicht ganz natürlich, dass die große beliebte Künstlerin auch, oder vielmehr, gerade auf dem wichtigen politischen Fest zur Lockerung der angespannten Situation auftrat? Er sah wahrscheinlich schon alles schwarz.
Schließlich wurde das Traumpaar in die streng bewachte, in einem unzugänglichen Teil der Allround-Corporation befindliche, geheime Suite des amerikanischen Präsidenten geführt. Gorsky und seine Mannen verbeugten sich vor den Wachen und nahmen ihren Abschied.

Präsident Miguel Hernandez empfing seine Besucher stehend, ohne ihnen zunächst ins Gesicht zu sehen, während er sich aus einer Flasche einen Drink eingoss.

Nach einer Weile drehte er den Kopf zu Heli und betrachtete interessiert ihre aufgelöste Frisur. Gorsky war derart aufgeregt gewesen, dass er das gar nicht bemerkt hatte.

„Kleine Auseinandersetzung mit Ihrer Frau?" fragte der Amerikaner amüsiert.

„Und wie", bestätigte Waldemar lachend.

„Sie wünschen uns zu sprechen, Sir?" fragte er sofort wieder dienstlich.

„Das trifft sich gut, denn auch wir sind an einem klärenden Gespräch interessiert, Mr. President", sagte Koslowski, ohne eine Antwort von Miguel Hernandez abzuwarten.

„Sehr schön, denn dies ist auch ganz in unserem Interesse", formulierte der Präsident vorsichtig und trank.

Er stellte das Glas auf dem Tisch ab. Seine Suite war luxuriös eingerichtet. Heli, der die Situation peinlich war, versuchte hastig, ihr vernachlässigtes Äußeres zu kaschieren - durch einige Pinsel- und Bürstenstriche aus der Puderdosensammlung ihrer Umhängetasche.

Die Atmosphäre war ziemlich gespannt.

Wortlos goss ihr der Präsident ein großes Glas von seiner Brandyflasche voll und reichte es ihr mit unbestimmtem, noch nicht einmal entfernt wohlwollendem Gesichtsausdruck.

„Hier, bitte, Mylady, nehmen Sie ruhig einen großen Schluck ... Sie sehen aus, als könnten Sie es dringend brauchen", sagte er tonlos, aber auch nicht feindselig.

Helis Gesichtsausdruck verriet, dass sie froh über diese Geste war, die das Eis brechen sollte, auch wenn sich vorerst nur ein winziges Loch davon in dem Eispanzer des Präsidentengesichtes auftat.

„Oh, vielen Dank, Herr Präsident, ich glaube, Sie haben meinen Zustand völlig richtig eingeschätzt, wenn ich ehrlich sein soll ...", begann sie und trank gierig, undamenhaft in großer, unbeherrschter Eile, wie ein Schwein aus dem Trog.

„Bei Gott, und ob Sie das sollen!" sprach der Präsident plötzlich mit Donnerstimme und ließ seine Brandyflasche beim Absetzen auf dem Tischchen aufknallen wie der Donnergott Thor seinen Hammer auf dem Amboss.

Ein Dolmetscher stand neben dem Präsidenten und übersetzte ihm in diskretem Flüsterton alle deutschen Worte schnell und präzise ins amerikanische Englisch.

Heli war derart erschrocken, dass sie fast ihr Glas fallen ließ.

Ein Diener des Präsidenten nahm es ihr ab, Waldemar bekam auch ein Glas Brandy gereicht - von einem vornehmen Kellner im Frack. Dankbar stürzte er es hinunter und stammelte:
„Herr Präsident ... Sir, glauben Sie mir, ich verstehe Ihren Zorn ...", begann er. Miguel Hernandez seufzte tief und ließ sich in seinem improvisierten Präsidentensessel nieder, der nahe an das Tischchen mit den Getränken herangerückt stand, beugte sich vor, die Faust unter dem Kinn, und stützte den Ellbogen am Tisch ab.
„Do you really?" fragte er erschöpft, ohne Waldemar anzusehen, über dem kleinen Tisch zusammengesunken.
„Oh, ich denke ja, Sir", sagte Waldemar unbeholfen, „ich sehe, ich meine ... Wahrscheinlich haben auch Sie jede Menge eigene Probleme in Amerika", suchte er das Gespräch in eine andere Richtung zu lenken, denn er war plötzlich sehr neugierig auf das riesige, unbekannte Land, von dem ihm und allen anderen Deutschen jahrhundertelang alle Informationen vorenthalten worden waren, jeder Kontakt unterbrochen war.

Die gebeugte Gestalt des Präsidenten am Tisch sah schicksalgetrieben zu ihm hin.

„Und ob ich die habe", sagte der Präsident stöhnend.

„Armut, nichts als Armut und Dekadenz, Verfall überall in den Straßen von Amerika, soweit das Auge reicht! Verbrechen ohne Zahl, und keine Polizei, die das eindämmen könnte! ... Bandenchefs und Clans regieren die Städte wie Diktatoren, die Unterwelt hat das Sagen; unsere Städte sind Schauplätze brutaler Bandenkriege und illegaler Machenschaften der verschiedenen Mafiaorganisationen", sagte der Präsident seufzend.
Heli lauschte entsetzt.
„Die Mafiabosse und die korrupten Politiker haben die Städte unter sich in Bezirke aufgeteilt, die Korruption blüht, Polizei und Verwaltungen müssen ohnmächtig zusehen, denn jeder Bulle hat seinen Preis ... Das organisierte Verbrechen kann nicht effizient bekämpft werden, es ist schlimmer als im Chicago der Dreißiger Jahre des zwanzigsten Jahrhunderts, wo der Gangsterboss Al Capone viele Jahre unumschränkt wie ein krimineller König herrschte. --- Sie als gebildeter Mensch werden davon vielleicht gehört oder gelesen haben in den Computerarchiven von Ihrem weltberühmten „Gewissen", vermute ich", sagte der Präsident mit resignierendem Unterton in

der Stimme, und erhob sich von seiner gebeugten Lage am Tisch, ging im Zimmer umher, sah dabei aber auch nicht glücklicher und unternehmungsfreudiger aus als vorher.

„Über Ihr legendäres „Gewissen" werden wir gleich noch ein paar ernste Takte zu palavern haben", trompetete der Präsident salopp heraus, „denn unsere eigene, amerikanische Computerindustrie liegt völlig am Boden --- seit Jahrhunderten, genau wie unsere Wirtschaft!".
„Die meisten Amerikaner wissen schon gar nicht mehr, wie ein Computer überhaupt noch aussieht; die letzten, defekten Exemplare verrotten und verstauben gerade verschämt und friedlich in den ebenso verfallenen Museen, deren Türen längst abmontiert und geklaut worden sind", sagte der Präsident mit bitterem Gelächter.
„Keiner kümmert sich darum, oder um etwas anderes", sagte der großgewachsene, gedrungene Hüne Miguel Hernandez mit seiner kurzgeschorenen, mexikanischen Lockenpracht, und streckte seinen Zeigefinger, im Kreis laufend, nach Heli aus, immer wenn er nach jeder neuen Runde ihrer erneut ansichtig wurde, während ihm Heli mitfühlend lauschend jedes Mal ein kleines Stück näherkam. Jetzt fasste sie beherzt seine Arme und stoppte dadurch ungewollt seinen Rundgang in Endlosschleife und sagte: „Wir hatten ja keine Ahnung, Euer Exzellenz ... äh, Verzeihung, Mr. President, dass die Dinge tatsächlich so schlimm liegen in Amerika", sagte sie voller Sympathie für den gehetzten Mann.

Er sah ihr stehend in die Augen, seine Männer eilten herbei, riefen aufgeregt: „Vorsicht Sir, vielleicht hat sie ein Messer im Ärmel", zerrten Heli von ihm weg und nahmen sie in die Zange.
Sie schrie auf, Koslowski eilte herbei.
„Schon gut, lasst den Unsinn, ich weiß schon, wann ich mich gegen welchen Feind zu verteidigen habe, soviel Menschenkenntnis müssen Sie mir schon noch zutrauen, Jenkins, und Miss Herlinda gehört bestimmt nicht zu meinen gefährlichsten Gegnern, lassen Sie sie also los, hören Sie, Sie sollen sie sofort loslassen, habe ich gesagt", fuhr er den kleinen Pulk seiner bis an die Zähne bewaffneten Privatpolizei an, die der Aufforderung nicht schnell genug nachkommen wollte.

Heli sah den Präsidenten dankbar an, als sie endlich doch noch schnaufend freikam, rieb sich die malträtierten Arme, Koslowski nahm sie dafür in seine eigenen, unverbrauchten.
„Verzeihen Sie bitte das Benehmen dieses Rohlings, mein Fräulein", sagte Miguel Hernandez verschmitzt und nahm die unterbrochene, desolate Schilderung seines heruntergekommenen Landes wieder auf, als wenn nichts gewesen wäre.

„Ich selber bin Mexikaner, wie Sie sicherlich unschwer sehen können, Amerikaner mexikanischer Abstammung, aber gleich hundertprozentig", sagte er lächelnd.

„Meine Eltern waren arme, mexikanische Einwanderer in Amerika, und ich habe jahrelang in Mexiko studiert, bevor ich Präsident der Vereinigten Staaten von Amerika wurde ... Als Mexikaner weiß ich also, wie mexikanische Kleptokratie funktioniert, und die Herrschaft der Drogenbarone dort habe ich nur zu gut kennengelernt, aber ich versichere Ihnen: Das alles ist nichts im Vergleich zu dem, was in Amerika geschieht, nada, nada, senores mios", sagte der Präsident mit bitterem Lachen.

„Alles noch zehnmal schlimmer in den Staaten, und ich habe bisher nur an der Oberfläche gekratzt, wenn ich Ihnen alles im Detail schildern wollte ..."
Er besann sich.

„Aber ich rede und rede nur von mir und meinem Land, und habe darüber ganz meine Gäste vernachlässigt", entschuldigte sich Miguel Hernandez.

„Sie beide haben doch bestimmt Hunger nach diesem aufregenden Streitgespräch?", fragte er lächelnd und nahm die reizende Herlinde Kopter bei der Hand.

„Und wie, danke, Mr. President", sagte sie entzückt, in weiser Voraussicht des Angebots, das jetzt unvermeidlich über seine Lippen kommen musste.

„Aber Heli, das geht doch nicht", flüsterte Waldemar ihr protestierend zu. Und ergriff ihre andere Hand.

„Aber wieso denn nicht, meine lieben Freunde und Gäste", sagte der Präsident gemütlich.

„Kommen Sie, setzen Sie sich nur zu mir an meine Tafel", schlug er jovial vor, und ließ von den Bediensteten erneut auftragen und auftischen.

„Ich für meinen Teil bin jedenfalls immer noch hungrig; wir unterhalten uns beim und nach dem Essen weiter", schlug er vor.
Schon saßen alle drei am Tisch, Heli und Waldemar nebeneinander, der Präsident saß ihnen gegenüber.

„Ich habe schon vor Ihrer Ankunft in meiner Suite vorausschauend ein Essen für Sie beide zubereiten lassen, eins Ihrer berühmten Berliner Gerichte, gekrustete Schweinskeule mit Rotkohl, ich hoffe, Sie mögen das", sagte er nonchalant und lächelnd.

„Aber ... Oh, herzlichen Dank, Mr. President", sagte Waldemar gerührt.

„Ah, da kommt es schon", sagte er, und tatsächlich: Soeben wurde das Gericht von den befrackten Obern aufgetragen. Heli jauchzte entzückt, und atmete gierig die wohlriechenden Dämpfe ein.

„Ich habe mir nämlich sagen lassen, dass Berlins traditionelle Küche nicht unbedingt raffiniert ist, sondern in erster Linie deftig", sagte der Präsident mit charmantem Lächeln zu Herlinde.

„Ich gestehe, ich bin neugierig auf den Geschmack dieses Gerichts, an dem ich mich auch zu verköstigen gedenke", sagte der Präsident gutgelaunt.

„Oh, Mr. President, die Schweinskeule riecht wunderbar, Sie hätten wirklich keine bessere Auswahl treffen können; vielen Dank", bekannte Heli voller Freude und stürzte sich auf das Essen.

Mit betretenem Schweigen tat Waldemar es ihr schließlich nach.

So hatten die drei noch einmal ihr privates, gemütliches Galadiner. Beim Dessert wurde der Präsident wieder redselig.

„Weiterhin muss ich Ihnen gestehen, dass ich von meinem Räuberstaat Amerika hierher in ein Land gekommen bin, das mir völlig fremd war, von dem ich so gut wie nichts wusste, außer, dass es einen Hochleistungscomputer von Weltniveau hat, und damit die ganze Welt beherrschen soll", sagte der Präsident lächelnd, „und dann sehe ich die Sauberkeit, die perfekte Ordnung und Sicherheit der Bürger in Berlin; der absolute Kontrast zu meinem eigenen, verheerten und geschundenen Land, und ich staune und staune und bin überwältigt", sagte er erst schwärmerisch, dann aber mit erheblich verdüsterterer Miene:

„Aber dann sehe ich auch die Auswirkungen Ihres politischen Systems, den Personenkult um Hermann Gorsky, die Angst der Bürger wird mir heimlich hintertragen, und ich erkenne, dass eine perfekte Kopie von Josef Stalin in Deutschland herrscht, und ein neues kommunistisches Regime, das dem Volk alle Freiheit nimmt, ein Regime, wie es mein Land schon einmal vor Jahrhunderten bekämpft hat, ganz erbittert, viele Jahrzehnte lang bekämpft hat, in China und Russland! ... Und es schaut ganz danach aus, dass der Kampf ab heute da draußen weitergehen wird, meine Freunde", sagte der Präsident mit trauriger Miene und zeigte aus dem Fenster.

„Ja, mit „draußen" meine ich direkt da draußen im Festsaal, wo die chinesische Delegation schon seit Stunden eifrig darum bemüht ist, um alle hochgestellten Persönlichkeiten der Allround-Corporation herumzuscharwenzeln, wo sie um Gorskys Gunst buhlen; ja, noch buhlen sie, aber bald werden sie handeln, vielleicht schon drohen, und später sogar schießen und ... erobern", sagte der Präsident makaber.

Heli und Waldemar zuckten zusammen, sahen sich an.

„Ja, denn auch diese heutigen Chinesen sind Kommunisten, Neo-Stalinisten, sie haben all die negativen Eigenschaften ihrer berüchtigten Vorfahren; von Mao den eisernen Willen, das Volk der Welthauptstadt Berlin einer gründlichen Gehirnwäsche zu unterziehen, und von Stalin den Eroberungsdrang und den Expansionsdrang, um den Kommunismus in ganz Europa zu verbreiten", sagte Miguel Hernandez mit schiefem Lächeln.

„Auch Sie beide, das rauschend gefeierte Repräsentationspaar des Neuen Deutschen Sozialismus, werden bald von den chinesischen Kommunisten umworben werden, sobald Sie aus dieser Tür marschieren“, sagte der Amerikaner seufzend.
„Und ich kann den Chinesen keinen Widerstand entgegensetzen, denn auch das amerikanische Militär ist korrupt und steht im Sold der konkurrierenden Mafiabanden. Jeder einzelne amerikanische Soldat verkauft sich an den Meistbietenden, auch ich wurde nur mithilfe der Mafia zum amerikanischen Präsidenten gewählt, das muss ich zu meiner Schande gestehen“, sagte Miguel Hernandez niedergeschlagen und verbarg den Kopf in seinen Händen.

„Herr Präsident, Sir ...“, begann Koslowski und stand abrupt auf. Heli schaute ihn ängstlich an.
„Ich möchte Ihnen nur sagen, dass wir nicht Ihre Feinde sind, denn wir sind keine Kommunisten, ganz gleich, was Sie vorhin von uns gedacht haben mögen, vorhin da draußen beim Staatsbankett mit Hermann Gorsky ...“, sagte er stammelnd.
„Ja, es stimmt, was Waldemar sagt, Sir“, setzte Heli nach.
„Wir teilen keineswegs die politischen Ansichten unseres Chefs, des neuen Staatschefs, Hermann Gorsky. Er braucht und missbraucht uns nur zum Repräsentieren seines verlogenen Systems, ich hoffe, Sie glauben mir das“, sagte sie mit Nachdruck.
Die Reaktion des Präsidenten war, dass er lässig abwiegelte.

„Beruhigen Sie sich doch bitte, mein lieber Herr Koslowski, und nehmen Sie bitte wieder Platz“, sagte er sachlich.
Waldemar setzte sich sofort gehorsam wieder hin.
„Und haben Sie keine Angst, ich glaube Ihnen, dass Ihre Aussage aufrichtig ist, dafür habe ich genügend Menschenkenntnis; ich bedaure, dass wir Amerikaner unsere erste Kontaktaufnahme mit Deutschland seit undenklicher Zeit unter derart ungünstigen Bedingungen machen müssen, denn unsere zwei Systeme passen gar nicht mehr zusammen, können kaum miteinander harmonieren --- doch Sie beide sind mir sympathisch“, versicherte er lächelnd.

„Ich finde es einfach megatoll, dass Sie uns nicht gleich zum Klassenfeind erklären, lieber Mr. President“, schnatterte Heli in einem sympathischen Juxton und half dadurch, das Eis, das sich zwischen ihnen erneut drohend aufzubauen begann, gleich wieder zu brechen.
„Nanu!“, lachte Waldemar erstaunt, „ich wusste gar nicht, dass du dieses Wort überhaupt kennst, den „Klassenfeind“ meine ich, mein kleiner Fischmund; Gorskys kommunistische Propaganda hat doch schon ganze Arbeit geleistet: Sie hat uns alle gründlich indoktriniert“, sagte er mit boshaftem Unterton.

Der Präsident lachte.
Heli zog einen ärgerlichen Flunsch, natürlich in Waldemars Blickrichtung.
„Danke sehr, lieber Genosse Koslowski", antwortete sie provokativ.
„Sie sollten Ihre Freundin nicht derart leichtfertig aufziehen", sagte Miguel Hernandez grinsend.
„Sie ist ja gar keine kommunistische Aufziehpuppe, seien Sie lieber stolz auf sie", sagte er gelassen.
„Bitte sehr, da hörst du's direkt vom Meister der Demokratie", sagte Heli schnippisch.
„War doch nur ein Gag", sagte er halblaut.

Sie aßen immer weiter und sie diskutierten auch immer weiter.

Plötzlich sagte der Amerikaner kauend: „Nun wird es wieder ernst, meine Freunde ..."
Heli und Waldemar spitzten gespannt die Ohren.

„Ihr werter Herr Gorsky hat Sie beide vorhin, beim offiziellen Staatsbankett, über alle Maße als „in jeder Hinsicht vorbildliches Weltpräsidentenpaar" gelobt; daher fühlte ich mich zu der Keckheit veranlasst, Ihren Staatspräsidenten darum zu bitten, Sie beide uns auszuleihen, und zwar zur Repräsentation in Amerika, damit Sie mit Ihrem Charme und Ihrer Weltläufigkeit ein bisschen unsere marode, dekadente Ex-Kulturnation bereichern", sagte er verschmitzt.
Heli blieben die Worte weg, als sie das hörte.
„Im Ernst?", schwärmte sie Miguel Hernandez an.
„Ja, natürlich! Ihre Aufgabe wäre es dabei, in den Staaten in einer Art altmodischer Personality-Tour durch mein Riesenland zu reisen, um unser angekratztes Image etwas aufzupolieren --- sofern das überhaupt noch möglich ist, nach Jahrhunderten der Anarchie und des Bürgerkrieges", sagte der Präsident mit galligem Humor.
„Natürlich unter strenger Bewachung, versteht sich", ergänzte er.
Waldemar glaubte, sich verhört zu haben. Die Chance, unerwartet kinderleicht nach Amerika zu kommen, hatte sich wie durch ein Wunder aufgetan! Dachte er.
„Süperb, und was hat unser „Kleiner Stalin" dazu gesagt, zu Ihrem Vorschlag, uns nach Amerika einzuladen?" fragte Waldemar interessiert.
„Unser kleiner Stalin?" fragte der Amerikaner erstaunt nach.
„So nennen wir ihn halt, unseren „lieben Führer Gorsky", sagte Heli lachend.
„Ah, wie süß, äußerst originell, wirklich ...", sagte Miguel Hernandez lachend.

„Aber nun zu Ihrer Frage", sagte der amerikanische Präsident.

„Ihr lieber Herr Gorsky hat seinen dicken Zeigefinger vor mir durch die Luft geschwenkt, während er mit der anderen Hand über seinen mächtigen Schnauzbart strich", begann Hernandez.

„Ah!" unterbrach Heli kenntnisreich, „das tut er immer, wenn er irgendetwas ablehnt, was man ihm vorschlägt", sagte sie schneidend.

„Genau das hat er auch getan, er hat es rundweg abgelehnt, dass Sie beide quer durch Amerika zusammen mit mir auf Promotion-Tour reisen", sagte er mit bedauerndem Lächeln.

„Ah ...", sagte Heli mit offenem Mund.

„Das war ja nicht anders zu erwarten", bemerkte Waldemar Koslowski mit schicksalergebenem Lächeln, „daher, aus diesem und anderen Gründen sind wir beide ja auch bei Ihnen vorstellig geworden, um Ihnen mitzuteilen, dass wir zu Ihnen überlaufen wollen, das heißt: Wir bitten Sie um politisches Asyl in Amerika", polterte Waldemar Koslowski geradeheraus mit einem Sprechtempo los, das wie eine Bombe einschlug.

Der Präsident verzog das Gesicht zu einem schiefen Grinsen.

„Das ist ja wirklich reizend, meine Freunde; ich bitte Ihren Präsidenten, dass er uns sein „Weltpräsidenten-Traumpaar" leihweise zur Verfügung stellt, damit es ein bisschen von seinem weltpolitischen Talmiglanz auf unser so gut wie erloschenes Weltreich Amerika abstrahlt, - und Sie beide bitten sofort um politisches Asyl!", sagte er nachdenklich und legte seine mächtige Stirn in beeindruckende Denkerfalten.

„Natürlich sind wir gerne bereit, nach Gewährung des Asylrechts, mit Ihnen anschließend auf „Image-Poli-T(o)ur" zu gehen, oder wie Sie das zu nennen belieben, Mr. President", sagte Heli treuherzig.

Miguel Hernandez lachte wieder fröhlich vor sich hin.

„Sehr schön formuliert, liebes Fräulein Herlinde", sagte er anerkennend, „und in solch ein schreckliches, über alles verheertes, von mir beschriebenes Land wollen Sie nun tatsächlich Ihren Fuß setzen, sogar für immer bleiben?" fragte er altersmilde seufzend und lächelnd.

„Warum nicht - wenn es uns gewährt wird?" sagte Heli salopp.

„Ich fürchte, das wird sich nicht machen lassen; denn Sie beide sind zurzeit leider die wichtigsten Personen im Deutschen Reich: Wenn ich Ihnen Asyl gewähre, dann kann es Krieg geben! Dann müssen wir Gorskys Zorn fürchten; sein „Gewissen" ist sicherlich stärker als all unsere maroden Museumswaffen zusammen", sagte der amerikanische Präsident traurig.

„Ach was, das ist es ja eben, dieses blöde Gerücht, das Ihr Land für Jahrhunderte davon abgehalten hat, bei uns einzugreifen: Weil Sie glauben, dass dieser olle Blechkasten, der angebliche Supercomputer, uns unschlagbar macht! ... Aber dem ist nicht so, Mr. President", sagte Heli mit Nachdruck,

„das „Gewissen" ist nur eine gezielt gestreute Lüge, eine Attrappe", behauptete sie forsch.

„Dieser „Gewissenskomplex" existiert zwar, hier unter der Glaskuppel am Alex, doch er ist wirkungslos, eine Täuschung, ein Papiertiger, hören Sie?" sagte sie eindringlich.

„Ich wünschte nur zu sehr, das, was Sie sagen wäre wahr, meine gute Fee Herlinde", sagte der Amerikaner zweifelnd und lächelte wieder traurig in sich hinein.

Auch Waldemar legte sich nun ins Zeug, Helis Behauptung zu untermauern: „Nein, Heli hat Recht, Sir; unser famoses „Gewissen" kann nämlich noch gar nicht denken, und durch dieses entscheidende mentale Defizit ist der angebliche Supercomputer auch nicht imstande, von sich aus die mächtige Laserkanone zu bedienen, die wir seit Kurzem in der Allround-Corporation besitzen; und nur vor der haben Sie doch solche Angst, nicht wahr, Mr. President?" fragte er.

„Die Laserkanone könnte außerdem nie Amerika erreichen, ganz egal, was Sie über sie gehört haben mögen, so stark ist sie nicht; und selbst wenn sie es könnte, dann könnte Gorsky dem „Gewissen" nie befehlen, sie gegen Amerika einzusetzen, denn der Computer kann nicht denken, wie ich schon sagte, er hat kein Bewusstsein, keinen Verstand, keine Idee von sich selbst, mit der er von sich aus, aus sich selbst heraus die Entscheidung treffen könnte, Amerika zu zerstören, sowas anzunehmen ist Humbug, reine Science-fiction, Mr. President! ... Diese Entscheidung über Amerikas Zerstörung müsste Gorsky schon auf seine eigene Kappe nehmen, er müsste das „Gewissen" entsprechend dazu programmieren, aber wie gesagt: Die Laserkanone wäre dann auch noch dazu zu schwach, um Amerika auch nur annähernd zu erreichen!"

„Nanu, ich dachte, Ihr „Gewissen" sei allmächtig?" fragte der Amerikaner vorsichtig.

„Es kann also nicht selbstständig denken?" fragte er fast ein wenig enttäuscht.

„Ich will sagen: Es hat also keinerlei menschliche Gefühle? – Und: Es kann daher keine menschlichen Gefühle nachvollziehen oder gar verstehen?"

„Glauben Sie das etwa immer noch, nach allem, was ich Ihnen gerade erzählt habe?" fragte Waldemar fassungslos und schüttelte den Kopf.

„Ich bin selber ein hochqualifizierter Computerexperte und Computerforscher", gestand Koslowski jetzt, „und ich sage Ihnen: Die Forschung auf dem Feld der Künstlichen Intelligenz, der KI, hat noch nicht einmal angefangen, sich mit Gefühlen zu beschäftigen ... Das Problem ist: Wir denken nicht nur mit dem Verstand; denken kann nur ein Geist, der auch einen Körper hat. Intelligenz bedeutet auch, dass ein Computer ein Selbst haben müsste, das seine Gedanken fühlt und sich bewusst ist, dass es denkt.

Nichts davon trifft auf das „Gewissen" zu, Mr. President", betonte Koslowski nachdrücklich.

„Unser Supercomputer denkt also nicht wirklich, er simuliert das Denken nur", behauptete Koslowski.

„Weil nämlich listige Menschen es ihm einprogrammiert haben".

„Er ist daher also kein selbstständig denkendes Wesen, das uns Menschen manipulieren könnte, das können weiterhin nur Menschen wie Gorsky und seine Helfershelfer, und der Supercomputer muss erst auch weiterhin von Menschen programmiert werden, um zu funktionieren und zu manipulieren, aber er hat davon keine Ahnung, kein Bewusstsein, was es bedeutet, was er macht", sagte Koslowski.

„Was ist denn so besonders am menschlichen Gehirn, dass es von einer Maschine nicht nachgebildet werden kann?" fragte der Präsident interessiert.

„Ganz einfach, Herr Präsident: Das Gehirn ist radikal anders aufgebaut als ein Computer. Physik und Chemie sind fundamental für seine Aktivität. Das Gehirn bewegt Signale mit Hilfe einer Reihe unterschiedlicher Neurotransmitter von Neuron zu Neuron. Es besteht aus Zellen mit bestimmten Eigenschaften, gebaut aus bestimmten Proteinen, es ist also ein ausgesprochen kompliziertes Stück Biologie, Mr. President", führte Koslowski aus.

„Der Computer dagegen ist eine rein elektronische Maschine, die aus Halbleitern und anderem Krimskrams besteht ..."

„Aber könnte Ihr „Gewissen" nicht doch gelegentlich mit eigenen Ideen glänzen, Herr Koslowski?" fragte der Präsident emphatisch.

„Könnte es dazu nicht einfach Textbausteine aus seinem riesigen Speicher neu zusammenwürfeln?"

Koslowski überlegte. Heli hörte gespannt den beiden Männern zu.

„Ich glaube, dass es tatsächlich möglich ist, eine kreative Maschine zu bauen, wahrscheinlich sogar eine Maschine, die träumen und halluzinieren könnte, aber sie würde uns Menschen trotzdem in keiner Weise gleichen ... Sie wäre immer eine Täuschung, eine Fassade", bekräftigte Koslowski.

„Und noch was, Mr. President", ereiferte er sich: „Wenn Sie dem „Gewissen" den Befehl erteilen, künstlerisch aktiv zu werden, etwa, Poesie zu verfassen, dann wird es Ihnen womöglich ein wundervolles Sonett schreiben, das Sie schön und bewegend finden und das weltberühmt wird. Aber würde das bedeuten, dass das „Gewissen" einen Verstand hat, eine Idee von sich selbst? Natürlich nicht, da ist nichts drin, glauben Sie mir! ... Wir können Intelligenz, Gefühle und Bewusstsein nur dann verlässlich jemandem zuschreiben, wenn wir ein Geschöpf sehen, das uns gleicht; und um kreativ und erfinderisch zu sein, brauchen wir eben Gefühle. Daran wiederum ist der Körper intensiv beteiligt, der sie hervorbringt, glauben Sie mir, Sir! ..."

Der Präsident hatte intensiv und mit großem Interesse dem wissenschaftlichen Exkurs von Waldemar Koslowski zugehört.

„Aber deutsche und Schweizer Wissenschaftler haben doch schon vor Jahrhunderten an einem Projekt gearbeitet, bei dem es ihnen gelungen war, die Biologie des Gehirns eins zu eins in einen Supercomputer zu übertragen, Zelle für Zelle. Damit hatten sie einen kompletten Nachbau des menschlichen Gehirns fertiggestellt. War das nicht schon ein Geschöpf, das uns gleicht?" fragte Miguel Hernandez.

„Bravo, Mr. President", sagte Koslowski lobend, „das Projekt, das Sie da ansprechen, war ja das „Projekt Gewissen", aus dem unser Supercomputer hier in der Allround-Corporation hervorgegangen ist", sagte Waldemar lächelnd.

„Das war, ich meine ... das ist Ihr Computer? Hier in Berlin, oh, das ist ja großartig", meinte der Präsident überrascht.

Er wiederholte noch einmal seine Frage: „Ist also das „Gewissen" dann nicht ein Geschöpf, das uns gleicht?"

Koslowski lächelte.

„Schon möglich, dass wir da einen sehr akkuraten Gehirnsimulator geschaffen haben. Mit so einem Modell können wir das Verhalten des Gehirns bis hin zur Übertragung von Signalen exakt voraussagen. Aber wir werden damit genausowenig einen Verstand erzeugen wie ein Wettermodell einen Hurrikan erzeugt", sagte er entspannt und lehnte sich behaglich in seinem Stuhl zurück.

„Denn ein gefälschter Körper an einem Computer bringt immer noch keine echten Gefühle hervor", sagte Koslowski weiterhin im Brustton der Überzeugung.

„Aber ich habe auch mal irgendwo mitbekommen, dass ein Wissenschaftler gesagt hat, irgendwann werde zwangsläufig Bewusstsein in einem Supercomputer entstehen, schon weil die Anzahl von Transistoren auf einem Chip so rasend schnell wächst", konterte der Präsident eifrig.

„Nein, nein, nein, Mr. President, ich sage Ihnen aus Erfahrung: Computerchips sind einfach der falsche Stoff. Es ist unmöglich, Bewusstseinszustände mit Hilfe von Software zu erzeugen, egal, wie komplex die Programme auch sein mögen, es wird kein Wunder geschehen, wenn man sehr viele Bauteile zusammensteckt; die Leute unterschätzen einfach die Komplexität eines natürlichen Organismus. Und sie überschätzen Kinofilme über künstliche Menschen, Terminatoren, und verständige Computer wie etwa den berühmten Hal in Stanley Kubricks „2001".

„Also haben Sie Berliner uns alle raffiniert über Jahrhunderte hinweg geschickt über Ihre angebliche Unbesiegbarkeit getäuscht", resümierte der amerikanische Präsident lächelnd.

„Ich fürchte, genauso ist es", gab Koslowski unumwunden zu.

„Gorsky und Kalinsky waren es, die wider besseres Wissen vorgaben, wir hätten einen Supercomputer, so einfach ist das! ...“

„Was aber produziert Ihr „Gewissen“ in diesem Fall hier in der Allround-Corporation wirklich?“ fragte der Präsident mit Spannung und beugte sich zu Waldemar vor.
„Angst. Desinformation. Lügen, ja, es produziert vor allem die Lüge schlechthin, Mr. President“, sagte Waldemar mit resignierendem Lächeln.
„Das gesamte „GEWISSEN“ ist selber eine einzige elektronische Lüge!“
„Kurzum: Wir beide, Herlinde und ich, wir sind die personifizierte menschliche Lüge dazu! Passend zu diesem äußerst perfiden Schema!“

„Es gibt jedoch eventuell doch noch ein anderes Wesen, das durchaus übersinnliche Fähigkeiten haben kann, Sir“, sagte Heli aufgekratzt, die sich jetzt entschlossen in das Rededuell einschaltete.
„Über dieses merkwürdige Phänomen wollten wir sowieso auch noch mit Ihnen sprechen, Sir; es ist nämlich so, dass einer unserer Freunde, ein gewisser Professor Kallimachos ...“, sprudelte es aus Heli heraus, doch da wurde sie unversehens von Miguel Hernandez unterbrochen:
„Ah, Sie meinen dieses merkwürdige Lichtwesen in der Schatulle? - Ja, Herr Kalinsky und Professor Kallimachos haben meiner Geheimdiensttruppe vorhin davon berichtet“, sagte er und lächelte leichthin.
„Herr Koslowski sagte unter anderem vorhin: Denken kann nur ein Geist, der auch einen Körper hat, doch dieser „Geist“ aus der Schatulle verfügt doch wohl über keinen Körper, er ist offenbar ein reines Lichtwesen, ein Leuchtphänomen; damit wäre Ihr Freund ja widerlegt, nicht wahr, meine liebe Herlinde?“ sagte der Präsident verschmitzt.

Heli war baff, auch Waldemar schaute irritiert.

„Sie wissen schon von der Geschichte mit der Schatulle?“ fragte Heli erstaunt.
„Ja, aber woher?“ fragte auch Waldemar höchst fasziniert.
„Oh, meine lieben Freunde, halten Sie uns Amerikaner bitte nicht für völlig vertrottelt, wir mögen rückschrittlich und dekadent sein, doch wir verfügen dennoch weiterhin über exzellent geschulte Geheimdienstorganisationen und Spezialagenten“, sagte Miguel Hernandez mit etwas herablassendem Lächeln.
„Und einige dieser ausgezeichneten Frauen und Männer haben die unbeschwerte Zeit während der Eröffnungsfeierlichkeiten zu den später vorgesehenen politischen Verhandlungen zwischen unseren Nationen nicht ungenutzt verstreichen lassen, und sind mit Spezialgeräten in den Hochsicherheitstrakt eingedrungen, wo Kalinsky und der Professor gefangen gehalten wurden ... Und Kalinsky hat uns in Kurzfassung über alles ins Bild gesetzt; er hat uns auch berichtet, dass besagte Schatulle jetzt in Ihrem Appartementsafe versteckt ist, Fräulein Kopter. Und Herr Kalinsky ist

zusammen mit Professor Kallimachos und einer amerikanischen Spezialeinheit bereits seit geraumer Zeit unterwegs nach Berlin-Lankwitz, um das anscheinend so kostbare Kästchen in der Malteserstraße sicherzustellen", sagte er lächelnd.

Heli fuhr verdattert von ihrem Stuhl hoch.

„Aber das ist doch unmöglich, Herr Kalinsky kann auf keinen Fall wissen, dass sich die Schatulle in meinem Safe befindet, denn er war nicht dabei, als ich sie dort versteckte, und ich habe ihm bisher nichts davon gesagt; wie kann er also davon erfahren haben?" fragte sie ratlos.
„Das kann er Ihnen später erzählen", meinte der Präsident lakonisch.
„Und wie ist es Ihren Agenten überhaupt gelungen, in unseren streng geschützten Hochsicherheitsbezirk einzubrechen? Der ist doch strengstens bewacht von Gorskys Leuten, Sir?" wunderte sich Koslowski.
„Tja, mein lieber Herr Koslowski, wir haben halt vorgesorgt und schon seit Jahren eine amerikanische Agentin bei Ihnen in der Allround-Corporation eingeschleust und in strategisch wichtiger Position platziert, und zwar in der Unterhaltungsbranche", sagte Miguel Hernandez mit stolzer Miene.
„Sie dürfte Ihnen bekannt sein, es handelt sich um Sarah Salamander", sagte er lachend.
„Nein, das ist ja unglaublich, ich dachte, Sarah sei Schwedin?" fragte Heli fassungslos.
„Das ist sie auch, doch sie steht schon seit Jahren in amerikanischen Diensten, als Spezialagentin; und sie war es auch, die unseren Agenten den Weg geebnet hat zum geheimen Gefängnis von Kalinsky und Kallimachos", sagte der amerikanische Präsident erschöpft.
„Doch im Augenblick unterhält sie Ihre illustre internationale Gästeschar bereits wieder mit ihren Sangesqualitäten, hören Sie selbst", sagte Miguel Hernandez und drückte auf einen Knopf auf seinem Pult. Eine Art Raumton wurde eingeschaltet, und Heli und Waldemar lauschten den flauschigen Klängen der warmen Kuschelstimme von Sarah Salamander.

„Und wir dachten schon, Sarah sei eine kommunistische Agentin von Hermann Gorsky, die unsere Gesinnung ausforschen sollte", sagte Waldemar lachend.
Der amerikanische Präsident lachte auch.
„Was wird nun eigentlich geschehen, wenn Ihre Spezialeinheit die Schatulle tatsächlich glücklich aus meiner Wohnung in Lankwitz herausgeholt hat, Mr. President?" fragte Heli.
„Dann werden Kalinsky und Kallimachos sie zur amerikanischen Delegation zurückbringen, und zusammen werden wir versuchen, das geheimnisvolle Lichtwesen, das sich darin befindet, direkt an das angeblich nutzlose

„Gewissen" anzuschließen; mal sehen, ob wir dem Diktator Gorsky dann die Stirn bieten können", sagte der Präsident.

„Dieses Wesen in der Schatulle gibt es also tatsächlich?" fragte Koslowski elektrisiert.

„Und es hat wirklich übersinnliche Fähigkeiten?" fragte er.

„Professor Kallimachos hat es mir jedenfalls kategorisch versichert, er muss es ja wissen, denn er hat es vor Jahren in einer ägyptischen Pyramide entdeckt", sagte Hernandez.

„Na, das wird ja immer schöner, es wurde wirklich Zeit, dass wir das alles endlich mal erfahren", sagte Heli fassungslos.

„Das ist richtig, und Sie werden auch noch mehr erfahren, doch jetzt ist es Zeit, meine Freunde, dass Sie beide sich erst mal zurück zu den Feierlichkeiten in die Allround-Corporation begeben, denn Hermann Gorsky soll keinen Verdacht schöpfen", drängte der Amerikaner sachlich zum Aufbruch.

„Moment, und Sie glauben, Sie können bei diesem ganzen Gewimmel der Weltfriedenskonferenz so einfach mit der Schatulle zum „Gewissen" hereinspazieren, trotz der Chinesen und der „Gorskisten"?" fragte Waldemar entsetzt.

„Warum nicht?" fragte Miguel Hernandez lächelnd.

„Mit der größten Unverfrorenheit ist oft auch schon die größte Weltgeschichte geschrieben worden", sagte er kaltblütig.

„Also nein, wirklich, ich bewundere Sie einfach, Euer Exzellenz, äh, Mr. President", korrigierte Heli mit trockenem Lachen.

„Vorhin noch habe ich Sie für ein naives, armes Würstchen gehalten, das keinerlei Macht hat, aber nun sehe ich mit Ehrfurcht und Erstaunen, dass Sie es in punkto Gerissenheit und gewiefter politischer Taktik leicht mit unserem Hermann Gorsky aufnehmen können"; sagte sie voller Bewunderung und lächelte ihn süß an.

„Heli, was soll denn dieser beleidigende Vergleich?" rügte Waldemar scharf.

Herlinde nahm eine reuevolle Position ein, doch der Präsident winkte lächelnd ab.

„Oh, da ist nicht viel Risiko und Wagemut dabei. Wenn wir wirklich erst einmal im Besitz dieser Schatulle sind, dann können wir uns mit Hilfe des Leuchtwesens darin vermutlich ganz leicht den Weg zum „Gewissen" bahnen, und den Scheincomputer erst richtig in unserem Sinne programmieren", sagte Miguel Hernandez lachend und hob sein Glas zum Wohl seiner beiden Gäste.

„Denn das Wesen aus einer anderen Welt gehorcht nur Professor Kallimachos, unserem Verbündeten, Prost!", sagte er.

Also wirklich, dieser Mann hatte den Teufel im Leib, dachte Waldemar Koslowski andächtig.

„Und werden die Vereinigten Staaten von Amerika uns nun Asyl gewähren?"
fragte Heli zitternd.
„Wenn wir in einigen Stunden die Welthauptstadt Berlin unter unserer
demokratischen Kontrolle haben, dann sehe ich in dieser Hinsicht keine
Probleme", sagte Miguel Hernandez ermutigend.
„Aber nun gehen Sie bitte wie verabredet wieder nach draußen; möge Gott Sie
beide schützen", sagte er und entließ Heli und Waldemar seiner Obhut.

Nach diesen doch reichlich vagen Versprechungen, die kaum Aussicht auf
Erfolg hatten, war es Heli und Waldemar doch sehr mulmig zumute.
Enttäuscht verließen sie die Präsidentensuite.

Sie stürzten sich wieder ins Getümmel der Konferenz. Heli schaute sich
ängstlich um. Dann sah sie furchtsam zu Waldemar auf, der sich ein Sektglas
griff.
„Über was grübelst du jetzt wieder so, Liebling?" fragte sie voller Sorge und
innerer Unruhe.
Er sah sie ebenso unbehaglich an.
„Ich frage mich, meine Königin von Heliopolis: Was für ein Spiel spielt dieser
undurchsichtige Miguel Hernandez nun wirklich, und mit wem?"
Sie empfand es ebenso und senkte den Kopf.
„Ich glaubte anfangs auch erst so sehr an seine unverstellte Aufrichtigkeit,
war schwärmerisch für Miguel Hernandez eingenommen, aber man sollte sich
doch hüten vor allzu vorschnellen Urteilen", gestand Heli ernüchtert.
„Du hattest doch Recht, Waldo: Die Amerikaner drehen den Mantel nach dem
Wind, wägen erst einmal alles sorgfältig ab, verfolgen nur ihre eigenen
Interessen", sagte Heli deprimiert.
„Daher versprechen sie zuerst einmal viel, aber wieviel sie davon später auch
tatsächlich halten, ist sehr nebulös und zweifelhaft ..."
„Sieht ganz danach aus, als hättest du die amerikanische Mentalität bereits
richtig kennengelernt – schon bei unserer ersten Begegnung", sagte Waldemar
sarkastisch.
Da wurden beide vom chinesischen Delegationsleiter Ho Wang Li
angesprochen und freudig begrüßt.

Der ehemalige Koordinator von Groß-Berlin, Manfred Kalinsky und Professor
Kallimachos waren im selben Augenblick ihrem Ziel schon recht nahe.
Mit einem Diplomaten-Raumgleiter älteren Datums hatten sie sich durch den
Luftverkehr von Berlin gekämpft. Mit ihnen waren die amerikanischen
Diplomaten und Spezialagenten im Fahrzeug --- keiner hielt sie auf, auch
niemand von der Berliner Luftkontrolle, denn das bewimpelte und
spezialbeflaggte amerikanische Fahrzeug genoss ja diplomatische Immunität
und wurde überall durchgelassen.

Ungehindert schwenkte das Fahrzeug schließlich am Ende der Malteserstraße von seiner Schwebespur in Helis Wohncontainer-Block ein und wurde automatisch von dem Traktorstrahl ins Untergeschoss eingesogen.

Die Männer sprangen aus dem Fahrzeug.

Vom Untergeschoss schlichen sie sich in den Turbolift, der zu Helis Wohnung führte. Die sie begleitenden Soldaten sicherten mit ihren Laserwaffen den Weg, indem sie die Vorhut bildeten und zu Fuß vorausgingen. Kalinsky und Kallimachos gingen zusammen und hinter den Soldaten. Der Pilot des Raumgleiters und einige Soldaten warteten jederzeit startbereit in dem Regierungsfahrzeug, falls die Truppe unversehens eine schnelle Flucht antreten musste.

„Woher wussten Sie eigentlich, dass sich die Schatulle hier in Helis Appartement befindet?" fragte Kalinsky endlich den Leiter des Sondereinsatzes, Captain Chesterfield, während sie alle die Treppen hochschlichen und sorgsam darauf achteten, von niemandem gesehen zu werden.

Dieser lächelte.

„Von unserer Spezialagentin, Miss Sarah Salamander"; sagte er flüsternd. „Sie bewohnt nämlich das Appartement neben Herlinde Kopter, und hat die Programmiererin damals beobachtet, als sie mit Gorskys Begleitflotte zu ihrer Wohnung kutschiert wurde, nach ihrer Rückkehr von Heliopolis, weil sie angeblich noch ein paar Sachen vor ihrer Verhaftung aus der Wohnung mitnehmen wollte; und da hat Sarah mit ihrer Spezialkamera alles aufgenommen, was Heli dann tat, auch das Verstecken der Schatulle im Wandsafe. Danach hat sie uns die Aufnahmen zukommen lassen, daher wissen wir alles", sagte Captain Chesterfield befriedigt.

Bei dieser Gelegenheit erfuhren auch der erstaunte Kalinsky und der ebenso überraschte Professor Kallimachos, dass Sarah Salamander eine amerikanische Agentin war.

„Und wir wissen genau, dass die Schatulle noch hier im Safe ist, denn Sarah hat jeden Abend neu nachkontrolliert", sagte der Captain.

„Warum hat sie sie uns dann nicht schon früher ausgehändigt?" fragte der kleine mausgraue Professor Kallimachos.

„Zu gefährlich", sagte Captain Chesterfield.

„Denn Sarah Salamander wurde ja mit Sicherheit selber von einem Pulk von Gorskys Agenten überwacht".

Der Captain war vor Helis Tür angekommen.

„So, jetzt kommt der gefährliche Teil der Aktion, meine Herrschaften, bitte zurücktreten und alle in Deckung", sagte er und brachte auch sein Lasergewehr in Anschlag.

„Raffiniert, Sarah Salamander auf der Weltfriedenskonferenz in Berlin-Mitte singen zu lassen, während wir hier in Lankwitz operieren", sagte Kallimachos. „So kommt keiner so leicht auf die Idee, dass sie eine Agentin sein könnte", sagte er schmunzelnd.

„Eben, da aber Sarah aus dem von Ihnen gerade genannten Grund heute abend nicht hier in Helis Nachbarapparatement sein kann, ist es möglich, dass sich andere Agenten in die umliegenden Wohnungen eingeschlichen haben könnten, die unser Kommen gerade beobachtet haben", sagte Captain Chesterfield.

„Daher ist größte Vorsicht geboten!".

Die Soldaten verschafften sich fast geräuschlos Zugang zu Helis Wohnung, und unter ihrem Lasergewehrspalier, das sie für den Gelehrten bildeten, schritt Professor Kallimachos in das dunkle Zimmer, denn er war ja schließlich die Hauptperson bei der Geheimaktion. Zumal das Lichtwesen in der Schatulle ja nur zu ihm Vertrauen hatte. Und er war offenbar der Einzige, dem es gehorchte.

Die Soldaten entriegelten die elektronische Sperre des Wandsafes, öffneten die Tür, entnahmen die Schatulle, und reichten sie dem Professor. Kallimachos nahm sie ehrfürchtig in seine kleinen, pummeligen Hände und betrachtete sie sehnsüchtig.

„Also los, Professor", sprach Captain Chesterfield: „Bitte stellen Sie so schnell wie möglich Kontakt mit dem Lichtwesen her", bat er ihn.

Kallimachos sah ihn mit seinen blitzenden, kleinen Äuglein an.

„Jawohl Sir, obwohl ich ja, wie ich Ihnen schon vorhin sagte, auch noch nicht hundertprozentig schlau geworden bin aus diesem Wesen", sagte er salbungsvoll.

„Noch habe ich keine Ahnung, warum es was macht, oder wozu; warum es manchmal etwas, was ich von ihm erwarte, unterlässt ... Oder was es heute tun wird - ob es mir überhaupt gehorchen wird, ist auch noch fraglich; es ist mir immer noch ein großes Rätsel", sagte er geheimnisvoll und tätschelte das Kästchen wie eine lang entbehrte Geliebte, wie der Captain lächelnd meinte.

„Ach, so ist das also"; sagte der eine Militäroffizier enttäuscht.

„Ja, leider, es ist mir noch nicht gelungen, die Denkart dieses Lichtwesens zu enträtseln, geschweige denn, es zu verstehen; - und ob es überhaupt eine Sprache spricht, weiß ich auch nicht, daher ist die Kommunikation auch so schwierig", bekannte der Gelehrte mit gesenktem Kopf.

Kalinsky stand gespannt dabei und lauschte.

„Wie stellen Sie dann eigentlich den Kontakt her?" fragte der Captain voller Anspannung.

„Ich öffne den Deckel der Schatulle und dann springt der Leuchtpunkt heraus, schwebt gewöhnlich eine Weile im Raum umher und umkreist alle Gegenstände, bis er mich gefunden und erkannt hat, dann setzt er sich auf meiner Stirn fest, brennt sich quasi in sie ein und dann verharre ich in stiller Andacht wie im autogenen Training; dann ist der Kontakt hergestellt. Ich denke dann im Stillen meine Gedanken, die ich dem Wesen übermitteln will, und versuche auch gedanklich, ihm meine Wünsche zu übertragen, die ich an dieses Wesen habe", sagte der Professor in ruhigem Gelehrtenton.

„Manchmal reagiert das Wesen aber auch gar nicht auf meine Kontaktaufnahmeversuche, dann springt es erst gar nicht aus der Schatulle heraus, wenn ich den Deckel öffne, dann bleibt es drin, oder wird jedenfalls nicht sichtbar", sagte der Gelehrte ratlos.

„Daraus schließe ich: Wahrscheinlich wird es nur dann aktiv, wenn es merkt, dass eine reale Gefahr vorliegt, vermute ich; wenn jemand Hilfe braucht; das würde auch erklären, dass es sich nicht zeigte, als ich ein paarmal zur Probe den Deckel aufschnappen ließ, als also keine Notsituation vorlag", erklärte der kleine Mausgraue.

„Da wollte ich nämlich einfach nur einen freundschaftlichen Kontakt herstellen ..."

„Dann versuchen Sie es jetzt, bitte, denn heute liegt wirklich eine Gefahrensituation für uns alle hier vor", ersuchte ihn Captain Chesterfield, „denn wehe uns, wenn wir hier erwischt werden", mahnte er dringend.

Der Professor nickte und öffnete den Deckel: Eine rote Leuchtkugel schoss unmittelbar aus dem Kästchen heraus und setzte sich sofort auf Professor Kallimachos' Stirn fest. Captain Chesterfield starrte fasziniert auf das Phänomen, ebenso die Wachsoldaten des Spezialkommandos. Der Professor schloss die Augen und meditierte stumm, dann murmelnd, während er die Schatulle mit beiden Händen festhielt. Kurze Zeit später löste sich der rote Punkt schon wieder von Kallimachos' Stirn und verschwand im Inneren der Schatulle. Der Professor klappte den Deckel zu und sagte aufgeregt:

„Diesmal habe ich so etwas wie ein akustisches Signal erhalten, und das sagt mir, dass Gefahr im Verzug ist; wir sollen sofort zur Allround-Corporation zurückkehren, teilt mir das Wesen mit", sagte er.

„Was? Na, wenn das nicht genau solch ein Humbug oder Täuschungsmanöver ist wie bei Ihrem „Gewissen", sagte der Captain kopfschüttelnd mit geringschätzigem Gelächter.

„Na, gut, alle Mann sofort bereitmachen zum Rückzug, wir sind ja hier eh´ fertig, da wir das Zielobjekt gefunden haben", gab er den Befehl heraus, was sofort widerspruchslos getan wurde, unter Sicherung des Rückweges nach Berlin-Mitte.

Bald bestiegen die Männer wieder ihren Raumgleiter, worauf der Pilot sofort startbereit war.

Genau zum selben Zeitpunkt, als Kalinsky und Kallimachos mit den Männern des amerikanischen Geheimdienstes in ihrem Raumgleiter in Lankwitz vor Helis Wohncontainer angekommen waren, wurden Herlinde und Waldemar in ihrer Glaskuppel auf der Weltfriedenskonferenz von den Chinesen umworben, genau wie es der amerikanische Präsident vorausgesagt hatte.

Mit der chinesischen Abordnung schritt auch Hermann Gorsky majestätisch einher und lief stürmisch auf sein weltberühmtes Paar zu.

„Na, da sind Sie ja endlich wieder, ich hoffe, Ihre Unterredung mit Miguel Hernandez war erfolgreich und ergiebig, lange genug hat es ja gedauert", sprach Gorsky gespreizt und umarmte Herlinde Kopter, gab ihr einen Bruderkuss auf den Mund, ganz nach alter, sozialistischer Tradition. Waldemar Koslowski widerfuhr die gleiche feuchte Ehre.

„Stellt euch vor, mein liebes vorbildliches Weltpräsidentenpaar, wir sind inzwischen zu einer Einigung gekommen, unsere neuen chinesischen Verbündeten und ich als Staatschef des neuen Deutschlands", tat Gorsky begeistert kund.

Heli und Waldemar lauschten erschrocken.

„Ja, meine Freunde, wir haben nämlich herausgefunden, dass China eine ganz ähnlich aufgebaute Gesellschaft hat wie wir, eine sozialistische, und die politischen Ansichten unserer beiden Völker decken sich ebenfalls; vorbei ist die lange, politische Eiszeit, die internationale gesellschaftliche Starre und Gleichgültigkeit ... Der chinesische Staatschef Ling Lang und ich haben sofort in herzlichem Einvernehmen einen freundschaftlichen Beistandspakt geschlossen, mehr noch: Ein solides Militärbündnis ist daraus geworden, oder soll demnächst daraus werden, das hat er mir zugesichert, was sagen Sie nun?" fragte Gorsky begeistert.

Heli und Waldemar schauten dem kleinen, sie umringenden, chinesischen Pulk erstaunt in die lächelnden Gesichter. Die beiden lächelten verschämt zurück und verbeugten sich.

„Bald werden die ersten chinesischen Schutztruppen unseres neuen Bruderstaates in deutsche Kasernen einrücken, die ersten sind sogar jetzt schon, in diesem Augenblick unterwegs, ist das nicht herrlich?", schwärmte Gorsky in den höchsten Tönen und umfasste ausgelassen Helis Taille.

„Was denn, so schnell schon?" fragte Waldemar beunruhigt, doch Gorsky schwadronierte sofort weiter:

„Und das ist noch nicht alles: Der chinesische Botschafter hier, Herr Ho Wang-fu, möchte Euch beide, liebe Genossen, sofort mit nach China nehmen, damit ihr als unser deutsches Weltrepräsentations-Staatspaar unseren neuen deutsch-chinesischen Freundschaftspakt gleich würdig vertreten und propagieren könnt im schönen, fernen Peking, der Hauptstadt Chinas; - na, wenn das nicht der Gipfel der Ehre ist", sagte Gorsky überschwänglich.

„Oh, ja, welche Ehre, wirklich", sagte Herlinde Kopter mit offenem Mund.

„Aber kommt doch mit zum Staatsbüfett, wir wollen anstoßen auf die neue, Deutsch-Chinesische Freundschaft, liebe Genossen Heli und Waldemar", drängte Gorsky und zog die beiden mit sich fort.

Unter großem Applaus der chinesischen Delegation nahmen sie an der fürstlich gedeckten Tafel Platz.

„Aber was ist denn mit den Vertretern der Amerikaner?" fragte Waldemar verunsichert.

„Was soll denn damit sein?" fragte Gorsky, nur peripher interessiert.

„Aber wir haben doch noch gar nicht die Verhandlungen mit Präsident Hernandez abgeschlossen, wir sind noch zu keiner Einigung gekommen, wir können die Amerikaner doch nicht so brüskieren, indem wir einfach Hals über Kopf hinter ihrem Rücken ein Bündnis mit den Chinesen schließen", protestierte Waldemar, während Gorsky, sitzend, lächelnd die verschiedensten Gratulationen entgegennahm und Hände schüttelte.

„Ach, die Verhandlungen mit den Amis können wir getrost als gescheitert betrachten", sagte Gorsky leichthin, „wir passen ehe nicht zusammen mit ihnen, sie sind uns feindlich gesonnen, wie ihr beide ja vorhin beim Galadiner mit Miguel Hernandez gesehen habt; die Amerikaner billigen sowieso nicht unsere sozialistische Staatsform, wozu also noch verhandeln", meinte Gorsky, wurde wieder ruhiger und fläzte sich satt, zufrieden und selbstgefällig in seinem Stuhl und prostete den Chinesen zu.

„Da sind die Chinesen schon besser geeignet, sie fackeln nicht lange, beziehen klare politische Positionen und sind ein mächtiges Volk, das uns nützlich sein kann bei der Verbreitung des sozialistischen Gedankengutes, außerdem haben sie uns sofort Treue gelobt", sagte Gorsky anerkennend.

„Was will man noch mehr", sagte er lächelnd, wandte sich wieder einem chinesischen Gesprächspartner zu, sodass Heli Gelegenheit erhielt, sich diskret an Waldemar zu wenden, um ihm ins Ohr zu flüstern, wobei sie ihm den vollen Kummer ihres Herzens ausschüttete: „Oh, Waldemar, so schnell zerplatzt also unser Traum von einem Neuanfang in Amerika, wer hätte das gedacht! ... Stattdessen sind wir in ein paar Stunden wahrscheinlich schon in Peking! ..."

Sie senkte betrübt den Kopf.

„Nein, abwarten, Fischmündchen", sagte Waldemar selbstsicher und entschlossen.

Da wandte sich der große Vorsitzende Gorsky plötzlich wieder an Koslowski.

„Und übrigens: Sie sehen ja selber, lieber Genosse Waldemar: Die Amerikaner scheinen selber keinen großen Wert darauf zu legen, mit uns weiterzuverhandeln, denn sonst wäre Miguel Hernandez mit seinem Anhang längst aus seiner Festung, der Präsidentensuite, herausgekommen, um weiter mit uns zu feiern! ... Er scheint sich immer noch dort einzuigeln, kein gutes Zeichen, nicht wahr, hähähä! ...“

Heli und Waldemar verzogen verstimmt das Gesicht. Heli hob ihr Glas und betrank sich mit Sekt.

Gorsky mit seinem Sektglas in der Hand lümmelte sich behaglich in seinem Sessel und thronte darin wie ein verwöhnter, orientalischer Pascha. Er verstand es meisterhaft, die bornierte Dickfelligkeit eines Borgia-Papstes mit den lockeren Umgangsformen eines Fischhändlers zu verknüpfen. Repräsentieren und Schwadronieren. Präsidialer Feinsinn und einfältiges Partygeplauder. Staatsmännische Regierungspose, durchaus auch Regierungsposse und großkotziges Gehabe. Alles gleichzeitig. Bewundernswert.

„Ob der arrogante Amerikaner überhaupt je wieder aus seinem Bau herauskommt?“ raunte Gorsky seinem stellvertretenden Weltpräsidenten nun vertraulich, schon leicht angeschickert, ins Ohr.

„Ich weiß nicht, ich glaube, er sagte mir vorhin beim Abschied, er erwarte noch so etwas Ähnliches wie eine Sendung, Euer Exzellenz“, sagte Waldemar Koslowski schlechtgelaunt.

Gorsky verdrehte selbstgefällig die Augen.

„Eine Sendung? Wirklich! Komisch, merkwürdig“, lallte Gorsky und prostete wieder einigen am Tisch vorbeispazierenden Gratulanten zu.

Erschöpft ließ sich Heli an Waldemars Schultern fallen.

„Oh, ich sehe es schon kommen, was uns bald blüht, Liebling: Als unfreiwillige Globetrotter werden wir bald unser unstetes, ruheloses Wanderleben wieder aufnehmen; von allen Geheimdiensten und Regierungen dieser Welt durch alle Kontinente gehetzt!“ sagte Heli seufzend.

„Denn jeder diktatorische Herrscher braucht uns zum Repräsentieren und zur Absicherung seiner illegitimen Macht!“

„Hm, vielleicht ist ein Leben in China für uns beide sogar erstrebenswerter“, meinte Koslowski plötzlich.

„Was, das ist doch nicht dein Ernst?“ fragte Heli ungläubig und rückte von seiner Schulter ab.

„Warum nicht? Du hast doch selbst gehört, wie es in Amerika zurzeit aussieht; Miguel Hernandez hat uns doch das hoffnungslose Elend in den Vereinigten Staaten in den ausführlichsten Aspekten der Verwüstung, geistigen Dekadenz und politischen Verkommenheit geschildert! ... Bei dieser Verlotterung der Sitten und den bürgerkriegsähnlichen Zuständen, na, ich weiß nicht, ob ich dort leben will“, meinte Waldemar resigniert.

„Demgegenüber scheinen da in China doch immerhin stabilere politische
Zustände zu herrschen", meinte er.
„Aber das weißt du doch gar nicht, du hast keine Ahnung, wie es in China
wirklich aussieht!" protestierte Heli vehement.
„Vielleicht ist dort die politische Dekadenz und die Korruption genauso
groß!"
Da ertönte ein Tusch von der Kapelle.
Alle Aufmerksamkeit der illustren Gäste sammelte sich um die auf das
Podium zurückkehrende Sarah Salamander, die zur Feier des neuen
Bündnisses von Deutschland und China ein „Versöhnungslied" in
chinesischer Sprache ankündigte, das sie nun zu Ehren des großen
Vorsitzenden aus China improvisieren wolle. Alle klatschten ausgiebig. Schon
fing Sarah zu singen an, mit ihrer dunklen, rauchigen Stimme.
„Ob sie jetzt auch die heimeligen, chinesischen Tannenwälder in ihrer
sehnsuchtsvollen Schönheit in ihrem Song beschwören wird?" fragte
Waldemar frostig.
Heli lachte bitterlich, dann füllten sich ihre Augen mit dunklen
Trauerschleiern.

„Nicht jetzt", sagte Waldemar hastig, griff zum Taschentuch und wischte Heli
damit geschwind über die Augen.
„Das soll doch ein Freudenfest sein, keine Trauergemeinde", meinte er.
„Wohl schon hundertprozentig auf Parteilinie, was, mein kleiner, linker
Walde-Marx?" meinte Heli bitter.
„Ach Unsinn, ich will einfach nur, dass du nicht ständig traurig bist,
Schätzchen", sagte er ermutigend, umarmte sie wieder.
„Hey – das mit dem kleinen „Walde-Marx" finde ich übrigens wirklich
megatoll gelungen witzig, hahaha ... Aber dafür ziehe ich dir zur Strafe heute
Nacht nach der Jubelfeier einen Punkt Zärtlichkeit im Bett ab, du
ungezogener, kleiner, lästerlicher Fischmund-Verschnitt", drohte er scherzhaft
und zog an Helis Haaren.
„Au, lass das, du Neo-Wende-Kommunist", sagte Heli lachend.
Waldemar grinste.

„Sag´ mal, Waldochen: Ich wundere mich, wie elegant die Salamander ihren
Song in der chinesischen Sprache meistert", äußerte Heli nach einer Weile,
„das kommt mir verdächtig vor; sie ist doch wohl nicht etwa eine
Doppelagentin? Auch in chinesischen Diensten angestellt?" fragte sie zitternd.
Waldemar schaute etwas verdutzt drein.
„Jetzt übertreibe es aber nicht, Sarah braucht doch nicht gleich eine
Doppelagentin zu sein, nur weil sie ein Lied in Chinesisch einstudiert hat. Das
hat sie wahrscheinlich nur getan, um den chinesischen Gästen gefällig zu sein,
genauso, wie sie vorher die amerikanische Nationalhymne gesungen hat",
wandte Waldemar kopfschüttelnd ein.

„Du siehst wirklich schon überall Gespenster, mein kleiner Fischmund".
„Aber ... Die hat sie bedeutend schlechter gesungen als das chinesische Lied",
beharrte Heli eigensinnig.
„Man könnte meinen, Sarah habe bereits einen langen Aufenthalt in China
hinter sich!".
„Heli, jetzt ist es aber genug", sagte er und erhob die Stimme. Etwas zu laut,
denn Gorsky wurde aufmerksam und ermahnte Waldemar zur Stille.
Heftiger Applaus brandete auf, lächelnd verbeugte sich die schwedische Diva
und blickte gutmütig und freundlich um sich; schließlich blieb ihr Blick auch
lange an Gorsky, Heli und Waldemar hängen, bevor sie von der Bühne abtrat.
Der Abend klang in fröhlicher Feierei, Gesang und Schlemmerei aus, ohne
dass sich die amerikanische Delegation wieder auf dem Staatsbankett blicken
ließe.

„Ich verstehe das nicht, wo bleiben bloß Professor Kallimachos, Kalinsky und
das angebliche amerikanische Spezialkommando, das die Schatulle aus
meinem Safe in Lankwitz holen soll?" fragte Heli von Zeit zu Zeit, während
der Abend immer weiter fortschritt.
„Ob sie das Kästchen inzwischen schon sichergestellt haben?"
Waldemar seufzte.
„Was weiß ich, vielleicht gab es unerwartete Schwierigkeiten, und der
Spähtrupp ist aufgehalten worden und musste die Aktion verschieben, oder sie
sind alle entdeckt worden und sitzen schon in Haft; auch das liegt leider im
Bereich des Möglichen", gab Waldemar düster zu bedenken.
Heli erschauderte.
„Oh, Waldemar, wem kann man überhaupt noch trauen?" fragte sie verdattert.
„Mir", sagte er mit leisem Lachen.

Am nächsten Morgen begannen in den streng abgeschirmten Geheimräumen
der Allround-Corporation die politischen Verhandlungen zwischen den
beiden neuen Bruderstaaten und Freundesmächten Deutschland und China,
die an ihrem Ende in einem abschließenden Vertragswerk niedergelegt,
festgeschrieben und ratifiziert werden sollten, sodass als Endprodukt eine Art
Freundschaftspakt und immerwährendes politisches Militärbündnis zuzüglich
einem wirtschaftlichen Bündnis daraus entstehen sollte. Gorsky und seine
Berater führten das große Wort, doch nach ein paar Stunden schon räumte der
neue Staatsschef von Deutschland das Feld und verließ plötzlich und
unerwartet die Verhandlungen mit unbekanntem Ziel. Seine Experten führten
die Gespräche mit den Chinesen unterdessen fort.

Herlinde Kopter und Waldemar Koslowski nahmen auch an den Sitzungen
teil, wurden jedoch auf die Zuhörerbank verbannt. Immerhin verfolgten beide
mit Staunen und Interesse die rasant fortschreitenden Verhandlungen; die

deutschen Simultanübersetzungen der Gespräche wurden auch ihren Kopfhörern in ihrer Glaskastenkabine zugeleitet. Waldemar machte sich eifrig Notizen auf seinem Computer.

Hinter den beiden, in einem anderen Glaskasten, terrassenförmig ansteigend, saßen Helis und Waldemars neue Aufpasser: Chefagentin Beatrix Bohrschmand und Chefagent Willibald Wastlhuber mit unbewegtem Gesichtsausdruck ausgestattet. Die beiden sollten den Verlust von Annamaria Dappermann und Gunnar Trunkboldsson ausgleichen.

Noch etwas weiter oben, in geringfügiger Steigung, saßen eine junge chinesische Agentin, ganz in Schwarz gekleidet, mit dem Gorsky-Emblem am Revers, und ihr männlicher Partner, ein junger chinesischer Aufpasser, in einem weiteren Glaskasten und beobachteten zur Sicherheit auch das Verhalten von Beatrix Bohrschmand und Willibald Wastlhuber – denn man konnte ja nicht vorsichtig genug sein bei Neulingen im Überwachungsdienst!

Waldemar wagte einen schrägen Blick auf das neue Agentenpaar, indem er sich umdrehte und in ihre Glaskabine starrte. Die beiden verzogen keine Miene. Waldemar drehte den Hals wieder zu Heli.
„Was meinst du, Liebling, was hältst du davon, wenn wir die beiden trüben Tassen dort oben in ihrer schalldichten Käseglocke nach Abschluss der Sitzung zu einer gemütlichen, kleinen Riesenradfahrt in den Volkspark Hasenheide einladen, nur mal eben so zum Kennenlernen, hm?", fragte er sarkastisch und mit dreckigem Lachen.
„Denn die arme Bea und der gedrungene Willi sehen so traurig und verloren aus in ihrem Schaufenster ... Sie langweilen sich bestimmt furchtbar." -
„Waldemar!" rief Heli schrill, und es widerhallte an den Glaswänden, „du bist doch wirklich manchmal so ein Riesenmistkerl, du ... du Ekel!" rief sie zornig, riss sich erbost die Kopfhörer von den Ohren.
Die Chinesen drehten sich staunend und lachend zu dem streitenden Traumpaar um.
„Entschuldige, Helileinchen, das war doch nur ein Gag", sagte er betreten.
Heli blickte schüchtern noch weiter nach oben zu der chinesischen Bank und lächelte verhalten, schnaufte und setzte sich die Kopfhörer wieder auf.

„Recht so, Heli, nicht, dass wir am Ende noch eine knuffige Anekdote von den Chinesen versäumen", sagte er lachend.
„Hach, red keinen Unsinn, und mach´ dir lieber Gedanken darüber, warum kein einziger Amerikaner an der Sitzung teilnehmen darf", zischte ihm Heli zu.
„Was meinst du: Ob Gorsky wohl Miguel Hernandez mitsamt seiner Delegation verhaften ließ und alle Amis provisorisch unter Arrest gestellt hat und wegsperren ließ?" fragte sie niedergeschlagen.

„Das könnte in der Tat so sein", sagte Waldemar düster, „vielleicht wurden die Amis aber auch nur zur stillen, geheimen Abreise genötigt", mutmaßte er. „Na, dann gute Nacht, oje!" gab Heli ihren trockenen Kommentar ab und sagte spitz zu Waldemar: „Und du sollst nicht dauernd „Heli" zu mir sagen, verstanden?" schnaubte sie unbeherrscht.

Staatschef Hermann Gorsky ließ sich unterdessen mit einer kleinen Abteilung seines Fußvolkes zu seinem Dienstraumgleiter eskortieren, um eine wichtige, äußerst dringende politische Visite zu machen, die spontan, ganz außerplanmäßig stattfinden musste.
Der neue Hauptkoordinator von Berlin strich sich nervös über seinen Schnurrbart, bevor er in das Fahrzeug einstieg, das ihn dann im Eiltempo nach Potsdam beförderte, eine Sache von Minuten.
Die Stadt an der Havel war einst Sommerresidenz der preußischen Könige und deutschen Kaiser, doch das war schon seit undenklichen Zeiten vorbei. Doch noch immer schwang der Name Friedrichs des Großen in dieser fürstlichen Umgebung mit.
Im Nu parkte der kleine Privatraumgleiter für kurze Strecken von Gorsky inmitten des wunderbaren Ensembles der Schlösser und Gärten von Sanssouci. Sein Ziel war das von Weinreben umrahmte Schloss Sanssouci Friedrichs des Großen, der hier „Ohne Sorgen" leben wollte, doch nun war hier eine andere, ehemalige politische Größe untergebracht, Gerold von Reitzenstein, der abgesetzte Herrscher von Terra Nova, dem das Schloss als „Arrestquartier" diente.

Ehrfürchtig entstieg der „Kleine Stalin" seinem anachronistischen Gefährt und schritt die Orangerie entlang. Dann entspannte er sich kurz im Landschaftspark, ehe er seine gewagte politische Mission angehen wollte. Der Lustgarten tat seinen überreizten Nerven wohl.

Der Koordinator von Berlin ließ Gerold und seine Tochter Gudrun von Reitzenstein in dem kunsthistorisch bedeutsamsten und zugleich persönlichsten Raum des Rokokoschlosses antreten: In der mit Zedernholz getäfelten, kreisrunden Bibliothek mit den vier Wandschränken, die die 2000 Bücher des Königs beherbergten. Gorsky und sein kleines Gefolge verbeugten sich sogar artig vor Gudrun, die gut erholt aussah; die geschichtsträchtige Umgebung und die vielen Verlustierungsmöglichkeiten des Schlosses, zum Beispiel der Park von Sanssouci, hatten ihr gutgetan.
Der hünenhafte Gerold von Reitzenstein sah auch gut erholt aus, doch er schaute etwas mickrig in seine Umgebung hinein, denn er schien Schlimmes von Gorsky zu befürchten. Immerhin war Gerold schließlich der einstige Kriegsgegner von Hermann Gorsky, der die Schlacht um die Welthauptstadt Berlin gegen den „kleinen Stalin" verloren hatte, und dann die zweite große politische Schlappe seines Lebens erlitten hatte, als er bei der Flucht, auf dem

Rückzug in die Heimat, in Heliopolis von seinem Bruder Egmont als Herrscher von Terra Nova abgesetzt wurde. So hatte er beides verloren, Berlin und Heliopolis.

So wie er jetzt dreinschaute, mochte Gerold von Reitzenstein wohl die späte Rache von Gorsky befürchten, und es beunruhigte ihn, dass der neue Hauptkoordinator von Berlin so unversehens bei ihm aufkreuzte, und seine liebliche Idylle wie ein Wirbelwind aufscheuchte, denn Gorsky kam gleich zur Sache, als er den ihn um Haupteslänge überragenden Gerold gehetzt ansprach.

„Herr von Reitzenstein, neue, atemberaubend schnell eingetretene, politische Entwicklungen und Veränderungen auf der politischen Landkarte haben dazu geführt, dass ich Ihnen und Ihrer Tochter diesen Blitzbesuch abstatte: Bitte, setzen Sie sich doch wieder, wir haben umgehend ein ernsthaftes Gespräch zu führen, das Ihr weiteres politisches Schicksal betrifft", sagte er und Gudrun schaute besorgt und verängstigt aus.
All die frische Farbe ihres gesunden, gebräunten Teints war plötzlich aus ihren Wangen gewichen. Gorsky bemerkte es und versicherte ihr lächelnd, dass sie beide nichts zu befürchten hätten, im Gegenteil.
„Danke, Herr ... Euer Exzellenz, danke sehr", sagte Gerold und setzte sich zusammen mit Gorsky und seiner Tochter an den reich verzierten Verhandlungstisch.

In aller gebotenen Kürze erklärte Gorsky Vater und Tochter Reitzenstein das neue Bündnis zwischen Deutschland und China und die sich daraus ergebenden, möglichen Folgen. Gerold war aber zuerst einmal an etwas anderem interessiert: „Verzeihung, Euer Exzellenz, dass ich Sie unterbreche, aber wissen Sie etwas über meine Tochter Marion in Heliopolis? Und über meinen Bruder Egmont? Wie geht es den beiden?"
Gorsky verneinte bedauernd.
„Das kann ich Ihnen bei der politischen Rasanz der Ereignisse der letzten Tage beim besten Willen nicht sagen, doch genau um dieses Thema geht es jetzt, um Ihren Bruder Egmont, den neuen Herrscher über Terra Nova", sagte Gorsky schnaufend.
„Ich wollte das Thema Weltraumkolonie gerade anschneiden, denn meine chinesischen Partner und ich als Vertreter des Neuen Deutschen Sozialismus wollen gerne wissen, wie sich Terra Nova künftig gegenüber unserem neuen politischen Kurs in Europa und Asien zu verhalten gedenkt. Und da glaube ich, ehrlich gesagt nicht, dass Ihr Bruder Egmont uns gleich vor lauter Begeisterung in die Arme fallen wird und seine Weltraumkolonie in unsere sozialistische Oberhoheit einzugliedern bereit ist", sagte Gorsky lachend.
„Daher brauche ich einen verlässlichen Verbündeten, gerade im erdnahen Weltraum, und darum beabsichtige ich, Sie wieder in Heliopolis als Herrscher

einzusetzen, mit Hilfe unserer mächtigen, chinesischen Alliierten! Ich habe das alles schon mit den Chinesen ausgekungelt, sie sind einverstanden, dass Sie wieder der unumschränkte Herrscher von Terra Nova werden, und wir bilden dann ein Dreierbündnis, China, Deutschland und Terra Nova, na, wie wäre das?"
Gerold wollte seinen Ohren nicht trauen, als er solches revolutionäre Gebaren vernahm.

„Aha, und die Bedingung dabei ist dann wohl, dass dieses Triumvirat unter sozialistischen Vorzeichen zu erfolgen hat", sagte Gerold ahnungsvoll und lachte säuerlich.

„Der erdnahe Weltraum soll also ebenfalls kommunistisch werden, aber was soll in diesem Fall eigentlich aus meinem Bruder Egmont und meiner Tochter Marion werden?" fragte er realistisch.
„Ihr Bruder hat Ihnen schließlich die Herrschaft in Heliopolis widerrechtlich entrissen, das können wir nun korrigieren, mit der vereinten Militärstärke von Deutschland und China haben wir leichtes Spiel mit der geschwächten Terra-Nova-Kolonie", sagte Gorky begeistert, „aber ich glaube zuversichtlich, dass wir gar nicht zu roher Gewalt greifen müssen; ein Putsch wird mitnichten notwendig sein, denn Terra Nova wird uns wie eine reife Pflaume kampflos in den Schoß fallen", prophezeite Gorsky emphatisch.
„Wie denn das?" fragte Gerold von Reitzenstein überrascht.
„Na, überlegen Sie doch mal: Wenn Egmont erfährt, dass ich mich mit Ihnen verbündet habe, und wir beide noch mit China, dann wird Ihr Bruder doch panisch Ihre Rache fürchten, weil er Sie doch abgesetzt hat als Herrscher", sagte Gorsky mit kaltem Lächeln, „denn nun wird er zu Recht fürchten, dass wir alle bald in Heliopolis anrücken, um die Schmach Ihrer Abschiebung nach Berlin zu tilgen, da wird Egmont nicht lange zaudern und von selbst das Feld räumen, und Terra Nova schleunigst verlassen".
Gerold nickte.
„Ja, das leuchtet schon ein, doch sind Sie wirklich willens, mich wieder als Herrscher da oben in Heliopolis einzusetzen, bedenken Sie, ich bin Ihr ehemaliger, politischer Gegner, der Ihre Welthauptstadt Berlin angegriffen hat, und noch vor wenigen Monaten ganz Deutschland erobern wollte, Euer Exzellenz?" sagte Gerold zweifelnd.

Gorsky lächelte nachsichtig.

„Ach, was bedeutet schon die Vergangenheit? Die Gegner von gestern werden leicht zu Verbündeten von morgen, warum sollte das nicht auch auf uns beide zutreffen?" raunte er zutraulich und patschte Gerold auf die Schulter.
„Und Ihre tüchtige, mutige Tochter Gudrun können Sie auch gleich mit nach Heliopolis zurücknehmen und sie erneut in ihr Amt als Navigatorin

einsetzen", sagte Gorsky munter, „es ist schon bewundernswert, wie sie vor einigen Monaten mit ihrer Rettungskapsel in Berlin gelandet ist, um Sie, ihren Vater, vor meinem Zorn zu retten", sagte er anerkennend mit einem Kopfnicken zu Gudrun.

„Ich bewundere Leute mit Charakter und Mut", ergänzte er.

„Egal, welchem politischen Lager sie angehören!"

„Aber dann ... müssten wir doch auch ein kommunistisches System in Heliopolis einführen", gab Gudrun kleinlaut von sich.

„Wie machen wir das den Bürgern von Terra Nova schmackhaft, die so stolz auf ihre Unabhängigkeit sind? Was, wenn sie sich weigern?" fragte sie und sah Gorsky aus ihren großen, dunklen Augen an.

„Ich müsste in diesem Fall wahrscheinlich alle unsere zehn Millionen Terranovianer auf eine andere Weltraumbasis umsiedeln lassen", sagte Gudrun mit reichlich unbehaglicher Gemütsstimmung.

„Denn wenn TERRA NOVA kommunistisch werden soll, werden sowieso die meisten Menschen anderswohin fliehen wollen, auch nach Österreich, in die Schweiz, Holland oder Frankreich oder nach England; oder aber, ich verteile die zehn Millionen gleich auf diese Länder", überlegte sie.

„Aber Gudrun, das geht doch nicht!", protestierte ihr Vater.

„Ja, denn ich fürchte, Herr Gorsky wird im Falle einer Massenflucht unserer Bürger rigoros alle Raumflughäfen von TERRA NOVA sperren lassen", sagte sie mit einem bösen Blick zu Gorsky hin.

„Darüber machen Sie sich mal keine Sorgen, liebe stellvertretende Vorsitzende von Heliopolis", sagte Gorsky lachend und winkte ab.

„Die politische Neuordnung in Ihrem TERRA NOVA wird ganz sanft, in kleinen Schritten vonstatten gehen, und in dieser Hinsicht werden Ihnen beiden auch meine chinesischen Hilfstruppen behilflich sein, die wir zu Ihrem Schutz nach Terra Nova entsenden", sagte Gorsky martialisch.

„Zu unserem Schutz?" fragte Gudrun pikiert und guckte skeptisch aus der Wäsche.

„Wählen Sie", sagte Gorsky autoritär lächelnd, „entweder ewige Gefangenschaft hier in Potsdam oder Neuanfang in Heliopolis unter meiner Ägide", meinte Gorsky sarkastisch.

„Hm - warum eigentlich nicht ein Comeback in Heliopolis", meinte Gerold lächelnd zu Gudrun.

„Vater, das ist doch nicht dein Ernst", sagte sie kreischend unter Protest.

„Außerdem wollte ich eigentlich immer schon einmal China kennenlernen, das sagenhafte Reich der Mitte, wäre das nicht auch etwas für dich, Gudrunchen, endlich einmal die großartige 6000 Jahre alte, chinesische Kulturnation zu besuchen?", sagte Gerold feige, kriecherisch, gierig und anbiedernd.

Gudrun sah ihren Vater mit saurem Blick an, senkte dann den Kopf und weigerte sich, weiter zu antworten. Gorsky lächelte hocherfreut über die Reaktion seines neuen Verbündeten.

„Aber sicher, wir werden alle gemeinsam unseren neuen, großen Bruderstaat besuchen, sobald Sie wollen, Sie, Gudrun, und Herlinde Kopter und Waldemar Koslowski werden auch mit von der Partie sein", versprach Gorsky scheinheilig.

„Ich habe vor, die beiden so schnell wie möglich, gleich nach Ende der Freundschaftsverhandlungen und der Besiegelung des Bündnisses, nach China auf Promotiontour zu schicken, unser „Weltpräsidentenpaar", dann fahren wir doch am besten gleich alle zusammen ins Reich der Mitte", schlug er vor. Gerold nickte begeistert, sah zu seiner Tochter hin, doch die schaute demonstrativ in eine andere Richtung.

„Aber das geht doch nicht, Euer Exzellenz", widersprach Gudrun.

„Was meinen Sie damit, Fräulein von Reitzenstein?" fragte Gorsky lauernd.

„Ich meine, wenn wir alle zusammen zur Feier des deutsch-chinesischen Bündnisses nach China reisen, dann würde ich ja unvermeidlicherweise auch mit Herlinde Kopter zusammentreffen, und wie kann ich das? Ich kann es mir doch nicht leisten, ihr je wieder unter die Augen zu treten; schließlich habe ich versucht, sie zu erwürgen!"

Gorsky grunzte betreten.

„Oh, das ... Ja, aber das war doch eine verständliche Reaktion, weil Sie Heli für den Tod Ihrer Schwester Heidrun verantwortlich gemacht haben, doch diese Sache ist doch längst ausgestanden; versprechen Sie mir einfach, es nicht wieder zu versuchen", sagte der Staatschef mit abgeklärtem Zynismus.

„Außerdem werde ich Anweisungen geben, dass Sie von Heli getrennt werden, dass Sie sie höchstens nur von Ferne zu Gesicht bekommen", sagte er.

„Gut, danke sehr, Euer Exzellenz", sagte Gudrun etwas erleichtert.

Auch sie schien sich nun mit den neuen Gegebenheiten abzufinden.

„Gut, dann sind wir uns also einig", stellte Gorsky in der Runde befriedigt fest, als Gerold von Reitzenstein zufrieden grinste: „Ja, Euer Exzellenz! ..."

Da hörten sie Schritte wie von anrückenden Soldaten, die Tür öffnete sich und eine kleine Wachmannschaft marschierte in den historischen Bibliothekssaal. Gorsky reagierte verärgert auf die Störung und schnauzte den Befehlshaber des Trupps an: „Was hat diese Störung unserer Sitzung zu bedeuten, Sie Grobian? Noch dazu, ohne zumindest mal anzuklopfen?" herrschte der Schnauzbart ihn an.

„Verzeihung, Euer Exzellenz, ich bitte mein ungehöriges, unangemeldetes Eindringen zu entschuldigen, aber eine dringende Meldung hat mich veranlasst, hier sofort bei Ihnen vorstellig zu werden ...“
Gorsky sprang auf und lief eilig zu dem Führer der Wachmannschaft hin. Der flüsterte ihm vertraulich ins Ohr: „Euer Exzellenz, eine Katastrophe ist geschehen: Professor Kallimachos und Kalinsky sind unbegreiflicherweise aus ihrer Zelle im Hochsicherheitstrakt verschwunden, sie sind nirgends auffindbar!“
Gorsky schnaubte.
„Was, wie denn das, zum Donnerwetter?“
Gerold und Gudrun blickten neugierig auf das Getuschel.

„Pah, was macht das schon aus“, beruhigte sich Gorsky wieder.
„Viel Schaden können die beiden ja wohl nicht mehr anrichten, egal, wo sie sich auch gerade befinden! ... Aber, das bedeutet ja auch ... Das bestätigt meinen Verdacht, dass wir einen Verräter in den eigenen Reihen haben müssen, schon seit geraumer Zeit! ... Und dieser Kerl hat den beiden zur Flucht verholfen. Wir müssen ihn dingfest machen, doch dazu später“, flüsterte Gorsky hastig, „danke für die Meldung, Leute“, sagte er, dann verabschiedete er die kleine Gesandtschaft wieder.
Die Männer salutierten und verließen den Raum.

Auch Gorsky machte sich mit seiner eigenen kleinen Mannschaft, darunter seinen vier grimmigen Bodyguard-Gorillas, zum Aufbruch bereit. Doch Gerold von Reitzenstein hielt ihn kurz zurück.
„Eine Sache müsste ich noch kurz mit Ihnen besprechen, Euer Exzellenz“, bat er.
„Gut, aber kurz“, sagte Gorsky und setzte sich wieder zu Gerold.
„Was gibt es denn so Dringendes?“ drängte er.
„Wann könnte ich denn eventuell mit Herlinde Kopter sprechen, es ist dringend ...“
Gorsky stutzte.
„Wieso wollen Sie denn mit Heli sprechen?“ fragte Gorsky verwundert.
„Nun ja, es ist so, Euer Exzellenz; falls es dazu kommen sollte, dass ich wirklich bald wieder Herrscher über Terra Nova werde, dann möchte ich wissen, wie Herlinde Kopter und ich zueinander stehen, denn schließlich ist sie ja nach wie vor eine wichtige Person, zumindest ist Heli die Gefährtin des repräsentativen Weltpräsidenten, Waldemar Koslowski, und ich möchte dann als Staatsoberhaupt der erdnächsten Weltraumkolonie wissen, wie sie meine Herrschaft aufnimmt. Es ist ein rein politisches Gespräch, denn ich werde das Herrscherpaar ja auch mal nach Heliopolis einladen müssen, Sie verstehen?...“
Gorsky lächelte.
„Oh, ja, jetzt verstehe ich, natürlich, kein Problem“, sagte er zutraulich.

„Kann ich unter Umständen gleich mit ihr sprechen?" fragte Gerold mit freudiger Erregung.

„Könnten Sie Herlinde vielleicht hierherkommen lassen nach Schloss Sanssouci?" fragte er begierig.

„Nein, das geht jetzt nicht, denn Heli befindet sich gerade im Großen Sitzungssaal in der Allround-Corporation und nimmt an den politischen Vertragsverhandlungen mit den Chinesen als Zuhörerin teil, und auch ich muss gleich dorthin zurück", sagte Gorsky gehetzt und warf einen Blick auf seine Uhr.

„Aber ich muss mein Verhältnis zu Heli klären, schließlich ist sie der Liebling der Nation, aller Nationen schlechthin, die bekannteste und bedeutendste Frau der Welt, nach allem was sie durchgemacht hat, und nach allem, was an Material über ihr Schicksal über die Bildschirme dieser Welt geflimmert ist, auch auf Terra Nova", beharrte Gerold.

„Beruhigen Sie sich doch, ich habe doch nur gesagt, dass Sie sie im Augenblick nicht treffen können, aber heute Abend, nach den Unterhandlungen mit den Chinesen, geht unser großes Vereinigungsfest, das deutsch-chinesische Staatsbankett ja weiter, und da können Sie Heli sehen, sofort", versprach Gorsky.

„Sehr gut, ich danke Ihnen recht herzlich, Euer Exzellenz", sagte Gerold und verabschiedete sich freudig von Gorsky, der gleich darauf mit seinen Männern enteilte.

Ein kleines Wachbataillon blieb natürlich immer vor dem Schloss in Stellung, und auch im Park von Sanssouci waren zahlreiche Wachen postiert.

Misstrauisch sah Gudrun ihren Vater an, der sich wieder zu ihr an den Tisch in der Bibliothek setzte.

„Sag mal, Papa, was ist der wirkliche Grund, aus dem du Heli so dringend sprechen willst?" fragte sie neugierig.

„Na, überleg′ doch mal, Kind", sagte er kopfschüttelnd, „wegen dieser komischen Schatulle natürlich; du erinnerst dich doch: Als wir beide und Heli von meinem Bruder aus unserer Heimatstadt Heliopolis verbannt worden waren, da hat dein Onkel Egmont Heli doch zum Abschied die Schatulle zugesteckt, und sie war voller Schmuck, erinnerst du dich nicht?" fragte er lächelnd.

„Na und, was ist so Besonderes daran, wenn Heli ihren Schmuck zurückerhält? Onkel Monty wollte mit dieser Geste der Versöhnung halt Hermann Gorsky milde stimmen, als Gorsky Heli so heftig nach Berlin zurückverlangte", sagte sie.

„Nein, du verstehst nicht, ich habe vor meinem Bruder nur behauptet, dass die Schatulle Heli gehöre, weil ich wollte, dass dieses Wunderding aus Egmonts Klauen entrissen wird, weil ich hoffte, es Heli in Berlin irgendwann einmal wieder abnehmen zu können, denn es hat wirklich übernatürliche Fähigkeiten, dieses Kästchen, Gudrun", erklärte er ihr.

Gudrun sah ihren Vater entgeistert an.

„Aber wieso denn?" fragte sie verständnislos.

„Weil auch der Schmuck in der Schatulle, der Heli in Wirklichkeit gar nicht gehört, dort wie durch fremde Zauberkraft hineingelangt ist, sage ich dir ... Als Egmont die Schatulle bei mir entdeckte, und mir abnehmen wollte, da habe ich aus Verlegenheit behauptet, sie wäre voller persönlicher Preziosen, die alle Heli gehörten, um ihn abzuschrecken, das Kästchen zu konfiszieren, aber das stimmte alles gar nicht! Vorher war die Schatulle leer, und als ich sie Egmont überreichte, traf meine Lüge plötzlich zu: Der von mir erfundene Schmuck war plötzlich wirklich drin! Ich staunte selber nicht schlecht, es war, als ob die Schatulle einen übermenschlichen Verstand besäße, der mein Wunschdenken spontan erfüllte, um mich und Heli zu retten, verrückt nicht wahr?" bekannte Gerold freimütig.

Diese Erklärung ging wirklich über Gudruns Verstand.

„Was, du willst wirklich behaupten, Papa, irgendeine überirdische Intelligenz hätte dir zuliebe eine leere Schatulle mit Schmuck angefüllt, gerade in dem Augenblick, als du behauptet hast, sie wäre voll davon? So etwas gibt es doch nicht, das sind Hirngespinste, Papa, bestimmt war der Schmuck schon immer in der Schatulle", erklärte Gudrun bestimmt.

„Nein, so war es eben nicht, Gudrun", beharrte er.

„Ich hatte sie ja die ganze Zeit über in der Rocktasche meines Herrschermantels aufbewahrt, nachdem ich die Schatulle von Professor Kallimachos konfisziert hatte, und sie war immer leer ... Dummerweise ist sie bei unserer Rückkehr nach Heliopolis bei dem Handgemenge mit meinem Bruder, ihm durch ihr Scheppern aufgefallen, als ich auf den Boden fiel, erinnerst du dich? Und als ich die Schatulle dann notgedrungen aus der Manteltasche nehmen musste, war sie plötzlich seltsam schwer, aber erst in dem Moment, als ich das Märchen von dem Schmuck erzählte, der Heli gehören würde, verstehst du nun das ganze Geheimnis?"

Gudrun war fassungslos.

„Wenn du nicht auf einmal verrückt geworden bist, dann hätte dieses Kästchen also die Macht, die Wünsche seines Trägers zu erfüllen?" fragte Gudrun elektrisiert.

„Vielleicht nicht jedes Trägers, vielleicht erfüllt es sonst nur noch die Wünsche seines Besitzers, und das wäre Professor Kallimachos ... Deswegen muss ich die Schatulle unbedingt wiederhaben, und natürlich auch Kallimachos. Daher muss ich dringend mit Heli sprechen, und heute Abend

ergibt sich wunderbarerweise zum ersten Mal wieder eine Gelegenheit dazu, mit ihr zusammenzutreffen! Gorsky scheint nichts von diesem Wunderding zu ahnen; ich muss also wissen, was Heli mit der Schatulle gemacht hat; hoffentlich hat sie sie überhaupt noch, und wenn: Ist der Schmuck noch drin? Aber viel entscheidender ist die Möglichkeit, dass dieser Zauberkasten vielleicht noch ganz andere wundersame Eigenschaften hat, die wir uns gegen Gorsky zunutze machen können, Gudrun", sagte Gerold euphorisch.
„Denn wenn darin wirklich ein übersinnliches Verstandeswesen wohnt, dann werden wir versuchen, es zu überzeugen, Gorsky die Stirn zu bieten, seinen verderblichen, kommunistischen Weltmachtsträumen Einhalt zu gebieten, oder ihn wenigstens in seinem Machthunger zu zügeln", sagte er hastig.

Die neuen Töne der Mäßigung gefielen Gudrun sehr an ihrem Vater.

„Ich freue mich, dass du zur Abwechslung mal nicht nur an dich selber denkst, sondern auch an das Gemeinwohl, Vater", sagte sie erfreut.
„Ja, ich will ja nur zurück in unsere Heimat, nach Heliopolis, und eventuell darüber herrschen, aber nicht unbedingt sozialistisch", sagte er lächelnd.
„Und ich sage es dir nochmal: Solch eine Schatulle, die Gegenstände aus dem Nichts entstehen lassen kann, die ist noch zu ganz anderem fähig! ..."
Gudrun lächelte. Sie glaubte noch nicht ganz an Märchen. Dennoch umarmte sie ihren Vater. Er strich zärtlich über ihr kurzes, schwarzes Haar.
Dann standen sie auf und verließen das Schloss und ließen sich von ihren Bewachern zur Entspannung zum Botanischen Garten kutschieren.

Gegen 13 Uhr, kurz vor Ende der Sitzung, traf Hermann Gorsky wieder im Verhandlungssaal der Allround-Corporation ein und nahm seinen Platz ein neben seinen chinesischen Partnern.
Mit geballter Faust und fröhlichem Lächeln grüßte er aus der Ferne seine unentbehrlichen, „lieben Genossen" Herlinde und Waldemar in ihrem Glaskasten. Das Vorzeige-Traumpaar winkte artig zurück.
„Schau an, Waldo, der Al Capone von Berlin ist zurück", sagte Heli lästernd.
Waldemar lachte.
„Ich wüsste zu gerne, wo unser Big Boss gewesen ist, und was er ausgeheckt hat", sagte sie flüsternd zu Koslowski.
„Egal, was es war, es scheint sich für ihn voll gelohnt zu haben, denn er strahlt wie ein ganzes Stahlkombinat", sagte Waldemar grinsend.
„Was meinst du, mein kleines vogeläugiges Herlindchen, wollen wir zur Vorsicht morgen schon mal einen Chinesischkurs belegen?" fragte er kichernd.

Beatrix Bohrschmand und Willibald Wastlhuber in ihrer Glasvitrine hinter Heli und Waldemar applaudierten heftig, als sie Gorskys Wiedereinzug ins

Parlament gewahrten. Ebenso ihre chinesischen Aufpasser in der dritten Reihe.

Heli zog sich die Augen zu Schlitzen zurecht, als Antwort auf Waldemars Frage.

„Ist vielleicht angebracht, lieber Genosse Waldo. Als erstes möchte ich dann wissen, was „Fischmund" auf Chinesisch heißt", sagte Heli stöhnend.

„Haha, du bist gut, dein Humor gefällt mir wirklich, auch deswegen gebe ich dich nicht auf, mein schlitzäugiges, chinesisches Herlindchen", sagte er entzückt.

Alle setzten sich wieder in Positur, und die Reden und Gegenreden und Dankesreden gingen weiter.

Heliopolis, Hauptstadt der Weltraumprovinz Terra Nova, 15. September, 13 Uhr:

Fast punktgenau zur gleichen Zeit, als Hermann Gorsky von seiner Stippvisite in Potsdam nach Berlin in die Allround-Corporation zurückkehrte, nahm Marion von Reitzenstein im Saal des großen Schwurgerichts von Heliopolis ihr Urteil entgegen.
Angstvoll sah sie ihren Richtern ins Gesicht.

Die Richter blickten streng auf die in ihrer Anklagebank zusammengesunkene Ex-Generalin der Sternenflotte, die jetzt apathisch in grauer Zivilkleidung dasaß.

Der Hohe Weltraumrat von Heliopolis verurteilte Marion von Reitzenstein zu einer Strafe von 15 Jahren Gefängnis, wegen Mordversuchs an der widerrechtlich in die Hauptstadt Heliopolis verschleppten Erdenbewohnerin Herlinde Kopter und der daraus folgenden „Gefährdung des gesellschaftlichen Friedens" zwischen Deutschland und Terra Nova, wenn das hilflose Opfer Herlinde Kopter im Krankenhaus umgekommen wäre durch die Hand der Delinquentin Marion von Reitzenstein. Denn es hätte ja leicht ein Krieg ausbrechen können zwischen Berlin und Heliopolis, wenn Herlinde Kopter der neuen Regierung in der Welthauptstadt Berlin nicht lebend hätte zurückgegeben werden können, urteilten die Richter.

Marion stöhnte sehr laut, als sie das Strafmaß vernahm und sank noch tiefer in ihrer Bank zusammen. Ihr Onkel, Egmont von Reitzenstein, saß auf der Zuschauerbank und warf einen betretenen Blick auf seine tief gefallene Nichte. Sie schaute nicht zu ihm hinüber. Die Sitzung fand in einem kleinen, durchsichtigen Glaskuppelmodul statt, es war auch jede Menge Öffentlichkeit zugelassen worden.

Nach Ende der Verhandlung wurde Marion abgeführt und Egmont von Reitzenstein, der neue Herrscher von Terra Nova, wurde plötzlich von der Zuschauermenge ausgepfiffen, weil „er ja gar nicht der rechtmäßige Regent sei", buhten viele, und forderten die Rückkehr seines geschassten Bruders, Gerold.

Auf einmal bekam die Geheimpolizei von Terra Nova unerwartet viel zu tun, die widerspenstigen Bürger von Heliopolis mit Schlafgas ruhigzustellen und behutsam einzuschläfern.

Egmont wurde von seiner Leibgarde schnell durch einen sich automatisch öffnenden Seitenausgang vor der wütenden Menge in Sicherheit gebracht.

Doch immer noch wüteten die Menschen und riefen:

„Das Urteil ist ein Skandal! Freiheit für Marion von Reitzenstein! Es lebe Marion von Reitzenstein, sie lebe hoch!"

Auf einmal kam immer mehr Aufruhr in den Saal. Die Gegenbewegung kam mächtig in Schwung, als sie Herlinde Kopter hochleben ließ:

„Nein, es lebe Herlinde Kopter, nieder mit Marion von Reitzenstein und ihrem schurkischen Onkel Egmont!" riefen nun einige andere.

„Nieder mit der ganzen, verkommenen Reitzenstein-Sippe!"

Da wurde eine dritte, die Anti-Marion Reitzenstein-Herlinde Kopter-Fraktion, plötzlich lautstark aktiv.

„Hoch lebe unser neuer, gerechter Führer und Herrscher, Egmont von Reitzenstein, nieder mit Herlinde Kopter, der Massenmörderin von Berlin!" erscholl es aus der anderen Ecke.

Die beiden verfeindeten Fraktionen gingen aufeinander los, bald lagen überall Verletzte und Erschlagene. Die Randalierer tobten so wild, dass sie den Sitzungssaal zu zerlegen begannen. Marion von Reitzenstein wurde in letzter Sekunde in Sicherheit gebracht. Endlich gelang es der Verstärkung durch die Geheimpolizei, die Saalschlacht in den Griff zu kriegen. Die blutige Bilanz: Zehn Tote und über neunzig Verletzte!

Am Abend des 15. September, beim Staatsbankett in der Allround-Corporation in Berlin-Mitte, traf Gerold von Reitzenstein dann tatsächlich endlich glücklich mit Herlinde Kopter zusammen. Sie trafen sich am Büfett. Heli zuckte zusammen, als sie ihren Entführer, den ehemaligen Generalissimus von Heliopolis auf sich zukommen sah.

Wie versprochen hatte Gorsky Gerold und Gudrun von Schloss Sanssouci in Potsdam zu den Feierlichkeiten nach Berlin abholen lassen; sogar mit seinem Privat-Lufttaxi! Vater und Tochter staunten über den Rummel und die übermäßige, chinesische Präsenz im großen Festsaal.

Gudrun machte gleich kehrt, als sie Heli am Büfett erblickte; den ganzen Abend über hielt sie sich fern von der Lebensgefährtin des neuen repräsentativen Weltpräsidenten, Waldemar Koslowski.

„Sie sind hier?" fragte Heli höchst verblüfft, als Gerold von Reitzenstein sie auch schon am Arm packte.

„Lassen Sie mich los, wie kommt es, dass man es zugelassen hat, dass Sie überhaupt hier an den Feierlichkeiten teilnehmen dürfen, nach allem, was Sie und Ihre Tochter Gudrun uns in Berlin angetan haben?" fauchte sie und machte sich los.

„Was heißt: Was ich Ihnen angetan habe?" zischte Gerold böse zurück. „Fragen Sie lieber, was Gorsky und die Chinesen Ihnen gerade in Deutschland antun!" sagte er murrig.

„Ja, Sie haben schon Recht"; gab Heli kleinlaut zu.

„Und Sie müssen gerade reden, meine liebe Herlinde von der Weltraumprovinz", meinte Gerold von Reitzenstein mit bitterem Lachen, und füllte sich den Teller voll mit gebackener Leber und Apfelringen. Heli nahm sich Schweinebauch mit Möhren.

„Sie müssen doch zugeben, dass Sie selber kräftig mitmischen in dem neuen Spiel um die Macht, und das Spiel heißt: „Baut die neue sozialistische Welt auf"; - Sie und Waldemar lassen sich willenlos als Gorskys Schachfiguren auf dem Brett der neuen Machtverteilung hin und herschieben! Sie lassen sich als seine Repräsentanten missbrauchen, aber ich gebe gerne zu, dass auch ich dieser Zwangslage unterliege, denn auch mir hat Gorsky ein Angebot gemacht", flüsterte er ihr nun etwas versöhnlicher zu.

„Was für ein Angebot denn?" frage Heli, und plötzlich sah sie sich vom neuen Spitzelduo Beatrix Bohrschmand und Willibald Wastlhuber hautnah beäugt, als diese ebenso am Büfett auftauchten und sie scheinheilig anlächelten.

Sie nahmen auch geringe Nahrung vom Büfett, doch stocherten die beiden derart lustlos in ihrem Essen herum, dass man unschwer erraten konnte, dass die beiden schon heimlich vorher ihr wahres Abendmahl in aller Stille eingenommen haben mochten. Hier waren sie nur zum Observieren anwesend. Das verriet schon ihre martialische schwarze Overall-Kluft, die sie ungeniert als Einzige auf dem Fest zur einschüchternden Schau der Allgemeinheit trugen, mit dem altbekannten, großen „G" am Revers.

Heli sah der hübschen, schwarzhaarigen Beatrix erstmals direkt in die schönen Augen und hielt ihrem Blick trotzig stand, doch dann lachte sie ungewollt und ungehemmt los über so viel Unverfrorenheit und Plumpheit von Seiten der Chefagentin, die überraschenderweise auch lächelte, dann laut loslachte und zwar ungekünstelt.

Beide Frauen fühlten sich für Sekundenbruchteile fast wie Freundinnen.

Beiden war das Absurde ihres gestörten gesellschaftlichen Verhältnisses zueinander mit einem Schlag bewusst.

Heli drehte sich schweren Herzens von ihr weg, und vergab dadurch vielleicht eine einmalige Chance zu einer freundschaftlichen Aussprache mit der politischen Gegnerin. Trübstimmig sagte sie stattdessen zu Gerold, der sich Salat vom Büfett nahm: „Herr von Reitzenstein, was ich Ihnen noch sagen wollte ...“
Gerold drehte sich zu ihr um.
„Es tut mir wirklich wahnsinnig Leid um Ihre Tochter, die arme Heidrun“; sagte Heli, und hatte wieder Tränen in den Augen.
„Glauben Sie mir: Das wollte ich wirklich nicht, auf keinen Fall!“
Gerold kam nahe zu ihr hinüber, stellte seinen Teller ab und tröstete sie.
„Herlinde ... Das ist Schnee von gestern, es war ja wirklich keinesfalls Ihre Schuld, es war allein meine, als ich Sie völlig übermüdet und ausgebrannt in meinen Raumgleiter zurückzerren ließ, damals ... Es war ein Unfall, ein begreiflicher Unfall, wenn man sich die Stresssituation betrachtet, die Sie ausstehen mussten: Plötzlich getrennt von Ihrem Geliebten, Waldemar Koslowski, erneut als meine Gefangene, einer feindlichen Macht ausgeliefert ... Und dann die Ungewissheit, ob Sie je wieder aus meinen Fängen kommen würden; Sie wussten ja gar nicht, ob Sie je wieder in die Heimat nach Berlin zurückkehren würden, als dann mein Raumschiff nach Heliopolis abflog! ...

„Es war alles so wie beim Raub der griechischen Königin Helena durch die Trojaner, die dann gezwungenermaßen zur „Trojanischen Helena“ wurde! Genauso habe ich Sie geraubt, die „Königin von Berlin“ habe ich geraubt und nach TERRA NOVA entführt!“.
Gerold seufzte lange.
„Ein Glück nur, dass dadurch noch kein „Trojanischer Krieg“ zwischen Berlin und Heliopolis ausgebrochen ist“, sagte Heli bitter.
„Sie haben Recht!“, sagte Gerold und lächelte verlegen.

„Dann war ja vorher übrigens noch die Meuterei meiner Mannschaft, und die aufgebrachten Berliner, die meinen Raumgleiter stürmten, um Sie zu befreien, dass hätte keiner ohne einen Schaden durchgestanden! ... Nein, meine liebe Herlinde von Troja, das Massaker war ganz und gar nicht Ihre Schuld ...“ sagte Gerold, ergriff ein Taschentuch und trocknete Helis Tränen.
„Sie sind so herzensgut, liebe Herlinde, wie kaum ein anderer Mensch auf dieser Welt. Absichtlich hätten Sie meiner Tochter Heidrun niemals etwas angetan ...“

„Aber kommen Sie erst mal weg vom Büfett, es gibt noch Wichtigeres zu besprechen“, sagte Gerold hastig, mit Blick auf das Spitzelduo, das immer in ihrer Nähe blieb.
Heli und Gerold nahmen ihre gefüllten Teller wieder vom Büfett auf und setzen sich an die fürstlich gedeckte Tafel. Allerdings an eine Stelle weitab von den anderen. Beatrix und Willibald nahmen unweit von ihnen am Tisch Platz.

Das alte, absurde Spiel ging also ungeniert weiter!

Kurze Zeit aßen beide einige hastige Bissen, dann packte Gerold plötzlich wieder Helis Handgelenk.
Sie schrie leise auf und ließ die Gabel fallen.
„Ich kann mir schon denken, was Sie in Wirklichkeit von mir wollen, die Schatulle, nicht wahr?“, fragte Heli wieder mit großem Misstrauen und ihr Gesichtsausdruck verfinsterte sich wieder.
Sie hörte auf zu kauen.
„Genau, Sie haben sie also entdeckt? Ich brauche diese verdammte Schatulle, wo ist sie? Haben Sie sie etwa wieder verloren?“ fragte Gerold gereizt.
„Vielleicht, das kann ich noch nicht sagen“, sagte Heli trotzig und sah Gerold böse an.
„Wieso vielleicht? Das ist doch keine Antwort! Sie müssen doch wissen, ob Sie das Ding noch haben oder nicht, also, heraus mit der Sprache!“, drängte er cholerisch.
„Aha, aber falls Sie sie wieder in Ihre Finger kriegen, dann wollen Sie wohl versuchen, mit Hilfe des angeblichen Zauberwesens darin, Ihr verlorenes Reich Terra Nova von Ihrem Bruder zurückzuerobern, Herr Generalissimus, nicht wahr?“ fragte Heli verstimmt.

„Nein, darum geht es gar nicht, ich brauche die Schatulle aus einem anderen Grund; aber Sie scheinen auch schon eine ganze Menge über das Wesen darin zu wissen“, sagte Gerold.

Dann erzählte er ihr hastig, wie Heli überhaupt in den Besitz des Kästchens gekommen war, und auch von dem Schmuck, der sich damals unversehens in die Schatulle hineinmaterialisiert hatte. Gerold erzählte Heli dasselbe, was er kurz zuvor seiner Tochter Gudrun im Schloss Sanssouci über das Geheimnis der Schatulle berichtet hatte.

Heli glaubte an einen bösen Scherz.

Sie vermutete eine hinterlistige Tücke von Gerold, um ihr das Kästchen abzuluchsen. Gerold erzählte ihr auch von dem Geheimgespräch, das er vor ein paar Stunden mit Gorsky in Potsdam geführt hatte.

„Ach, so ist das also", meinte Heli wütend, „dann ist es ja nur noch eine Frage der Zeit, bis Sie mich wieder in Ihr neues, rotes Reich Heliopolis verschleppen werden, Herr Generalissimus, mit Hilfe von Gorsky und der Schatulle", sagte sie aufgebracht.
„Unsinn", sagte Gerold und versuchte Heli zu beruhigen.
„Wie kommen Sie denn darauf, so etwas Albernes zu vermuten? Sie haben meinem Bruder und mir wahrlich schon einmal genug Scherereien auf TERRA NOVA gemacht! Einen gigantischen Wirbel an Aufruhr verursacht! Warum sollte ich es da riskieren, Sie nochmals dort hinaufzubringen? Zu welchem Zweck?"

„Und Gorsky würde mich diesmal endgültig fertigmachen, sollte ich ihm wieder mal seine „Königin von Berlin" entführen!"

Vor lauter Erregung kamen beide nicht dazu, ihr Essen zu genießen.

„Verstehen Sie jetzt, warum ich beide, Professor Kallimachos und die Schatulle brauche?", erörterte Gerold die Lage beschwörend.
„Wo also ist die Schatulle, und wo ist Professor Kallimachos?" fragte Gerold atemlos.
Heli schwieg und senkte den Kopf.

Nach einer Weile gelang es Gerold schließlich doch noch, aus Heli die gewünschten Informationen herauszubekommen. Sie erzählte von Lankwitz und von der Privataudienz, die Waldemar und sie beim amerikanischen Präsidenten hatten, und der jetzt wie vom Erdboden verschwunden wäre. Und auch von Kalinskys und Kallimachos´ Mission im Auftrag von Miguel Hernandez berichtete Heli, die beide versuchen sollten, die Schatulle aus Helis Safe zu retten.

„Unglaublich", sagte Gerold schockiert über so viele Neuigkeiten, „und auch Kalinsky und der Professor haben sich seitdem nicht mehr gemeldet?" fragte er nochmal nach.

„So ist es, sie sind alle wahrscheinlich längst gefangengenommen worden, die Amerikaner genauso wie Kalinsky und Kallimachos".
„So ein Unglück, und ich hatte so sehr gehofft, die Schatulle endlich wieder an mich nehmen zu können", sagte Gerold resigniert.
„Stattdessen ist sie wahrscheinlich längst im Besitz von Gorsky und der lacht sich ins Fäustchen, spielt mit uns Katz und Maus", sagte Gerold verärgert und blickte sich zaghaft um im Saal.
Sein Blick blieb an der kalt lächelnden Beatrix Bohrschmand hängen, die ungerührt zu Heli und Gerold hinübersah und in ihrem Alibi-Essen stocherte.

„Da, sehen Sie die beiden dort drüben, die wissen auch schon alles, nach ihren selbstgefälligen Mienen zu urteilen, die sie zur Schau tragen", sagte Gerold verbittert.
Heli schaute auf das Spitzelduo wenige Meter von ihnen am Tisch entfernt.
„Sie lachen bereits über uns, bald wird sich Gorsky das Geheimnis der Schatulle zu Eigen machen; vielleicht wird Kallimachos gerade von seinem Geheimdienst bearbeitet, das fremde Wesen auf Gorsky einzuschwören, sonst ..."
Er ließ den Satz unvollendet und schauderte.

Da tauchte plötzlich im Hintergrund des Saales die zaghafte Silhouette von Gudrun von Reitzenstein auf.

Zögernd und zaudernd schob sich die Tochter von Gerold tapsend in den Raum hinein, kam mit reuevoller, verängstigter Miene näher an den Tisch mit Heli und Gerold heran.
Ihr Vater bemerkte sie als Erster und versuchte entsetzt, Gudrun zurückzupfeifen.
„Gudrun, nicht", sagte er flüsternd, und führte fahrige Handbewegungen in der Luft aus.
„Bleib doch zurück, was willst du hier, Schatz?" fragte er leise und Heli drehte sich um.
Als sie Gudrun bemerkte, die schon ganz nahe vor ihrem Tisch stand, wurde Helis Laune schlagartig noch schlechter. Sie stand abrupt von der Tafel auf und fixierte die zitternde Gudrun voller Bitternis.

„Heli, ich ... ich ... wollte dir sagen, wie leid es mir tut ...", stammelte die schwarzhaarige Gudrun.

Peinliches Unbehagen und eine große Unsicherheit waren ihr überdeutlich ins Gesicht geschrieben. Sie wischte sich ihre schweißnassen Hände an ihrem Abendkleid ab. Gerold erhob sich ebenfalls rasch von seinem Stuhl. Er lief zu seiner Tochter und fasste sie bei den Handgelenken.
„Warum bist du hier, Gudrun, du Unglücksrabe, du sollst dich doch von Heli fernhalten, habe ich dir gesagt!" sagte er betreten.
„Heli, ich ...", setzte Gudrun wieder an und sah an ihrem Vater vorbei.
„Niemand nennt mich ungestraft „Heli", und du schon gar nicht, verstanden?" polterte sie los.

„Ihre Tochter konnte es anscheinend nicht abwarten, wieder einmal ihre Fähigkeiten als „Würgerin von Berlin" an mir zu erproben", sagte Heli spitz und wandte sich mit dieser Breitseite an Gerold.

Die Leute im Saal wurden auf die drei aufmerksam.

„Herlinde, es tut mir so Leid, bitte, versteh´ mich doch ... Verzeih mir“, bettelte Gudrun hilflos, die halb von ihrem Vater verdeckt war.

Waldemar Koslowski, der an einem anderen Tisch die ganze Zeit über in einem vertieften Gespräch mit Gorsky und der chinesischen Delegation begriffen war, gewahrte das drohende Wortgefecht und lief zu Heli, Gerold und Gudrun hinüber.

„Außerdem hat auch schon deine militante Schwester Marion versucht, mich in Heliopolis zu töten, als ich dort im Krankenhaus lag“, sagte Heli anklagend zu Gudrun.

Die senkte betrübt den Kopf.

„Ich weiß“, sagte sie mitfühlend.

Waldemar und Gerold führten Gudrun weg von der Szenerie, hin zu Gorskys Tisch.

Gerold bedankte sich bei Waldemar und lief zurück zu Helis Tisch. Beide setzten sich wieder hin.

„Bitte verzeihen Sie den peinlichen Vorfall“, sagte Gerold niedergeschlagen zu Heli.

Dann schwiegen beide für eine Weile.

Dann nahm Gerold das verschwörerische Gespräch mit gespannter Aufmerksamkeit wieder auf. Er schaute sich diskret im Saal um. Danach rückte er nahe an Heli heran und flüsterte ihr zu:

„Eins steht jedenfalls fest, wir müssen die Spur der verschwundenen Schatulle wieder aufnehmen, denn es könnte ja immerhin sein, dass sie sich doch noch nicht in Gorskys Händen befindet“, sagte er bestimmt.

„Aber wie denn?“ fragte Heli grübelnd.

„Indem wir noch heute aktiv werden“, sagte er resolut.

„Heute Nacht noch werden wir uns heimlich wegschleichen, und zu Ihrem Appartement nach Lankwitz aufbrechen, um festzustellen, ob sich die verflixte Zauberbox vielleicht doch noch in Ihrem Wandsafe befindet“, sagte Gerold flüsternd.

„Denn ich hoffe, dass Kalinsky und sein geheimer Spähtrupp, sollten sie abgefangen und verhaftet worden sein, dass das dann vor ihrem Versuch geschehen ist, sich der Schatulle zu bemächtigen“, sagte Gerold.

„Dann ist sie vielleicht wirklich noch in Ihrem Safe, weil die Gorskisten sie dann noch nicht gefunden haben“.

Heli erschauderte.

„Sie sind ja verrückt, niemals wird es uns gelingen, uns unbemerkt von hier fortzustehlen; schon gar nicht lassen sie uns bis nach Lankwitz kommen, die Gorskisten“, sagte Heli.

„Ja, ich gebe zu, das wird ein schwieriges Stück Arbeit, aber bis zum Morgengrauen muss uns eine Lösung eingefallen sein“, drängte Gerold martialisch.

„Glauben Sie mir, es gibt keinen anderen Weg", sagte Gerold keuchend und trank große Mengen von Wein in sich hinein.
Nach einer Weile des besinnungslosen Berauschens blickte er wieder mit glasigen Augen direkt auf Heli.
Erschrocken und fahrig stammelte er zu ihr hin, indem er hastig ihre Hand packte: „Heidrun! … Heli! … Nein, was für eine Ähnlichkeit! Heute sehen Sie meiner Tochter Heidrun tatsächlich so ähnlich wie noch niemals zuvor! … Gudrun hatte Recht mit ihrem Vergleich, damals im Raumgleiter … Aber wie ist denn das überhaupt möglich?"
Verwirrt wand er den Kopf hin und her.
Er sah weiterhin Heli, doch das Bild der toten Heidrun wollte nicht aus seinem Kopf und Verstand weichen!
Auch Herlinde Kopter zitterte am ganzen Körper und starrte traumverloren auf Gerold.
Verlegen entzog sie ihm ihre Hand.
„Herr von Reitzenstein, ich … ich …", stammelte sie.

Heli schüttelte heftig den Kopf und schaute weg.

Etwa um die gleiche Zeit, als Gerold von Reitzenstein Herlinde Kopter in Berlin am Büfett abfing, um die Schatulle von ihr zurückzubekommen, betrat der andere Reitzenstein, sein Bruder Egmont, am Abend des 15. September in Heliopolis die Zelle seiner Nichte Marion.
Egmont war genauso erpicht darauf, mit Marion zu sprechen, wie Gerold mit Herlinde.

Marion trug die übliche, blaue Gefängniskleidung von Heliopolis, den blauen Overall, und das Emblem „PG" für politische Gefangene. Ihre roten Haare trug sie nun offen. Vorerst saß sie in Einzelhaft in ihrer durchsichtigen, sonnendurchfluteten Zelle.
Sie erhob sich, als die Wärterin ihren Onkel Egmont hereinführte; sie sah unglücklich aus.
„Onkel Monty", sagte sie sehnsuchtsvoll und trat näher, „15 Jahre soll ich in diesem elenden Glaskasten sitzen, 15 Jahre im Goldfischglas, von allen als abschreckendes Lehrbeispiel rund um die Uhr begafft, das stehe ich nicht durch, kannst du da nichts machen? Kannst du das Urteil nicht aufheben lassen, Kraft deiner Autorität als Generalissimus von TERRA NOVA?", fragte sie erwartungsvoll und sah zu ihm auf.

Egmont schüttelte betrübt den Kopf.

„Nein, ich sagte dir doch, der Hohe Weltraumrat von Heliopolis ist die oberste Instanz unserer Verfassung, er steht noch über mir. Ich kann nur verhindern, dass sie die Todesstrafe über dich verhängen, da kann ich Einspruch erheben, wenn ich es für richtig halte, aber das ist ja zum großen Glück nicht passiert", sagte Egmont und streichelte Marions rote Haare.

„Kopf hoch, Marion, wir finden schon eine Lösung, du brauchst bestimmt nicht lange im Gefängnis zu bleiben, du siehst ja, wie turbulent die Zeiten sind, in denen wir leben. Aber du erkennst doch hoffentlich auch die enormen Schwierigkeiten, in denen ich mich persönlich befinde? Du hast doch den Tumult gesehen, den es heute bei deiner Urteilsverkündung gegeben hat, die Saalschlacht mit den vielen Toten und Verletzten? Das Volk von Terra Nova ist in zwei feindliche, unversöhnliche Fraktionen gespalten, meine und deine Anhänger, und da sind außerdem noch die Parteigänger von deinem Vater Gerold, die sich sehnlichst wünschen, dass mein Bruder und deine Schwester Gudrun nach Heliopolis zurückkehren".

Marion schöpfte Hoffnung.

„Wenn das so ist, dann mobilisiere deine Anhänger und befreit mich", sagte sie energisch.

„Das kann ich nicht tun, ich weiß ja nicht einmal, ob ich mich selber hier in Heliopolis noch lange halten kann als Staatschef, denn ich habe dir ja nur die Hälfte meiner Schwierigkeiten erzählt! Auf der Erde nämlich brauen sich unheimliche Dinge zusammen, meine liebe Marion, von denen du ja noch gar nichts wissen kannst, weil du ja totale Nachrichtensperre hast", erzählte er hastig.

„Was ist denn dort passiert?" fragte Marion gespannt.

„Ich dürfte dir das ja eigentlich gar nicht mitteilen, aber ich habe die Wärterin bestochen", sagte er und sah zu ihr hinüber, die den Kopf senkte.

„In Berlin hat Gorsky das Sagen und er hat vor, mit China einen Freundschaftsvertrag zu schließen, mehr noch, Marion: Einen Bündnisvertrag, ein gewaltiges Militärbündnis scheint sich da anzubahnen, und ich muss ohnmächtig zusehen", sagte er und umfasste mit beiden Händen Marions Taille.

„Verstehst du, was das bedeuten kann für Terra Nova?" fragte er hilflos.

„Was? Mit China? Deutschland und China verbünden sich? Das kann nicht sein, Onkel Monty", sagte Marion fassungslos.

„Doch, es kommt seit Tagen auf allen Fernsehkanälen der Erde, die wir hier empfangen können, die diversen Sender berichten stundenlang live aus dem Großen Sitzungssaal der Allround-Corporation in Berlin, alle Reden der deutschen und chinesischen Delegationen zu den Verhandlungen werden live übertragen, und es sieht aus, als würden beide Staaten bald zu einer Einigung kommen, es ist beängstigend", sagte Egmont, aufs Höchste beunruhigt.

„Das ist doch unmöglich, Onkel Monty, das ist bestimmt nur eine geschickte Inszenierung, Parteipropaganda, ein Täuschungsmanöver, um dich zu erschrecken, um unsere Weltraumkolonie zu unterminieren und zu destabilisieren", vermutete sie.

„Nein, mein Mädchen, danach sieht es wirklich nicht aus, man sieht auf den Bildschirmen jede Menge chinesischer Gesichter, auch auf den Straßen von Berlin, überall, Unter den Linden, am Brandenburger Tor, patrouillieren chinesische Truppen, selbst im Tiergarten sieht man sie paradieren und am Gendarmenmarkt exerzieren", berichtete er entsetzt.

„Ach, Onkel Monty, das ist bestimmt nur ein Filmtrick", beharrte Marion eigensinnig.

„Nein, das ist ganz bestimmt kein Filmtrick, meine liebe Marion", protestierte Egmont energisch, „dein Wunschdenken hilft uns jetzt auch nicht weiter", sagte er böse und schubste sie etwas von sich weg.

„Sag´ mir lieber: Wie geht es übrigens meiner Schwester und meinem Vater, hast du Nachricht von den beiden?" fragte Marion plötzlich voller Ungeduld. Sie war von dem Stoß auf den Boden gefallen und erhob sich.

„Schön, dass du dich endlich auch mal nach den beiden erkundigst", brummte Egmont und half ihr auf.

„Aber du kannst beruhigt sein, sie sind wohlauf, ich habe gerade eben vorhin eine Fernsehsendung aus Berlin verfolgt, und da haben sie eine Art von Staatsbankett live aus der Allround-Corporation übertragen. Stell dir vor, wer da ins Bild kam: Ich habe deinen Vater Gerold einträchtig und innigst mit Herlinde Kopter am Büfett palavern sehen, meine Güte, was für leckere Sachen sie da aufgetischt bekamen, hm, jam, jam ...“

Marions Miene hellte sich auf.

„Und Gudrun war auch kurz eingeblendet zu sehen: Sie hielt sich ängstlich am Rande des Geschehens auf, blieb im Hintergrund der Feierlichkeiten, spähte aber mit Adlerblick andauernd verstohlen auf Herlinde, du kannst dir denken, warum, nicht wahr, hähähä", sagte er mit verschwörerischem Blick zu seiner Nichte.

Diese verzog kurz erschrocken das Gesicht, sie wurde das Opfer eines nagenden Gewissensschmerzes, als sie an Herlinde Kopter erinnert wurde.

„Ehrlich, sagst du mir auch die Wahrheit, Onkel Monty?" fragte Marion freudig.

„Hast du die beiden wirklich gesehen?"

Egmont lächelte aufrichtig.

„Ich schwöre es dir, mein Kind, Gerold und Gudrun befinden sich bestimmt jetzt, wo wir hier palavern, immer noch auf dem Fest und feiern putzmunter mit den Chinesen", versicherte er seiner Nichte glaubhaft.

„Ihre Besuchszeit neigt sich dem Ende zu, Generalissimus", rief die junge Wärterin am anderen Ende der Zelle düster in den Raum hinein, ohne den Kopf zu heben.

„Mach dir keine Sorgen, kleiner Rotschopf, es wird schon alles gut werden. Gleich morgen früh komme ich dich wieder besuchen und berichte dir vom Fortgang der Verhandlungen in Berlin, versprochen“, sagte er hastig, herzte, küsste und umarmte seine Nichte.
„Also, du siehst, unsere Befürchtungen waren unbegründet: Gorsky hat deinem Vater und deiner Schwester nichts getan, er lässt sie sogar frei herumlaufen und an den Feierlichkeiten teilnehmen, das ist zumindest schon mal ein gutes Zeichen“, sagte er zum Abschluss, wurde von der Wärterin hinausgeleitet und verließ die runde Zellenkuppel.

Allround-Corporation, Berlin, 16. September, 8 Uhr morgens in Gorskys Privatsuite.

Frühbesprechung von Waldemar Koslowski und Hermann Gorsky.
Stand der Dinge: Die Ereignisse spitzen sich zu.

„Und immer noch keine Spur von Kalinsky und Professor Kallimachos?“ fragte Waldemar ungeduldig den Hauptkoordinator von Berlin, Hermann Gorsky, mit dem er am Tisch saß und Tee trank.
„Nein, wie vom Erdboden verschluckt sind die beiden, nach wie vor“, sagte Gorsky seufzend, stellte seine Tasse ab und wischte sich mit dem Handrücken über seinen mächtigen, belaubten Schnurrbart.
„Ich verstehe einfach nicht, wie diese beiden trotteligen Typen aus dem Hochsicherheitstrakt entwischen konnten, selbst wenn man die sehr wahrscheinliche Möglichkeit in Betracht zieht, dass sie die Hilfe eines Verräters in unserer Organisation in Anspruch genommen haben. Ich werde noch herausfinden, wer es ist, dieser Verräter, wehe, wenn es sich herausstellen sollte, dass Sie es sind“, sagte er polternd und sah Waldemar scharf an.

Der setzte seine unscheinbarste, unschuldigste Miene auf, und lächelte.

„Aber Euer Exzellenz“, sagte er schmeichlerisch, und führte seine Teetasse zu den Lippen.
„Ah, ich sehe, Sie haben viel von mir gelernt, vor allem geschickte Verstellung und diplomatisches Taktieren, aber ob Ihnen das auf die Dauer helfen wird, na, ich weiß nicht“, sagte Gorsky lachend und drohte Waldemar schelmisch mit dem Finger.
Er war sich noch nicht ganz im Klaren über seinen Musterschüler, seinen diktatorischen Lehrling. Noch wusste er nicht, was Waldemar wirklich dachte, aber er konnte es sich im Geheimen schon denken.

„Und nun habe ich eine noch weitaus wichtigere Frage an Sie, verehrter Generalissimus", sagte Waldemar ernst.
„Ich höre", sagte Gorsky teetrinkend.
„Was haben Sie eigentlich mit dem amerikanischen Präsidenten angestellt, seit Tagen ist er nirgends mehr zu sehen? Sie haben ihn doch hoffentlich nicht unter Arrest stellen lassen, das wäre ein beispielloser politischer Affront, das gäbe politische Verwicklungen sondergleichen", mahnte Koslowski.
„Selbst bei einem sehr dekadenten, geschwächten Amerika", setzte er drängend nach.
„In diesem Fall wäre eine internationale Staatskrise nicht ausgeschlossen, eine neue, politische Eiszeit, und neues Wettrüsten zwischen den verfeindeten Machtblöcken, und Sie dürfen ja auch Russland nicht vergessen, Euer Exzellenz; wer weiß, was dort für Verhältnisse herrschen", mahnte er.
„Also, wo ist die amerikanische Delegation abgeblieben?" fragte er noch einmal.
„Das kann ich Ihnen nicht sagen", sagte Gorsky lächelnd.
„Aber ist das so wichtig? Keiner scheint sie bisher zu vermissen, denn niemand reklamiert sie", sagte er wohlgemut.
„Das heißt, Sie wissen es zwar, wo sich die Amerikaner zurzeit aufhalten, aber Sie wollen es mir nicht sagen?" fragte Waldemar Koslowski listig.
„Bravo, genauso ist es, mein guter Koslowski", trompetete Gorsky satt und zufrieden.
„Na, das ist ja immerhin schon etwas an Informationen", bemerkte Waldemar trocken.
Gorsky lächelte.
„Kommen Sie, wir müssen in den Sitzungssaal", drängte Gorsky und gab Waldemar einen freundschaftlichen Klaps auf die Schulter und kaute sein Hörnchen zu Ende.
„Auf zur gemeinsamen Abschlusserklärung mit den Chinesen und zur Unterzeichnung des endgültigen Vertrages", sagte er freudig.
Waldemar nickte und beide stürmten los.

Sitzungssaal der Allround-Corporation, 8 Uhr 30.

Herlinde und Waldemar saßen beide bereits wieder in ihrem Glaskasten, hatten die Kopfhörer auf und lauschten der Abschlusserklärung zur Unterzeichnung der deutsch-chinesischen Verträge.
„Wo sind bloß Kalinsky und Professor Kallimachos?" fragte Heli flüsternd Waldemar.
„Seit drei Tagen sind unsere Freunde nun schon verschwunden, hoffentlich sind sie nicht tot", jammerte sie.
Koslowski nickte bedauernd.

„Ich weiß es nicht, und Gorsky scheint es auch nicht zu wissen", sagte er ratlos.
„Und die Schatulle? Ist sie für immer verloren?" fragte Heli leise.
„Hält das angebliche Zauberwesen darin etwa zu den Chinesen? Glaubst du, Gorsky hat die Schatulle längst in seinem Besitz und hat mit Hilfe des Wesens seinen Vertrag mit China geschmiedet?"
Koslowski reagierte gereizt.
„Frag nicht soviel, deine Mutmaßungen machen mir Angst", gestand er.
„Aber etwas Anderes haben wir viel mehr zu fürchten: Gorsky hat vermutlich den amerikanischen Präsidenten als Geisel in Gefangenschaft geführt. Das gibt eine Katastrophe, denn Gorsky spielt mit dem Weltfrieden. Durch die mutmaßliche Verhaftung von Miguel Hernandez droht eventuell ein neuer Weltkrieg", sagte Waldemar beunruhigt.

Ein Hurrah-Geschrei ertönte durch den Saal.

Heli und Waldemar hatten durch ihr düsteres Geplauder die Abschlusskundgebung von Hermann Gorsky überhört, die Verträge waren unterzeichnet und rechtsgültig. Nur den Jubel der beiden Partnerländer konnten sie noch teilen.
Obwohl sie ihn nicht so recht teilen mochten.

Heliopolis, Hauptstadt der Weltraumprovinz Terra Nova, 9 Uhr 15, 16. September.
Frauengefängnis von Heliopolis, Block 3 A

Mit Verspätung stürmte Staatschef Egmont von Reitzenstein mit entsetzter Miene in Marions Zellenkubus.
Sie sprang beunruhigt auf und lief zu ihm hin.
Sie spürte an seinem gehetzten Verhalten, dass sich aufregende Dinge zugetragen haben mussten.
„Was ist denn los, Onkel Monty?" fragte sie nervös.
„Oh ... Marion!" ...
Egmont senkte seufzend den Kopf.

„Es ist alles noch schlimmer gekommen als befürchtet! ... Ich habe gerade eine Sondersendung im Fernsehen verfolgt. Gorsky hat in Berlin eine Regierungserklärung abgegeben, das Militärbündnis zwischen Deutschland und China ist perfekt. Die beiden Staatschefs Ling Lang und Gorsky herrschen von nun an gemeinsam, und jetzt kommt's: Sie tun es als Kommunisten, das heißt, sie haben eine uralte, sozialistische Herrschertradition aus dem zwanzigsten Jahrhundert wiederbelebt."

Marion schaute verständnislos.

„Ja, Marion", sagte Egmont mit verzweifelt gebrochener Stimme, und fasste seine Nichte bei den Schultern, „die beiden, Gorsky und Ling Lang haben offenbar beschlossen, ihre diktatorischen Fähigkeiten und Fertigkeiten zusammenzutun, um ein neues Weltreich zu gründen, eine neue, kommunistische Dynastie zu schaffen. Und Gorsky hat keinen Hehl daraus gemacht, eben um neun Uhr im Fernsehen zu verkünden, dass beide beabsichtigen, den sozialistischen Freundschafts- und Militärbund auf andere Länder auszuweiten, zunächst ist Russland ihr weiteres Ziel."

„Ja, aber was bedeutet das denn für uns?" fragte Marion zitternd.

„Das bedeutet für uns in Terra Nova das absolute Aus für meine Herrschaft, meine liebe Marion", sagte er jammernd und klagend.

„Denn das Schlimmste habe ich dir noch gar nicht erzählt, jetzt kommt es nämlich ganz dicke", sprach der Staatschef gehetzt und schwitzend.

„Gorsky hat eben auch unverhohlen und dreist verkündet, dass er auch vorhat, Terra Nova in seinen neuen, roten Machtbereich einzugliedern. Denk´ dir nur, er will morgen schon deinen Vater, Gerold von Reitzenstein wieder zum Präsidenten von Heliopolis ernennen, meinen Bruder, ausgerechnet den Mann, der Gorskys Welthauptstadt Berlin mit unserer Heliopolis-Sternenflotte angegriffen hat, und nun ist Gerold mit einem Schlag Gorskys neuer Verbündeter, so schnell geht das, was sagst du nun, mein Kind", rief Egmont entsetzt aus und ließ seine Nichte los.

„Nein, das ist doch nicht möglich, mein Vater soll wieder die Macht übernehmen, er kommt hierher zurück?" fragte sie erstaunt.

„So ist es, und ich bin dann erledigt, ich muss sofort die Flucht ergreifen, denn hier kann ich nicht mehr bleiben. Früher hatte ich nur Gorskys Zorn und den seiner Allround-Corporation zu fürchten, weil Gerold Gorskys Prestigeobjekt Herlinde Kopter nach Heliopolis entführt hatte, aber nun habe ich die geballte Militärmacht von ganz China und Deutschland gegen mich, und vielleicht bald auch noch von Russland, was kann ich da hier oben noch ausrichten? Selbst mein Bruder ist gegen mich. Und wir beide, du und ich haben noch vor Kurzem gewaltig an der Sorge getragen, dass die Abschiebung von Gerold und Gudrun nach Berlin negative Folgen für deinen Vater und deine Schwester haben könnte; wenn ich daran denke, wie wir beide innerlich gezittert haben, dass die beiden eventuell sogar die Todesstrafe von Gorsky zu erwarten hätten, und jetzt sind sie sogar mit ihm verbündet, haha, welche Ironie der Geschichte!" rief Egmont bitter und schrill und schlug die Hände vors Gesicht.

„I c h habe gezittert um Gerold und Gudrun, nicht du, Onkel Monty, bedenke bitte den kleinen Unterschied", schimpfte Marion aufgebracht.

Egmont sah betreten zu seiner Nichte und bestätigte zerknirscht.

„Ja, du hast ja so Recht, kleine Marion!"
Marion schnaubte.
„Du verkleinerst mich koseformhalber immer nur, wenn du im Dreck sitzt, Onkel Monty, komm mal runter von deinem hohen Ross", tadelte sie ihn mit schriller Stimme.
„Ach, Marion, wie sich alles geändert hat in nur wenigen Monaten", seufzte Egmont tief und griff wieder zärtlich nach ihr.
Sie entzog sich brüsk seinem harten Griff.

„Die ganze weltpolitische Lage hat sich völlig umgekrempelt, plötzlich gibt es keine Computerherrschaft mehr auf der Erde, nur noch Menschenherrschaft. Auf einmal gibt es in vielen Ländern wieder nationalstaatliches Denken. Und die weitere Ironie der Geschichte ist: Vor wenigen Monaten noch hatte Gerold Kalinskys Ausrufung von Waldemar Koslowski zum neuen Weltpräsidenten von Berlin für einen verhängnisvollen Fehler gehalten. Weil mein Bruder glaubte, die Leute wären nach Jahrhunderten inzwischen so an die Maschinenherrschaft des Berliner „Gewissens" gewöhnt, dass sie Koslowski bald als Weichei erkennen und absetzen würden. Und dadurch fürchtete Gerold hier oben in Heliopolis die Gefährdung seiner eigenen, menschlichen Herrschaft, weil er folgerte, bald würden die Berliner auch seine Absetzung fordern, weil ein Mensch eben nur ein schwacher, unvollkommener Herrscher sein könne ... Wie Koslowski, wie Kalinsky schließlich ... Mit dieser Begründung hat dein Vater damals Berlin mit unserer Sternenflotte angegriffen, wie du weißt, um auch seine menschliche Herrschaft in Berlin zu etablieren, aber mit seiner Niederlage hat er alles versaut. Daher musste ich ihn bei seiner Flucht zurück in die Heimat hier in Heliopolis absetzen, denn er hatte keinerlei Autorität mehr, aber jetzt ..."
Egmont griff verzweifelt in die Luft.

„Morgen hat er wieder alle Autorität der Welt, dein Vater, nämlich durch die Protektion der Feindesmächte China und Deutschland und vielleicht Russland, ist das nicht zum Lachen?" brüllte er und schlug gegen die Wand der Zelle.
Die Wärterin ermahnte ihn nun doch zur Ruhe.
„Und hier oben sind viele auch schon gegen mich, Marion, du hast gesehen, wieviele Leute gestern bei deiner Urteilsverkündigung meinen Untergang herbeigewünscht haben und bereits wieder Gerold hochleben ließen. Heute ist er schon da, ich werde fliehen, Marion", sagte er jammernd und fasste Marion bei der Schulter.
„Aber wohin?" fragte sie gespannt.
„Vielleicht in die zweitentfernteste Weltraumkolonie, nach Terra Nova II ?" schlug er lachend vor.
„Aber die steht doch sowieso ehe schon seit langen Zeiten unter dem Einfluss von Russland", protestierte Marion.

„Na und? Dort wird es mir immerhin sicherlich noch besser ergehen als hier, als Gefangener meines eigenen Reiches", sagte er grimmig.

„Und was soll aus mir werden?" fragte Marion erwartungsvoll.

„Nimm mich mit!" forderte sie und sah ihren Onkel zum ersten Mal wieder zärtlich an.

„Das kann ich nicht, Marion, du weißt, der Hohe Weltraumrat von Heliopolis wird niemals zulassen, dass du mit mir gehst", sagte er schüchtern und völlig aufgelöst.

„Schließlich hast du ein Kapitalverbrechen begangen! ..." –

„Du ... willst mich hier verrotten lassen, in dieser elenden, menschlichen Versuchsstation?" fragte sie verzweifelt.

Sie deutete dazu auf die nimmer abreißende Kette von Spaziergängern, die neugierig in Marions Glasverlies hineinlinsten und nach einer Weile weitergingen.

Doch dann kam schon der nächste Schub von Voyeuren.

Das war natürlich perfide von der Heliopolis-Justiz geplant und gehörte zur Strafe der Marion von Reitzenstein.

„Soll ich etwa meine vollen 15 Jahre hier absitzen, in diesem fürchterlichen Loch, das kannst du nicht tun, Onkel Monty, nein, das darfst du mir nicht antun!" schrie sie panisch und trommelte mit ihren Fäusten auf seiner Brust herum.

Er zuckte zusammen, taumelte und fiel fast um. Er staunte, wie kräftig seine Nichte war.

„Marion, es tut mir Leid ..."

„Wenn heute oder morgen sowieso hier oben alles zusammenbricht, dann kannst du mich doch auch gleich mitnehmen! Morgen gibt es wahrscheinlich sowieso keinerlei Autorität mehr in Heliopolis, auch der Hohe Weltraumrat wird dann schon nicht mehr existieren --- oder längst auch schon auf der Flucht sein! ... Alles löst sich auf, keinerlei Herrschaftsstruktur wird sich in Kürze mehr hier oben behaupten können! ... Ein einziges Chaos wird hier herrschen, da schert sich doch auch keiner mehr um meine Gefangenschaft, mein Urteil oder meine Strafe; keiner wird mich morgen mehr kennen, also nimm mich mit, Onkel Monty!" bettelte sie weinerlich und klammerte sich an ihren Onkel.

„Sonst werde ich morgen eventuell von feindlichen Aufständischen oder Plünderern erschlagen, wenn sie meine Zelle stürmen!"

Er wies sie sanft zurück.

„Es tut mit Leid, ich kann nicht, der Hohe Weltraumrat steht haushoch über mir, er wird es nicht erlauben, dass du deine Zelle verlässt, solange er selbst noch regiert ..."

Da schleuderte ihm Marion voller Verachtung ihre flache Hand entgegen.

„Du bist ein solcher Feigling, ich hasse dich!" schrie sie und Egmont bekam den Schlag voll zu spüren.
Es klatschte nur so, und er rieb seine schmerzende Wange.

Egmont hatte alle Hände voll zu tun, gleichzeitig zu sprechen und seine prügelnde Nichte abzuwehren.
„Marion, nimm doch Vernunft an"; sagte er keuchend.
Die Wärterin, die sich erstaunlich zurückgehalten hatte, ermahnte Marion seltsam matt zur Ruhe und Ordnung.
„Gerold wird sich morgen an mir rächen für seine Verbannung nach Berlin, ich kann also nicht hier bleiben. Aber dir, seiner Tochter, wird er vergeben, dass du mit mir gemeinsame Sache gegen ihn gemacht hast, Marionchen, dir also wird morgen nichts passieren", sagte Egmont verzweifelt.
„Nein, nur dass Papa und Gudrun mich mit Genugtuung meine 15 Jahre im Gefängnis schmoren lassen werden, das wird passieren", prophezeite Marion düster, und lief unruhig in der Zelle hin und her.
„Wenn ich dann überhaupt noch am Leben bin, wenn sie in meine Zelle eintreten!"
Brüsk blieb sie stehen und fuhr zornig zu ihm herum.

„Oh, Onkel Monty ... Und du machst dich heute aus dem Staub, du Feigling, immer wenn die Zeichen auf Sturm stehen, kneifst du und wählst die bequeme Lösung", schimpfte sie.
„Genauso wie du damals meinen Vater und meine Schwester abgeschoben hast nach Berlin. Sie waren dir plötzlich lästig bei deiner Herrschaft, also hattest du sie kaltblütig der möglichen, blutigen Rache Gorskys ausgeliefert", klagte sie und nahm ihre Wanderung wieder auf.
„Es ist aber alles gut ausgegangen für Gerold und Gudrun, sie wurden mitnichten getötet, du siehst doch, sie haben sich sogar mit diesem Monster von Gorsky verbündet und fallen uns beiden nun in den Rücken", tobte nun auch Egmont.
Da blieb Marion wieder abrupt stehen und giftete ihren Onkel an: „Das konntest du aber nicht wissen, dass Gerold und Gudrun ungeschoren davonkommen würden, es hätte alles auch ganz anders kommen können, Onkel Monty!"
Sie seufzte.

„Dann bleib wenigstens hier bei mir, du Hasenfuß, sei ein Mann und trage gemeinsam mit mir die Konsequenzen unseres Putsches gegen Gerold und Gudrun; stell dich deiner Verantwortung als Generalissimus und Staatschef unserer stolzen Weltraumprovinz Terra Nova", forderte sie nun eindringlich von Egmont.
„Ein wahrer Held nimmt nicht wie ein gemeiner Lump Reißaus in einer brenzligen Situation, Onkel Monty! Darum kämpfe morgen Seite an Seite mit

mir, wenn die Feinde kommen. Steh´ mir bei, vielleicht haben die Deutschen und die Chinesen dann Respekt vor unserer Standhaftigkeit und lassen uns in Ruhe und ziehen vielleicht sogar wieder ab", bekniete sie ihn beschwörerisch.
Anstatt den ehrenvollen Weg zu wählen, den seine tapfere, taffe Nichte vorgeschlagen hatte, wand sich Egmont in hysterischen Krämpfen und Kreisbögen, als er das vernahm.
„Ich kann nicht, Marion, es gibt kein Morgen mehr für mich hier oben, aber für dich, denn Gerold wird dich begnadigen, ich sage dir, du brauchst nicht mehr lange im Gefängnis zu sitzen, dafür kenne ich ihn zu gut ...", begann er verzweifelt.
„Denn Gerold liebt alle seine Töchter - trotz allem!"
Im Angesicht einer solch geballten Masse von Feigheit kochte der Zorn und die Verachtung in Marion wieder hoch. Wütend rannte sie wieder zu ihrem Onkel hin und schäumte vor Wut:
„So also hast du dir das vorgestellt, du Aas, du armseliger Wicht! Schande über dich, über so viel Feigheit vor dem Feind! DU solltest hier sitzen in diesem Loch, nein, schlimmer noch: Der Hohe Weltraumrat sollte sofort kurzen Prozess mit dir machen, du Verräter, dafür, dass du unsere stolze, gequälte, von Feinden bedrohte Stadt Heliopolis so schändlich entehrt hast durch deine erbärmliche Zitterei um dein nutzloses Leben, du Ratte! Der Hohe Weltraumrat sollte dich auf der Stelle exekutieren lassen", tobte Marion wieder unbeherrscht los und ging mit den Fäusten auf Egmont los.
„Marion, nun ist es genug, du erniedrigst mich jetzt sogar ... schändlich vor dem Gefängnispersonal!" schimpfte er, packte Marion bei den Handgelenken und sah zu der stumm bleibenden Wärterin hinüber.

Marion schluchzte hemmungslos.

„Oh, wie bitter bereue ich es nun, dass ich mich mit dir eingelassen habe, dass ich gemeinsam mit dir zum Verräter wurde, indem ich gegen meinen eigenen Vater konspiriert habe, und auch meine arme Schwester Gudrun verraten und vertrieben habe! Beide, Schwester und Vater habe ich mir durch ihre hinterlistige Abschiebung zu Gorsky nach Berlin zu Todfeinden gemacht! Indem ich mich einem Feigling und Verräter und hemmungslosen Opportunisten anvertraut habe, der mich nun seinem kalten, weltpolitischen Machtkalkül opfert!"

Mit einem Ruck schleuderte er Marion von sich und katapultierte sie dadurch durch die halbe Zelle. Sie blieb kurz liegen, rieb sich die schmerzenden Glieder und sagte voller Verachtung und Zorn auf Egmont:
„Oh, es war aber auch diese elende, ewig so unschuldig tuende Heli, die mir die 15 Jahre Gefängnis eingebrockt hat! Durch ihre Schuld bin ich nun hier im Goldfischglas! ... Warum musste mein blöder Vater aber auch diese

Schlampe, diese Massenmörderin zu uns hier oben nach Heliopolis zurückschleppen, dieser Idiot!" wetterte sie.

„Seinetwegen und ihretwegen sitze ich hier! Wenn Gerold sie nur in Berlin gelassen hätte! Wenn er auch Heli aus dem Raumgleiter herausgelassen hätte, dann wäre Heidrun wahrscheinlich noch am Leben, und auch alle anderen Menschen im Volkspark Friedrichshain, die dieser blonde Teufel umgebracht hat, ihr beiden Totalversager! Dann wäre Herlinde Kopter auch niemals hier im Krankenhaus von Heliopolis gelandet, und ich hätte nicht meinen großen Hass auf sie entwickeln können! Dann hätte ich überhaupt nicht erst in Versuchung geraten können, Heli zu töten! – Und ich säße nicht hier im Gefängnis!"

Marion stand vom Boden auf und griff Egmont wieder an.

„Aber ich werde mich rächen an dem Biest! Irgendwann werde ich Herlinde aufspüren, irgendwo! ... Ich kriege sie! Und dann werde ich es ihr heimzahlen! Ich werde sie dafür umbringen, dass sie meine Schwester getötet hat und mich in diesen Schlamassel gebracht hat!" sagte sie und boxte wie wild auf ihren Onkel ein.

„Marion, lass´ Heli aus dem Spiel, sie ist die einzige, völlig Unschuldige in unserem grausamen Spiel um Macht, Intrigen und nacktem Überleben", presste der gestresste Egmont in letzter, ehrbarer Aufwallung hervor, bevor endlich die Wachen anrauschten und ihn von der berserkerhaft wütenden Marion von Reitzenstein befreiten.

Marion wurde geschlagen, gefesselt und von mehreren kräftigen Männern abgeführt und aus dem Raum gebracht.

„Du Mistkerl, hilf mir, Onkel Monty, tu was, lass´ doch nicht zu, dass sie mich so behandeln, mich, die ehemalige Generalin der Sternenflotte!!! - Du Feigling! ... Ah, ihr Saubande, lasst mich los! ...“

Seufzend verließ auch Egmont als Letzter die Zelle. Er sah gerade noch, wie Marion in die Gummizelle geführt wurde, wo schon die Wärter die Zwangsjacke bereithielten.

Müde und niedergeschlagen schlenderte er den Gefängnisgang entlang, auf dem Weg zu seinem Raumgleiter, der ihn in seine Regierungszentrale zurückbringen sollte.

Inzwischen war es 9 Uhr 46 geworden.

Als Egmont gerade durch das Hauptportal des Frauengefängnisses von Heliopolis-Ost schritt, kam ihm aufgeregt der Chauffeur seines Raumgleiters entgegengelaufen.

„Euer Exzellenz - Chef! Schnell, kommen Sie!" rief der Mann keuchend.

Er war wirklich völlig von der Rolle, denn in seinem Gesicht spiegelte sich das blanke Entsetzen.

„Es ist ... etwas Unheimliches, Unbegreifliches geschehen, etwas ... noch nie Dagewesenes, das müssen Sie sehen, Chef, kommen Sie! Schnell!"

„Wohin denn, Jenkins?" fragte Egmont von Reitzenstein höchst verblüfft.

„Zum Fernsehschirm Ihres Raumgleiters, schnell, sehen Sie selbst, sonst glauben Sie mir nicht", sagte der sonst so disziplinierte Chauffeur, der für gewöhnlich immer eine stoische Ruhe an den Tag legte.

„Das ist die reinste Hexerei, Zauberei", sagte der Mann, und zerrte seinen Chef Egmont von Reitzenstein unbeherrscht mit sich fort.

Der wunderte sich nicht schlecht.

„Langsam, nun mal langsam, was ist denn los, Jenkins, und hören Sie doch auf, so an mir zu zerren", verlangte er, wurde aber schon in einem Schwung mitgerissen.

Schon saß er in seinem Raumgleiter.

„Da, dort in der Allround-Corporation ... geschieht gerade etwas Überirdisches, sehen Sie, der Verhandlungssaal!" rief der Chauffeur ganz aus dem Häuschen.

„Die Live-Sendung der deutsch-chinesischen Verträge, dort in der gläsernen Box von Herlinde Kopter und Waldemar Koslowski hat sich das Wunder zugetragen, sehen Sie, sehen Sie!" schrie der Mann.

„Ja, ich habe vorhin schon im Fernsehen gesehen, dass Heli und Waldemar als Zuhörer in dem Glaskasten den Verhandlungen beiwohnen dürfen", sagte Egmont verblüfft, „aber, aber, was ist denn da angeblich so Unglaubliches passiert?" fragte er atemlos.

Da starrte Egmont endlich selber auf den Bildschirm und war im nächsten Augenblick tatsächlich ebenso gebannt wie sein Chauffeur und seine Leibwächter, die ebenso fassungslos am Fernsehschirm klebten, mit offenem Mund starrten. Ein unbegreifliches Chaos im Verhandlungssaal war perfekt. Alle schrien, hetzten wild umher und riefen durcheinander, scharten sich um Helis und Koslowskis gläserne Box.

„Nein, das ... das ist doch einfach nicht möglich!" entfuhr es Egmont.

„Aber, nein, sowas, ... das sind doch ...."

Sitzungssaal der Allround-Corporation, Berlin-Mitte, Alexanderplatz, 9 Uhr 15, 16. September;

Heli und Waldemar in ihrer Glaskastenkabine hatten sich von dem Jubel der Begeisterung, der nach dem Schlusssatz von Hermann Gorskys Rede eingeläutet wurde, gegen ihren Willen mittragen lassen. Nun verließ der Hauptkoordinator von Berlin mit stolzgeschwellter Brust das Podium. Der neue Redner rückte gleich nach, der chinesische Außenminister.

Nun war er an der Reihe, die neuen deutsch-chinesischen Beziehungen über Gebühr zu loben und ins rechte Licht zu rücken.
Während der Außenminister von China zu reden anhub, fingen Heli und Waldemar wieder an, miteinander zu tuscheln in ihrer geräumigen Kabine.
„Meine Güte, Waldemar, warum müssen wir eigentlich diesen ganzen Zirkus mittragen? Und das tun wir auch noch freiwillig", stellte Heli verwundert fest.
Waldemar lächelte.
„Das ist auch so ein Element einer populären Volksdemokratie, so wie wir sie jetzt haben", sagte Waldemar.
„Bitte um Erklärung, Genosse Koslowski", sagte Heli spitz.
„Der Rausch eines kollektiven Gemeinschaftserlebnisses, der wunderbare Miterlebniseffekt, der uns signalisieren soll, dass wir an der Schwelle eines neuen Zeitalters stehen", sagte er grinsend.
„Aha, und wir sind voll davon befallen, von diesem Virus, soll das wohl heißen, nicht wahr?" fragte Heli trocken und spitz.
„So ist es", entfuhr es Waldemar lächelnd.
„Du hast es erfasst, meine Genossin Fischmund! ..."
Heli lachte.
„Und zum Dank sollen wir uns jetzt wohl wie blöde darüber freuen, vermute ich in dieser Richtung richtig?" fragte sie sarkastisch.
„Ja, „blöde" scheint mir wirklich das richtige Wort dafür", meinte Waldemar frivol.
„Denn in einer Volksdemokratie ist es für die darin befindlichen Bürger angebracht, möglichst nicht allzu schlau sein zu wollen; Stumpfsinn ist für uns beide von nun an als tägliches Pflichtprogramm angesagt; das Denken schränken wir beide besser von jetzt ab auf ein Minimum ein", schlug er lächelnd vor.
„Aha, und was machen wir stattdessen, Waldo?" fragte Heli trotzig.
„Ganz einfach: Parteitreue, unbedingte Parteitreue auf ganzer Linie", sagte er noch trockener als ein heißer Stein.
„Ja, Euer Exzellenz", raunzte Heli mit ironischer Gehorsamshaltung.

Sie hörten sich weiter die langweilige Lobesrede des chinesischen Außenministers an, der dafür nur etwa eine halbe Stunde brauchte. Der Chinese war gerade am Ende angekommen, frenetischer Jubel brandete auf im Saal, da vernahmen Heli und Waldemar in ihrer Glaskabine ein merkwürdiges Geräusch.
Es geschah genau um 9 Uhr 46.

Allround-Corporation, Berlin-Mitte, Großer Verhandlungssaal, Glaskabine von Herlinde Kopter und Waldemar Koslowski, 9 Uhr 46:

Es begann mit einem leisen Summen, das immer lauter wurde und durchdringender. Heli stutzte als Erste, lauschte angespannt, nahm nach ein paar Sekunden die Kopfhörer von den Ohren.
„Hörst du das, Waldo, Liebling?" fragte sie unsicher und sah Waldemar fragend an.
Er schaute zu ihr, riss sich ebenfalls die Kopfhörer herunter und sagte: „Was? Ja, so eine Art Sirren", sagte er, „es kommt direkt von hier drinnen, aus unserem Glaskasten", meinte er, als er die Umgebung nach dem Ursprung des Geräusches mit den Ohren ablauschte.
„Au, Waldo, es wird immer lauter, was ist denn das?" fragte Heli nun erschrocken und zuckte heftig zusammen.
„Das Summen erfüllt nun die ganze Kabine", sagte sie unbehaglich und hielt sich die Ohren zu.
„Ich schätze, etwas mit der Mechanik an der Anlage für die Simultanübersetzung scheint nicht in Ordnung zu sein, wahrscheinlich ein technischer Defekt", sagte Waldemar und erhob sich rasch.
Heli ebenso.
„Waldo, ich spüre plötzlich so etwas wie ... eine körperliche Präsenz in der Kabine", sagte Heli ratlos, die mit den Händen die Umgebung erfühlte, indem sie aufgeregt in der Luft herumtastete.
„Du hast Recht, ich auch!" rief Waldemar und sagte: „Komm, wir müssen raus hier, irgendetwas scheint gleich hier drinnen zu explodieren!" mahnte er energisch.
Da wurden beide wie von einer Druckwelle zurückgeworfen auf ihre Sitze. Sie schrien panikartig auf, und warfen schützend ihre Hände vors Gesicht.

Berlin – Lankwitz, Malteserstraße, vor dem Wohnblock von Herlinde Kopter, auf der Schwebespur:

Im Inneren des Regierungsfahrzeuges von Captain Arthur Chesterfield, dem Spionageraumgleiter; Zeit: Unklar; --- ungefähr am 13. September 2999; gegen Abend:

Insassen des Raumgleiters: Captain Chesterfield, die Soldaten seiner Kampfeinheit, der Pilot, Manfred Kalinsky und Professor Kallimachos.

„Na, was ist, warum heben wir denn nicht ab?" fragte Captain Chesterfield ungeduldig, der neben seinem Piloten saß.

Der hantierte ratlos an der Steuerung herum. Nichts tat sich. Das Raumfahrzeug klebte stumm und träge am Boden fest.
„Ich weiß nicht, Sir, warum wir nicht starten können"; sagte der Pilot verwundert.
„Die gesamte Elektronik ist tot, nichts lässt sich aktivieren, auch der Ionenantrieb funktioniert nicht", sagte er kopfschüttelnd.
„Können Sie denn gar nichts tun, zum Beispiel die Notaggregate aktivieren?" fragte der Captain ungehalten.
„Habe ich schon probiert, Captain, Fehlanzeige", resümierte der Pilot und ließ die Hände schwer auf die Armaturen fallen.
„Verflixt, dann sitzen wir hier fest", meinte der Captain resignierend.

„Oh lala, da, da haben wir es", sagte der Pilot und leuchtete mit einer altmodischen Taschenlampe nach draußen durch das Sichtfenster, weil auch sämtliche Beleuchtung in dem Fahrzeug ausgefallen war.

„Die Soldaten da draußen, der Ring des Militärs, der sich hermetisch um unseren Raumgleiter geschlossen hat, sehen Sie", sagte der Pilot.
„Wir sind bereits entdeckt worden, und ihre Laserwaffen blockieren unsere Mechanik, alles; sie halten uns hier fest, wir kommen nicht mehr weg", sagte der Pilot aufgeregt.
Der Captain sah die Bescherung nun selber.
„Tatsächlich", sagte er ruhig.
„Wir können uns nur noch ergeben, Sir, gegen deren Laserwaffen haben wir keine Chance", sagte der Pilot.
„Kommt nicht in Frage, sind Sie verrückt geworden?" herrschte ihn der Captain an.

Da meldete sich plötzlich der hinter ihnen sitzende Professor Kallimachos zu Wort.
„Moment, Sir, ich spüre auf einmal eine Spannung in der Schatulle", sagte er lebhaft und hielt das Kästchen noch fester umklammert als vorher.
Auch ertönte ein leises Summen aus ihm, das immer lauter wurde.
„Ach, lassen Sie mich doch in Ruhe mit Ihrem Humbug aus der Schatulle, jetzt, wo wir ganz andere Schwierigkeiten haben", schimpfte der Captain, der immer noch nicht an die Kraft des rätselhaften Wesens glauben wollte.

Doch gleich sollte er sie ein für alle Mal zu spüren bekommen!

Kallimachos aber lächelte schon freudig erregt, und öffnete beherzt den Deckel der Schatulle.
Sofort schoß der leuchtend rote Lichtkegel von der Größe eines Tennisballs wieder heraus, fand sich sogleich auf der Stirn des Professors ein. Dort verharrte er nur einige Sekunden, sprang dann sofort auf die Stirn von Captain

Chesterfield über, der ihn entsetzt mit den Händen abzuwehren versuchte. Doch schon klebte er an seiner Stirn fest; der Captain wurde schlagartig ruhiger, stellte die hastigen Bewegungen ein. Meditierte.
Der Pilot betrachtete staunend das Schauspiel. Dann sprang das Lichtwesen auch auf seine Stirn, und ihm widerfuhr die gleiche Stimmung der Ruhe und der inneren Versenkung.
Kalinsky lächelte, wie verständnisinnig, und setzte sich schon in Positur, um den Leuchtpunkt auch auf seiner Stirn zu empfangen, was kurz darauf geschah.

Professor Kallimachos sagte mit gemessener Stimme zu den acht hinter ihnen sitzenden Wachsoldaten, die neugierig und heftig debattierend auf ihren Sitzen hin und her ruckelten: „Haben Sie keine Angst, meine Herren, das Wesen ist harmlos. Es will uns nur helfen. Leisten Sie bitte keinen Widerstand, wenn es sich gleich auf Ihre Stirn setzt, ich glaube zu wissen, was es mit uns vorhat ... Bitte haben Sie Vertrauen zu ihm, benutzen Sie bitte nicht Ihre Waffen, das würde alles zerstören, die ganze Prozedur zunichte machen. Sie haben mein feierliches Ehrenwort: Es passiert Ihnen nichts Schlimmes; der Beweis: Sie sehen ja, der Leuchtpunkt hat uns Vieren auch nichts angetan, wir sind O.K.", deklamierte der Professor, und die Soldaten wurden ruhig.

Die Leuchtkugel glitt sirrend nacheinander über die Stirn der acht Kämpfer des Sonderkommandos und setzte sich auf jedem Kopf nur kurz fest. Dann schweifte sie kurz in der Pilotenkanzel umher und nahm wieder Kurs auf Professor Kallimachos´ Schatulle, worin sie verschwand. Kallimachos klappte lächelnd den Deckel zu.

„Na, wie fühlen Sie sich?" fragte er den Captain.
„Ich ... fühle mich so leicht, so, als wäre ich ganz schwerelos", sagte Chesterfield wie in Trance.
„Ich habe mich noch nie so wohl gefühlt im Leben wie jetzt", berichtete der Pilot begeistert.
Die acht Soldaten bestätigten ähnliche Gefühle.
Kalinsky saß stumm, mit gefalteten Händen in seinem Sitz.
„Achtung, meine Herren, gleich beginnt die eigentliche Prozedur, haben Sie keine Angst", verkündete der kleine mausgraue Professor.
„Ich fühle mich plötzlich sehr komisch, da, sehen Sie, ich ... scheine mich aufzulösen", rief der Captain plötzlich erschrocken, und voller Verwunderung. Er betrachtete verblüfft, in höchster Erregung, seine durchsichtigen Hände.
„Ich auch", sagte der Pilot, dem das Gleiche widerfuhr.
Sein ganzer Körper war schon durchsichtig. Auch die Körper der übrigen Besatzung. Sie lösten sich in Nichts auf. Die Soldaten protestierten heftig, griffen mit ihren verschwindenden Armen um sich. Doch es gab nichts mehr, woran sie sich festkrallen konnten, denn ihre leuchtenden, lumineszierenden,

heftig gestikulierenden Gliedmaßen grapschten zwar ineinander, doch sie stießen nur auf Luft! Kein Widerstand wurde ihnen mehr geboten. Alle Körper verschmolzen ineinander in ein einziges, großes Lichtwesen. Kalinsky betrachtete seinen dahinschwindenden Körper und lächelte.
Ebenso Kallimachos.
„Es funktioniert, meine Herren, es funktioniert!" rief er begeistert.
Von ihm konnte man die Konturen nur noch vage erahnen. Und auf einmal waren alle Insassen verschwunden! Der Raumgleiter war total leer.

Gorskys Soldaten draußen vor dem Vehikel tobten und gaben die letzte Warnung an den Raumgleiter durch.
Sie forderten die Insassen auf, sich sofort zu ergeben, alle Waffen herauszuwerfen, und mit erhobenen Händen auszusteigen, andernfalls würden sie das Raumschiff stürmen. Als keine Antwort erfolgte, machte Gorskys Sonderkommando seine Drohung wahr und sprengte mit seinen Lasergewehren die Tür des kleinen Raumgleiters auf. Grenzenlos war das Erstaunen der Eindringlinge, als sie das Raumschiff total leer vorfanden.

Professor Kallimachos und Manfred Kalinsky landeten wie durch ein Wunder, durch den Versetzungszauber des Alien-Wesens, direkt in Helis und Waldemars gläserner Zuhörerkabine im Großen Verhandlungssaal der Allround-Corporation.
Aber merkwürdigerweise nur sie beide.
Captain Chesterfield, sein Pilot und die acht übrigen Soldaten des Geheimkommandos aus dem Raumgleiter blieben spurlos verschwunden.

Heli und Waldemar lagen derweil gerade auf dem Boden ihres Glaskastens, als sich Kallimachos und Kalinsky materialisierten. Sitzend, kauernd erschienen sie wie aus dem Nichts. Die beiden Männer schauten sich verwundert um. Kallimachos hielt seine Zauberschatulle immer noch mit beiden Händen fest umklammert. Seine Miene zeigte höchstes Erstaunen.
„Aber, das ... ist doch der Verhandlungssaal der Allround-Corporation", rief der kleine Mausgraue entgeistert aus.

Es war klar, dass etwas schiefgelaufen war in seiner Planung.

Kalinsky erhob sich von seiner Sitzhaltung am Boden, richtete sich zu seiner vollen Länge auf, ordnete kurz seine Kleidung, und sagte abgeklärt und lakonisch: „Verblüffend!"

Heli richtete sich ebenfalls auf und starrte bleich und verstört auf Kalinsky. Er half ihr auf, wie immer, in stoischer Ruhe.
„Hallo, meine liebe Herlinde, freut mich, Sie gesund und munter wiederzusehen", sagte er, als wenn nichts Besonderes geschehen wäre.
Sie ließ ihrer Kehle einen unterdrückten Schrei entfahren, wich zurück, und knallte mit dem Rücken gegen die gläserne Wand der Kabine.
Waldemar erhob sich sprachlos von der Erde und starrte stumm vor Staunen auf Kallimachos, der sich auch gerade mit seiner Schatulle vom Boden erhoben hatte, und dann auf Kalinsky.
„Herr Koordinator ...", sagte er wie unter Schock.

Beatrix Bohrschmand und Willibald Wastlhuber in ihrer gläsernen Überwachungskabine hinter Waldemar und Heli fuhren wie von der Tarantel gestochen von ihrer Sitzhaltung hoch und starrten auf das Durcheinander in der Box vor ihnen und unter ihnen.

Gorsky ebenso. Ein Tumult entstand im Sitzungssaal.

Ein riesiges Teleskop auf einem Vorsprung, dicht unter der Decke des Saales, fing an, sich auf seinem Uhrwerk-Gestell zu drehen. Der Raum wurde dadurch teilweise in dunkle Schatten getaucht.
Eine Photozelle reagierte, und die Rückkopplungsschaltung richtete das Teleskop auf das plötzliche Durcheinander in Helis Glaskasten aus, denn es reagierte auf die animierten Bewegungsmuster der umherwuselnden Personen. Durch diese wurde ein Alarm ausgelöst, und eine piepsende Sirene gab alle paar Sekunden einen dumpfen Ultraschall-Warnton ab.

Die Kameras der zahlreichen Journalisten aus aller Welt hatten auch alles aufgezeichnet und richteten ihre Objektive nun alle nur noch auf Helis und Waldemars Glaskasten. Die chinesischen Delegierten sprangen alle auf und liefen zu den Vieren in der Box.
„Da ist ja der Professor Kallimachos ... und: Kalinsky!" rief Gorsky bestürzt.
„Aber wie? ... Habt ihr das ... das auch gesehen – was ich gesehen habe?" fragte Gorsky seine Leute und alle starrten weiterhin nur voller Bestürzung auf den Glaskasten.
„Wo ... wo ... kommen Sie so plötzlich her? Das ... das ... das ist doch nicht möglich, meine Nerven müssen mir einen Streich spielen", stammelte Heli schrill und tastete mit den Händen in Zeitlupe nach Kalinsky.
„Und was bedeutet ... dieser rote Leuchtpunkt da auf Ihrer Stirn?" fragte Herlinde, die nahe dran war, ohnmächtig zu werden, weil sie einfach nicht in der Lage war, das unglaubliche Geschehen mental zu verarbeiten.
Kalinsky hastete mit einem Satz zu ihr hin und nahm sie beruhigend in seine starken Arme.

„Keine Angst, Heli, ja, es ist etwas Unglaubliches geschehen; mit uns, ich erkläre es Ihnen gleich, aber erst einmal müssen wir hier raus", sagte er und starrte mit Herlinde im Arm nach draußen durch die Glaswand.
„Nein!" schrie da Kallimachos entsetzt zu Kalinsky.
„Sie bleiben alle hier drinnen, verstanden?" gebot er apodiktisch.
„Sonst sind wir alle verloren", ergänzte der kleine Mausgraue, riss panikartig den Deckel der Schatulle hoch und sagte: „Augenblick, ich glaube, ich weiß, was passiert ist; ich beginne zu ahnen, was das Wesen vorhat", sagte er hastig und Kalinsky starrte auf den roten Leuchtpunkt, der sich aus der Schatulle erhob.

Im Hof des Frauengefängnisses von Heliopolis-Ost, Terra Nova, im Dienstraumgleiter von Egmont von Reitzenstein, 16. September, 9 Uhr 50:

„Das sind doch ... Kalinsky und Professor Kallimachos, dort in der gläsernen Kabine, bei Heli und Waldemar Koslowski", sagte Egmont von Reitzenstein.

„Was tun sie denn da drinnen?" fragte er ungläubig und erstarrt vor lauter Ratlosigkeit seinen Chauffeur, den Engländer Gordon Jenkins.

„Aber Sie haben ja gar nicht miterlebt, wie die beiden dort überhaupt erst reingekommen sind, Chef! ... Euer Exzellenz", sagte Jenkins verwirrt und bestürzt; „aber ich habe es gesehen, Chef! Plötzlich sind die beiden Männer wie aus dem Nichts sitzend in der Glaskabine erschienen, ich kann es beschwören, es ist unglaublich, Chef, Sie glauben mir doch?" fragte Jenkins atemlos.
„Was sagen Sie da, Jenkins?" fragte Egmont am Ende seiner Verstandeskräfte.
„Haben Sie sich etwa betrunken?" fragte er drohend.
„Aber nein, Chef, ich schwöre es Ihnen! ... Sie sehen doch aber auch, dass alle anderen Menschen dort in der Allround-Corporation ebenfalls denselben ... starren Gesichtsausdruck haben, das ist doch der Beweis, dass ich nicht lüge", verteidigte sich Gordon Jenkins vehement.

Kalinsky begriff als Erster, was der Professor andeutete und ließ Herlinde Kopter los.

„Hören Sie mir jetzt gut zu, meine liebe Herlinde", sagte er eindringlich, „ich weiß, dass dies alles über Ihren Verstand gehen muss, aber bitte, vertrauen Sie trotzdem meinen Worten, ja? Der rote Leuchtpunkt aus Professor Kallimachos' Schatulle wird sich jetzt mit großer Wahrscheinlichkeit gleich auch an Ihre Stirn heften; haben Sie keine Angst, es tut nicht weh", schärfte er Heli ein.
„Denn dies ist ein außerirdisches Phänomen, das uns allen gleich widerfährt – haben Sie keine Angst, Heli, das ist tatsächlich ein fremdes Wesen aus einer anderen Welt, ein Alien! Doch er will uns helfen, uns von hier fortbringen, uns aus dieser augenblicklichen Zwangslage befreien", deklamierte Kalinsky vehement.
Die Blonde betrachtete mit verklärter Miene die in der Kabine herumschwirrende Leuchtkugel und wich wieder mit fahrigen Bewegungen mit dem Rücken an die Glaswand zurück, bis sie anstieß. Ohne die Leuchterscheinung aus den Augen zu lassen.
Und ohne Heli aus den Augen zu lassen, fragte Kalinsky den Professor: „Aber was ist mit Captain Chesterfield und seinen Männern passiert, Professor? Sie sind ja gar nicht hier bei uns? Haben Sie eine Ahnung, wo die zehn Männer gelandet sein könnten?" fragte er im Ton der höchsten Beunruhigung.
„Ja, aber davon erzähle ich Ihnen später, sobald auch wir in Sicherheit sind", sagte der Professor voller Unruhe.
„Jetzt ist dazu keine Zeit!"

Der rote Leuchtpunkt hatte Heli geortet und flog tatsächlich auf ihre Stirn. Dann löste er sich wieder und nahm sich Waldemar Koslowski vor.

Verstört sah sich Gorsky das seltsame Lichtspiel an, dann endlich reagierte er, sprang auf und befahl seinen Wachen, den Glaskasten zu stürmen.

„Nehmt sie alle sofort fest, ich will sie haben, alle vier!" wiederholte Gorsky.

„Das ist ja die reinste Zauberei, es ... es ist diese Schatulle, die dahinter steckt!" schrie er und erkannte in dem Augenblick den richtigen Zusammenhang der Dinge.

„Die Kallimachos gerade in seinen Händen hält, oh, ich Idiot!!!"

Vor dem Bildschirm in seinem Dienstfahrzeug in Heliopolis hörte Egmont von Reitzenstein zeitgleich den Ausruf von Gorsky im Sitzungssaal der Allround-Corporation:

„Die Schatulle!" schrie auch er den Bruchteil einer Sekunde später als Gorsky auf.

Blitzartig durchzuckte den Staatschef von Terra Nova die bittere Wahrheit.

„Das ist doch die angebliche Schmuckschatulle von Herlinde Kopter, die dieser berühmte Gelehrte für alte Schriften aus Griechenland da in den Händen hält!" rief auch Egmont verbittert aus.

„Dieselbe Schatulle, die ich der halb bewusstlosen Heli damals bei ihrer Abschiebung nach Berlin hier am Weltraum-Airport in Heliopolis selbst in die Hand gedrückt hatte, ich Idiot! Von wegen Schmuckschatulle!" schalt er sich selbst einen Narren.

„Mein Bruder Gerold hat mich betrogen! Arglistig hinter das Licht geführt hat er mich! Er wusste genau, was für eine übersinnliche Bewandtnis es mit der Schatulle auf sich hatte, daher hatte Gerold so sehr darauf bestanden, dass Heli sie zurückbekam! Er wollte, dass der Zauberkasten nach Berlin zurückkehrt, weil mein Bruder dann hoffte, ihn Heli dort wieder abnehmen zu können, falls er auch von mir dorthin abgeschoben würde, und ich habe es getan, ich Narr!" schimpfte Egmont unbeherrscht und haute mit den Fäusten auf den Bildschirm.

Sein Chauffeur Jenkins verstand nichts. Verwirrt blickte er seinen Chef an. „Was denn, Sie kennen diese Schatulle?" wiederholte er erstaunt, und versuchte immer noch, sich die Zusammenhänge zusammenzureimen.

Gorskys Sicherheitsdienst im Verhandlungssaal in Berlin derweil hatte den Glaskasten umstellt. Mit Knüppeln und Drohungen droschen sie auf das stabile Per-Plexiglas ein.

Hastig gab Professor Kallimachos seinen drei Freunden in der Glaskabine die letzten Anweisungen. Denn der erneute Zeit- und Raumversetzungsprozess stand vor seinem unmittelbaren Abschluss. Heli und Waldemar hatten nun beide den leuchtenden Punkt auf der Stirn und umarmten sich instinktiv. Die Leuchtkugel ließ von ihnen ab und schwirrte wieder in der Kabine umher. Professor Kallimachos hielt die Schatulle für sie auf.

Plötzlich teilte sich der rote Lichtball in zwei Kugeln!

Eine davon flog in die Schatulle zurück, und Kallimachos schloss den Deckel. Die andere Kugel sah der kleine mausgraue Professor noch einen Moment in der Glaskabine herumschweben. Sie schien etwas zu suchen.
„Aha, der Ausgang!" rief der Professor lächelnd.
Die tennisballgroße, rote Leuchtkugel hatte ihn gefunden: Sie entwich durch die Lüftungsklappe des Glaskastens, stieg steil nach oben und schwirrte an der Decke des Verhandlungssaals entlang, machte sich durch den Raum davon mit unbekanntem Ziel.
Das große Teleskop nahm die rote Lichterscheinung ins Visier.
Alle Anwesenden, die Chinesen, Gorsky und seine Wachen verfolgten den Leuchtpunkt fasziniert mit den Augen, bis er völlig ihrer Sicht entschwunden war.
Kallimachos steckte die Schatulle in seine Rocktasche zurück und rief dem Leuchtpunkt nach: „So ist es recht, meine Gute, mach´ deine Sache gut!" Dann blickte er wieder nach Heli und Waldemar, die sich wie in Trance bei den Händen hielten.
Da hatte Kallimachos eine Idee.
„So ist es gut, kommen Sie, Herr Kalinsky, greifen auch Sie meine Hand, und dann fassen wir beide zur Sicherheit auch noch Heli und Waldemar an", sagte der Professor geschwind.
„Wir Vier müssen eine Kette bilden, einen geschlossenen Kreislauf, dann klappt vielleicht alles so, wie ich es vorgesehen habe", sagte Kallimachos erregt.
„Denn wir wollen doch alle vier am selben Ort ankommen, nicht wahr?"
„Und wenn wir uns nicht alle vier bei den Händen halten, dann werden wir eventuell wieder räumlich und zeitlich getrennt", mahnte der Professor voller Aufregung.
Und schon fassten sich alle vier bei den Händen.
Sie wurden durchsichtig.
Man konnte schon bald die Gegenstände aus der Glaskabine durch ihre verschwommenen Körper hindurchsehen. Die Sitze. Die Polster. Die Mikrofone.
Heli sagte: „Oh, Waldo! ... Wir lösen uns auf wie Seifenblasen!"

Im nächsten Augenblick waren sie verschwunden.

Der Glaskasten stand menschenleer da.

Egmont von Reitzenstein in Heliopolis erstarrte vor seinem Raumgleiterbildschirm.

„Wahnsinn, Jenkins, Sie hatten Recht!" rief er aus und zuckte zusammen.
„Alle sind verschwunden, wie von Geisterhand berührt! Jetzt glaube ich Ihnen, Jenkins! ..."
„Sehen Sie, Chef, ich habe es Ihnen ja gesagt!" sagte Jenkins triumphierend.
Dann schüttelte sich Egmont und besann sich.
„Aber nein, das, was wir eben gesehen haben, kann doch nicht real sein, das kann doch nicht wirklich passiert sein", versuchte er sich zu überzeugen.

„Das war bestimmt nur eine Illusion, ein magischer Trick von Gorsky, eine geschickte optische Täuschung, um mich einzuschüchtern; darauf falle ich nicht rein!" sagte er aufgebracht.
„Aber Chef, es war doch kein Trick", beharrte Jenkins.
„Aber wie dem auch sei, ich muss sofort meine Koffer packen, meine Herrschaft ist mit dem heutigen Tag zu Ende hier oben in Heliopolis. Adieu, teure Heimat", sagte er traurig.
„Fahren Sie mich sofort in meine Villa, Jenkins, ich muss noch einiges mitnehmen ..."
Jenkins war entsetzt.
„Sie wollen fliehen, aber wohin? Und was ist mit Ihrer Nichte Marion?"
„Ich weiß nicht ... Nach Terra Nova II, denke ich ... Und Marion? Tja, keine Ahnung, sie wird hierbleiben müssen, ich habe gerade eine handfeste Auseinandersetzung mit ihr gehabt", gestand er und erzählte ihm alles.
Jenkins meinte auch: „Chef, ich habe Sie bisher immer respektiert, aber das können Sie nicht tun, das ist grausam, das ist Verrat, da mache ich nicht mit!
„Wenn wir fliehen, kann Marion morgen schon tot sein!" warnte Jenkins.
Gehen Sie zurück ins Gefängnis, wir holen wenigstens Marion da heraus, ich helfe Ihnen auch dabei, ich begleite Sie, dann fliehen wir drei gemeinsam", sagte der mutige Ehrenmann Jenkins und packte seine Laserpistole.
Egmont wies ihn autoritär zurecht: „Sind Sie wahnsinnig geworden, Mann? Wir haben keine Chance, Marion da lebend herauszuholen, bei dem schwer bewaffneten Wachpersonal! Und im Übrigen haben Sie mir zu gehorchen, verstanden? Wir können von Glück sagen, wenn wir beide noch lebend aus Heliopolis herauskommen!"
„Los, Abfahrt, Mann!"
Und Egmont richtete seine eigene Laserwaffe auf seinen Chauffeur, den er dadurch zum Abflug nötigte. Und schon brausten sie davon.

Berlin, Allround-Corporation, Verhandlungssaal:

Sehr spät reagierte der konsternierte Gorsky.

Endlich ließ er seine Soldaten auf den leuchtenden Ball an der Decke feuern.
„Haltet mir diese Lichtkugel auf, Feuer!" sagte er barsch, als das Leuchtphänomen schon beinahe aus dem Raum verschwunden war.
Er hatte Glück, dass die Lichterscheinung über ihre Köpfe zurückschwebte, weil sie keinen Ausgang fand. Gudrun und Gerold starrten fasziniert nach oben, wie alle anderen auch.
Die Laserpistolen der Wachen kamen zum Einsatz. Ein ganzes Lichtbündel traf den roten Leuchtball, der irritiert kurz in der Luft stehenblieb, reglos verharrte, wie festgefroren. Doch die Strahlen konnten ihm nichts anhaben. Sie zischten durch die Erscheinung hindurch.
Die Kugel setzte sich wieder in Bewegung und nahm rasant an Fahrt auf. Da ließ Gorsky altertümliche Maschinengewehre holen und gegen sie einsetzen, doch die Kugeln knatterten ebenso durch das Lichtwesen hindurch, ohne es aufzuhalten oder zu verletzen.
Die vielen hundert Menschen im Saal gingen schreiend in Deckung. Wieder fand die Kugel die Klappe eines Lüftungsschachtes, weit oben an der Decke, und verschwand in der Öffnung.
„Feuer einstellen"; befahl Gorsky.

Gorsky starrte mit zerzausten Haaren, schwitzend nach oben.

„Was hat er nur vor, der Leuchtpunkt?" fragte er laut in den Saal hinein.
„Wo will er jetzt noch hin?"
Er schaute in die Menge. Er fuhr herum.
„Oh, ich weiß, zum „Gewissen"!" schrie er.
„Oder zum Arrestraum des amerikanischen Präsidenten! Das muss unter allen Umständen verhindert werden!"

Er gab Alarm.

Alle Wachmänner rannten aus dem Saal, der Leuchtkugel nach. Gorsky rannte zu den Soldaten, die die leere Glaskabine untersuchten. Sie hatten die Tür geöffnet.
„Alles leer, Chef, es ist ... gespenstisch", sagte der Hauptwachmann Willibald Wastlhuber mit starkem bayerischem Akzent, denn in der Aufregung sprach er wieder hemmungslos in seinem Heimatdialekt, ohne das zu bemerken.

Auch Beatrix Bohrschmand war völlig ratlos und lief unruhig in der leeren Box hin und her. Untersuchte die Einrichtung. Ebenso der konsternierte chinesische Außenminister.

„Sie haben es selbst gesehen, lieber Freund", sagte Gorsky ratlos zu dem Chinesen.

„Einfach verschwunden sind die Vier, paff! ..."

Gorsky sah zum Lüftungsschacht des Saales hinauf.

„Oje, endlich ist es geschehen, kurz vor dem magischen Jahr 3000! ... Endlich haben wir ein außerirdisches Wesen entdeckt, zum ersten Mal in der Geschichte der Menschheit; und es hat ungeheure, magische Kräfte", sagte Gorsky zu der chinesischen Delegation, die aufgeregt palavernd die leere Box umstand.

Der Dolmetscher übersetzte hastig Gorskys Worte ins Mandarin-Chinesisch.

„Und das Schlimmste: Es scheint gegen uns zu sein, das Lichtwesen", sagte Gorsky mutlos und schwitzend.

„Es kann Menschen durch Raum und Zeit transportieren, wie im Film; und es hat Heli, Waldemar, Kalinsky und Kallimachos wahrscheinlich gerade an einen anderen Ort versetzt. Wer weiß, was es sonst noch alles kann. Wenn es dieser außerirdischen Kraft auch noch gelingt, zum amerikanischen Präsidenten vorzudringen, und ihn und seine Sicherheitsberater aus unserem Gewahrsam holt und alle nach Amerika zurücktransportiert, dann haben wir alle Trümpfe verloren, ja, dann ... sind wir wirklich verloren", sagte Gorsky zu seinen chinesischen Verbündeten.

„Dann haben die Amerikaner vermutlich bald diese Schatulle in ihrem Besitz und werden auf einen Schlag wieder zur mächtigsten Nation der Erde", sagte Gorsky düster.

„Dann können sie uns alle Bedingungen der Welt diktieren ..."

Der chinesische Außenminister nickte düster und redete fahrig und aufgeregt auf Gorsky ein.

„Was sagt er? Los, übersetzen Sie schon", drängte Gorsky seinen Dolmetscher, der mit der schweren Arbeit gar nicht mehr nachkam.

„Na, los, metschen Sie schon doll, Mann! ..."

Der Chinese ließ Gorsky ausrichten, er solle nicht untätig herumstehen, sondern sich lieber nach den Fortschritten seiner Wachleute erkundigen. Ob die Amerikaner noch da seien.

Gorsky nickte, da kamen die Wachen auch schon zurückgelaufen. Atemlos berichtete Willibald Wastlhuber seinem Chef Gorsky: „Zu spät, Euer Exzellenz, alle Amerikaner sind spurlos aus ihrem Arrestquartier verschwunden, auch der Präsident, wie befürchtet, es tut mir sehr Leid, Chef", sagte der stämmige Bayer und senkte den Kopf.

Gorsky war erledigt.

„Oh nein, aber das war ja zu erwarten; aus der Traum, jetzt sitzen wir schön in der Tinte", sagte er und fuhr sich mit der Hand über das Gesicht.

Erschöpft ließ sich Gorsky in einen Sessel fallen. Beatrix Bohrschmand trat tröstend zu ihm hin und fragte mitfühlend: „Übrigens, Chef, glauben Sie eigentlich, dass auch die vier großen „K" von dem Lichtwesen nach Amerika versetzt worden sind?"
Gorsky lächelte schief.
„Was für eine Frage, natürlich, wohin denn sonst?" sagte er resigniert.

„Chef, dieser Außerirdische scheint aber nur diesem griechischen Professor zu gehorchen", sagte jetzt Willibald Wastlhuber zu dem zusammengesunkenen Gorsky.
Der hob bräsig den Kopf zu ihm hin.
„Ja und?"
Der Hauptwachmann und Sicherheitschef meinte lächelnd: „Vielleicht ist dieser Bazi von einem Professor aber sehr eigensinnig und lässt die Amis nicht ran an seine Schatulle; vielleicht kriagt sich die Saubande also gehörig in die Haar, und dann ist des unsere Chance, Chef, wenn sich Kallimachos und die Amis zerstreiten und entzweien, dann haben wir unsere Rua, was moanans dazu? Denn die Amis können ja wohl net den Professor zwingen, für sie den Außerirdischen gefügig zu machen in ihrem Sinne, oder?"
Gorsky war begeistert von dieser Anmerkung.
„Bravo, das ist eine gute Überlegung, mein lieber Willibald", meinte er.
„Vielleicht haben wir so ja wirklich noch eine Chance".
Er sah wieder zuversichtlicher aus.

„Meine Güte, Chef: Und das „Gewissen"? Ob das fremde Wesen auch schon dort in unser Computersystem eingedrungen ist?" fragte Beatrix nun besorgt.
„Ach du meine Güte, das habe ich ganz vergessen", sagte Gorsky.
Er ließ sich mit dem Untergeschoss verbinden. Nach ein paar Minuten kam die Antwort von der geflüchteten Wache.
„Ja, Euer Exzellenz, und die geteilte Lichtkugel hat sich vorhin nochmal geteilt. Ich habe es selbst gesehen. Und der neu entstandene Lichtball ist sofort zum „Gewissen" geschwebt, und in die Elektronik eingedrungen. Ich schätze, er programmiert den Supercomputer gerade um ... Wenn er dazu imstande ist, Chef"; schränkte der Wachtposten tröstend ein.
„Das fehlte noch", rief Beatrix verärgert aus.

„Chef, Sie müssen sofort den Befehl geben, den Computerkomplex zu zerstören, mitsamt dem Ableger des Alien da drin, dann sind wir den außerirdischen Saboteur los", rief sie begeistert aus.
Doch Gorsky dämpfte den Optimismus der jungen Agentin.
„Langsam, langsam, meine liebe Beatrix", wehrte er ab.

„Erstens kann man diesen Alien mitsamt all seinen Ablegern aller Wahrscheinlichkeit nach gar nicht vernichten, selbst wenn man das ganze

Untergeschoss in die Luft jagt. Sie haben ja selbst miterlebt, wie resistent er ist, selbst gegen unsere stärksten Lasergewehre. Er würde sicherlich überleben, und wäre durch die rohe Gewaltanwendung nur noch negativer gegen uns eingestellt", meinte Gorsky ruhig.

„Und wir hätten in diesem Fall völlig umsonst unser „Gewissen" zerstört ...

Zweitens: Wer sagt denn überhaupt, dass dieser Ableger des Alien uns feindlich gesinnt ist? Es ist ein geteiltes Wesen, also ein neues Wesen, und vielleicht hat das einen ganz anderen Charakter als die Originalkugel, hm?" fragte Gorsky lächelnd.

„Das ist mitunter wie bei Brüdern: Auch da hat jeder ganz andere Eigenschaften und Ansichten", wagte der „kleine Stalin" den mutigen Vergleich.

Beatrix Bohrschmand stimmte ihrem Chef sofort begeistert zu.

„Wahnsinn, Chef, Sie sind einfach genial in Ihren Überlegungen", himmelte sie ihn lobend an.

„Ich wünschte, ich hätte Ihre Logik", sagte sie schwärmerisch.

Gorsky lächelte ihr sanft zu.

„Lassen wir diesen Ableger also erst mal ruhig seine Programmierung durchführen", schlug er vor.

„Er scheint immerhin nicht aggressiv zu sein, sonst hätte er uns längst angegriffen und kaltgestellt", sagte Gorsky.

„Ja, das stimmt", bestätigte nun auch eifrig der chinesische Außenminister, der sich alles übersetzen ließ.

„Ich bin sicher, dieser neue Alien wird bestimmt dazu zu bewegen sein, mit China und Deutschland zusammenzuarbeiten, in Frieden und Harmonie", meinte der Chinese sanft.

„Denn auch wir Chinesen sind ein friedliches Volk und wollen mit allen neu entstehenden Staaten und Ländern künftig in Eintracht und Freundschaft leben, auch mit Amerika", bekräftigte der Chinese.

„Denn auch unser neues, chinesisches, sozialistisches Herrschaftsmodell hat sich positiv weiterentwickelt in den vielen Jahrhunderten der Apathie zwischen unseren Kontinenten", meinte der Außenminister lächelnd.

„Wir haben aus unseren Fehlern der Vergangenheit gelernt. Wir haben sogar wieder einen Kaiser von China. Er repräsentiert unseren Staat und unser Volk und alle achten einander in Liebe und Freundschaft", sagte der chinesische Außenminister, dessen Gesicht eine sagenhafte Güte und Weisheit ausstrahlte, mitsamt einer echt empfundenen Demut vor dem neuen Alien beim „Gewissen".

Er verneigte sich vor den Anwesenden und sagte zum Abschluss seiner kurzen Rede: „Wir alle, meine guten Freunde und Partner, können von diesem Alien nur lernen. Das ist die Chance, auf die wir alle, nicht nur die Wissenschaftler,

schon so lange gewartet haben: Endlich einmal Kontakt mit einer außerirdischen Intelligenz aufnehmen zu können ... zu unser aller Wohl!"
Auch Gerold und Gudrun von Reitzenstein, die gebannt dem Vorschlag des chinesischen Außenministers gelauscht hatten, waren begeistert.
„Wunderbar, dann kann ich ja jetzt mit meiner Tochter sofort damit anfangen, einen solchen neuen Staat der uneingeschränkten Harmonie in Heliopolis zu errichten", schlug Gerold vorwitzig vor und sah Gorsky erwartungsvoll an.
„Oh, ja, lieber Freund, das können Sie, denn ich habe eben erfahren, dass Ihr Bruder Egmont seinen Präsidentenposten bereits niedergelegt hat, wie erwartet ... Er ist Hals über Kopf aus Heliopolis geflohen. Mit einem Raumgleiter; unterwegs in unbekannte Gefilde", sagte er lächelnd.
„Mit Marion? Hat er meine Schwester mitgenommen?" fragte Gudrun gespannt.
„Nein, er hat sie im Gefängnis von Heliopolis schmoren lassen", sagte Gorsky lachend.
„Gemein, was?"
„Was? Diese Verräterin ist also noch auf Terra Nova? Ah, das ist gut, dann kann ich morgen schon mit ihr abrechnen", sagte Gudrun mit grausamem Lächeln um die Mundwinkel und mit glühenden Augen.
Der chinesische Außenminister schaute beunruhigt drein, denn er hatte vorab bereits die Kampfstimmung in der Mimik der jungen Frau erkannt, auch wenn er nicht sofort ihre Worte verstanden hatte. Sofort ließ er sich Gudruns Hasstirade vom Dolmetscher ins Chinesische übersetzen.

Da kam der Außenminister von China missbilligend mit erhobenem Zeigefinger lächelnd auf Gudrun zugeschritten und sagte sanft: „Warum wollen Sie unbedingt Rache nehmen an Ihrer Schwester, junge Frau? Sie ist doch schon mit 15 Jahren Gefängnis bestraft worden, wieso wollen Sie also mit ihr abrechnen?" fragte er weise und tätschelte ihre Hand.

„Ja, da haben Sie ja eigentlich Recht, Herr Außenminister", sagte Gudrun mit plötzlicher Begeisterung und lächelte auch.
„Ja, morgen werde ich gleich bei unserer Ankunft in Heliopolis Marions Zelle aufsuchen und mich an ihrer verdienten Lage gütlich tun; ich werde jeden Monat einmal in ihren Kerker eintreten und ihr lächelnd ihre verdiente Strafe vor Augen führen. Das allein ist meine schönste Rache, die ich an meiner unwürdigen Schwester nehmen werde. Sie sind ja so intelligent, bravo, Herr Minister", lobte ihn Gudrun und wollte ihn umarmen.

Doch dieser erteilte ihr stirnrunzelnd eine Abfuhr.

„Rache, Rache, immer nur sprechen Sie von Rache, junge Frau; Ihr Herz ist schon ganz vergiftet davon", tadelte der Chinese.

„Nein, nein, ich wollte nur sagen, ich werde Marion von Zeit zu Zeit an ihre Schandtaten erinnern, wenn ich in ihre Zelle trete“, sagte Gudrun beschwichtigend.

„Sie werden nichts dergleichen tun“, suggerierte der Chinese.

„Sie werden vielmehr morgen die Gefängniszelle Ihrer Schwester aufsuchen, und ihr vergeben. Dann werden Sie ein klärendes Gespräch mit Marion führen und sie begnadigen, und Ihre Schwester in Ihrer grenzenlosen Großmut freilassen, denn ein neues Zeitalter der Harmonie ist angebrochen“, sagte der Außenminister feierlich.

Gudrun meinte, nicht recht gehört zu haben.

„Was sagen Sie? Ich soll Marion vergeben, sie freilassen? Das ist doch wohl nicht Ihr Ernst? Niemals werde ich das tun“, schimpfte Gudrun und ballte die Fäuste.

„Doch Gudrun, du wirst es tun“, unterbrach sie ihr Vater Gerold.

„Du wirst dich jetzt endlich mal beherrschen“, gebot er.

Gudrun fuhr entgeistert zu ihm herum.

„Aber Vater! ... Ich soll ihr die Strafe erlassen, nach allem, was Marion uns beiden angetan hat?“ fragte sie verzweifelt.

„Sie wollen immer nur Rache, mein Fräulein“, sagte der Chinese streng, „aber Rache ist das armselige Vergnügen von Kleingeistern und Leuten mit niedriger Gesinnung ... Vergeben heißt die vornehme Tugend des weisen Mannes“, ermunterte sie der Chinese lächelnd.

„Denn was hat Ihnen Ihre Schwester schon angetan, frage ich Sie, liebe Gudrun? Sagen Sie es mir, bitte!“ raunte ihr der abgeklärte Theoretiker ins Ohr.

Gudrun blickte den gütigen Asiaten böse an.

„Sie ... sie ... hat mich gedemütigt, als sie mich von meiner Heimat verbannte, von Heliopolis nach Berlin zu unseren Feinden abschob, wie ein räudiges Tier hat sie mich behandelt“, sagte Gudrun weinerlich.

„Mich, mich, immer nur Sie, immer sprechen Sie nur von sich, wie egoistisch von Ihnen, Sie sind so ich-bezogen, junge Dame“, klagte der Chinese, „als ob Ihrem Vater nicht das Gleiche widerfahren wäre wie Ihnen! Aber denken Sie an ihn, an seine Gefühle?“ tadelte der Außenminister die Haltung von Gudrun.

„Nein, das tun Sie mitnichten. Aber Ihr Vater ist weitaus weiser als Sie, junge Dame, er will keine plumpe Rache nehmen an Marion. Er hat ihr schon vergeben“, sagte der Chinese wohlwollend und verneigte sich vor Gerold.

„Ja, hör auf ihn, Gudrun, er hat Recht, du wirst tun, was der Herr Außenminister sagt, hörst du, ich befehle es dir: Morgen wird Marion begnadigt werden, und wehe, du machst eine Szene", wurde Gudrun nun von ihrem Vater abgekanzelt wie ein Schulmädchen.

Sie wand sich in Schreikrämpfen.

„Nein, nie, dieses Biest ... soll ich freilassen, das ist undenkbar! Sie ist gefährlich, sage ich euch!" rief Gudrun und packte ihren Vater beim Jackenaufschlag.
„Wenn Marion erst wieder frei herumlaufen darf, dann wird sie wieder etwas anstellen, dann wird sie sich an uns rächen, Papa!!! ... Ich sage dir, diesen Schritt wirst du noch bereuen, Papa, denk´ an meine Worte", schimpfte sie unbeherrscht und sah auch den Chinesen tadelnd an.
„Rache, Rache, nichts als Rache, immer sprechen Sie nur von Rache", sagte der asiatische Minister anklagend zu Gudrun
„Überall sehen Sie nur Rache, dabei hat Ihre Schwester Ihnen kein unsagbares Leid angetan, was nicht mehr gutgemacht werden kann ... Sie hat Sie nicht foltern lassen, nicht Ihre Gesundheit ruiniert, Sie nicht jahrelang gefangen gehalten; Sie wurden dadurch nicht Ihrer Jugend beraubt, nur kurz ausgewiesen aus Ihrer Heimat. Gut. Und warum? Weil Sie schließlich auch kein Unschuldsengel sind, liebe Gudrun", sagte der Chinese lächelnd.
„Ich, was habe ich denn getan?" verteidigte sich Gudrun wütend und sah den würdigen Minister fragend an.
„Nichts, aber Sie wollen etwas zun: Nämlich das Leben Ihrer Schwester zerstören, indem Sie ihr 15 Jahre ihres kostbaren Lebens rauben wollen, für eine Lappalie", sagte der Chinese streng.
„Lappalie?"

Gudrun schäumte nun vor unverstandener Wut.

„Und noch etwas: Schließlich habe nicht ich Marion zu den 15 Jahren verurteilt, sondern der Hohe Weltraumrat von Heliopolis, bringen Sie das bitte nicht durcheinander, denn das ist ein riesengroßer Unterschied, mein verehrter Herr Außenminister", tobte die kurzhaarige Hysterikerin.
„Gudrun, ich befehle dir, dich sofort zu beherrschen", wiederholte ihr Vater scharf.
„Aber Sie billigen sie, die 15 Jahre Strafe für Ihre Schwester, geben Sie es zu: Sie freuen sich darüber, ich sehe Ihre bösen Gedanken", sagte der Chinese.
„Das ist nicht gut für Ihr Seelenheil ..."
Gorsky lachte.

Der chinesische Außenminister lachte plötzlich vergnügt und fasste Gudrun wieder bei den Händen, sah ihr sanft in die Augen.
„Aber, aber ... Ich kann einfach nicht verstehen, wie Sie Ihre kostbare Zeit so sehr mit kleinlichen Rachegelüsten verschwenden können, junge Maid, anstatt

ehrfürchtig des großen Wunders zu gedenken, dessen wir heute Zeuge
geworden sind", sagte der Chinese feierlich.
„Was ... was meinen Sie damit?" fragte Gudrun stammelnd.
„Na, ich meine natürlich den Alien, oder seinen Ableger davon, der Zuflucht
in Ihrem Computer gesucht hat", meinte der Chinese lächelnd.

„Es war übrigens sehr weise von Ihrem Staatschef, Herrn Gorsky, den Alien-
Ableger nicht zu reizen oder ihn gar anzugreifen; so können wir immerhin
hoffen, mit ihm zu kommunizieren, zu einer Verständigung zu kommen, wie
ich Ihnen vorhin schon sagte ... Denn ich muss es noch einmal wiederholen,
vor allem für Sie, junge Dame, weil Sie sich gar nicht bewusst zu sein
scheinen, welch ein welthistorisch einmaliges Ereignis wir heute in Ihrer
Hauptstadt Berlin bestaunen durften. Den Alien! Denn er ist ein technisches
Wunder, das Sie gar nicht im rechten Ausmaß zu schätzen wissen, mit Ihren
Rachegedanken", sagte der Chinese mit gemessener Stimme.

„Und dasselbe Wunder, das wir vorhin mit Professor Kallimachos´ Alien aus
der Schatulle erlebt haben, kann sich eventuell auch für uns mit unserem
„eigenen" Alien wiederholen, wenn es mir zum Beispiel gelänge, diesen
Lichtwesenableger aus dem „Gewissen" herauszulocken und wenn ich ihn
auch in einer Art von Schatulle einfangen könnte. - Ja, meine Damen und
Herren, ich werde versuchen, uns diesen Alien dienstbar zu machen, wie es
Professor Kallimachos mit seinem Alien getan hat", schlug der Chinese vor.
Alle Anwesenden machten erstaunte Gesichter.
„Ja, vielleicht schon morgen, wenn unser Alienableger das „Gewissen" neu
programmiert hat, dann werde ich schon einen ersten Annäherungsversuch
wagen, mit ihm in Kontakt treten", erbot sich der Chinese.

„Sie, Herr Außenminister?" fragte Beatrix Bohrschmand erstaunt.

„Trauen Sie sich das denn zu?" fragte sie voller Anspannung.

„Ja, denn ich bin nämlich in der Lehre des Zen-Buddhismus bewandert, liebe
Freunde, war lange Zeit Zen-Mönch, seit meiner Jugend; ich beherrsche die
Lehre der Meditation, die Übung der sitzenden Kontemplation, die mystische
Versenkung und die intuitive Erleuchtung des Geistes", sagte er lächelnd.
„Ich glaube daher also, eventuell dazu befähigt zu sein, mit diesem fremden
Wesen zu kommunizieren, eventuell sogar, seine Gedanken lesen zu können,
genauso, wie das Professor Kallimachos mit seinem Wesen aus der Schatulle
zu tun imstande ist", sagte er feierlich und faltete die Hände.
„Halten Sie es etwa für möglich, dass auch „unser" Alien die Fähigkeit hat,
Menschen an andere Orte zu versetzen?" fragte Beatrix fasziniert und sah ihn
strahlend an.

„Uns alle hier zum Beispiel? Könnte der Alien auch uns nach Amerika zaubern? Könnten wir genauso verschwinden wie Heli und Waldemar?" fragte sie elektrisiert.
„Warum nicht?" sagte der Außenminister lächelnd.
„Ich werde versuchen, auch das gleich morgen herauszufinden", versprach er.
„Großartig", sagte auch Gorsky ergriffen.
„Es ist auf alle Fälle einen Versuch wert", sagte er voller Euphorie.

„Wird sich dann auch ein roter Punkt auf Ihre Stirn einbrennen?" fragte Gudrun, die ihre Rachegedanken gegen Marion plötzlich vergessen hatte, mit begeistertem Gesichtsausdruck den Chinesen.
„Das wird sich dann zeigen. Das wäre vermutlich das Ergebnis einer gelungenen Kontaktaufnahme", sagte er mit monotoner Stimme.
„Aber wie schon Ihr verehrter Herr Koordinator vorhin gesagt hat: Dieses Wesen, also dieser Alien, wie wir ihn genannt haben, kann anders geartet sein als das Lichtwesen aus Professor Kallimachos´ Schatulle", schränkte der Asiate ein.
„Möglich ist natürlich auch, dass es gar nicht reagiert auf unsere Kontaktversuche."

Blitzschnell dachte Gerold von Reitzenstein da plötzlich an seine erste Begegnung mit Professor Kallimachos, als er diesen vor einigen Monaten in der Eifel mit seiner Schatulle aus dem schwarzen Quaderblock herauskommen sah.
Damals hatte sich auch ein Lichtpunkt aus dem Kästchen erhoben, ein blauer, und er hatte sich geteilt, wobei das neu entstandene Lichtwesen in den schwarzen Kubus zurückgeschwebt war, wie er sich jetzt gerade erinnerte.

Gorsky wusste offenbar nichts davon, und Gerold würde sich hüten, dem neuen Koordinator von Berlin davon zu erzählen! Denn mit Recht traute er dem skrupellosen Diktator Gorsky nicht über den Weg.
Auch wenn er Gerold wieder zum Herrscher über Terra Nova machen wollte. Das hatte noch nicht viel zu bedeuten, denn der launische und jähzornige Gorsky konnte ihm seine Gunst jederzeit wieder entziehen!
Gerold nahm sich nun im Stillen vor, diesen anderen Alienableger in der Eifel noch einmal aufzusuchen, falls sich dieser hier in Berlin als unbrauchbar erweisen sollte!

Nicht auszudenken, was das für ein machtpolitischer Gewinn für Gerold wäre, wenn der Alien in dem Computer in der Hohen Acht ebensolche magischen Fähigkeiten hätte wie das Wesen in Kallimachos´ Schatulle!
Und wenn Gerold ihn erst seinem Willen unterwerfen könnte, dann wäre er ein mächtiger Mann! Nicht mehr abhängig von Gorskys Gnaden und von den Chinesen! dachte er freudig.

Schade war nur, dass er dazu vermutlich Professor Kallimachos brauchen würde - zur Kontaktaufnahme! ... Allerdings war es zweifelhaft, ob er den Gelehrten je wieder zu Gesicht bekommen würde, sollte dieser überhaupt jemals zu ihm nach Terra Nova kommen! Oder gar mit Gerold zusammen zurück in die Eifel, zur Hohen Acht, zurück zu diesem rätselhaften schwarzen Kubus, was noch zweifelhafter war!
Auch Kalinsky, Heli und Waldemar würden vermutlich für immer im relativ sicheren Amerika bleiben.

Aber man konnte nie wissen! Den vier großen „K" vertraute Gerold allemal mehr als Gorsky. Sie waren beinahe schon so etwas wie Freunde.
Aber würde er sie alle je wiedersehen?
Doch mit der freudigen Gewissheit, Träger eines wunderbaren Geheimnisses zu sein, tröstete sich Gerold erst mal hinweg über die zukünftigen Schwierigkeiten, die seiner harrten, wenn er Kontakt mit dem Wesen in der Hohen Acht aufnehmen wollte.

Gorsky war auch leidlich zufrieden, denn er hoffte auf noch größere Macht durch den Alien.
Gerold schärfte seiner Tochter Gudrun zur Sicherheit nochmals ein, morgen gnädig zu ihrer Schwester Marion zu sein.
Auch der Außenminister von China mahnte sie zum Abschluss noch einmal so lange, bis Gudrun endlich einwilligte in Marions Freilassung und ihre Ausreise in ein Land ihrer Wahl.

„Aber Marion wird sich trotz eures Gnadenaktes auch weiterhin an Herlinde Kopter rächen wollen, weil diese nun mal unsere Schwester Heidrun getötet hat; diese Rache gibt sie nicht auf, da kenne ich Marion zu gut", warnte Gudrun ihre Moralprediger nachdrücklich.
„Die Konsequenzen dieser drohenden Gefahr habt dann aber allein ihr zu tragen, ihr dusseligen, weltfremden Betschwestern und barmherzigen Brüder", sagte sie zur abschließenden Warnung.
„Keine Angst, Gudrun, wir werden die beiden Frauen, Marion und Heli, räumlich so weit getrennt voneinander unterbringen wie nur irgendwie möglich", sagte nun Gorsky schmunzelnd zu Gudrun.
„Heli ist wahrscheinlich eh´ in Amerika, und kommt bestimmt so bald nicht zurück. Es besteht also kaum eine Gefahr, dass die beiden Frauen sich je wieder begegnen", sagte Gorsky lächelnd.
Gudrun war skeptisch.
„Seien Sie sich da nicht zu sicher, Euer Exzellenz", prophezeite sie so düster mit dunkler Stimme, dass es selbst Gorsky kalt den Rücken hinunterlief.

(Noch konnte niemand zu diesem Zeitpunkt auch nur im Geringsten ahnen, dass die hellsichtige Gudrun von Reitzenstein mit ihrer kryptischen Prophezeiung bald schon auf tragische Weise Recht behalten sollte!)

„So, morgen wissen wir mehr", sagte der Chinese lächelnd.

„Genau", meinte Gorsky, „wie wär es, wenn wir zum Abschluss noch eine kleine Privatfeier unter uns organisieren?" sagte er zu dem Chinesen, zu Gerold, Gudrun, Beatrix und Willibald.
„Ja, fein, und Sarah Salamander soll für uns singen, im privaten kleinen Kreis", schlug Wastlhuber spontan vor.
Gorsky lachte.
„Ja, Willi, das ist auch eine gute Idee, wir fragen sie gleich ..."

Er stutzte plötzlich.

Er sah sich ahnungsvoll im Raum um.
„Ja, sagt mal: Wo ist sie denn überhaupt?" fragte Gorsky misstrauisch.
Alle sahen sich nun nach Sarah um. Sie suchten den Raum nach ihr ab. Riefen nach Sarah. Keine Antwort.
Alle Gäste im Saal schüttelten bedauernd den Kopf.
Gorsky erstarrte.
Die bittere Erkenntnis dämmerte ihm schlagartig.
„Sie fehlt. Sie ist fort!" murmelte er und strich sich gedankenvoll über seinen Schnauzbart.

„Da haben wir also endlich unsere undichte Stelle, die wir schon so lange gesucht haben", schimpfte Gorsky leise in seinen Bart hinein.
„Sarah also ist die Agentin, die Verräterin, die auch Professor Kallimachos und Kalinsky die Flucht aus dem Hochsicherheitstrakt ermöglicht hat! Und sie hat es auch geschafft, den beiden Männern die Schatulle wieder zu beschaffen, unglaublich!", vergegenwärtigte er sich kopfschüttelnd.
„Und sie hat dazu geschickt unsere Feierlichkeiten zur Vertragsunterzeichnung ausgenützt! Wahrlich nicht schlecht, das Weib, kann nicht nur toll singen", sagte er lachend.
„Und jetzt ist sie natürlich längst bei ihren Freunden in Amerika, unserem Zugriff entzogen", sagte er wütend.
„Was, Sie meinen, der rote Punkt ist auch auf Sarahs Stirn gewandert und: Tschüss?" fragte Beatrix.
„Ja, was sonst, es sei denn, sie versteckt sich irgendwo in der Allround-Corporation, aber das glaube ich eigentlich kaum", sagte Gorsky.
Trotzdem befahl er seinen Wachen, alles nach Sarah Salamander absuchen zu lassen, doch vergeblich!

Heliopolis, Hauptstadt der Weltraumkolonie Terra Nova, 17. September:

Am nächsten Morgen zog Gerold von Reitzenstein mit seiner Tochter, der Navigatorin Gudrun, geschützt von einem starken, chinesischen Begleitkonvoi, triumphal in seiner Heimatstadt Heliopolis ein.
Seine Raumflotte landete unter begeistertem Jubel des Volkes auf der großen Esplanade mit dem Obelisken.
Gerold und Gudrun nahmen eine kurze Ehrenparade ab. Gerold hielt danach eine kleine Rede ans Volk, welches aber auch launisch murrte, als es die vielen chinesischen Gesichter auf der Prachtallee sah. Dann besuchten beide sofort das Frauengefängnis von Heliopolis.

Marion in ihrer Glaszelle hörte pochenden Herzens schon von weitem die dumpf widerhallenden Schritte ihrer zweifelhaften, unbekannten Besucher und klammerte sich angstvoll an ihrem Bettgestell fest.
Die roten Haare flogen aufgelöst durch die Luft.
Da öffnete sich die Tür ihrer Zelle automatisch.
Herein trat zuerst ihr Vater, Gerold von Reitzenstein.
Marion erhob sich von ihrer Bettstatt und sah ihm seufzend und mit gesenktem Kopf ins Gesicht.
„Papa, ich ...“, stammelte sie, voller Angst vor den Konsequenzen ihrer unüberlegten politischen Handlungen, bewahrte aber eine aufrechte Haltung.

Doch wider Erwarten trug ihr Vater eine heitere und versöhnliche Miene zur Schau.
Marion merkte es sofort und ihr Gesicht hellte sich auf.
Sie stutzte.

Dachte an ihres Onkels Worte. Was hatte Onkel Monty gestern gesagt? Dein Vater wird dir vergeben, Marion, er wird seiner abtrünnigen Tochter nicht länger zürnen, wenn er wieder die Macht in Heliopolis übernehmen darf!
„Marion, mein Kind“, sagte der Hüne warmherzig und lief mit offenen Armen auf die Rothaarige zu.
Trotzdem zögerte Marion, sich ihrem Vater in die Arme zu werfen.
Sie blieb auf der Stelle stehen, an der sie sich von ihrem Bett erhoben hatte.
Also besorgte ihr Vater den Rest der peinvollen Arbeit.
Er eliminierte den trennenden, nicht nur räumlichen Abstand, sondern auch den geistigen, der noch zwischen ihm und seiner abtrünnigen Tochter blieb, und schloß sie in ihre zögernden Arme.
„Papa, oh ... Ich bin so froh und glücklich, dich zu sehen, obwohl du mir das kaum glauben wirst, ist es aber trotzdem wahr“, sagte sie strahlend.
„Denn Onkel Monty hat mich schnöde verraten, er ist geflohen! ...“

Gerold beruhigte ihre Herzenspein mit sanfter Begütigung.

„Ruhig, mein Kind, ich weiß alles, das hat keine Bedeutung mehr, Hauptsache, ich habe dich wieder, ich liebe dich", sagte Gerold sanft.

Marion konnte sich vor Glück nicht fassen!

Plötzlich und unversehens sah sie jedoch ihre Schwester Gudrun mit Verzögerung in den Kerker eintreten.

Diese trug eine schicksalhafte, betretene, aber nicht unbedingt feindlich zu interpretierende Miene zur Schau.
Langsam löste sich Marion von ihrem Vater.
Blieb aber wieder angstvoll an ihrem Platz stehen, während Gudrun langsam weiterhin auf ihre Schwester zuschlurfte.
Ihre schwarzen Haare glänzten etwas gespenstisch, und ihre dunklen Augen blickten starr auf Marion. Die etwas stumpf blickende Marion machte ein Gesicht, als erwarte sie jeden Augenblick, von ihrer Schwester ein Messer in die Brust gestoßen zu bekommen.

Da blieb die kleinere Navigatorin dicht vor ihrer größeren, rothaarigen Schwester stehen, und Gudruns großmütige Gesichtszüge entspannten sich zu einem gelösten und erlösenden Lächeln.
Sofort machte Marions Körpermotorik die ersten freudigen Anstalten, mit einer spontanen, stürmischen Umarmung auf Gudruns gesichtsmimische Entwarnung zu reagieren; da schaltete Gudruns gelöste Miene schlagartig wieder auf eine grausame, starre Mimik der Lauerhaftigkeit um!
„Du bist frei, Schwester, ich vergebe dir, pack deine Sachen, du kannst gehen, wohin du willst", sagte Gudrun tonlos.

Etwas erschrocken ließ Marion ihre Schwester los.

„Was, was hast du gesagt? Ihr lasst mich so ohne Weiteres frei? Ist das dein Ernst, meine liebe Schwester?" fragte Marion fassungslos, keuchend und schwitzend, am ganzen Leib zitternd vor Erregung, noch unfähig, die freudige Nachricht zu begreifen.
„Ja, du hast es doch genau gehört, was ich gesagt habe. Und ich stehe zu meinem Wort. Du bist frei!" wiederholte Gudrun mit ausdruckslosem Gesichtsausdruck noch einmal bestätigend.
„Aber wieso ... dieser plötzliche Sinneswandel?" fragte Marion ungläubig und berührte zaghaft die Schulter ihrer Schwester, voller Dankbarkeit.
Da wich Gudrun brüsk von ihr zurück.
„Frag nicht soviel, freu dich lieber!" riet ihr Gudrun mit verkniffenem Lächeln.

„Aber natürlich freue ich mich, und wie!" bestätigte Marion, und machte einen Luftsprung, dann umarmte sie doch noch leidenschaftlich ihre Schwester Gudrun.
„Danke, liebe Gudrun, das werde ich dir nie vergessen!" quiekte sie vor Freude.
Zaghaft machte sie sich plötzlich wieder unbeholfen von Gudrun los.

„Wie geht es der armen Heli?" fragte sie, etwas unsicher.
Gudruns Blick blieb äußerst wachsam nach dieser Frage.
„Wie stehst du jetzt zu Heli?" fragte sie eisig zurück.
„Du trachtest ihr wahrscheinlich weiterhin nach dem Leben?" fragte Gudrun kalt.
„Nein, nein, natürlich nicht, es tut mir ja so Leid, was ich ihr angetan habe, wirklich: Ich bereue mein Attentat auf sie zutiefst, ehrlich, Gudrun", versicherte Marion hastig.

Gudruns Miene verriet, dass sie ihrer Schwester kein Wort glaubte.

„Dann pack deine Sachen, Marion", wiederholte Gudrun frostig ihre vorherige Aufforderung.
„Dein Lufttaxi wartet schon voller Sehnsucht draußen im Gefängnishof. In zwei Stunden musst du Terra Nova verlassen haben, du Herlinde-Kopter-Erwürgungsspezialistin von Heliopolis", befahl sie im strengen Militärbefehlston.
„Terra Nova verlassen?" fragte Marion schockiert.
„Also Verbannung? ...", dämmerte es ihr.
„Und ich dachte zuerst, du wolltest sagen: Ich solle meine Sachen packen, um das Gefängnis zu verlassen, aber ich dachte, dass ich dann bei euch bleiben könnte ... Hier in Heliopolis! Meiner Heimat!", sagte sie entgeistert zu ihrem Vater.

„Papa ... Du hast doch gesagt, du verzeihst mir alles, und ich bereue ja auch zutiefst meine vielen Fehltritte, aber warum schickt ihr mich denn fort, wenn ihr mich begnadigt?", fragte sie zitternd vor Schmerz.
„Ich bedaure, Marion", sagte ihr Vater betrübt und nahm seine Tochter zum Trost wieder in den Arm.
„Anordnung von der chinesischen Militärverwaltung: Du bist nicht mehr tragbar für meine neue Regierung, nachdem du mich gestürzt hast", sagte er zur Erklärung.
„Du wärst ein ständiger Risikofaktor für unsere Sicherheit auf Terra Nova, würden wir dich hierbehalten", bestätigte auch Gudrun ihrer Schwester barsch.
Da trat auch eine junge chinesische Militärpolizistin in grüner Generalsuniform in die Zelle ein.

„Malion von Leitzenstein, beeilen Sie sich bitte“, schnarrte sie höflich, aber bestimmt auf Deutsch.

„Sie müssen Heliopolis bald vellassen, die Zeit läuft, noch zwei Stunden“, mahnte sie und stellte eine eindrucksvoll altmodische Sanduhr in der Zelle auf den Tisch.

Der Sand begann zu rieseln.

Betrübt senkte Marion den Blick und wagte ein letztes, verzweifeltes, psychologisch-taktisches Wendemanöver und hob trotzig den Kopf, öffnete wieder die Augen und fixierte kalt die Militärpolizistin: „Und wenn ich mich weigere, die Stadt Heliopolis zu verlassen? Was passiert, wenn ich in zwei Stunden noch hier bin?“ fragte sie herausfordernd.

„Marion, tu das nicht, spiel nicht mit deinem Leben!“ rief ihr Vater Gerold verzweifelt aus.

Marion sah nicht zu ihm hin.

Sie fixierte weiterhin mit triumphierendem Blick die stoische chinesische Militärpolizistin.

Als Antwort deutete die Chinesin lediglich lakonisch auf den rieselnden Sand und sprach sanft, mit maliziösem Lächeln: „Wenn der Sand ist durchgerieselt, und Sie sind wirklich noch hier, Ex-Generalin der Sternenflotte von Heliopolis, dann stelle ich für Sie unverzüglich Exekutionskommando zusammen, und lasse Sie sofort von einem Militärgericht erschießen, direkt vor großem Obelisken“, sagte sie drohend.

Marion schrie auf – mehr aus Ärger als vor Angst.

„Es tut mir ja so Leid, meine Tochter, dass wir so schnell wieder Abschied voneinander nehmen müssen“, sagte ihr Vater Gerold ehrlich berührt, und drückte Marion noch einmal fest an sich.

„Aber wir haben uns doch kaum erst wiedergesehen, Papa; du musst mir doch noch alles erzählen von unserem neuen, deutsch-chinesischen Bündnis“, sagte sie traurig.

„Und ich wollte doch so gern daran teilnehmen“, bekannte sie bedrückt.

„Was soll jetzt aus mir werden?“ jammerte sie.

„Sei froh, dass wir alle beschlossen haben, dich überhaupt freizulassen, wir, Gorsky und unsere chinesischen Freunde“, sagte Gudrun forsch, „beeil dich also, du hast es gehört, die Zeit läuft“.

Und sie zeigte unbarmherzig auf die rieselnde Sanduhr!

„Und solltest du dich tatsächlich dafür entscheiden, nach Ablauf der Sanduhr noch hier zu sein, dann werde ich mit Vergnügen an deiner Erschießung teilnehmen, liebe Schwester“, drohte Gudrun unerbittlich ihrer Schwester.

„Dazu werde ich mir eigens einen Zuschauerplatz an vorderster Front sichern, und nach einigen Jahren werde ich dann dein Grab aufschaufeln kommen, und

deine morschen Knochen aufsammeln, die ich dann als Warnung für alle
Terranovianer in einer Glasvitrine im Palast der Republik ausstelle", schnarrte
sie mit kaltem Gelächter.
Marion blickte ängstlich zu ihrem Vater, dann auf den rinnenden Sand, und
lief mit Tränen in den Augen aus der Zelle. Chinesische Militärs begleiteten
sie hinaus.
„Wann kann ich dich wiedersehen, Papa?", fragte sie tränenaufgelöst zum
Abschied, indem sie sich ein letztes Mal zu Gerold umblickte.
„Vielleicht schon bald", sagte ihr Vater ermutigend, mit Wehmut in der
Stimme.
„Adieu, Marion!"
Schon schloss sich die Zellentür des leeren Verlieses.

Düster sah ihr Gudrun nach.

„Die macht uns noch jede Menge Ärger, Papa, diese Heuchlerin, das sage ich
dir! ... Ich glaube keine Sekunde an ihre innere Läuterung", sagte sie leise.
Gerold von Reitzenstein sah seine Tochter an und seufzte.

In den nächsten Tagen war seine Exzellenz Gerold von Reitzenstein vollauf
damit beschäftigt, in Heliopolis wieder seine Herrschaft zu etablieren. An alte
Verbindungen von früher anzuknüpfen.

Die Chinesen halfen ihm dabei mit unermüdlichem Eifer.

Gerold regierte fortan, zum Zeichen seines Dankes an seinen Retter, Hermann
Gorsky, tatsächlich sein Weltraumreich unter sozialistischen Vorzeichen, als
Einheitskommunist.

Als roter Herrscher von Chinas Gnaden konnte er sich in seiner Heimat
allerdings nur halten, indem er in den nächsten Monaten überall verstärkt
chinesische Truppen in Heliopolis einzusetzen gezwungen war, wie er mit
großer Enttäuschung feststellen musste. Und auch in der übrigen
Weltraumprovinz Terra Nova mussten die chinesischen Bataillone und
Laserpanzer einrücken, um drohenden Aufständen der Terranovianer
vorzubeugen.

Erfreulicherweise waren die chinesischen Truppen, Wirtschaftsfachleute und
Militärberater äußerst freundlich zu der Bevölkerung eingestellt. Sie
bemühten sich nach Kräften um Harmonie und ermutigten auch alle
Terranovianer, die sozialistische Mustermonarchie China zu besuchen.

Ebenso das neue, zaristische Russland, und natürlich: Gorskys Welthauptstadt Berlin.

Immer mehr Terranovianer folgten diesem Aufruf und kehrten mit positiven Auslandserfahrungen begeistert nach Terra Nova zurück.

Die deutsch-chinesischen Beziehungen verbesserten und verfestigten sich in den folgenden Monaten immer mehr. Vor allem, weil die Chinesen Wohlstand in die Weltraumprovinz brachten, vor allem in die Hauptstadt Heliopolis, die in kürzester Zeit wirtschaftlich und kulturell erblühte wie nie zuvor.

Die Schaufenster der Läden waren vollgepfropft mit den herrlichsten Waren. In den Kaufhäusern von Heliopolis gab es die neueste, chinesische Unterhaltungselektronik zu erschwinglichen Preisen, nachdem man einen alten Brauch wiedereingeführt hatte, die Geldwirtschaft.

Schließlich wurde das Besuchsrecht der Terranovianer auf ganz Europa ausgeweitet.

Klug handelte die chinesische Schutzmacht, nicht die Fehler der Vergangenheit zu wiederholen, wie im zwanzigsten Jahrhundert, als die starre kommunistische Blockbildung begann. Als der „Ostblock" unter Führung der damaligen, kommunistischen Welthauptstadt Moskau anfing, seine kommunistischen Satellitenstaaten rigoros abzuschotten von der übrigen, kapitalistischen Welt, durch seinen „Eisernen Vorhang", durch Grenzsperren und die Berliner Mauer, als Hauptnahtstelle zwischen den verfeindeten Blöcken.

Von all diesen umwälzenden Fortschritten profitierten natürlich auch eifrig der neue Präsident von Terra Nova, Gerold von Reitzenstein und seine Außenministerin, Gudrun von Reitzenstein.

Im Nu waren Vater und Tochter von verhassten Opportunisten zu Lieblingen des Volkes mutiert, weil sie die Chinesen in die Weltraumprovinz geholt hatten, die kurz zuvor noch die Buhmänner der Nation waren. Mit ihrer Politik des freundlichen Miteinanders und der neuen chinesischen Weltläufigkeit waren die Chinesen bald fast genauso beliebt bei den Terranovianern wie ihr Präsident Gerold von Reitzenstein.

Die Menschen von Heliopolis lernten eifrig Chinesisch, das unmittelbar im Begriff stand, neue Weltsprache zu werden, auch in Deutschland und Russland.

Nur mit Amerika hatten Terra Nova und Berlin noch gewaltige Probleme.

Das hing natürlich vor allem damit zusammen, dass die Amerikaner sich das geheimnisvolle, außerirdische Lichtwesen von Professor Kallimachos angeblich „unter den Nagel gerissen" hätten. Unter diesem Gesichtspunkt herrschte nach wie vor große Furcht in den neuen Bündnisstaaten Deutschland-China-Russland-Terra Nova-Afrika.

So geschah es denn auch, dass gleich am ersten Tag von Gerold von Reitzensteins neuer Herrschaft in Heliopolis, am 17. September 2999, das Weltinteresse naturgemäß in erster Linie erst einmal an diesem sagenhaften, außerirdischen Wesen hing, das alle Menschen dieser Welt durch die Live-Übertragung des deutsch-chinesischen Freundschaftsvertrages auf ihren Fernsehschirmen kennengelernt haben.
Jeder sprach nur noch von den vier großen „K", die sich Tags zuvor, am 16. September, plötzlich im Parlament von Berlin in ihrem Glaskasten in Luft aufgelöst hatten.

Alle Welt reiste nach Berlin, um dem Geheimnis des Lichtwesens nachzuspüren, das Heli, Waldemar, Kallimachos und Kalinsky vermutlich nach Amerika transportiert hatte.
Ebenso den Präsidenten der Vereinigten Staaten, Miguel Hernandez, der an diesem denkwürdigen Tag Gast in der Allround-Corporation war, und dessen Gastrecht so schändlich missbraucht worden war von dem deutschen Staatschef, Hermann Gorsky, indem er den amerikanischen Präsidenten feige verhaften ließ, weil er hinter seinem Rücken lieber ein Bündnis mit den ihm genehmeren Chinesen einfädeln wollte.

Diese beispiellose Unerhörtheit, dieser nie zuvor dagewesene, eklatante Bruch mit allen politischen Traditionen und diplomatischen Gepflogenheiten, hätte Gorsky normalerweise eine umgehende internationale Ächtung und weltpolitische Isolierung eingetragen.
Doch er hatte Glück, dass alle Welt sich nur noch um das außerirdische Lichtwesen kümmerte, und scharf darauf war, festzustellen, wo es war und ob sich tatsächlich noch so ein Exemplar in der Allround-Corporation befand, wie inzwischen weltweit durchgesickert war.
Und ob dieser Ableger ebensolche magischen Kräfte habe, wollten die Journalisten wissen, die zu Tausenden aus aller Welt nach Berlin eingereist waren.

Doch Gorsky igelte sich ein und hielt sich bedeckt am frühen 17. September, als der zenbegeisterte chinesische Außenminister unter Gorskys Oberaufsicht gleich die Probe aufs Exempel machte und versuchte, mit dem Alien in dem „Gewissen" Kontakt aufzunehmen.
Mit gekreuzten Beinen saß der ehrwürdige, friedliche Chinese auf seiner Matte im Untergeschoss der Allround-Corporation und meditierte vor dem Computerkomplex. Mit geschlossenen Augen und gefalteten Händen. Er summte leise besinnliche, chinesische Gesänge vor sich hin. Die Öffentlichkeit war von Hermann Gorsky ausgeschlossen worden.

164

Nicht nur vor den Toren des Ministeriums für Weltkoordination, der Allround-Corporation am Alexanderplatz in Berlin-Mitte, wimmelte es von Journalisten und Neugierigen, die heftig Einlass begehrten.
Auch überall sonst auf der Welt herrschte kopfloses, hektisches Treiben: Berlin stand wieder im Mittelpunkt der Welt.
Überall wurden Zeitungen mit Sondermeldungen gedruckt, auf allen Plätzen der Welt, nicht nur am Berliner Gendarmenmarkt blinkten elektronische Leuchtanzeigen auf überdimensionalen Fernsehschirmen mit zusätzlichen, durchziehenden Schriftbändern wie:

„Weltsensation! ALIEN ENTDECKT!!! In der Welthauptstadt Berlin ist der Teufel los!"

„Besteht Lebensgefahr für die Menschheit?"

„Ist das das Ende der Welt? Warum schweigt Amerika?" ---

„Unfassbare Tragödie in Berlin-Mitte! Weltpräsidentenpaar Löst Sich In Luft auf! Herlinde Kopter und Waldemar Koslowski verschwinden spurlos während Live-Übertragung! Vor den Augen der Weltöffentlichkeit!"

Die Schlagzeilen der Zeitungen und Fernsehschirme überschlugen sich.

„Was will der Alien von der Menschheit?", titelte die Times.

„Ist Heli tot?" titelte die Berliner Morgenpost.

„Lebt Heli?" fragte der Berliner Menschenbeobachter.

Oder einfach: „Wo sind Heli und Waldemar?" fragte die „Welt im Bild".
Untertitel: „Etwa im Bunde mit dem Alien?".

„Im Banne der außerirdischen Kraft", schrieb der Berliner Volksbote.

„UNSER GELIEBTES WELTPRÄSIDENTENPAAR:
IN DEN FÄNGEN DER AUSSERIRDISCHEN!"
„Ein Alptraum ist wahr geworden!"

Das waren die Schlagzeilen des „Sozialistischen Berliner Tageblattes".

Die Armeen aller Länder der Welt wurden in höchste Alarmbereitschaft versetzt. Polizei und Militär riegelten alle Plätze und Straßen ab. Amerika wurde geächtet. Die USA waren ungerechterweise der Buhmann, und das nur wegen der mutmaßlichen, nach wie vor unbeweisbaren Entführung von Heli und Waldemar. Daher lauteten auch mindestens die Hälfte aller Überschriften der Zeitungen der Welt wie folgt:

ALARM! USA ENTFÜHREN WELTPRÄSIDENTENPAAR!
Herlinde Kopter und Waldemar Koslowski verschwunden!

Oder:

AMERIKA IM BUNDE MIT ALIEN!
Ihr Opfer: Das Weltpräsidentenpaar Heli und Waldemar!
Schande über Amerika! (Berliner Weltwoche)

DAS IMPERIUM SCHLÄGT ZURÜCK, USA MACHT ERNST!
WICHTIGSTES MENSCHENPAAR DES UNIVERSUMS ENTFÜHRT!
Mit außerirdischer Hilfe!
Herlinde Kopter und Waldemar Koslowski wie von Geisterhand verschwunden!
(Berliner Stadtanzeiger)

TERROR made in den USA:

Amerika stiftet Alien zu Menschenraub an!
DROHT DRITTER WELTKRIEG?
(Neueste Nachrichten von Berlin)

Immerhin die erste Zeitung, die nicht die Namen der „Entführungsopfer" in ihren reißerischen Schlagzeilen nennt.
Bemerkenswert.
Kein Wort von Herlinde Kopter und Waldemar Koslowski!
(Diese Bemerkung eines Berliner Bürgers wurde bald selbst zur neuen Schlagzeile einer Zeitung!)

Good-bye, Heli und Waldemar!
Amerika missbraucht seine Macht in schändlicher Weise!
ALIEN als KOMPLIZE für MENSCHENRAUB eingespannt!
(Schlagzeile vom „Tagesspiegel").

PFUI, AMERIKA!!!
(Die WELT; solch eine Schlagzeile, ausgerechnet von der „Welt!").

AMERIKANISCHES ROULETTE:
DEKADENTE KAPITALISTEN RAUBEN MENSCHEN GEGEN
IHREN WILLEN!
WELTPRÄSIDENTENPAAR VERSCHLEPPT!
Wo sind DIE TAPFEREN GENOSSEN HERLINDE und WALDEMAR?
(Neues Deutschland).

AMERIKA BRUTAL!
Weltpräsidentenpaar entführt!
Außerirdische Hilfe wahrscheinlich.
WO sind Heli und Waldemar?
(Schlagzeile der „TAZ").

Es war schrecklich.

ALLE Berliner Zeitungen hackten einseitig und ungerechterweise auf den
Vereinigten Staaten herum, gaben den Amerikanern die Schuld für die
„Entführung" des Weltpräsidentenpaars.
Keiner kam auf die Idee, oder wollte sich die Mühe machen, einmal tiefer zu
schürfen.
Keine Zeitung fragte zum Beispiel erst einmal nach, ob Heli und Waldemar
sich nicht eventuell freiwillig nach Amerika abgesetzt hatten, aus freien
Stücken um Asyl gebeten haben!

In allen Staaten der Welt wurde der Ausnahmezustand verhängt. Die Welt
schwebte in Angst. In den größten Ängsten sogar. Vor dem ALIEN. Vor
Amerika.
Vor der Zukunft.

Gorsky ließ ganz Berlin abriegeln.

Wieder einmal war Berlin ein einziger Hexenkessel.

Genau wie vor Helis Rückkehr aus Heliopolis vor ein paar Monaten,
belagerten die Menschenmassen den Glaskuppelpalast am Alexanderplatz.
Hauptkoordinator Hermann Gorsky ließ die neuesten Laserpanzer vor der
Allround-Corporation auffahren und bewaffnete Einheiten vor dem Eingang
stationieren.
Auch die neuesten Flugabwehrgeschütze ließ er auf dem Dach stationieren
und die Laserkanone wurde in Position gebracht und kam aus dem
kreisrunden Dach zum Vorschein.
Sie rotierte surrend im Sonnenlicht.

Nichts half.

Die Menschen ließen sich nicht abschrecken. Schon drohten sie, durch alle Sperren zu brechen, es krachte und splitterte. Alarmsirenen schrillten. Tränengas wurde in die Menge der Journalisten gefeuert, Wasserwerfer versprühten niagarafälleartige Kaskaden auf die Massen, doch sie stürmten unvermindert vorwärts gegen das gewaltige Tor aus Amtraith.

Da wollte Gorsky aus allen Rohren feuern lassen, die Laserkanone in Betrieb nehmen.

Doch die chinesischen Verbündeten verboten es ihm. Zum großen Glück!

Endlich funktionierte die Kanone mit dem Schlafgas und die Menschenmassen sackten schlummernd in großen Trauben weg.

„Neueste Meldung aus dem Sündenpfuhl Amerika! Weltpräsidentenpaar wird zum Spielball obskurer Mächte: Entführt von Alien! Im Auftrag des Schurkenstaates AMERIKA! Sind Heli und Waldemar tot?", schrie ein Zeitungsjunge vor der Allround-Corporation seine Schlagzeile aus, die vom „Alternativen Berliner Blatt" stammte.
Da wurde er von einer gehörigen Dosis Schlafgas erfasst, und sank bewusstlos ins Gras.
Seine Blätter wirbelten im Wind davon.
Neben dem Jungen zitterte am Boden ein anderes Zeitungsblatt im leicht wirbelnden Wind:

Tragödie in Berlin!

HELIKOPTER ENTFÜHRT!

Wird Ikone der Völkerfreundschaft in USA gefangengehalten?

Ein alter Mann schlurfte heran an das Blatt, las diese Schlagzeile und begann zu lachen über den Druckfehler: „Helikopter" war von den Redakteuren in der Eile versehentlich zusammengeschrieben worden, sodass man im ersten Moment tatsächlich den Eindruck bekam, ein Hubschrauber sei entführt worden.

Dann wurde auch der Alte von dem Schlafgas erfasst, eingeschläfert und sank zu Boden.

Die „Frankfurter Allgemeine Zeitung" titelte:
„ALIEN ENTFÜHRT BERÜHMTESTE DEUTSCHE DER WELT!"

Weitere Blätter zuckten im leichten Wind im wogenden Gras, inmitten des Durcheinanders vor der Allround-Corporation:

GERMAN GIRL KIDNAPPED BY ALIEN CREATURE!
(THE TIMES, London)

ALLEMANDE CELEBRE ENLEVEE PAR EXTRATERRESTRE!!! - HORREUR!!!
(LE MONDE, Paris)

Deutsches Mädchen gekidnapt von Alien!
Junge Computerspezialistin verschwindet spurlos im Nichts!
Was ist mit Herlinde Kopter passiert?
(Süddeutsche Zeitung)

Das Globalnet war bald hoffnungslos überlastet, denn die ganze Welt surfte das Universumnet nach dem Stichwort „ALIEN" ab, das auf einmal in aller Munde war, und das man seit Jahrhunderten völlig vergessen hatte.
Ja, ein archaisches Wort wie „ALIEN" war längst völlig aus dem Sprachgebrauch der Menschen ausgeschieden. Alle Computernetze brachen gleichzeitig zusammen.

Auch das „Gewissen" in Berlin gab wieder mal seinen Geist auf.

Totale Funkstille.

Nur den Geist aus der Schatulle gab es nicht her!

Über der Allround – Corporation schwebten Tausende von Privatraumgleitern mit Neugierigen aus aller Welt, die noch in der Nacht vom 16. auf den 17. September angerauscht waren. Sie konnte man nicht mit Schlafgas betäuben, denn die Insassen im Inneren der gepanzerten Fahrzeuge waren immun dagegen.

Weitere Hunderttausende, wahrscheinlich Millionen von illegalen Luftfahrzeugen drohten in den Sperrbereich des Glaskuppelpalastes der Allround-Corporation einzudringen. Eine endlose Schlange von Privatraumgleitern wartete in einem gigantischen Stau am Himmel. Eine endlose Leuchtkette von blinkenden Lichtern durchzog das Firmament.
Die Lufthoheit der Berliner war in Gefahr!

Gorsky ließ die Schwebespuren und die Landebahnen elektronisch einfrieren und absperren.

Auch die freigelassene Marion von Reitzenstein war in einem Regierungsraumgleiter unterwegs.
Mit diesem Weltraumtaxi wurde sie im Gefängnishof von Heliopolis-Ost abgeholt und zum Weltraumbahnhof von Heliopolis-Nord kutschiert.
Dort auf der Schwebespur an der Abschussrampe bemerkte sie, nun in Zivilkleidung, die aufgelöste Hektik und die wilden Diskussionen der Menschen.
Zum ersten Mal erfuhr sie dort von dem Alien aus der Schatulle.

Aber im Augenblick war sie noch völlig ahnungslos!

Konsterniert marschierte Marion mit ihrem Koffer auf einen Mechaniker zu, der an dem riesigen Passagierraumgleiter herumhantierte, der sie und die anderen Passagiere gleich wegbringen sollte.

„Sagen Sie mal, guter Mann, was ist denn hier oben plötzlich los, was haben denn all die Leute, ist etwas passiert?" fragte sie.
„Allen Menschen scheint ja auf einmal ein eisiger Schrecken in den Augen und im Blick zu stehen?" sagte sie und starrte verblüfft auf endlose Menschenmassen, die in das Raumschiff drängten.

Da drehte sich der Mann zu ihr um und fragte beinahe empört: „Was, ja leben Sie denn hinter dem Mars, junges Fräulein? Wissen Sie das etwa nicht? Sie wollen sich wohl über mich lustig machen, wie?" fragte der Mann und bedrohte sie mit einem Schraubenschlüssel.
Marion, die von zwei Bewachern flankiert wurde, die sie bei den Armen griffen, um sie zu schützen, sagte unbedarft: „Nein, ich weiß wirklich von nichts, aber nun sagen Sie mir doch endlich, was diese affenartige Massenpanik hier zu bedeuten hat!" bat sie eindringlich und sah verständnislos fluchende und weinende Menschen an ihr vorbeiflitzen und vorbeidrängen.
Auch Marions Bewacher waren ebenso ratlos und ließen sie verblüfft los.
Militärpolizisten hielten die Menschen davon ab, das Raumschiff nach Terra Nova II zu stürmen, in das auch Marion gleich einsteigen würde. Marion jedoch konnte eine gültige Fahrkarte vorweisen, die gerade kontrolliert wurde.

„Aber warum fliehen denn die Leute alle so Hals über Kopf? Wovor haben die alle so eine Heidenangst?" fragte sie den Fahrkartenkontrolleur.
„Vor den chinesischen Truppen natürlich, die hier oben alle in ganzen Bataillonen einrücken", sagte er Mann und gab sein O.K. zu der Karte.

„Sie fürchten die ausländischen Besatzer! Ganz Heliopolis wimmelt schon von chinesischen Soldaten!"

Niemand ahnte zu diesem Zeitpunkt, dass die flüchtenden Horden aus Heliopolis, die sich gerade vor den Chinesen in Sicherheit bringen wollten, in ein paar Monaten schon wieder freudig in Massen in die Heimat zurückströmen würden, eben wegen derselben chinesischen Besatzer und Wirtschaftsberater, die sich bald als Wohltäter des Volkes von TERRA NOVA entpuppen sollten!

„Aber noch mehr flüchten die Leute natürlich vor.diesem unheimlichen Lichtwesen ..."
Der Mechaniker merkte, dass Marions Ahnungslosigkeit nicht gespielt war und erkannte sie in dem Augenblick.
„Ah, ich sehe: Sie sind die Abgeschobene, Marion von Reitzenstein! ... Hier, lesen Sie!"
Er reichte Marion sein Extrablatt, die „Heliopolis-News". Marion ergriff das Tagesblatt und las hastig die Schlagzeile:

ALIEN-ALARM AUF DER ERDE!

WELTPRÄSIDENTENPAAR VERSCHWINDET SPURLOS!

BERLIN RATLOS! HARTER SCHLAG FÜR HERMANN GORSKY!

HERLINDE KOPTER UND WALDEMAR KOSLOWSKI lösen sich vor den Augen der Welt in Nichts auf! Geheimnisvolles Lichtwesen aus Schatulle zeigt seine Macht!

Aufruhr und Chaos in aller Welt! Menschenmassen bestürmen ALLROUND-CORPORATION!

Auch AMERIKA scheint seine Hand im Spiel zu haben!

Heli und Waldemar vermutlich in die USA entführt!

Marion wurde bleich und umkrallte mit starren Fingern die Zeitung.

„Daher also dieser ganze Aufruhr! Aber ich hatte ja keine Ahnung, ich war nämlich die ganze Zeit über in Isolationshaft! Aber das ist doch nicht möglich, es gibt doch keine Außerirdischen", sagte sie entgeistert zum Mechaniker, der mit indigniertem Gesicht seine unbewusst von Marion zerknüllte Zeitung zurückforderte.

„Seit mehr als tausend Jahren suchen wir nach Aliens, aber wir sind keinen Schritt weitergekommen seit der Mondlandung von Louis Armstrong im Jahre 1979“, sagte sie bleich.

„Es gibt doch keine Aliens, was schreiben die Zeitungen da nur für einen Quatsch?“ wiederholte Marion, völlig von der Rolle.
„Na, ich versichere Ihnen, dieses Wesen aus der Schatulle ist ganz sicher alles andere als Quatsch“, sagte der Mechaniker gekränkt, „das ist schon mehr als ein Alien, und ich habe alles live mit auf dem Bildschirm verfolgt, was er angestellt hat, wie er Ihre Erzrivalin Herlinde Kopter und diesen Koslowski verschwinden ließ“, sagte er Mann indigniert.

„Und: Es war nicht **Louis Armstrong**, der als erster Mensch den Mond betrat, Sie Nulpe, sondern N e i l Armstrong, meine gute Ex-Generalin der Sternenflotte; und der Mondflug fand schon **1969** statt, nicht erst 1979, das sollten aber gerade Sie wissen, Sie Blüte“, sagte der Mann empört.
Marion überhörte die Richtigstellung ihrer fehlerhaften Geschichtskenntnisse.
„Aber Menschen verschwinden doch nicht einfach, was schreibt denn dieses Käseblatt da?“ fragte Marion mit zerstreuter Miene noch mal den Mechaniker.
„Geben Sie mir den Wisch doch noch mal her“, forderte sie und entriss dem entrüsteten Mann auch schon wieder die Zeitung, zerknitterte und zerriss das Blatt dabei noch mehr, dank ihrer fahrigen Bewegungen. Der Mann traute seinen Augen nicht über so viel Dreistigkeit.

„Herlinde Kopter und Waldemar Koslowski lösen sich vor den Augen der Welt in Nichts auf“, las Marion noch einmal fassungslos diese Zeile laut vor. Und dann den Satz mit der Schatulle, den sie nicht verstand, und den sie sich von dem Mechaniker erklären ließ.
„Was für ein Lichtwesen soll das denn gewesen sein?“ fragte sie, und der Mechaniker, der plötzlich Mitleid mit der geschundenen Kreatur vor ihm bekam, ging in sich und erklärte ihr alles lang und breit.
„Und das haben Sie wirklich selbst gesehen? Herlinde verschwand wirklich von einer Sekunde auf die andere? Und auch die anderen drei Männer?“, wollte Marion noch einmal bestätigt bekommen.
Der Mann bejahte ungeduldig und nickte eifrig. Auch die umstehenden Zuhörer bestätigten ihr noch einmal sein Erlebnis.
„Oh, Heli, du glaubst wohl, du bist jetzt vor mir in Sicherheit, aber da irrst du dich! Du entkommst mir nicht, ich finde dich doch! Und dann rechne ich mit dir ab!“ zischte sich die Besessene selbst zu, und zerriss in ihrem aufflammenden Zorn die Zeitung in kleine Stücke.
„HE, mein Extrablatt“, sagte der Mann zerknirscht.

Zu allem Überfluss, wie es oft passiert in fatalen Stimmungslagen, wurde Marions Zorn noch weiter angefacht durch eine Lautsprecherdurchsage am

Weltraumbahnhof: „Achtung, Achtung bitte, eine Durchsage! Die kleine Heidrun sucht ihre Mutter! Das Mädchen ist acht Jahre alt und wartet in der Vermisstenabteilung ...“
Marion weinte schlagartig.
„Heidrun!“ rief sie über den Bahnsteig und schlug die Hände über dem Kopf zusammen.
Die schmerzvolle Erinnerung an den Tod ihrer jüngeren Schwester überkam sie wieder mit vollem Karacho.

„Ich werde dich finden, hörst du, Heli, du Mörderin? Ich mache dich fertig, du Schlampe“, rief sie unbeherrscht und weinte mächtige Tränen.

Die Leute nahmen die Szene wie wild mit ihren Kameras auf.

Gudrun hatte offenbar Recht behalten: Marion stellte nach wie vor eine große Gefahr dar für Heli!
Dann besann sich Marion von Reitzenstein und lief zum Fahrkartenschalter.
„Hören Sie, ich möchte meinen Flug umbuchen, geht das?“ fragte sie den Beamten.
Marions Begleiter hetzten wieder hinter ihr her und stellten sich hinter sie.
„Natürlich, Frau von Reitzenstein, wo möchten Sie stattdessen hin?“ fragte der Mann.

„Nach Amerika, Washington, D.C.“, sagte sie entschlossen.

Der Mann hinter dem Schalter schüttelte den Kopf.
„Tut mir Leid, unmöglich, meine Dame“, sagte der Mann bedauernd.
„Amerika ist tabu. Striktes Einreiseverbot für alle Feindesstaaten. Niemand darf nach Amerika einreisen. Der Weltpräsident Hermann Gorsky hat ein völliges Embargo über Amerika verhängt, das müssten doch gerade Sie verstehen bei den verhärteten Fronten zwischen Deutschland und den USA. Außerdem haben auch die Amis alle ihre Flughäfen für den internationalen Luftverkehr gesperrt. Keiner kommt hinein nach Amerika, oder heraus aus Amerika, ich bedaure, wo soll es also stattdessen hingehen?“ fragte der Beamte lächelnd.
Marion überlegte resigniert.
„Berlin“, sagte sie resolut.
„Nach Berlin bitte! - Berlin-Mitte! Zur Allround-Corporation!“ bekräftigte Marion.
„Berlin-Mitte geht auch nicht, bedaure“, sagte der Beamte wieder.
„Der Flughafen ist gesperrt, denn die Allround-Corporation wird von einem Heer von Luftfahrzeugen belagert! Alles Schaulustige! Über den Flughafen Berlin-Schönefeld jedoch kann ich Sie einreisen lassen, 20 Kilometer südöstlich von Mitte, wollen Sie?“ fragte der Mann.

„Warum nicht, danach werde ich mich eben notfalls zu Fuß zur Allround-Corporation durchschlagen, wenn es nicht anders geht", sagte Marion, zu allem entschlossen.

„Also, dann Berlin-Schönefeld, bitte", sagte Marion pikiert.

„Wie Sie wollen, aber ich warne Sie: Auch in Berlin gelten Sie wahrscheinlich als unerwünschte Person, auch dort können Sie jederzeit wieder abgeschoben, vielleicht sogar verhaftet werden", gab der freundliche Beamte zu bedenken.

„Keine Angst, ich komme schon durch", sagte Marion, bekam ihre Fahrkarte ausgehändigt und wartete auf ihren Raumgleiter nach Berlin, der erst in mehreren Stunden abfliegen würde.

Gorsky in seiner belagerten Festung, ließ sich derweil in der Allround-Corporation die Zeitungen mit den neuesten Katastrophenschlagzeilen vorlegen: Eine davon wurmte ihn besonders, denn sie traf schrecklich zu:

ARMER GORSKY!

DOPPELTE NIEDERLAGE FÜR UNSEREN WELTKOORDINATOR:

ER VERLIERT BEIDES: HERLINDE KOPTER UND DAS MÄCHTIGE WESEN IN DER SCHATULLE! SKANDAL! – BEIDE VERMISSTE IN AMERIKA VERMUTET!

CHINESISCHE VERBÜNDETE MAHNEN ZU MÄSSIGUNG!

„KEINE KAMPFHANDLUNGEN MIT DEN VEREINIGTEN STAATEN!" sagt LING LANG.

(„Neue Berliner Zeitung", 18. September)

RESIGNIERT ließ der Staatschef von Berlin die Zeitung sinken.
Durch die schlechten Nachrichten in seinem Wiedergutmachungsdrang beflügelt, drängte Gorsky den Freizeitguru, seinen verbündeten chinesischen Außenminister am 19. September, endlich zu einer positiven Verständigung mit dem Alienableger in dem Allround-Computer zu kommen.
Doch noch am 2O. September saß der Chinese konzentriert auf seiner Matte, und versuchte durch transzendentale Meditation, den Alien aus dem „Gewissen" hervorzulocken.
Drei Tage dauerte die langatmige Prozedur nun schon. Immer noch wurde der Glaskuppelpalast belagert.

Am dritten Tag endlich entschied sich die Leuchtkugel, aus dem elektronisch lahmgelegten „GEWISSEN" zu kommen und setzte sich dem meditierenden Chinesen auf die Stirn.
Wie von jedermann sehnlichst erwartet.

Mehrere Stunden verharrte das grün schillernde Lichtwesen dort.

Gorsky war begeistert. Er glaubte an eine gelungene, außerirdisch-menschliche, geistige Vereinigung, eine Symbiose von Verstand und Wissen.
Dann entfernte sich die grüne Leuchtkugel wieder von der Stirn des chinesischen Außenministers und schwebte zurück in den Computerkomplex.
Erwartungsvoll ließ sich Gorsky von dem Chinesen Bericht erstatten.
Enttäuscht ließ der den Kopf sinken.
„Er verweigert die Zusammenarbeit, der Alienableger", sagte der Minister.
„Er scheint uns nicht als rechtmäßige Regierung anzuerkennen, das Wesen ist ratlos", meinte der Chinese.
„Es tut mir Leid, Euer Exzellenz, morgen werde ich eine neue Gedankenverschmelzung versuchen", wenn Sie es wünschen.
Gorsky war maßlos enttäuscht, aber er wünschte es.

Doch auch die nachfolgenden Tage brachten kein befriedigendes Ergebnis.
„Mist, dieser Alien hält offensichtlich zu der alten Garde; zu Kallimachos und Kalinsky und Co.", schimpfte Gorsky.
„UNS gehorcht er leider nicht! ..."
Und Gorsky explodierte vollends, als auch noch seine Kontaktaufnahmeversuche mit Amerika scheiterten. Alle Leitungen über den Atlantik blieben tot. Amerika meldete sich nicht mehr.

„AMERIKA WEITERHIN STUR! HÄLT ALIEN GEFANGEN!"
WAS TUN?

LING LANG RÄT ZU GEDULD: KEINE DROHUNGEN AN DIE AMERIKANER!

Titelten die Zeitungen.

„WENN das hier nichts wird mit diesem Wesen, dann will ich aber Heli und Waldemar zurückhaben von den Amerikanern", tobte Gorsky vor seinem Krisenstab in Berlin.
„Ich mache mich ja sonst zum Gespött der Leute! Und Kallimachos und seine Schatulle brauche ich auch! Übermitteln Sie das den Amerikanern, sonst gibt es ernsthafte Konsequenzen", schimpfte Gorsky.

„Wie soll das gehen, Euer Exzellenz, alle Leitungen sind tot", sagte Beatrix Bohrschmand niedergeschlagen.

„Alle Nachrichtenkanäle sind gesperrt, das wissen Sie doch", meinte Willibald Wastlhuber achselzuckend.

„Dann fliegen Sie das Land an. Schickt Aufklärungsflugzeuge in die Vereinigten Staaten", befahl Gorsky entnervt.

Der Plan wurde trotz großer Bedenken umgehend in die Tat umgesetzt.
„Das kommt den Amis natürlich gut zupass, sich jetzt nicht mehr zu melden, wo sie Heli und den Alien bei sich eingebürgert haben, aber nicht mit mir", schimpfte Gorsky.

Kapitel XXII: Heli und Waldemar in Amerika.

Wie von aller Welt vermutet, befanden sich Heli und Waldemar tatsächlich in dem geheimnisumwitterten Land Amerika, der ehemaligen Weltmacht.

Die drei Menschengruppen waren von dem geheimnisvollen Alien am 13. September leicht zeitversetzt in die Vereinigten Staaten transportiert worden: Erst Captain Chesterfield mit seinen Soldaten, dann die Gruppe der vier „Großen K"; Heli, Waldemar, Kallimachos und Kalinsky.
Von diesen Vieren hatten Professor Kallimachos und Kalinsky ja zuvor kurz Station bei Heli und Waldemar in ihrem Glaskasten in der Allround-Corporation gemacht. Dann versetzte der Alien aus der Schatulle auch sie nach Amerika.
Als letzte Gruppe trafen dort Präsident Miguel Hernandez und seine Minister und Diplomaten ein, die der Ableger des außerirdischen Wesens erst in ihrem Arrestquartier in dem riesigen Glaskuppelpalast in Berlin-Mitte aufspüren musste.
Dazu gehörte auch die tüchtige Agentin Sarah Salamander.

Alle drei Gruppen hatte der Alien im Gelände des Weißen Hauses abgesetzt; die Menschen nahmen wieder Gestalt an vor dem Lincoln Memorial.
Nach dem ersten Schock des ungewöhnlichen Transfers über solch eine große Entfernung befühlte Herlinde ihre tauben Glieder und sah als erstes den in Marmor gemeißelten, berühmtesten aller Präsidenten auf seinem Stuhl thronen.

Sie starrte verblüfft auf das Denkmal.

Heli stand am Fuße der Marmorstufen, die zu Lincoln hinaufführten und sah ehrfürchtig zu der Figur des Präsidenten auf, der seine Arme in die Lehne seines Sitzes verkrallt hatte.
Neben ihr stand Waldemar und blickte auf Heli.
Professor Kallimachos ließ Kalinsky los und blickte sich um.
„Es hat geklappt, meine Freunde, wir sind am Ziel gelandet, der Alien hat Wort gehalten", rief er ekstatisch aus.
Die Vier wurden sofort von der bereits auf sie wartenden Gruppe um Captain Chesterfield umringt. Der Captain der Aufklärungsmission von Berlin-Lankwitz eilte auf Professor Kallimachos zu und fragte: „Und der Präsident? Ist er nicht mit Ihnen gekommen?"
Kallimachos verneinte.
„Ich dachte, er wäre schon hier", sagte der kleine mausgraue Gelehrte verstört.

Heli blickte ebenso verstört in der ungewohnten Umgebung umher.
„Waldemar, ist das etwa ein Traum?" fragte sie wie in Trance.
„Nein, Herlinde, wir sind wirklich und wahrhaftig in Amerika, der Alien hat
uns tatsächlich hierher versetzt --- allein durch seine magische Kraft! Ist das
nicht fantastisch, Liebling? Und unser Hiersein ist ja wirklich der beste
Beweis seiner Kraft", sagte Waldemar begeistert und hob sie hoch.
„Aber Abraham Lincoln ... Das Lincoln Memorial, sieh nur, Waldo! ..." sagte
Heli, als Waldemar sie wieder auf dem Boden abgesetzt hatte.
Alle sahen hin.

In der Tat war der gute, alte Lincoln ganz von Grünspan überwuchert. Die
Statue sah außerdem ganz bröckelig und verfallen aus.
„Was ist denn hier passiert?" fragte Kalinsky Captain Chesterfield.
„Alles sieht hier so heruntergekommen aus, auch das Weiße Haus, sehen Sie
selbst", sagte der Captain und führte die vier „K" im Gelände herum.
„Alles sieht aber auch so unwirklich aus", sagte Heli zaudernd, die erst noch
einmal zum Lincoln Memorial zurücklief und die Stufen erklomm.
Denn sie wollte sich vergewissern, ob das nicht etwa alles Trugbilder wären,
was sie sähen. Daher befühlte sie persönlich den alten Marmorpräsidenten.
Und sie spürte, dass er echt war.

Danach liefen sie zum Weißen Haus.

„Aber ... Die Seitenflügel des Gebäudes sind ja zusammengestürzt! Und
liegen in Trümmern herum!" rief Waldemar erschrocken aus.
So war es in der Tat.
„Leider, wir haben kein Geld mehr, um das zu reparieren", sagte Captain
Chesterfield bedauernd.
„Und das Kapitol sieht auch nicht viel besser aus, kommen Sie, ich zeige es
Ihnen", sagte der Captain.
Fasziniert starrte Heli auf die kümmerliche Fassade des total verwahrlosten
Weißen Hauses, vor dem zerlumpte Gestalten als Wache patrouillierten.
„Die Kleidung der Soldaten und ihre Wehrausrüstung nebst Waffen sehen
aber auch ziemlich mitgenommen aus", bemängelte Heli.
„Tja, wir tun, was wir können, um zu überleben", sagte der Captain.
„Kommen Sie jetzt, zum Kapitol!"

Dieses Gebäude wirkte auf die kleine Truppe der Weltraum-Schiffbrüchigen
wie eine antike Ruine. Das Kapitol war nicht nur stark zerfallen, sondern auch
von Schlingpflanzen und Unkräutern aller Art überwachsen. Als sie
näherkamen, verwehrten ihnen die patrouillierenden Soldaten den Zutritt.
Sprünge verliefen durch das Säulenportal.
Auch die Uniformen der Wachsoldaten sahen reichlich zerschlissen aus.

Das Weiße Haus und das umliegende Gelände waren immer noch eine Hochsicherheitszone wie in alten, glorreichen Zeiten. Doch die ehemals modernsten Sicherheitsanlagen waren allesamt so gut wie verrottet.

Die Soldaten und Wachmannschaften streiften jetzt mit Hunden durch die Gartenanlagen vor den Regierungsgebäuden und mit Trillerpfeifen.

Absurd!

Heli machte eifrig Aufnahmen von dem verfallenen Idyll mittels ihrer automatischen Kamera.

Die schmiedeeisernen Zäune, welche die Regierunggebäude weiträumig umrundeten und hermetisch abschlossen, waren stark verrostet und die Gitterstäbe teils arg verbogen.

Heli bannte auch das aufs Bild.

Sie lief auf Professor Kallimachos zu, der seine kostbare Schatulle betrachtete.

„Was ist das für eine grandiose Kraft, die diesem Alien innewohnt, Professor Kallimachos?" fragte Heli fasziniert.

Der Professor sah zu ihr auf, denn sie war einen Kopf größer als er.

„Ich sagte Ihnen ja schon: Das Wesen ist mir selbst noch ein Rätsel", meinte der kleine Mausgraue.

„Es hat aber offenbar erkannt, dass wir alle im Berlin von Hermann Gorsky in großer Gefahr waren, natürlich vor allem Präsident Hernandez, darum hat es reagiert und uns nach Amerika versetzt, weil das ja auch Ihr Wunsch war", sagte er.

Da kam Captain Chesterfield mit seinem kleinen Trupp von Soldaten auf Heli und Kallimachos zumarschiert und streckte die Hand aus.

„Es tut mir Leid, was ich jetzt tun muss, Herr Professor, aber dürfte ich Sie um die Aushändigung Ihrer Schatulle bitten?" sagte er.

Keinesfalls hochmütig, sondern demütig und traurig.

Heli erstarrte.

„Aber das können Sie doch nicht tun, nach allem, was das Wesen für uns getan hat", protestierte Herlinde.

Sie wurde von zwei Soldaten abgedrängt und festgehalten.

„Bitte haben Sie Verständnis für meine Lage. Ich tue es nicht gerne, aber im Interesse der nationalen Sicherheit bin ich gezwungen, die Schatulle zu beschlagnahmen", sagte der hochgewachsene, kräftige, aber trotzdem knochige Captain Chesterfield.

„Denn ein Wesen von solch unglaublicher Macht, deren Zeuge ja auch ich geworden bin, kann ich einfach nicht in Ihren Händen belassen, schon gar nicht hier auf unserem eigenen, amerikanischen Boden, bitte verstehen Sie das", sagte er gütig.

„Ich weiß wohl zu schätzen, dass dieser Alien uns alle gerettet hat, mich eingeschlossen, und ich hoffe, dass er auch unseren Präsidenten in Sicherheit bringen wird, obwohl er noch nicht hier bei uns ist", sagte Chesterfield.
Heli versuchte ihre Bewacher abzuschütteln und protestierte heftig gegen die Beschlagnahme der Schatulle.
„Ist schon gut, Heli, aber der Captain hat einfach Recht. Es ist nicht zu ändern", sagte Professor Kallimachos und gab die Schatulle her.
„Ich hätte an Ihrer Stelle dasselbe getan, Captain", gestand der kleine graumelierte Gelehrte.
„Danke sehr, Professor, ich versichere Ihnen, wir werden keinen Missbrauch mit dem Alien treiben", versprach der Captain.
„Dafür wird er übrigens schon selber sorgen", ergänzte Chesterfield lächelnd und ließ das Kästchen von seinen Männern sicherstellen.
„Denn das Wesen scheint tatsächlich einen ausgeprägten Sinn für Gerechtigkeit zu besitzen", konstatierte der Captain.
„Ganz wie Professor Kallimachos schon richtig vermutet hatte".

Dann befahl er seinen Soldaten, Heli loszulassen.

„Aber Sie können selbstverständlich mitgehen mit uns, Sie können und sollen immer in der Nähe des Alien bleiben, Herr Professor, da Sie ja sowieso der Einzige sind, dem er gehorcht, der mit ihm Gedankenverbindung aufnehmen kann", sagte Chesterfield lächelnd zu dem griechischen Gelehrten.
Dieser hastete auch sogleich hinter den Soldaten her und bedankte sich für das Angebot.
„Aber wo ist denn nun eigentlich unser Präsident?" fragte der entgeisterte Pilot von Captain Chesterfield.
„Wir alle sind hier sicher gelandet, aber was für ein krummes Spiel hat dieser Alien mit unserem Präsidenten vor?"
Captain Chesterfield beruhigte den Piloten.
„Beruhigen Sie sich, der Alien hat ja auch zuerst unsere Gruppe zeitversetzt hierhergebracht; er kann wohl nicht alle auf einmal transportieren. Daher habe ich ja auch die Wachen vor dem Lincoln Memorial zurückgelassen. Sie werden sich schon bei uns melden, sobald Miguel Hernandez mit seinen Männern dort gelandet ist", sagte der Captain.
„Wenn sie überhaupt je dort landen", sagte der Pilot pessimistisch.

Heli hörte ein Flugzeug über ihrem Kopf brummen. Sie schaute in den Himmel.
„Das ist die Luftüberwachung, das Flugzeug zieht dort oben seine Kreise, um aufzupassen, dass sich kein unbefugter Flugkörper der Überflugverbotszone nähert", sagte der Pilot zu Heli.
„Das sieht mir aber eher nach einem ausrangierten Wrack aus, was da oben so ächzend sein Leben verflattert", sagte Heli düster.

„Verzeihung, wenn ich das so salopp und respektlos sage", entschuldigte sie
sich.
„Ist schon gut", sagte der Pilot nachsichtig grinsend.
„Es fehlt uns an Ersatzteilen, und dabei zahlen wir schon so viel
Schmiergelder an die korrupten Gangstercliquen", sagte er traurig.
„Ja, ich weiß, Ihr Präsident, Mr. Hernandez, hat Waldemar und mir davon
erzählt. In Berlin, bei einer Privataudienz in seiner Suite", erklärte Heli.
Der Pilot war erstaunt über diese Mitteilung. Heli holte weiter aus und
berichtete ihm davon.

„Na, das ist ja ein Ding", sagte der Pilot kichernd.

„Dann wissen Sie ja schon eine Menge über unsere Misswirtschaft, über
unsere desolate wirtschaftliche Lage und die schlechte Moral", sagte der Pilot.
„Und jetzt ist er immer noch nicht hier, unser guter Präsident, keine Spur von
ihm ..."
Das Flugzeug erschien wieder am Himmel.
„Jedes Flugzeug, das sich der Verbotszone nähert, wird vom Radar des
National Airports erfasst und beobachtet", erklärte der Pilot.
„Im Notfall werden Abfang-Jets gestartet, um das Flugzeug abzufangen.
Früher hat die Nationalgarde noch zusätzlich Luftabwehrraketen
bereitgehalten, um Terrorflugzeuge notfalls abzuschießen, aber die können
wir uns schon lange nicht mehr leisten", erklärte der Pilot Heli.
„Ich habe früher selber einmal solche Abfangjäger geflogen", berichtete er
stolz.
„Wir haben allerdings noch Scharfschützen auf dem Dach des Weißen Hauses
und des Kapitols, und Agenten, die die Umgebung mit Ferngläsern
beobachten, schauen Sie", sagte der Pilot und zeigte mit dem Finger auf das
Dach des Kapitols.
„Die Überwachungskameras und Sensoren auf den Pfosten der
Metallgitterzäune werden nachts immer von Plünderern und Marodeuren
abmontiert", erklärte der Pilot resigniert.
„Was denn, und kein Wachtposten hindert sie daran?" fragte Heli entgeistert.
„Wir haben nicht genug Geld, um Polizei und Soldaten dafür zu bezahlen",
erläuterte der Pilot mit einem müden Achselzucken.
„Die Luftschutzbunker unter dem Ostflügel sind alle bis auf einen eingesackt
und unbrauchbar; einfach im lehmigen Erdreich versunken", sagte er.
„Und auf viele Sicherheitskräfte ist einfach auch kein Verlass: Der Secret
Service und die Park Police, die das Anwesen bewachen, sind leider allzu oft
bestechlich und müssen daher dauernd neu ausgetauscht werden", bekannte
der Mann bekümmert.

Heli war entsetzt über die katastrophalen Verhältnisse.

„Kommen Sie, gehen wir zurück zum Weißen Haus", sagte der Pilot.

Auf ihrem Spaziergang kam Heli einem der Sperrgitterzäune sehr nahe.
„Vorsicht, Mylady, hinter dem Zaun herrscht die pure Anarchie. Einzig und allein hier drinnen haben wir noch verhältnismäßige Ordnung", sagte der Pilot warnend.
Heli lachte bitter.
„Na, wenn das hier drinnen schon die Ordnung darstellt, dann möchte ich nicht wissen, auf welche Weise erst draußen das Chaos tobt", sagte sie und schluckte.
„Sie haben es erfasst, Miss Kopter", sagte der Pilot und lachte.
Waldemar trat zu den beiden.
Skeptisch schaute Heli weiterhin durch den korrodierenden Zaun. Sie versuchte, etwas Schreckliches von draußen zu erhaschen, aber im Augenblick blieb alles ganz ruhig.
Außerdem begann es draußen gerade dunkel zu werden.
„Was schaust du so, Liebling?" fragte Waldemar Koslowski neugierig.
„Hm, mir scheint, wir sitzen hier wie in einem Indianerreservat gefangen", sagte Heli bekümmert.
„Das könnte durchaus schon so sein, vielleicht sind wir ja wirklich bald eine aussterbende Gattung", bemerkte der Pilot bissig.
„Jetzt kommen Sie!"
Waldemar legte seinen kräftigen Arm um Helis Schulter und sie schlurften zurück zum Weißen Haus.

Bald standen sie wieder vor der verblassten, berühmten weißen Villa an der Pennsylvania Avenue 1600.
Gespenstisch leuchteten die beiden eingestürzten Nebengebäude, der Ost- und der Westflügel im Abendsonnenlicht.
Captain Chesterfield sprach mit seinem Piloten aus dem Raumgleiter. Das Fahrzeug war von dem Alien nicht mit nach Washington versetzt worden. Aber vielleicht käme es noch nach, meinte der Pilot.
„Viel lieber wäre es mir, wenn der Präsident endlich auftauchen würde", murmelte Captain Chesterfield.
„Noch keine Spur von ihm?" fragte der Einsatzleiter des Sonderkommandos von Berlin-Lankwitz.
„Nein, ich habe immer noch keine Nachricht von den Männern vor dem Lincoln Memorial bekommen", berichtete der Pilot seinem Chef, „und ich stehe in dauerndem Funkkontakt mit ihnen", sagte er.
„Hm, vielleicht hat der Alien den Präsidenten und seinen Beraterstab durch einen Berechnungsfehler aus Versehen an einen anderen Ort versetzt", äußerte nun Koslowski die Befürchtung.
„Halten Sie das für möglich?" fragte Chesterfield interessiert.

„Ja, das wäre natürlich auch eine Möglichkeit ... Das ich daran noch nicht gedacht habe; aber das wäre ja eine furchtbare Panne", meinte der Pilot trocken.

„Dann irren der Präsident und seine Delegation jetzt in diesem Augenblick womöglich in den Sandwüsten der Sahara umher, oder an einem ähnlich ungemütlichen Ort", sinnierte Captain Chesterfield.

„Wo steckt eigentlich Professor Kallimachos?" fragte Heli beunruhigt, die sich umsah und ihn nirgendwo draußen entdecken konnte.

„Keine Angst, Mylady", sagte ein Militärangehöriger mit einem Maschinengewehr und Tarnanzug.

„Wir haben ihn und seine Schatulle zur Sicherheit in den einzigen intakten Luftschutzbunker unter dem Ostflügel gebracht", sagte er zu Helis Beruhigung.

„Und die Schatulle mit dem Alien ruht im sichersten Safe der Welt", sprach er.

„Denn hier draußen ist der Professor nicht mehr sicher, vor allem, wenn hier gleich völlige Finsternis einbricht. Dann ist hier nämlich nicht selten der Teufel los", erklärte der Militär.

„Sie können es vielleicht gleich selbst miterleben, dieses Schauspiel", prophezeite der Mann grimmig.

„Wieso, was passiert denn dann hier draußen?" fragte Heli erschrocken.

„Dann schießen die Streetgangs mit ihren Lasergewehren in den Park hinein", sagte ein Soldat lächelnd.

„Manchmal dringen die auch hier ein und rauben schöne Frauen", sagte der Mann mit anzüglichem Grinsen und stellte mit unverhohlenem Appetit Helis Reizen nach.

„Kommen Sie also lieber mit uns rein in den Luftschutzbunker, hähähä ..." schlug der Mann mit lefzenden Lippen vor.

„Na, wenn die Sitten hier drinnen schon so verroht sind, wie muss das dann erst draußen aussehen", sagte Heli zitternd vor dem Soldaten und Waldemar sah den verwahrlosten Militärangehörigen drohend an.

Dann brachte er Heli schnell in Sicherheit. Der sexgeile Militär lief noch mit arroganten Schritten hinter dem blonden Objekt seiner ungestillten Lüste her. Da trat Captain Chesterfield zu ihm und streckte ihn mit einem Fausthieb nieder.

„Es hilft alles nichts, wir müssen die Schatulle öffnen und den Alien befragen, wo er den Präsidenten gelassen hat", sagte Captain Chesterfield apodiktisch zu Waldemar.

„Professor Kallimachos soll sich bitte zur Kontaktaufnahme bereit machen", sagte er zu Kalinsky.

Der gab ihm recht und ließ sich in den Bunker begleiten.

Auf dem Weg zum Bunker diskutierte Heli mit Waldemar über die möglichen Nachwirkungen ihres geisterhaften Verschwindens aus der Glasbox der Allround-Corporation.

„Ich frage mich, was unser überirdischer Disappearing Act in den Augen der Öffentlichkeit bewirkt hat?" sagte sie ratlos.

„Gorsky wird bestimmt sehr sauer sein über unseren Verlust und den der Schatulle", bestätigte Koslowski.

„Aber noch weitaus dramatischer wird die Weltöffentlichkeit beeinflusst worden sein von unserem Live-Verschwinden, denn alle Kameras und Fernsehsender auf der Welt haben ja die Geschehnisse in unserem Glaskasten aufgenommen und mitgeschnitten", sagte Waldemar.

„Die ganze Welt wird jetzt aufgeregt und kopflos nach uns suchen".

„Ja, und uns Amerikanern mit Krieg drohen, wenn sie erfährt, dass wir den Alien in den USA haben und uns weigern, ihn herauszugeben", sagte Captain Chesterfield zu Waldemar.

„Ja, das fürchte ich auch", sagte Heli düster.

Im Bunker fragte Waldemar den Captain: „Haben Sie hier einen Fernseher, von dem aus wir Nachrichten von der Allround-Corporation in Berlin verfolgen können, Captain?"

„Ja, wir haben hier im Funkraum einen großen Wandbildschirm, der mit Notstromaggregat funktioniert, das „WORLD-TV"; kommen Sie", sagte Chesterfield.

„Nachts ist ja fast immer im ganzen Land der Strom abgestellt, aber auch der große Wandbildschirm ist leider trotzdem oft genug nicht betriebsbereit durch die vielen Interferenzen und Übertragungspannen. Doch wir werden es versuchen, den Berliner Welthauptstadt-Sender über Satellit hereinzubekommen", versprach er.

Sie gingen gebückt durch feuchte, enge Gänge, die bemoost waren, und durch die diverse Wasserrinnsale rannen, und von den Decken troff es auch.

„Die Chaoten da draußen zerschießen immer wieder die Satellitenantennen", sagte Chesterfield.

In der unterirdischen Nachrichtenzentrale wurde der riesige Wandbildschirm aktiviert. Sie hatten Glück: Die Verbindung konnte sofort hergestellt werden. TV Berlin war zu empfangen - mit leichtem Flimmerschnee und Qualitätseinbußen bei der Farbe.

Heli, Waldemar und Kalinsky sahen erstaunt Gorsky vor dem leeren Glaskasten herumscharwenzeln.

Auch der chinesische Außenminister, Beatrix Bohrschmand und Willibald Wastlhuber waren im Bild zu sehen, wie sie aufgeregt mit Gorsky palaverten und das unbegreifliche Verschwinden der vier großen „K" zu erklären versuchten.

„Das ist eine Live-Übertragung aus dem Konferenzsaal der Allround-Corporation", rief Waldemar Koslowski begeistert.

„Diese Szenen, die wir da gerade sehen, müssen sich etwa eine Stunde nach unserem Verschwinden abspielen, und so lange sind wir ungefähr jetzt hier in Washington", sagte Waldemar berauscht, der hektisch auf seine Uhr sah.
„Ja, das alles passiert tatsächlich gerade live in Berlin, in der Allround-Corporation, nach unserem ungeheuren, überirdischen Abgang", bestätigte nun auch Heli.
„Da, seht: Da sind auch Gerold und Gudrun von Reitzenstein! Sie diskutieren immer noch über unser mysteriöses Verschwinden", sagte sie, ganz außer sich vor Erregung.

„Da, meine Freunde, seht nur: Da unten am rechten Bildschirmrand ist ja sogar die genaue Uhrzeit eingeblendet", sagte Kalinsky plötzlich.
„10 Uhr 5O. Ja, genau eine Stunde ist das jetzt her", bestätigte er.
„Moment einmal – aber welches Datum ist denn da auf dem Bildschirmeck angezeigt?" fragte Kalinsky erstaunt.
„Der 16. September, wir haben doch aber erst den dreizehnten", sagte er verwundert und konsultierte seine Uhr.
„Jawohl, es ist erst der dreizehnte, natürlich; stimmt!" sagte er.
Captain Chesterfield und seine Soldaten kontrollierten ebenfalls die Datumsanzeige auf ihren Uhren und bestätigten übereinstimmend, es sei erst der dreizehnte September!
Ebenso der Pilot.
„Ja, natürlich, 13. September", sagte er.
Heli und Waldemar kontrollierten auch das Datum an ihrer Uhr und schüttelten widersprechend den Kopf.
„Nein, wieso, es ist ganz klar der 16. September, also heute, der Tag, an dem vor einer Stunde noch die deutsch-chinesischen Verträge in der Allround-Corporation in Berlin unterzeichnet worden sind, und dann folgten die Abschlusserklärungen von Gorsky und dem chinesischen Außenminister", sagte Waldemar.
„Nanu? Wie ist das denn möglich?" wunderte sich Kalinsky.
„Kann ich bitte mal Ihre Uhr sehen?" fragte er.
Und Waldemar und Heli zeigten ihm ihre Datumsanzeige.
„Tatsächlich, bei Ihnen ist es auch der 16. September, merkwürdig, wahrscheinlich eine Falschanzeige", vermutete er.
Doch auch die anderen Wachsoldaten, die aus Amerika stammten, bestätigten Kalinsky und Captain Chesterfield, dass der 16. September richtig sei.

„Merkwürdig, alle Insassen des Sonderkommandos aus Ihrem Raumgleiter haben den 13. September als Datumsanzeige auf ihren Uhren", sagte Kalinsky zu Captain Chesterfield.
Kalinsky hatte somit spontan die Lösung gefunden.

„Ja, natürlich, das ist es: Nur Heli und Waldemar waren nicht an der Suchaktion nach der Schatulle in Berlin-Lankwitz beteiligt: Beide waren nicht mit uns im Raumgleiter, als wir Zwölf von dem Alien nach Amerika versetzt worden sind", sagte er aufgepeitscht.
„Der Captain, sein Pilot, die acht Soldaten, Professor Kallimachos und ich"; sagte Kalinsky aufzählend.
„Wir Zwölf aus dem Raumgleiter haben alle noch das Datum vom 13. September auf unseren Uhren", sagte Kalinsky sinnierend.
„Das bedeutet, der Alien hat uns vor unserer Versetzung nach Amerika drei Tage in der Zeit eingefroren, äußerst faszinierend", sagte er elektrisiert.
„Wir haben also drei Tage verloren, die wir nicht miterlebt haben!", sprach Kalinsky.
„Und dann hat er uns beide, Kallimachos und mich, kurz vor dem Transfer in die USA ja noch eben bei Heli und Waldemar im Glaskasten abgesetzt, nämlich am besagten 16. September, heute, kurz nach Ende der deutsch-chinesischen Verhandlungen, warum nur?" fragte sich Kalinsky.
„Das also kann er auch noch, dieser Alien ist ja wirklich ein äußerst mächtiges Wesen", sagte Captain Chesterfield voller Bewunderung.
„Na, den Grund dafür werden wir später noch herausfinden", sagte Kalinsky heiter.
„Ich wette, Professor Kallimachos hat auch noch das Datum vom 13. September auf seiner Uhr", sagte er.

Da endlich wurde dem hocherfreuten Captain Chesterfield die langersehnte Ankunft des in der Zeit verschollenen Präsidenten, Miguel Hernandez, gemeldet. Auch alle seine Diplomaten und sein Beraterstab hatten die Versetzung von Berlin-Mitte nach Washington unversehrt überstanden.
Alle erhoben sich feierlich zum Begrüßungszeremoniell, als Miguel Hernandez von seiner Eskorte zur Sicherheit gleich zu allen anderen in den Luftschutzbunker geleitet wurde.

„Meine sehr verehrten Damen und Herren: Der Präsident der Vereinigten Staaten von Amerika!" verkündete sein Sprecher feierlich, und alle hatten schon Aufstellung genommen.

Heli und Waldemar standen stramm und steif nebeneinander, als der Präsident an ihnen in ebenso steifer Würde vorbeischritt. Als er die beiden wiedererkannte, lächelte er sie in freundlichem Begrüßungsritus an.

„Meine Freunde, Ihr Alien hat ganze Arbeit geleistet, ich bin überwältigt von seiner Macht und seiner Fürsorge, uns alle glücklich nach Amerika zurückgebracht zu haben, ich kann es einfach noch gar nicht recht fassen, dass es solch ein mächtiges Wesen gibt", sagte der Präsident ergriffen.

„Auch wir teilen mit Ihnen die gleiche Stimmungslage, Herr Präsident"; gestand Heli, „uns geht es da genauso wie Ihnen!"

Der Präsident sagte: „Vor allem freue ich mich, Sie beide gesund wiederzusehen, meine Freunde", sagte er euphorisch.

„Wo ist übrigens Ihr fantastischer Professor Kallimachos? Seiner Kunst der Gedankenverschmelzung mit dem Alien haben wir es allein zu verdanken, dass wir nun mit seiner Schatulle den kostbarsten Gegenstand der Welt besitzen", sagte der Präsident mit feierlicher Würde.

„Kein Mensch auf Erden hat je ein außerirdisches Wesen unter seiner Kontrolle gehabt, nichts kann je wertvoller sein als diese Schatulle, nicht alle Goldreserven von Fort Knox, kein Geldbesitz, kein sonstiger Reichtum. Aber wir werden die Macht dieses Wesens nicht zur Mehrung unserer eigenen politischen Macht missbrauchen, das verspreche ich Ihnen feierlich", sagte der Präsident.

„Ich will der Hoffnung Ausdruck geben, dass uns der Alien lediglich dann zu Diensten stehen wird, und uns gegebenenfalls beisteht, sollten wir von China und seinen neuen Verbündeten angegriffen und überfallen werden".

„Das kann ich leider nicht garantieren, der Alien ist mir selber noch ein Rätsel, Mr. President", wiederholte Professor Kallimachos, der unvermutet aufgetaucht war, zu Miguel Hernandez.

Beide Männer begrüßten sich freudig, und der kleine mausgraue Gelehrte erwiderte auf Anfrage des Präsidenten, wo die Schatulle sei, sie befinde sich im sichersten Bunkersafe.

Dann bat der Präsident zu Tisch.

Zu diesem Zweck hatte die müde, versprengte Truppe den East Room des Weißen Hauses aufgesucht, den größten, repräsentativen Saal des Präsidentensitzes. Der Saal befand sich auf der Ostseite des sogenannten State Floor, dem Erdgeschoss, in welchem sich die repräsentativen Staatsräume befinden.

„Der **East Room** wird für die verschiedensten Veranstaltungen genutzt", erklärte der Präsident seiner Tischgesellschaft, „so beispielsweise für Pressekonferenzen, Empfänge, Bälle, oder große Staatsessen", sagte Miguel Hernandez lächelnd.

„Und zu dem letztgenannten Zweck, einem Staatsessen der ganz besonderen Art, werden wir den Saal jetzt nutzen, denn einen Gast von solch überragender Bedeutung, wie sie Professor Kallimachos innehat, hat der East

Room noch nie die Ehre gehabt, zu beherbergen", sagte der Präsident und alle klatschten.

„Nein, nein, nein, bitte, meine Damen und Herren", wehrte der Gelehrte heftig den Applaus ab.

„Der bedeutendste Gast in diesem Hause bin mitnichten ich, sondern dieses Wesen hier in der Schatulle vor mir", sagte er und deutete auf das Kästchen, dem man auf der festlich gedeckten Tafel einen erhöhten Ehrenplatz eingeräumt hatte.

Ja, der Alien durfte mit anwesend sein an der Tafel. Schließlich war er der erste außerirdische Gast im Weißen Haus.

Alle beklatschten daher ausgiebig die Schatulle, die der Professor feierlich öffnen wollte. Doch dann besann er sich und ließ dem Präsidenten den Vortritt.

Dieser bedankte sich überschwänglich, nahm die Schatulle mit ehrfürchtigem Starren in die Hände und öffnete den mit Edelsteinen reichverzierten Deckel.

Alle starrten wie gebannt auf die „Eröffnungszeremonie", auch Heli und Waldemar und Kalinsky machten da keine Ausnahme.

Denn der Präsident würde den illustren Alien gleich offiziell als Ehrengast in der Runde begrüßen und willkommen heißen. Darauf würde die Dankesansprache des Präsidenten folgen, in welcher er den Außerirdischen für seine großen Verdienste ehren würde, die er sich durch die Rettung der Anwesenden am Tisch erworben hatte.

Das Alienwesen ließ sich nicht lange bitten und erschien in Form einer beruhigenden, grünen Kugel und war wieder tennisballgroß.

Es schien den Rummel um seine Person begriffen zu haben und zu verstehen, was man jetzt von ihm erwartete: Sich zu zeigen, um es zu feiern.

Fasziniert starrte Miguel Hernandez auf die im Raum herumschwirrende Kugel, noch mehr glotzten die Amerikaner, die es noch nie gesehen hatten.

Der Alien verharrte schließlich bewegungslos in der Luft. Schwebte über ihnen. Der Präsident schaute nach oben und sprach das Wesen direkt an. Mit dankbaren Worten ehrte er kurz den Einsatz des Alien und fragte ihn auch, ob er was für ihn tun könne. Das Wesen blieb stumm und schillerte in allen möglichen Grüntönen.

„Ich würde Sie, verehrter Alien-Freund, ja gerne an unserem Mahl teilnehmen lassen, doch glaube ich zu wissen, dass Sie sich wahrscheinlich nur von geistiger Energie ernähren", sagte Miguel Hernandez ehrfürchtig.

Der Alien summte wie zur Bejahung.

Alle klatschten und lobpreisten ihn. Dann verschwand die grüne Kugel wieder in der Schatulle. Der Präsident verschloss den Deckel. Er gab die Schatulle an Professor Kallimachos zurück.

„Und nun, liebe Freunde, lasst uns essen“, sagte er andächtig.

„Leider bin ich lediglich in der Lage, wie ich zu meiner Schande gestehen muss, Ihnen nur ein äußerst karges Mahl auftischen zu können, liebe Gäste, da die Lebensmitttelrationierung auch voll auf das Weiße Haus durchgeschlagen hat“, gestand er zerknirscht.
„Solch ein exklusives Festessen, wie wir es vor drei Tagen in der Allround-Corporation bei Ihnen in Berlin genießen durften, bin ich leider nicht imstande, Ihnen zu bieten“, sagte er bedauernd.
„Nur die Mafiabanden und korrupten Politiker können sich in ihren abgeschotteten Villen jeden Tag ein Festmahl leisten“, ergänzte er mit gequältem Lachen.
Da erschien mit betrübter Miene der Butler des Präsidenten und sagte vernehmlich für alle: „Es tut mir Leid, Mr. President, ich habe schlechte Nachrichten zu überbringen: Es ist einfach schrecklich, Sir, die Ratten sind wieder massiv in die Speicher eingedrungen und haben uns fast alle Lebensmittelvorräte weggefressen, auch die aus den Kellerräumen“, berichtete der Butler resigniert.
Alle stöhnten auf und sahen sich fragend an.
„Aber die gute Nachricht, Sir: Wir haben noch jede Menge Büchsenvorräte. An die kommen zum Glück auch die hungrigsten Nager nicht heran“, sagte der Butler mit wesentlich freudigerer Miene.
„Na schön, dann müssen wir uns heute eben mit Nahrung aus der Dose begnügen“, sagte der Präsident indigniert.
„Tja, meine lieben Freunde, Sie sehen nun selber, wie es um unser ehemals so stolzes Volk inzwischen bestellt ist“, sagte der Präsident mit säuerlichem Lächeln und sah Heli und Waldemar verdrossen an.
„Wenn Sie also unter diesen tristen Umständen weiterhin darauf bestehen sollten, in den USA politisches Asyl erhalten zu wollen ... Dann wissen Sie jetzt ja, was Ihnen blüht, und das ist leider erst der Anfang der Einschränkungen und Fallstricke in unserem Leben“, prognostizierte Miguel Hernandez düster.
Zur Entspannung lachten alle Tischgäste leise in die Runde.
Man aß also ganz spartanisch das Büchsenfleisch und das Dosenobst. Wider Erwarten schmeckte es ganz gut.
„Ist eh nahrhafter“, sagte Heli sachlich.
„Eben, Hauptsache, man wird satt“, sagte Waldemar abgeklärt.

Die beiden deutschen Programmierer ließen ihre übermüdeten Augen gegen Ende ihrer Mahlzeit wehmütig durch den East Room schweifen: Die Säulen des Weißen Hauses waren aus italienischem Marmor, doch der war schon arg zerplittert an vielen Stellen.

Und die vergoldeten Ornamente auf den Treppengeländern und an den Decken waren vielfach schon verblasst und glanzlos, wie Heli und Waldemar betrübt feststellen mussten.

Nach dem Essen gewährte der Präsident Heli und Waldemar Zugang zu seinen Privatgemächern.

Dort verbrachten sie ihre erste Nacht in den Vereinigten Staaten.

Die Nacht verlief relativ ruhig. Nur einmal schlug ein Laserblitz nahe ihrer Ruhestätte ein, und Heli erwachte mit einem Schrei und klammerte sich ängstlich an Waldemar.
Wachen kamen angelaufen und erkundigten sich höflich, ob alles in Ordnung wäre, ob die beiden unverletzt wären.
„Nur ein wenig Putz flog von der Decke", bestätigte Waldemar lachend.
Waldemar schlief als Erster wieder ein, doch Heli sah im fahlen Licht ihrer Taschenlampe eine Ratte im Zimmer weghuschen.
Nur mit Widerwillen fand sie wieder zur Nachtruhe.

Am nächsten Morgen, dem 17. September, lud der Präsident nach dem Frühstück Heli und Waldemar, das exilierte Weltpräsidentenpaar, zu einem Ausflug in die nähere Umgebung des Weißen Hauses ein: Zu einem organisierten, schwerbewachten Spaziergang in die dichten Wälder Washingtons.
„Meine Güte, war es denn wirklich nötig, Mr. President, gleich ein ganzes Heer für solch einen kurzen Spaziergang zu mobilisieren?" beklagte sich Herlinde Kopter leicht verdattert beim Präsidenten.

„Anders geht es leider nicht, Fräulein Herlinde", sagte Miguel Hernandez mit Bedauern, „ich habe Ihnen ja schon vor vier Tagen in Berlin erzählt, wie hoffnungslos kriminell unser Land inzwischen geworden ist", sagte er ernst.
Der Wald wimmelte vor Soldaten und kleinen Aufklärungsraumgleitern.
„Ich habe Ihnen ja ebenfalls schon mitgeteilt: Außerhalb unserer Umzäunung vom Gelände des Weißen Hauses herrscht die absolute Anarchie", sagte der Präsident.
Soldaten suchten mit Sensoren alles ab, was irgendwie gefährlich aussah.
Zehn Leibwächter hatte allein Herlinde, die keinen Zoll von ihr wichen.
Bückte sie sich nach einer seltenen Pflanze im Wald, gingen auch die Bodyguards gleichzeitig mit ihr in die Knie. Es sah aus wie ein groteskes Synchron-Ballett.
Streichelte sie eine exotische Kröte, die sie am Wegesrand fand, desinfizierten die mitgeführten Seuchenexperten ihr gleich danach die Hände.
Waldemar lachte.

Heli aber war zutiefst verstimmt, als sie auf einer Lichtung von einem Strauch ein paar Beeren pflückte, die ihr die Seuchenexperten entsetzt sofort wieder abnahmen, als sie sie in den Mund stecken wollte.

„Nicht, Miss Coapter, die könnten giftig sein, oder extra für uns alle vergiftet worden sein, ich muss sie erst analysieren lassen", sagte der Experte und hielt sein Mikroskop bereit.
„Jetzt übertreiben Sie aber wirklich", schimpfte Heli, aber Waldemar lachte noch lauter als zuvor.
Heli warf den Rest der Beeren nach ihm. Sofort stürzten sich die Wissenschaftler auf ihn, um ihn zu untersuchen.
Entrüstet sagte Herlinde zu Miguel Hernandez: „Ausgerechnet im angeblich freiesten und demokratischsten Land der Welt können wir uns weniger frei bewegen als in Gorskys Diktatur in Berlin; das ist einfach paradox, Herr Präsident", sagte sie erschüttert.
„Das ist einfach grotesk, jeder Schritt, den wir machen, muss angeblich vorher kontrolliert werden! Wollen Sie nicht auch noch lieber gleich die Luft um uns herum vorher auf ihren Schadstoffgehalt hin messen lassen, bevor wir sie einatmen?!" fragte Heli sarkastisch.
„Es ist doch besser, wenn man sich rundherum absichert, Herr Präsident!" sagte Heli wütend.
„Ist schon gemessen worden, ist gut, die Luft", sagte ein tschechischer Luft-Experte lächelnd zu Heli.
„Aber nur bis zu nächste Biegung, dann wir missen umkährän", ergänzte er sachkundig.
Unter großer Bewachung marschierte man schließlich heimwärts, bis zum Rande des Waldes. Dann brachten ein großer Raumgleiter und Dutzende Begleitfahrzeuge alle Ausflügler wieder sicher in ihr umfriedetes Gehege zurück, ins Weiße Haus.
„Wir leben hier wie in einem großen Affenhaus", sagte Heli bitter.

Washington, 18. September 2999, auf dem Hügel vor dem Kapitol.

Am nächsten Morgen bekamen Heli und Waldemar von einem Verwaltungsfachmann eine große Chipkarte ausgehändigt.
„Danke, aber was ist das?" fragte Heli.
„Ihre Waldkarte", sagte der Beamte lächelnd.
„Meine was?" fragte Heli lachend.
Der Mann erklärte es ihr.
„Durch die chronische Überbevölkerung sind wir leider gezwungen, das Waldnutzungsrecht für Spaziergänger in zeitliche Parzellen aufzuteilen ..."
Heli lachte.
„In was, bitte?"

Der Mann lächelte.

Miguel Hernandez trat zu ihnen.

„Das heißt, Miss Kopter, dass die Aufenthaltsdauer jedes Bürgers in den Wäldern von Washington reduziert werden muss auf eine Stunde wöchentlich", erklärte der Präsident.

„Daher erhält jeder Bürger des Bundesdistrikts von Columbia eine sogenannte „Waldkarte", die ihn berechtigt, sein Waldnutzungsrecht von 60 Minuten einmal in der Woche zu wechselnden Uhrzeiten wahrzunehmen", sagte der Präsident zu Heli.

„Das soll wohl ein Scherz sein, Sir?" fragte Heli ungläubig.

„Ist das etwa der berühmte amerikanische Humor?"

„Leider nicht, ich wünschte, es wäre so", sagte der Präsident zerknirscht.

„Nun ist es aber so: Verzichtet ein Bürger auf seine wöchentliche Waldnutzungsstunde, sei es, dass er keine Zeit hat, zum Beispiel am 2O. September von 14-15 Uhr sein Waldnutzungsrecht wahrzunehmen, sei es, er ist krank geworden, oder er hat einfach nur keine Lust auf einen Waldspaziergang zur ausgeschriebenen Zeit, dann kann er diese „Waldstunde" einer anderen Person übertragen. Gegen Bezahlung oder auch umsonst, das ist egal", erklärte Miguel Hernandez.

„Schauen Sie, hier auf Ihrer Karte steht zum Beispiel, dass Sie demnächst am 3O. September das Recht haben, in den Wald zu gehen, von 23 Uhr bis 24 Uhr", sagte der Präsident und Heli schaute auf die Chipkarte.

„Aber das ist ja ganz entsetzlich, dieses furchtbar eingeengte Leben", sagte sie entsetzt.

„Und wer hat schon Lust, von 23 bis 24 Uhr in den Wald zu gehen, das ist ja schauderhaft – und eventuell gefährlich! Wer weiß schon, was für finsteres Gesindel sich da im Wald herumtreibt", sagte Heli und schüttelte sich wie ein Hund.

Waldemar lachte.

„Sehen Sie, und deswegen tauschen viele Leute ja auch ihre Waldstunde gegen eine andere, passendere Zeit um", sagte der Präsident.

„Nachtschwärmer zum Beispiel wären wiederum vielleicht ganz froh darüber, wenn sie gerade Ihre Nachtstunde im Wald nutzen könnten", sprach der Präsident lächelnd.

„Na, die würde ich sofort eintauschen", sagte Heli finster.

„Das brauchen Sie gar nicht"; sagte Miguel Hernandez lächelnd.

„Hier habe ich zum Beispiel eine andere Zeit für Sie: Einer meiner Männer hat heute keine Zeit für seine Waldstunde, weil er dienstlich nach New York muss, daher können Sie seine Stunde nutzen; Sie könnten also heute von 16-17 Uhr schon wieder in den Wald, na, ist das nichts?" lockte sie der Präsident.

„Aber doch wahrscheinlich wieder nur mit einem ganzen Heer von Bewachern und Gesundheitsfanatikern", äußerte Heli die Befürchtung.

„Selbstverständlich, solch eine gefährdete Persönlichkeit wie Sie kann ich doch unmöglich allein im Wald spazierengehen lassen", sagte der Präsident.
„Nein, danke, unter diesen Umständen verzichte ich gerne", sagte Heli enttäuscht.
„Ich würde stattdessen viel lieber mit Ihrem Mann mitfahren, der dienstlich nach New York muss", gestand Heli interessiert.
„Ich würde gerne mal die Stadt kennenlernen, ist das möglich?" fragte sie voller Eifer.

„Leider unmöglich – diese Stadt ist tabu für Sie, meine liebe Herlinde", sagte der Präsident und streichelte sanft Helis Hände.

„Viel zu kriminell, zu gefährlich; das Bandenunwesen und das Chaos in New York sind einfach unbeschreiblich, und dann der Schmutz und der Müll, der sich meterhoch in den Straßen türmt", warnte der Präsident bedauernd.
„Und erst die vielen Ratten und die Seuchen!" warnte der Präsident dramatisch.
„Selbst die Bundespolizei traut sich dort nur mit einem ganzen Heer von Bewachern und Laserpanzern und Begleitraumschiffen hinein. So komme übrigens auch ich nur hinein nach New York, wenn ich mal eine dienstliche Besprechung dort habe", erklärte er.
„Na, das sind ja schöne Aussichten", jammerte Heli enttäuscht.
„Nehmen Sie es nicht so schwer", sagte Miguel Hernandez tröstend zu Heli und legte ihr seine Hand auf die Schulter.
„Meine Ehefrau Kassandra zum Beispiel ist mit solch einem Begleitheer vor fünf Tagen mitsamt unserer Tochter Pythia nach New York zum Shopping aufgebrochen, und sie kann nicht zurückkehren, weil marodierende Banden die Stadt belagern ... Sie haben den Raumgleiter und die Begleitkonvoiflotte meiner Frau zerstört", sagte der Präsident traurig.
„Wahnsinn, das sind ja unmögliche Verhältnisse bei Ihnen, Mr. President", sagte Heli schockiert, die von einem Schrecken in den anderen fiel.
„Wie kommen denn die beiden Unglücklichen nun zurück nach Washington?" fragte sie bange.
„Das geht schon, wir haben eine Flotte von Rettungsschiffen nach New York geschickt; noch ein paar Tage, und sie werden sich den Weg freigeschossen haben zum Luftschutzbunker, in dem Kassandra und Pythia Zuflucht gefunden haben, und in dem sie seit fünf Tagen ausharren", sagte Miguel Hernandez zuversichtlich.
„Oh, Himmel, ich glaube, ich verzichte vorerst auf einen Besuch in New York", sagte Heli einsichtig.
„Das würde ich Ihnen auch dringend raten", sagte der Präsident.
„Könnte man nicht die Kraft des Alien dazu einsetzen, Ihre Frau und Ihre Tochter zu befreien?" fragte nun Waldemar Koslowski.

„Und könnte dieses mächtige Wesen nicht auch die plündernden Horden in New York zur Räson bringen?" schlug er vor.
„Das wäre vielleicht eine Möglichkeit, ich werde mit Professor Kallimachos darüber reden", sagte der Präsident und nickte.

„Bekommt eigentlich auch der Alien in der Schatulle eine Waldkarte zugeteilt?" fragte Heli nun mit aufsässigem Tonfall den Präsidenten.

Denn sie war nun in der Tat mächtig geladen. Die unmöglichen und untragbaren Lebensverhältnisse in Amerika ließen ihren Zorn hochlodern. Sie war streitlustig und fühlte das Bedürfnis, das auch ausgiebig zu zeigen.
Der Präsident sah sie schräg an. Waldemar lachte verhalten.
„Sagen Sie mir bitte, wenn er dran ist mit seinem Spaziergang in der freien Natur, ich melde mich dann freiwillig, ihn zu begleiten", sagte Heli bitter.
Jetzt lachte auch der Präsident.
„Heli, Sie sind wirklich einmalig", sagte Miguel Hernandez amüsiert.
Sie sah feindselig zu ihm auf.

„Woher wollen Sie das wissen, Mr. President? Sie haben ja noch gar nicht mit mir geschlafen", sagte sie streitlustig und durchaus zu ordinärem Gehabe aufgelegt.
Waldemar erschrak heftig.
„Herlinde, was ist denn in dich gefahren? Bist du völlig verrückt geworden? Treib es nicht zu weit, du ..."
Sachlich wiegelte der Präsident ab.
„Lassen Sie es gut sein, lieber Herr Koslowski", sagte er lachend und keineswegs verstimmt.
Heli trat mehrere Schritte abseits.

„Die junge Dame hat viel durchgemacht, da ist es kein Wunder, dass sie mal verbal Dampf ablassen muss, auch bei ihren Freunden, das ist völlig verständlich", sagte der Präsident voller Anteilnahme und hinderte Waldemar daran, Heli nachzulaufen.

Sie befanden sich alle noch vor dem erhöht gelegenen Kapitol, dem Kongresspalast in Washington, in dem sich die Sitzungssäle des Senats und das Repräsentantenhaus befanden. Etwa zwei Kilometer nordwestlich vom Kapitol befand sich das Weiße Haus.
„Kommen Sie, meine Freunde, gehen wir zu Fuß zurück zum Weißen Haus, ein kleiner Spaziergang wird uns allen gut tun, es ist so schönes Wetter und die Sonne scheint", sagte der Präsident.
Alle waren einverstanden.
Seine Bodyguards setzten sich als Erste in Bewegung, dann folgten Heli, Waldemar und Kalinsky.

Washington, 19. September: Umgebung um das Weiße Haus;

Früh morgens: Heli und Waldemar gehen vor dem Lincoln Memorial spazieren.

Der nächste Tag brachte eine große Überraschung für alle Bewohner des Weißen Hauses.
Die Wachen lösten Alarm aus.
Ein unbekannter, unidentifizierter Raumgleiter war in den Luftraum über dem Weißen Haus eingedrungen! Ein unerhörter Vorgang! Die Abfang-Jets waren aufgestiegen, um das Raumfahrzeug zu beobachten und gegebenenfalls abzufangen.
Noch ahnten Heli und Waldemar nichts davon am frühen Morgen des 19. September, als sie zwanglos den alten Marmorheiligen Abraham Lincoln auf seinem Thron betrachteten. Denn noch war kein Alarm gegeben worden.
„Hier sind wir vor drei Tagen gelandet“, sagte Heli wehmütig.
„Und schon habe ich Heimweh nach Berlin“, gestand sie traurig.
„Ich weiß, aber nur, weil hier das ganze tägliche Leben wegen des Chaos-Landes strengstens reglementiert ist“, sagte Waldemar Koslowski und streichelte ihre Haare.
„Kein Wunder, dass du da Heimweh bekommst, mir geht es genauso“, gestand er.
Waldemar hielt eine Ausgabe der „Washington Post“ in den Händen.

„Wahnsinn, die ganze Welt sucht nach uns, dem „verschwundenen Weltpräsidentenpaar“, aber vor allem fragen sich alle, was aus dem „Alien von Berlin“ geworden ist“, las Waldemar aus der Zeitung vor.

„STÜRZT JETZT GORSKY?“

lautete die Schlagzeile der Berliner Zeitung vom 19. September.

„Zeig´ mal her“, sagte Heli und nahm sich den Artikel zur Brust.
Dann reichte ihr Waldemar die anderen Zeitungen.
„Amerika again mightiest power of the World“, las sie in der „Washington Post“.
„Amerika wieder Weltmacht! Durch den Besitz des Alien!“, übersetzte sie für sich selber die Schlagzeile.
„Unzurechnungsfähiger Diktator von Berlin droht mit Weltkrieg!“, las Heli in der „FAZ“.

„GORSKY AM ENDE?“ fragte das Hamburger Abendblatt.

„China warnt Hermann Gorsky vor übereilten Handlungen!", las Heli laut vor.

„Na immerhin ein Lichtblick, festzustellen, dass unsere chinesischen Verbündeten sogar viel vernünftiger und umsichtiger sind als unser eigener, verrückter, durchgeknallter Staatschef Gorsky", sagte Heli mit leichter Genugtuung.
„Das finde ich immerhin sehr ermutigend, dass die Chinesen den scharfen Hund Gorsky im Zaum halten", sagte sie.
„Hier, hör mal, was die SZ aus München schreibt:"

„CHINA PFEIFT HARDLINER GORSKY ZURÜCK:

KEINE KONFLIKTE MIT AMERIKA HERBEIFÜHREN!

Chinesischer Außenminister will Vereinigte Staaten von Amerika besuchen."

„Oh ja, das ist in der Tat beruhigend, eine gute Nachricht!" sagte auch Waldemar Koslowski.
„Wenn selbst die Chinesen Gorsky schon so vehement widersprechen und so tapfer bestrebt sind, die weltpolitische Lage zu deseskalieren, dann könnten sie unseren verbiesterten Kriegstreiber Gorsky doch auch gleich wieder absetzen", sagte Heli zu Waldemar.
Er schaute ihr ins Gesicht.
„Und wer sagt dir, dass sie in nächster Zeit nicht genau das vorhaben?" fragte er zurück.
Er gab ihr eine andere Zeitung mit markierter Leuchtstiftschlagzeile:

„CHINA DROHT GORSKY MIT ABSETZUNG: KEIN KRIEG MIT DEN USA!!!"

STAATSCHEF LING LANG verärgert über Gorskys paranoide Eskapaden!
„Neue Zürcher Zeitung", 19. September.
Heli lachte.

Da schrillten plötzlich die Alarmsirenen!

Soldaten umstellten das Lincoln Memorial und forderten Heli und Waldemar dringend auf, den Luftschutzbunker aufzusuchen.

Die beiden nickten und rannten mit ihren Bodyguards über die Wiese.
Alle Menschen hasteten kopflos umher.
„Was hat denn das zu bedeuten?", fragte Heli und lief mit Waldemar um die Wette.

Doch der ganze Aufruhr um den irrlichternden Raumgleiter legte sich schnell wieder, und der Alarm wurde aufgehoben.

Denn den Abfangjägern war es rasch gelungen, das Raumfahrzeug zu umkreisen und auf den Kontrollparkplatz zu dirigieren. Es handelte sich zum Glück noch nicht um die Vorhut der befürchteten Invasionsflotte von Berlin, sondern lediglich um die Privatraumfähre von Egmont von Reitzenstein, der es nach fast fünfzig Stunden einer endlosen Irrfahrt geschafft hatte, von Heliopolis bis nach Washington zu fliehen.

Mit ihm stieg sein völlig erschöpfter Fahrer Jenkins aus der umstellten Raumfähre, der indigniert auf seinen Chef schimpfte, was sonst gar nicht die Art des abgeklärten, kultivierten Chauffeurs aus London war.

Der weltberühmte Ex-Herrscher von Terra Nova wurde sofort vom amerikanischen Geheimdienst vernommen.

Einen Tag später, am 20. September, kam es für Egmont zu einer persönlichen Begegnung mit Präsident Hernandez.

Das Treffen zog sich lang und ausgiebig hin. Wie zu erwarten war, bat Egmont um politisches Asyl. Der Terranovianer, der vorgab, ein geläuterter Demokrat geworden zu sein, erzählte lang und breit von seiner Flucht und fragte sofort, ob Nachrichten von seiner Nichte Marion vorlägen.

Der mit Recht misstrauische Miguel Hernandez erteilte dem Flüchtling keine Auskünfte darüber.

Danach wurde Egmont erst einmal im Hausarrest untergebracht, bis man entscheiden würde, was mit ihm zu geschehen habe.

Groß war die Furcht von Herlinde Kopter, als sie noch im Sicherheitsbunker von Egmonts Ankunft erfuhr. Sofort fragte sie erschrocken nach, ob sich etwa auch seine Nichte Marion unter den Flüchtlingen befände. Denn Heli befürchtete nach wie vor einen neuen Anschlag auf ihr Leben.

Sie kannte den Charakter der rachsüchtigen Ex-Generalin der Sternenflotte von Heliopolis nur zu gut.

Erst auf wiederholte Versicherung von Seiten des Präsidenten, in dem Raumgleiter hätten sich nur Egmont und sein Chauffeur befunden, befiel die arme Heli endlich wieder eine grenzenlose Erleichterung.

Der erschöpfte Egmont von Reitzenstein hatte naturgemäß viele Fragen an den Präsidenten.

Vor allem begehrte er Auskunft über den Aufenthaltsort des Alien aus der Schatulle. War das Wesen wirklich in Amerika gelandet? Und mit ihm die „Vier großen K"?

Doch der Präsident ließ ihn schlauerweise im Ungewissen.

Ob er mit Herlinde Kopter sprechen könne? fragte Egmont einfach drauflos.
„Tut mir Leid, ich kann Ihnen auf Ihre begreiflichen Fragen noch keine
Antwort geben, ehe ich nicht weiß, wie es wirklich um Ihre politische
Gesinnung bestellt ist, wie Sie zu den Vereinigten Staaten von Amerika
stehen, und was für Verhältnisse jetzt in der Welthauptstadt Berlin herrschen“,
sagte ihm der Präsident und ließ ihn danach erst einmal internieren.

Washington, 21. September, Weißes Haus, Amtssitz des Präsidenten der
Vereinigten Staaten von Amerika.

Der Präsident und seine Sicherheitsberater befanden sich in einer
hochbrisanten Krisensitzung im Oval Office.

Es war dem Präsidenten klar, dass sich auch das geduldige China nicht ewig
hinhalten lassen würde.

So riet es zwar in der Behandlung von Amerika weiterhin zu Mäßigung und
vorsichtiger Annnäherung, doch allmählich wurde der chinesische
Verhandlungston dringlicher.
China erbat sich nun endlich Informationen über den Verbleib des Alien und
des durch ihn verschwundenen „Weltpräsidentenpaares“ aus Berlin.
Denn die chinesische Nation war verständlicherweise um den Weltfrieden
besorgt, solange Amerika sich weigerte, die chinesischen
Kontaktbemühungen zu erwidern und ihre Anfragen weiterhin ignorierte.
Schließlich sei Amerika ja jetzt vermutlich im Besitz der „gefährlichsten
Waffe der Welt“, indem es den Alien „ganz für sich allein beanspruchte“.
China war es daran gelegen, zu erfahren, was Miguel Hernandez bezwecke, in
Zukunft mit dem Wesen anzustellen.
Ebenso wie Gorsky in Berlin wünschte sich die „Kaiserliche Volksrepublik
China“ die Rückkehr von Herlinde Kopter und Waldemar Koslowski nach
Deutschland.
Oder wenigstens Nachrichten von ihrem Aufenthaltsort.

Der sich nach wie vor in Berlin aufhaltende chinesische Außenminister,
dessen wiederholte Bemühungen, mit dem Alienableger aus dem „Gewissen“
zu einer positiven politischen Übereinkunft zu kommen, als endgültig
gescheitert zu betrachten waren, wurde von China abberufen in die Heimat.

Und bald danach verschärfte sich auch langsam der Ton in der chinesischen
Presse im Umgang mit Amerika.

Washington, 22. September: Fortsetzung der Krisensitzung im Oval Office, im Weißen Haus.

„CHINA ADMONISHES AMERICA" - „CHINA ERMAHNT AMERIKA",
las Miguel Hernandez in der „Washington Post".
„China fordert Erklärung von den USA" – „Warum sperrt sich Amerika gegen eine Aussprache?", fragte eine bekannte, chinesische Tageszeitung.
Andere Schlagzeilen von anderen Blättern lauteten in etwa: „China enttäuscht von den USA", „Was ist los in AMERIKA?"; „Auch Gorsky am ENDE SEINER GEDULD", „Peking dringend an Verhandlungen mit den USA interessiert", usw.

Resigniert schob der Präsident den Stapel von Zeitungen beiseite.

„Das war natürlich zu erwarten, dass solcherlei Reaktionen von den Chinesen nicht ausbleiben konnten", sagte er müde.
Sein Außenminister, Hiram Singh, bejahte.
Als erste Maßnahme zur Entschärfung der China-Krise entschloss sich der Präsident, das Treffen mit dem neuen chinesischen Außenminister eiligst nachzuholen.
Sein Blick fiel auf eine andere, achtlos liegengebliebene Zeitung, die „Heliopolis-News" vom 22. September:

„GEROLD von REITZENSTEIN IN TERRA NOVA WÜNSCHT DRINGEND AUSSPRACHE MIT PRÄSIDENT HERNANDEZ IN AMERIKA!", las er.

Der Präsident lächelte.
„Also auch er! - Natürlich, das war ja zu erwarten!" sagte er seufzend.
„Aber in Wirklichkeit wünscht sich der neue Staatschef von TERRA NOVA natürlich eher einen Kontakt mit dem Alien, als mit mir, das ist doch der wahre Grund für seinen Wunsch, zu mir nach Washington zu pilgern", sagte Miguel Hernandez und sein Krisenstab lächelte zustimmend.

„Aber wie soll ich denn mit all diesen Politikern und Staatschefs dieser Welt über einen Alien verhandeln, von dem ich selber noch so gut wie nichts weiß, dessen Wesen mir so fremd ist wie der Andromedanebel? Wer weiß, ob es mir überhaupt gelingt, dieses Wesen je wieder in irgendeiner Weise aktiv werden zu lassen, beziehungsweise: Ob es Professor Kallimachos gelingt, dem Alien irgendeine Meinung zur Lösung unserer Probleme in Amerika zu entlocken, geschweige denn, ihn zu einer Handlung zu bewegen?"
„Gut argumentiert", sagte der Außenminister zu seinem Präsidenten.
„Hier", sagte die Sicherheitsberaterin des Präsidenten, Eliza Powerful, zu Miguel Hernandez, und reichte ihm eine andere Zeitung.

Der Präsident schaute auf die Schlagzeile.

„HILFE! DIE CHINESEN KOMMEN!"

Flüchtlingsstrom aus TERRA NOVA hält unvermindert an!

EINWOHNER VON HELIOPOLIS fliehen in Scharen vor chinesischen Besatzungstruppen!

Staatschef Gerold von Reitzenstein ratlos!

Alle Flüchtlingsraumfähren sind hoffnungslos überfüllt! Die Raumschiffe legen Tag und Nacht ab!

Rund um die Uhr hat der Weltraumbahnhof von Heliopolis Hochbetrieb!

„THE TIMES", London, 22. September.

„Oha! Die Terranovianer scheinen unsere chinesischen Freunde am wenigsten zu mögen", konstatierte der amerikanische Präsident.
„Ganz recht, Sir", erwiderte Eliza Powerful.
„Bald werden wir hier in Amerika von einer Flüchtlingswelle aus Heliopolis ohnegleichen überrollt werden, fürchte ich, Mr. President".
„Du meine Güte, das hat uns gerade noch gefehlt", sagte der Präsident verstimmt.
„Bei all den Problemen, die wir hier eh´ schon haben!"
„Und meine Frau und meine Tochter sind immer noch nicht zurück", sagte er seufzend.
Er ließ sich eine andere Zeitung vorlegen:

„HELIOPOLIS DROHT TOTALE AUSDÜNNUNG SEINER BEVÖLKERUNG!"

GEROLD VON REITZENSTEIN ERWÄGT AUSREISEVERBOT FÜR DIE TERRANOVIANER!

--- WIRD von REITZENSTEIN zum ZWEITEN WALTER ULBRICHT?
(NEUE ZÜRCHER ZEITUNG; 22. September);

ELIZA POWERFUL, die perfekt Deutsch beherrschte, übersetzte ihrem Präsidenten den Artikel in der Zeitung in allen Einzelheiten.

„Aber was sollen wir mit dem Alien tun? Sollen wir ihn etwa für die ausländischen Besucherdelegationen in eine Glasvitrine stecken und die Schatulle auf diese Art für die Diplomaten aus aller Welt zur Schau stellen?" fragte die Sicherheitsberaterin.

„Am besten gleich mit geöffnetem Deckel?" fragte Eliza Powerful sarkastisch.

„Was bleibt uns anderes übrig?" fragte Miguel Hernandez seufzend.

„Vielleicht wäre diese Methode sogar die beste Art, zu demonstrieren, dass das außerirdische Wesen im Grunde seines Herzens friedlich ist, und dass die Chinesen und die Deutschen nichts von ihm zu befürchten haben", meinte der Präsident.

„Vielleicht geben sich die diplomatischen Unterhändler damit schon zufrieden?" meinte er lächelnd.

„Und das glauben Sie wirklich, Sir?" fragte Eliza Powerful mit argwöhnischer Miene.

„Warum nicht? Wenn es Professor Kallimachos dann noch gelingen sollte, den Alien durch Gedankenübertragung aus seiner Schatulle herauszulocken, und die Leuchtkugel schließlich friedlich im East Room herumschwebt, dann dürfte das doch einen angenehmen Eindruck auf all die hysterischen Zweifler aus aller Welt machen", meinte der Präsident lächelnd.

„Und wenn der Alien diesmal nicht aus seiner Schatulle herausflattern will, was dann, Mr. President?" fragte die Sicherheitsberaterin besorgt.

„Nun", sagte Miguel Hernandez grinsend und kraulte Eliza Powerfuls schönes Kinn, „in dem Fall kommen Sie zum Einsatz, meine Teuerste. Dann stellen Sie sich vor die Schatulle und lassen die volle Skala Ihres liebreizenden Charmes spielen ... Der Alien wäre ja ein kompletter Narr, wenn er dann nicht herauskommen würde", sagte Miguel Hernandez und der komplette Krisenstab brach in heiteres Gelächter aus.

„Aber Sir, ... Ich verstehe wirklich nicht, warum Sie keine Gelegenheit auslassen, mich immer wieder zu brüskieren", sagte Eliza eingeschnappt und verließ den Krisentisch des Präsidenten.

„Aber ich bitte Sie, meine Liebe, das tue ich doch gerne", sagte der Präsident und das Lachen schwoll von neuem an.

Washington, Weißes Haus, 23. September;

Um die weltpolitische Krise erst einmal leidlich zu entspannen, gab der Präsident der Vereinigten Staaten von Amerika an diesem Tag eine internationale Pressemitteilung in alle Welt hinaus, in welcher er zugab, „im Besitz des Aliens zu sein".

Auch die Anwesenheit der „K-Truppe", also von Kopter, Koslowski, Kallimachos und Kalinsky in Amerika verschwieg er nicht länger. In Berlin waren die Vier im Volksmund bald als die „K"-os-Truppe" verschrien.

Der amerikanische Präsident beteuerte jedoch seinen Friedenswillen, und versprach, die Macht des Alien unter keinen, wie auch immer gearteten Umständen, gegen Berlin, China oder Terra Nova einzusetzen.

Der chinesische Außenminister war für eine eilige Krisensitzung schon für den 24. September nach Washington D. C., ins Pentagon eingeladen worden.
Heli und Waldemar erlebten an diesem Tag, dem 23. September, aber erst einmal eine unruhige Nacht.
In ihrem Gästebungalow auf dem Gelände des Weißen Hauses fand nämlich gegen 23 Uhr ein Einbruchsversuch statt. Während die beiden fest schliefen!

Kaum hatte man die beiden dort einquartiert, ging die Sache schon schief: Gleich am ersten Tag wurden gegen 23 Uhr die Wachen vor dem Hochsicherheitsbungalow des Weltpräsidentenpaares auf unerklärliche Weise betäubt und alle Alarmsysteme außer Gefecht gesetzt. Ein halbes Dutzend unheimlicher Schattengestalten war bis in das Schlafzimmer der beiden eingedrungen und hatte offenbar vor, ihnen etwas anzutun.

Heli erwachte aber rechtzeitig und schrie. Waldemar fuhr aus dem Schlaf hoch und griff die unbekannten Vermummten sofort an. Sogleich kam ihnen auch Kalinsky zu Hilfe, der nebenan schlief.
Im Nu war der ganze Raum voller Elitesoldaten des Präsidenten, und diese betäubten die Eindringlinge mit ihren Laserwaffen.
„Waldemar, das war diesmal knapp, was waren das für Leute?" fragte Heli ganz aufgelöst, als Koslowski sie in den Arm nahm.
„Das werden wir gleich wissen, Fischmund", sagte er hastig und Captain Chesterfield riss einem der Männer die Maske herunter.
Es waren Männer verschiedener Nationalitäten, wie sich herausstellte. Alle möglichen Rassen waren dabei.
„Oh, Waldo, wann werden wir beide denn endlich einmal zur Ruhe kommen?" fragte Heli schlaftrunken.
„Eines Tages geht das mal schief, das sage ich dir, Liebling ...", sagte sie.
„Danke, dass Sie so schnell und effizient eingegriffen haben"; bedankte sich Waldemar bei Captain Chesterfield und seinen Männern.
„Hm, was glauben Sie, Captain, was die Kerle von uns gewollt haben?" fragte er.
„Umbringen wollten sie uns natürlich, was denn sonst?" sagte Heli entrüstet.
„Das glaube ich eigentlich nicht direkt, aber wir werden es im Verhör herausfinden", sagte der Captain.

Ein paar Stunden später stellte es sich heraus, dass alle Eindringlinge Amerikaner waren und Englisch sprachen.

Sie gehörten einer Eliteeinheit von privaten Kampftruppen an, die von einer amerikanischen Gangsterorganisation angeheuert worden waren, um Heli und Waldemar zu entführen. Ganz gleich, wer die Auftraggeber waren: Diese wollten das weltberühmte Repräsentationspaar gefangennehmen, um vermutlich ein Druckmittel gegen Präsident Hernandez in der Hand zu haben. Zum Glück konnte das Komplott rechtzeitig vereitelt werden.
Heli und Waldemar wurden noch schärfer bewacht als je zuvor und alle weiteren Ausflüge mussten von nun an leider abgesagt werden, weil erneute Entführungsversuche oder sogar Attentate in der freien Natur zu befürchten waren.

Nach diesem dramatischen Vorfall entschloss sich der Präsident, auch die Imagekampagne mit Heli und Waldemar fallen zu lassen, mit denen er durch ganz Amerika touren wollte, wobei das weltberühmte Paar seinen Ruhm mehren und seine präsidiale Machtfülle demonstrieren sollte, indem Heli und Waldemar das aufsässige Volk durch Präsentation des Alien in der Schatulle einschüchtern sollten.
Mehrere öffentliche Auftritte waren schon geplant, doch alles wurde nunmehr kurzerhand abgesagt.
Leider wurde von jetzt an die Bewegungsfreiheit von Heli und Waldemar immer drastischer eingeschränkt, worunter die beiden sehr litten.

Berlin-Mitte, Allround-Corporation, 24. September, 8 Uhr:
Geheimkonferenz: Hermann Gorsky bespricht sich mit seinen Sicherheitsberatern.

Thema der Unterredung war der widerspenstige Alienableger in der Computerabteilung im Untergeschoss der Allround-Corporation.

„Leider kriegen wir diesen Alien nicht in den Griff, liebe Genossen“, sagte Gorsky zu seinen beiden engsten Vertrauten, Beatrix Bohrschmand und Willibald Wastlhuber.

„Nicht genug, dass es uns von keinerlei Nutzen ist, dieses seltsame Wesen, nein, es steht zu befürchten, dass es uns im Gegenteil sogar schaden kann“, meinte Gorsky alarmiert.
„Ja, so könnte es zum Beispiel, sollte es über ähnliche magische Kräfte verfügen wie der nach Amerika geflüchtete Alien, unsere gesamten Soldaten, einen nach dem anderen, nach Amerika versetzen, und wir wären alle unsere

Truppen mit einem Schlag los“, sagte die bildschöne 31jährige Beatrix, die eine erfahrene Kampfjetpilotin war und aus Sachsen stammte.

„Schauderhafte Vorstellung“, sagte sie und schüttelte ihre dunkle Lockenmähne.

„Eben, das ist auch meine Befürchtung“, sagte Gorsky voller Unruhe und Besorgnis.

„Oder es könnte auch noch unsere Laserpanzer nach Amerika transportieren, das gesamte militärische Arsenal verschwinden lassen, oder: Einfach auflösen!“ sagte der gedrungene Willibald, und der vierschrötige Bayer strich nervös über seinen rotblonden Schnurrbart.

„So ist es, oder vielleicht fallen ihm noch ganz andere Schandtaten ein, unserem Alien“, sagte Gorsky düster.

„Wenn wir den Alien schon nicht nach unseren Wünschen steuern können, und wenn er unzerstörbar ist, warum sperren wir ihn dann nicht wenigstens ein?“ fragte Beatrix.

„Wie wäre es, wenn wir das ganze Untergeschoss völlig versiegeln, hermetisch von der Außenwelt abschotten, dann ist er dort unten eingeschlossen und kann keinen Schaden anrichten. Wir müssten dann natürlich noch dafür sorgen, dass dieses Lichtwesen durch keinen Lüftungsschacht entweichen kann, und auch solche Öffnungen abdichten oder zumauern“, schlug Beatrix vor.

„Aber Bea, wer sagt dir denn, dass das ausreichen würde?“ widersprach Willibald Wastlhuber.

„Vielleicht kann der Alien dann trotzdem unsere Truppen verschwinden lassen, selbst wenn er völlig eingemauert ist“, gab er zu bedenken.

„Nein, das glaube ich eher nicht, denn dazu braucht er den Körperkontakt mit jedem einzelnen Soldaten, sonst kann er bestimmt keinen Menschen an einen anderen Ort versetzen“, sagte Beatrix grübelnd.

„Ja, das scheint mir auch so“, bestätigte Gorsky.

„Aber da wäre noch eine Schwierigkeit: Wenn wir da unten alles zumauern und abdichten, dann kommen wir ja selber nicht mehr zum „Gewissen“ rein“, wandte er ein.

„Denn ab und zu muss ich schon noch mal an den Supercomputer. Mir scheint, seit Kalinsky nicht mehr da ist, ist er weniger kooperativ geworden und gibt noch weniger von seinen Geheimnissen preis“, sagte Gorsky entnervt.

„Jetzt werde ich noch weniger schlau aus ihm als früher“.

„Außerdem ist das Lichtwesen uns dann noch feindlicher gesonnen, wenn es merkt, dass wir es einsperren wollen, dass es völlig von der Außenwelt isoliert werden soll“, sagte Gorsky.

„Dann wird es nie bereit sein, jemals mit uns zusammenzuarbeiten", schloss er seine Argumentation.

„Und selbst wenn der Alien da unten völlig luftdicht eingeschlossen wäre, dann kann er vielleicht keine Menschen an einen anderen Ort versetzen, schön!" beharrte Willibald, „aber ich bin weiterhin der Überzeugung, dass zumindest er selber sich dann in Luft auflösen und uns so entwischen könnte, zum Beispiel auch nach Amerika", fachsimpelte er.
„Ja, da ist was dran, lieber Willi", sagte Gorsky nach einigem Zögern.
„Aber es wäre auch denkbar, dass das Lichtwesen trotz hermetischer Isolation doch noch irgendeine Öffnung in dem riesigen Computerkomplex da unten finden könnte, durch die es entweichen kann ... Eine winzige schadhafte Leitung, ein Kabel nach draußen, kurzum: Eine undichte Stelle, die wir übersehen haben und die dadurch nicht abgedichtet wurde", sagte Gorsky.
„Denn bedenkt bitte, liebe Genossen: Das Wesen ist dehnbar, es ist äußerst biegsam und elastisch, das kommt wahrscheinlich selbst durch ein mikroskopisch kleines Loch noch durch!" sagte er und haute mit der Faust auf den Tisch.
„Ja, du hast Recht, lieber Hermann, daran habe ich nicht gedacht, soviel mögliche Ausgänge nach draußen können wir gar nicht kontrollieren", gab Beatrix schließlich zu.
„Ja, also lassen wir den Alien ruhig weiter seelenruhig über unseren Köpfen herumschwirren", meinte Willibald lachend, „vielleicht gelingt es einem von unseren begabten Wissenschaftlern doch noch, einen Kontakt mit ihm herzustellen".

Darauf einigte man sich schließlich, nämlich, dass es besser wäre, den Alien auf keinen Fall misstrauisch zu machen; und Gorsky bemerkte erschöpft: „Nächster Punkt auf der Tagesordnung, Genossen: Heute, genau zu diesem Zeitpunkt, wo wir hier das Alien-Problem diskutieren, sind unsere chinesischen Verbündeten ja zu einem Staatsbesuch im Pentagon in Washington eingeladen, wie ihr wißt. Vielleicht gelingt es unseren chinesischen Genossen ja, die Amerikaner dazu zu bewegen, die Schatulle mit dem Alien herauszurücken, und wenn sie uns dazu noch den Professor Kallimachos zurückgeben würden, dann wären wir fein heraus", sagte Gorsky voller Zuversicht.
Als sie das hörte, stutzte Beatrix.
Sie machte ein derart erstauntes Gesicht, als hätte Gorsky gehofft, die Amerikaner würden ihm die Hälfte der USA schenken.
„Aber Hermann! Das glaubst du doch nicht wirklich, dass die Amis da je zustimmen würden, darauf werden sie sich nie und nimmer einlassen - das wäre ja auch ein denkbar schlechtes Geschäft für sie", sagte Beatrix kopfschüttelnd.

„Ja, das fürchte ich allerdings auch", meinte Gorsky mit zusammengekniffenen Lippen.
„Aber vielleicht geben sie uns wenigstens Heli und Waldemar zurück", meinte er versonnen.

„Und was würde uns das nützen? Der Marktwert der beiden ist rapide gefallen, seit dem Zeitpunkt, wo der mächtige Alien aufgetaucht ist; und beide Trümpfe haben leider die Amerikaner in ihrem Machtbereich", sagte Beatrix.
„Wobei natürlich Heli und Waldemar den deutlich kleineren Trumpf ausmachen", ergänzte sie.
„Richtig, doch ich denke dabei an etwas anderes", sagte Gorsky mit listiger Miene.

„Denn: Gesetzt den Fall, das „Weltpräsidentenpaar" käme nach Berlin zurück, und es gelänge uns, unseren Alienableger im „GEWISSEN" mit Heli und Waldemar Verbindung aufnehmen zu lassen, dann könnten wir das hiesige Lichtwesen doch für unsere Zwecke einspannen", sagte Gorsky begeistert.
„Na, was haltet ihr davon, Genossen? Die beiden sind schließlich angeblich schon einmal vom „Gewissen" als geeignetes Weltpräsidentenpaar ermittelt worden, warum sollte unser Alien also nicht auf die beiden hören? Heli und Waldemar sind untadelige Personen, großartige Kämpfer und vielseitig belastbar, vielleicht akzeptiert der Alien die beiden als enge Bezugspersonen?" meinte Gorsky.
„Aber Hermann, das wäre aber auch ein großes Risiko, das wir da eingingen", widersprach Willibald Wastlhuber.

„Denn wenn der Alien erst einmal die beiden als Kontaktpersonen akzeptiert, dann arbeiten die drei doch gegen uns, denn sie sind uns feindlich gesonnen, spätestens seit ihrer Flucht nach Amerika dürfte das doch klar sein", protestierte er heftig.
„Ich bin derselben Meinung wie Willibald", bestätigte auch Beatrix.
„Wir dürfen Heli und Waldemar keinesfalls mit dem Alien zusammenbringen", warnte auch sie.
„Was soll ich machen, mit euch beiden verweigert das Lichtwesen ja jeglichen Kontakt, mit mir auch, bisher mit allen Mitarbeitern in der Allround-Corporation", konstatierte Gorsky matt.
„Und wenn Heli und Waldemar doch irgendwann einmal nach Berlin zurückkehren, dann werden sie es freiwillig tun, denn wer will schon ein Leben lang in diesem Chaos-Staat Amerika leben? Sie werden es bald satt haben, dieses gefährliche Leben da drüben, ihr werdet es sehen, meine Freunde! ... Und wenn sie zurück sind, werden sie bestimmt mit dem Alien Kontakt aufnehmen wollen", prophezeite Gorsky.

„Denn wenn die beiden erst einmal reumütig in die Heimat, nach Berlin zurückgekehrt sind, dann werden sie bestimmt nicht quertreiben. Dann werden sie nach unseren Regeln spielen", sagte Gorsky hochmütig.

Washington, D.C., Pentagon, 24. September:

Die Verhandlungen mit der chinesischen Delegation gerieten schon bald ins Stocken.

Schließlich waren sie ganz festgefahren. Denn die Kernforderungen der Chinesen konnte Miguel Hernandez beim besten Willen nicht erfüllen: Die Rückgabe des Alien nach Deutschland und ebenso die Rückkehr von Heli und Waldemar nach Berlin.
Denn noch bestand das Weltpräsidentenpaar kategorisch darauf, in Amerika bleiben zu wollen, als der chinesische Außenminister die beiden nach ihrem Wunschaufenthaltsort befragte.

Der Alien war den Chinesen auf Wunsch vorgeführt worden: Im Verhandlungssaal war er tatsächlich in einer Glasvitrine ausgestellt worden, die Schatulle darin war geöffnet.
Professor Manolis Evangelos Kallimachos öffnete die Vitrine und versuchte, mit dem Lichtwesen durch Meditation Kontakt aufzunehmen.
Alle schauten gespannt auf den kleinen Mausgrauen.

Nach einer Weile schoss der Alien als grüne Lichtkugel aus der Schatulle und schwebte im Raum umher.
Als er aber keine Wunder vollführte, begannen einige chinesische Delegierte zu frotzeln. Sie behaupteten hochmütig, das ganze Spektakel vor einer Woche in Berlin sei wohl nur ein raffinierter Bühnenzauber gewesen. Das Verschwinden der „K-Gruppe" sei nur vorgetäuscht gewesen, es habe sich dabei höchstwahrscheinlich um einen geschickten optischen Filmtrick gehandelt.
In Wirklichkeit seien Heli, Waldemar, Kallimachos und Kalinsky heimlich auf herkömmliche Weise in die USA eingereist, mit einem Raumgleiter mit Fusionsantrieb oder dergleichen. Ein chinesischer Diplomat äußerte sogar die Vermutung, die „Vier großen K" seien durch eine Falltür in der Glaskabine von der Allround-Corporation verschwunden.

Die anderen Delegierten schlossen sich dieser Spekulation an. Der Betrugsverdacht verbreitete sich wie ein Lauffeuer unter den Chinesen, sie begannen zu höhnen und schon gab es eine große Unruhe im Saal. Der amerikanische Präsident und Eliza Powerful baten um Ruhe. Heli und Waldemar, die neben den beiden saßen, sahen sich beunruhigt an.

Die grüne Leuchtkugel hörte auf zu wabern und setzte sich auf der Stirn des Professors fest und verharrte da.

Die Chinesen buhten.

„Wir lassen uns von Ihnen nicht für dumm verkaufen, wir ersuchen Sie, dieses läppische Narrenspiel zu beenden", sagte der chinesische Chefdiplomat aufgebracht zu Miguel Hernandez.
„Ja, allmählich kommen wir zu der Überzeugung, die ganzen acht Tage lang in der Wirrnis der Weltereignisse einem gigantischen Betrug aufgesessen zu sein", schimpfte der chinesische Außenminister seinen Ärger laut hinaus.
„Sie haben uns und die Weltgemeinschaft in Atem gehalten mit einem billigen, miesen Theatertrick und dadurch die ganze Welt in ein beispielloses Chaos der Angst gestürzt", schimpfte der Chefdiplomat.

Die Sicherheitschefin des Weißen Hauses, Eliza Powerful war empört.

„Sie, die Amerikaner, haben uns vorgespiegelt, im Besitz einer übernatürlichen, niemals zuvor existierenden Waffe zu sein, einem außerirdischen Wesen, das in Wirklichkeit nur ein harmloser Lichteffekt aus einer Jahrmarktsnummer ist", sagte der Chefdiplomat erbost.
Waldemar Koslowski verwahrte sich aufs schärfste gegen diese Anschuldigung.
Eliza war pikiert und versuchte die aufschäumenden Wogen des allgemeinen Gezeters zu glätten.
Dann bezeichnete der chinesische Wissenschaftsminister das „angebliche Weltpräsidentenpaar" auch noch als zwei inkompetente, dusselige Marionetten, die von der Regierung vorgeschoben würden, und in Wirklichkeit alles andere als Helden seien, eher „zwei Nieten mit mentalem Nullwachstum."
Herlinde lachte herzlich, als sie die deutsche Übersetzung der Schmährede hörte.
Eliza Powerful protestierte energisch gegen die beleidigenden Äußerungen.

„Wenn das Verschwinden der Vier aus dem Glaskasten kein billiger Taschenspielertrick war, dann verlangen wir eine Wiederholung des angeblichen „Wunders von Berlin", hier an Ort und Stelle!" verlangte der chinesische Chefdiplomat plötzlich mit hintergründigem Grinsen.
Alle seine Kollegen nickten herrisch und unterstützten seine Forderung.
Die grüne Leuchtkugel löste sich von Professor Kallimachos´ Stirn und schwebte in die geöffnete Schatulle zurück. Die Chinesen lachten leise und schüttelten die Köpfe.

„Hahaha, der Feind hat kapituliert und zieht sich in seinen Festungsbunker zurück", frotzelte ein chinesischer Delegierter.
Heli lauschte begeistert in ihre Kopfhörer hinein, um die Übersetzung mitzukriegen.

Natürlich konnte man den Grimm und die hektische Reaktion der Chinesen verstehen, oder zumindest hätte man sich die Mühe machen sollen, für ihre prekäre Situation Verständnis aufzubringen. Denn wer wollte schon als so große Weltmacht wie ein kleines, armes Würstchen dastehen, das angeblich einen mächtigen, feindlichen Alien zu fürchten hatte?
Wer konnte es den armen Chinesen verdenken, verstimmt zu sein, wenn sie scheinbar derart verladen wurden?

Alle starrten auf die geöffnete Schatulle. Nichts tat sich.

„Oh, welche Blamage, wie stehen wir jetzt da vor der Weltöffentlichkeit?" jammerte Eliza Powerful leise ihren Präsidenten an.
„Sollten wir diesen peinlichen Zirkus nicht langsam beenden?"

Da schoss der Alien ganz unerwarteterweise wieder als aggressive, rote Leuchtkugel aus der Schatulle hervor und heftete sich blitzschnell nacheinander an die Stirn des chinesischen Außenministers und des Chefdiplomaten, die auf zwei Stühlen nebeneinander saßen.

Es geschah so schnell, dass die Minister kaum reagieren konnten.

Alle im Saal gaben schrille Laute der Überraschung von sich.
Die beiden chinesischen Würdenträger wurden durchsichtig und lösten sich auf. Schon waren sie völlig verschwunden. Das Gelächter und das Frotzeln der Chinesen hörte schlagartig auf.
Einen Augenblick war völlige Totenstille im Pentagon.
Dann setzte der Tumult wieder ein und einige der chinesischen Diplomaten starrten immer noch ungläubig auf die Stelle, wo noch eben die beiden Verschwundenen gesessen hatten. Fieberhaft begannen sie nach den Vermissten zu suchen.
Doch nur zwei leere Stühle blieben zurück.
Professor Kallimachos mahnte zur Ruhe.
„Meine verehrten Herrschaften, bitte; kein Grund zur Beunruhigung, das Wesen des Alien ist friedlich. Es wollte lediglich den von Ihnen geforderten Beweis seiner Fähigkeiten antreten, vergessen Sie das bitte nicht, verehrte Gäste", sagte der Professor.
„Aber ... Wo sind unsere Männer, das, was wir gesehen haben, kann doch nicht wirklich passiert sein", sagte der Wissenschaftsminister aus China

verzweifelt und trat mit heftig fuchtelnden Händen auf Professor Kallimachos zu.

„Doch, es ist wirklich passiert, Sie haben es ja selber sehen können! Noch deutlicher konnte es einem ja nicht vor Augen geführt werden, aber ich bin sicher, dass Ihre beiden Minister gleich wieder unversehrt auftauchen werden", versicherte der kleine Mausgraue wohlwollend und tröstete den ratlosen Chinesen durch eine Umarmung.

„Glauben Sie mir, ich kenne doch meinen kleinen Freund, den Alien!" sagte Professor Kallimachos neckisch fistelnd.

Unterdessen untersuchten die Chinesen weiterhin fieberhaft die leeren Stühle der beiden Verschwundenen, knieten sich nieder und suchten den ganzen Boden nach ihnen ab.

„Hier muss irgendwo eine Falltür im Boden verborgen sein, wie schon einmal in der Allround-Corporation, damals in der Dolmetscher-Kabine", vermutete ein Chinese eigensinnig.

Doch kurz darauf wurde die Luft von einem leisen Sirren erfüllt, und die beiden Vermissten nahmen wieder Gestalt an. Diesmal kamen sie stehend zum Vorschein.

Alle atmeten auf und scharten sich um die beiden verdatterten chinesischen Diplomaten.

Nach einem Moment der Benommenheit versicherten die beiden Männer, sie seien tatsächlich kurz in China gewesen.

Beide schworen, vor dem ihnen so vertrauten Gebäude des Kaiserlichen Chinesischen Volkskongresses gelandet zu sein. Dann hätte sich alles um sie herum wieder in Luft aufgelöst.

Die beiden Chinesen hatten nun jeweils einen grünen Punkt an der Stirn, der sich löste und wieder in eine einzige, grüne Kugel zusammenfloss.

Diese verschwand letztendlich in der Schatulle. Kallimachos bedankte sich befriedigt bei dem Alien für seine Unterstützung.

„Jetzt müssen sie wohl oder übel an die Existenz des Alien glauben, die Chinesen", sagte Heli mit Genugtuung zu Waldemar.

Nun setzte aber erst recht wieder eine Alien-Panik bei den Chinesen ein, was voll und ganz begreiflich war.

Jedes andere Volk, ob Inder, oder Afrikaner, hätte auch voller Furcht auf diesen Alien geblickt. Auch die Amerikaner selber hätten ebenso hypernervös und voller Panik mit Protest reagiert, wenn man ihnen von anderer Seite solch unheimliche, außerirdische Macht vorgeführt hätte, über die sie keine Kontrolle haben durften.

Nun aber waren zufälligerweise die Chinesen die Unterlegenen, und sie fühlten sich begreiflicherweise gedemütigt, wehrlos und schwach.

Sie wollten irgendeine Sicherheit von Amerika haben und baten daher inständig, einen Ableger dieses Alien mit nach China zurückführen zu dürfen. Weil das Wesen ja imstande sei, sich zu teilen, argumentierten sie.
Dazu ersuchten sie die Amerikaner, sie mögen das Wesen doch bitte dahingehend beeinflussen, sich erneut zu teilen.
Auch das wurde ihnen von Präsident Miguel Hernandez verwehrt, mit der verständlichen Begründung, im totalitären Berlin des Diktators Hermann Gorsky befände sich bereits so ein geteiltes Wesen. Und von dem wisse man immer noch nicht, wie es sich in Zukunft gegenüber Amerika zu verhalten gedächte.

„Und wir wissen überdies weiterhin mitnichten, was dieser unheimliche Mensch damit anstellen wird", argumentierte der amerikanische Präsident.
„Vielleicht ist es Gorsky ja schon gelungen, seinen Alienableger zum Verbündeten zu gewinnen", gab Miguel Hernandez mit Schaudern zu bedenken.
Die chinesische Delegation hatte die Anspielung wohl verstanden und reiste unter Protest sofort geschlossen aus Washington ab.
Man verabschiedete sich zwar freundlich voneinander, doch eine große Enttäuschung blieb bei den Asiaten dennoch zurück.

Berlin, Justizvollzugsanstalt Plötzensee, 25. September:

Während Gorsky in der Allround-Corporation über den Misserfolg der amerikanisch-chinesischen Verhandlungen in Washington tobte, weil er weder Heli noch den Alien zurückbekommen hatte, saß Marion von Reitzenstein schon seit Tagen im Gefängnis.

Gleich nach ihrer Ankunft am Weltraumbahnhof Berlin-Schönefeld wurde sie von der Berliner Geheimpolizei aufgegriffen, erkannt und verhaftet als gesuchter Staatsfeind.

Denn die Kontrollen waren streng, vor allem nach dem Vorfall mit dem Alien. Alle Zugänge nach Berlin-Mitte waren abgeschirmt, niemand wurde in die Innenstadt hineingelassen. Schon gar nicht in die Allround-Corporation, wohin sich Marion begeben wollte.
Gorsky war beständig damit beschäftigt, den Luftraum für die immer wieder eindringenden Schaulustigen-Raumfähren zu sperren.

Sensationsgierige aus aller Welt waren zum Alexanderplatz unterwegs, um die Stätte des „Wunders von Berlin", das Ministerium für Weltkoordination aufzusuchen, obwohl es dort längst keinen Alien mehr zu sehen gab.
Und natürlich auch keine Herlinde Kopter, die als prominentestes „Opfer des Alien" stilisiert und verehrt wurde.

Marion von Reitzenstein kam bereits zum zweiten Mal während ihrer Militärkarriere in strenge Sicherheitsverwahrung und protestierte heftig gegen ihre Inhaftierung. Sie verlangte schon seit Tagen, zu Hermann Gorsky vorgelassen zu werden, denn sie habe dringend mit ihm zu sprechen.
Heute endlich fand der cholerische Staatschef Zeit, Gelegenheit und wenigstens mäßiges Interesse, der prominenten Gefangenen einen Besuch abzustatten.
Denn Hermann Gorsky hatte immerhin noch eine vage Hoffnung, die Reste ihrer schwindenden Prominenz eventuell für seine vertrackte Situation verwerten zu können.
Dabei vermied er es lieber, die glücklose Abenteurerin und Ausgestoßene bei der derzeitigen, angespannten politischen Situation zu sich nach Berlin-Mitte in die Allround-Corporation zu holen. Stattdessen zog er es vor, ihr Gefängnis aufzusuchen.
Hermann Gorsky betrat den Besucherraum und ließ sich die zornige, unberechenbare Rothaarige vorführen.

Anstatt sich über den hohen Besuch zu freuen, fiel die rote Furie sofort verbal über den Hauptkoordinator von Berlin her.

„Na endlich, das hat ja ewig gedauert, bis sich Euer Hoheit dazu herabgelassen haben, meinen königlichen Palast aufzusuchen"; maulte Marion finster.
„Ah, ich weiß, Sie waren ja mal „Generalin der Sternenflotte" in Ihrer Heimatstadt Heliopolis, doch wie ich hörte, nennt man Sie jetzt hier drinnen lediglich noch die „flotte Nachstellerin der Heli Kopter", stimmt das, meine Liebe?" fragte Gorsky feixend.
Beide saßen sich an einem kleinen Tischchen gegenüber.
„Was fällt Ihnen ein, derart respektlos mit mir zu sprechen?" fragte Marion hochfahrend.
„Was heißt hier respektlos, Sie rote Blindgängerin", sagte Gorsky barsch.
„Sie sollten froh sein, dass ich mich überhaupt dazu hergegeben habe, Sie aufzusuchen, bei all den Schwierigkeiten, die ich gerade habe! Die die ganze Welt hat, allein schon durch die Gefährlichkeit des „amerikanisierten Alien", wie alle auf der Welt ihn jetzt schon ironisch nennen", sagte Gorsky wütend.
„Was sollten Sie mir da schon zu bieten haben, eine abgesetzte Neurotikerin und Paranoikerin mit Herlinde-Kopter-Rachekomplex", schleuderte er ihr verächtlich entgegen.

„Das sind Sie ja wohl in beträchtlich größerem Maße als ich!" lachte Marion
herablassend.
„Und wenn Sie solche Furcht vor der Macht des amerikanischen Alien haben,
dann lassen Sie mich wenigstens Ihnen helfen", sagte Marion wichtigtuerisch.
„Ach, Sie wollen mir helfen, das ist ja was ganz Neues", witzelte Gorsky.
„Wie denn, wenn ich fragen darf?"
Marion rückte nah an ihn heran und starrte ihn durchdringend an.

„Lassen Sie mich Kontakt aufnehmen mit dem Alienableger im „Gewissen",
und Sie werden sehen: Ich werde es zu einer Gedankenverbindung mit dem
Wesen bringen, denn ich habe eine starke Persönlichkeit. Und dann werde ich
diesen Alien in Ihrem Sinne bearbeiten, in unserem Sinne manipulieren –
Mensch Gorsky, wir beide sollten überhaupt eng zusammenarbeiten, wir sind
aus demselben Holz geschnitzt", sagte Marion schwärmerisch und beugte sich
zu Gorsky vor.

Ihre Wangen waren bleich und ihre roten Haare hingen schlaff und stumpf
von ihrem Kopf herab. Sie war schon etwas abgemagert während ihrer kurzen
Haftzeit.
Doch auf einmal glühten ihre Wangen wieder heiß vor lauter
hineingesteigerter Begeisterung.
„Pah, warum sollte ich ausgerechnet Ihnen vertrauen, Sie falsche Schlange,
Ihnen, einer Verräterin?" fragte Gorsky empört.
„Wieso Verräterin?" fragte Marion verwundert.
„Ja, Sie sollten lieber mir vertrauen, statt meinem Vater, dieser Niete, der Ihre
Hauptstadt Berlin unprofessionell und amateurhaft angegriffen hat! Gerold ist
Ihr wahrer Feind, aber nein, ausgerechnet ihn setzen Sie wieder zum
Herrscher von Terra Nova ein, obwohl der Versager unsere gesamte
Sternenflotte von Heliopolis von Ihrer Laserkanone zu Schrott schießen ließ!
Und dann lässt sich dieser Feigling von meinem Vater auch noch von meiner
bescheuerten Schwester Gudrun inmitten seines Schrotthaufens im Volkspark
Friedrichshain von einer Rettungskapsel abholen und zieht sich wie ein
Hasenfuß nach Heliopolis zurück! ... Mitsamt Ihrer Volksikone Herlinde
Kopter! Und solch einem Mann vertrauen Sie nun wieder Terra Nova an,
einem militärischen Versager und Feigling, ich muss schon sagen", sagte
Marion aufbrausend.

„Und meine machtgierige und intrigante Schwester darf zu allem Überfluss
jetzt auch noch die Außenministerin von Terra Nova I spielen! Und dann
haben Sie auch noch unsere edelste, älteste Weltraumkolonie an die Chinesen
verschachert, Sie ... Schurke und Opportunist!" fluchte Marion.
Die Wärterin gab ihr einen leichten Schlag mit ihrem Knüppel.
„Ein Staat, der Ihnen überhaupt nicht gehört, das ist der Gipfel! Jahrhundertelang waren wir autonom, damit ist es jetzt vorbei! Ihr Erdlinge habt überhaupt

kein Recht, Heliopolis zu besetzen! Sie haben Terra Nova an die Chinesen ausgeliefert, es zu einer chinesischen Provinz degradiert", schimpfte Marion aufgebracht weiter.

„Und wir sollen nun die Vasallen der Chinesen werden!"

„Und: Mein Vater wird Terra Nova in Wahrheit doch überhaupt nicht selber regieren dürfen, die Chinesen tun es!" sagte Marion erbost.

„Na und? Die Chinesen sind unsere Verbündeten, sie sind gute und weise Herrscher. Aber was sind denn Sie dagegen? Sehen Sie sich doch bloß mal an, Sie Minusmensch, Sie gefallener Engel! Sie armseliges, heruntergekommenes Häuflein Mensch!" sagte Gorsky cholerisch aufbrausend und erhob sich von seinem Stuhl und starrte kampfeslustig zu dem elenden roten Bündel herab.

„Ihr Vater Gerold war trotzdem ein beherzter, wenn auch glückloser Kämpfer; er hat seine verlorene Schlacht gegen mich bereut, aber Sie sind eine miese Verräterin, denn Sie sind Ihrem geschlagenen Vater in den Rücken gefallen, als er Ihrer Unterstützung am nötigsten bedurft hätte! Nämlich, als er und Ihre tapfere, aufrechte Schwester Gudrun erschöpft mit der Rettungskapsel in Heliopolis eintrafen und beide dort von Ihnen und Ihrem machtgierigen Onkel Egmont hämisch empfangen worden waren, und als Herrscher kurzerhand für abgesetzt erklärt worden sind!"
„Ja, zu Recht, wegen Unfähigkeit, militärischem Größenwahn und Verrat haben mein Onkel und ich diese beiden Gewaltherrscher Gerold und Gudrun abgesetzt", schrie sie sitzend zu ihm empor.
„Da kann ich auch keine Rücksicht darauf nehmen, dass es sich dabei um meinen eigenen Vater und meine Schwester handelt, begreifen Sie das nicht, Sie stumpfsinniger Mensch?"

„Mit solch einer Verräterin wie Ihnen kann und will ich nicht zusammenarbeiten! Sie haben dennoch Ihren Vater verraten, indem Sie ihn als rechtmäßigen Staatschef von Terra Nova absetzten.
Verrat kann ich nicht dulden, denn auf Verrat kann keine neue gedeihliche Zusammenarbeit zwischen uns beiden entstehen! Sie kennen vielleicht den alten Spruch von Napoleon I: „Jeder Herrscher liebt zwar den Verrat, den jemand für ihn begeht, aber niemand liebt den Verräter", sagte Gorsky triumphierend.
„Ein Mensch kann vernichtet, aber nicht besiegt werden!" zitierte Marion von Reitzenstein daraufhin ebenso triumphierend dagegen.
„Das war Ernest Hemingways Maxime, und das ist auch meine", sagte sie mit der Miene einer Rachegöttin.

„Sie können niemals zu meiner alliierten Koalition aus Deutschland, China, Russland und Terra Nova gehören, denn Sie sind zusätzlich auch noch wegen heimtückischen, versuchten Mordes an Herlinde Kopter verurteilt worden!" sagte Gorsky vorwurfsvoll und setzte sich wieder hin.

„Eine rachsüchtige Killerin kann niemals eine verlässliche Bündnispartnerin für mich sein, zumal Sie Ihren Mordversuch an Heli nicht einmal bereuen; ich habe verlässliche Informationen, dass Sie wieder versuchen werden, die Unglückliche zu töten, sobald sich eine neue, günstige Gelegenheit ergibt", sagte der „kleine Stalin" mit leicht abklingendem Zorn.

„Ach, und meine kleine Schwester Gudrun, die Sie so sehr in Schutz nehmen, hat wohl nicht versucht, Heli zu töten? Damals, nachdem Onkel Monty und ich so großzügig entschieden haben, Gerold und Gudrun mitsamt Heli zu Ihnen nach Berlin abzuschieben?"
Jetzt erhob sich Marion voller Ingrimm.
„Und was macht Gudrun da? Bei der ersten Gelegenheit versucht sie, Heli zu erwürgen!"
Gorsky wiegelte ab.
„Das war eine psychische Affekthandlung von Gudrun, während Ihr Mordanschlag auf Heli heimtückisch von langer Hand geplant und hinterlistig vorbereitet wurde! ... Sie haben versucht, eine schwerverletzte, wehrlose Heli hinterrücks im Krankenhaus zu ermorden, indem sie ein Kissen auf ihr Gesicht pressten, ohne Zeugen, als Krankenschwester verkleidet! - Während Gudrun in ihrem Schmerz um ihre tote Schwester Heidrun in einer spontanen Gefühlsaufwallung Herlinde Kopter an die Kehle ging, ohne hinterlistige Berechnung, und dann noch vor allen Menschen im Gerichtssaal von Berlin", sagte Gorsky.

„Das ist ein erheblicher Unterschied, mein kleines Fräulein! ... Und dann hat Gudrun sich hinterher, nach einer Phase der reumütigen Besinnung, ja auch bei Heli entschuldigt für ihre Unüberlegtheit", gab Gorsky zu bedenken.
„Unüberlegtheit!" zischte Marion aufgebracht und schlug mit der Hand auf den Tisch.
„Da hört sich doch alles auf!" röhrte sie heiser und funkelte Gorsky zornig an mit ihrem eisigen Blick.

Sie lief um den Tisch herum und griff Gorsky an.

Die Wärterinnen bearbeiteten sie mit ihren Elektrostöcken, Marion schrie auf und wurde, bevor sie zusammensackte, von mehreren Wärterinnen aufgefangen, und in ihre Zelle zurückgeschleppt.

„Und für solch eine Neurotikerin habe ich mich eigens hierherbemüht, ich Esel! – Ich wusste es ja, etwas anderes konnte dabei einfach nicht herauskommen, ich hätte es gleich lassen sollen", sagte er kopfschüttelnd.

„Passen Sie mir ja gut auf dieses Nervenbündel auf, lassen Sie sie keinesfalls entwischen, so wie das damals bei Egmont in Heliopolis passiert ist", mahnte er.
„Sie können sich voll und ganz auf mich verlassen, Euer Exzellenz", versprach die Oberwärterin und verneigte sich ehrfürchtig vor Gorsky.
Dieser verabschiedete sich und verließ die Justizvollzugsanstalt Plötzensee.
Draußen schüttelte sich Gorsky und sagte schaudernd zu seinen Leibwächtern:
„Brrr, bei dieser psychisch kranken Fanatikerin, da läuft es sogar mir eiskalt den Rücken hinunter!"

Washington, Gelände des Weißen Hauses, 26. September;
Berlin, Allround-Corporation, Alexanderplatz 1, 26. September;

Während Gorsky am nächsten Morgen abermals vergeblich versuchte, mit dem Alien im Untergeschoss Kontakt aufzunehmen, igelte sich das „Weltpräsidentenpaar" in Washington in seinem Gästebungalow ein.

Die nächsten Tage drifteten freudlos für Heli und Waldemar dahin, denn nun, nach den unglücklichen Verhandlungen mit den Chinesen und der martialischen Machtdemonstration des Alien im Pentagon war das Paar gefährdeter denn je, entführt zu werden.
Denn es blieb zu vermuten, dass diesmal die Chinesen, die keinen Ableger des Alien bekommen hatten, sich zum Ausgleich dafür an Heli und Waldemar vergreifen könnten.
Dazu könnten sie versuchen, einen Spionageraumgleiter neuesten Modells mit Tarnvorrichtung nach Washington einzuschleusen, der die beiden entführen sollte. Das weltberühmte „Ersatzherrscherpaar" verfügte zwar über keine magischen Fähigkeiten wie Professor Kallimachos´ Lichtwesen, doch galt es in China noch nach wie vor als begehrenswerter Besitz. Genau wie in der übrigen Welt, vor allem aber in dem Land, wo es sich gerade befand: In Amerika.

Daher ließ Präsident Miguel Hernandez die beiden Europäer grotesker als je zuvor bewachen.

Mit immer bombastischerem Aufwand wurden die beiden weggesperrt, beobachtet und geschützt vom amerikanischen Geheimdienst.
Um jeden Preis wollten die Amerikaner Heli und Waldemar als Repräsentanten ihrer freien Demokratie behalten. Ebenso wie den nach

Amerika geflüchteten Egmont von Reitzenstein, der es nicht müde wurde, unentwegt zu wiederholen, dass er nun ein geläuterter Demokrat geworden sei. Und als solcher wünschte er, an der „Amerikanischen Demokratie" teilhaben zu dürfen, indem man ihn in irgendein Amt einsetzte, das seinen „breit gefächerten Fähigkeiten" entspräche.
So schwebte es ihm unter anderem vor, eine Art „Exilbotschafter" von Terra Nova in Washington zu werden.

Präsident Hernandez jedoch, der dem gestürzten Ex-Präsidenten von Terra Nova nicht über den Weg traute, ließ ihn kalt lächelnd abblitzen.
Denn genau wie Gorsky Marion von Reitzenstein, so betrachtete Hernandez ihren Onkel Egmont als Verräter an Gerold von Reitzenstein.

Washington, Gelände des Weißen Hauses, 1. Oktober; 12 Uhr;

Immer dringender luden die verzweifelten Chinesen um „Volkspräsident" Ling Lang Heli und Waldemar zu einer „Repräsentationsreise" nach China ein, damit das neue deutsch-chinesische Verteidigungs- und Freundschaftsbündnis endlich auch offiziell - vor der Kamera für die ganze Welt – zusammen mit dem „Weltpräsidentenpaar" aus Berlin besiegelt werden könne.

Zu diesem Zweck bombardierten die chinesischen Diplomaten das Weiße Haus seit Wochen mit Anfragen, „wann denn nun der ehrenwerte „Genosse Präsident", Miguel Hernandez, endlich die Freigabe seines berühmten Paares zu verfügen gedenke". Man warte sehnsüchtigst auf die beiden „Stilikonen der Völkerfreundschaft" und gedenke sie bei ihrer hoffentlich baldigen Ankunft in Peking mit Ehren und Ehrenämtern zu überhäufen.

Augenblicklich schwatzte Präsident Hernandez im East Room ungezwungen und lächelnd mit seinen beiden Stilikonen und besprach sich mit ihnen über ihre Wünsche.

„Selbstverständlich würden die Chinesen nach Beendigung Ihrer „China-Aufwertungsreise" dafür garantieren, dass Sie beide erst einmal wieder hierher nach Amerika zurückkehren dürften, und nicht nach Berlin, falls das Ihr Wunsch sei", referierte der Präsident lächelnd aus einer E-Depesche.
„Entscheidend für die Chinesen wäre nur, dass Sie endlich mal nach Peking kämen", sagte Miguel Hernandez und schaute Heli fragend an.
„Ich weiß nicht, Sir, ich möchte eigentlich nicht nach China, wer weiß, was uns da unterwegs passieren kann", sagte Heli gedehnt.
„Es sei denn, das Alien-Wesen kommt mit uns mit und beschützt uns vor allen Gefahren, die in Peking auf uns lauern könnten", schränkte Waldemar ein.

„Ja, es könnte uns doch innerhalb von ein paar Sekunden nach Peking transportieren, und dort während der Zeit unseres Aufenthalts eine Art „schützenden Lichtmantel" um uns legen", erwiderte Heli begeistert.
„Ausgeschlossen, ich bedaure", sagte Miguel Hernandez ablehnend, „aber diesen Alien kann ich auch Ihnen beim besten Willen nicht mit nach China geben, das ist einfach zu riskant, das müssen Sie verstehen, dazu ist er einfach zu wertvoll, meine Freunde", sagte der Präsident betrübt.
„Und dann müsste er ja auch erst einmal damit einverstanden sein, Sie nach China zu versetzen, und ob er Sie dann dort überhaupt gegen etwaige Überfälle beschützen kann, ist auch noch die Frage", sagte der Präsident mit zweifelnder Miene.
„Und wenn der Alien hierbliebe in Amerika, uns aber ein geteiltes Zwitterwesen seiner selbst zu unserem Schutz nach China mitgäbe, dann wäre die Reise doch gefahrlos machbar, oder nicht?" fragte Heli euphorisch.
Der Präsident schüttelte den Kopf.
„Dazu kennen wir seine Denkweise längst noch nicht hinreichend. Bitte bedenken Sie: Selbst für Professor Kallimachos ist dieser Alien immer noch ein großes Rätsel. Ich kann es einfach nicht riskieren, das Wesen durch diese Forderung nach erneuter Zweiteilung eventuell zu brüskieren oder gar zu verunsichern, es tut mir Leid! Ich muss Ihren Vorschlag ablehnen, denn ich brauche den Alien dringlicher hier in den USA zur Lösung unserer eigenen Probleme", sagte der Präsident bedauernd.
„Und die sind wirklich immens, sicher weitaus größer als die in China ..."
„Der Herr Präsident hat Recht, ich würde an seiner Stelle genauso handeln", sagte Waldemar zu Heli und streichelte ihre Haare.

So fügte sich auch Heli bald einsichtig in dieses Urteil.

„Wenn ich wenigstens einmal eine Bootsfahrt auf dem Potomac River unternehmen könnte, würde das immerhin ein bisschen Abwechslung in dieses dröge Leben bringen, Mr. President", trug Heli ihre überraschende Bitte an Miguel Hernandez vor.
„Denn hier drinnen in der Umzäunung des Weißen Hauses lebt man wie in einem Gefangenenlager, auch wenn das Gefängnis ein goldener Käfig ist", gab sie zu.
„Es war immer schon mein Traum, mal in einem putzigen, kleinen Kahn Ihren berühmten Fluss entlangzuschippern, kann ich das nicht mal tun, oh, bitte, Mr. President!", sagte Heli beschwörend.

„Tut mir Leid, auch das ist leider viel zu gefährlich", sagte Hernandez bedauernd.
„Marodierende Banden machen leider auch den Fluss mit ihren Piratenschiffen unsicher; Sie wären da eine allzu leichte Beute für die

Banditen. Außerdem gibt es Heckenschützen, die immer wieder vom Ufergebüsch aus die fahrenden Boote beschießen", erklärte der Präsident.
Schweren Herzens sah Heli schließlich auch die Unerfüllbarkeit dieses Wunsches ein.

Washington, Gelände des Weißen Hauses, 5. Oktober;

Allmählich begann die chinesische Regierung einzusehen, dass Heli und Waldemar sich nicht mehr dazu durchringen würden, Peking einen politischen Antrittsbesuch abzustatten. Stattdessen versuchte sie nun, das Präsidentenpaar mit immer verlockenderen Versprechungen wenigstens in die Welthauptstadt Berlin zurückzulotsen.
Die Chinesen hofften nämlich, das Paar dort bald wieder unter Kontrolle zu haben, weil sie inzwischen besonders im Großraum Berlin weitreichenden politischen Einfluss hatten.

Dieses Ansinnen der Chinesen wurde natürlich besonders von Hermann Gorsky unterstützt, der ebenfalls sehr darauf erpicht war, sein Präsidentenpaar zur Festigung seiner Macht und zur Mehrung seines Ansehens in der Bevölkerung zurückzubekommen. Zumal es ihm immer noch nicht gelungen war, mit dem Berliner Ableger des Alien Kontakt aufzunehmen. Wenn Gorsky die weitläufigen Computeranlagen des „Gewissens" betrat, dann begnügte sich der Alien damit, lediglich über den Köpfen des Staatschefs und seiner Leute zu kreisen.

Heute geschah plötzlich das Unerwartete.

Als Gorsky, Beatrix und Willibald vor dem Supercomputer standen, fuhr der Alien endlich heraus und setzte sich spontan als grüne Kugel auf Gorskys Stirn fest.

Seine beiden Chefagenten starrten fasziniert auf das Leuchtphänomen. Ehrfürchtig verharrte der Staatschef in Ruhestellung und faltete die Hände als Zeichen der Ergebenheit gegenüber dem Lichtwesen.
„Hurrah, der Kontakt ist hergestellt!" flüsterte Beatrix Bohrschmand begeistert zu Willibald Wastlhuber.
„Endlich!" sagte auch er erleichtert.

Gorsky schloss die Augen und versenkte sich völlig in das fremde Wesen, mit dem er so sehnlichst die Kontaktaufnahme herbeisehnte.

Doch nach einer Minute schon löste sich der Alien von seiner Stirn. Die grüne Leuchtkugel schwirrte über den Köpfen der Anwesenden und begann sich unheilvoll in ein schreiendes Rot zu verfärben.

Enttäuschung spiegelte sich in den Gesichtern der beiden Chefagenten, denn sie ahnten düster, was sich durch die Farbveränderung ankündigte: Verweigerung der Zusammenarbeit mit den neuen Spitzen des Staates!
Die rote Kugel schwebte langsam in den Hauptcomputerkasten des „Gewissens" zurück.
„Komm zurück, lieber Alien, wir brauchen dich, ganz Berlin braucht deine Hilfe, bitte!" versuchte es Gorsky noch einmal mit einer kindlichen Beschwörungsformel.

Doch nichts half.

Der Alien tauchte nicht mehr aus seinem Versteck auf.

„Sag´ uns doch: Mit wem willst du Kontakt aufnehmen, wenn nicht mit uns?" fragte Beatrix verzweifelt vor der riesigen Computerwand.
„Wen sollen wir dir dazu bringen? Vielleicht Herlinde Kopter? Und Waldemar Koslowski? Oder Manfred Kalinsky? Bitte, gib´ uns ein Zeichen, lieber Alien, wir tun alles, was du uns aufträgst", flehte sie vor dem Superelektronikgehirn.
Doch der Computer blieb stumm. Resigniert zogen sich die Drei aus dem Untergeschoss zurück.

Washington, Gelände des Weißen Hauses, 10. Oktober;

Immer dringender wurden die chinesischen und die Berliner Anfragen an das Weiße Haus, ob Heli und Waldemar nicht endlich nach Berlin zurückkehren könnten.

„Wenn Sie beide erst einmal wieder in Berlin wären, dann wären Sie unserer Kontrolle völlig entzogen", mahnte Eliza Powerful und sah das „Weltpräsidentenpaar" streng an.
„Ich bezweifle sogar, dass der Alien dann etwas für Sie tun könnte, wenn Sie in Gefahr gerieten ... Dann wäre er bestimmt nicht in der Lage, Sie aus der Ferne von der Welthauptstadt zu uns nach Washington zurückzuholen, weil er nicht bei Ihnen wäre und Sie nicht berühren könnte. Und mitgeben nach Berlin können wir Ihnen das Lichtwesen aus den genannten Gründen nicht", sagte die Sicherheitsberaterin des Weißen Hauses.

Immerhin wurde es endlich wieder einmal ein interessanterer Tag für Heli und Waldemar, weil sie am 11. Oktober im East Room zum Staatsempfang des russischen Botschafters und seiner Delegation eingeladen waren.

Allround-Corporation, Berlin-Mitte, 15. Oktober:

Konferenzsaal, Geheimbesprechung von Hermann Gorsky mit seinem Wirtschaftsminister und anderen Wirtschaftsfachleuten;

„Es ist einfach unglaublich, liebe Volksgenossen, was ich gestern bei meinem Kurzbesuch in Heliopolis erlebt habe", sagte Gorsky ergriffen.
„Terra Nova ist zu einem einzigartigen Wirtschaftsparadies mutiert. Riesige Warenhäuser mit den ausgefallensten Konsumgütern sind quasi über Nacht dort aus dem Boden gestampft worden. Die Chinesen haben die Warenlager und Geschäfte noch sagenhafter gefüllt als bei uns in Berlin.
Außerdem scheint es dort oben plötzlich kein Volkseigentum mehr zu geben, nur noch Privateigentum. Jeder Terranovianer scheint einen eigenen Raumgleiter zu besitzen und einen Globalnetanschluss, während wir in der Technik hinterherhinken, und das in der Welthauptstadt Berlin", sagte Gorsky entrüstet.

„Weil wir bei den chinesischen Genossen als widerspenstig gelten, als übermäßig autoritär, als martialische Hardliner, Hermann, darum ist das so, dass Ling Lang die Terranovianer als Bundesgenossen favorisiert und sie verhätschelt als seine Lieblingskinder, und daher mit Geschenken überhäuft", erklärte der Wirtschaftsminister.
„Du lässt mir ja in wirtschaftlicher Hinsicht keinen Freiraum in Berlin, Hermann", klagte er.
„Du bist viel sozialistischer und planwirtschaftlicher, als es die chinesischen Genossen jemals verlangen würden! ...“
„Hm, mag sein, dass du Recht hast, Gerhard", brummte Gorsky.

„Und die ursprüngliche Flüchtlingswelle vor den Chinesen ist in Terra Nova gänzlich zum Stillstand gekommen; die Menschen strömen im Gegenteil jetzt wieder wie wild in die Weltraumkolonie zurück, seit die Chinesen dort diese wirtschaftlichen und technischen Reichtümer hineingeschafft haben", brummte Gorsky ungehalten.
„Die Chinesen sind jetzt dort die Lieblinge des Volkes, während auf mich jeder schimpft. Egal ob in Heliopolis oder Berlin: Mein Name wird nur noch mit grollenden Untertönen und im Zusammenhang mit blasphemischen Flüchen genannt", sagte Gorsky hilflos.

„Russen und Deutsche wollen auf einmal in Scharen nach Terra Nova einwandern. Und unzählige Terranovianer waren bereits zu Besuch in China, auch immer mehr Deutsche melden Interesse an einem Aufenthalt im „sagenumwobenen Peking" an.
„Früher nannte man das einmal „Urlaub", oder so ähnlich, glaub´ ich", referierte Gorsky.
„Moment, Genossen, ich habe mir das Wort gestern in Heliopolis notiert, wo ich es kennengelernt habe ..." - „Urlaub? Habe ich noch nie gehört, dieses Wort", sagte der Wirtschaftsminister stirnrunzelnd.
„Was bedeutet ´Urlaub`?" fragte auch der Außenminister.
Gorsky erklärte es den Genossen.
„Außerdem wollen die Deutschen auf einmal massenweise verreisen: Nach Frankreich, Italien und Spanien", sagte Gorsky erschöpft.
„Diese neue Reiselust scheint im Moment sogar die Neugierde der Menschen auf den „amerikanischen Alien" zu stoppen."

Da kam ganz aufgeregt die persönliche Sekretärin von Hermann Gorsky in die Krisensitzung hineingeplatzt.

„Euer Exzellenz, etwas Außergewöhnliches ist geschehen, ich muss Sie sofort dringend sprechen", sagte sie atemlos und keuchte mächtig.
„Was fällt Ihnen denn ein, werte Genossin Korda, derart meine Versammlung zu sprengen", empörte sich Gorsky.
Sie entschuldigte sich für das Hals-über-Kopf-Eindringen, und nach ihr kam auch noch Beatrix Bohrschmand fahrig und nervös in den Saal hineingeschneit. Die Minister drehten staunend und neugierig die Köpfe zu der Chefagentin hin.

„Was denn, du auch noch, Genossin Beatrix?" fragte Gorsky verblüfft.
„Was gibt es denn so Dringendes?"

„Der Alien, Hermann! ... Er hat es geschafft, er hat einen Weg gefunden, mit uns zu kommunizieren", sagte Beatrix keuchend.

Gorsky war fassungslos.
„Ja, wie denn, durch Gedankenverschmelzung?" fragte er freudig.
„Nein, Hermann, ganz, ganz ... anders; er hat unsere Sprache entschlüsselt, er scheint eines unserer höchsten Kulturgüter, die Bedeutung der Schrift, verstanden zu haben und macht sich durch noch ungelenke Sätze verständlich, die er auf den großen Computerbildschirm projiziert, unten im Untergeschoss des „Gewissens"; komm schnell, Hermann, das musst du dir ansehen!" sagte Beatrix in höchster Aufregung.

„Die schriftlichen Mitteilungen des Alien erscheinen in deutscher Sprache auf dem Bildschirm, wenn auch in leicht fehlerhaftem Deutsch", sagte Beatrix hastig.

Gorsky ließ die Sitzung, die ehe beinahe zu Ende war, abbrechen und alle eilten zum „Gewissen".

Bald schon standen Beatrix, Willibald, Gorsky und alle verfügbaren Computerexperten staunend vor den schriftlichen Mitteilungsversuchen des Lichtwesens.

ICHH HABE IHREN COMPUTTER NEU PROGRAMIERT:

BITTE UM KONTAKT MITT WALDEMAR KOSLOWSKI UND HERLINDE KOPTA -

DEM VONN DIESER COMPUTEREINHAIT AUSGEWÄHLTEN MENSCHENPAAR -
DAS RECHTSMÄSSIG DAZU BESTIMMTT IST, IHR STAATSWESEN ZU REPRÄSENTIEREN ...

ICHH HABE NEUE INSTRUKTIONEN FÜR W. KOSLOWSKI UND H. KOPTA, BEZÜGLICH KOORDINATION UND RELEVANTE KRITERIEN FÜR AUSÜBUNG DES AMTES DER BEIDEN MENSHCLICHEN ... EINHAITEN - - -

Diese Mitteilung flimmerte wiederholt über den Bildschirm.

Kopfschüttelnd las der blasierte Gorsky den Wortlaut laut vor, denn er glaubte nicht an Gespenster.

„Aber Beatrix, das ist doch nur irgendein Humbug, den sich ein Spaßvogel ausgedacht hat; nie und nimmer glaube ich an die Authentizität dieser sogenannten „Botschaft", sagte der Staatschef lachend.

„Es ist einfach unmöglich, dass der Alien sich derart rasch unsere Schrift zu Eigen gemacht haben soll", sagte Gorsky feixend.

„Das Gewäsch stammt bestimmt von einem Koslowski-Anhänger, der will, dass ich Heli und Waldemar in ihr angeblich rechtmäßiges Amt einsetze, weil man mir die Herrschaft streitig machen will!

„Immerhin weiß der Alien aber, was wir für Wesen sind, er weiß, dass es sich bei unserer Gattung von Lebewesen, die die Erde bevölkern, um Menschen handelt", wandte Willibald Wastlhuber ein.

„Er hat verstanden, dass das „Weltpräsidentenpaar" zwei Menschen sind", ergänzte er enthusiastisch.

„Was ist das für ein Unfug, den du da erzählst, Willi", rügte Gorsky wütend.

„Das steht doch keineswegs fest, dass der Alien wirklich kapiert, was ein Mensch ist! Selbst wenn die Botschaft echt sein sollte, könnte sich das Lichtwesen aus der Datenbank über Menschen informiert haben, ohne selbst zu verstehen, was das für eine Gattung von Lebewesen ist", sagte Gorsky scharf.

„Ja, stimmt, es könnte sein, dass der Alien nur das wiedergibt, was er irgendwo in der Datenbank gelesen hat", sagte Beatrix nachdenklich.

„Alien, Alien!" sagte Gorsky indigniert.

„Ihr sprecht immer nur so, als ob die Botschaft von ihm stammt. Das ist doch nur ein Witz, die ganze Botschaft", behauptete Gorsky.

„Kommt, wer von euch war das? Wer hat diesen Blödsinn einprogrammiert?" fragte der Staatschef.

„Und diesmal ist keine Lichtkugel aus dem Computer herausgeschwirrt?" fragte Gorsky fahrig, ohne dass jemand die Zeit gefunden hätte, seine vorherige Frage zu beantworten.

Beatrix verneinte.

„Bloß diese suspekten Schriftzüge auf dem Bildschirm?" fragte er zweifelnd.

„Da stimmt doch was nicht!" sprach er apodiktisch und fuhr herum.

Da ging Gorsky selbst an den Computer.

„Ein bisschen verstehe ich ja auch von Programmierung", sagte der neue Staatschef und machte sich an den Konsolen und Schalttafeln des „Gewissens" zu schaffen.

„Wenn jetzt gleich dauernd nur dieselben Schriftzüge wiederholt werden, dann ist das der beste Beweis, dass die Botschaft ein Fake ist", sprach Gorsky voller Zuversicht und Programmiereifer.

Doch schon kurz danach erschien ein neues, anderslautendes Schriftband auf dem Bildschirm:

„BITTE UNTERLASSEN SIE BEMÜHUNGEN ZWECKS UMSTRUKTURIERUNG DES PROGRAMMS; SIE HABEN KEINERLEI BEFUGNIS DAZU! ... BITTE UM HERBEISCHAFFUNG DER INDIVIDUEN DER GATTUNG MENSCH „H. KOPTER UND W. KOSLOWSKI", FALLS VERFÜGBAR; ZWECKS INSTRUIERUNG DES WELTPRÄSIDENTENPAARES IN BEZUG AUF IHRE HERRSCHAFTSFUNKTION ..."

„Da, sehen Sie, Chef, neue Anweisungen", sagte Willibald triumphierend.

Doch Gorsky wiegelte wieder ab.

„Aber das ist doch wieder kein Beweis, dass diese Nachricht jetzt gerade von dem Alien durchgegeben wird", sagte Gorsky entnervt.

„Bestimmt hat der Saboteur, der diese Texte verfasst hat, meine Reaktion auch schon vorausgesehen, und auch diesen neuen Quatsch bereits vorher in das „Gewissen" einprogrammiert", sagte Gorsky ärgerlich, und hantierte wütend an den Schaltern und Knöpfen herum, und löschte die Botschaft.

„Jetzt werde ich diesem ganzen Unfug ein für alle Mal ein Ende machen"; sagte er entschlossen und versuchte eine ganz neue Programmierung.

Doch auch nach Stunden gewissenhafter Arbeit und fachkundiger Unterweisung durch Beatrix Bohrschmand musste Gorsky erkennen, dass immer neue Botschaften von dem Alien auftauchten. Ständig neue Befehle flimmerten über den Bildschirm.

„Pah! Wahrscheinlich sitzt irgendwo in unserer Organisation ein Saboteur, der uns gerade seine Botschaften live über seinen PC schickt", sagte Gorsky abgeklärt.

Er gab Befehl, den Saboteur ausfindig zu machen, ließ dazu alles hermetisch abriegeln, und Mannschaften mit Suchgeräten in der gesamten Allround-AG ausschwärmen.

Doch man fand keinen Menschen.

Auch das „Gewissen" konnte auf Anfrage die Quelle der „geheimen Botschaften" nicht zurückverfolgen.

Bis es nach Stunden durchgab, der „Saboteur" sei wirklich der Alien!

„Na also, selbst das „Gewissen" sagt, die Botschaften sind wirklich von dem außerirdischen Lichtwesen, bist du nun zufrieden, Hermann?" fragte Willibald Wastlhuber mit Genugtuung.

„Ach, das ist doch wieder nur eine Manipulation von diesem Saboteur, der vermutlich irgendwo da draußen in der Welt sitzt, bestimmt auf TERRA NOVA", rügte Gorsky barsch.

„Wann hört ihr endlich auf, euch von diesem Quatsch blenden zu lassen?"

Auch am nächsten Tag, nach akkurater Umprogrammierung aller Programmspeicher durch Beatrix, erschienen weiterhin neue Anweisungen des Alien, ihn unverzüglich mit Heli und Waldemar in Verbindung zu setzen.

„Also Chef, beim besten Willen: Die neuen Botschaften müssen einfach echt sein, das alles kann nicht mehr manipuliert sein, das ist unmöglich", sagte Beatrix energisch zu ihrem Chef, Hermann Gorsky.

„Sehen Sie, zumal Ihnen der Alien jetzt sogar direkt auf Ihre Zweifel antwortet, da, schauen Sie", sagte die muntere Sächsin zu Gorsky.

„JA, BITTE GLAUBEN SIE IHRER TÜCHTIGEN, HOCHEFFIZIENTEN INFORMATIKERIN, HERR GORSKY; MEINE NEUEN BOTSCHAFTEN SIND WIRKLICH ECHT; WIE SIE DAS AUF SALOPPE UND PRIMITIVE WEISE ZU BEZEICHNEN PFLEGEN!"

ließ der Alien über immer perfektere Schriftzüge verlauten.

„Wer bist du?“ fragte Gorsky schwitzend.

„Woher kommst du? Zeig´ dich doch endlich, jetzt, wo du unsere Sprache beherrscht, kannst du uns doch auch mitteilen, was du für ein Wesen bist“, forderte Gorsky energisch von dem Alien.
„Von welchem angeblichen Sternensystem kommst du, warum erscheinst du uns nicht mehr als Lichtkugel? Woher hast du deine magischen Kräfte? Was hast du mit uns vor? Antworte doch endlich: Hattest du einst einen Körper wie wir Menschen, oder bestehst du nur aus geistiger Energie?“ fragte Gorsky kreuz und quer durch den Garten.

„Wie ist es dir möglich, dich zu teilen? Was weißt du von deinem Hauptkörper, von dem du dich abgespalten hast? Hast auch du die Fähigkeit, uns Menschen in Sekundenschnelle an andere Orte zu versetzen? - Nach Amerika zum Beispiel, wo sich dein Hauptkörper im Augenblick befindet?“ fragte Gorsky fieberhaft.
„Warum weigerst du dich, mit mir zu kommunizieren? Warum erkennst du mich nicht als Hauptkoordinator von Berlin an?“ fragte Gorsky verbittert den Alien.
„Versetze auch mich für ein paar Minuten nach Amerika, und bring mich dann sofort nach Berlin zurück!“, forderte Gorsky das Lichtwesen auf.
„Erst dann glaube ich an die Echtheit deiner Botschaften!!!“

Nach langem Schweigen kam die Mitteilung von dem fremden Wesen, es zöge vor, für den Augenblick zu schweigen. Zu gegebener Zeit würde es sich vielleicht dazu entschließen, den Menschen all seine Geheimnisse zu offenbaren. Aber ohne Kontakt zu Heli und Waldemar wäre es zu gar keiner Äußerung mehr bereit.

„Was sollen wir jetzt tun, Chef?“ fragte Beatrix.

„Wir müssen Heli und Waldemar aus Amerika zurückbekommen, koste es, was es wolle“, schnarrte Gorsky und trocknete sich den Schweiß von der Stirn.
„Das kann ein verdammt langer Verhandlungsweg werden, vor allem, solange wir in Berlin keinerlei Trümpfe in der Hand haben, außer unserem widerspenstigen Alien“, sagte Beatrix matt.

Washington, Gelände des Weißen Hauses, 20. Oktober;

Das Leben in Washington wurde für Heli und Waldemar wieder einmal etwas aufregender und der eintönige Alltag lebendiger.

Seit einigen Tagen konnte Präsident Hernandez nämlich wieder die Anwesenheit seiner Frau Cassandra und seiner Tochter Pythia im Weißen Haus genießen.

Über einen Monat waren die beiden Frauen in New York in ihrem Luftschutzbunker gefangen, weil sie nach ihrer Shoppingtour von einer Gangsterbande angegriffen und belagert worden waren.

Endlich konnte der Konvoi der Luftflotte von Präsidentenfrau und –tochter nebst Chauffeur und Leibwächtern ausgelöst werden, weil man sich über die Zahlungsmodalitäten einig geworden war und die Ablösesumme an die Kidnapper beglichen hatte, sodass der unfreiwillige Bunkeraufenthalt der beiden unglückseligen Frauen endlich ein Ende finden konnte. Besonders hart und lange war dabei noch um die Rückgabe der Flugzeuge und Raumgleiter der Angehörigen des Präsidenten mit den Gangstern gefeilscht worden. Doch letzten Endes war ja alles gut ausgegangen.

Herlinde und Waldemar hatten somit seit vier Tagen Gelegenheit, die beiden tapferen Frauen endlich kennen und schätzen zu lernen.

„Oh, boy, die organisierten Gangsterbanden verlangen aber auch wirklich jedes Jahr höhere Lösegeldpreise für ihre Geiseln", sagte Pythia am Tag ihres Wiedereintreffens im Weißen Haus zu Heli.

„Wenn das so weitergeht, meine liebe Heli, dann sind wir bald pleite", sagte Pythia lächelnd, „das war die teuerste Shoppingtour, die ich je unternommen habe", klagte sie kopfschüttelnd.

Die beiden Frauen verstanden sich auf Anhieb prächtig miteinander und entwickelten schon bald eine große Freundschaft zueinander.

Oft redete Heli mit Pythia über den Alien, der die „vier großen K" auf so fantastische Art und Weise nach Amerika verfrachtet hatte. Cassandra und ihre Tochter konnten die Nachricht kaum glauben. Daher begehrten sie Kontakt mit dem scheuen Lichtwesen aufzunehmen, was ihnen Professor Kallimachos leider verwehrte, weil er den Alien vorerst noch schonen wollte. Denn wer wusste schon, was für weitere, harte Prüfungen die Welt den unglücklichen Alien-Besitzern, den USA, demnächst noch auferlegen würde.

Und die Weltforderungen prasselten schon seit Tagen hart auf das Weiße Haus herab, vor allem aus Berlin.

Seit Gorsky erfahren hatte, dass sein unbotmäßiger Alien nur mit Heli und Waldemar Kontakt aufnehmen wollte, verschärfte er täglich seine Rückgabeforderungen bezüglich des „Weltpräsidentenpaares". Doch Präsident Hernandez blieb hart. Er riet den beiden dringend, in Washington zu bleiben.

Deutschlands chinesische Verbündete handelten weitaus klüger, indem sie Gorsky weiterhin zur Mäßigung rieten und die Weltlage dadurch etwas entspannten.

Gorsky aber war ein scharfer Hund und sehr eigensinnig. Er nahm die Neuauflage des Modells „Sozialismus in einem Lande" sehr ernst und trieb den Aufbau seiner totalitären Diktatur in ganz Deutschland zügig und zielstrebig voran. Ebenso die sozialistische Planwirtschaft und den Aufbau des Sozialismus bis zur „völligen Gleichheit aller Menschen in Deutschland." Dies jedoch verschärfte nur noch die sozialen Spannungen in breiten Schichten der deutschen Bevölkerung, während überall sonst eher Entspannung angesagt war: So in der Weltraumprovinz Terra Nova, wie in China selbst.

Auch die Deutschen wollten das neue Lebensgefühl der Freiheit und Weltläufigkeit genießen und strebten ins Ausland. Der zweite kommunistische deutsche Staat in der Geschichte der Menschheit tat sich mit diesen Forderungen schwer.

Schon erwägte Gorsky, die deutschen Grenzen zu seinen europäischen Nachbarstaaten zu sperren, wie es schon einmal in der unseligen deutschen Geschichte vor mehr als tausend Jahren geschehen war! Doch als das ruchbar wurde in China, pfiff Präsident Ling Lang seinen scharfen Hund Gorsky zurück: Er untersagte seinem deutschen Verbündeten streng die Abriegelung von der europäischen Außenwelt.

Berlin, Allround-Corporation, 1. November;

Doch Hermann Gorsky blieb stur.

Hartnäckig bestand er auf Deutschlands Eigenständigkeit und verbat sich energisch jegliche ausländische Einmischung in seine inneren Angelegenheiten – selbst von seinem engsten Verbündeten China!
Gorsky pokerte hoch und verschärfte seine Abschottungspolitik in den nächsten Wochen sogar noch. Denn er stellte fest, dass er ein eingefleischter Verfechter des „Neuen Deutschen Sozialismus" war, und von diesem Weg wollte er keinen Deut abweichen.
Er betonte und verteidigte den „Deutschen Sonderweg" des Sozialismus und duldete keine Kritik daran. In starrer Anlehnung an den „Ersten sozialistischen Staat auf deutschem Boden von 1949 –1990" nannte er seinen Staat sogar jetzt schon, am 1. November: „Deutsche Demokratische Republik II".

Die Folge war: Schon ab dem 1. November 2999 begannen die Deutschen fluchtartig, die „ZWEITE DDR" in Richtung Nachbarländer zu verlassen: In Scharen flohen die Menschen über die Grenzen nach Dänemark, Polen, Tschechien, Österreich, in die Schweiz, nach Frankreich, Luxemburg, Belgien, Liechtenstein, und in die Niederlande.
Manche Flüchtlinge strömten gleich ganz weit weg: In die Weltraumkolonie, nach Terra Nova! China registrierte die Massenflucht der Deutschen mit Befremden und befahl seinem wichtigsten Verbündeten Gorsky, nicht „mit der Einführung des zweiten Deutschen Sozialismus zu übertreiben."

Doch Gorsky ging sogar noch weiter: Er wollte seine „Neudeutsche Sozialistische Republik" über den großen Stichtag hinüberretten, den 1.1.3000: So sollte seine selbstverfertigte „DDR II" gleich in das neue Jahrtausend hinübergeführt werden, denn dieses Datum war für Gorsky heilig, und überaus wichtig für weltweite Live-Propaganda, die sich vom DFF live in alle Welt ergießen sollte.

Am 1.1.3OOO hatte Gorsky den kühnen Plan im Auge, sein sozialistisches Modell allen Staaten der Erde und allen Weltraumkolonien zur Nachahmung zu empfehlen! Und zwar von der Welthauptstadt Berlin aus. In einer Liveübertragung direkt aus der Allround-Corporation! Davon erhoffte er sich einen Prestige- und Propagandaerfolg sondergleichen.

Doch für diesen denkwürdigen Tag brauchte Gorsky, damit er ein voller Erfolg werden konnte, sein „Weltpräsidentenpaar".

„Spätestens am 1.1.3000 will ich Heli und Waldemar wieder hier bei mir in der Allround-Corporation haben", schärfte der Diktator von Berlin fanatisch seinem Staragentenpaar ein.

„Also setzt Himmel und Hölle in Bewegung, ihr beiden, verstanden?" brüllte er Beatrix Bohrschmand und Willibald Wastlhuber an.
„Wie ihr es bewerkstelligt, ist mir egal, nur, dass ihr mir mein „Weltpräsidentenpaar" ja bringt, kapiert?" donnerte Gorsky los.
„Sei es durch Schmeichelei, Drohungen oder Versprechungen ... Ich will, dass die beiden dem verderblichen Einfluss Amerikas entrissen werden, klar? Wenn das alles nichts hilft, dann arbeitet ihr beide einen Plan zur Entführung von Heli und Waldemar aus, verstanden? Ich stelle euch meine gesamte Raumflotte zur Verfügung, damit sie gegebenenfalls nach Washington vordringt, das Weiße Haus im Sturm nimmt und die beiden dort herausholt, klar?" schnarrte Gorsky in größenwahnsinniger Manier.
Als Beatrix und Willibald diesen schizophrenen Plan vernahmen, reagierten sie äußerst bestürzt.

„Aber Chef, das ist doch Wahnsinn, was Sie da vorschlagen, was Sie unserer Allround-Kampfflotte zumuten wollen", protestierte Beatrix heftig. „Bedenken Sie bitte, dass Amerika diesen ihm hörigen Alien besitzt, der wird das Weiße Haus auf jeden Fall vor unserem Angriff schützen. Das Lichtwesen wird nicht zulassen, dass Heli und Waldemar mit Gewalt freigepresst werden, Euer Exzellenz", mahnte Beatrix.

„Ja, Hermann ... Euer Exzellenz, Beatrix hat Recht: Wenn unsere Flotte in den Luftraum über dem Weißen Haus eindringt, dann wird der Alien unser Traumpaar einfach an einen anderen, sicheren Ort versetzen, und wir stehen mit leeren Händen da", warnte nun auch Willibald.

„Genauso ist es, Euer Exzellenz", bestätigte Beatrix.

„Nicht, wenn die Überraschung auf unserer Seite ist", widersprach Gorsky widerborstig.

„Wir müssen eben äußerst geschickt und heimlich agieren, bevor die Wachen im Weißen Haus die Ankunft unserer Befreiungsflotte bemerken", sagte Gorsky albern.

Die beiden Chefagenten waren fassungslos, als sie die unglaubliche Unbelehrbarkeit ihres cholerischen Chefs gewahrten. Schließlich sah er seine Unvernunft doch noch ein und ließ den Plan fallen.

Berlin, Allround-Corporation, 9. November;

Nach weiteren ergebnislosen Verhandlungstagen mit Washington über die Rückkehr des „Traumpaares" nach Berlin hielt Gorsky mit BB und WW, wie er seine beiden Chefagenten nunmehr abkürzend nannte, in seinem Geheimbunker unter der Allround-Corporation eine noch streng geheimere Privatkonferenz ab.

„Leute, ich habe euch beide hier zusammengerufen, Willi, Bea, weil die Lage megaernst ist: Die Amis zeigen uns weiterhin die kalte Schulter, unsere chinesischen Verbündeten lassen uns im Stich, und die Menschen fliehen unvermindert aus Deutschland in die Nachbarländer. Harte Zeiten verlangen drastische Maßnahmen. Eisenharte Führung ist nun angesagt, Genossen. Marion von Reitzenstein, diese verrückte Ex-Generalin der Sternenflotte hatte doch Recht: Ich hätte mir ihr zusammenarbeiten sollen! Sie sagte mir, als ich sie im Zuchthaus Plötzensee besuchte, wir zwei wären vom gleichen Schlag, wir müssten uns zusammentun, und das stimmt, Genossen", sagte Gorsky euphorisch mit weit ausholenden Handbewegungen.

BB und WW sahen sich bestürzt an.

„Marion mag unstet und neurotisch sein, aber sie hat Herz und Verstand, sie ist eine Frau mit Biss und enormem Durchsetzungsvermögen; solch ein Kraftpaket brauche ich jetzt in dieser desolaten Lage, daher habe ich beschlossen, dass ihr sie mir sofort aus dem Gefängnis holt, wo ihre Fähigkeiten nur unnötig brachliegen!“
WW protestierte. Gorsky wischte den Protest beiseite.
„Wozu brauchst du denn diese Irre, Hermann?“ fragte BB beunruhigt darüber, dass Gorsky wieder eine neue, törichte Entscheidung treffen wollte.

„Ich werde Marion zur Betriebskampfgruppenleiterin des neuen Grenzbefestigungskommandos ernennen, denn Deutschlands Grenzen zu den Nachbarländern müssen dringend unpassierbar gemacht werden für die vielen Flüchtlinge. Und die dazu nötigen, militärischen Maßnahmen soll mir der Rotschopf koordinieren, das ist die richtige Aufgabe für diese geborene Kämpferin, das wird ihr gefallen!“, sagte Gorsky begeistert.

„Was, du willst diese Psychopathin wieder aktivieren, das ist doch nicht dein Ernst, Hermann?!“ sagte BB entsetzt.
„Du selber hast doch gesagt, diese Paranoikerin hat selbst dir Schauder über den Rücken gejagt, sie sei höchst gefährlich, und jetzt willst du auf einmal doch mit der zusammenarbeiten, das ist doch verrückt, Hermann“, protestierte auch WW lautstark.
„Ja, Willi hat Recht, ich sage dir: Das gibt eine neue Katastrophe, wenn du Marion zu den Grenztruppen versetzt! Die wird dort ein Massaker sondergleichen unter den Flüchtlingen anrichten“, schimpfte BB aufgebracht und sah Gorsky böse an.
„Na und? Soll sie doch! Dann wird wenigstens die Massenflucht aus Deutschland unterbunden! Und die Deutschen schrecken vor weiteren Fluchtversuchen zurück. Das bin ich bereit, dafür in Kauf zu nehmen, und Marion von Reitzenstein wird meine willige Vollstreckerin dazu sein“, sagte Gorsky martialisch.

„Mit dem Alien im „Gewissen“ gehst du milde um, Hermann, doch unsere Landsleute willst du wieder abschießen lassen, weil sie Deutschland verlassen wollen?“ fragte Bea mit mulmigem Gefühl.
„Ja, wie schon damals vor einem Jahrtausend, als 1961 die Berliner Mauer gebaut wurde“, erinnerte WW mit gruseligem Gefühl im Bauch.
„Ich baue ja keine Mauer, ich lasse lediglich die Grenzbefestigungen verstärken, und einen Sperrgitterzaun um Deutschland ziehen“, verteidigte sich Gorsky behäbig.
„Das alles soll natürlich nach Möglichkeit ohne Gewalt abgehen. Wenn der Zaun erst mal steht, dann werden die Fluchtversuche ja auch größtenteils zu Ende sein“, sagte Gorsky.

„Diese ganze Abgrenzung und die Einsperrung des Deutschen Volkes ist doch schon einmal gescheitert; in der fernen Vergangenheit: Von 1961-1989; und du willst noch einmal die gleichen Fehler wiederholen, wie sie damals Walter Ulbricht gemacht hat, Hermann?“ fragte BB besorgt.

„Und diesmal hast du, im Gegensatz zu Walter Ulbrichts Russen von damals, nicht einmal die Zustimmung unserer chinesischen Gesinnungsgenossen, Deutschlands Grenzen dichtzumachen“, warnte BB eindringlich.

„Genau! Walter Ulbricht hatte immerhin noch die Russen auf seiner Seite beim Bau der Mauer“, ergänzte Willi.

„Das nehme ich locker auf meine Kappe, Genossen, die Chinesen sind mir zu weich“, sagte Gorsky, wieder ganz überlegt und behäbig.

„Also holt mir sofort die Marion aus dem Knast, verstanden? Morgen will ich sie einsatzbereit an den deutschen Grenzen sehen!“ deklamierte er apodiktisch und BB und WW sahen sich fragend an.

Washington, Pentagon, 16. November;

Präsident Hernandez, Eliza Powerful und Hiram Singh studierten aufmerksam die Schlagzeilen der Weltpresse. Der Verteidigungsminister ebenso. Auch Heli und Waldemar studierten Berge von Sonderausgaben.

„DEUTSCHLAND WIRD WIEDER MAL EINGEZÄUNT!“

GORSKY MACHT DIE GRENZEN DICHT!

MASSENFLUCHT AUS DEUTSCHLAND!
„Die deutsche Geschichte wiederholt sich!“
„Neue Zürcher Zeitung“, 16. November.

HERMANN GORSKY KOPIERT WALTER ULBRICHT!

DEUTSCHLAND SCHLIESST WIEDER SEINE GRENZEN!

DIE GANZE WELT IST BESTÜRZT!
„Wiener Tageblatt“, Österreich, 16. November.

DEUTSCHLAND MACHT ERNST!

GRENZEN SOLLEN HERMETISCH GESCHLOSSEN WERDEN!

CHINA DROHT GORSKY MIT KONSEQUENZEN!
BALD NEUER SOZIALISTISCHER BLOCK IN EUROPA?
WIE WIRD DAS AUSLAND REAGIEREN?
AMERIKA HÜLLT SICH IN SCHWEIGEN!
„Salzburger Nachrichten", 16. November.

BRENNPUNKT BERLIN:

DIKTATOR GORSKY MACHT AUS DEUTSCHLAND W I E D E R EIN
RIESIGES KZ!

MARION VON REITZENSTEIN BEFEHLIGT GRENZTRUPPEN!
„Washington Post", 16. November .

Als Heli das las, zuckte sie heftig zusammen.
„OH, mein Gott, sieh´ nur, Waldo ... !"
Koslowski las hastig den Artikel.
„Marion ist Chefin von diesem Abriegelungsverein? Das sieht Gorsky wieder
mal ähnlich!" donnerte Waldemar los.
„Und dann erst das hier", sagte Heli und zeigte ihm eine andere
beunruhigende, aufwühlende Schlagzeile:

GRAUSAM: TOCHTER VON TERRA-NOVA-BOSS WÜTET IN
DEUTSCHLAND!

DIE „ROTE MARION" IST NEUE MILITÄRCHEFIN VON
DEUTSCHLAND!

KRIMINELLE PUTSCHISTIN SPERRT DEUTSCHE EIN!

DROHT DRITTER WELTKRIEG? –

Deutsche Flüchtlingswelle überschwemmt unser Land!
„Österreichische Zeitung", 16. November.

„Das ist Wasser auf die Mühlen dieser rücksichtslosen Gewaltherrscherin
Marion! Jetzt kann sie ungehemmt ihre pathologischen Instinkte austoben,
dort in ihrem Gefangenenlager Deutschland, diese rachsüchtige, hinterhältige
rote Tigerin!" schimpfte Herlinde zeternd, riss Waldemar die Zeitung aus den
Händen und zerfetzte sie in kleine Stücke.

KAPITEL XXIII: Marions Rache

Washington, Gelände des Weißen Hauses; im Park, 18. November;

Heli und Waldemar gingen im Park spazieren. Die Park Police wachte über ihre Sicherheit.
Während des Spazierengehens las Heli die „Washington Post": „Germany brutal! – Erste Flüchtlinge an deutsch-belgischer Grenze erschossen bei illegalem Grenzübertritt", las Heli laut vor.
Waldemar schaute bestürzt zu ihr hin.

„KEINE GNADE AN DER GRENZE!"

„ROTE KILLERIN MARION SCHLÄGT ZU!"

„ERSTE FLÜCHTLINGE AN BELGISCHER GRENZE BEI AACHEN GETÖTET!"
„Neue Zürcher Zeitung", 18. November.

Dieses Blatt nahm sich Waldemar vor. Er reichte es an Heli weiter, und sie las zitternd vor Wut die Schlagzeile.

„Dieses Miststück! Warum hat man sie überhaupt begnadigt? Das ist eine Schande, dass diese reißende Bestie schon wieder frei herumlaufen darf!" empörte sich Heli.
„Und das kommt dann dabei heraus! Sie hat ihr blutiges Geschäft schon wieder auf neue, kriminelle Höhen geführt!"
„Hör dir das an, Waldo: Überall werden die deutschen Grenzen zum Ausland durch Sperrzäune abgedichtet, und Marion hat die Oberaufsicht über dieses schändliche Treiben", sagte Heli traurig.
„Ja, und hier in der „TIMES" steht immerhin, dass Diktator Gorsky international geächtet ist", sagte Waldemar mit Genugtuung.
„Lange kann er sich das nicht mehr leisten, was er sich da leistet in Deutschland", sagte Waldemar barsch.
Pythia, die mit ihnen im Park des Weißen Hauses spazieren ging, sagte mitfühlend zu Heli: „Mein Vater hat Marion von Reitzenstein ebenfalls geächtet, er hat einen internationalen Haftbefehl gegen sie ausstellen lassen und lässt sie weltweit als kriminelle Killerin jagen", sagte sie erfreut und reichte Heli die „Washington News".

Heli las:

CIA JAGT DIE „GNADENLOSE MARION".

CHEFIN DER DEUTSCHEN GRENZTRUPPEN ALS MÖRDERIN GESUCHT!

PRÄSIDENT HERNANDEZ STELLT WELTWEITEN HAFTBEFEHL GEGEN „MvR" AUS!

Endlich hatte Heli mit Hilfe von Pythia die amerikanischen Schlagzeilen entziffert.
„Das ist zumindest schon ein guter Anfang", sagte Heli befriedigt.
„Obwohl es schwer sein wird, Marion zu fassen, solange sie die deutschen Grenzen zum europäischen Ausland nicht überschreitet", schränkte Heli missmutig ein und ließ seufzend die Zeitung sinken.
„Ja, das ist schon wahr", gab Pythia zu.
„Aber vielleicht lassen die Chinesen das „ROTE BIEST" bald verhaften, oder sie setzen gleich beide ab, Gorsky und Marion", bemerkte Pythia.
Dann zeigte sie Heli noch eine andere Zeitung mit einer deftigen Schlagzeile:

„KEINE GNADE FÜR DAS „ROTE BIEST"!"

MÖRDERISCHE GRENZTRUPPENCHEFIN LÄSST UNSCHULDIGE FLÜCHTLINGE TÖTEN!

Sind die Tage der „Roten Marion" gezählt?
„LE MONDE, Paris, 18. November".

Heliopolis, Hauptstadt der ehemals unabhängigen Weltraumprovinz Terra Nova, Regierungspalast von Gerold von Reitzenstein, 18. November;

„Die ganze Welt jagt das „ROTE SCHEUSAL von Berlin", las Gudrun mit tiefer Betroffenheit ihrem Vater aus der Zeitung vor. Beide saßen im Dienstzimmer von Gerold von Reitzenstein und wühlten sich durch die verheerenden Schlagzeilen, die Marion in der Weltpresse warf.

„WARUM SCHWEIGT DER NEUE STAATSCHEF VON TERRA NOVA ÜBER DIE UNTATEN SEINER TOCHTER?

HELIOPOLIS SCHWELGT IM LUXUS, WÄHREND BERLIN IN TRAUER VERSINKT;

SCHANDE ÜBER GEROLD VON REITZENSTEIN!

BOSS VON HELIOPOLIS SCHÜTZT DIE „ROTE MARION!"

Was sagt ihre Schwester dazu?

Auch Gudrun von Reitzenstein schweigt sich aus über ihre mörderische Schwester.
„Wiener Tageblatt", 18. November 2999.

„Meine Güte, soweit hätte es niemals kommen dürfen mit Marion", sagte ihr Vater zutiefst erschüttert.
Gudrun war den Tränen nahe.
„Marion ist gefürchtet wie eine klassische Kriminelle, hör dir das mal an, was die „Washington Post" über sie schreibt:

„BONNIE UND CLYDE IN BERLIN!" –

„DIE ROTE MARION UND GORSKY TERRORISIEREN GANZ DEUTSCHLAND!

„Wann wird das berüchtigte Verbrecherduo endlich gestoppt?"

Gerold hörte mit feuchten Augen zu.

„Ist Marion jetzt überhaupt noch zu retten?" fragte Gerold betrübt.

„Von Interpol gejagt, so eine Schande macht sie unserer Familie, lässt wehrlose Familien erschießen, die nur über die Grenze wollen, weil sie dieses schreckliche Deutschland verlassen wollen", sagte ihr Vater aufgebracht.
„Soll ich denn noch eine Tochter verlieren?" fragte Gerold weinend.
„OH, Papa, nicht ...", sagte Gudrun bestürzt, erhob sich von ihrem Sitz und rannte zu ihrem Vater hin.
Tröstend legte sie zärtlich ihre Arme um seinen massigen Kopf und sprach ihm Mut zu.

„Ich sagte dir ja, es war ein großer Fehler, meiner Schwester die Haft zu erlassen, da haben auch unsere Verbündeten, die Chinesen mächtig Mist gebaut", sagte Gudrun verstimmt.

„Ohne diesen unangebrachten Gnadenakt würde meine Schwester jetzt ganz friedlich heute hier in ihrer Zelle in Heliopolis-Ost sitzen und würde ihre 15

Jahre abbüßen ... Das heißt, wenigstens ein paar Jahre, vielleicht fünf davon hätten wir sie brummen lassen sollen, dann hätten wir sie ja freilassen können, unter der Auflage, dass sie Heliopolis nicht verlässt. Dann wäre Marion nie nach Berlin gelangt, und könnte dort nicht ihr heutiges Terrorregime ausüben", sagte Gudrun vergrätzt.

„Ja, du hast ja so Recht, meine liebe Gudrun", sagte ihr Vater und strich über ihre inzwischen längere, schwarze Haarmähne.

„Aber die Reue kommt zu spät, es lässt sich nicht mehr rückgängig machen, was meine Tochter in Deutschland angestellt hat", sagte er resigniert.

Angewidert starrte Gerold auf den Zeitungspacken vor seiner Nase.

„SETZT PRÄSIDENT HERNANDEZ JETZT DOCH DEN ALIEN EIN, UM GORSKY UND MARION ZU STOPPEN?"

las der Präsident von Terra Nova abgestumpft aus der „MORNING POST" vor.

„Wahnsinn, wenn man bedenkt, wie sich alles geändert hat in einem halben Jahr", sagte Gudrun mit Wehmut in der Stimme.

„Jetzt haben die dort in Berlin auch so einen Alien, aber er scheint ihnen gar nichts zu nützen. Andererseits schreitet er leider auch nicht ein, um Marion zu stoppen", sagte Gudrun nachdenklich.

„Diese Marion – jetzt hat ihr tyrannisches Wesen tatsächlich seinen Höhepunkt erreicht", murmelte Gerold von Reitzenstein erschüttert.

„Die Menschen in Heliopolis zeigen schon mit dem Finger auf mich, wenn wieder eine Schreckensmeldung von meinem „Roten Biest" über die Bildschirme flimmert", klagte der Staatschef.

„Ich kann mich bald nirgends mehr sehen lassen, und meine erneute Amtsenthebung ist dann bald auch nicht mehr sehr fern, wenn Marion nicht gestoppt wird", sagte er wütend.

Dann erhob er sich ungestüm, und wischte mit einem cholerischen Zornesausbruch all die Zeitungen von seinem Schreibtisch, ging unbeherrscht zur Tür, öffnete sie, ließ sie krachen mit einem Knall und brüllte zu seinen chinesischen Sicherheitsberatern auf dem Gang: „Warum tut ihr eigentlich nicht endlich etwas gegen dieses Scheusal von meiner Tochter, wie sie überall genannt wird? Sind wir nun die Herrscher über Deutschland oder nicht? Was nützt mir eure Freundschaft, wenn ihr tatenlos zuseht, wie der Name meiner Familie in den Schmutz gezogen wird?" brüllte er ungehalten.

Eilig wurde nach dem chinesischen Stadtkommandanten von Heliopolis geschickt, der bald darauf hektisch bei Gerold eintraf.

Der Chinese fand einen fuchtigen Gerold von Reitzenstein vor: Der hünenhafte Staatschef hatte den Kopf zwischen die Schultern gezogen wie ein Stier vor dem Angriff – und er hatte steile Zornesfalten auf der Stirn.
Gerold hielt ihm eine Strafpredigt, die gar nicht mehr enden wollte.
„Tut mir Leid, Euer Exzellenz", ließ der chinesische Stadtkommandant durch seinen mitgeführten Dolmetscher ausrichten, „aber ich bin nur für die Aufrechterhaltung der Ordnung in Heliopolis zuständig. In Berlin kann ich mich nicht einmischen. Ihre Tochter Marion von Reitzenstein untersteht dort direkt der Befehlsgewalt von Kamerad Gorsky, und ist nur diesem verantwortlich", sagte der Chinese bedauernd.
„Aber meine Tochter wird vom FBI und der CIA gejagt wie ein wildes Tier", sagte Gerold rotzig.
„Ist sie das nicht auch!?" schleuderte ihm der Chinese kaltschnäuzig und mit eiskaltem Blick ins Gesicht.
Das Gespräch versandete bald im Kompetenzstreit der beiden Führungsgrößen, also im Nichts.
Unwirsch verabschiedete der Staatschef den chinesischen Stadtkommandanten mit einer drohenden Handbewegung, die er eigens zu diesem Zweck erfunden hatte.

Resigniert und müde wandte er sich an seine Tochter.

„Einfach grotesk! Längst schon hat kein Mensch mehr in Heliopolis Furcht vor den einstigen Buhmännern, den Chinesen. Und auch kein Deutscher fürchtet mehr unsere chinesischen Verbündeten! Nur vor Gorskys und Marions neuem Deutschland zittert wieder ganz Europa und sogar die halbe Welt! Auf einmal sind wieder die Deutschen, von denen leider auch wir Terranovianer abstammen, die absoluten Bösewichte des Universums! Und ich kann nichts dagegen machen, denn meine Macht endet hier oben, in dieser Weltraumprovinz!" sagte er polternd.
Gudrun versuchte vergeblich, seinen Zorn zu dämpfen.

Deutschland, westlich von Aachen, Dreiländereck Deutschland-Niederlande-Belgien, Grenzgebiet, 26. November 2999: Generaloberst Marion von Reitzenstein beaufsichtigt die Sperrung der Grenze zum Ausland in diesem Streckenabschnitt.

Marion von Reitzenstein trug wieder ihre leicht abgewandelte Generalsuniform mit passendem Waffenrock.
Sie hatte es besonders eilig mit der Grenzschließung in Nordrhein-Westfalen, da diese deutsche Provinz nach wie vor am bevölkerungsreichsten war, und weil daher naturgemäß von dort die meisten Menschen über die Grenzen nach Holland und Belgien türmten.

Eben inspizierte sie die Absperrungsmaßnahmen direkt an dem Dreiländereck.

Marion hatte dazu jede Menge „Kasernierte Volkspolizei" aufgeboten, die mit Kalaschnikows im Anschlag die Absperrungsmaßnahmen der Bauarbeiter an der Grenze überwachten. Auch hier in Aachen, wie überall in Deutschland, wurden seit Wochen die Grenzen zum Ausland durch eine Sperrzone und einen „Todesstreifen" unüberschreitbar gemacht. Diese Maßnahmen lösten eine verstärkte Fluchtbewegung in der deutschen Bevölkerung aus, die sich in den nächsten Monaten fortsetzen und die Spannungen erheblich verstärken sollte.

Soeben schritt Marion lächelnd den von den Bauarbeitern neu gezogenen „Todesstreifen" ab und ließ ihn beständig frisch harken, von Unkraut und Laub freihalten, damit man die Fußspuren von Flüchtlingen sehen konnte. Dazu trugen die Arbeiter ständig neue Zaunteile zur Grenze und erhöhten den Sperrzaun zu Holland und Belgien jeden Tag etwas mehr.
So dicht stand Marion gerade an den beiden Grenzen, dass sie die empörten Holländer und Belgier drohend ins deutsche Reichsgebiet hineinfuchteln und hineinschimpfen sah und hörte, weil sie die Abriegelung mit Abscheu und Entsetzen und allgemeinen Brüllrufen und Wutgeheul quittierten. Doch Marion hatte ihre Arbeiter und Betriebskampfgruppen streng angewiesen, sich nicht um den ausländischen Protest zu kümmern, und auf die Beleidigungen und Beschimpfungen der holländischen und belgischen Grenzbewohner keine Antwort zu geben.

„Lasst euch nicht provozieren vom Klassenfeind, arbeitet weiter, meine lieben Genossen", gab Marion ihre Anweisungen per Megafon, sie, die die kommunistische Ideologie voll und ganz aufgesogen hatte wie tausend Schwämme, und die unseligen Nebenwirkungen dieses repressiven Staatssystems aus rauer Vergangenheit wieder aufleben ließ.

Die niederländisch-belgischen Grenzbewohner protestierten Tag und Nacht lautstark gegen den stetig in die Höhe wuchernden Sperrgitterzaun auf deutscher Seite und beschimpften Marions Bautruppen durch das metallene Ungetüm hindurch ohne Unterlass. Nicht nur wegen der kommunistischen Willkürmaßnahmen gegen die eigene, deutsche Bevölkerung, sondern auch wegen der Verschandelung der Landschaft im deutsch-niederländisch-belgischen Grenzgebiet.
Und dann waren die Holländer und Belgier ja auch ungehalten darüber, dass ihnen selber der freie Grenzübertritt nach Deutschland von nun an ebenfalls verwehrt war: Handel und Gewerbe, Reisen und Besuche von Verwandten in Aachen und Umgebung wurden nun brutal abgewürgt.
Alles wie gehabt.

Längst galt schon überall an den deutschen Grenzen zum Ausland wieder der Schießbefehl!

Marion ließ wirklich keine Provokation aus.

Am nächsten Tag, den 27. November, war die tüchtige, „ROTE MARION" im Südwesten von Saarbrücken tätig und kontrollierte dort akribisch die Sperrung der deutschen Grenze zu Frankreich!

Dort spielte sich dasselbe Bild ab wie an der deutsch-holländischen Grenze: Wütende Proteste der französischen Grenzbewohner gegen die emporwachsenden Grenzzäune zu ihrem Staatsgebiet.
Dasselbe spielte sich am 28. November im deutsch-dänischen Grenzgebiet ab, als Marion dort nördlich von Flensburg die Fortschritte ihrer Bautrupps kontrollierte.
Wobei einige Dänen sich besonders mutig hervortaten, indem sie empört die Grenzzäune wieder einrissen und sogar die deutschen Bautruppen angriffen. Vor diesem unerwarteten, gewalttätigen Widerstand kapitulierte sogar die „Eiserne Jungfrau" Marion, wie sie von den Dänen getauft wurde. Doch diesmal war sie so umsichtig, die Gewalt nicht noch mehr eskalieren zu lassen, und verbot ihren Soldaten und Kampfgruppen, auf die randalierenden Dänen zu schießen. Denn sie wollte nicht noch mehr Ärger mit dem Ausland haben.

Stattdessen ordnete „Die ROTE MARION" den sofortigen Rückzug aller militärischen Einheiten an.
Auch die Bauarbeiter verließen fluchtartig das Grenzgebiet, ließen alles stehen und liegen. Andere Dänenhorden rückten nach und rissen alle Grenzpfähle wieder heraus und verwüsteten den „Todesstreifen". Auch trugen sie die entstehende Betonmauer wieder ab, schütteten die von den „Jungen Pionieren" ausgehobenen Gräben wieder zu.
Bald jubelten die Dänen in Massen über ihren Sieg, strömten in Scharen über die Grenze, hinein nach Flensburg, vereinten und solidarisierten sich mit den Bewohnern und feierten in vielfältigen Umarmungen und Umtrünken die deutsch-dänische Brüderschaft und Freundschaft.
Hier im hohen Norden Deutschlands war Marions Grenzschließungsoffensive auf spektakuläre Weise gescheitert!
Vorerst.
Alle Zeitungen berichteten aufgeregt von dem Fiasko.

Washington, 30. November; Weißes Haus;

Besorgt las Präsident Hernandez die beunruhigenden Nachrichten aus Deutschland.

„GANZ DEUTSCHLAND ROT", übersetzte ihm Eliza Powerful aus einer österreichischen Zeitung.

„Nicht mehr lange, und Ihr Hermann Gorsky wird ganz Deutschland zur Volksdemokratie umgestaltet haben", brummte der Präsident sorgenvoll und sah Heli an.
„Dann wird unweigerlich die Zwangskollektivierung der Landwirtschaft folgen, danach wird Gorsky die gewerbliche und industrielle Wirtschaft einer straffen zentralen Planung und Lenkung unterwerfen, wie im ehemaligen, kommunistischen Russland Stalins ... Dann wird er noch die marxistisch-leninistische Ideologie zur Grundlage des Bildungswesens machen", ergänzte er.
„Und die Abriegelung der Grenzen schreitet weiterhin zügig voran in Ihrem Land", sagte Miguel Hernandez düster.
„Kann denn keiner diese fanatische „Rote Marion" stoppen?" fragte Heli entsetzt.
„Mich hätte sie ja auch beinahe getötet", sagte Heli mit schaudernder Erinnerung.
„Leider sieht es nicht danach aus, dass sie gestoppt wird", sagte die Sicherheitschefin besorgt.
Jeder im Raum wusste, worauf sie anspielte.

Denn der sanfte, gemäßigte chinesische Ministerpräsident Ling Lang war vor zwei Tagen, am 28. November überraschend verstorben.

An seine Stelle trat ein absoluter Hardliner, Tscheng Tschong, der einen eisenharten, sozialistischen Kurs gegenüber Deutschland steuerte. Er versah Marion von Reitzenstein mit allen nötigen Vollmachten, damit sie die Isolierung Deutschlands von seinen Nachbarn durch rigorose Grenzsperren von nun an mit unnachgiebiger Härte durchführen konnte.
Das ließ sich die „Rote Marion" nicht zweimal sagen, und schon am 30. November standen die Grenzzäune zur Grenze zu Dänemark wieder. Diesmal durfte die abtrünnige, kommunistische Adelige sogar auf randalierende dänische Grenzbewohner schießen lassen!

SCHWERE UNRUHEN AN DÄNISCH-DEUTSCHER GRENZE:

„DIE „ROTE MARION" LÄSST DIE WAFFEN SPRECHEN!"

„KEIN PARDON BEI ETWAIGEN GRENZVERLETZUNGEN!", erklärt die „EISERNE JUNGFRAU" vor der internationalen Presse in Flensburg.

Miguel Hernandez ließ sich auch diesen Artikel aus einer dänischen Zeitung übersetzen.

Dann kam die Sprache wieder auf den Alien.

Amerika wurde durch den Besitz dieses wundersamen Lichtwesens mit den Zauberkräften wieder geachtet und gefürchtet in der ganzen Welt. Man wurde wieder ernst genommen. Die USA waren erneut eine nationale Größe, hatten über Nacht den Status einer Weltmacht zurückgewonnen!

„Vorher kannten wir Amerikaner nur die alten indianischen Mythen über Zauberwesen, die angeblich die Fähigkeiten hatten, Menschen an andere Orte zu versetzen, oder einfach verschwinden zu lassen in unzugänglichen Bergwelten", sagte Miguel Hernandez zu seinen Gästen Heli, Waldemar, dem Professor und Kalinsky.
„Nie hatte ich daran geglaubt, denn niemals gab es Beweise für die angeblichen Wunderkräfte dieser Geisterwesen, ich habe immer darüber gelacht, aber ich bin ja auch kein Indianer", sagte der Präsident lächelnd.

Heli und Waldemar hörten dem Präsidenten fasziniert zu.

„Immer, wenn ein Mensch irgendwo spurlos verschwunden war, hat so ein Zauberpriester stets solch ein Geisterwesen für die Tat verantwortlich gemacht; die wenigsten Menschen glaubten natürlich an so einen Hokuspokus. Denn die Verschwundenen waren in den Augen der Bevölkerung im Allgemeinen einfach Opfer von abscheulichen Verbrechen geworden. Und das ist ja auch die natürlichste, gängigste Erklärung. Und sie traf ja auch in den meisten Fällen auf schreckliche Weise zu. Wir haben diese alten Legenden der Indianer immer für Märchen gehalten, aber nun sieht es ganz danach aus, dass wir uns geirrt haben", bekannte der Präsident.

„Denn schließlich habe ich selber am eigenen Leib miterlebt, wie ich von solch einem Zauberwesen von Berlin nach Amerika zurückversetzt wurde", sagte er gebannt.
„Und es ist allein Ihr Verdienst, solch ein fabelhaftes, mythisches Wesen tatsächlich entdeckt zu haben, Professor Kallimachos", sagte der Präsident mit Bewunderung und Dankbarkeit zu dem kleinen mausgrauen Professor.
Dieser wiegelte mit bescheidenem Lächeln ab, und sagte wahrheitsgemäß, diese Entdeckung verdanke er nur einem glücklichen Zufall.

„Es ist wie ein Wunder, die Schöpfungsgeschichte muss umgeschrieben werden", sagte Miguel Hernandez verklärt.

Endlich hatte der griechische Gelehrte dem Präsidenten die näheren, dramatischen Umstände geschildert, die ihn vor zehn Jahren zur Entdeckung dieses Alien in einem ägyptischen Tempel geführt hatten.

„Es ist fantastisch - der Alien kann nicht nur Menschen verschwinden und wieder auftauchen lassen, sondern auch Gegenstände durch Zeit und Raum transportieren, und außerdem kann er die Zeit beeinflussen; er kann sie langsamer ablaufen lassen oder beschleunigen", sprach der Präsident feierlich. „Ich würde den Alien gerne mit einem authentischen, indianischen Medizinmann zusammenbringen, damit dieser Kontakt mit ihm herstellt und versucht, seine Geheimnisse zu ergründen", sagte der amerikanische Präsident ekstatisch.
„Denn diesen indianischen Schamanen und Zauberpriestern werden große spirituelle Fähigkeiten nachgesagt", erklärte er.
„Ah, ich verstehe, Sir, Sie wollen, dass solch ein indianischer Priester oder Zauberdoktor so eine Art Geisterbeschwörung an dem Alien durchführt", sagte Professor Kallimachos fasziniert.
„Richtig, natürlich nur mit Ihrem Einverständnis, Herr Professor", bekannte der Präsident.
„Hm, es wäre einen Versuch wert. Dieses Experiment wäre auch für mich von Interesse. Und für die Völkerverständigung im Allgemeinen natürlich auch: Sozusagen von Mensch zu Alien", sagte der kleine Mausgraue.
„Einverstanden, Sir!"
Der amerikanische Präsident lächelte hocherfreut.
„Ausgezeichnet, ich werde versuchen, einen solchen Zauberpriester ausfindig machen zu lassen und ihn in das Weiße Haus einfliegen lassen", sagte Hernandez begeistert.
„Da würde ich auch gern dabei sein", bekannte Heli verzückt und rollte ihre eiligen Vogelaugen in rasantem Tempo in ihren Höhlen hin und her wie Billardkugeln.
„Gern, wenn der Schamane einverstanden ist", sagte der Präsident gefällig.

Berlin, Allround-Corporation, und Washington, Weißes Haus, 15. Dezember;

Immer undurchdringlicher wurden die deutschen Grenzen zu den Nachbarländern.

Seit die „ROTE MARION" freie Fahrt in Deutschland hatte, und der Neostalinist Hermann Gorsky begeistert den harten Abgrenzungskurs mitmachte, ließ er immer mehr chinesische Hilfstruppen an den vielen deutschen Grenzen postieren und stationieren. Besonders die bayerischösterreichische Grenze wurde nun durch martialische Absperrungen verstärkt und verschärft kontrolliert.

Volle drei Monate waren Heli und Waldemar nun schon in Amerika.

Natürlich auch ihre Freunde, der Professor und Manfred Kalinsky. Es waren auch Monate des bangen Wartens und Hoffens auf bessere Verhältnisse in Deutschland. Diese Hoffnung rückte in immer weitere Ferne, da Gorsky und seine chinesischen Verbündeten Deutschland einen immer rigideren Kurs verordneten.

Deutschland wurde wieder ein gefürchteter Militärstaat; es galt ständig der Ausnahmezustand.

Selbst vielen chinesischen Militäroffizieren war Gorskys sozialistischer deutscher Musterstaat, die „Zweite Deutsche Demokratische Republik", zu streng und zu martialisch.
Enttäuscht baten viele um Versetzung. Zahlreiche andere chinesische Offiziere der Grenzbataillone und der vielen Grenzpatrouillen flüchteten mit ihren Familien bei Nacht und Nebel selbst als Überläufer über die Grenzen, die sie eigentlich bewachen sollten: Nach Österreich, in die Schweiz, nach Frankreich, oder nach Dänemark, nach Polen oder Tschechien.

Gorsky schnaubte und ließ ein noch stärkeres Militäraufgebot an den Grenzen anrücken.

Nun ließ er auch die Bewacher bewachen!

Das ging dann folgendermaßen vor sich: Ein Deutscher bewachte einen Chinesen, der einen Deutschen bewachte, der die Grenze bewachte. Am nächsten Morgen kam es oft vor, dass alle weg waren: Chinesen und Deutsche. Geflohen ins Ausland!

Der Aufenthalt in Washington bewirkte für das „Weltpräsidentenpaar" aber auch einen wertvollen Erkenntniszugewinn, den sie dankbar verinnerlichten und nicht mehr missen mochten.
Leider hatte ihr Freund, Präsident Miguel Hernandez am 15. Dezember noch immer keinen Schamanen aufgetrieben.

Überdies wurde das Weiße Haus seit Wochen von Horden von Hooligans belagert, die Tag und Nacht lärmten und randalierten.
Sie stiegen sogar immer öfter über die Schutzzäune und richteten immensen Schaden im Park des Weißen Hauses an.

Die dem Präsidenten verbliebenen Soldaten und Militärpolizisten reichten nicht aus, um die Randale zu unterbinden. Und die Waffen sprechen zu lassen traute sich Miguel Hernandez nicht, und wollte es auch auf keinen Fall.

Heli und Waldemar konnten die meiste Zeit nur noch im Schutzbunker verbringen.

Es war für die absehbare Zeit gar nicht daran zu denken, einen Menschen ins Weiße Haus hereinzuholen, da sein Luftraum überdies von ganzen Heerscharen streunender Raumgleiter belagert wurde. Darin saßen marodierende Banden, die dauernd von der Luftabwehr vertrieben werden mussten. Viele flohen erst nach einem Warnschuss vor den Bug. Einige wurden von der Air Force des Präsidenten abgeschossen und zerschellten im Gelände des Weißen Hauses.
Dadurch hatten die Belagerten des Weißen Hauses immerhin neue Nahrung und mehr Waffen zur Verteidigung ihrer Festung zur Verfügung.
So lebten Heli und Waldemar missgelaunt und enttäuscht von der „großen amerikanischen Freiheit" wie in einer belagerten Festung im Krieg.

Sehnsucht nach der Heimat machte sich allmählich bei ihnen bemerkbar. Doch in Deutschland herrschte auch eine Art von vorkriegsähnlicher Stimmung: Durch Gorskys und Marions Gewaltherrschaft!
Einzig Terra Nova blieb unter gemäßigter, chinesischer Herrschaft unter dem milden General Li Peng.

Berlin, Allround-Corporation, 23. Dezember;

„Das alte Jahrtausend neigt sich massiv dem Ende zu, aber immer noch keine positive Antwort von Amerika – sie geben uns Heli und Waldemar nicht zurück, und Marions Versuche, mit unserem Alien Kontakt aufzunehmen, sind allesamt kläglich gescheitert", sagte Gorsky schnaubend zu BB und WW. „Diese rote Niete!"

„Wenigstens der neue chinesische Staatschef Tscheng Tschong lässt mich nicht im Stich, er unterstützt voll und ganz meine Pläne, den dreisten Amis, diesen Alienräubern, den Krieg zu erklären! Das wird vielleicht ausreichen, dieses dekadente Pack endlich dazu zu bewegen, entweder den Alien oder Heli und Waldo herauszurücken, bis zum 31. 12. 2999!" tobte Gorsky, enthemmt wie ein wilder Eber.

„Aber Chef, die Amis werden uns fertigmachen mithilfe dieses Alien, die lassen sich nicht einfach erpressen, durch ihn sind sie wieder unbesiegbar geworden", sagte Beatrix entsetzt.

„Ja, Chef", sagte auch Willi vehement, „dieses Zauberwesen ist stärker und wertvoller als das gesamte militärische Rüstungspotential der Amerikaner; der Alien ist mächtiger als alle ihnen möglicherweise verbliebenen Kernwaffen und Atombomben", warnte der Bayer eindringlich.

„So? Das werden wir ja sehen", sagte Gorsky abgeklärt.

„Ich habe Folgendes entschieden, Genossen: Wir überbringen den Amis die Kriegserklärung aus strategischen Erwägungen morgen, Heiligabend, das wird sie psychologisch besonders empfindlich treffen, diese sentimentalen Heuchler, diese fanatischen gottesfürchtigen Amerikaner", sagte Gorsky zischend.

„Aber Hermann, das ist einfach Wahnsinn, was du da vorhast!" mahnte Beatrix noch einmal voller Schauder.

„Genossen, ihr wollt doch etwa nicht weich werden in der Stunde der Bewährung", fragte Gorsky drohend.

„Ihr seid auf dem besten Wege dazu, zu einem zweiten „Gunnar Trunkboldsson-Annamaria Dappermann-Paar" zu mutieren: Habt ihr schon vergessen, was den beiden Verrätern widerfahren ist?" fragte der Berliner Diktator mit grausamem Lächeln.

„Aber bitte, Genossen, wenn ihr unbedingt auch mal Riesenrad fahren wollt!"

BB und WW schwiegen abrupt und zogen die Köpfe ein.

„Die Genehmigung zur Kriegserklärung an Amerika habe ich von den Genossen in Peking schon eingeholt, sie sind einverstanden", sagte der Neostalinist selbstgefällig.

Washington, Weißes Haus, 24. Dezember, Kriegsrat;

Sobald die Kriegserklärung in Washington eingetroffen war, traten Heli und Waldemar nach Absprache mit Manfred Kalinsky und Professor Kallimachos entschlossen vor Präsident Hernandez hin.

„Herr Präsident, wir haben nicht vor, noch länger der Hauptgrund für Ihre Schwierigkeiten mit Gorsky zu sein", sagte Waldemar.

„Wir haben daher beschlossen, freiwillig nach Berlin zurückzukehren", sprach er.

„Trotz der eskalierten Lage und der brenzligen politischen Situation in Deutschland!"

Der Präsident war eigentlich gar nicht überrascht.

„Aber es gibt noch einen anderen Grund für unsere Entscheidung: Das schiere Heimweh, Herr Präsident", sagte Heli.

„Bitte verstehen Sie unseren Wunsch: So dankbar wir für die gastliche Aufnahme sind, die menschliche Wärme, die wir hier gefunden haben in Ihrem wundervollen Land, so können wir Deutschland doch nicht für ewig den Rücken kehren", sagte Heli wehmütig.

„Ich verstehe Sie sehr gut, glauben Sie mir, natürlich lasse ich Sie zurückkehren", versicherte Miguel Hernandez gutmütig und verständnisvoll.

„Doch es wäre töricht, Sie so ohne weiteres ziehen zu lassen, ohne eine Gegenleistung von Gorsky für Ihre Rückkehr zu verlangen. Daher schlage ich Hermann Gorsky einen spektakulären Deal vor: Die Rückgabe seines „Weltpräsidentenpaares" im Tausch gegen die Hälfte des Staatsgebietes seines Deutschen Reiches. Dort sollen dann nach Zustandekommen des Deals amerikanische Schutztruppen einrücken wie nach dem Zweiten Weltkrieg in Westdeutschland, der späteren „BRD". Und in diesem amerikanischen Einflussgebiet soll dann eine Demokratie nach dem Vorbild der USA etabliert werden. Ach ja: Und dazu verlange ich auch noch die Hälfte von Berlin, schließlich hat die Stadt als „Welthauptstadt" ja großen symbolischen Wert für uns", sagte der Präsident.

Kalinsky war schockiert, als er das hörte.

„Was sagen Sie da, Herr Präsident? Verstehe ich Sie da richtig: Sie wollen Deutschland wieder in zwei Hälften teilen, in zwei feindliche politische Lager spalten wie schon einmal im unseligen Jahr 1949? Sie wollen die Menschen wieder voneinander trennen?"

Hernandez nickte traurig.

„Das wäre aber zu ihrem Vorteil, wenn wenigstens im halben Deutschland wieder demokratische Verhältnisse herrschten", sagte er.

„Aber das würde doch erneut eine physische Zerschneidung des Landes bedeuten, eben wie damals, 1949, von der Ostsee bis zum Bayrischen Wald", protestierte Waldemar.

„Wollen Sie wirklich das psychische Leid einer neuen innerdeutschen Grenze schaffen und verantworten?" fragte Waldemar bestürzt.

„Sie wollen also ... uns zwei mickerige kleine Menschlein eintauschen gegen das halbe Deutschland?" fragte Heli den Präsidenten ungläubig.

„Darauf wird Gorsky niemals eingehen, dabei kann er doch nur verlieren", antwortete Heli bestimmt.

„Glauben Sie?" fragte Miguel Hernandez verschmitzt.

„Gorsky hat doch auch einen enormen Vorteil bei dem Geschäft, wenn er annimmt. Bedenken Sie seine aktuellen, riesigen Schwierigkeiten:

Deutschland ist ringsum von feindlichen Grenzen umgeben, und die müssen alle bewacht werden! Mit einem halben Deutschland dagegen muss er viel weniger Grenzgebiet bewachen lassen, von dem die Deutschen ins Ausland fliehen können! Gorsky und Marion von Reitzenstein könnten in dem Fall also mit einer gewissen Entlastung und weniger politischem Stress rechnen! –

Wenn wir also das Weltpräsidentenpaar schon verlieren, dann wollen wir Amerikaner wenigstens ein lukratives Tauschgeschäft dabei herausschinden.

Eben diesen Deal mit Gorsky und der chinesischen Regierung! ... Ich tue so, als wäre die Preisgabe der Hälfte von Gorskys Staatsgebiet an die Einflusszone der USA die Bedingung für Ihre Freilassung und Überstellung nach Berlin: Hermann Gorsky weiß ja nicht, und muss ja auch nicht wissen, dass Sie beide eigentlich freiwillig, ohne Bedingungen nach Berlin zurückkehren wollen, das verschweigen wir natürlich wohlweislich! Und als Druckmittel für den Deal setze ich den Alien ein, falls Gorsky ablehnt: Ich behaupte dann, es sei der Wille des Lichtwesens, dass halb Deutschland wieder amerikanisches Bündnisgebiet wird. Ansonsten drohe ich Gorskys Deutschland die schlimmsten Vernichtungsmaßnahmen durch den Alien an. Der Diktator wird seine Macht noch mehr fürchten denn je und froh sein, dass er über ein bestimmtes Gebiet Deutschlands von nun an sogar mit Amerikas Zustimmung herrschen kann, das ihm keiner mehr streitig macht", vollendete Miguel Hernandez seine Argumentation im East Room und nahm erschöpft Platz.

„Meine Güte, Sie sind ganz schön durchtrieben", sagte Professor Kallimachos mit Bewunderung.
„In dieser Hinsicht bleibt Gorsky ja eigentlich keine Wahl mehr, als den Vorschlag anzunehmen", sagte er.
„Genau das ist ja meine Überlegung", sagte der Präsident lächelnd und klopfte dem kleinen Mausgrauen auf die Schulter.

„Und Gorskys Kriegserklärung an Amerika?" fragte Waldemar unsicher.

„Die wird er schnell wieder zurücknehmen; ich habe ihm durch meine Diplomaten bereits mit Repressalien durch den Alien drohen lassen, falls er es nicht tut", sagte Miguel Hernandez lächelnd.

„Nicht schlecht. Und wo soll dann eigentlich die neue deutsch-deutsche Grenze verlaufen? Und Berlin müsste dann ja wohl auch wieder durch eine Mauer getrennt werden", sagte Kalinsky düster.

„Denn es ist ja absehbar, dass viele Berliner bald wieder in den amerikanischen Teil Berlins fliehen werden, bevor an der Sektorengrenze die neue Betonmauer steht", sagte Kalinsky beunruhigt.

„Das stimmt, und auch an der neuen innerdeutschen Grenze wird es wieder zu massiven Fluchtbewegungen vom sozialistischen Teil in den kapitalistischen kommen", sagte Waldemar.

„Das wird natürlich nicht ausbleiben", gestand der amerikanische Präsident beklommen ein.
„Und Sie meinen, China wird diesem Deal zustimmen?" fragte Heli zweifelnd.
„Sicher", sagte der Präsident zuversichtlich, „denn im Falle einer Weigerung habe ich den Chinesen vorsorglich schon mal drohen lassen, China durch riesige amerikanische Truppenkontingente zu überschwemmen, die alle in Sekundenschnelle durch den Alien in das riesige Land versetzt werden würden. Und da opfern die Chinesen doch lieber das kleine, halbe Deutschland, als dass Tscheng Tschong seine Macht in seiner Heimat einbüßt", sagte der Amerikaner und lachte.
„Ah, ja, das ist wahr, das ist so wie bei Gorsky, aber wo soll die Grenze zwischen dem kommunistischen und dem kapitalistischen Deutschland denn nun verlaufen?" fragte Kallimachos voller Neugierde.

„Ach ja, die leidige Grenzfrage", sagte Miguel Hernandez ernst.

„Nun ja, diesmal quer durch Deutschland, fürchte ich. Und nun zur „Welthauptstadt" Berlin: Da sich die Machtzentrale des „Gewissens", die Allround-Corporation, und damit Gorskys zentrale Schaltstelle der Macht, in Berlin-Mitte befindet, also eher nördlich, dann wird Hermann Gorsky diesen Bezirk ja auf jeden Fall in seinem Machtbereich behalten wollen, also dann schlage ich vor: Die Grenze verläuft diesmal zwischen Nord- und Südberlin", sagte der Präsident.

Herlinde Kopter zitterte und schluckte.

„Nordberlin bleibt dann also kommunistisch, und Südberlin wird kapitalistisch, und ich verlange, dass Gorskys Truppen und die chinesischen Stadtkommandanten dann den Süden Berlins sofort räumen! ... Wobei der Standort des „Gewissens" leider Gorskys kommunistischem Nordberlin zugeschlagen werden muss, doch wir Amerikaner werden uns von den Gorskianern stets einen freien Zugang zum „Gewissen" im kommunistischen Norden Berlins ausbedingen, denn dort könnte es Gorsky immer noch zustande bringen, einen vorteilhaften Pakt mit seinem Alienableger zu schließen", sagte der Präsident.

„Meine Güte, was für ein Bündel an Risiken Ihr verwegener Plan aber auch in sich birgt!", sagte Kalinsky verzweifelt.

„Zugegeben, aber wir werden es in Angriff nehmen müssen", sagte der Präsident.

„Aber wir müssten dann ja wohl auch im kommunistischen Nordberlin leben, wenn Gorsky uns als „Weltpräsidentenpaar" in Empfang nimmt und einkassiert", sagte Heli mit mulmigem Gefühl, „während mein Heimatstadtteil Lankwitz im Süden freies, amerikanisches Einflussgebiet wird", sagte Heli mit Tränen in den Augen.

„Tja, auch das ist leider wahr, meine liebe Herlinde", gab der Präsident traurig zu, stand auf, ging zu Heli hinüber und streichelte ihre Haare.
„Aber Sie und Waldemar bestanden doch vorhin ausdrücklich darauf, unter allen Umständen nach Deutschland zurückkehren zu wollen, und da mussten Sie doch noch damit rechnen, dass ganz Deutschland ein für allemal kommunistisch bleiben würde", sagte der Präsident listig.
„Denn vorhin hatte ich ja noch gar nicht meinen Vorschlag mit der neuen Teilung Berlins gemacht".
„Auch das ist wahr, aber jetzt, wo wir plötzlich die Perspektive hätten, im freien Teil Berlins leben zu können, da ist das dann doch ein ganz schönes Opfer, was Sie da gemeinerweise von uns verlangen, tut mir Leid, Mr. President, aber das hat für mich – ehrlich gesagt – ein bisschen den bitteren Beigeschmack, als hätten Sie uns betrogen, um unsere Freiheit und unsere schönsten Jahre", sagte Heli voller Bitterkeit zu Miguel Hernandez, und weinte hemmunglos.

Mit großem Stolz in den Augen ließ sie sich absichtlich gehen.

„Das, was sie sagt, ist wahr, Herr Präsident, das hat viel für sich", sagte nun auch Manfred Kalinsky tief erschüttert und lief mit schnellem Schritt zu Miguel Hernandez hin.
„Das können Sie Heli und Waldemar nicht antun, dass Sie von den beiden verlangen, als Gorskys Marionetten-Repräsentationspaar im kommunistischen Norden Berlins zu leben und zu agieren", sagte er mit barscher Stimme.
„Diese bitteren Konsequenzen Ihres Planes für Heli und Waldemar haben wir ja vorher gar nicht bedacht", sagte er energisch.
„Aber, aber, das letzte Wort in dieser Angelegenheit ist ja noch gar nicht gesprochen! Heli und Waldemar müssen wahrscheinlich nur ein paar Tage in Nordberlin bleiben; ich denke, nur so für die Zeit ihrer Amtseinführung, dann werden wir ihnen helfen, in den Süden zu fliehen, in unseren Teil", versprach der amerikanische Präsident lächelnd.

„Selbstverständlich verlange ich von Gorsky auch, Marion von Reitzenstein als Kommandantin der Grenztruppen abzuberufen und zu entfernen, damit Heli und Waldemar die Flucht über die Grenze leichter gemacht wird", versprach Miguel Hernandez.

„Sie sehen, ich habe an alles gedacht", sagte er beschwichtigend.

„Und sollte eine Flucht in den freien Süden Berlins dann schon unmöglich sein, dann werden wir Sie beide durch den Alien aus Nordberlin herausholen lassen", erweiterte Miguel Hernandez seine Versprechungen an Heli und Waldemar.

„Ja? Aber wie denn?" fragte Herlinde schniefend.

„Ganz einfach: Indem ich Professor Kallimachos mit seiner Alien-Schatulle nach Nordberlin versetzen lasse. Dann landet er direkt neben Ihnen und nimmt Sie beide blitzschnell wieder nach Südberlin mit, oder nach Amerika, ganz wie Sie wollen; ich verspreche Ihnen hiermit hoch und heilig vor allen Zeugen hier im East Room: Wir lassen Sie nicht im Stich!"

„Aber wäre das nicht ein Betrug, den wir damit an Gorsky begehen würden: Erst erklären wir uns bereit, nach Berlin zurückzukehren und dann soll er sein „Weltpräsidentenpaar" gleich wieder verlieren?" fragte Heli besorgt.

„Dann wird er so sauer sein, dass er sich irgendwie wird rächen wollen", sagte sie unsicher.

„Ach was", widersprach Hernandez selbstsicher.

„Entscheidend für Gorsky ist doch nur, dass er jetzt einen verlässlichen Bündnispartner in China hat, wo neuerdings ein Hardliner wie er regiert. Und von uns in Amerika hat er auch nichts mehr zu befürchten, wenn Gorsky die Hälfte Deutschlands freigibt. Dann ist sein Regime fest in zwei Verträgen verankert, die zwei Großmächte mit ihm geschlossen haben, und die seine Herrschaft konsolidieren; was Besseres könnte Gorsky gar nicht passieren", sagte der Präsident lächelnd.

„Dann wird er sich auch bald über den erneuten Verlust seines „Präsidentenpaares" hinwegtrösten. Entscheidend bleibt die Sicherheit seines Regimes!"

„Ja, das scheint mir einleuchtend", sagte Waldemar schließlich, nach einigem Zögern.

„Eben, all das ist schon so gut wie geregelt, wenn wir nach den Weihnachtsfeiertagen, am 28. Dezember, in Lausanne eine Sonderkonferenz der Großmächte abhalten", erklärte der Präsident.

„Da nehmen die USA teil, China, Russland, Indien und Deutschland".

Und zu Heli und Waldemar gewandt sagte er: „Sie können noch über die Weihnachtsfeiertage hier bei uns in Washington bleiben, und ich werde Sie beide dann, pünktlich zum 31. 12. bei Gorsky in Berlin abliefern".

„Ja", sagte Heli zitternd.

„Es ist besser, wir halten Gorskys großen Jubelfeiertag ein, dann ist er wenigstens fürs erste besänftigt. Diesen denkwürdigen Termin sollten wir besser nicht schwänzen. Vielleicht genügt es dem Schnauzbart schon, wenn er uns beim Deutschen Volk als „Weltpräsidentenpaar“ eingeführt hat, am 1.1.3000 ... Wenn wir dann auf Nimmerwiedersehen verschwinden, dann könnte er ja für lange Zeit behaupten, wir wären für das Volk in absehbarer Zeit nicht zugänglich. Und dann wird man uns schnell vergessen, denn alle Berliner gieren sowieso danach, statt unsereins lieber das Wesen des Aliens vorgeführt zu bekommen“, sagte Heli mit zaghaftem Lachen.

Miguel Hernandez war sehr beeindruckt.

„Sehr gut argumentiert, meine liebe Herlinde“.
„Danke, aber sagen Sie mal: Falls Professor Kallimachos aktiviert werden muss, um uns aus Berlin herauszuholen, wie Sie vorhin ausführten, dann heißt das doch, er kann nicht mit uns zusammen nach Berlin zurückkehren?“
Der Präsident lächelte.
„Leider nicht“.
Er sah den kleinen Mausgrauen an.

„Ich kann Ihnen den Professor nicht überlassen, denn er ist der Einzige, der Kontakt mit dem Alien aufnehmen kann, und wir brauchen das Wesen hier in Amerika durch sein großes Abschreckungspotential, wie Sie ja wissen ... - Wir Amerikaner haben uns immer schon für die Sicherheit in der Welt verantwortlich gefühlt. Wir waren stets darauf bedacht, dass möglichst überall Frieden und Demokratie gewahrt werden auf der Erde, dass die Menschenrechte respektiert werden. Wenn ich Ihnen nun aber den Professor und seine Schatulle nach Berlin mitgebe, dann ist diese Sicherheit nicht mehr gewährleistet; wer weiß, was passiert, wenn sich Gorsky auch noch diesen Alien aneignet“, sagte der Präsident.

„Das ist mir klar, ich sehe ein, dass ich hier dringender gebraucht werde als irgendwo sonst auf der Welt“, sagte Kallimachos in sein Schicksal ergeben.
„Ich bleibe hier und stehe Ihnen jederzeit zur Verfügung, Sir“, versprach der unerschütterliche Idealist.
Gerührt sah jeder zu dem kleinwüchsigen Gelehrten hin.
„Danke, Herr Professor, vielleicht kann ich Sie in einem Jahr schon nach Berlin zurückkehren lassen, wenn sich die Verhältnisse normalisiert haben“, sagte der Präsident und lobte seine Opferbereitschaft.
„Wenn das so ist, dann möchte auch ich hier bei Ihnen in Amerika bleiben, Sir“, sagte Manfred Kalinsky entschlossen.
„Ich leiste Ihnen gerne Gesellschaft, Professor, und unterstütze Sie nach Kräften bei Ihren Bemühungen, den Alien für die Lösung der dringlichsten

Probleme in Amerika zu mobilisieren", sagte der hünenhafte Kalinsky freundlich und schaute liebenswürdig auf den kleinen Professor hinab.

„Danke, das ist sehr freundlich von Ihnen", sagte Kallimachos gerührt.

„Tut mir Leid, Herr Kalinsky, aber ich brauche Sie als Verwaltungsfachmann im künftigen, amerikanischen Sektor von Berlin, oder als Staatschef des freien Teils von Deutschland", sagte Miguel Hernandez.

„Diese beiden fakultativen Posten habe ich für Sie vorgesehen", ergänzte er.

„Das ist schon in Ordnung, Herr Kalinsky ist eine ausgezeichnete Wahl für diese Posten, gehen Sie nur nach Berlin, Herr Kalinsky, ich komme hier schon allein zurecht", sagte der Grieche lächelnd.

„Aber danke für die Bereitschaft", wiederholte er.

„Vielleicht kann ich Sie von Zeit zu Zeit in Washington besuchen", schlug Kalinsky vor und sah Präsident Hernandez fragend an.

„Warum nicht? Das ist auf jeden Fall machbar", sagte der Amerikaner lächelnd.

„Gut, dann wäre ja alles geklärt, denke ich. Also dann kommt, Freunde, tun wir endlich das, wofür dieser herrliche Tag steht, der 24. Dezember", sagte Miguel Hernandez mit freudiger Miene, „lasst uns gebührend Weihnachten feiern, das lenkt uns für drei Tage von unseren Sorgen ab!" sagte er und führte seine Gäste in den festlich geschmückten Nebenraum, wo sich ein riesiger Weihnachtsbaum mit farbenprächtiger Beleuchtung befand.

Heli lächelte Waldemar selig an, als sie den großen Tannenbaum betrachtete und sagte glücklich zu ihm: „Das ist unser erstes Weihnachten im Ausland, Waldo-Liebling, und dann gleich in Amerika, ist das nicht herrlich?"

Waldemar nickte wehmütig.

Lausanne, Schweiz: Internationale Sonderkonferenz des Friedens über die politische Neuordnung Deutschlands und der Welthauptstadt Berlin; 28. Dezember 2999;

Teilnehmer: USA, CHINA, DEUTSCHLAND, RUSSLAND, INDIEN und andere.

Die Konferenz war in Wirklichkeit nur noch eine reine Formsache: In Wahrheit war alles längst zwischen Amerika, China und Deutschland über Interfunk ausgehandelt worden. Das heißt: Von Amerika diktiert worden, aufgrund des starken Drohpotentials des Alien.

Hermann Gorsky war in der Tat im Grunde ganz froh über sein halbiertes Deutschland, ganz wie Miguel Hernandez es vorausgesagt hatte. Dadurch wurde tatsächlich ein beträchtlicher Teil der Regierungslast von seinen Schultern genommen.

Gorsky erhielt in der Tat Nordberlin als neue Hauptstadt der „Neudeutschen Sozialistischen Republik", (NSR), wie sein deutscher Teilstaat von nun an genannt wurde. Damit hörte die Stadt automatisch auf, chinesische Besatzungszone zu sein. Die chinesischen Brudertruppen blieben aber in der Stadt.

Schon am nächsten Tag, dem 29. Dezember, begann Gorsky mit dem Bau der neuen Berliner Mauer: Zunächst wurde Nordberlin durch eine provisorische Stacheldrahtsperre und dann durch eine streng bewachte Betonmauer von Südberlin getrennt. Den Nordberlinern war es fortan untersagt, den kapitalistischen Süden zu betreten, der zum amerikanischen Sektor gehörte.

Die Mauer wurde diesmal um ganz Südberlin herum gebaut.

Zu Nordberlin gehörten die Bezirke Reinickendorf, Pankow, Hohenschönhausen, Nordspandau, Charlottenburg, Wedding, Weißensee, Tiergarten, Mitte, Prenzlauer Berg, Kreuzberg, Friedrichshain, Lichtenberg, Marzahn und Hellersdorf.

Zu Südberlin zählten die Bezirke Südspandau, Wilmersdorf, Schöneberg, Zehlendorf, Steglitz, Tempelhof, Neukölln, Treptow und Köpenick.

Schon am 29. Dezember wurden dort die chinesischen Truppen abgezogen und teilweise nach Nordberlin verlegt. Auch Gorskys Kasernierte Volkspolizei und die Betriebskampfgruppen zogen sich völlig aus Südberlin zurück und die ersten amerikanischen Streitkräfte rückten an diesem Tag dort ein.

Manfred Kalinsky wählte schließlich für sich, nach gründlicher Überlegung, das Amt des süddeutschen Regierungschefs und bezog seine neue, provisorische Hauptstadt Saarbrücken, in der neugegründeten „Demokratischen Deutschen Bundesrepublik", abgekürzt: „DDB", schon am 29. Dezember.

Die neue Hauptstadt wurde bewusst nahe an der Grenze zu Frankreich ausgewählt, weil man im drohenden Konfliktfall mit China und der NSR in der Lage sein wollte, wichtige Unterlagen, kulturelle Wertgegenstände und unwiederbringliche Kunstwerke und gefährdete Personen schnell ins nahe Frankreich zu retten.

Die „NSR" erstreckte sich über ganz Norddeutschland, das weiterhin kommunistisch blieb. Zu Gorskys neuem rotem Reich gehörten die Regierungsprovinzen Schleswig-Holstein, Mecklenburg, Hamburg, Bremen, Niedersachsen, Sachsen-Anhalt, (Nord)Berlin, Brandenburg.

Die Provinzen Nordrhein-Westfalen und Sachsen wurden unter den beiden neuen deutschen Teilstaaten aufgeteilt. Die neue, innerdeutsche Grenze zog sich daher nunmehr quer durch Nordrhein-Westfalen und Sachsen und zerschnitt die beiden Länder brutal. Hessen und Thüringen blieben ungeteilt bei der freien „DDB".

Schon am 3O. Dezember ließ Gorsky auch die neue Grenze zur amerikanischen Besatzungszone hermetisch abriegeln durch Grenzzäune und den eilig angelegten „Todesstreifen".
Das Ruhrgebiet war nun wirklich rot – kommunistisch rot! Duisburg, Essen, Bochum und Dortmund und Gelsenkirchen gehörten nun zur „NSR" und wurden vom Rheinland abgetrennt. So gehörten zum Beispiel die Städte Köln und Bonn nunmehr schon zur „DDB", also zum freien Süden.

Heftig gerungen wurde, auch noch lange nach Ende der Konferenz von Lausanne, um die beiden bedeutenden Städte Düsseldorf und Dresden, die beide genau auf der neuen Sektorengrenze lagen.

So waren die beiden neuen deutschen Republiken heftig bestrebt, die beiden Städte jeweils in ihren eigenen politischen Machtbereich einzugliedern. Die Einwohner der Provinz Nordrhein-Westfalen waren keinesfalls geneigt, auf ihre gute, alte deutsche Landeshauptstadt Düsseldorf, die „Perle des Rheins" zu verzichten, ebensowenig wollten weder die „norddeutschen Sachsen", noch die „süddeutschen" auf ihre Landeshauptstadt Dresden verzichten.

Schon lagen zwei schmerzvolle, neue Städteteilungen zwischen den verfeindeten deutschen Machtblöcken drohend in der Luft, da einigte man sich wenige Tage später in letzter Sekunde darauf, ganz Düsseldorf bei der „DDB" zu belassen, während Dresden dann schließlich doch in der Mitte zwischen der „NSR" und der „DDB" aufgeteilt wurde. Sodass die Sperrzäune fortan quer durch das „Elbflorenz" errichtet wurden und die scheußlichen und hinderlichen Absperrungsgräben in der Mitte der Stadt ausgehoben wurden!

„Jetzt haben wir hier in Deutschland eine Situation wie einst vor tausend Jahren in Nord- und Südkorea!" rief Manfred Kalinsky schon am 31. Dezember 2999 frustriert, bei einer Ansprache an das Volk, in Berlin vom Balkon des Schöneberger Rathauses (SÜDEN) hart an der Sektorengrenze aus.
Vom roten Kreuzberg her versuchten Gorskys Agitatoren und Betriebskampfgruppen Kalinskys Rede durch Lärmhappenings und Katzenmusik zu stören.
Beide Seiten ließen ihre Truppen aufmarschieren, aber zum Glück blieb es beim gegenseitigen Belauern, und so gab es am Tag vor der

Jahrtausendwende zum Glück keine bewaffneten Auseinandersetzungen in Berlin.

Schon am 29. Dezember ließ Staatschef Manfred Kalinsky in Süddeutschland die Grenzsperren zu den Niederlanden, Belgien, Luxemburg, Frankreich, der Schweiz, Österreich und der Tschechischen Republik wieder abbauen.

Der Stalinist Hermann Gorsky dagegen ließ in Norddeutschland die seinigen zu den Grenzen zu Holland, Dänemark, Polen und der Tschechischen Republik verstärken und weiter ausbauen. Und natürlich ließ er die neue, innerdeutsche Grenze von Tag zu Tag unpassierbarer machen, indem er auch dort einen Todesstreifen anlegen und die Sperrzäune erhöhen ließ.
Außerdem ließ er überall schwerbewaffnete Grenzsoldaten aufmarschieren, die auch nachts die innerdeutsche Grenze mit Suchscheinwerfern ausleuchteten, um Flüchtlinge in die DDB abzufangen.

Heli und Waldemar waren unterdessen noch in Amerika.

Amerikanische Truppen waren auch überall in Süddeutschland eingerückt und schützten die DDB vor dem aggressiven, norddeutschen Gorsky-Sozialismus. Der Besuch des amerikanischen Präsidenten Miguel Hernandez in Saarbrücken, zur Begrüßung seiner US-Streitkräfte, war für den 10. Januar 3000 vorgesehen.

Nach seiner Rede im Schöneberger Rathaus in Südberlin um 10 Uhr vormittags, am 31. Dezember flog Staatschef Manfred Kalinsky eiligst nach Washington zurück, um sich von seinen amerikanischen Verbündeten zu verabschieden, und um Heli und Waldemar abzuholen.
Denn schon in wenigen Stunden musste er mit den beiden wieder in Berlin sein. Dabei würde er das „Weltpräsidentenpaar" noch vor Mitternacht in Nordberlin bei Gorsky absetzen, damit die beiden wie versprochen mit dem norddeutschen Staatschef in der kommunistischen Hauptstadt den Anbruch des Neuen Jahrtausends feiern konnten.

Kalinsky selber wollte dann kurz noch einmal in Südberlin vorbeischauen, aber pünktlich zum Jahreswechsel 2999/3000 wollte er dann in seiner eigenen, neuen Hauptstadt, in Saarbrücken, bei seinen Bürgern in der DDB sein.

Washington, Weißes Haus, East Room und Umgebung, 31. Dezember 2999. Gegen 16 Uhr;

So war Manfred Kalinsky also wieder zurück in Amerika.

Heli und Waldemar hatten sich schon von Präsident Hernandez verabschiedet. Beide traten reisefertig vor Kalinsky hin, als er im East Room vorgelassen wurde. Heli verabschiedete sich besonders herzlich von Pythia, der Präsidententochter.

Und ganz besonders von dem kleinen, mausgrauen Professor Kallimachos, der ja in Amerika blieb, und den sie mit besonderem Respekt umarmte.
„Ach, Herr Professor, ich bewundere einfach Ihren Mut, in Washington zu bleiben, um hier noch weiter für das Gute wirken zu wollen", sagte sie ergriffen und hatte wieder mal viele heiße Tränen in den Augen.
„Passen Sie gut auf sich auf, meine liebe Herlinde, und Sie mir gut auf Heli", sagte der Gelehrte zu Waldemar.
„Wenn Sie es nicht mehr aushalten können bei dem ollen Hermann Gorsky in Berlin, dann komme ich zu Ihnen, dann setze ich mich mit dem Alien in Bewegung, um Sie dort herauszuholen", versprach er feierlich.
„Danke, danke, Professor", sagte Heli gerührt, „aber vielleicht entscheiden wir uns auch erst einmal, auf unbestimmte Zeit in Nord-Berlin zu bleiben, doch zurück nach Deutschland wollen wir auf jeden Fall, egal in welchen Teil", sagte Heli bestimmt.
„Wir sind schon ein bisschen neugierig zu sehen, wie sich das Land durch die neue Teilung verändert hat", sagte Waldemar zu Professor Kallimachos.
„Wenn es uns irgendwie möglich ist, dann werden wir Sie sofort wieder hier in Washington besuchen", versprach er sehnsuchtsvoll.
„Sollte es uns bald schon gelingen, aus eigener Kraft auf südberliner Gebiet zu gelangen, dann fliegen wir gleich mit dem nächsten Raumgleiter nach Washington zurück", sagte er wehmütig.

Kallimachos drückte heftig Waldemars Hand, dann umarmte er auch ihn stürmisch.
„Aber versprechen Sie mir bitte, kein unnötiges Risiko einzugehen, und zwar Sie beide, Heli und Waldemar, klar? Fliehen Sie auf keinen Fall kopflos und überstürzt über die Grenze, denn die ist bereits vermint, hören Sie?" schärfte ihnen der kleine Mausgraue ein.

„Fliehen Sie nur, wenn es relativ sicher ist, wenn das Risiko minimal ist, sonst lassen Sie mich lieber mit meinem Alien eingreifen, das müssen Sie mir versprechen", sagte er noch einmal eindringlich.

Heli versprach es.

„Und Sie wollen also wirklich das Risiko eingehen, nach Nordberlin überzusiedeln? Überlegen Sie es sich, noch ist es Zeit, Ihren Entschluss zu revidieren ... Noch können Sie hier bleiben in Amerika", mahnte Kallimachos. „Nein, Professor, so sehr wollen wir Gorsky dann doch nicht düpieren, es war ausgemacht, und wir haben versprochen, dass wir zu ihm zurückkommen, wenn er halb Deutschland abtritt, und er hat seinen Teil der Vereinbarung erfüllt. Wie würde das aussehen, wie würden wir künftig als „Weltpräsidentenpaar" in der Öffentlichkeit dastehen, wenn wir jetzt unser Wort brechen würden und feige hierblieben? Wir würden mit Recht jegliche Achtung und jeden Kredit bei der deutschen Bevölkerung verspielen; und zwar sowohl bei der norddeutschen, als auch bei der süddeutschen", betonte Heli vehement.

Als er seine Herlinde so reden hörte, war Waldemar gerührt über ihre Standhaftigkeit und ihren Mut. Nun hatte auch er Tränen in den Augen und umarmte sie heftig.
„Außerdem glaube ich jetzt, dass ich sogar für immer in Nordberlin leben könnte, solange nur Waldo an meiner Seite ist; mit ihm bin ich überall glücklich, wo auch immer ich lebe", sagte sie zärtlich.
„Ich bin ja so mächtig stolz auf Sie beide", sagte Kalinsky ergriffen zu Heli und Waldemar und sagte, es wäre Zeit, die Rückreise anzutreten.
Waldemar nickte und sagte noch schnell zu Kallimachos: „Vielleicht gelingt es uns auch, bald mit einem Schiff von Rügen über die Ostsee ins neutrale Schweden zu fliehen, Professor ... Dann sehen wir uns bald wieder ..." –
„Lassen Sie das lieber, Sie könnten von der nordzonalen, deutschen Küstenpolizei beschossen werden – falls es so eine schon gibt!" warnte der Professor.

Dann war Manfred Kalinsky an der Reihe, sich von seinem alten Weggefährten Manolis Evangelos Kallimachos zu verabschieden, mit dem er seit der Entdeckung des Aliens so lange zusammengearbeitet hatte, und mit dem er so viele unglaubliche Abenteuer erlebt hatte.

„Ich jedenfalls werde Sie auf jeden Fall sehr bald besuchen kommen, denn ich bin ja jetzt provisorischer Staatschef vom freien Teil Deutschlands – jedenfalls bis zu meiner möglichen Wahl durch das deutsche Volk in ein paar Monaten", sagte Kalinsky lächelnd zu dem kleinen Griechen, „und dadurch ist mir ja freies Reisen in die ganze Welt möglich. Machen Sie es gut, Professor", sagte er, und umarmte Kallimachos herzlich.

„Sie auch, Herr Ministerpräsident Kalinsky", sagte der Gelehrte feierlich. „Und viel Glück bei Ihrem neuen Amt, regieren Sie gut, aber ich bin sicher, das werden Sie auf jeden Fall tun", sagte er zum Abschied.

Manfred Kalinsky sah auf seine Uhr.

„Es eilt, meine lieben Freunde", sagte er wehmütig zu Heli und Waldemar.

„Um 20 Uhr müssen wir wieder in Nordberlin bei Gorsky sein; wenn wir gleich aufbrechen, dann schaffen wir es noch, mit dem Fusionsantrieb des Superraumgleiters die Hooligankette der streunenden Spaceshuttles zu durchbrechen und rechtzeitig am Ziel zu sein", sagte er lächelnd.

„Schönes neues Jahr, Mr. President", rief die aufbrechende Heli Miguel Hernandez gezwungenermaßen vorzeitig nach und winkte ihm zu.

„Nein, schönes neues Jahrtausend, meine Freunde", korrigierte der amerikanische Präsident lächelnd und winkte zurück.

„Und wir beide sehen uns ja in zehn Tagen schon wieder beim Neujahrsempfang in Saarbrücken, Mr. President", sagte Kalinsky zum Abschied zu Miguel Hernandez.

Vom Garten des Weißen Hauses hörte man schon die ersten, verfrühten Silvesterraketen knallen.

Berlin (Nord), Hauptstadt der „NSR", Weltraumflughafen Jungfernheide, 31. 12. 2999, 19 Uhr 44:

Die Raumfähre landete überpünktlich und sicher.

Kalinsky stieg mit seinem Traumpaar aus. Gorsky erwartete die drei mit einer Begrüßungsdelegation.

Es herrschte eisiges Schweigen am Terminal. Der schnauzbärtige Staatschef blickte Kalinsky ernst ins Gesicht.

„Überläufer! Verräter! Erpresser!", zischte der Neostalinist dem ehemaligen Hauptkoordinator von Berlin zu.

„Ulbricht-Honecker-Stalin-Chruschtschow-Breschnew-Verschnitt!", antwortete Manfred Kalinsky verächtlich seinem ehemaligen Sicherheitsfachmann bei der Allround-Corporation am Alexanderplatz, die weiterhin auf kommunistischem Territorium verblieb.

Mehr hatten sich die beiden ehemaligen Arbeitskollegen nicht zu sagen. Mit gemischten Gefühlen blickte der „Rote Hermann" sein „Traumpaar" an, das erschöpft und übermüdet aus der Wäsche guckte.

„Willkommen in Berlin, Hauptstadt der NSR, liebe Genossen", sagte der
Führer der Halbstadt zu Waldemar und drückte ihm fest die Hand.
„Danke, Euer Exzellenz", sagte Koslowski matt, aber doch irgendwie auch
glücklich.
„Sie sehen ein bisschen blass aus, meine liebe Herlinde", stellte Gorsky leicht
unzufrieden fest.
„Heute brauche ich leider noch Ihren ganzen Körpereinsatz zur
Jubiläumsfeier, morgen können Sie sich ausruhen, so lange Sie wollen",
versprach er ihr.
„Und danke, dass Sie beide auch wirklich nach Nordberlin gekommen sind",
sagte der neue Staatschef erleichtert und dankbar.

„Das werde ich Ihnen nicht vergessen! Sie beide haben etwas gut bei mir!"

„Ich werde Sie nicht enttäuschen, Chef, ich werde mein Bestes tun",
versprach auch Heli erschöpft.
„Danke, Genossin, das ist nett von Ihnen. Ich werde Sie heute Abend auch
nicht über Gebühr beanspruchen, das verspreche ich Ihnen", sagte auch
Gorsky mit matter Stimme.

„Nanu, Ihr Alienableger ist ja gar nicht zu unserem Empfang erschienen, Euer
Exzellenz", wunderte sich Kalinsky.
„Er scheint wohl noch nicht ganz nach Wunsch zu funktionieren, wie?",
frotzelte er.
„Oder hat er gerade Urlaub in Südberlin genommen?"

Gorsky ließ die Provokationen unbeantwortet und sagte zu seinem
„Weltpräsidentenpaar": „Lang ist es her, ihr beiden, nicht wahr?"
Verlegen trat Gorsky von einem Fuß auf den anderen, denn draußen war es
kalt.
Das Paar sah ihm ebenso verlegen ins Gesicht.
„Sie beide müssen mir später unbedingt von Ihren Erkenntnissen in Amerika
erzählen", flüsterte Gorsky Waldemar Koslowski ins Ohr.

„Tja, ich fürchte, nun ist die Zeit gekommen, dass auch wir uns erst einmal
voneinander verabschieden müssen", sagte Kalinsky betreten zu Herlinde und
Waldemar.
„Macht's gut, ihr beiden, ich komme euch so bald wie möglich besuchen in
Nordberlin, das Recht dazu habe ich; es ist mir garantiert worden auf der
Konferenz von Lausanne", sagte Kalinsky mit einem kurzen, finsteren
Seitenblick auf Gorsky.
„Und ich bestehe auch auf meinem vertraglich zugesicherten Recht auf
jederzeitigen, freien Zugang zum „Gewissen" in der Allround-Corporation,
auch wenn sie sich ab jetzt auf ... politisch schwierigem Territorium befindet

... Auch das wurde mir auf der Konferenz von Lausanne garantiert, ich hoffe, der Schnauzbart vergisst das nicht", sagte Kalinsky laut zu Gorsky, während er nur Heli und Waldemar ansah.

Alle waren schon in ausgelassener Feierstimmung in und um Berlin herum. Selbst hier auf dem Weltraumbahnsteig zischten ihnen die Silvesterböller um die Ohren.
„Auf Wiedersehen, lieber Herr Koordinator, und danke für alles", sagte Heli traurig zu Manfred Kalinsky, sah ihm tief in die Augen und sie umarmte ihn heftig.
„Wir beide werden Sie sehr vermissen", sagte sie mit großer Zuneigung zu dem Manne, der mit ihr und Waldemar ein großes, riskantes, gesellschaftspolitisches Experiment veranstaltet hatte, indem er sie zum „Weltpräsidentenpaar" ausrief. Wobei die näheren Umstände, wie es eigentlich dazu kam, bis zum heutigen Tag noch nicht ganz geklärt waren.

Kalinsky drückte Waldemar noch einmal fest an sich, dann sagte er: „Ich muss nun los, Freunde, nach Saarbrücken, um meine neuen Landsleute in der DDB ins neue Jahrtausend hinüberzuführen", sagte er fieberhaft geschäftig. „Das wird meine erste offizielle Amtshandlung sein, und es bleibt mir nicht mehr viel Zeit dazu, Adieu, also", sagte er.
„Vielleicht ist es Ihnen ja vergönnt, wenigstens einen Teil meiner Fernsehansprache um 24 Uhr im Sender Freies Berlin mitverfolgen zu können, sofern der Schnauzbart gnädig gestimmt ist, und Sie Südfernsehen gucken lässt", sagte Kalinsky lächelnd zum endgültigen Abschied zu Heli und Waldemar und winkte den beiden zu.

Kalinsky erstarrte plötzlich kurz in seiner Winkbewegung, blieb unschlüssig wie eine Salzsäule stehen und seine Lippen zitterten, als er dennoch mit letzter Kraft einige Laute mit ihnen formte, dabei trippelnd wie in Zeitlupe erneut die Richtung einschlug, die ihn wieder etwas näher an sein Schicksalspaar heranführte: „Heli, Waldemar! Ich ... komme mir wirklich wie ein Verräter vor, euch beide jetzt so allein zu lassen in eurem ... Ausgeliefertsein", stotterte er, emotional aufgewühlt.
„Ich wünschte, ihr könntet bei mir sein, in Saarbrücken, zusammen mit mir feiern bei meiner Neujahrsansprache – oh, wie gerne hätte ich euch bei mir in der DDB! Das wollte ich euch nur noch einmal gesagt haben; ich bedaure, dass dieser mein größter Herzenswunsch für euch leider unerfüllt bleiben muss", rang er sich mit letzter Gefühlsaufwallung die Worte ab.
Er hatte dicke Tränen in den Augenwinkeln.

Heli blickte Kalinsky gerührt noch einmal direkt ins Gesicht.

„Danke, lieber Herr Koordinator, wir wissen Ihre große Güte zu schätzen, Waldo und ich ... Aber ... das Schicksal hat uns lange schon einen anderen Weg zugewiesen, den wir jetzt gehen müssen; vor allem, weil wir selber ja mit diesem Weg einverstanden waren, und ihn selbst gewählt haben, aus eigener Entscheidung ... Und nun werden wir ihn auch ohne zu klagen einschlagen", sagte Heli mit mühsam beherrschtem Tränenstrom, den sie mit all ihrer Kraft am fließen hinderte.

Als Manfred Kalinsky das hörte und sah, rief er aus: „Ich bin mächtig stolz auf euch beide! Für eure meisterhafte, staatsmännisch würdige Beherrschung eurer Psyche und eures Aufopferungswillens in der Stunde größter Seelenpein! Danke, meine Freunde, bleibt tapfer, wir werden uns wiedersehen!", deklamierte Kalinsky emphatisch und hob zum letzen Mal die Faust zum Gruß. Langsam löste er sich aus seiner Starre und setzte seinen athletischen Körper wieder in Bewegung.
„Good-bye, Herman-Boy", sagte er glucksend zu Gorsky, dessen Vornamen er betont amerikanisch aussprach.
Sogar Gorsky hob etwas betreten die Hand und sagte leise: „Auf Wiedersehen, Adieu, mein lieber Verräter ...!"
Kalinsky bestieg seine Raumfähre und sofort erhob sie sich und nahm Kurs auf Süddeutschland.

Relativ freudlos und parteitaktisch korrekt verfloss so der letzte Tag des alten Jahrtausends für das zurückgewonnene „Weltpräsidentenpaar", das Gorsky life, pünktlich um 24 Uhr, zu seiner doppelten Jubelfeier im neuen Nordfernsehen, in der „Akkuraten Kamera" vorführen ließ wie zwei müde, ausgelatschte Tanzbären.

Doch beanspruchte er sie, wie versprochen nicht zu sehr. Er degradierte Heli und Waldemar eher zu simplen Schauobjekten; der rote „Jäger von Nordberlin" präsentierte dem Volk seine Beute, nach dem Motto: Seht her Leute, ich habe sie zurückbekommen, ich, ätsch, und kein anderer! Und er konnte Kalinsky eine lange Nase drehen.
Doch es gab viel und gut für Heli und Waldemar zu essen und zu trinken, sie beklagten sich nicht. Das Fest erstreckte sich bis zum frühen Morgen. Zwischendurch war der neue rote Zar tatsächlich gnädig, und ließ das Traumpaar in einen separaten Raum führen, wo es zum Südfernsehen umschalten durfte.

Sie sahen und hörten Kalinsky eine „neue, glückliche, friedliche Zukunft mit der DDB" beschwören.
Er war im Frack und grüßte herzlich seine Landsleute von „drüben" im Norden.

Es war so grotesk, dass Heli und Waldemar direkt laut loslachen mussten.

Dann kippte die hysterische Stimmung schlagartig um und Heli liefen heiße Tränen über die Wangen. Hastig trocknete Waldemar sie ihr. Da hörte sie gerade, wie Manfred Kalinsky „Alles Gute zum neuen Jahrtausend, vor allem auch für meine beiden besten Freunde Herlinde Kopter und Waldemar Koslowski in Berlin, die besten Freunde, die ich je hatte, je haben werde, und die ich nie vergessen werde!" im SFS (Sender Freies Saarbrücken) proklamierte.
„Oh, Waldo, hast du das gehört?" fragte Heli mit stockender Stimme und weinte erneut.
„Und wir sind nicht drüben bei Kalinsky!" sagte sie schniefend.

Kurze Zeit später kamen Gorsky, Beatrix Bohrschmand und Willibald Wastlhuber zurück in den privaten Rückzugsraum und holten Heli und Waldemar zum weiteren Feiern ab.
Gorsky hielt die Neujahrsansprache in seinem Fernsehsender und sein Traumpaar stand neben ihm und bejubelte ihn, wie verabredet.
Mit ihnen feierte live auf dem Bildschirm der chinesische Stadtkommandant von Nordberlin. Gorsky beschwor feierlich die „immerwährende deutsch-chinesische Freundschaft", während Kalinsky zur gleichen Zeit in Saarbrücken die deutsch-amerikanische Freundschaft im SFS ausrief, und Präsident Miguel Hernandez und seinem amerikanischen Volk alles Gute zum neuen Jahrtausend wünschte.

Die Bilder gingen um die ganze Welt.

In Washington feierte Präsident Hernandez mit seiner Familie und mit seinem Ehrengast, Professor Kallimachos das neue Jahrtausend. Ihr Fernseher ging leider nicht, denn es gab wieder einmal keinen Strom.
Daher aktivierte man geschwind das Satelliten-TV im Atom-Bunker, welches zum Glück ganz gut mit Notstromaggregat funktionierte.
So ging der erste, zweite und dritte Januar des Jahres 3000 n. Chr. vorüber in Nordberlin und der übrigen Welt.

Heli und Waldemar schliefen fast drei Tage lang, um sich gründlich von den Strapazen der Jubelfeiern zu erholen. Ihre Luxusquartiere waren nun wieder in der Allround-Corporation in Berlin-Mitte aufgeschlagen, denn zu ihrem Wohncontainer in Lankwitz durfte Heli ja nicht mehr. Der Bezirk lag ja nun im kapitalistischen Südberlin.

Und die neue Berliner Mauer wuchs und wuchs!

Es wurde immer kälter und ganz Berlin war in ein weißes Schneekleid eingehüllt.

Gorskys Traumpaar war wieder zu Hause, und der „kleine Stalin" verschwendete die Zeit der beiden mit nichtssagenden, faden Empfängen.

Dabei stellte sich erfreulicherweise heraus, dass der nordberliner Stadtkommandant, Tschu Lang ein angenehmer, kultivierter und herzlicher Mensch war, der Heli und Waldemar aufrichtig mochte.
Er war das genaue Gegenbild zum finsteren, militanten Stalinisten Gorsky. Das „Weltpräsidentenpaar" war stets entzückt, wenn es von Tschu Lang und seiner Entourage in die chinesische Botschaft in Berlin eingeladen wurde; jedesmal kam etwas Angenehmes dabei heraus. Und jedesmal bereiteten die chinesischen Diplomaten für Heli und Waldemar ein Festessen zu und behandelten sie wie Fürsten.

Gorsky in seiner Allround-Corporation gab Bea und Willi strikte Order, das Paar bei seinen Spaziergängen und Ausflügen keine Sekunde aus den Augen zu lassen. Das Riesenrad im Volkspark war für sie absolut tabu!

Am vierten Januar gingen Heli und Waldemar zum erstenmal im neuen Berlin spazieren.
Sie schlenderten den Kurfürstendamm entlang, durch welchen nun direkt die Berliner Mauer lief. Ihr Teil ging nur bis zum Ende vom roten Charlottenburg. Vom Breitscheidplatz flanierte das Paar also auf dem Ku´damm westwärts bis zur Mauergrenze; der Anfang der berühmten Flanier- und Einkaufsmeile mit den eleganten Kaufhäusern und Boutiquen, Hotels, Restaurants, Bars und Cafes mit Terrassen, etlichen Kinos und Theatern, die am Rathenauplatz in Wilmersdorf begann, war ihnen nun nicht mehr zugänglich, denn Wilmersdorf gehörte nun zum kapitalistischen Süden Berlins.

Vor der schneebedeckten Mauerkrone wurden Heli und Waldemar von der Volkspolizei gestoppt, welche wiederum die Baupolizei bewachte, damit die Mauerarbeiten schneller beendet wurden, und die Teilung der Stadt perfekt war.

BB und WW folgten Heli und Waldemar in sicherem Abstand.

„Nun schau dir das an, Liebling, gerade jetzt, wo es verboten ist, möchte ich besonders gern rüber nach Wilmersdorf", sagte Heli lachend, die über die Mauerkrone lugte.

„Ich sagte: Zurücktreten, das gilt auch für Sie beide!“, wiederholte ein bärbeißiger Volkspolizist noch einmal unmanierlich drohend, seine traumhaft schön glänzende Kalaschnikow im Anschlag.

Waldemar taxierte die Waffe mit gewissenhafter Prüfung, dann schnarrte er lakonisch: „Danke, aber ich brauche heute eigentlich kein Gewehr! Vielleicht morgen! Bis dann! – Außerdem ist mir die Knarre zu alt! Schon gebraucht!“
Heli lachte.
Dann traten sie von der Mauer zurück.
„Ja, ich möchte auch rüber nach Wilmersdorf, aber es geht halt nicht, dieser Herr hier hat was dagegen, und unser guter Kalinsky ist im Saarland“, sagte Waldemar seufzend.
„Da können wir natürlich auch nicht mehr hin ...“
Heli seufzte.
„Begreifst du jetzt allmählich den Freiheitswillen unserer deutschen Vorfahren aus der DDR des 20. Jahrhunderts?“ fragte Waldemar Heli eindringlich.
Sie bejahte seufzend.
„JA, du hast Recht, Liebling, du hast mir die Augen geöffnet: Ich lebe nun in einer Welt, deren Regeln ich nicht kenne, und nie kennenlernen wollte“, äußerte Herlinde Kopter mit bitterer Erkenntnis.

Sie bummelten zurück zur Kaiser-Wilhelm-Gedächtniskirche am Breitscheidplatz, die jetzt zum Wahrzeichen von Nordberlin geworden war und deren Ruine weiterhin als Mahnmal gegen Krieg und Zerstörung diente.

Das Paar betrat die neue Gedächtniskirche, das blau verglaste Oktogon von Egon Eiermann mit dem Flachdach und dem sechseckigen Turm direkt neben der Ruine, zu einer kurzen Andacht.

BB und WW warteten draußen.

Kurze Zeit später kamen sie wieder heraus und besuchten das Europa-Center, ebenfalls am Breitscheidplatz, einen beliebten Treffpunkt, vor allem wegen des berühmten Weltkugelbrunnens.

Sie gingen weiter, die Budapesterstraße entlang, bis zum Zoologischen Garten und traten ein, wärmten sich im Affenhaus auf. Heli drehte sich um und sah BB und WW.
„Vielleicht hätten wir doch lieber in Washington bleiben sollen, Waldo, sieh nur!“ sagte sie und zeigte verstohlen auf das Agentenpaar.
„Ich glaube, die beiden beobachten zwei ganz andere Affen“, sagte Heli glucksend.
Waldemar lachte.

„Ja, ich frage mich langsam auch, was ist schlimmer: Hier die Enge des kommunistischen Überwachungs-Korsetts in Berlin oder die klaustrophobische Enge des Weißen Hauses", sagte Waldemar düster.
„Aber in Amerika wären wir jetzt zumindest bei unseren Freunden, bei Präsident Hernandez, Pythia und ... Professor Kallimachos", sagte Heli seufzend.
„Ach ja, der gute alte exzentrische Professor, der kleine mausgraue Kallimachos", sagte Waldemar sehnsuchtsvoll.
„Ich wüsste zu gerne, ob es ihm gerade gelingt, den Alien für die amerikanischen Probleme zu aktivieren", sagte er lächelnd.
„Naja, jetzt zumindest sind wir bei unseren chinesischen Freunden", sagte Heli lächelnd.
„Und es sind aufrichtige Freunde!"
„Die haben uns ja auch ins Herz geschlossen", sagte sie mit träumerischem Glanz in den Augen.
Waldemar blickte zufrieden. Beide waren froh, als sie am Abend des 4. Januar wieder in ihrer warmen Behausung in der Allround-Corporation waren.

So verging denn schließlich der frostige Januar und auch der weitaus kältere Februar im roten Berlin für Heli und Waldemar. Endlich kam der März und der April. Es wurde wieder bedeutend wärmer.

Gorsky erlebte eine neue Pleite mit seinem Alienableger, der plötzlich verschwunden war, als der „Rote Hermann" ihn im Februar mit seinem Traumpaar in Verbindung setzen wollte. Das Lichtwesen war nirgends mehr zu entdecken im Untergeschoss der Allround-Corporation.
„Es versteckt sich vor uns, komisch, wo es doch so sehr darauf bestand, mit Heli und Waldemar Verbindung aufnehmen zu wollen", sagte Beatrix Bohrschmand verblüfft.
„Ja, was führt dieser verdammte Außerirdische nur im Schilde?" wunderte sich auch Gorsky.

Am 1. April war es bereits sehr milde. Heli und Waldemar konnten sich nicht entscheiden, in welchem Teil von Berlin sie leben wollten; so schoben sie die Flucht nach Südberlin immer weiter auf.

Auch zu Präsident Hernandez hatten sie keinen Kontakt mehr.

Sie schlenderten im „Tiergarten" umher, der ältesten und bedeutendsten Parkanlage Berlins, denn der erste Apriltag war außergewöhnlich warm und sonnig.

„Miguel Hernandez hat sein Wort gebrochen, uns schnell durch Professor Kallimachos' Alien aus dem roten Berlin herauszuholen", sagte Heli enttäuscht.

„Wahrscheinlich zögert er noch, weil er das Lichtwesen für seine eigenen Probleme braucht", sagte Waldemar beschwichtigend.

„Und Kalinsky hat sich auch noch nicht blicken lassen", sagte sie bitter.

„Auch er lässt uns im Stich, hat es sich gemütlich gemacht im sonnigen Saarbrücken, seinem neuen Regierungsnest", zischte sie bitter zwischen den Zähnen hervor.

„Nein, nein, Herlinde, so darfst du nicht reden", widersprach Waldemar heftig.

„Bestimmt hat Manfred längst versucht, nach Nordberlin einzureisen, aber ich fürchte, Gorsky lässt ihn nicht, er hintertreibt Kalinskys verbrieftes Recht, uns zu besuchen, da kannst du Gift darauf nehmen", sprach Waldemar.

Heli blieb kurz stehen, sah ihn zweifelnd an.

„Ja, ich glaube, du hast Recht, Waldo", sagte sie schließlich eine Spur zu langsam.

Der Tiergarten war die grüne Lunge der Berliner im Zentrum der Stadt. Jetzt nach der Teilung Berlins natürlich nur noch für die Nordberliner.

Seine Lage ist beiderseits der Straße des 17. Juni; doch nach der zweiten Teilung Berlins in seiner Geschichte wollte der neue Herrscher Hermann Gorsky als Neostalinist von der alten Straßenbenennung natürlich nichts mehr wissen. Daher verfügte er bald die Umbenennung der Straße des 17. Juni in „Straße der Befreiung".

Noch ein paar Wochen später hieß sie schon, im Zuge des neu aufbrandenden Personenkultes um den neuen, sozialistischen deutschen Staatschef von chinesischen Gnaden: „Gorsky-Allee".

Gorsky konnte in der Tat frohlocken: Das geschichtsträchtige Brandenburger Tor am Pariser Platz, jetzt als Abschluss der „Gorsky-Allee", das monumentale Berliner Wahrzeichen und Symbol der ehemaligen, überwundenen Teilung schlechthin, war jetzt ganz in seinen roten Machtbereich eingegliedert.

Heli und Waldemar bewunderten die Blütenpracht im Tiergarten. Unvermittelt fragte Waldemar: „Nun, mein kleiner Fischmund, wie ist es? Hast du noch Angst vor der „Roten Marion" ?"

Heli blickte sich um im Park.

„Nein, ich fürchte sie zwar noch nach wie vor, aber Angst habe ich keine mehr vor ihr; wenn sie mir irgendwann wieder unversehens gegenübersteht, dann werde ich entschlossen den Kampf gegen sie aufnehmen", sagte Heli abgeklärt.

„Aber ich sehe gerade, dass uns Willi und Beatrix immer noch auf Schritt und Tritt hinterherlaufen, doch Marion scheint nicht dabei zu sein. Immerhin scheint Gorsky in dieser Beziehung Wort gehalten zu haben, und sie endgültig aus meinem Blickfeld entfernt zu haben", sagte Heli trocken.
„Wer weiß, was er mit ihr angestellt hat, vielleicht ist sie nun Geheimagentin für die „NSR" in Südberlin?" mutmaßte Heli mit dunklem Gelächter.
„Ja, das wäre eine Möglichkeit", gab Koslowski zu.
„Oder sie bespitzelt unseren armen Manfred Kalinsky in Saarbrücken, in der DDB", ergänzte er lächelnd.

Heli und Waldemar ließen sich nicht kirre machen von BB und WW.

Sie fuhren Boot auf dem Neuen See im Südwesten des Parks. Danach saßen sie im Biergarten am Neuen See, dem größten Biergarten der Stadt. Sie ließen sich eine schöne „Berliner Weiße" servieren, eine echte Berliner Spezialität: Ein mildes, in der Flasche gereiftes Weizenschankbier, ein sehr köstliches Erfrischungsgetränk für die heißen Tage, das sie aus großen Schalen tranken. Sie bevorzugten die würzigere Variante, „mit Schuss", denn wenn man das Bier pur trank, dann schmeckte es etwas fade. Daher schlürften Heli und Waldemar ihre Weiße mit etwas Waldmeistersirup, und zwar mit Hilfe eines Strohhalms aus ihren Schalen, so wie es Sitte war.
BB und WW saßen ungeniert ein paar Tische weiter.

Das Paar ignorierte sie völlig.

Danach besuchten sie die Alleen und Statuen des Parks, die Schneisen und Labyrinthe und amüsierten sich prächtig.
Sie beobachteten Variete-Künstler beim Jonglier-Training, lachten, als sie Hunde hinter fliegenden Frisbeescheiben hinterherhecheln sahen. Vereinzelt hörten sie Boulekugeln klicken. Schauspieler deklamierten ihre Texte und das Traumpaar gesellte sich zu ihnen und hörte ihnen zu.
Kleinkinder übten erste Schritte und die Berliner grillten unter den schattigen Bäumen. Alles war wie vorher, wie einst vor dem ersten Mai 2999.
Und doch war alles irgendwie anders!
Auf undefinierbare, unbeschreibliche Weise anders.

Was war es nur, was so anders war?

Obwohl im Tiergarten keine Propaganda herrschte? Keine sozialistischen Parolen zu lesen waren. Keiner interessierte sich für Heli und Waldemar, obwohl sie immer noch das „Weltpräsidentenpaar" waren, niemand beachtete sie, keiner sprach sie an.

Sie wurden einfach nicht erkannt oder bewusst ignoriert.

Vielleicht auf Anweisung von Gorsky? Was für ein neues Spiel wurde hier eigentlich gespielt?, fragte sich Waldemar Koslowski.

„Das werden wir gleich herausfinden", sagte Waldemar, und kaufte an einem Kiosk einen Haufen Zeitungen: Den „Berliner Ver-Volksboten", das „Neue kommunistische Blatt" und den „Nordberliner Menschenbeobachter".

Er blätterte unaufdringlich die aufdringlichen Propagandablätter durch und rief erkenntnisfroh aus: „Ah, da haben wir es, mein Vogeläugelchen: Kein Wunder, dass niemand mehr von uns Notiz nimmt", sagte er und streichelte Helis Haare.

„Gorsky hat Anweisungen an die Bevölkerung gegeben, uns wie normale Menschen zu behandeln. Im Zuge der neuen, kommunistischen Gleichberechtigung aller Bürger sollen wir fortan nicht mehr hervorgehoben werden, gut, nicht?" fragte er lächelnd.

„Von mir aus sehr gerne, ich bin froh, nicht mehr dauernd angestarrt zu werden", sagte Heli mit spürbarer Erleichterung.

„Eben, und es funktioniert doch schon prächtig", sagte er lachend.

„Und was steht sonst noch in den Zeitungen?" fragte Heli, nur mäßig interessiert.

„Oh, das Übliche: „Neue Grenzen der NSR endlich geschützt – dank des großen Führers Hermann Gorsky", und so ähnliches Zeug", sagte er lachend. „Deutsch-chinesische Freundschaft endgültig amtlich", undsoweiter.

„Und die neue Berliner Mauer heißt im amtlichen Jargon wieder „Antifaschischer Schutzwall"; - Mann, was für ein Bombast; Gorsky hat wirklich keine Fantasie, alles hat er abgekupfert aus der DDR-Vergangenheit, dieser Hanswurst, er ist einfach nur noch ein lächerlicher Mann", sagte Waldemar geringschätzig.

„Sag mal: Überhaupt kein Wort mehr von uns, in keiner Zeitung?" fragte Heli verwundert, und riss ihm auf einmal unerwartet den „Nordberliner Menschenbeobachter" aus der Hand.

„Nein, denn offenbar sind wir tief in Gorskys Achtung gefallen, seit wir uns nach Amerika davongestohlen haben", sagte Koslowski mit einem gemütlichen Grinsen.

Hastig überflog sie die Schlagzeilen.

„Das enttäuscht mich dann allerdings doch schon ein bisschen", antwortete sie geknickt.

Waldemar lachte.

„Also, du weißt wirklich nicht, was du willst, Fischköpfchen", sagte Waldemar und lachte.

„Doch, weiß ich: Dich will ich", sagte sie und küsste ihn hastig.

Waldemar war damit sehr zufrieden.

Am nächsten Tag war es noch heißer. Es war der zweite April, und das Traumpaar war wieder in Ausflugsstimmung.

Noch aber befanden sie sich in ihrem Luxusquartier, versteckt und gut abgeschirmt in der Allround-Corporation. Hier wurde ihnen noch Beachtung geschenkt von ihren zahlreichen Dienern, und sogar einen Butler hatten sie gestellt bekommen. Eigentlich ein Witz in einer sozialistischen Gesellschaft, der sie angehörten!, meinte Waldemar.

„Wohin möchtest du heute, mein Liebling?", fragte Waldemar.

Heli sagte, ohne zu zögern: „Stell dir vor: Eigentlich wollte ich immer schon einmal den Botanischen Garten in Dahlem besuchen, ich habe das immer und immer wieder aufgeschoben, aber jetzt liegt er leider im unzugänglichen Süden, ist das nicht schrecklich?" sagte Heli traurig.

In der Tat war der Botanische Garten von Dahlem, im Südwesten Berlins gelegen, einer der größten und bedeutendsten botanischen Gärten der Erde mit über 18000 Pflanzenarten. Mit wunderbaren tropischen Gewächshäusern und Sumpfpflanzenbiotop.

„So oft habe ich davon geträumt, mal den riesigen Seerosenteich im Botanischen Garten zu sehen und zu riechen", sagte Heli klagend.

„Jahrelang hätte ich das ohne die geringsten Schwierigkeiten gedurft - und jetzt gehört das alles zur DDB", sagte sie seufzend.

„Ist das nicht eigentlich merkwürdig, wie wir Menschen konstruiert sind, Waldo?", sagte Heli und seufzte wieder.

„Jetzt, wo es verboten ist, möchte ich plötzlich überall hin verreisen: Nach Frankreich, Italien, Spanien ... Und nach Südberlin! – Vorher haben mich Reisen eigentlich überhaupt nicht sonderlich interessiert, in unserem abgestumpften Leben mit dem angeblich allmächtigen „Gewissen" in der Allround-Corporation!"

„Aber nun kann ich ja nicht einmal mehr nach Köln fahren, so ein Pech aber auch!", sagte Heli aufgeregt.

„Ausgerechnet nach Köln kann ich nicht mehr fahren!"

Waldemar stutzte.

„Nanu, warum willst du plötzlich ausgerechnet so dringend nach Köln?" fragte er verwundert.

„Nur, weil es verboten ist?"

„Nein, weil das meine Heimatstadt ist!", sagte Heli lebhaft.

„Was?" fragte er überrascht: „Köln? Ich dachte, du bist Berlinerin. Du hast mir doch immer erzählt, wie sehr du dich gefreut hast, und wie sehr es deine Nerven beruhigt hat, wenn du als Kind mit deiner Mutter zum Märchenbrunnen im Volkspark Friedrichshain gegangen bist, und die steinernen Märchenfiguren auf dem Brunnenrand betrachten konntest?" sagte Waldemar verblüfft.

„Ja, das stimmt, das taten wir aber erst, nachdem wir nach Berlin gezogen waren; vorher bin ich die ersten zehn Jahre meines Lebens am Rhein aufgewachsen, in Köln", erklärte Heli verstimmt.

„Das darf doch nicht wahr sein, in Köln?" sagte Waldemar und brach in Gelächter aus.

„Ja, ich frage mich, was du daran so komisch finden kannst? Magst du etwa keine Rheinländer? Meine Geburtsstadt Köln liegt nun im Süden von NRW!" Waldemar entschuldigte sich für seine Lache.

„Meine auch, mein kleiner Fischmund", sagte er grinsend, „denn ich stamme aus Bonn!" sagte er lachend.

„Was? Dann sind wir also beide echte Rheinländer, und wussten das gar nicht voneinander?" fragte Heli und lachte auch.

„Komm her, umarme deinen stämmigen, großen Rheinländerfreund, meine kleine Lorelei, meine liebe kleine Meerjungfrau", sagte er zärtlich.

„Jetzt übertreib mal nicht, du willst die Situation doch nur ausnutzen", sagte sie kichernd, schlang aber dennoch ihre Arme um ihn.

„Natürlich, was denn sonst; komm, reich mir deinen schuppigen Fischschwanz", raunte Waldemar neckisch.

„Nein, höchstens die schuppige Flosse", schränkte Heli ein.

„Ich habe sogar die ersten 14 Jahre meines Lebens in Bonn gelebt", sagte er, „aber weil ich nie rheinischen Dialekt gesprochen habe, und du offenbar auch nicht, meine kleine Rheintochter, daher haben wir unsere gemeinsame Herkunft nicht erkannt, ist das nicht witzig?" sagte er und hielt sie eng an sich geschmiegt.

„Ja, das ist der Grund, aber ich glaube: Als dialektgeografischen Protest für unser eingeschränktes Leben werde ich fortan in der Öffentlichkeit immer aufdringlichen rheinischen Dialekt mitten in Nordberlin sprechen! Was hältst du davon, mein großer Rheinländer?", fragte Heli zärtlich.

„Ich weiß nicht, ob das so eine große Wirkung hätte", gestand Waldemar grinsend.

„Es wäre vielleicht besser, wenn du stattdessen die „Wacht am Rhein" auf der Straße und im Volkspark singst", schlug er aufsässig vor.

„Was ist das, die Nacht am Rhein?", fragte Heli, nur halb interessiert.

„Nicht die Nacht! Die „Wacht am Rhein" heißt das", korrigierte Waldemar.

„Ich weiß es auch nicht so genau, was das ist - es ist jedenfalls ein Lied; es muss ein sehr patriotisches Lied sein, wohl auch ein provokantes", folgerte Waldemar.

„Ich kenne es nur aus dem Film „Asa Branca", oder so ähnlich", sagte er sinnierend.

„Du meinst doch wohl „Casablanca", nicht wahr?", korrigierte Heli.

„Ach ja, du hast Recht, natürlich!", sagte er.

„Aber ist ja auch egal", sagte Heli verträumt und küsste ihn wieder.

Wieder und wieder.

Waldemar schlug als Ausgleich für den flachgefallenen Besuch des Botanischen Gartens in Dahlem den Besuch des „Gartens des wiedergewonnenen Mondes" im Erholungspark Marzahn vor.

„Das ist immerhin die größte chinesische Gartenanlage außerhalb von China", sagte Koslowski lächelnd.
„Und das würde doch gerade ausgezeichnet passen zu unseren chinesischen Freunden, wo sie uns beide doch gerade so mögen und bei jeder Gelegenheit liebevoll verhätscheln, wenn wir nur in die Nähe einer chinesischen Institution kommen", sagte er und lachte.
Heli machte sich los von ihm.
„Ja, warum nicht, da war ich übrigens auch noch nicht, also gehen wir", sagte sie entschlussfreudig und packte ein paar Sachen zusammen.

„Und natürlich können wir beide jederzeit nach China reisen, da wir ja bei den Chinesen einen Stein im Brett haben, das wäre doch auch ein aufregendes Erlebnis", sagte er.
„Und bestimmt nicht so gefährlich und so klaustrophobisch eng wie in Amerika", relativierte er.
„Gorsky wird uns sowieso bald wieder an den China-Besuch erinnern, den wir bestimmt mit ihm zusammen nachholen sollen, denn der war längst schon fällig", erinnerte er sie und band seine Krawatte.
„Ja, du hast Recht, und sind wir erst mal in Peking, dann können wir die chinesische Mauer bewundern und sie mit unserer herrlichen in Berlin vergleichen", sagte Heli sarkastisch.

„Sieh´ es doch einmal so: Wenn wir in Peking sind, können wir die Chinesen vielleicht dazu überreden, uns nach Saarbrücken zu lassen, dann könnten wir Kalinsky in der DDB besuchen", meinte Waldemar.
„Denn die Chinesen lassen uns bestimmt noch eher in den kapitalistischen Süden reisen, als dass Gorsky uns dies gestatten würde!"
„Und dann könnten wir gleich dableiben".
„Ich weiß nicht, ob der Vorschlag so gut ist, du rheinische Frohnatur", sagte Heli skeptisch und bürstete vor dem Spiegel ihre Haare.
„Wenn wir nämlich nach Süddeutschland fliehen, dann wird Gorsky hasserfüllt seine Agenten dorthin schicken. Und die werden uns vielleicht mit Gewalt zurückholen in den Norden. Oder schlimmer noch: Liquidieren!" sagte sie.
„Peng, peng, peng!", machte sie mit dem Finger.
„Eine Kugel für Heli, eine für Waldo!"

„Stimmt, ach, Heli, was sollen wir bloß machen?" sagte er mit einem Anflug von Niedergeschlagenheit.

„Erst einmal in den Chinesischen Garten nach Marzahn fahren", sagte sie strahlend.

„Soll ich dir was sagen?"

„Ich freue mich doch jetzt tatsächlich riesig darauf, auch auf eine eventuelle Reise nach China", sagte sie voller Elan und zog ihn mit sich fort.

Der chinesische Garten im Erholungspark Marzahn war auch voller chinesischer Besucher an diesem 2. April, wie Heli und Waldemar feststellten.

„Genau vor tausend Jahren wurde der chinesische Garten eröffnet", sagte Waldemar.

„Er wurde von Spezialisten des Pekinger Instituts für klassische Gartenarchitektur im nordchinesischen Stil gestaltet", las Waldemar aus der Broschüre vor.

„Wie passend für uns Einwohner von Nordberlin", sagte Heli feixend.

„Oh, aber das ist jetzt wirklich ein Zufall", sagte er lachend.

„Denn unsere deutschen Ur-Ahnen haben im Jahre 2000 diese Anlage als Zeichen für die Wiedervereinigung der geteilten Stadt Berlin angelegt. Wenn das nicht eine bittere Ironie des Schicksals ist!", sagte er kummervoll.

„Denn nun wird der chinesische Garten eher zum Symbol der erneuten Teilung Berlins, diesmal in Nord und Süd, während 1990 die damalige Teilung in Ost- und Westberlin endlich überwunden worden war", sagte er bitter.

Das von den deutschen Sozialisten desavouierte Traumpaar spazierte lässig durch die chinesischen Tempelpagoden, sah auch viele Propagandabanderolen mit chinesischen Aufschriften an den Bäumen.

„Übrigens war der Berliner Bezirk Marzahn hier früher auch schon mal 40 Jahre lang kommunistisch, weil er zur DDR gehörte, also zu Ostberlin", sagte Waldemar zu Heli.

Dann lasen die beiden eine elektronische Anzeige auf einer Tafel, die besagte, dass Berlin und Peking im Jahre 1994 schon einmal eine Städtepartnerschaft schlossen und sie mit einem Beispiel jahrtausendealter chinesischer Gartenkunst besiegelten.

„Die sieben Elemente (Erde, Himmel, Wasser, Steine, Gebäude, Lebewesen und Pflanzen) wurden zu einem harmonischen Ganzen zusammengefügt", las Heli laut die deutsche Übersetzung vor.

„Wie hübsch", sagte sie und sie trafen bald auf chinesische Funktionäre, die das Traumpaar erkannten und herzlich begrüßten.
Dann wurden sie von ihnen im Garten herumgeführt und zu einem üppigen, chinesischen Essen eingeladen.
Den Ausklang des warmen Apriltages bildete eine Einladung in die chinesische Botschaft in Nordberlin in einer Woche.

Zum Abschied ließ der chinesische Botschafter das Traumpaar noch wissen, dass sie jederzeit herzlich eingeladen seien zu einem Besuch in China. Heli und Waldemar waren wieder hocherfreut über die Ehre und versprachen, der Einladung so bald wie möglich Folge zu leisten.

BB und WW hatten sich den ganzen Tag über wieder an die Fersen der beiden geheftet, doch diesmal blieben sie in weitaus diskreterer Distanz.

Berlin, Allround- Corporation, Alexanderplatz, Konferenzsaal, 3. April 3000:

Hermann Gorsky war wieder einmal äußerst unzufrieden.

Zusammen mit BB und WW besprach er die vertrackte Situation um den verschwundenen Alien.
„Wochenlang haben wir die gesamte Allround-Corporation auf den Kopf gestellt, alles nach ihm abgesucht, aber: Nichts, nichts, nichts!" fluchte der Schnauzbart und ließ seine mächtige Faust auf die Tischplatte niederfahren. Zum Glück war sie aus Acryl.

„Ich frage mich, ob die Amis nicht inzwischen heimlich beim „Gewissen" eingedrungen sind, und uns das Lichtwesen nach Amerika entführt haben - mit Hilfe von Professor Kallimachos´ Alien womöglich!" mutmaßte Gorsky laut.
„Ja, unser Ableger könnte sich wieder mit der Leuchtkugel von Kallimachos vereinigt haben, und beide sind dann wieder in die Schatulle zurückgehüpft", meinte Beatrix lebhaft.
„Und alle Agenten haben sich danach sofort wieder nach Amerika versetzen lassen, ohne dass wir etwas davon mitbekommen haben", mutmaßte auch Willi mit Schaudern.
„Hm", sagte Gorsky und brummte.

„Wer weiß, was die Amis mit ihrem Alienprofessor noch alles gegen uns aushecken, wir müssen auf der Hut sein, Hermann", warnte Willi und hob den Zeigefinger.

„Nein, nein, die Amerikaner haben genug eigene Probleme, möglich, dass dieser Verräter Kalinsky schon öfter bei Miguel Hernandez drüben in Washington war, aber dann haben die doch Dringenderes zu besprechen, als sich um uns zu kümmern", meinte Gorsky und wischte den Einwand beiseite.

„Außerdem ist ihr Alien genauso friedlich wie unserer, der greift keine Menschen an, dem wohnt keine Eroberungslust inne, der rettet höchstens Menschen aus der Not, so wie die vier „Großen K", als er sie aus unseren Klauen gerettet und nach Washington versetzt hat; vor dem amerikanischen Alien brauchen wir keine Angst zu haben ... Das wird den Amis nicht gelingen, das Wesen zu Eroberungszügen zu verleiten", setzte Gorsky auseinander.
„Die können froh sein, wenn es sich bereit erklärt, die dringendsten sozialen Probleme in den USA zu lösen, die Gewaltkriminalität zu bekämpfen; zum Beispiel, indem der Alien die Gangsterbanden zerschlägt, indem er sie ins Gefängnis versetzt oder in unwirtlichen Gegenden ansiedelt ..."

„Genossen, falls unser Alien doch noch irgendwo auftauchen sollte, dann müssen wir ihn zur Sicherheit sofort nach Peking schaffen, zu unseren Verbündeten", dozierte Gorsky.

BB und WW nickten eifrig.

„Was soll eigentlich weiterhin mit Heli und Waldemar geschehen?" fragte BB.

„Die sind bedeutungslos geworden, kein Mensch in Berlin interessiert sich mehr für sie, alle fragen nur noch nach dem Alien. Außerdem habe ich ihnen alle Kompetenzen entzogen, auch die der Repräsentation des Staates, diesem lächerlichen „Weltpräsidentenpaar", sagte er verächtlich.
„Die können uns also nicht mehr gefährlich werden, ich werde sie auch aus ihrem Luxusbungalow ausquartieren lassen, wenn nicht endlich der Alien wieder auftaucht und Verbindung mit dem „Traumpaar" aufnimmt, wie er es versprochen hat", schnaubte der „kleine Stalin" wütend.

„Und ein weiteres Problem sind die vielen Grenzdurchbrüche, die Grenzen sind auch noch nicht hinreichend abgesichert. Ich werde Marion von Reitzenstein Beine machen, wenn sie das nicht in den Griff kriegt", sagte Gorsky erregt.

Da bekam er die Meldung, Heli und Waldemar seien auf dem Sprung in den Volkspark Friedrichshain.
„Aha, diese sentimentale blonde Venus auf Abwegen zieht es bestimmt wieder zu ihrem kitschigen Märchenbrunnen; also los, ihr beiden: Verfolgung aufnehmen, beobachten und berichten, klar? Abmarsch!" befahl er.
BB und WW nahmen Haltung an und setzten sich flugs in Bewegung.

Helis Melancholie über die Lethargie von Kalinsky und Präsident Hernandez nahm von Tag zu Tag zu.
Heute wollte sie sich tatsächlich mit einem befreienden Gang zum Märchenbrunnen trösten, ihrer Zufluchtsstätte aus glücklichen Kindertagen.

Das Paar schlenderte ausgelassen über die romantischen Spazierwege und die verschlungenen Hügelpfade im Volkspark Friedrichshain an diesem herrlichen Frühlingstag.

Kurz besuchten sie Heidruns Grab auf dem Hügel, dann aber wollten sie fröhlich sein. Sie ignorierten die Heroen-Denkmäler aus der untergegangenen DDR, die nun allerorten wieder entstaubt und aufgeputzt wurden. Spanische Interbrigadisten und polnische Soldaten wurden da geehrt.
Überall waren Wachen im Park aufgestellt.

Heli und Waldemar passierten zahlreiche Bänke mit verliebten Pärchen, kamen am Jogging-Terrain vorbei, passierten die Skaterbahn, den Trimm-dich-Parcours, den Beachvolleyballplatz und den Kletterwall. Auf einmal herrschte wieder überall ein fröhliches Treiben.
Niemanden schien die Einzäunung Norddeutschlands mehr zu stören.

Doch endlich kam das Paar nach vielen turbulenten Umwegen am Eingang zum Märchenbrunnen an: Das Tor, das von zwei Mauersäulen mit Engelfiguren flankiert war, war offen.

„Da ist er ja, mein putziger, kleiner Brunnen", rief Herlinde begeistert und sprang mit Waldemar in die 34 Meter mal 54 Meter große Brunnenanlage, die im Stil des Neobarock angelegt worden war, übermütig hinein.
Heli hechtete begeistert zu dem in vier flachen Kaskaden angelegten Wasserbecken, das eine größere und neun kleine Fontänen enthielt, dazu sieben wasserspeiende Frösche, von denen einer als Froschkönig hervorgehoben war.
Heli hüpfte begeistert wie ein kleines Mädchen, als sie sah, dass das Wasser überall schon wieder lief und alles fröhlich sprudelte. Jauchzend zog sie ihre Stiefel und die Söckchen aus, warf alles vor den Brunnenrand und watete und

plantschte mit den Füßen fröhlich im frischen, seichten Wasser. Waldemar schaute mit amüsiertem Gesichtsausdruck zu und ließ sie gewähren.

Nach Osten wurde das Wasserbecken der großen, vierstufigen Brunnenanlage durch halbkreisförmige Arkaden abgeschlossen, in neun ihrer Öffnungen standen steinerne Schalen, jede mit zwei Hundeköpfen verziert. In geringer Entfernung hinter den Arkaden befand sich ein kleinerer, kreisrunder Brunnen mit Fontäne, der Delfinbrunnen, so benannt wegen der Wasserspeier an seinem Rand.

Doch nun endlich stieg Heli aus dem Wasser und widmete sich ihren geliebten Märchenfiguren, den zehn Plastiken mit Grimmschen Märchenfiguren auf dem Beckenrand des Brunnens, mit denen neun bekannte Märchen der Gebrüder Grimm interpretiert wurden: Hänsel und Gretel waren gleich mit zwei Skulpturen vertreten. Heli schritt alle Figuren der Reihe nach ab. Jetzt den gestiefelten Kater, Hans im Glück, die sieben Raben, Aschenputtel, dann stand sie vor Rotkäppchen, der böse Wolf schaute lauernd zu ihm auf.

Schließlich sah Heli lächelnd zu Brüderchen und Schwesterchen auf, dann zu Schneewittchen und den sieben Zwergen, letztendlich zu Dornröschen.
Waldemar begleitete Heli auf ihrer Freudestour.
„Welche ist nun deine Lieblingsfigur?" fragte er sanft und berührte Helis langen Schwanenhals.
Sie sah ihn an und lächelte verzückt.

„Aschenputtel!", sagte sie entschieden.

„Ich war zwar schon einmal so eine Art „Königin von Berlin", und sogar von der ganzen Welt, doch heute fühle ich mich eher wie das graue Aschenputtel, denn ich bin tief gesunken, daher fühle ich mich viel mehr zu dieser degradierten Dienstmagd hingezogen", sagte sie feierlich, schlenderte zu der Steinskulptur zurück und umarmte das arme Aschenputtel, das mit trauriger Miene seine Schüssel umklammert hielt, in der es die Erbsen lesen musste.
Überwältigt vor Rührung wollte Herlinde die Figur gar nicht mehr loslassen.
Tränen liefen Heli über die Wangen. Waldemar lief zu ihr hin und nahm sie tröstend in seine Arme.

„Oh, Waldo, ich bin ein Nichts, keiner beachtet mich mehr, ich bin eine Ausgestoßene, eine verlachte Witzfigur, wie sie hier!", sagte sie und deutete traurig auf das arme Aschenputtel.

„Das kann sich aber auch bald wieder ändern, Herlinde, du kannst wieder zur Königin aufsteigen, bald schon, zum Beispiel in China“, sagte er beschwörend.

Die Menschen im Park wurden aufmerksam auf das Paar, strömten herbei und machten Fotos von der an der Aschenputtelfigur festgeklammerten Heli.

Sie ignorierte den Auflauf der Leute.

„Warum sind wir nicht doch lieber in Amerika geblieben, mit all unseren Freunden, mit Kalinsky und der Präsidentenfamilie, Waldo“, sagte sie wehklagend.
„Ich glaube, es war doch ein kapitaler Fehler von uns, nach Berlin zurückzukehren, hier werden wir von aller Welt verachtet, von Gorsky und sogar von den Leuten im Park“, sagte sie und trocknete ihre Tränen.

„Aber unsere chinesischen Verbündeten verachten uns doch nicht, Helichen, die sind wirklich unsere Freunde, hast du nicht bemerkt, wie gut sie dich gestern im chinesischen Garten in Marzahn behandelt haben? Sie haben voller Faszination deine blonde Mähne bewundert, der chinesische Botschafter war hingerissen von deinem Charme und deiner Ausstrahlung, und deiner Intelligenz! ... Für sie bist du etwas ganz Besonderes, Liebling, wir werden unser Glück neu versuchen, in Peking! Da werden wir noch geschätzt, du wirst sehen, das bringt ein bisschen Abwechslung in unser eintöniges Leben“, ratterte Koslowski verzweifelt seine tröstende Tirade herunter.

Heli ließ Aschenputtel los, Waldemar löste sich von Heli. Sie schüttelte ihre von den Fröschen nassgespritzten, klitschnassen Sauerkrauthaare, nahm ihre Stiefel und die Socken und versuchte, ihre Kleidung zu trocknen.

Eigentlich wirkte der Stadtpark auf Heli immer wie eine Befreiungsmaschine, doch heute funktionierte nicht einmal mehr dieser Trick. Ihre melancholische Stimmung war heute einfach zu groß.

„Und dann ertrage ich nicht mehr diese ewige Nachschnüffelei von Beatrix und Willi! Ich habe sie eben schon wieder in den Nischen der hohen Hecken am Eingangsweg des Parks gesehen, diese Pest!“ fluchte Herlinde.

„Gar nicht erst ignorieren, diese Ersatzgruselgestalten, die hier in Vertretung von Rübezahl und Frau Holle aufgestellt wurden“, sagte Waldemar scherzend, in der Hoffnung, Heli aufzuheitern.

Heli aber packte zähneknirschend einen ihrer Stiefel, lief damit zu dem heckengesäumten Weg seitlich des Märchenbrunnens, wo sie die lästige

Beatrix entdeckt hatte, die sich in der Aushöhlung der Hecke versteckt hielt, und schleuderte den Stiefel wie ein Wurfgeschoss nach ihr. Bea duckte sich rechtzeitig und blieb heil.

Die Parkbesucher eilten zu der spannenden Szene und knipsten wieder eifrig ihre Fotos.

„Warte Heli, du bist ja noch ganz tropfnass", rief ihr Waldemar hinterher und folgte ihr mit dem Handtuch in der Hand.

Die gaffenden Zuschauer lachten und einer rief: „Hey, das ist doch dieses komische Paar, das im Fernsehen live zusammen mit dem Alien verschwunden ist, damals in der Allround-Corporation!"
Heli bemerkte unwillig die Störenfriede, hob ihren anderen Stiefel auf und schleuderte ihn auf die Menge mit den Worten: „Das war noch gar nichts – aber wenn ihr nicht auch gleich verschwunden seid, dann gibt es Ärger!" -
„Achtung, hier kommt Aschenputtels goldener Schuh geflogen!" rief sie, und ein Mann fing den Stiefel begeistert als Souvenir auf.
„Das ist ja dieses exzentrische „Weltpräsidentenpaar", sagte eine Frau mit Kennerblick.
„Ich will unbedingt ein Autogramm von den beiden!", rief sie.
„Au ja, ich will auch eins!" sagte eine andere Stimme.
„Genau, die beiden sind ja beinahe noch Prominente!" sagte ein anderer Mann.
„Herr Kowalski, bitte ein Autogramm!" schrie ein Mann und rannte zu Waldemar.

Waldemar ging zu Heli und trocknete sie weiter mit dem Handtuch ab.

„Na, mein Fischmund-Aschenputtel, verstehst du jetzt, was ein Autogramm ist?" –
„Ja", sagte Heli, „aber noch besser verstehe ich, was ein Fußtritt ist, Waldo! Hole mir doch bitte einen der Stiefel zurück, damit kann ich diesen lästigen Mistkerl besser treten", bat sie.
Die Menge lachte und verewigte die ganzen skurrilen Parkszenen mit ihren Fotomaschinen.
„Aber nein, Herlinde, das sind doch deine Fans, tu ihnen also den Gefallen und gib ihnen dein Autogramm", sagte Waldemar beschwichtigend.
„Na schön", sagte sie seufzend und begann zu schreiben.
Überrascht stellte das Paar fest, dass viele Chinesen unter den Autogrammjägern waren.
„Und sag´ nicht `Herlinde` zu mir", sagte sie barsch zu Waldemar.
Ein vorwitziger Chinese wollte, dass Heli sein Autogramm mit „Fischmund" unterschrieb.

Sie setzte eine vernichtende Miene auf.

Eine andere Chinesin verlangte sogar, dass Heli das Autogramm mit „Aschenputtel vom Märchenbrunnen" unterschrieb. Sie drängte derart und so lange, dass Heli sie nicht abweisen konnte.
Resignierend unterschrieb sie, wie es von ihr verlangt wurde.
Unzählige Fotos wurden von ihr gemacht.

In dem Augenblick kam eine Gruppe singender und Fähnchen schwingender Kinder in blauen FDJ-Hemden mit gelben Halsbinden vorbei.

„Oh, schau mal, Waldo, da kommen wieder die FDP-Kinder an!", rief Heli.
„Ach, sind die niedlich angezogen!"
„Nein, nicht FDP, das heißt „FDJ", mein kleiner unwissender Fischschwarm", korrigierte Waldemar lachend.
„Gorsky, China und FDJ" sangen sie, da ergänzte Koslowski, indem er lästernd mitsang: „All das ist der reinste Schrott!"
Die Kinder lachten und scharten sich um ihn und Heli. Sofort löste sich der geordnete Kinderpulk auf und ging Heli um Autogramme an.
Als sie alle Kinder zufriedengestellt hatte, zogen sie in geordneten Reihen wieder ab.
„Sag mal, Waldo: Was bedeutet denn eigentlich „FDJ"?" fragte sie.

„FREIE DEUTSCHE JUDEN", was denn sonst?" sagte Waldemar indigniert.

Die Zuschauer lachten sich eins und einige dirigierten Heli an den Märchenbrunnen zurück.
Sie bestanden darauf, dass sie sich wieder auf den Brunnenrand zu den Märchenfiguren setzte.
Von der einen zur anderen schleppten sie Heli, und machten ihre Fotos.
„Halt, halt, erst meine Stiefel!" bat Heli.

Zwei Männer brachten sie ihr sogleich dienstbeflissen zurück und hielten sie ihr hin. Heli wollte sie anziehen, doch die Männer wollten sie von ihr signiert haben mit Helis Namenszug, und die Stiefel dann also offensichtlich behalten. In dem hastigen Gewimmel blieb ihr nichts anderes übrig, als „Herlinde Kopter" auf die weißen Lederstiefel zu schreiben, die von den Männern dann auch sogleich dankbar mitgenommen wurden. Dasselbe geschah mit Helis Socken, die zwei Mädchen aufgehoben hatten und ihr ebenfalls zur Signatur hinhielten.
Heli saß inzwischen wieder auf dem Brunnenrand, und barfuß schrieb sie auch etwas entgeistert ihren Namen auf die Socken. Die beiden Teenagermädchen bedankten sich artig mit einem Knicks bei Heli und nahmen die Socken als Souvenir mit.

Ein Mann griff beutegierig nach Helis Gürtel und löste ihn von ihrem weißen
Frühlingskleid.

„Halt, halt", rief Waldemar lachend, „nun ist es aber genug, weiter können wir
nicht gehen mit dem Ausziehen, denn das hier ist ja schließlich kein FKK-
Gelände", fuhr er dazwischen, doch der Mann war schon mit dem Gürtel
verschwunden.

Es war ein flinker Chinese.

Das Blitzlichtgewitter der Schaulustigen war gewaltig. Heli schirmte mit der
Hand ihren Kopf so notdürftig ab wie möglich.
„Als Kölnerin solltest du eigentlich hoch oben auf dem steilen Rheinfelsen
sitzen, statt hier auf dem flachen Märchenbrunnen, meine kleine Lorelei",
sagte Waldemar lachend und küsste sie, setzte sich zu ihr vor die
Aschenputtel-Skulptur, umarmte sie.
Die Leute lachten.
„Waldemar, nun schau dir das an", sagte sie lachend.
„Was denn?"
„Die Märchenfiguren auf dem Brunnenrand haben viel mehr Kleidung an als
ich", sagte sie kichernd.

Die Leute lachten wieder und stellten dem Paar lauter neugierige Fragen:
„Wie war es in Amerika?", oder: „Werden Sie beide bald nach China
reisen?", oder: „Wie würden Sie Ihre derzeitige politische Position und Ihre
gesellschaftliche Stellung in der NSR bezeichnen?"

Dank des freundschaftlichen Stimmungsumschwunges beantworteten Heli
und Waldemar gelöst alle Fragen der Parkbesucher, soweit es ihnen möglich
war. Dann gingen sie nach Hause.
„Was sagtest du noch vorhin? Keiner würde dich mehr beachten?" fragte er
lachend.
Heli grinste.
„Anscheinend hat man uns doch noch nicht ganz vergessen; immerhin haben
wir noch genügend Wert für die Klatschspalten ... Die Bevölkerung steht
hinter uns", sagte er befriedigt.
„Du hattest Recht: Der Märchenbrunnen bringt dir Glück", sprach er
versonnen.
„Hierher werden wir also noch des Öfteren zurückkehren!"
„Waldemar, was bedeutet denn nun eigentlich „FDP"?", fragte Heli nun im
Gehen.
„Das gibt es doch irgendwie auch, nicht wahr?"

„Na, „FRONT DEMOKRATISCHER PYGMÄEN" natürlich", antwortete er bissig.
„Du weißt aber auch wirklich rein gar nichts", wetterte er.

Allround-Corporation, Berlin-Mitte, geheime Suite von Heli und Waldemar, 10. April 3000;

Heli räkelte sich am frühen Morgen behaglich in ihrem Luxus-Himmelbett.

Da ertönte ein elektronischer Summton von der Acryltür her. Heli rieb sich schlaftrunken die Augen und ging im Nachthemd öffnen. Waldemar sprang auch auf und blickte ihr, auf der Bettkante sitzend, versonnen nach.
„Nanu, wer kann das sein, so früh?", sagte sie und öffnete.
Draußen stand Gorskys Agentenpaar in seinem schwarzen Overall-Dress mit dem grünen „G" am Revers.
„Nanu? Habt ihr beide euch verlaufen?"
„Ja, was gibt es denn so Dringendes?" fragte Heli erstaunt und ließ BB und WW herein.

„Tut mir Leid, meine Guten, aber der Big Boss hat uns gerade Anweisungen gegeben, euch den Räumungsbefehl zu übergeben: Wir müssen euch leider ausquartieren aus eurer Luxusbleibe", sagte Beatrix, überraschenderweise ganz ohne Hohn in der Stimme, sogar eher mit ehrlichem Bedauern.
„Sofort?" fragte Heli verstört.
„Und warum eigentlich?"
Waldemar trat zu ihnen hinüber.
„Aha, wir sind für den verehrten Herrn Schnauzbart nicht mehr von Nutzen, ich verstehe", höhnte Koslowski.
„Weiß ich nicht", sagte Willi, „ihr hab's fei scho noch Zeit, eure Sachen bis übermorgen zu packen, dann werdet ihr umquartiert nach Marzahn", sagte er sachlich, auch ohne Häme, doch trotzdem mit ein bisschen Genugtuung in der Stimme.
„Naja, wenigstens kommen wir nicht gleich in die Justizvollzugsanstalt Plötzensee", sagte Heli und rieb sich schläfrig die Augen.
„Noch nicht", korrigierte Koslowski ätzend.
„Aber das könnte durchaus schon bald die nächste Station für euch sein, wenn ihr nicht aufpasst", sagte Beatrix warnend und lächelte.
„Dann wird die „Rote Marion" wohl meine Wächterin?" fragte Heli patzig.
„Nein, so tief ist sie dann trotz allem doch noch nicht gesunken", sagte Willi lächelnd.

„Beeilt euch jetzt bitte mit dem Anziehen, die Chinesen wollen euch sehen, ihr seid eingeladen zu wichtigen Besprechungen im Telecafe, in einer halben Stunde schon geht's los", sagte Beatrix geschäftig.
Na, das ist immerhin ganz in der Nähe", sagte sich Heli zum Trost.

„Eure Fotosession vor einer Woche am Märchenbrunnen mit der „Stiefelszene" ist um die Welt gegangen, auch die „Aschenputtelszene" fand wohlwollende Beachtung", sagte Beatrix lachend.

„Eure plötzliche, allerorten wiederaufkeimende Beliebtheit in der Öffentlichkeit ist dem guten Hermann sauer aufgestoßen", sagte Willi mit breitem Grinsen.
„Unser Chef ist sauwütend darüber, dass auf einmal die ganze Welt wieder nach euch beiden fragt, und er wird fast gar nicht mehr beachtet", sagte der stämmige Bayer lachend.
„Aha, daher weht der Wind – deswegen unsere Umquartierung", sagte Heli trocken.
„Genau, und dass euch die Chinesen weiterhin so eifrig hofieren, das passt dem guten Hermann schon gar nicht", sagte Beatrix und lachte wieder.
„Nun – die Strafe dafür ist die Vertreibung aus dem Paradies", sagte Waldemar und zog sich rasch an.

Telecafe im Fernsehturm, Berlin-Mitte, etwa eine Stunde später;

Mit einer ganzen chinesischen Delegation standen Heli und Waldemar auf der Aussichtsplattform des Fernsehturms von Berlin-Mitte und ließen in 203 Meter Höhe den Blick über Berlin schweifen. Heute, bei diesem herrlichen Frühlingswetter hatten sie ausgezeichnete Fernsicht und konnten bis zu 40 Kilometer weit sehen.
Danach stiegen sie alle die Wendeltreppe hinauf zum Telecafe, das sich nur vier Meter über der Aussichtsplattform befand. Die besondere Attraktion am Telecafe war, dass es sich in einer halben Stunde einmal um die eigene Achse drehte. Man konnte also dauernd wechselnde Blicke auf ein jeweils anderes Stück von Berlin genießen.

Sie betraten die langsam rotierende Plattform des Telecafes.

„Die Aussicht ist heute wirklich gut, wir haben Glück gehabt", sagte Heli begeistert zum chinesischen Botschafter.

„Kein Wunder, mit seinen 368 Metern Höhe ist der Turm ja auch das höchste Bauwerk von Berlin", sagte der Botschafter lächelnd auf Deutsch.

Die Sonne schien auf die verspiegelte Kugel, in der sich das Telecafe befand.

„Das Volk von Berlin hat diesem Fernsehturm vor Urzeiten mal einige hübsch-subversive Spitznamen gegeben", sagte Waldemar zu Heli und den Gastgebern.
„Telespargel" wurde er genannt, oder „Imponierkeule", auch „Protzstengel", sagte er lachend.
Auch der chinesische Stadtkommandant von Nordberlin lachte amüsiert.
Sie saßen zu sechst direkt an dem kreisrunden, verspiegelten Panoramafenster aus Acryl, Heli und Waldemar und die vier Chinesen. Ein Ober brachte die Speisekarte. Heli schlug sie mit Schwung auf.
„Oh, Waldemar, meine Herren, stellen Sie sich vor: Sogar die Beilagen sind verlockend; es gibt wieder echtes Känguru-Baguette zu essen!" rief sie mit Entzücken aus.
„Oder hier: das Gericht „St. Hermann"; bin neugierig, was das ist", rief Waldemar Koslowski aus.
„Sankt- was? Hermann? Göring?" fragte Heli.
Waldemar lachte laut.
„Nein, Gorsky natürlich – vermute ich jedenfalls!", korrigierte er munter.
Die vier Chinesen lachten vergnügt.

Heli kaufte bei einem durchschreitenden Zeitungshändler eine Zeitung. Sie legte den „Berliner Ver-Volksboten" auf den Tisch.

„Friedensengel Heli beliebt beim Volk wie lange nicht mehr", las sie still.

„Du siehst heute wirklich „intelligant" aus, meine kleine Aschenputtel-Königin", sagte Waldemar zu ihr.
„Was hast du da eben gesagt? „Intelligant"?", fragte sie verwundert und schaute von ihrer Zeitung auf.
„Ja, immer wenn ich ausdrücken will, dass jemand intelligent und elegant zugleich ist, dann ziehe ich der Einfachheit halber die beiden Adjektive gewöhnlich zusammen zu dem Kunstwort „intelligant", sagte Waldemar lachend, „das ist so eine Marotte von mir", gestand er.
„Haha, wirklich sehr originell, Waldo", gab sie zu und lachte.
„Steht dir gut, das lindgrüne Samtkleid und die weißen Lackstiefel", lobte er.
„Ah ja, danke, und deswegen bin ich also „intelligant", ich verstehe", sagte sie und lachte.
„Aber verschenk die neuen Stiefel nicht wieder an irgendwelche Souvenir-Jäger, hörst du?", schärfte er ihr ein.

„Nein, diesmal verlange ich Geld dafür, denn wir sind inzwischen fast pleite", raunte Heli neckisch, aber durchaus auch mit ernstem Gesicht.
Die Chinesen grinsten.

Da reichte ihr der chinesische Stadtkommandant von Nordberlin, Herr Kung Fong, mit freundlicher Miene eine weitere Zeitung herüber.

„Ich habe für Sie sogar die „Berliner Mauerschau" aufgetrieben, Fräulein Herlinde, falls Sie daran interessiert sein sollten", sagte er feierlich und verbeugte sich leicht.
„Nanu, was ist denn das für eine Zeitung?", fragte sie verwundert.
„Von der habe ich ja noch nie gehört", bekannte sie lachend und vertiefte sich in die Schlagzeile.
„Oh, das ist ein Südberliner Boulevardblatt, das es erst seit Kurzem gibt", sagte Herr Kung Fong und lächelte verschmitzt.
„Oh, vielen Dank, Herr Kommandant", sagte sie hocherfreut, „ich sehe, dass man auch darin über mich schreibt", und sie las für Waldemar ihre persönliche Schlagzeile vor:

NORDDEUTSCHE MÄRCHENBRUNNENNIXE HELI ENTTÄUSCHT SÜDDEUTSCHE BEVÖLKERUNG:

DER ANGEBLICHE FRIEDENSENGEL DER „NSR" TAUCHT IN TRÜBE; SOZIALISTISCHE GEWÄSSER AB!

Die gebürtige Kölnerin verweigert sich dem Dialog mit ihren süddeutschen Landsleuten!

Manfred Kalinsky, Regierungschef der DDB, beklagt Schweigen seiner ehemaligen Chefprogrammiererin von der „Allround-Corporation", dem Ministerium für Weltkoordination in Berlin-Mitte –

Was wird nun aus dem „Gewissen"? -

Saarbrücken ist ratlos!

„Unglaublich, was die für einen Blödsinn über mich schreiben!", rief Heli indigniert aus und schob die Zeitung weit von sich fort.
„Nicht wahr?", sagte der Chinese lächelnd.
Da plötzlich hörte Heli Sarah Salamander singen. „Der Hund hat mir ein Lied gebellt ..."

Sie sprang auf.

„Hört ihr? Das ist das Lied von Sarah Salamander! Wo ist sie?“
Heli ging suchend im runden Telecafe umher.
„Heeeliieh, bleib hier, das ist doch nur eine Aufnahme, das Lied kommt vom
Band“, rief ihr Waldemar ärgerlich hinterher.
„Tatsächlich, es kommt hinter einer Wand hervor ...“, sagte sie schließlich
und setzte sich wieder hin.
„Übrigens, ist es dir schon aufgefallen, Waldo: Zu keinem Zeitpunkt unseres
Aufenthaltes in Washington habe ich Sarah Salamander gesehen, merkwürdig,
nicht? Wir waren so sehr mit anderen Dingen beschäftigt, dass ich ihr Fehlen
gar nicht bemerkt habe“, sagte Heli aufgeregt.
„Ja ... du hast Recht, Herlinde, ich frage mich auch, wo die nur abgeblieben
ist, wo sie doch angeblich eine amerikanische Agentin ist?“, fragte nun auch
Waldemar alarmiert.

Heli saß direkt an der Panoramaglasscheibe und wurde durch den Anblick auf
die neue Berliner Mauer abgelenkt, die jetzt überdeutlich in Sicht kam.

„Hey, Leute, da unten ist Südberlin, dort in der Ferne – ich kann direkt den
Tempelhofer Park erkennen“, rief sie begeistert aus.
„Und dort drüben liegt Lankwitz! ... Und dort Kreuzberg!“
„Möchten Sie gelegentlich mal zurück nach Südberlin, oder zu Herrn
Kalinsky nach Saarbrücken, Ihrem ehemaligen Chef und Freund?“, fragte
Herr Kung Fong Heli plötzlich mit einfühlsamer Stimme.

Sie war alarmiert.

Das könnte eine Falle sein, dachte sie sich gleich.

„Wäre dies denn politisch denkbar, wünschenswert, oder durchführbar?“,
fragte sie diplomatisch vorsichtig und lächelte ausdruckslos.
„Warum nicht? Wenn Sie bereit sind, für uns im Gegenzug Informationen
über die Funktionsweise von Professor Kallimachos´ Alien einzuholen und
uns zu geben“, bot der chinesische Stadtkommandant lächelnd an.

Aha, daher weht der Wind, dachte Heli enttäuscht.

Der Besuch konnte natürlich kein harmloser Plausch zum gegenseitigen
Kennenlernen sein! Leistung gegen Gegenleistung. Gibst du mir, so geb´ ich
dir. So war das eben im Leben. Im Grunde war Heli den Chinesen gar nicht
böse. Ich habe auch kein Recht dazu, dachte sie selbstkritisch. Denn die armen
Asiaten standen ja auch selber unter Zugzwang, denn sie mussten sich vor
ihrer Regierung in Peking rechtfertigen.
Präsident Tscheng Tschong fühlte sich mit Recht von diesem Schatullenwesen
bedroht, dessen unheimliche, außerirdische Macht seine Diplomaten und

Politiker ja schon im Pentagon in Washington zu spüren bekommen hatten!
Ich war ja selbst Zeugin davon, dachte Heli mit Schaudern.
Waldemar schaute Heli beunruhigt an.

„Was ist das nur für eine Kreatur, Fräulein Herlinde? Woher bezieht sie ihre
Kraft?" fragte Kung Fong.
„Oh, glauben Sie mir, mein kleines Fräulein: Es tut mir wirklich Leid, so in
Sie dringen zu müssen", sagte der Chinese betrübt, als er Helis ängstlichen
Gesichtsausdruck bemerkte.

„Aber ich stehe auch selbst so unter dem Druck meiner Regierung; daher wäre
ich so erleichtert, wenn ich wenigstens einige rudimentäre Hinweise auf
dieses seltsame Alien-Wesen von Ihnen oder Ihrem Freund, Herrn Koslowski,
bekommen könnte", klagte er sich freundlich aus.
Da Heli zu Recht bedauernd ihre völlige Ahnungslosigkeit beteuerte, griff ein
anderer Chinese ein.
„Herr Koslowski, Kamerad Koslowski, wie funktioniert der Transfer von
Menschen durch den Alien über weite, geografische Räume? Wissen Sie
eventuell was darüber?", fragte der chinesische Botschafter und beugte sich zu
Koslowski vor.
„Sind Sie eventuell Zeuge weiterer solcher Menschenversetzungen in
Amerika geworden? Und was haben die Amerikaner vor? Werden sie die
Kraft des Alien gegen China und seine Verbündeten einsetzen?", fragte er
eindringlich, aber höflich und ohne erpresserischen Druck.
„Es tut uns ja wirklich Leid, so prosaisch und brutal zur Sache zu kommen,
glauben Sie uns, liebe Genossen, aber wir haben Anweisungen von oben",
sagte Herr Kung Fong ratlos und gehetzt und ließ schlaff die Arme über die
Stuhllehne hängen.
Heli freute sich darüber, dass die beiden Diplomaten nicht die gewaltige
Machtkonzentration in ihren Händen missbrauchten und trotz ihres Dilemmas
weiterhin so menschlich reagierten.
„Tut uns wirklich Leid, liebe Genossen, aber wir können euch auch nicht
mehr sagen, als dass dieser Alien uns hin- und herversetzt hat, von einem Ort
zum anderen. Dazu müssten wir Professor Kallimachos befragen, aber der ist
ja in Amerika", sagte Koslowski wahrheitsgemäß und erschöpft.
„Er allein kann dieses Lichtwesen steuern, aber auch das offensichtlich nur bis
zu einem gewissen Grad", bestätigte Heli.
„Glauben Sie uns bitte, wir würden Ihnen so schrecklich gerne helfen, wenn
wir nur könnten", sagte Heli mit einem traurigen Blick zu den vier Asiaten.

„Und wie erklären Sie es sich, verehrte Genossen Heli und Waldo, dass unser
hiesiger Alienableger in der Computerabteilung der Allround-Corporation
sich so unkooperativ zeigt, indem er sich heimlich davongemacht hat?"
insistierte Herr Kung Fong.

„Das Lichtwesen selber war es doch, das darauf bestand, dass Sie beide nach Berlin zurückkehren sollten, damit es mit Ihnen Kontakt aufnehmen kann? Wissen Sie eventuell, wo sich „unser" Alien befindet, Kameraden?" fragte der Botschafter.
Heli und Waldemar konnten nur bedauernd verneinen, und man sah den Chinesen an, dass sie dem aufrichtigen Paar auch glaubten, obwohl sie natürlich sehr enttäuscht waren.

Es kam zu keinen weiteren Befragungen an diesem Tag, und schließlich einigte man sich darauf, in freundschaftlicher Verbindung zu bleiben. Sie lachten, tranken und genossen ihr Essen, dann ging man zusammen auf einen Sprung in die neuerrichtete, chinesische Botschaft „Unter den Linden".

Auch dort wurde es noch ein langer, feuchtfröhlicher, geselliger Abend mit chinesischen Filmen und chinesischer Musik.

<u>**Kapitel XXV: DER ALIEN HAT DAS LETZTE WORT**</u>

Die eigenen, deutschen gesellschaftlichen Veranstaltungen und Vergünstigungen schnürte der grimmige Gorsky seinem Traumpaar in den nächsten Tagen alle kurzerhand ab.

Am 15. April wurden sie im schlechtesten Quartier von Marzahn einquartiert!

Es wurde offensichtlich absichtlich schäbig für sie hergerichtet.

Alles wurde ihnen demnächst entzogen.

Jeder ließ die beiden fallen – auch die Chinesen.

Es erfolgte keine Einladung mehr in die chinesische Botschaft oder ins chinesische Kulturinstitut, nichts! Offenbar war das einstige Traumpaar für niemanden mehr von Nutzen, weder für Gorsky noch für sonst jemanden.

Waldemar und Heli waren durch die Dürftigkeit ihrer Mittel gezwungen, sogar ihren Kleidungsstil zu vernachlässigen.

Am 21. April wollte Heli ins Kino gehen, um wenigstens für kurze Zeit dem Trübsinn des grauen Alltags zu entgehen.

„Schauen wir uns doch den Film die „Beuterei auf der Mounty" an, Liebling", schlug sie vor.
„Es gibt ein ganz neues Geruchskino unter den Linden, das wird bestimmt ganz toll", sagte sie voller Elan.
„Tut mir Leid, meine kleine Lorelei, wir haben kein Geld mehr dafür", sagte er traurig.
„Die teuren Karten können wir uns nicht leisten."
Heli seufzte.
„Dann gehen wir eben zum Märchenbrunnen zurück", sagte sie leise.
„Vielleicht bekomme ich von Hans im Glück eine Inspiration, eine Art von Trost zumindest".
„Ausgezeichnet, mein Fischmund", lobte Waldemar und kraulte ihr das Kinn.
„Das kostet uns wenigstens nichts".

Am Brunnen angelangt, stellten sie verblüfft fest, dass einer der sieben Schneewittchen-Zwerge inzwischen unverkennbar die Gesichtszüge des Staatschefs Hermann Gorsky trug, samt Schnauzbart.

Und sogar einen Marschallstab schwang der Zwerg in der Hand!

Heli lachte müde.
„Na sowas, welcher Witzbold hat sich denn diesen Scherz erlaubt", sagte sie und hustete.
„Ich wette, das Werk hat doch wohl Gorsky selber in Auftrag gegeben! Dem ist nichts heilig, wenn er nur irgendwie glänzen kann, und sei es, als Zwerg", sagte Waldemar schroff.
Heli lachte heiser, dann stöhnte sie, und stützte sich mit den Händen am Brunnenrand auf.

Und flugs übergab sie sich ins Brunnenwasser!

„Heli,was hast du denn?" fragte Waldemar besorgt und stützte sie.
Er half ihr, sich auf den Brunnenrand zu setzen, neben Schneewittchen.
„Ist alles in Ordnung mit dir?" fragte er ängstlich.
„Ja, ja, keine Sorge, Waldo ... Aber, oh, mein Liebling, ich muss dir ein Geständnis machen: Ich bin schwanger!" sagte sie und stöhnte.
Waldemar wurde bleich.
„Was? Oh, nein, das fehlte noch – und das ausgerechnet jetzt, in unserer elenden Situation!", rief er bestürzt aus.
„Ja, es kommt alles zusammen", sagte Heli und lächelte tapfer, sah zu ihm auf.

„Und? Freust du dich nicht wenigstens doch ein bisschen, dass du Vater wirst?" fragte sie doch noch etwas erwartungsvoll.
„Natürlich, Fischmündchen, ich bin glücklich, wir kommen schon durch", sagte er gerührt und küsste sie.
„Oh, wenn du mich weiterhin „Fischmund" nennst, dann weiß ich wenigstens, dass alles in Ordnung ist, Waldo, dass wenigstens du noch seelisch ausgeglichen bist", sagte sie zärtlich.

„Ich verspreche dir, Herlin ... Heli, ich werde dich niemals verlassen, egal, was auch immer geschehen mag, denn ich liebe nur dich, und kann mir daher ein Leben zu zweit nur mit dir allein vorstellen, ob in Armut oder Reichtum", sagte er und streichelte ihre Haare.
Er schaute zu der Schneewittchen-Skulptur hin, um die herum die Sieben Zwerge gruppiert waren.
„Bald werden wir auch so einen kleinen Zwerg haben, ist das nicht herrlich?" sagte Waldemar lächelnd und streichelte ihren Bauch.

Er half ihr auf vom Brunnenrand.

„Nein, zwei", sagte Heli und lächelte unsicher.

Waldemar Koslowski blieb abrupt stehen.

„Was meinst du?" fragte er verwundert.
„Ich sagte, wir werden **zwei** kleine Zwerge haben", sprach sie mit verdruckster Miene.
„Ich erwarte Zwillinge von dir, Waldo", sagte sie und schmiegte sich an ihn.
Sie gingen weiter. Den heckengesäumten Weg entlang zum Ausgang.
„Großer Gott", sagte er.
„Und? Bist du mir sehr böse?" fragte sie samtweich säuselnd und die Sonne schien auf ihr Gesicht.
„Aber Heli, nein, mein kleiner Fischmund, du wirst sehen, unsere Lage bessert sich bestimmt bald wieder ... Denn jedes Blatt wendet sich auch einmal wieder; politische Verhältnisse ändern sich heutzutage im Rekordtempo; du hast ja gesehen, was wir alles seit dem ersten Mai erlebt haben, dem Tag, an dem wir uns kennengelernt haben", sagte er zärtlich und streichelte wieder ihre Haare.

Sie gingen weiter und drehten sich um, um festzustellen, ob das klebrige Agentenpaar wieder in der Nähe wäre.

Doch keine Spur von BB und WW.

„Nun sieh´ dir das an, Liebling: Nicht mal Beatrix und Willi halten es mehr für nötig, uns zu folgen", sagte Heli mit verbittertem Lachen.
„Sei doch froh!"
„Gerade heute wünschte ich mir, sie täten es, denn das würde zumindest bedeuten, dass wir jemandem noch etwas wert sind", sagte sie melancholisch.
„Ja, ich weiß, was du meinst, nun komm", sagte er und schob sie vorwärts.
„Wir werden die Kinder „Schneewittchen" und „Hans im Glück" nennen", schlug er lachend vor.
Heli lächelte ihm ins Gesicht zurück. Glücklich. Zum ersten Mal wieder seit Langem.
„Oder aber: „Brüderchen und Schwesterchen", sagte sie schelmisch.
„Das wäre passender in unserem Fall".
„Du musst immer das letzte Wort haben, Fischmund", sagte er und lachte.

Sie gingen weiter, zurück in ihr schäbiges Zuhause im achten Stock.

Am 25. April regnete es leicht. Trotzdem war das gefallene Traumpaar wieder mal am Märchenbrunnen.

Helis Stiefel leckte.

„Oh, schau, Waldo: Jetzt geht es uns wie Hänsel und Gretel", sagte sie lachend und deutete auf deren Skulpturen.

„Die haben auch keine Schuhe; bald sind wir auch soweit", sagte Heli bitter.

„Ja, sehr passend, wie im Arbeiter- und Bauherrenstaat", antwortete Waldemar sarkastisch.

Heli lachte.

„Noch ein paar Stiefel zu verschenken kann ich mir heute nicht leisten", sagte sie grinsend.

„Wird heute auch wenig Nachfrage danach sein", sagte Waldemar und lachte bitter, indem er sich nach den Parkbesuchern umschaute.

Doch keiner beachtete sie mehr und alle gingen ihres Weges.

Beide stapften zu der Skulptur vom „Gestiefelten Kater".

Waldemar schlang einen Arm um Heli.

„Vielleicht überlässt dir der Gevatter hier leihweise sein Schuhwerk", sagte er lachend.

„Wow, Stiefel aus Stein, das wäre mal eine Sensation!", sagte Heli und schüttelte sich vor Gelächter.

„Die halten wenigstens länger als meine", alberte sie ausgelassen und Waldemar bespritzte ihr Gesicht mit Brunnenwasser.

Sie befühlte die Steinstiefel der Skulptur und greinte vor Ausgelassenheit.

Als es wieder zu regnen anfing, lief das Paar hurtig nach Hause.

Schließlich war es endlich soweit: Es war wieder der 1. Mai geworden!

Heli und Waldemar kannten sich nun seit genau einem Jahr und „feierten" bei sich in der näheren Umgebung, im Chinesischen Garten im Erholungspark von Marzahn.

Beide waren inzwischen noch weiter heruntergekommen und hatten daher naturgemäß nicht viele Mittel zum Feiern.

Wenigstens war das Wetter wieder sehr schön, die Sonne strahlte nur so am „Tag der Arbeit".

Überall in der Stadt ließ Gorsky seine Militärparaden auffahren, die Panzer fuhren unter den Linden und auf der Gorsky-Allee, mit roten Fahnen geschmückt.

Ganz Berlin glänzte im Feiertagstaumel. Zum ersten Mal konnte Gorsky das Brandenburger Tor ganz für seine sozialistischen Zwecke in Anspruch nehmen.

Die ganze Stadt feierte die neue Deutsch-Chinesische Freundschaft.

Heli und Waldemar kümmerte das wenig. Sie hatten nichts mehr davon, bekamen nichts mehr vom Glanz des denkwürdigen Feiertages ab. Hungrig schlichen sie durch den Chinesischen Garten.

„Das teure Fischrestaurant da vorne kommt für uns nicht mehr in Frage, schade, mein kleiner Fischmund – hätte so gut gepasst!", sagte Waldemar und lächelte; er strich Heli über den Karpfen-Mund.
„Nicht mal mehr die billigste Imbissbude können wir uns leisten", sagte sie indigniert und starrte auf die Blütenpracht im Garten.
„Die können wir leider nicht essen, zu streng bewacht, die Blumen", sagte Waldemar mit galligem Humor und zog Heli mit sich fort.

Am Pavillon der Völkerfreundschaft wurden sie wenig später von der chinesischen Delegation angestarrt: Zwei armselige, schäbige Gestalten auf der Suche nach Nahrung!

Obwohl das jetzige Alptraumpaar von ihnen erkannt wurde, drehten ihnen die Chinesen missbilligend den Rücken zu und verschwanden im Pavillon.
„Pech gehabt, vielleicht können wir woanders wenigstens ein Brötchen schnorren", sagte die Schwangere und drehte sich zu Waldemar um.
„Ade, Berliner Weiße und Telecafe", sagte Heli schicksalhaft.
„Na, wenigstens brauchen wir noch nicht zu frieren", sagte sie mit bitterem Humor.
„Adieu, Cafe am Neuen See", sagte Heli mit gierigem Blick auf den Spießbraten, der sich vor der japanischen Pagode drehte.

„Komm, Waldo, gehen wir halt zum Ententeich und fischen die Brotbrocken raus, bevor die gierigen Fische uns alle wegschnappen!", sagte Heli sarkastisch.
„Nanu, du hast ja wirklich echten Berliner Humor, und das als Kölnerin", lobte er humorvoll.
„Aber im Sozialismus braucht ja angeblich niemand Hunger zu leiden, nicht mal zwei gefallene Kinder der verlöschenden Sonne wie wir sollten das müssen", sagte Waldemar lachend.
„Und ganz bestimmt werden die Oberen der Sozialistischen Einschlafpartei Deutschlands nicht die Kinder ihres Weltpräsidentenpaares verhungern lassen, mögen ihre Eltern auch noch so verlottert sein", rief er lachend in die Menge hinein und befühlte Helis Bauch.

Der ganze Park war mit Spruchbändern geschmückt.

„Nur kann man sie leider nicht essen", brummte Herlinde.

Telebildschirme waren überall im Volkspark aufgestellt und lieferten die neuesten Nachrichten.

Endlich fand das Alptraumpaar am russischen „Stand der Völkerfreundschaft" einen Gratisimbiss vor und stopfte sich gierig mit Bier, Rollmöpsen, Bratheringen und kalten Buletten mit Senf voll.

Am meisten schmeckte der Märchenbrunnennixe und ihrem Gefallenen Prinzen allerdings die nachfolgende Currywurst, die sie außerdem noch heißhungrig verschlangen.

Übermütig verdrückten sie noch einen schlagsahnegefüllten Windbeutel und ein Stück turmförmigen Baumkuchen.

„Ach, wunderbar, Waldo, ich bin zum Bersten voll; randvoll abgefüttert mit Berliner Köstlichkeiten und pappsatt", sagte Heli entzückt.

„Und das alles bekamen wir ausgerechnet bei den Russen; ich hätte nicht übel Lust, in die Sowjetunion zu fliehen", sagte Heli lachend.

„Meine kleine, gefüllte Gans im Glück", sagte Waldemar zärtlich kalauernd und umarmte Heli linkisch.

Als Waldemar nicht hinsah, entwendete Heli noch heimlich schnell eine Flasche Wodka und betrank sich mit kurzen, schnellen Schlucken.

Das Schicksal nahm unerbittlich seinen Lauf!

Schweigend gingen sie durch den Park. Stundenlang. Bis zur Mauer. Es wurde ein endloser Verdauungsspaziergang.

Da standen sie vor der Mauer.

„Heute also, kennen wir uns genau ein Jahr", sagte Heli denkwürdig und sah ihn an.

„Ja, am ersten Mai 2999 habe ich dich zum ersten Mal vor meinem Wohncontainer in Potsdam gesehen – du hast auf mich gewartet", sagte er zärtlich.

„Ja, aber nicht freiwillig, und ohne dich zu kennen", sagte Herlinde lachend.

„Ich musste meine sechs Monate Resozialisierung mit dir durchziehen", sagte sie munter.

„Richtig, und wir konnten uns nicht ausstehen, als wir uns trafen", sagte er und lachte.

„Wie Menschen sich doch ändern können: Jetzt möchte ich mein ganzes Leben lang zusammen mit dir resozialisieren", sagte sie und umarmte ihn.

„Meine Güte, unser gemeinsames Jahr kommt mir wie eine Ewigkeit vor; wenn ich denke, was wir inzwischen alles erlebt haben", sagte Waldemar nachdenklich.

„Ja, nicht? Von der Weltraumprovinz zur Erde zurück, dann nach Amerika, wieder nach Berlin zurück, durch alle Kontinente gehetzt", sagte Heli mit Wehmut.

„Wir sind zum Spielball der verfeindeten Mächte geworden ... Manfred Kalinsky hat uns das eingebrockt, dieser Idiot", sagte Heli verbittert und zeigte auf die schwerbewachte Mauer.

„Seine Schnapsidee mit diesem bescheuerten „Weltpräsidentenpaar"! Und nun sieh, wo wir jetzt stehen: Wir sind so tief gesunken, wie es tiefer gar nicht mehr geht", sagte Heli grausam und fluchte.

Waldemar wurde unruhig.

„Kalinsky hat aus uns zwei Wracks gemacht, zwei geächtete Außenseiter, schlimmere Asoziale, als wir es vor dem 1. Mai 2999 je gewesen sind!", sagte sie und lallte.
Schon schwankte sie beträchtlich, dass er sie in seinen Armen auffangen musste.
„Heli, sag mal, du riechst ja nach Alkohol?" fragte Waldemar erschrocken. „Gib´ es zu: Du hast heimlich getrunken, vorhin, nicht wahr? War das Wodka?"
„Wir wurden ein Jahr lang wie zwei willenlose Marionetten hin- und hergeschoben zwischen den skrupellosen Machtinteressen der Möchtegern-Diktatoren von Terra Nova, Deutschland, Amerika und China, und Manfred Kalinsky hat das alles auf unsere Kosten initiiert, dieser Schuft"; sagte Heli bitter und zeigte wieder auf die Mauer.

„Und er, dieser hinterlistige Erzgauner, hat sich davongemacht, ist auf in den Süden, und macht sich dort ein feines Leben als Staatschef des freien Teils von Deutschland, in Saarbrücken! ... Und uns lässt er hier in der Misere sitzen, ebenso Präsident Miguel Hernandez tut das, der ist auch nicht viel besser, pah! ..."

Waldemar umklammerte Heli und sagte eindringlich: „Herlinde, jetzt nimm dich zusammen! Kalinsky hat es nicht so gemeint, er kann vielleicht gar nicht anders, als abzuwarten, bis die Zeiten besser werden – dann wird er uns bestimmt besuchen, er ist doch unser Freund", sagte er unwirsch und schüttelte Heli heftig durch.
„Aber dass du ungehemmt Alkohol getrunken hast, das finde ich wirklich schlimm und verantwortungslos von dir", sagte er wütend, „denn das ist nicht gut für unsere Zwillinge! Heli, versprich mir, dass du das nicht mehr tust, hörst du?", mahnte er und schüttelte sie wieder.
„Ja, ja. Schon gut, aber jetzt lass´ mich bitte los, Liebling", brummte die Schwangere mit wodkaverklärter Gleichgültigkeitsmiene.

„Kalinsky hat uns beide schamlos missbraucht zu einem sozialen und politischen Experiment, weil er die Welt verändern wollte", fuhr Heli mit ihrer Schimpftirade fort.

„Er verfolgte aber einen guten Zweck dabei, Heli: Statt eines totalitären Maschinenstaates wollte Kalinsky wieder Menschen herrschen lassen! Mit uns beiden als Vorbildern, als Musterpaar der menschlichen Staatsrepräsentation! Als Vertreter der reinen Menschlichkeit!" verteidigte Waldemar seinen Ex-Koordinator von Berlin.

„Ausgerechnet uns beide hat er sich dazu ausgesucht, uns zwei armselige Kreaturen, zwei spießige Durchschnittsmenschen!" sagte Heli sarkastisch und lachte betrunken und schwankte wieder.

„Ja, natürlich, eben gerade deswegen! Weil wir beide laut Computer noch als einzige Menschen reiner und unverfälschter menschlicher Gefühle fähig sind; so hat es das „Gewissen" ausgedrückt, Heli!", sagte er vehement.

„Quatsch, Blödsinn, welch ein Stuss!", schimpfte Heli.

„Das war doch alles ein einziger großer Schwindel, eine dreiste Manipulation von diesem Kalinsky", behauptete Heli aufgebracht und fuchtelte hysterisch herum in der Luft und drehte sich mehrmals um sich selbst.

„Und jetzt, wo Kalinsky sein Ziel erreicht hat, jetzt, wo er offenbar den idealen Staat für sich gefunden hat, dort in der neuen DDB, nun braucht er uns nicht mehr, wir haben ihm die heißen Kartoffeln aus dem Feuer geholt, diesem miesen Opportunisten", sagte sie und spuckte in Richtung Mauer.

„Heli, jetzt bist du ungerecht, du argumentierst wie eine schlechte Verliererin, du warst es doch, die anfangs Feuer und Flamme für den Plan Kalinskys war, uns als „Weltpräsidentenpaar" einzusetzen, wegen der gesellschaftlichen Vorteile, vergiss´ das bitte nicht", rief er ihr nochmals in Erinnerung und lief ihr nach.

Denn sie begann, auf die Absperrungen der Mauer zuzulaufen.

„Ich wollte ja gar nicht mitmachen bei Kalinskys Sozialexperiment, ich habe mich bis zuletzt dagegen gesträubt!" schrie er.
„Aber ... Wo läufst du denn hin?"
„Heli, bleib hier!", rief er entsetzt.
„Das ist jetzt Sperrgebiet, da wird scharf geschossen!" rief er ihr warnend hinterher.
Heli hörte nicht auf ihn.

Schon stand sie vor den Stacheldrahtsperren, die zum Todesstreifen führten. Grenzer mit Lasergewehren im Anschlag schrien erste mündliche Warnungen an Helis Adresse aus.

„Heli, bleib hier, du bist betrunken, du bist verrückt, du weißt nicht, was du tust!" brüllte Waldemar.

„Geh nicht zur Mauer hin!", warnte er nochmals.

„Halt, stehenbleiben!" riefen die Grenzsoldaten.

Heli jedoch überschritt schon den ersten Stacheldraht und drang in den Todesstreifen ein.

Waldemar blieb wie angewurzelt stehen. Er war stumm geworden vor Schreck.

„Halt, Genossin, letzte Warnung, stehenbleiben oder es wird geschossen!" riefen die Grenzsoldaten und traten ihr in einer abwehrbereiten Phalanx entgegen, mit gezogenen Laserwaffen.

Der Himmel hatte sich plötzlich verdunkelt. Es fing leicht an zu regnen.

Heli lachte schrill.

Sie lief auf den vordersten Grenzsoldaten zu, ignorierte die ihr entgegengereckte Waffe.

Es war ein junger, zitternder Grenzer.

„Bitte, bleiben Sie zurück, hinter der Mauer sind auch scharfe Minen, Genossin ... Oh, aber ... Sie sind es, Genossin Herlinde Kopter!" rief er aus.

Er erkannte sie.

Waldemar trat näher. Heli berührte lallend und kichernd die Mütze des jungen Grenzpostens, nahm sie ihm vom Kopf und dichtete schäkernd, ad hoc einen Schüttelreim:

**BRAUCHT NICHT DER NORDBERLINER MAUERSCHÜTZE
BEI REGEN AN DER GRENZE EINE SCHAUERMÜTZE ?**

Kokett, in wilder Verkennung der Gefahr, stülpte sich Heli die Dienstmütze des Wachsoldaten über den eigenen Kopf und lachte.

„Bitte, Genossin Herlinde, das ist kein Spiel, bleiben Sie zurück", sagte der Grenzer stotternd und ließ sein Lasergewehr mutlos sinken.
„Die ... die ... Grenzsperrung gilt auch für ... Sie ..."

„Hahaha, steht mir doch gut, das Käppchen, oder?" fragte Heli und lachte albern.
„Hat jemand mal einen Spiegel?" fragte sie glucksend in die Runde.
Andere Grenzsoldaten zerrten sie zurück, doch Heli lief weiter, mit der erbeuteten Mütze auf dem Kopf.

Sie stand direkt vor der Mauer , blieb stehen und schaute hoch.

Ihr Kleid war zerfetzt, sie hatte es sich an dem Draht aufgerissen.

Die neue Mauer war an dieser Stelle noch nicht sehr hoch; die Bauarbeiten dauerten noch an, daher fehlte auch noch die Krone.

„Heli, mach keinen Unsinn, komm zurück", rief Waldemar zu ihr herüber.

Er wollte ihr helfen, zur Vernunft zu kommen, war jedoch weiterhin unfähig, seine Beine zu bewegen, die vor Schreck nach wie vor wie gelähmt waren.

„Durch uns wollte Kalinsky also eine bessere, humanere Welt erschaffen, mit seinem „Weltpräsidentenpaar", resümierte Heli sarkastisch.

„Nun seht sie euch an, diese bessere, menschlichere Welt: Genau hier an dieser Mauer macht sie halt! Was hat Kalinsky also nun geschafft?" fragte Heli ratlos und schwankte, stützte sich an der Mauer ab.

„Hier hört sie schon wieder auf, unsere bessere Welt, seine fängt da drüben an, in der DDB!" sagte Heli und lachte betrunken.
„Sie heißt ... Kalinsky-Town, hahaha ..."

Alarmsirenen erklangen und alle möglichen Leute liefen zusammen, Grenzbeamte, Neugierige und kleine Raumgleiter stiegen auf.

Heli stieg unbeholfen auf die unfertige Mauer und blieb da sitzen.

„Nicht schießen", sagte eine Stimme aus dem Hintergrund.

Die Grenzposten zerrten an Helis Kleidung und waren bemüht, sie von der Mauer herunterzuholen, doch sie klammerte sich fest.

Alle drehten sich um nach der schrillen Frauenstimme: Es war Marion von Reitzenstein, die von der Grenzpolizei alarmiert worden war, und die daher gerade mit ihrem kleinen Dienstraumgleiter an der Mauer gelandet war.

Eben war sie ausgestiegen, und rannte mit ihrem Lasergewehr auf Heli zu.

Waldemar hatte seine Paniklähmung inzwischen überwunden und war bei Heli angekommen und packte sie an den Haaren.

„Halt, nicht schießen, sie gehört mir!" schrie die „Rote Marion" in die Menge und drängte ihre Grenzerkollegen zur Seite.
Sie trug Militäruniform und ihre Haare waren unter ihrer Dienstmütze verborgen.
Marion kam hastig mit der Waffe im Anschlag auf Heli und Waldemar zu. Sie hatte aber nur Heli im Visier.
Die trübäugige Schwangere kauerte weiterhin auf der niedrigen, unfertigen Mauer und blickte sich mit glasigem Blick um.

Mit Marion waren auch BB und WW aus dem Dienstfahrzeug ausgestiegen.

Sie schritten dicht hinter der Chefin der Grenztruppen her, und beide hatten ebenfalls ihre Lasergewehre im Anschlag.
„Schau an, die ROTE MARION", sagte Heli lächelnd, und sah zu ihr hinunter.
„Heli, komm sofort da runter!", rief Waldemar Koslowski in höchster Krisenstimmung.

„Ich wusste doch, dass wir uns wiedersehen, jetzt hast du endlich deine ganz große Live-Show, meine kleine Rachegöttin", sagte Heli und hustete, dann übergab sie sich auf der Mauer.
Die flugs auf beiden Seiten der Mauer angewachsene Schar der Neugierigen hielt die dramatischen Szenen in Wort und Bild fest.

Waldemar wurde von den Grenzern festgehalten und von Heli getrennt.

„Genau, jetzt habe ich dich endlich im Visier, jetzt kannst du mir nicht mehr entkommen, du Biest, du Killerin! – Du sitzt jetzt genau richtig für einen geeigneten Abschuss", sagte Marion mit schneidender, hasserfüllter Stimme zu Heli und zielte.
„Jetzt rechnen wir beide miteinander ab, du Mörderin meiner Schwester!" schrie Marion und hielt inne.
„Nein, tu es nicht, ich bitte dich, Marion!" schrie der festgenommene Waldemar angsterfüllt zu der Mauerszene herüber.

Heli erhob sich langsam zu ihrer vollen Größe und kam schwankend auf der Mauer zum Stehen.
Sie blickte lächelnd und betrunken zu Marion hin.

„Nein, Marion, das hier ist keine Bühne für deine private Rache", drohte Beatrix Bohrschmand ihrer Kollegin.

„Nimm die Waffe herunter, Marion! Hermann hat ausdrücklich angeordnet, dass du Heli lebend zurückbringen sollst, heil und gesund, verstanden?", brüllte BB und hielt Marion mit ihrem Gewehr in Schach.

Auch Willi bedrohte die Chefin der Grenztruppen mit seinem Lasergewehr.

„Tu, was Beatrix dir gesagt hat, Marion, weg mit der Waffe!", rief er.

„Heli und Waldemar darf kein Schaden zugefügt werden, Befehl vom chinesischen Stadtkommandanten! ... Er hat den Schießbefehl an der Mauer aufgehoben, hörst du, Marion? Nimm also sofort die Waffe runter, oder wir müssen auf dich schießen, verstanden? Bitte, zwinge uns nicht dazu, hörst du, Marion?" mahnte der wohlmeinende Bayer mit gutturaler Stimme.

„Schert euch fort, ihr beiden, das ist ein Befehl, klar?" sagte Marion zu dem Agentenpaar, drehte sich blitzschnell um und bedrohte jetzt BB und WW mit der Waffe.

„Ich bin immer noch eure Vorgesetzte, ihr habt zu tun, was ich sage, klar? Was ihr tut, ist Befehlsverweigerung, und darauf steht das Kriegsgericht, ihr Narren", schnarrte Marion, drehte sich wieder zu Heli um und legte erneut auf sie an.

„Ich warne dich, Marion, runter mit der Waffe!", bellte BB.

„Na, Fischmund, wolltest du wieder mal einen Ausflug machen in die große Freiheit?" fragte Marion höhnisch und kam näher.

„Gleich wirst du sie für immer haben, deine grenzenlose Freiheit, und ewige Ruhe dazu in der Schattenwelt, irgendwo im Jenseits, du verhinderte Weltpräsidentin", schnarrte die Rote Marion schadenfroh und voller Rachegelüste.

Heli sah sie betäubt an und lachte nur geringschätzig zu der militanten Rächerin hinunter.

„Haha, oh, was bist du für eine tolle Schauspielerin, die Rolle der Furie steht
dir glänzend, du hättest zur Bühne gehen sollen, haha, oh, Marion, der Film
geht um die Welt! – Die Heilige Rote Johanna von Berlin! ...“, sagte Heli und
schwankte wieder, ruderte heftig mit den Armen und behielt im letzten
Moment das Gleichgewicht.

„Marion, ich warne dich zum letzten Mal“, rief BB und entsicherte ihre
Waffe, nahm ihre Chefin schärfer ins Visier als je zuvor.

„Runter mit der Waffe, oder ich schieße! Und du, Heli, komm endlich da
herunter, aber vorsichtig, hörst du? Helft ihr doch endlich da herunter,
Männer“, gab sie Anweisungen an die hilflosen Grenzerkollegen.

Von jenseits der Nordberliner Mauer, von der südlichen Seite, drangen die
Grenzbeamten von Südberlin, von Köpenick her, mit gezogenen Waffen auf
Nordberliner Boden vor und überquerten den Todesstreifen auf ihrer Seite.

Die Nordberliner Grenzposten reagierten sofort und zielten in geschlossener
Formation auf ihre südlichen Kollegen.

Sie schrien: „Halt, keinen Schritt weiter, oder wir schießen, Sie dringen in
militärisches Sperrgebiet ein, Sie befinden sich bereits auf dem Boden der
NSR“, warnten sie.
„Kehren Sie sofort zurück auf Ihr Gebiet, in die DDB“, verlangte der Chef der
Nordberliner Grenztruppen in scharfem Befehlston.

„Halt, Männer, lasst die Waffen sinken“, befahl Beatrix vernünftigerweise mit
scharfer Stimme ihren nordberliner Kollegen, obwohl Marion von
Reitzenstein die höhere Befehlsgewalt hatte.

„Halt dich da raus, du hast nichts zu befehlen, ich bin die Ranghöhere!“
brüllte Marion, ohne Heli aus den Augen zu lassen.

Sie zielte nach wie vor auf sie.

„Hört ihr nicht? Es wird nicht geschossen, klar? Runter mit den Waffen,
Kollegen!“, rief auch WW und stellte sich mutig vor seine eigenen
nordberliner Grenzsoldaten.

„Und ihr alle da drüben: Kommt nicht näher, Leute, der Todesstreifen ist
bereits vermint“, rief WW jetzt auch zu seinen südberliner Grenzerkollegen
hinüber, die dessen ungeachtet unaufhaltsam weiter auf nordberliner
Territorium vorrückten.

„Das ist gelogen, rückt weiter vor, Männer, aber behutsam, klar? Holt mir Heli da herunter", rief eine tiefe Stimme von der südberliner Seite und marschierte weiter voran.

Heli erstarrte.

„Diese Stimme, das ist doch ...", sagte sie und drehte sich zur Südseite um.

Sie hatte die Stimme und den Mann erkannt.

„Herr Kalinsky!" rief sie erstaunt und hob eine Hand.

Kalinsky kam ganz nahe an Heli heran, und schon streckte er die Hand nach ihr aus.

„Ja, ich bin es, kommen Sie schnell, geben Sie mir die Hand, ich ziehe Sie rüber, beeilen Sie sich, Heli, gleich sind Sie in Sicherheit! – Im Süden!", rief er hastig und Heli schwankte auf der Mauer hin und her.
Deutlich sichtbar war es ihr sehr elend zumute.

Jetzt drehte sie der Roten Marion den Rücken zu.

Kalinsky fasste Heli bei der Hand.

„Lassen Sie sie los, Sie haben kein Recht, hier einzugreifen! Das ist nicht mehr Ihr Staatsgebiet, Herr Kalinsky!" schrie ihn Marion an und richtete zitternd ihre Waffe abwechselnd auf Kalinsky und Heli auf der Mauer.
Denn Kalinsky war inzwischen auf die Mauer gestiegen, um Heli auf die Südseite hinüberzuziehen.

„Waldemar ist noch dort drüben", sagte Heli zitternd, „Herr Kal ..."

Kalinsky sagte streng: „Los, springen Sie!" befahl er Heli.

„Ja, Heli, spring über die Mauer, das ist deine Chance, schnell, ehe es zu spät ist!", befahl ihr auch Waldemar schreiend, der alles mitbekommen hatte, der aber immer noch von den Grenzsoldaten festgehalten wurde.

„Gleich bist du in der Freiheit! – Herr Kalinsky, was zögern Sie noch, Herlinde herüberzuziehen?", brüllte er begeistert aus Leibeskräften seinem Ex-Koordinator zu.

Da hörten die versammelten Menschenmassen urplötzlich ein lautes Sirren in der Luft.

Tausend Köpfe erhoben sich zum Himmel.

Eine grüne Kugel senkte sich zielstrebig auf Herlinde Kopter herab, die immer noch auf der Mauer stand und sich nicht traute, auf die andere Seite zu springen; Kalinsky zerrte weiter an ihrer Hand.

Aber: Diesmal war die Kugel riesig, mehrere Meter groß!

„Der Alien!", riefen die Menschen verzückt.

„Er kommt, um Heli zu retten!", rief Waldemar voller Freude.

Marion schaute kurz nach oben, schoß eine Lasersalve auf das grüne Lichtwesen ab. Keinerlei Wirkung zeigte sich, denn der Schuss ging einfach durch die Kugel hindurch!

Heli starrte gebannt nach oben.

Da feuerte Marion auf sie, traf sie auf der Mauer mit einer vollen Ladung mitten in den Bauch!

Geistesgegenwärtig fing Kalinsky Heli in seinen Armen auf, aber durch den Schwung stürzten beide von der Mauer auf die Südseite.

Reflexartig hatte auch Beatrix Bohrschmand den Abzug ihres Lasergewehres durchgedrückt. Sie traf die Rote Marion in den Rücken. Auch von Willi wurde sie angeschossen.

Sie stürzte wie ein gefällter Baum zu Boden und röchelte noch kurz.

BB und WW rannten entgeistert zu ihr hin.

„Warum, Marion, warum musstest du das tun?" fragte Beatrix weinend und streichelte Marions Wange.

Marion war übel zugerichtet, rollte noch einmal die Augen, ihr Mund stand weit offen. Aber sie war zu schwach, um noch etwas zu sagen. Kurz darauf starb sie friedlich.

Die Agentin Beatrix Bohrschmand erhob sich mit entsetztem Blick langsam von der Toten, stieß mit der Stiefelspitze angewidert ihr Gewehr weitmöglichst von sich fort, und schwankte mit schmerzverzerrtem Gesicht händeringend auf ihre Grenzerkollegen zu: „Was glotzt ihr? Ich mußte es doch tun! Ich musste es doch tun! ... Was blieb mir anderes übrig?"

Sie breitete die Hände klagend nach allen Seiten aus.

Aber alle ihre Grenzerkollegen sahen ihr missbilligend mit strenger Miene in die Augen!

Sie weinte leise und senkte den Kopf, hielt die verkrümmten Hände weit von sich gespreizt und sank langsam zu Boden.

Nur ihr Kollege Willibald Wastlhuber rannte zu ihr hin, beugte sich zu ihr hinab und streichelte den zerzausten Kopf der schreienden, am Boden kauernden Sächsin, die sich mit den Händen am Gras abstützte.
Mit hysterischem Geschrei rupfte sie Gras aus.
Schräg sah sie danach zitternd zu WW hinauf.

„Beruhige dich, Bea, es ist vorbei, du hast nichts Unrechtes getan!", versicherte er ihr immer wieder mit monotoner Stimme.

„Ich musste es doch tun, nicht wahr? Was hätte ich sonst tun sollen, ich musste es doch tun, oder nicht?", jammerte sie und klagte sich aus.
„Marion hat schließlich zuerst geschossen! Und ... Heli getötet!"
„Ja, Bea, du hast ganz Recht getan; du musstest es tun, es gab keine andere Möglichkeit", versicherte ihr WW immer wieder und klopfte ihr leicht auf die Schulter.

Sterbend schleppte sich auch Heli auf südberliner Gebiet.

Kalinsky und viele Einwohner des freien Teils von Berlin zogen die am Boden Liegende vorwärts, halfen ihr auf, stützten sie. Doch die Beine versagten Heli den Dienst. Blut rann aus ihrem Mund. Sie fiel wieder in sich zusammen auf den Boden.

Kalinsky beugte sich über die Schwerverletzte.

Von der anderen Seite der Mauer erklangen die Schmerzensschreie von Waldemar Koslowski schrill herüber in den Süden.

„Heli, Heli, was ist mit dir? Ist alles mit dir in Ordnung? Lasst mich los, ich muss rüber zu ihr!" rief er den nordberliner Grenzern zu, zerrte an seinen Fesseln, doch die Ver-Volkspolizei führte ihn unbarmherzig ab.

Helis Fischmund stand weit offen, sie zitterte am ganzen Körper, ihre Brust war völlig zerfetzt, sie blutete stark; ihr Bauch war weit aufgerissen, der Darm hing heraus.

Kaum einer achtete auf den grünen Alien, der hoch über ihr schwebte.

„Mein Gott, es gibt keine Hoffnung mehr für sie", sagte Kalinsky verzweifelt. „Alle ihre inneren Organe sind getroffen, es ist gleich vorbei", sagte er betrübt.

Noch einmal krallte sich die Sterbende, auf dem Rücken liegend, mit einer Hand an Kalinskys Anzugsärmel fest, stieß heiser mit heftiger Schnappatmung hervor: „Wa ... Wa ... Waldemar!"

Kalinsky und die südberliner Helfer hatten Tränen in den Augen.

Geschwind stürzte sich da die grüne Kugel vom Himmel herab und senkte sich zuerst auf Helis Gesicht.

Da umschloss die riesige, grüne Alienblase geschwind auch noch Helis gesamten Körper. Kalinsky und die Zuschauer wichen erschrocken zurück. Kalinsky ließ Heli ruckartig los.
„Macht Platz, Leute, mit dem Wesen ist nicht zu spaßen!" rief Kalinsky und ließ dem Alien freien Zutritt zu Heli.
Die gesamte Heli war nun von der geisterhaft in grünem Nebel wabernden Alienkugel eingeschlossen.
„Die grüne Kugel wird zu ihrem Sarg, arme Kreatur!" sagte Manfred Kalinsky und Tränen rannen seine Wangen hinab.

Die Berliner starrten voller Entsetzen auf die gespenstische Prozedur.

Wie in einen Kokon wurde Helis Körper eingesponnen. Ihr offener, schreckgeweiteter Mund starrte durch die durchsichtige, grüne Hülle. Heli bewegte die Arme, panikartig wollte sie sich ins Freie kämpfen.

„Was tut der Alien mit ihr?" fragte ein Mann voller Erstaunen und Ratlosigkeit.
„Sie ist aber nicht tot", sagte eine Frau und starrte, wie alle.
„Ja, sie bewegt sich noch, sie will etwas sagen!" sagte ein anderer entsetzt.
„Wir müssen ihr da heraushelfen, der Alien bringt sie noch um!" rief eine Frau entsetzt und stürzte vorwärts.
„Nichts da, zurückbleiben, Herrschaften, bitte, treten Sie zurück!" befahl Kalinsky hastig der Menge und schob alle Vortretenden heftig zurück, weg von Heli.

„Ich glaube, ich weiß, was gerade geschieht!" sagte er erregt, mit einem neuen Hoffnungsschimmer in den Augen.

Es geschah tatsächlich so etwas wie ein Wunder: Helis offene Wunden schlossen sich langsam wieder, die Verletzungen verschwanden, wie durch Zauberkraft; sie starrte ungläubig durch die grüne Hülle.

Sie zappelte heftig und bewegte sich ruckartig hin und her.

Da löste sich der Alien sirrend von Helis Körper, schwebte als metergroße grüne Kugel über den Köpfen der Menschen dahin.

Kurz verharrte der Alien schwebend in der Luft.
Die Massen wichen wieder erschrocken zurück.

Dann erhob er sich in den Himmel, flog schließlich hoch hinauf in die Weiten des Weltalls und entschwand der Sicht.
Er kehrte nicht mehr in die Allround-Corporation zurück, wo er aus dem „Gewissen" herausgeschwirrt war, um Heli erste Hilfe zu leisten.

Alle starrten wie betäubt auf Herlinde Kopter.

Verwirrt erhob sie sich vom Rasen, unverletzt, wie es schien! Befühlte ihre nicht mehr vorhandenen Verletzungen, und lächelte unsicher.
Zerzaust sah sie sich um und schrie aus Leibeskräften: „Waldemar!!!".
Dann brach sie ohnmächtig zusammen und blieb reglos im Gras liegen.
Alle stürzten zu ihr hin.
Kalinsky befühlte bestürzt ihren Puls.
„Ist sie tot?" fragte jemand mit Sorge.
„Nein, ohnmächtig, unglaublich!" sagte Kalinsky und schüttelte lächelnd den Kopf.

Behutsam hob er Heli vom Boden auf und trug sie mit langsamen Schritten, aber zielstrebig auf noch sichereres, südberliner Gebiet hinein.

Feierlich und verdattert folgten ihm die Südberliner nach.

Manfred Kalinsky setzte Heli auf einer Trage bei den wartenden Sanitätern ab und sagte mit verklärter Stimme:
„Tja, liebe Mitbürger, es sieht ganz danach aus, dass „unser Berliner Alien" auch noch wundersame Heilkräfte besitzt, es ist einfach unglaublich, Wahnsinn", sagte er verzückt und starrte wieder in den leeren Himmel.

Alle taten es ihm nach. Keine Spur mehr von dem rätselhaften Wesen!

„Aber warum verlässt er uns, warum lässt der Alien uns im Stich?" fragte ein Mann verständnislos und starrte wieder in den leeren Himmel.
„Gerade in dieser hochdramatischen Situation lässt er uns allein zurück?" Kalinsky lächelte versonnen.
„Ich glaube, ich weiß warum, ja, ich denke, ich beginne allmählich zu verstehen", sagte er und wandte sich an die Berliner.

„Der Alien ist offenbar angewidert von unseren irdischen Machtkämpfen, er hat das brutale Wesen der Menschheit erkannt ... Er ist angeekelt von dem Leid, das die Menschen durch ihre Machtgier und Geltungssucht ihresgleichen zufügen, darum hat er vorgezogen, uns zu verlassen", sagte Kalinsky feierlich.

„Aber vorher hat er noch eine wunderbare, humanitäre Wundertat vollbracht, er hat Heli vor dem sicheren Tod gerettet!"

„Dann aber hat das außerirdische Lichtwesen die Heimreise in die Weiten des Universums angetreten, sehr vernünftig von ihm", meinte Kalinsky versonnen.
„Der Alien hat zwar Herlinde Kopter vor dem sicheren Tod gerettet, aber wieso hat er nicht auch Waldemar Koslowski vor dem Zugriff der Kommunisten da drüben gerettet?" fragte ein Mann ratlos.
„Koslowski gehört doch zu ihr", beharrte der Mann.
„Warum also brachte der Alien nicht auch noch Waldemar zu Heli zurück, bevor er verschwand?" –
„Ja, warum hat er es zugelassen, dass unser Weltpräsidentenpaar so grausam getrennt wird?" fragte eine junge Frau.
„Hat der Alien kein Herz dafür?"

Manfred Kalinsky lächelte wieder vielsagend.

„Den Grund dafür kann ich nur vermuten", sagte er leise.

„Ich kann mir nur vorstellen, dass der Alien glaubt, seiner Pflicht bereits Genüge getan zu haben, indem er Herlinde mit seinen magischen Heilkräften vor dem sicheren Tod rettete. Waldemar Koslowski dagegen scheint körperlich unversehrt zu sein, daher ist es für den Alien unerheblich, in welcher Art von politischem System er weiterlebt, vermute ich", sagte Kalinsky nachdenklich.
„Aber das ist natürlich, wie gesagt, nur eine weitere Vermutung – es kann natürlich auch sein, dass der Alien nicht versteht, dass Heli sich nach Waldemar sehnt ... Vielleicht weiß er auch einfach nur nicht, dass Heli und Waldemar ein unzertrennliches Paar sind? - Oder aber, seine Energie ist

aufgebraucht für den Moment, und seine Kräfte sind für den Augenblick erschöpft. Daher muss er vielleicht erst wieder in seine Heimat, um sich zu regenerieren", sagte Kalinsky ernst.

„Und? Was glauben Sie, Herr Präsident: Wird der Alien je wieder auf die Erde zurückkehren?" fragte die junge Frau.

Kalinsky rieb sich nachdenklich das Kinn.
„Wer weiß? Vielleicht in einer neuen Epoche, zu einem Zeitpunkt, wo wir Menschen es endlich gelernt haben werden, unsere Konflikte friedlich beizulegen. Wenn Hass, Gewalt und Machtsucht auf Erden ein Ende gefunden haben, dann kommt er vielleicht wieder herbei und unterstützt uns", sagte er versonnen.
„Und wenn alle Mauern der erzwungenen Trennung gefallen sind! ..."

Verbittert sah er auf die furchtbare Staatsgrenze.

Heli war inzwischen von den Sanitätern weggefahren worden, in ein südberliner Krankenhaus. Ihr Raumgleiter fuhr gerade ab.
Einige Soldaten von Nordberlin kamen mit verstörten Gesichtern, aber in Frieden, über die Mauer zu Kalinsky.
„Wir haben alles gesehen und mit angehört", sagte ein Grenzoffizier.
„Marion von Reitzenstein war es, die auf Herlinde Kopter geschossen hat", sagte er bitter.
„Und unsere Chefagenten Beatrix Bohrschmand und Willi Wastlhuber haben daraufhin die Generalin Marion von Reitzenstein getötet", sagte der andere Offizier mit gesenktem Kopf.
„Großer Gott", sagte Kalinsky und senkte auch sein Haupt.
„Marion ist also auch tot ... Das ist bitter für Gerold von Reitzenstein, armer Weltraumpräsident", sagte er und dankte den Grenzern für ihren Bericht.
„Erst Heidrun ... und nun Marion!"

„Und in diesem Zusammenhang erhebt sich für uns noch eine weitere Frage", sagte der eine Grenzer ratlos.
„Nämlich?" fragte Kalinsky.
„Warum hat der Alien nicht auch die Generalin vor dem Tode gerettet? Wieso hat er nicht ihre Verletzungen behandelt?" fragte der Mann.
„Tja, ich vermute, sie war gleich tot, während Heli so gerade noch am Leben war; da haben vermutlich auch die wundersamen Heilkräfte des Alien ihre Grenzen erfahren – Tote kann wohl nicht mal er wieder zum Leben erwecken", vermutete er.
Alle Anwesenden konnten kaum glauben, was sie da eben gesehen hatten und waren noch ganz bestürzt.
Die Offiziere nickten und verabschiedeten sich.

Kalinsky bat noch um die Herausgabe von Waldemar Koslowski, aber das lehnten die Grenzoffiziere von Nordberlin bedauernd als unmögliche Bitte ab.

Manfred Kalinsky zog daher mit seinen Landsleuten ab. Er stieg in sein kleines Raummobil und fuhr ins Krankenhaus, um sich um Herlinde Kopter zu kümmern und sich nach ihrem Zustand zu erkundigen.

***Saarbrücken*__, Hauptstadt der DDB; 1. Mai 3003, drei Jahre später;__**

Herlinde Kopter erholte sich wieder. Sie genas völlig.

Ihre Zwillinge Heidrun und Annamaria kamen am 12. Oktober des Jahres 3000 kerngesund in Saarbrücken zur Welt. Manfred Kalinsky kümmert sich rührend um die Mädchen. Sie betrachten den Staatschef inzwischen als ihren Vater.

Manfred Kalinsky wurde später Helis Geliebter.

Mit ihm zusammen hat sie inzwischen auch einen Sohn namens Waldemar (Klein-Waldo), der am 1. Februar 3003 in Saarbrücken geboren wurde.

Das Paar lebt unverheiratet und glücklich zusammen in einem großen Haus in Saarbrücken, nur einen Steinwurf entfernt von der französischen Grenze, falls beide aufgrund eines militärischen Überfalls von Gorsky nach Frankreich zu fliehen gezwungen sind.

Von Waldemar Koslowskis ungewissem Schicksal in der NSR haben Heli und Manfred seit dem 1. Mai 3OOO keine Nachricht mehr erhalten.

Heli vermisst Waldemar nach wie vor sehr.

So manche Nacht, in ihren Träumen, sieht sich Heli wieder zurückversetzt nach Amerika, wo sie und Waldemar die schönsten Stunden ihrer jungen Liebe gemeinsam verbracht haben, trotz der desolaten Lage des Chaos-Landes.
An diese herrlichen Stunden des Zusammenseins mit Waldemar und an ihre verspielte Albernheit denkt Heli jetzt, noch Jahre danach, sehnsuchtsvoll zurück.
„Die Erinnerung ist das einzige Paradies, aus dem wir Menschen nicht vertrieben werden können", pflegt Heli dann seufzend zu zitieren.

Auch von Präsident Miguel Hernandez und Professor Kallimachos samt seinem Alien in der Schatulle hat das Elternpaar seit mehr als drei Jahren nichts mehr gehört.

Heli gibt trotz ihrer innigen Beziehung zu Manfred Kalinsky die Hoffnung immer noch nicht auf, dass Präsident Miguel Hernandez letzten Endes ein Einsehen haben möge, und eines Tages doch noch Professor Kallimachos mit seinem Alien über den Ozean schickt, damit dieses mächtige Lichtwesen ihr ihren nach wie vor über alles geliebten Waldemar Koslowski nach Saarbrücken zurückbringt.

Jeden Abend betrachtet die dreifache Mutter im nahegelegenen Observatorium am Stadtrand von Saarbrücken, unweit der französischen Grenze, mit einem riesigen Teleskop dreißig Minuten lang den Himmel und späht tief hinein in die Weiten des Weltalls. Sie sucht dort beharrlich nach jenem Alien, der sie gerettet hat, und dessen baldige Wiederkunft sie jeden Abend aufs Neue herbeisehnt.

Drei Jahre lang wiederholt sich dieses anrührende Schauspiel nun schon jeden Abend für eine bange halbe Stunde.

Doch keine Spur von dem rätselhaften Lichtwesen: Bis auf den heutigen Tag ist es nicht wieder zurückgekehrt! ...

Allmählich hegen Herlinde und Manfred die bange Befürchtung, dass sie ein Leben lang vergebens auf die Rückkehr des Alien warten müssen.

ENDE